DUMONT NOIR

Die deutsche Bibliothek – CIP-Einheitsaufnahme
Miehe, Ulf:
Puma / Ulf Miehe. – Köln : DuMont, 1999
(DuMont Noir ; Bd. 5)
ISBN 3-7701-4854-1

Puma *erschien erstmals im Piper Verlag, München 1976*

Umschlag- und Reihengestaltung: Groothuis+Malsy
Gesetzt aus der Elzevir und der Antique Olive
Gedruckt auf säurefreiem und chlorfrei gebleichtem Papier
Satz: Greiner & Reichel, Köln
Druck und Verarbeitung: Clausen & Bosse, Leck

Printed in Germany
ISBN 3-7701-4854-1

Ulf Miehe

Puma

DuMont Noir 5

Mit Materialien
zu Leben und Werk

H.O.W.

All heroes have failed
All lovers have lied
Friends, they have other friends

David Blue

I. Der Puma ist los

1

Es gab nichts, was sich der Häftling Nr. CZ 8731 des Gefängnisses von Fresnes in den letzten Jahren öfter vorgestellt hatte, als den Augenblick seiner Entlassung. Der Gedanke an die Freiheit hatte ihn stärker beherrscht als das Verlangen nach Rache oder nach einer Frau.

Franz Morgenroth machte sich bereit, seine Zelle zu verlassen. Er hatte die Zeitungsabonnements fristgerecht gekündigt und das Buch über die Affäre Lindbergh und eine englische Sprachlehre in die Bibliothek zurückgebracht. Zuletzt vernichtete er seine Zeitungsausschnitte. Er kannte jedes Wort auswendig. Das Foto mit der Unterschrift »*Rüstungsindustrieller Kammerloh mit Tochter*« stammte aus einer deutschen Zeitung und war ein besonders vertrautes Bild für ihn.

Es zeigte ein sehr junges Mädchen mit einem älteren Mann im Frack. Das Mädchen hatte nachlässig hochgesteckte Haare, einen großzügigen Mund und einen kühlen Ausdruck in den Augen.

Franz Morgenroth zerriß das Bild und spülte die Schnipsel weg. Als er den Schlüssel im Schloß hörte, sah er aus dem Fenster und blickte zum letztenmal auf das staubige Bündel Huflattich an der Mauer und den schmalen Streifen Himmel.

Der Wärter, ein Mann von Ende Fünfzig, stand in der offenen Zellentür, lächelte und dachte, auch eine Zuchthauszelle ist ein Zuhause, wenn einer nur lange genug darin lebt.

Franz Morgenroth drehte sich um und nickte stumm. Dann brachte ihn Yves, der Wärter, für die letzte Nacht vor seiner Entlassung in eine gesonderte Abteilung.

Am nächsten Morgen holte ihn Yves wieder ab und ging mit ihm den Gang entlang und ein paar Treppen hinunter zum Direktor. Franz spürte den scharfen Geruch nach billigen Putzmitteln, Männerschweiß, der, so unausrottbar und selbstverständlich in den Gängen des Gefängnisses von Fresnes hing, als könne es nirgendwo auf der Welt anders riechen.

Der Gefängnisdirektor sah aus wie ein Mann, der mit seinem Leben nicht zufrieden war. Er war unausgeschlafen und las in Franz Morgenroths Akte, als wolle er sie auswendig lernen. Franz bemerkte die Leberflecken auf seinen Handrücken und betrachtete die Haarbüschel, die ihm aus der Nase wuchsen. Der Wärter nickte ihm aufmunternd zu.

Franz blickte zum Fenster und versuchte, sich an die Geranientöpfe auf dem Fensterbrett zu erinnern. Es gelang ihm nicht. Vielleicht hatten bei seinem Antrittsbesuch vor gut neun Jahren andere Blumen in denselben Töpfen gesteckt.

Der Gefängnisdirektor jedenfalls war noch derselbe, und auch der altmodische Klotz von einem Schreibtisch auf vier geschnitzten Beinen, die aussahen wie zusammengedrückte Elefantenrüssel. Alles auf der glattpolierten dunkelbraunen Platte war in peinlicher Ordnung arrangiert – der große Kristallaschenbecher, der nie benutzt wurde, eine sorgfältig gefaltete Ausgabe des *Figaro*, die Schreibgarnitur aus Marmor mit eingebautem Tintenfaß und einer schwenkbaren Vorrichtung für den senkrecht darin steckenden Füllhalter. Selbst die Kaffeetasse stand noch an derselben Stelle wie damals.

Der Gefängnisdirektor klappte die Akte zu und hob den Kopf. »Ich muß sagen, ich hätte nie gedacht, daß wir so gut miteinander auskommen würden, Morgenroth. Vor allem nach dieser Geschichte im ersten Jahr. Aber dafür kommst du ja auch ein bißchen früher raus.« Er kniff die Augen zusammen, musterte Franz durch seine randlose Brille und sagte verdrossen: »Aber glaube nur nicht, du könntest da draußen ein Leben in Saus und Braus führen!«

Franz schwieg und blickte ihn an wie einen leeren Sessel. Er war schon wieder draußen auf dem Gang, als es ihm einfiel. Die Blumentöpfe auf dem Fensterbrett waren dieselben, selbst die Blumen waren die gleichen wie damals. Die Gardinen waren anders. Sie waren neu.

Franz gab seine Gefängniskleidung ab und bekam seine Zivilsachen zurück – den Anzug, einen Zweireiher mit wattierten Schultern und senffarbenen Streifen, den goldenen Ring mit dem Pumakopf und dem Rubin im aufgerissenen Rachen, seine Uhr, Manschettenknöpfe und ein bißchen Geld. Er schob sich den Ring auf den kleinen Finger der linken Hand und zog die Uhr auf. Es war eine deutsche Wehrmachtsuhr mit Chromstahlgehäuse, dunklem Zifferblatt und großen Leuchtziffern. Ein Beamter verglich seine Fingerabdrücke mit denen von vor gut neun Jahren und fragte ihn gelangweilt nach dem Namen seines Vaters und seiner Mutter. Anschließend stellte ein anderer Beamter anhand des Einlieferungsfotos fest, daß der Mann, der vor ihm stand, auch wirklich Franz Morgenroth war. Dann brachte ihn Yves, der Wärter, wieder hinaus in den Gang. Nach ein paar Schritten hielt er Franz am Ärmel fest.

»Langsam! Ich bin kein junger Bursche wie du, verstehst du?« Franz lächelte flüchtig.

Yves sah ihn von der Seite an. »Freust dich, was? Wie lange warst du denn bei mir?«

»Neun Jahre, zwei Monate und drei Tage«, sagte Franz.

Es war auf dem Hof passiert, gleich im ersten Jahr und während einer Freistunde. Jeannot der Marseiller prügelte einen Mann gegen die Mauer. Seine Freunde hatten einen Halbkreis gebildet und schirmten ihn zum Hof hin ab. Plötzlich sah Franz das Messer aufblitzen. Er drängte sich durch, schlug Jeannot nieder und nahm ihm das Messer ab. Es ging alles sehr schnell. Franz erfuhr nicht mal seinen Namen. Später hörte er, daß der Mann ein Singvogel gewesen sein sollte. Aber vorher verhängte der Gefängnisdirektor *mitard*, und Franz kam in Einzelhaft.

Die Zelle hatte keine Fenster und keine Pritsche. Das Wasser gurgelte dreimal am Tag aus einem Rohr über dem Kübel. Zum Waschen war es nicht genug, und wenn er sich damit den Mund spülte, blieb ein ekelhafter Geschmack zurück. Manchmal verpaßte er auch das Wasser. Zu essen gab es Suppe und Brot; Fleisch selten – fettige übelriechende Klumpen. Einmal entdeckte er Maden darin. Meistens schüttete er es in den Kübel. Er schlief auf einer Strohmatratze mit zwei stinkenden Wolldecken. Jeannot hatte es nicht besser.

Jeannots Freunde hatten den Rest besorgt. Als Franz in seine Zelle zurückkehrte, war der Singvogel an einem Nierenriß gestorben. Franz sah sich die Männer an, die mehr als ein halbes Dutzend Jahre saßen. Sein Zellengenosse war ein zahnloser Mann in seinem Alter, der sich abwesend an den Armen kratzte, vor sich hin dämmerte und sich nur noch für seine Verdauung interessierte.

Franz wollte nicht so werden wie er und beschloß, sein Leben zu disziplinieren. Er trug sich in die Arbeitsliste für die Werkstatt ein, stanzte Faltkartons für Fernsehapparate und fing an, mit Yves zu reden, was dem Wärter den schmeichelhaften Ruf einbrachte, den Puma gebändigt zu haben.

Franz brachte ihm Pokern bei. Dann machte er ihm klar, daß Pokern ohne Einsatz kein Pokern ist. Yves hatte eine panische

Angst davor, Geld zu verlieren. Aber Franz wollte sein Geld nicht. Er setzte seine Tabakration ein, verlor am Anfang absichtlich und gewöhnte sich dabei das Rauchen ab.

Von Yves verlangte er andere Einsätze – Hanteln, Expander, Vitaminpillen, Obst, Bücher – und machte sich für seine freie Zeit ein festes Programm mit Atemgymnastik und körperlichem Training.

Er hatte früher nur die Zeitung gelesen, und nun las er zum erstenmal Romane von Norman Mailer und Joseph Conrad. Das Licht wurde um neun Uhr abends abgestellt. Er baute sich eine Lampe aus einem hitzefesten Glas, das er im Verhältnis 4 : 1 mit Wasser und Öl füllte. Der Docht war aus Toilettenpapier. Das Licht war nicht gut für die Augen, aber es half ihm, sich nicht den lähmenden Gedanken an all die Jahre, die noch vor ihm lagen, auszuliefern.

Was sein körperliches Training betraf, so mußte er auf Waldlauf und Schwimmen verzichten. Aber der Anzug, den er bei seiner Einlieferung getragen hatte, war ihm inzwischen weder zu weit noch zu eng geworden. Er war in den fast zehn Jahren so sehr aus der Mode gekommen, daß er beinahe schon wieder modern war.

Franz ging mit Yves zur *Cour d'honneur*, dem Ehrenhof, wo sich alle Gefangenen versammeln, die am selben Tag entlassen werden. Nach der Zeremonie verabschiedete er sich von Yves, und ein anderer Wächter brachte ihn schweigend zum Tor. Franz kannte ihn nicht, und die Gleichgültigkeit des Mannes war ihm angenehm.

Am Tor drückte ihm der Wärter die Bescheinigung, daß er seine Strafe abgesessen hatte, in die Hand. Anschließend rief er ihm das übliche *merde* zu. Dann schloß sich das automatische Tor lautlos hinter ihm, und der Augenblick seiner Entlassung war vorbei.

Der Smog über der Stadt machte die Sonne schwach und dunstig. Im ersten Moment war er so verwirrt, daß er nicht wußte, in welche Richtung er sich wenden sollte. Nach den Jahren in seiner Zelle erschreckte ihn der Verkehrslärm, als sei er plötzlich in eine laute Schlacht geraten. Er gab sich einen Ruck und ging über die Straße.

Der Kellner im Restaurant gegenüber grinste ihn an und kniff ein Auge zu. Der Kaffee war heiß, schwarz und bitter und schmeckte noch besser als in seiner Erinnerung. Der Kellner legte seine gerade angezündete Zigarette auf den Rand der Registrierkasse und brachte zwei Pastis an einen Tisch im Hintergrund des Lokals. Franz betrachtete den senkrecht aufsteigenden Rauch der Zigarette, der sich in zwei dünne graublaue Fäden teilte, bevor er sich ganz auflöste. Er beherrschte sich und kaufte noch keine Zigaretten.

Franz Morgenroth dachte an das Mädchen auf dem Zeitungsfoto, von dem er nur dreierlei wußte: ihren Nachnamen, daß sie Deutsche war und daß er vorhatte, sie zu entführen.

2

Franz Morgenroth war achtundvierzig Jahre alt. Er war ein Bauernsohn aus dem Elsaß, sprach so gut Französisch wie Deutsch und wirkte bullig, verschlossen und wachsam. Das Gericht hatte ihn wegen Raubes und Mordes verurteilt.

Sein Vater war ein wortkarger Mann gewesen, der sich in langen Jahren zu einem lächerlich kleinen Besitz hochgearbeitet hatte. Der Hof brachte so wenig ein, daß er seine Söhne aus dem Haus schickte, sobald ihnen der erste Flaum auf der Oberlippe sproß, und die Mädchen mußten unter die Haube, ehe sie vierundzwanzig waren. Franz hatte sich sein Leben anders vorgestellt und wollte es nicht als Knecht oder Metzger verbringen. Seine Neugier auf die Welt war groß und seine Ungeduld stark. Es war Krieg.

Franz hatte das Elsaß während des Zweiten Weltkriegs als Junge verlassen und sich im besetzten Paris herumgetrieben. Ein älterer Junge aus seinem Ort hatte ihn zu den Widerstandskämpfern gebracht, denen er wegen seiner Deutschkenntnisse besonders willkommen war. Und Franz war so mutig wie jemand, den noch kein körperlicher Schmerz gefügig gemacht und noch keine Demütigung gebrochen hat.

Nach dem Krieg fühlte er sich entwurzelt. Er war aufgewachsen in ständiger Spannung und Gefahr und war jederzeit bereit zur Flucht. Er war nicht der einzige, der sich nicht mehr zurechtfand, und tat sich mit einem Friseurlehrling namens Meurisse, einem Zuhälter namens Santini und einem Exlegionär zusammen. Sie wurden straffällig, und die sicheren strafrechtlichen Konsequenzen trieben ihn der Legion in die Arme. Die Jahre vergingen, und Franz überlegte. Dann gab de Gaulle den Traum von der vaterländischen Macht in den Kolonien auf, und Franz Morgenroth kehrte nach Paris zurück. Er war noch immer ein junger Mann, aber er spürte eine Sehnsucht nach Ruhe und Regelmäßigkeit.

Marion war ein einfaches Mädchen aus der Normandie, das beim Küssen die Augen schloß, eine Menge wirres Zeug aus dem Kino im Kopf hatte und bald vom Leben in der Stadt enttäuscht war. Sie schlug sich in einer Bar in der Rue de la Boëtie als Serviererin durch und war nach zwei Jahren in Paris zu dem Schluß gekommen, daß es für die Männer zwei Sorten Frauen gab: die Frauen, die sie heirateten, und die anderen, die sie brauchten, um ihre Ehefrauen für kurze Zeit zu vergessen.

Dann traf sie Franz, und auf einmal sah das Leben ganz anders aus. Vom Standpunkt der Strafjustiz aus war Franz jetzt schon ein Berufsgangster – und das gefiel ihr nicht. Sie glaubte jedesmal zu sterben, wenn er plötzlich verschwand. Sie flehte ihn an, sie drohte, aber wenn er dann wieder bei ihr auftauchte, brachte sie es nicht mehr fertig, ihn zu verlassen. Franz war genauso ein Chauvinist wie andere Männer. Er hörte sie an und machte, was er wollte.

Marion verlor ihre Angst nicht. Sie gewöhnte sich nicht daran, sie lernte auch nicht, mit ihr zu leben, und sie verlor sie auch nicht mit den Jahren.

Als Franz genug Geld zusammen hatte, kaufte er ein Bistro. Es lag in der Rue Saint-Bendit, und eine Weile war er ganz zufrieden. Dann wurde ihm das Leben zu langweilig, und das Bistro warf einfach zu wenig ab.

Er traf sich mit Freunden von früher, und es war, als hätten sie nur auf ihn gewartet. Diesmal sollte es sich richtig lohnen. Es lohnte sich verhältnismäßig lange. Es lohnte sich bis zu jenem Banküberfall in Neuilly.

Sie schnappten Franz auf der Rennbahn von Vincennes. Sie hatten die Bankangestellten als Zeugen, und nach zwei Tagen Verhör im Quai des Orfèvres wurde die Anklage erhoben: bewaffneter Raubüberfall und Mord. Die Untersuchungshaft verbrachte er im Santé-Gefängnis. Fünf Monate später wurde ihm im Palais de Justice der Prozeß gemacht.

Die Bankangestellten wußten nicht viel mehr, als daß es drei Männer gewesen waren. Sie behaupteten nicht, daß es Franz gewesen war, der den Wachmann erschossen hatte, schlossen es aber auch nicht aus. Jedenfalls erkannten sie ihn einhellig als einen der drei wieder.

Franz verschwieg die Namen seiner Komplizen François Santini und Robert Mayonne und verzichtete auf sein Schlußwort. Der Verteidiger spürte, daß Franz ihn nicht ins Vertrauen gezogen hatte. Er gab sich Mühe, aber sein Plädoyer war ungefähr so feurig wie abgestandener Schaumwein. Der Staatsanwalt beantragte »lebenslänglich«, und das Gericht machte fünfzehn Jahre daraus.

Natürlich weinte Marion. Franz versuchte sie aufzumuntern, aber diesmal verunglückte sein charakteristisches Lächeln. Dann wurde er ins Gefängnis nach Fresnes transportiert. Der Puma wurde in den Käfig gesperrt.

Robert Mayonne und François Santini waren davongekommen. Die drei hatten vor dem Überfall eine Abmachung getroffen; für den Fall, daß einer von ihnen ins Gefängnis mußte, sollte sein Anteil bis zum Tag seiner Entlassung eingefroren und Angehörige diskret unterstützt werden.

Marion, die nun das Bistro allein führte, bekam bald zu spüren, daß sich Mayonne und Santini nicht daran hielten. François Santini hatte sich einmal sehen lassen, weil er Geld brauchte; Marion hatte es ihm gegeben und nichts mehr von ihm gehört. Robert Mayonne, der damals den tödlichen Schuß abgegeben hatte, war von der Bildfläche verschwunden.

Franz trank seinen Kaffee aus, zahlte und ging hinaus. Er wußte, was er zu tun hatte. Er hatte lange genug Zeit gehabt, darüber nachzudenken. Der Verkehr hatte zugenommen. Die Sonne war nicht mehr zu sehen. Es wurde wärmer.

3

Franz Morgenroth wartete, bis die Fußgängerampel auf Grün sprang. Der Bürgersteig auf der anderen Straßenseite war mit einer Reihe von Eichen abgegrenzt, die etwa fünfzig Meter nach dem Ampelübergang endete.

Der rote Lastwagen fuhr dicht an den Bäumen entlang. Es war ein neuer Dodge CNT 900 Bighorn-Diesel mit zwei Hupen auf dem Dach, und der breite Kühler war mit einem Grill aus Eisenstangen gepanzert. Er befand sich etwa zwanzig Meter hinter Franz und wurde schneller.

Franz ließ den letzten Baum auf der rechten Straßenseite hinter sich. Er sah nicht, wie der Fahrer das Steuer herumriß, wie der Lastwagen plötzlich röhrend nach vorn schoß, der mächtige Kühler des Dodge nach rechts von der Straße wegschwenkte und in Sekundenschnelle und mit einer Aufprallwucht von mehreren Tonnen auf ihn zuhielt.

Franz drehte sich nicht um. Er machte aus dem Stand einen Satz nach vorn, bevor ihn der gepanzerte Kühler an der roten Backsteinmauer zu seiner Rechten zerquetschte, stürzte auf das Pflaster und rollte sich über die Schultern ab.

Der Lastwagen prallte hinter ihm gegen die Mauer. Die Steine splitterten und knirschten. Die Mauer hielt, und die Wucht des Aufpralls drückte den Kühler zusammen und schob den Motor mit einem reißenden, gequälten Geräusch in die Führerkanzel.

Franz Morgenroth hatte schon öfter Tote gesehen. Diesem hier hatte sich die Steuersäule in den Brustkorb gegraben, und die untere Hälfte der Frontscheibe hatte ihn geköpft.

Franz ging weiter, bevor sich die Schaulustigen versammelten. Im Bahnhof kaufte er sich eine Zeitung und wartete auf den Mittagszug nach Paris. Anscheinend hatten seine Freunde nicht vor, Zeit zu verlieren.

4

Franz Morgenroth trat in den schlechtbeleuchteten Flur, der zu Emiles Sauna führte, und drückte auf den Klingelknopf neben der Tür mit der runden Messingkugel anstelle einer Klinke. Er wartete und dachte an früher und an Marion.

Die stumm schwitzenden Männer im Dampfbad kannte er nicht. Emile war im Massageraum. Sein Pferdegesicht hatte noch tiefere Furchen bekommen, seine Augäpfel schimmerten gelblich, und er hatte sich doch nicht die Nase operieren lassen; sie stand immer noch schief und fleischig in seinem mageren Gesicht, als sei sie durch einen Irrtum dorthin geraten.

»Wie geht's denn so, Emile!«

Emile zuckte die Schultern und zeigte auf die Pritsche. »Leg dich da hin. Wie soll's mir schon gehen. Du kannst dich ja freuen.«

»Was ist los mit dir, Emile?«

»Wieso?«

»Früher hättest du mir schon längst was von deinem Magengeschwür erzählt.«

»Früher. Eben. Deswegen hatte ich's ja. – Du hast einen Körper wie ein junger Mann. Wenn deine Innereien so gut funktionieren wie deine Muskeln, kannst du dir gratulieren.«

»Wie haben sich denn die Freunde so gehalten – ist Robert schon aus dem Leim gegangen?«

Emile ging zum Waschbecken und seifte sich stumm die Hände und Unterarme ein.

»Wann war er zuletzt hier, Emile?«

Emile griff nach einem Handtuch und drehte sich um.

»Franz, ehrlich, ich hab beide seit Ewigkeiten nicht gesehen. Wenn ich's mir richtig überlege, seit du damals verreist bist nicht mehr.«

»Schönes Gefühl, wenn man weiß, daß man Freunde hat«, sagte Franz. Emile faltete das Handtuch zusammen und hängte es über die Stange neben dem Waschbecken. »Du hast es doch nun hinter dir.« Er sah Franz an. »War doch dein freier Wille, dichtzuhalten.«

»Emile, du verstehst mich nicht. Ich gebe niemandem die Schuld für meine Reise, wie du das nennst, und ich hab auch nicht die Absicht, mich bei irgend jemandem zu beklagen. Ich will nur haben, was mir schon lange gehört.«

»Die Jahre kann dir keiner zurückgeben«, sagte Emile.

»Ich will meinen Anteil«, sagte Franz. »Sag das Robert Mayonne, wenn du ihn siehst.«

Emile stand mitten im Zimmer unter der Lampe und sah ihm nach. Er sah traurig aus mit seiner komischen Nase.

5

Jules Meurisse hatte ihn tatsächlich wahr gemacht, seinen Traum von einem Salon in der Rue Fontaine. Der Boden war aus Marmor, die Sitzgelegenheiten schwarze Ledersessel, und das braune Bakelitradio mit magischem Auge und einem runden Stück Stoff vor dem Lautsprecher, das ausgesehen hatte wie ein verstaubtes Spitzendeckchen, hatte einer unsichtbaren Musikmaschine Platz gemacht, die aus ebenso unsichtbaren Lautsprechern Fahrstuhlmusik verströmte, und die verspiegelte Decke zeigte den glitzernden Luxus noch einmal. »Möchten Sie einen Kaffee, Monsieur?« fragte ein adrettes Mädchen. Sie trug eine weiße Bluse und einen schwarzen Rock wie die anderen Mädchen hier und war höchstens zwanzig.

»Nein, danke«, sagte Franz.

»Möchten Sie vielleicht erst zur Maniküre?«

»Nein, nein. Danke.«

»Oder vielleicht zum Visagisten?«

»Was?«

Das Mädchen lächelte unsicher. »Zur Gesichtskosmetik?«

»Ich will eigentlich nur Monsieur Meurisse sprechen und mir die Haare schneiden lassen, verstehen Sie?«

»O ja, natürlich, Monsieur. Monsieur Meurisse wird in einer halben Stunde zurückerwartet. Ich sage ihm dann sofort Bescheid.«

»Das ist eine gute Idee«, sagte Franz.

Das Mädchen deutete auf einen freien Frisierstuhl. »Sie können schon zur Kopfwäsche, Monsieur. Es ist gerade etwas frei geworden.«

Sie trug nur einen Ohrring, und Franz fragte sich, ob sie den anderen verloren hatte oder ob das die neueste Mode war. Er setzte sich vor den getönten Spiegel, und ein rothaariges Mädchen bog sanft seinen Kopf zurück und machte seine Haare naß. Es hatte schwarzlackierte Fingernägel, was er noch nie gesehen hatte, und trug einen Ring mit einem mattglänzenden, ebenfalls schwarzen Stein an der linken Hand. Als sie eine Trockenhaube heranrollte, winkte er ab. Bald darauf kam Jules.

»Franz! Du bist schon wieder da! Ich gratuliere!«

»Schon! Du hast vielleicht 'ne nette Art!«

»Entschuldige. So hab ich's nicht gemeint. Komm, ich schneide dir die Haare.«

»Machst du denn so was überhaupt noch?«

»Bei dir mache ich eine Ausnahme.« Jules lachte und blickte stolz in die Runde.

Franz betrachtete ihn im Spiegel. Jules Meurisse war schon immer rundlich gewesen und hatte in den vergangenen Jahren noch ein paar Pfunde zugelegt, doch seine braunen Kulleraugen waren noch genauso flink wie seine kleinen, zarten Hände. Er erzählte, wie er sein Glück gemacht hatte. Eine weltbekannte Witwe hatte Krach mit ihrem Privatfriseur gehabt und war wütend in den nächsten Frisierladen gerannt. Jules hatte die Gunst der Stunde erkannt und ihr ein Ding auf den Kopf gezaubert, das am nächsten Tag in allen Zeitungen zu besichtigen gewesen war.

Franz nutzte eine Atempause und fragte: »Und wie geht's unsern Freunden Robert und François?«

»Robert? Ach, den habe ich schon ewig nicht mehr gesehen. Und François? Kenn ich den überhaupt?«

»Du bist ein lausiger Schauspieler, Jules Meurisse.«

»Wie sah er denn aus?« fragte Jules beschwichtigend. »Mittelgroß, Typ Gigolo. Tick für Pferderennen.«

»Ich glaube, ich weiß, wen du meinst. Kann mich kaum noch an ihn erinnern.«

»Das merke ich«, sagte Franz und sah ihn im Spiegel an.

»Du mußt das verstehen«, sagte Jules unbehaglich. »Ist ja auch alles schon eine Weile her.«

»Da läßt das Gedächtnis nach, was?«

»Franz, ich weiß nicht, ob es gut ist, wenn du jetzt so voller Rache …«

»Nun sag bloß noch, man muß auch vergessen können.«

»Wirklich, Franz, Haß ist ein ganz schlechter Ratgeber. Der Haß verzerrt den Blick!«

»Wo hast du denn das her?«

»Ich versteh dich ja. Ich meine nur, es ist alles so lange her, da müßte es doch möglich sein, daß man sich gütlich einigt, wenn man mal so eng befreundet gewesen ist.«

Franz nickte. »Du hast deinen Text gut gelernt, aber tu mir einen Gefallen – erspar mir den Rest. Was übrigens meine Gefühle betrifft, so irrst du dich. Ich hasse niemanden. Und außerdem hältst du dich da wohl besser raus.«

»Bitte«, sagte Jules, zuckte affektiert die Schulter und arbeitete stumm weiter.

Später, bei einem Kaffee, dachte Franz in aller Ruhe nach. Er begriff, daß man zehn Jahre nicht einfach übergehen kann, und ahnte, daß seine Freunde von früher zu Fremden geworden waren. Er nahm an, daß Robert inzwischen von dem mißglückten Anschlag wußte. Wahrscheinlich hatte er Jules schon vorher geimpft. Robert kümmerte sich, dachte Franz. Er kannte ihn lange genug, um zu wissen, was das bedeutete. Robert Mayonne hatte Angst.

Der Schneider war ungehalten. »Natürlich ist der Anzug fertig«, sagte er. »Was denken Sie denn! Aber was ist denn das für ein Arbeiten – ohne Anprobe, nur mit schriftlichen Maßen! Außerdem trägt man jetzt Einreiher!«

Franz stand vorm Spiegel und betrachtete sich. »Er paßt doch.«

»Was denken Sie denn! Denken Sie vielleicht, ich mache Ihnen einen Anzug, der nicht paßt!«

Franz lächelte. Er wußte, daß der Schneider bester Laune war, wenn er so unwirsch tat, und dachte, der ist sich wirklich treu geblieben.

Franz schlenderte den Boulevard St.-Germain entlang und genoß seinen Hunger wie Eulenspiegel, der sich während des mühsamen Bergaufs schon auf das Bergab freut. Er ging in ein Lokal und bestellte Rehrücken mit Preiselbeeren und dazu einen Medoc.

Ein paar Minuten später kam ein Mann in einem hellen Regenmantel herein. Er ging zielstrebig dem Schild »Toiletten« und »Telefon« nach und verschwand, ohne nach links oder rechts zu blicken, im Hintergrund des Lokals. Als der Kellner den Rehrükken servierte, kam der Mann zurück und setzte sich an einen Tisch hinter Franz' Rücken. Seinen Mantel behielt er an.

Franz aß langsam. Nach ein paar Minuten hob er den Kopf und blickte in den Wandspiegel. Der Mann im Regenmantel sah hastig weg. Franz lächelte kurz. Kommissar Belfond hatte Franz einen Schatten auf den Hals geschickt und war bereits mit von der Partie.

Franz bestellte Kaffee. Der Schatten bekam sein Steak und zahlte sofort. Franz ließ sich Zeit. Dann fing er doch wieder an zu rauchen. Er genoß das leichte Schwindelgefühl bei den ersten Zügen und dachte daran, wie er damit angefangen hatte.

Vor seinem ersten gefährlichen Auftrag hatte ihm der Engländer eine Schachtel Zigaretten geschenkt und ihm Hals- und Beinbruch gewünscht. Die Männer aus der Widerstandsgruppe mochten den Jungen aus dem Elsaß, und jeder von ihnen hoffte, daß er sich nicht von den Deutschen schnappen lassen würde. Dann hatte sich Franz von einem Bistrobesitzer, der mit der Resistance sympathisierte, im Keller einschließen lassen, während die Deutschen oben im Lokal einen Sieg in Afrika feierten. Franz hockte auf der obersten Sprosse der Leiter dicht unter dem Fußboden, mit dem Ohr an der Luke, und lauschte. Sie feierten bis in den frühen Morgen, und als sie gingen, hatte Franz die Zwanzigerpackung *Senior*

Service leergeraucht. Als die Luke endlich aufging, taumelte er zur Toilette und fragte sich, aus welchen Gründen so viele Menschen Spaß am Rauchen haben. Franz brachte den entscheidenden Hinweis, der dann zu dem erfolgreichen Anschlag auf einen deutschen Munitionszug führte.

Eigentlich war der Engländer schuld daran. Er bot ihm nämlich wieder eine Zigarette an und behauptete, das Rauchen sei etwas, dessen Genuß sich ganz allmählich einstelle, und obwohl Franz seine blonden Zigaretten nie mochte und die einheimischen schwarzen vorzog, behielt er natürlich recht.

Franz gab dem Kellner ein Zeichen, rauchte und dachte, daß eben nur ein Süchtiger sein Gift genießen könne. Er sah im Wandspiegel, wie sich der Mann im Regenmantel Bier übers Kinn schüttete. Der Mann hatte ein glattrasiertes spitzes Gesicht, und seine perfekt gescheitelten strohblonden Haare sahen aus wie eine Perücke.

6

Marion war nicht da. Der Mann hinter der Theke kratzte sich den linken Handrücken. Er hatte müde Augen, und seine Jacke war zu eng. Vor ihm lag eine aufgeschlagene Turf-Zeitung.

»Kaffee.«

Der Kellner stellte die Maschine an und unterdrückte ein Gähnen. Franz sah sich um. Die Musikbox und der Flipperautomat waren neue Modelle. Zwei Männer in Monteuranzügen saßen bei einem Pernod, und die Amerikaner am Mitteltisch sahen aus, als seien sie extra kostümiert angereist, nur um ihr eigenes Klischee zu bestätigen. Ein hoch aufgeschossenes Mädchen redete mit einem langhaarigen Jungen in Jeans und indischen Sandalen.

Der Kellner schob ihm die Tasse hin. Er trug einen silbernen Siegelring am kleinen Finger und streifte Franz mit einem Blick. »Deutsche«, sagte er halblaut und nickte zu dem Mädchen hin.

Franz trank einen Schluck Kaffee und blickte hinaus auf die Straße. Der Mann im Regenmantel ging vorbei. »Ist Marion hinten?« Der Kellner sah von seiner Zeitung auf. »Wer will das wissen?«

»Der Inhaber.« Franz klopfte mit der flachen Hand auf die Theke und sah den Schreck in den Augen des Kellners. »Ich warte hinten im Büro.«

Der Kellner griff zum Telefon. Der Mann im Regenmantel kam von der Straße herein und fragte sich, ob der Laden einen Hinterausgang hätte.

Franz betrachtete seinen Schreibtisch mit dem ledernen Drehsessel und nahm die kleine Ebenholzkiste vom Schreibtisch. Er klappte sie auf, nahm eine Zigarette heraus und verfiel in Nachdenken. Als Marion kam, stand er immer noch so da.

»Ich bin gleich gekommen«, sagte sie. Sie machte die Tür zu, ging zum Schreibtisch und legte ihre Handtasche auf die Platte. Dann trat sie zögernd auf Franz zu und küßte ihn auf beide Wangen.

Marion war noch immer eine gutaussehende Frau, die ein wenig zu hart wirkte. Eine Müdigkeit, die andere Gründe hatte als zu wenig Schlaf, hatte ihre Züge verschärft. Sie ließ Franz schnell wieder los, weil er sie nicht festhielt, und zog ihren Mantel aus.

Franz sah ihr zu, wie sie ein Taschentuch aus der Handtasche kramte, und empfand ein merkwürdig kühles Bedauern. Er sah sich um und sagte: »Hübsch. Neue Tapeten, neuer Teppich, neue Vorhänge. Überhaupt alles neu.«

»Von deinem Anteil steckt kein Sou drin!«

»Aber Marion! Das weiß ich doch!«

Sie fing an zu weinen. »Du bist fast zehn Jahre weg. Deine Freunde lassen mich hängen. Dann kommst du auf einmal hier herein und führst dich auf, als hätte ich wer weiß was …«

»Das tu ich nicht, Marion, sei ehrlich. Du meinst, ich nehme dir den Kerl hinter der Theke übel? Tu ich doch nicht! Daß ich mal gucken komme, das kannst du mir ja schlecht übelnehmen, oder?«

»Franz, es hat sich viel geändert in der Zwischenzeit. Wie sollte ich denn hier allein durchkommen, als Frau?«

»Ist ja gut, Marion. Ich verstehe dich.«

»Ich wollte es dir nicht früher sagen, solange du …«

Franz nickte. »Du brauchst mir nichts zu erklären. Ich mache dir einen Vorschlag. Ich überschreibe dir den Laden. Dafür gibst du mir einen kleinen Kredit.«

»Was hast du vor, Franz?«

»Frag nicht. Du kennst doch die Regeln. Also: einverstanden?«

»Willst du dir das nicht noch einmal überlegen? Wo willst du denn hin?« Sie zögerte und sah ihn unsicher an. »Wollen wir es nicht noch mal versuchen, Franz?«

»Und wie stellst du dir das vor? Es hat keinen Sinn, Marion. Das läuft doch auch ohne mich.«

Marion sah ihm zum erstenmal in die Augen. »Er ist ganz in Ordnung. Man kann mit ihm auskommen.«

»Na siehst du.«

»Wieviel brauchst du denn?«

Franz machte eine Handbewegung. »Wieviel kannst du entbehren?«

»Fünftausend schon.«

»Gib mir nicht mehr, als du erübrigen kannst.«

»Das ist schon in Ordnung.« Marion ging zum Safe.»Du solltest es lieber auf die Bank bringen.«

»Hier sind dein deutscher Paß und die Schlüssel«, sagte sie. »Gustave hat die Sachen schon vor einem halben Jahr geschickt.«

Franz steckte den Ring mit den zehn Autoschlüsseln ein und blätterte in dem Paß. »Danke. Was hast du dafür bezahlt?«

»Er hat gesagt, von dem Puma nimmt er kein Geld.«

Franz steckte das Geld ungezählt ein. »Also dann.«

»Franz, du kannst doch nicht einfach so gehen.«

Franz drehte sich um. Marion stand im grellen, unbarmherzigen Licht der Neonröhren und zerknüllte ihr Taschentuch.

»Es ist besser so«, sagte Franz. »Glaub mir.«

Als er das Bistro verließ, hatte er den Schatten wieder hinter sich. Franz nahm ein Taxi, ließ sich zu einem Hotel fahren, stieg aus und ging in die Empfangshalle. Dann ging er hinten wieder hinaus.

Sein Schatten war ein Anfänger.

Franz schrieb sich in einem anderen Hotel ein. Er legte sich hin und versuchte zu schlafen. Er lag lange wach. Schließlich verfiel er in einen unruhigen Halbschlaf mit einem Traum, den er schon ungezählte Male geträumt hatte.

Die Schalterhalle der Bank, der Schuß und der sterbende Wachmann, die schreienden, aufgerissenen Münder, Roberts starrer Blick, als er den Wachmann erschoß, das Klicken der Handschellen, die Verhandlung, Marions verzweifeltes Gesicht während der Verhandlung und das endgültige Geräusch des Schlüssels im Zellenschloß.

Er schreckte hoch und war schweißnaß. Es war dunkel, und er lag mit angehaltenem Atem da, bis der Widerschein der grünen Picon-Leuchtreklame über die Wand huschte.

Es war zwei Uhr morgens.

Der Portier trug einen roten gesteppten Morgenmantel und verströmte muffigen Schlafgeruch. Er verkaufte Franz eine Flasche Whisky und bot ihm eine Hure an.

Franz nahm noch eine Zeitung mit, kehrte in sein Zimmer zurück und holte sich das Zahnputzglas aus dem Bad. Er setzte sich aufs Bett, trank mit vorsichtigen kleinen Schlucken und dachte an Marion. Franz hoffte, sie würde zurechtkommen mit ihrem Kellner. Er begehrte sie schon lange nicht mehr. Nach dem zweiten Glas wurde ihm schwindlig, und er dachte daran, den Portier anzurufen.

Aber dann fielen ihm die ewigen Tricks und das falsche Stöhnen aller Huren ein, und er lachte sich aus und stellte sein Glas weg.

Diesmal schlief er tief und traumlos.

7

Franz erwachte genauso früh wie in den letzten Jahren, und frühstückte in einem Café in der Rue Royale.

Kommissar Belfond stand an der Theke und lächelte falsch. Seine Haare waren erheblich dünner geworden, seine Gesichtsfarbe erinnerte an ein Kotelett in Aspik, und er hatte sich eine von diesen modernen Männertäschchen am Riemen zugelegt. »Guten Morgen, mein lieber Franz. Ich muß sagen, Sie sehen blendend aus.«

»Sie nicht, Sie sehen aus, als ob Sie zu fett essen würden und sich zuviel mit alten Geschichten beschäftigten.«

Belfonds Lächeln wurde säuerlich. »Geläutert kommen Sie mir nicht gerade vor.« Er legte Franz eine Hand auf den Arm.

»Sie sind ein wichtiger Mann für uns, Franz.«

»Wichtig genug, um einen Schatten zu werfen? Allerdings ist er nicht ganz mitgekommen.«

Belfond riskierte ein kumpelhaftes Grinsen und sagte: »Hätte mich auch gewundert – früher habe ich drei Mann gebraucht, um den Puma zu beschatten. Ich kann mich nur wiederholen – Sie scheinen bestens in Form zu sein.«

Franz schob die Zuckerstücke von der Untertasse und schwieg. Kommissar Belfond nahm einen Schluck von seinem Pernod. »Sehr vernünftig, Kaffee! Man sollte morgens wirklich noch keinen Alkohol trinken.« Als Franz nicht antwortete, fuhr er fort: »Wie ich schon sagte, Sie sind ein wichtiger Mann für uns. Ich habe mir gedacht, wir sollten uns mal ein bißchen unterhalten.«

»Sie sind langweilig.«

Belfond seufzte. »Wie Sie ja am besten wissen, ist damals nicht alles herausgekommen.«

»Genug für neun Jahre.«

»Ich will die anderen«, sagte Kommissar Belfond. »Von mir aus kannst du dir deinen Anteil holen. Das Geld ist mir nicht so wichtig. Es paßt mir nicht, daß sie dich reingelegt haben. Dir kann es doch nur recht sein.«

Er weiß es, dachte Franz. Er weiß, daß ich den Wachmann nicht erschossen habe. Er hat es von Anfang an gewußt, und trotzdem hat er mir's angehängt.

»Tut mir leid, da kann ich Ihnen nicht helfen.«

Belfond trank sein Glas aus und stellte es eine Spur zu heftig auf die Theke zurück. »Du bist doch kein Märtyrer, Franz!« Er zwang sich zu einem Lächeln. »Ich weiß – für dich ist das ein bißchen spät – aber warum soll ihnen erspart bleiben, was du durchgemacht hast?«

Franz trank den Kaffee aus. »Ihre Tour ist reichlich billig.«

»Ich bringe dich wieder rein, Franz, ich kann das«, sagte Belfond leise.

»Für ein und dieselbe Sache wohl kaum.«

Belfond wechselte den Tonfall. »Nun seien Sie nicht so nachtragend, Franz! Sie müssen doch leben, nicht wahr? Also, ich hab mir das folgendermaßen gedacht: Zuerst gehst du zu Marion. Die sagt dir, deine beiden Freunde haben dich betrogen. Wir dürfen nicht vergessen, du hast ja noch deinen Anteil zu kriegen! Und dann dein Gerechtigkeitssinn! Dein Ruf! Ist doch sonnenklar, daß du zu Mayonne und François gehst.«

»Wie heißen die?«

»Nicht so plump, Franz, das paßt nicht zu Ihnen. Selbstverständlich waren es Robert Mayonne und François Santini. Reine Formsache, daß wir das seinerzeit nicht beweisen konnten.«

»Suchen Sie, wen Sie wollen, mich geht das alles nichts mehr an.«

»So kannst du nicht mit mir reden«, sagte Belfond. »Gut, ich hab mich vielleicht im Ton vergriffen – es gibt nicht mehr viele von deinem Kaliber, aber du kennst mich –, also versuch nicht, mich für dumm zu verkaufen! Geh zum Pigalle und frag eine Hure namens Yvonne nach ihm. Du kannst sie gar nicht verfehlen. Sie ist rothaarig und heißt die Grüne. Sie geht für François auf den Strich. Geh hin und frag François nach deinem Anteil. Bei uns war er nicht so sehr gesprächig, aber bei dir wird das sicher anders sein. Was wohl aus dem eleganten Robert geworden ist? Tja, du mußt den Tatsachen ins Auge sehen: ich glaube, Robert hatte von vornherein nichts anderes im Sinn, als euch um euren Anteil zu betrügen.«

»Ist das alles?«

»Sagen wir mal: fürs erste.«

Franz zahlte seinen Kaffee und ging.

»Viel Glück«, sagte Kommissar Belfond, und zu sich selber

fügte er leise hinzu: »Im Augenblick wüßte ich niemanden, der es nötiger hätte als du, Puma.«

8

Franz saß an einem wackeligen, runden Metalltisch und trank einen Kaffee. Auf der etwas ansteigenden Pflasterstraße flanierten die Huren, und auf der Querstraße zwanzig Meter weiter unten dröhnte der Straßenverkehr. Die Zuhälter hatten sorgfältig frisierte, schulterlange Haare und schienen alle weiße Anzüge zu tragen. Im Café ratterten die Flipperkugeln, und die Musikbox war voll aufgedreht. Über einem stupide stampfenden Rhythmus stammelte ein Mädchen dummes Zeug, und zum Schluß stöhnte sie wie eine Hure beim Geldzählen. Das leise Summen der Eismaschine und das Klickern der Billardkugeln war draußen nicht zu hören.

Franz nickte den Kellner heran und bestellte noch einen Kaffee und dazu einen Cognac. Er nippte daran, verzog das Gesicht und winkte den Kellner zurück. »Das soll Armagnac sein? Das ist irgendein Sprit.«

Der Kellner klemmte das Tablett unter den Arm, deutete eine Verbeugung an und hielt sich die Hand vor den Mund. »Ich verbürge mich dafür, Monsieur.« Er nuschelte.

»Komm, erzähl mir nichts.«

»Ehrlich, das ist Armagnac!« Er vergaß, sich die Hand vor den Mund zu halten und sah aus wie einer, der schon eine Menge eingesteckt hat im Leben und sich damit abgefunden hat.

Franz sah seine schlechten Zähne, schob das Glas weg und murmelte:»Komisch, schmeckt nicht mehr.«

Der Kellner zuckte die Schultern und ging.

Auf der Straße roch es nach einem Würstchengrill, nach Abgasen und billigem Parfum. Der Verkehr von der Hauptstraße war sehr laut. Franz stand auf und legte ein paar Münzen auf den Tisch. Weiter oben auf der Straße tanzte eine ältliche schwammige Frau mit wirren Haaren Walzer mit ihrem Transistorradio. Sie drückte das kleine Radio an die Wange und drehte sich taumelnd um sich selbst. Ihre graue Strickjacke stand offen. Der Mann in der Würstchenbude machte einen Witz und drehte die Würstchen auf dem Rost um. Das Fett spritzte und knallte, und der Mann sah aus, als habe er das Zeug sein Leben lang selber gegessen.

Franz sah sie sofort. Sie tauchte aus dem halbdunklen Hoteleingang auf, trat auf den Bürgersteig und zündete sich eine lange, dünne Zigarette an. Sie war tatsächlich von oben bis unten grün. Zwei Matrosen stolperten die Straße hoch, blieben bei ihr stehen und redeten auf sie ein.

Die Grüne schüttelte den Kopf. Einer der Matrosen packte ihren Arm, und plötzlich hatte sie ihren grünen, hochhackigen Schuh mit Pfennigabsatz in der Hand wie eine Waffe. Neben dem Hoteleingang ging ein Fenster auf, und eine dicke Frau lehnte sich hinaus. Sie trug ein dunkles Haarnetz. Ihre Brüste quollen über den Rand des rosafarbenen Unterrocks. Sie rief den Matrosen etwas zu, hob ihre Brüste heraus und ließ sie auf den Handflächen tanzen. Die Matrosen gingen hinein. Die Frau lachte und machte das Fenster zu.

Die Grüne sagte: »Keine Extratouren?«

»Ich stehe nicht gern auf der Straße herum«, sagte Franz.

Die Grüne musterte ihn und lächelte. Es war ein erstaunliches Lächeln, das ihr ganzes Gesicht erstrahlen ließ. Es wirkte fast echt. »Ich glaub, ich mag dich«, sagte sie. Sie schnippte mit den Fingern. »Damit auch alles klar?«

Franz nickte und zahlte die Zimmermiete unten bei der Concierge. Auf der Treppe begegnete ihnen ein gutgekleideter Mann mit Glatze. Er hüstelte und sah Franz nicht an. Nein, dachte Franz, das ist kein Schatten – der hat bloß ein schlechtes Gewissen.

Das Zimmer sah sauber aus. Die Grüne zog sich schon beim Hineingehen den Pullover aus. Der Büstenhalter war auch grün, und Franz fragte sich, wie eine Brünette zu Sommersprossen auf den Brüsten kam.

»Zieh dich wieder an«, sagte Franz.

»Gefalle ich dir nicht?« Sie verschränkte die Arme hinter dem Kopf und blickte ihn mit gespielter Lüsternheit an.

»Wir fahren jetzt zu François.«

»Moment mal! Was soll denn das heißen?«

Franz seufzte und drückte ihr den Pullover in die Hand. »Beeil dich. Brauchst keine Angst haben, ich will ihm nicht ans Leder, deinem François.«

Sie zog den Pullover an und schrie. Franz gab ihr eine Ohrfeige, und die Tür ging auf.

Der Mann mit dem Totschläger in der Hand hatte einen Specknacken und verbreitete einen Geruch, als habe er eine Handvoll roher Knoblauchzehen gegessen.

»Leg das Ding weg«, sagte Franz, »so was kann ich nicht leiden.«

Yvonne wollte zur Tür laufen. Franz stellte ihr ein Bein. Sie fiel hin und vergaß vor Schreck zu schreien. Der Mann mit dem Totschläger ging auf Franz zu. Franz wich seinem Schlag aus, packte den Arm mit dem Totschläger und drehte ihn herum. Der Totschläger krachte in den Spiegel, die Scherben zerplatzten im Waschbekken, und der Mann lag auf dem Boden und wimmerte.

»Das nächste Mal breche ich dir den Arm«, sagte Franz.

Der Mann am Boden sah ihn erschrocken an und rieb sich die rechte Schulter.

»Und putz dir mal die Zähne«, sagte Franz. »Ist eine Zumutung, der Gestank.«

Der Schatten stand bei den Mülltonnen und versteckte sein Gesicht hinter dem *France Soir.* Als Franz mit der Grünen in ein Taxi stieg, lief er hastig zu seinem Wagen.

François wohnte in einem Betonklotz am Stadtrand. Die Grüne hatte während der Fahrt geschwiegen. Am Fahrstuhl sagte sie: »Bist du der Puma?«

Franz nickte.

»Er hat oft von dir gesprochen.«

François' Gesicht war quittegelb. Er lag in einem schmuddeligen Morgenrock auf dem Bett und zitterte. Um das Bett herum war ein Durcheinander von Flaschen, Kleidungsstücken, Asche. François war blaß und schwitzte. Seine Augen waren rotumrändert, und in seinen Mundwinkeln hingen Speichelblasen.

»Mein Gott, Franz, bin ich fertig! Hast du was mitgebracht, Yvonne?«

»Es gibt bloß Koks.«

»Koks? Scheiße, Kinderkram«, schrie François. Er kratzte sich den Schorf am Arm auf und bemerkte das Blut nicht. »Nun gib's schon endlich her!«

Franz zog sich einen Stuhl heran, wischte die Socken und Unterhosen herunter und sah ihm stumm zu.

François öffnete das Papiertütchen. »Das ist alles, und dann bloß Koks?«

»Ich kann's nicht ändern«, sagte Yvonne. »Es ist mindestens ein halbes Gramm.«

François nahm einen Teelöffel vom Nachttisch und versuchte, das weiße Pulver mit dem Löffelstiel zu schnupfen, aber er verschüttete es auf die Bettdecke.

Yvonne half ihm. François ließ sich auf die hochgetürmten Kissen zurückfallen und atmete tief.

Franz rückte seinen Stuhl ans Bett.

François sah ihn an. »Tut mir leid, Franz, daß du das sehen mußt.«

»Du solltest damit aufhören. Es bringt dich um.«

»Aufhören? Kannst du mir vielleicht sagen, wie? Du kennst das Zeug nicht, Franz! Glaubst du, ich nehm's, weil's mir Spaß macht? Ich muß!« Er schrie und kratzte sich wieder. »Weil ich sonst sterbe! Schmerzen! Das kann sich kein Mensch vorstellen!«

Franz sah ihn stumm an.

Yvonne wischte ihm den Schweiß aus dem Gesicht.

»Es taugt nichts«, sagte François leise. »Scheiß Juckpulver.«

»Erzähl mir was von Robert«, sagte Franz.

»Er hat uns beschissen.« François grinste krampfhaft. »Einfach beschissen! Erst hat er irgendwas von einem Geschäft geredet. Wollte uns beteiligen – mit den Anteilen.«

»Und?«

»Nichts – und! Das war's. Dann hat er sich dünnegemacht!«

»Alles, das ganze Geld?«

»Alles«, sagte François ruhiger. »Er ist sogar mal vorbeigekommen – mit einem dicken Wagen und einem Gorilla.«

Franz zündete sich eine Zigarette an und wartete.

»Er hat mir Stoff hiergelassen, und ich war ihm auch noch dankbar dafür. Almosen! Er hat genau gewußt, daß er mir mit einem Almosen das Maul stopfen kann, das Schwein!«

»Bring ihn um«, sagte Yvonne. Sie blickte Franz ernst an. »Ja, bring ihn um!«

»Wo ist er?«

»Marseille. Er ist ins Schneegeschäft eingestiegen – mit unserem Geld!«

»Marseille? Bist du sicher?«

»Ja, ganz sicher.«

»Weiß Belfond was davon?«

François schüttelte den Kopf und strich sich die schweißnassen Haare aus dem Gesicht. »Vielleicht hat er was läuten hören, aber mehr nicht. Gib mir noch was, Yvonne!« Er sah Franz unsicher an, und sein Lächeln mißlang. »Es hilft nicht viel, dieses Zeug. Juckpulver, weiter nichts.«

»Hast du seine Adresse?«

»Eine Madame war hier, aus Marseille. Sie hat sich bei den Mädchen umgesehen ...«, sagte Yvonne zögernd.

»Der Mann«, sagte François heftig, »der Mann ist wichtig!«

»Ein Korse. Ich hab ihn wiedererkannt.«

François schlug mit der flachen Hand auf die Bettdecke. »Sie bringt alles durcheinander! Also, es war so. Der Mann, den die Frau aus Marseille bei sich hatte, war Roberts Gorilla! Derselbe Mann, mit dem er hier bei mir gewesen ist! Der Korse, verstehst du?«

»Wann war er hier?«

»Vor zwei Jahren ungefähr.«

Franz sah Yvonne an. »Wann war die Frau aus Marseille hier?«

»Vorgestern«, sagte Yvonne. »Ich weiß nicht, wie sie heißt, aber ihr Haus liegt in der Rue de la Concorde in Marseille.«

»Der Mann! Der Mann! Du weißt doch, wie der Mann heißt! Die Frau ist doch gar nicht wichtig!« François' Stimme wurde hysterisch. Er nieste.

»Ja doch, brüll doch nicht immer gleich so!«

»Wie heißt er?« fragte Franz.

»Alain Maracetti«, sagte Yvonne.

»Und Belfond soll nichts davon wissen?«

»Bestimmt nicht«, sagte François. »Sonst hätte er ganz anders mit mir geredet.« Er fror plötzlich.

Franz stand auf und nickte.

»Sei vorsichtig, Franz! Bring ihn um, bevor er dich umbringt.«

»Mach dir um mich keine Sorgen.«

Yvonne brachte ihn zur Tür. Franz gab ihr einen Geldschein.

»Fürs Taxi zurück. Schaff ihn ins Krankenhaus, wenn dir was an ihm liegt.«

»Das geht nur mit Gewalt. Soll ich ihn vielleicht mit Gewalt hinschleppen?«

»Ja«, sagte Franz. Er dreht sich um und ging zum Fahrstuhl. Der Flur roch nach Lysol und Pizza. Als die Fahrstuhltür aufging, hörte er François schreien.

Der Schatten wartete auf einer Bank auf der anderen Straßenseite.

Eine Stunde später war Büroschluß, und Franz tauchte unter im Strom der Angestellten. Am anderen Ende der Straße verließ er die Metro und fuhr mit einem Taxi zurück in die Stadt. Der Himmel schillerte wie eine dünne Öllache.

Franz wechselte das Hotel. Das Zimmer lag im Erdgeschoß und hatte eine wellige, stockfleckige Blümchentapete und grauen Dekkenputz. Er setzte sich ans Fenster, blickte hinaus auf die Rue Napoléon und dachte nach.

Er unterschätzte Kommissar Belfond nicht. Für ein Gramm Heroin konnte Belfond von François erfahren, was er wollte. Das war nicht sein Stil – aber er hat gewußt, wo François ist, dachte Franz. Er wartet darauf, daß ich ihn zu Robert führe. Er will Robert, und ich will das Geld. Wenn ich Robert ans Messer liefere, kann ich meinen Anteil vergessen.

Franz machte sich nichts vor. Zwar war er gesünder als wohl die meisten Männer in seinem Alter, aber das änderte nichts daran, daß er bald fünfzig wurde. Ein Angestellter, der in diesem Alter seine Stellung verlor, fand so leicht keine neue, auch wenn er bereit war, einen Job anzunehmen, der unter seinen Fähigkeiten lag und entsprechend schlecht bezahlt wurde.

In meinem Alter überfällt man keine Banken mehr, dachte Franz. Banküberfälle, das war etwas für Hitzköpfe. Ein junger Mann nimmt das Risiko eher in Kauf, weil ihm die Zeit noch nichts bedeutet. Später, so ab vierzig, wenn die Jahre anfangen, doppelt zu zählen, wird ein Mann vorsichtiger. Belfond ist ein alter Fuchs, er weiß das, dachte Franz, und er weiß auch, daß ich das Geld brauche. Er weiß nur nicht, wofür. Von meinem Plan weiß er nichts. Niemand weiß etwas von meinem Plan.

Draußen war es warm und dunkel. Die Außentische vom Café gegenüber wurden von einer Bogenlampe über dem Eingang und dem schwächeren Licht der Straßenlaternen beleuchtet. Die Stühle sahen alt und durchgesessen aus, und die leeren Tischplatten glänzten feucht.

Ein Getränkewagen hielt am Bürgersteig. Der Fahrer stieg aus und redete mit der Kellnerin. Sie trug ein rundes Tablett mit

Flaschen und Gläsern und stand da, als mache ihr das Gewicht nichts aus.

Am Tisch neben dem Eingang saßen drei junge Mädchen und lachten. Der vierte Stuhl war leer. Eines der Mädchen trug nur Shorts, Sandalen und ein Tuch um die Brüste. Dafür hatte sie jede Menge bunter Kämme im Haar. Sie sehen so frei aus, dachte Franz.

Der Getränkewagen fuhr ab. Die Kellnerin trug einen geschlitzten schwarzen Rock, einen knappen weißen Pullover und wiegte sich in den Hüften. Franz stand auf und streckte sich. Er legte sich aufs Bett und verschränkte die Arme hinter dem Kopf. Der Deckenputz hatte Wasserringe.

Ich sollte erst mal untertauchen, dachte er. Irgendwohin, wo Belfond mich nicht vermutet. Er lächelte. Am besten aufs Land.

9

Franz Morgenroth mietete einen Wagen und fuhr mit einem Taxi zu der vereinbarten Stelle am östlichen Stadtrand. Er hatte zehn Jahre nicht am Steuer gesessen und wollte sich nicht als erstes dem Pariser Stadtverkehr aussetzen.

Dann fuhr er auf der Nationalstraße 4 aus Paris heraus. Er schaffte die zweihundert Kilometer bis St. Dizier in drei Stunden, und als er nach weiteren zweihundertzweiundachtzig Kilometern Toul erreichte, kam es ihm vor, als hätte er nie etwas anderes getan als Autofahren.

In Toul wechselte er auf die A 33. In Nancy machte er eine Kaffeepause, fuhr auf der Nationalstraße 4 über Luneville bis Sarresbourg. Kurz darauf war er in Saverne und fuhr auf der gepflasterten Rue de Canal am Canal Zorn entlang, der an der tiefsten Stelle durch die Stadt führte, stellte den Motor ab und stieg aus. Er hatte

Hunger und fühlte sich noch erstaunlich frisch. In einem Lokal in derselben Straße bestellte er Potage, Forelle in gebackenen Mandeln und Rehrücken mit Totentrompetenpilzen und fand, daß er noch nie so gut gegessen hatte.

Als er wieder zu seinem Wagen ging, war da plötzlich ein Schiff. Es stand mitten auf der Straße und verdeckte die gegenüberliegenden Häuser.

Eine ältere Frau mit einer weißen Plastiktüte voller Selleriestauden blieb stehen und lachte freundlich. »Ja, die Leute kommen von weit her, um das zu sehen. Hier ist nämlich das Hebewerk des Kanals.«

Bouxwiller ist ein kleiner Ort im Elsaß, inmitten von Wiesen, Äckern und Wäldern. Es liegt am Fuße des Bast- und des Galgenberges. Sie bestehen aus Muschelkalk, sind dreihundertfünfundzwanzig Meter hoch und oben kahl. Auf dem Bastberg sollen gelegentlich die Hexen tanzen, deshalb heißt er im Volksmund Hexenberg. Ein Student, der in Straßburg studierte, brachte eines Tages einen Studentenfreund, einen jungen Deutschen namens Johann Goethe, mit in seinen Heimatort Bouxwiller. Der deutsche Student schwärmte von der Landschaft, und als er die Gärten der Gräfin sah, soll er ausgerufen haben: »Ein kleines Versailles.« Er blieb etwa einen Monat, dann reiste er weiter. Seinen Faust schrieb er erst einige Jahre später.

Der Galgenberg verdankt seinen Namen tatsächlich diesem Gerüst, an dem man in früheren Zeiten Sträflinge aufhängte und Frauen, die man der Hexerei für überführt hielt. Auch erzählt man sich die folgende Geschichte: Eines Tages wurde im Schloß ein Ring entwendet, eine Magd verdächtigt und auf den Galgenberg geschleppt. Die Magd schwor ihre Unschuld bei allem, was ihr heilig war, aber man glaubte ihr nicht und hängte sie. Anschließend begaben sich Richter und Henker zu einem Imbiß ins Dorf Imbsheim. Es war ein Tag im Frühling, und es soll den ganzen Tag lang geregnet haben. Wenig später fand man den Ring in einem Elsternnest, und die Leute sagen, seit jenem Tag im Frühjahr regne es Jahr für Jahr am Todestag der unschuldig gehängten Magd.

Von 1870 bis zum Ersten Weltkrieg war Bouxwiller deutsch. Von 1918 bis 1940 französisch. Von 1940 bis 1944 von den Nazis besetzt. Sie kamen im Juli 1940 und blieben bis zum 22. November 1944. Seit 1945 gehört es wieder zu Frankreich, wie das übrige Elsaß, und von zwanzig jüdischen Familien in Bouxwiller hatten zwei überlebt.

Von Paris nach Bouxwiller sind es vierhundertdreißig Kilometer und von Saverne nach Bouxwiller fünfzehn.

Die hügelige Landschaft mit ihren dichtbewachsenen Wiesen und Feldern war ein sanftes, kaum von einem Wind bewegtes Meer in den Farben von Kornblumen, Margeriten, Mohnblumen und tiefem Grün. Franz sah kein einziges Auto. Einmal hörte er einen Traktor. Vorm Ortseingang stand ein Pferdegespann. Er fuhr in den Ort hinein und stellte den Wagen an der Kreuzung beim Gasthof *Le Soleil* ab. Die meisten Häuser sahen noch genauso aus wie in seiner Kindheit.

Der Mann auf dem Moped bremste plötzlich, stellte den Motor ab und winkte Franz zu. Er trug einen dunkelblauen neuen Overall, grobe Schuhe, eine Baskenmütze und hatte ein breites, zerknittertes Gesicht mit einem auffallend kleinen Mund. »Franz! Franz Morgenroth! Alter Genosse!«

Franz versuchte sich zu erinnern. Das Gesicht kam ihm vage bekannt vor.

»Jean-Philippe Werkmeister«, sagte der Mann. »So heiße ich. Ich habe dich sofort erkannt, Franz.« Jetzt wußte er wieder, wer der Mann war: der ältere Junge, der ihn im besetzten Paris aufgelesen und zum Widerstand gebracht hatte.

»Du bist also hiergeblieben«, sagte Franz schließlich.

»Ja. Bin immer noch Schuster. Und ich bin ganz zufrieden. Hab mir nie was aus dem Stadtleben gemacht, weißt du ja. Und du? Warum bist du jetzt gekommen?«

»Kein besonderer Grund. Nur mal ein bißchen nach dem Rechten sehen. Wie steht's denn so bei meinen Leuten?«

»Nach dem Rechten sehen, soso. Ja, du warst lange nicht mehr hier. Ist wohl bald fünfzehn Jahre her?«

»Kann sein. Ich hab sie nicht gezählt.«

Jean-Philippe Werkmeister sah ihn nachdenklich an. »Deine Mutter hat ja bis zuletzt gesagt, der kommt noch mal wieder, unser Franz, die Stadt ist nichts für ihn. Ja, bis zuletzt hat sie das gesagt. Das ist nun auch schon bald zehn Jahre her.« Er wartete.

Franz verzog keine Miene.

»Deinem Vater ging es auch nicht mehr so recht danach, aber zäh ist er immer noch. Hast du ihn schon gesehen?«

»Ich bin grade erst angekommen«, sagte Franz.

»Ach so. Na, dann geh mal hin. Sehen wir dich heute abend auf ein Glas im *Le Soleil*?«

»Ich weiß nicht«, sagte Franz. Er hatte sich lange genug mit Vergangenem beschäftigt und redete nicht gern über alte Zeiten. Aber die Erinnerung kam trotzdem.

Jean-Philippe Werkmeister und Franz waren bis Kriegsende

zusammengeblieben und hatten unversehrt den Sieg der Alliierten erlebt. Als de Gaulle in Paris eingezogen war und sie aufgehört hatten zu feiern, hatte Jean-Philippe Werkmeister erklärt, daß er nach Hause zurückkehren werde.

»Schuster?« fragte Franz. »Willst du Schuster werden wie dein Vater?«

Jean-Philippe Werkmeister nickte ernsthaft. »Ist nichts für mich, die Stadt. Heute triffst du einen Menschen, morgen hast du ihn schon wieder vergessen.« Er schüttelte den Kopf. »Ich habe meine Pflicht getan, jetzt gehe ich nach Hause.« Es hörte sich kein bißchen großspurig an, aber es gefiel Franz trotzdem nicht.

Franz blieb in Paris und fand schnell neue Freunde. Jules Meurisse zum Beispiel, einen Friseurlehrling aus Nancy, der von einem Luxussalon in der Rue Fontaine träumte, oder Gustave den Belgier, einen Drucker, der kurz nach dem Krieg die Fachleute mit erstaunlich gelungenen Zwanzigdollarnoten verblüffte. Sie trafen sich in der Bar *Capoularde* im Quartier Latin und wollten alle dasselbe. Franz war ein untersetzter, einsilbiger Kerl gewesen, den die Mädchen mochten und die Männer respektierten. Keiner von ihnen wußte, daß er erst sechzehn Jahre alt war. Sie lebten nachts und in Rudeln, und wenn ihm damals jemand gesagt hätte, die Welt gehöre ihm, er brauche sie sich nur zu nehmen, Franz hätte es geglaubt.

Er traf Jean-Philippe Werkmeister in einem Café am Boulevard St. Michel zum letztenmal. Draußen auf der Straße dröhnte eine Parade.

Jean-Philippe hatte seinen Rucksack mitgebracht. »Du hast dir alles richtig überlegt? Was willst du denn hier in der Stadt machen?«

»Wird sich schon finden. Jedenfalls hab ich keine Lust, bei Meschenmoser Metzgerlehrling zu werden, das kannst du mir glauben.«

»Ja, was denn dann?« fragte Jean-Philippe überrascht.

»Ich komm schon zurecht«, sagte Franz.

»Jedenfalls werde ich deine Eltern sehr herzlich von dir grüßen«, sagte Jean-Philippe.

Franz schwieg. Sie saßen sich noch eine Weile stumm gegenüber. Schließlich gingen sie einfach auseinander.

Von diesem gepflasterten Platz aus war es noch ein Fußweg von einer halben Stunde. Franz blieb stehen. Hier war bis zur Jahrhundertwende der Mädchenmarkt gewesen. Die Mädchen wurden herausgeputzt, auf dem Platz versammelt, und die Bauern, auch in festlicher Tracht, kamen hierher, um sich eine Magd nach ihrem Geschmack auszusuchen.

Ein paar Schritte weiter war der Metzgerladen von Max Meschenmoser gewesen. Er hatte einem Eisenwarenladen Platz gemacht, und das Schaufenster war vollgestopft mit Black-and-Decker-Bohrmaschinen im Sonderangebot.

Das alte Haus stand noch genauso krumm und eingesunken an der Straße wie früher. Auf dem Dach fehlten ein paar Ziegel, und der Schornstein sah wacklig aus. Franz ging durch das angelehnte Lattentor in den Hof. Der Hühnerstall war nicht mehr da, und der Scheune fehlte eine Torhälfte. Die andere hing schief an einer Angel.

Als die Deutschen im Ort auftauchten, hatte sich die Mutter gesagt, wer nicht in Versuchung kommt, kann ihr auch nicht erliegen, und sperrte Franz' Schwester Denise in den Kartoffelkeller wie eine läufige Hündin.

Niemand hatte es für möglich gehalten, aber Denise hatte es geschafft. Als Kinder waren sie oft durch die Kellerluke gekrochen, für einen Erwachsenen war sie zu eng. Denise aber war schmal und knochig, machte sich durch die Luke davon, und Franz hatte sie erwischt.

Als sich seine Augen an das dämmrige, stickige Halbdunkel in der Scheune gewöhnt hatten, hatte er sie gesehen. Der Mann hatte ihren Rock hochgeschoben und lag zwischen ihren bloßen Beinen. Seine Jacke hatte er anbehalten, die Hose hing unter seinen Knien auf den Knobelbechern, und sein blasser Hintern pumpte mit grotesker Ernsthaftigkeit auf und nieder.

Franz war damals vierzehn Jahre alt gewesen, und Denise achtzehn. Er war nicht besonders groß für sein Alter, aber er war stark wie ein Stier. Der Deutsche war grade zwanzig und mußte hinterher mit einer Silberspange im Unterkiefer und einem geplatzten Trommelfell weiterleben. Denise sah aus, als habe sie Zahnschmerzen, und der Vater wollte seinen Sohn verprügeln, weil Franz seine Schwester verprügelt hatte. Als er mit dem Ledergürtel auf ihn losging, griff Franz nach einer Holzlatte und sagte: »Du schlägst mich nicht mehr. Ich bin stärker als du.«

Franz sagte niemandem, warum er seine Schwester verprügelt hatte, und zwei Tage später machte er sich davon nach Paris, wo er bald darauf Jean-Philippe Werkmeister traf.

Der Hof lag still und warm da. Franz wandte sich um und ging zum Haus. Er spürte etwas, das ihn bewegte, aber er hätte nicht sagen können, was es war.

Sie saßen unter dem Fliegenfänger, an der rechteckigen, dunkelbraun gemaserten Tischplatte aus einem Stück Holz und starrten ihn wortlos an. Franz' Vater, seine Schwester Denise, der Mann mit einem schwarzen Schnurrbart neben ihr und ein Priester.

Es war die ewig halbdunkle Küche seiner Kindheit mit ihren durchgetretenen Fußbodenbrettern, der niedrighängenden, vom Kochdunst dunkelgebeizten Decke, dem bröckligen, braunschwarzen Fleck über dem Herd und dem Küchenschrank mit dem abgegriffenen, glatten Holz unter dem kaum noch erkennbaren Farbanstrich neben dem Fenster zum Hof.

Auf dem Tisch lagen Wurst, Käse und Brot und der halbrunde, bröselige Rest eines Sandkuchens auf einem blauen Emailleteller.

»Guten Abend, Franz.« Denise sprach mit hoher, angespannter Stimme. »Du hast wohl gedacht, deine Schwester erkennt dich nicht gleich?«

Franz nickte ihr zu. »Guten Abend, Vater.«

Der alte Morgenroth antwortete nicht. Sein Gesicht war aufgedunsen und kraftlos. In seiner Wange zuckte ein Muskel. Er hockte im Ohrensessel an der Stirnseite des Tisches.

»Das Sprechen fällt ihm schwer«, sagte Denise. »Es strengt ihn sehr an.«

Der alte Morgenroth verdrehte die Augen und öffnete den Mund. Seine Lippen zitterten, und Speichel lief aus seinen Mundwinkeln. Die Zunge wollte ihm nicht gehorchen.

Denise warf den Kopf zurück. »Siehst du, er erkennt dich nicht mehr!«

Franz ging um den Tisch herum und berührte seinen Vater an der Schulter. »Vater, ich bin es, Franz.« Der alte Mann sah ihn an. Bis auf das Zucken in der Wange bewegte sich nichts in seinem Gesicht.

»Er ist gelähmt«, sagte Denise. »Vor einem halben Jahr hatte er seinen zweiten Schlaganfall. Aber das kannst du ja nicht wissen.«

Sie wandte sich an den Priester. »Das ist mein Bruder Franz. Pater Claude, Jean, mein Mann.«

Franz setzte sich an den Tisch. Die Tür zum Wohnzimmer stand halb offen, und er sah den Sessel mit Schonbezug und ein Stück von der Kommode.

Denise goß ihm Kaffee ein. »Es ist nicht so, daß er gar nicht mehr sprechen kann. Aber meistens kriegt er nur was heraus, wenn er einen Schnaps will. Tut mir leid, Pater, aber es ist die Wahrheit.«

Vielleicht lag es an ihrer schrillen Stimme, daß sich alles verdrossen anhörte, was sie sagte.

Der alte Mann bewegte den Kopf. Seine Wangen zuckten, sein Kinn zitterte, und er stieß etwas Unverständliches hervor.

»Da sehen Sie's«, sagte Denise. »Jetzt will er einen Schnaps.«

Jean stand auf und holte eine Flasche ohne Etikett aus dem Küchenschrank.

Er hielt ihm mit der linken Hand das Kinn fest und schüttete ihm die scharfe, farblose Flüssigkeit in den Mund. Der Alte schluckte, schloß die Augen und rülpste. Es hörte sich an wie das Kollern eines Truthahns. Ein paar Tropfen liefen ihm aus den Mundwinkeln in die grauen Bartstoppeln.

Franz beugte sich vor und wischte sie ihm mit der bloßen Hand in einer behutsamen, fast zärtlichen Geste vom Kinn. Ihre Blicke trafen sich, und Franz erschrak. Ihm war, als habe ihn der alte Mann voller Verachtung angesehen.

Der Priester lächelte verständnisvoll. Er hatte ein pausbäckiges, glattes Gesicht undefinierbaren Alters, das man sofort wieder vergaß. Er steckte sich ein Stück Sandkuchen in den Mund, und sein mahlendes, sorgfältiges Kauen wirkte feierlich. Er schluckte herunter und sagte: »Ich möchte jetzt nicht länger stören.« Als Denise protestieren wollte, hob er abwehrend beide Hände. »Sie haben sich sicher viel zu erzählen.«

Denise stand auf.

»Ich bitte Sie, bleiben Sie doch sitzen.« Er sah Franz an.

»Würden Sie mir die Freude machen, mich zur Tür zu begleiten?«

Der Priester blieb in der Diele stehen und sah Franz neugierig an. »Haben Sie eine Zigarette?«

Franz hielt ihm die Schachtel hin und gab ihm Feuer. »Ihre Mutter hat mir viel von Ihnen erzählt.« Franz steckte das Feuerzeug ein und schwieg. »Was haben Sie vor, wollen Sie hierbleiben?«

»Warum wollen Sie das wissen?«

Der Priester zog an der Zigarette und stieß den Rauch durch die Nase aus. »Sie sind unwillig, weil ich mehr von Ihnen weiß als Sie von mir. Ich lese Pariser Zeitungen.«

»Hören Sie«, sagte Franz, »wenn Sie mir was sagen wollen, kommen Sie zur Sache.«

Der Priester lachte verhalten. »So ungefähr habe ich Sie mir vorgestellt. Wissen Sie, die Leute in so einem kleinen Ort reden ja. Franz Morgenroth, der Held der Résistance. Jaja, und wie sie reden. Ich wünschte, Sie könnten es hören.«

»Was wollen Sie von mir?«

»Nichts. Ich will Ihnen nur klarmachen, daß Sie hier nicht vergessen sind. Daß Sie den Menschen hier etwas bedeuten.«

Franz machte eine ungeduldige Handbewegung. »Ich bin nur mir selber verantwortlich.«

Der Priester warf seine Zigarette hinaus auf die Straße. »Ich weiß, daß Sie im Gefängnis waren.« Er schüttelte den Kopf, als wollte er damit Franz' Antwort zuvorkommen. »Ich bin kein Pharisäer. Seien Sie unbesorgt. Niemand hier weiß etwas davon. Besuchen Sie mich doch einmal, bevor Sie uns wieder verlassen.«

Franz hielt ihm die Tür auf und nickte.

»Wirklich?«

»Von mir aus können Sie denken und reden, was Sie wollen. Erzählen Sie's meiner Schwester, die wird die meiste Freude daran haben.«

»Nein, nein. Sie mißverstehen mich vollkommen – Sie tun mir unrecht.«

»Ach was. Hauen Sie endlich ab.«

Jean war allein in der Küche. Er hatte das Licht angemacht. »Sie bringt Vater ins Bett.«

Franz setzte sich. Der Raum kam ihm winzig vor, aber es war alles noch am selben Platz. Nur statt der alten Koksgrude stand jetzt ein Gasherd auf dem Blecheinsatz im Fußboden. Bloß die Fliegen waren zu hören.

»Willst du auch einen Schnaps?« Franz nickte.

»Dann nehme ich auch einen, ob es Denise gefällt oder nicht.« Jean stellte die Flasche mit zwei Wassergläsern auf den Tisch und schenkte großzügig ein. »Du hast dich nie besonders mit deiner Schwester verstanden, was, Schwager?«

Franz sah ihn an und nickte stumm.

Jean kippte seinen Schnaps und seufzte. »Eigentlich ist sie eine gute Frau. Nur launisch, ewig launisch.« Er wartete, bis Franz ausgetrunken hatte, und schenkte nach. »Du hast sie lange nicht gesehen. Der Mensch verändert sich, wenn er älter wird.« Er schwieg und starrte in sein Glas. »Ich möchte wissen, was los ist mit dieser Frau. An nichts mehr hat sie eine Freude. Ich bin bei der Post – wir haben unser Auskommen. Aber vielleicht hat sie einfach mehr vom

Leben erwartet, als ich ihr bieten kann. Versteh mich bitte nicht falsch – es fehlt ihr an nichts.« Er sah Franz entschuldigend an. Franz schwieg und sah den Fliegen auf dem Tisch zu. »Ich denke nicht schlecht von ihr. Nur begreife ich sie manchmal nicht. Wahrscheinlich liegt's an mir.«

Denise kam zurück und sagte: »Alles läßt er an mir aus! Spuckt in das Essen, wenn ich ihn füttere! Warum ist er nur so undankbar!« Sie trank ihren Kaffee aus, machte eine ruckartige Kopfbewegung und blickte Franz an. »Und du willst nichts von dir erzählen?«

»Ich lebe«, sagte Franz.

»Du lebst? Ja, wovon denn nur?«

»Geschäfte.« Er stand auf. »Ich möchte Vater noch mal sehen.«

»Es ist nicht gut für ihn, es regt ihn nur auf«, sagte Denise schnippisch, »aber es ist ja auch dein Vater. Du mußt selbst wissen, was du tust.«

Der Alte saß mit einem Stapel Kissen im Rücken in der Dunkelheit. Seine Augen waren weit offen.

Franz knipste die kleine Nachttischlampe an, setzte sich auf die Bettkante und beobachtete, wie das Licht die Pupille des Alten veränderte. Er brachte sein Gesicht ganz nah vor das seines Vaters und blickte ihm in die Augen. Das Gesicht des alten Mannes blieb starr. »Ich bin Franz. Ich bin dein Sohn. Erinnerst du dich, Vater? Ich weiß nicht, was ich dir von mir erzählen soll, du würdest alles nur falsch finden. Wir sind beide zu alt, um uns etwas vorzumachen, finde ich. Ich wollte dich noch mal sehen. Ich bin nicht hier, um mich für irgend etwas zu entschuldigen.«

Der alte Mann fixierte ihn mit seinen wäßrigen, ungerührten Vogelaugen. Er atmete unregelmäßiger.

Franz konnte ihm plötzlich nicht mehr in die Augen sehen. Er senkte den Kopf und blickte auf die karierten Filzschuhe mit Spangenverschluß.

Der alte Mann atmete plötzlich keuchend und mit offenem Mund.

Franz beugte sich über ihn, bis er mit seinem Ohr fast den Mund seines Vaters berührte, aber er hörte nur das röchelnde, angestrengte Atmen.

Franz riß die Tür auf. »Denise!«

»Ich hab dir doch gleich gesagt, du regst ihn zu sehr auf.«

»Er will mir etwas sagen, aber ich kann ihn nicht verstehen.«

Denise setzte sich aufs Bett. »Ganz ruhig, Vater, reg dich nicht auf.«

Der Alte röchelte etwas.

Denise hörte zu und nickte. Dann blickte sie auf zu Franz. In ihren Augen stand ein schamloser Ausdruck von Neugier. »Er sagt, er will dich nicht mehr sehen. Er sagt, du sollst weggehen.«

Franz packte sie am Arm und zog sie vom Bett weg. »Hast du das gesagt, Vater?«

Der alte Morgenroth riß mühsam den Mund auf: »Ja ... ja ...« Seine Kiefer klappten zusammen, und er fiel erschöpft in die Kissen zurück. Sein gequältes Atmen hörte sich an wie das Gurgeln eines letzten Rests von Badewasser im Abfluß.

Franz spürte Denises Stimme im Rücken wie eine körperliche Berührung. »Du hättest gar nicht erst kommen sollen. Er hatte dich schon vergessen.«

Jean war in der dunklen Diele. Er berührte Franz mit einer hilflosen Geste an der Schulter und ging mit ihm zur Haustür.

Die Luft draußen war kühl und roch nach Erde und frisch

gemähtem Gras. Franz ging zum Wagen zurück und drehte sich nicht mehr um.

Er fuhr, bis ihm die Straße vor den Augen verschwamm, bis die Bäume am Straßenrand in den Lichtkegeln seiner Scheinwerfer tanzten, bis das schreckliche, haßerfüllte Röcheln in seinen Ohren endlich leiser wurde. Dann lenkte er den Wagen auf einen Halteplatz, stellte den Motor ab und zündete sich eine Zigarette an. Seine Hand mit dem Feuerzeug war ruhig. Als die kleine Flamme aus der Düse sprang, sah er sein Gesicht im Spiegel an der hochgeklappten Sonnenblende. Seine Augen lagen eingesunken in den Höhlen, und die Falten und Furchen seines Gesichts warfen scharfe Schatten. Er blieb regungslos sitzen, bis sein Kopf leer war.

Als er endlich an nichts mehr dachte, fühlte er sich erlöst wie jemand, der sich über etwas Entscheidendes klargeworden ist. Ihm war, als wisse er jetzt, wer er war. Erst jetzt fühlte er sich wirklich frei.

II. Das Mädchen

10

Die Stewardeß Janet Bronski stand am Eingang der Trident 3, einer Maschine der British European Airways, die täglich um 16.10 Uhr vom Londoner Flughafen Heathrow nach München startet, und begrüßte die Passagiere. Sie war ein hochgewachsenes, großzügig proportioniertes Mädchen mit hellwachen Augen und einem punktförmigen Leberfleck neben dem rechten Nasenflügel. Ihr Lächeln, das auch nach fünf Dienstjahren noch nichts von seiner Natürlichkeit verloren hatte, wurde von den meisten Fluggästen, die vom Warteraum durch den ziehharmonikaförmigen Finger in die Maschine kamen, erwidert.

Janet Bronski war zufrieden mit ihrem Beruf und hatte ihn nicht zuletzt deswegen gewählt, weil sie so neugierig auf Menschen war. Einen kurzen Augenblick lang sah sie jeden Passagier an, der die Maschine betrat, und meistens wußte sie auf Anhieb, ob sie ihm schon einmal begegnet war.

Das Mädchen mit der schwarzen Sonnenbrille und den schmutzigblonden, hochgesteckten Haaren fiel ihr sofort auf. Normalerweise gaben ihr Frauen die wenigsten Rätsel auf. Dieses Mädchen schien in keine der üblichen Kategorien zu passen. Es war weder groß noch klein, nicht so schlank wie die Fotomodelle, aber auch nicht zu üppig. Ihr großzügiger Mund wirkte fest, und sie hatte ein schwungvolles, energisches Kinn. Die nietenbeschlagene, ausgebleichte Levis-Jeansjacke war ihr mindestens zwei Nummern zu groß und sah nicht besonders sauber aus. Darunter trug sie ein Seidenkleid mit Blümchenmuster, das bis zu ihren Knien reichte und genausogut vom Trödler wie aus einer teuren Boutique stammen konnte. Ihre Stiefel hatten hohe Absätze und reichten bis dicht unters Knie. Sie waren aus grünschuppigem

Schlangenleder, wie sie sich Janet Bronski selbst schon lange wünschte.

Das Mädchen ging durch den schmalen Gang zwischen den Sitzen und blieb stehen, bis sich ein dicker Mann aus seinem Kamelhaarmantel gepellt hatte.

Als sie weiterging, hatte ihr Gang nichts Provozierendes, und ihre Bewegungen waren von ruhiger, sicherer Beiläufigkeit. Das war keines jener Mädchen, die im Schlepptau von Popmusikern, Rennfahrern oder irgendwelchen anderen Berühmtheiten durch die Welt reisen – die Sorte kannte Janet Bronski genau.

Als sie ihr den Kaffee servierte, kam sie zu der Überzeugung, daß sie weder Sekretärin noch die Extraspielart einer Luxushure sein konnte – dafür waren ihre farblosen Fingernägel zu kurz. Das Mädchen hatte jene Sicherheit, die nur Menschen besitzen, die vollkommen mit sich im reinen sind oder viel Geld haben.

Beim Einsammeln der Plastiktassen bat das Mädchen um eine Aspirintablette. Janet Bronski gab ihr zwei und wartete, um den Pappbecher mit Wasser gleich wieder mitzunehmen. Das Mädchen nahm die schwarze Brille ab, und Janet Bronski sah ihre geröteten Lider.

Das Mädchen mit der Sonnenbrille und den nachlässig hochgesteckten Haaren hieß Wilhelmine-Therese Kammerloh, aber außer ihrem millionenschweren Vater nannte sie niemand so, und für ihre Freunde war sie Billie. Sie war, was man eine goldene Tochter oder einfach ein reiches Mädchen nennt, aber vielleicht war gerade das der Grund, weshalb sie nie Geld in der Tasche hatte.

Sie hatte geweint, aber erst später, im Taxi. Sie ärgerte sich darüber und war doch auch froh, daß David ihre Tränen nicht gesehen hatte. Ihre Tränen hatten nichts mit ihm zu tun. Der Taxifahrer war ihr egal.

Am liebsten hätte sie gleich nach dem Anruf aus Deutschland losgeheult vor Wut, und wie immer war ihr Vater nicht selbst am Telefon gewesen.

Die Mädchen im Flur sahen neidisch zu, wie sie von seinem Roadmanager in die Garderobe gebeten wurde.

»Jetzt denken sie, du bist seine Frau«, sagte er. »Nur die Frauen dürfen immer rein.« Er war höchstens Mitte Zwanzig, trug einen dünnen Goldring im linken Ohrläppchen, redete undeutlich und hatte harte, graublaue Augen.

Billie spürte seine Ablehnung, und der Gedanke, er könne eifersüchtig auf sie sein, amüsierte sie. Als David seinen Fernsehauftritt mit Studiopublikum hinter sich hatte, stürzte er erschöpft und verschwitzt in die Garderobe, warf ihr zwei Arme voll Blumen aus dem Publikum zu Füßen und strahlte sie glücklich an.

Später schliefen sie ohne Umschweife miteinander, und danach schlief sie ein.

Er kletterte vorsichtig aus dem Bett und betrachtete sie. Ihr ruhiges, kindliches Atmen und ihre vollkommene Hingabe an den Schlaf waren von archaischer Unschuld und rührten ihn tief, und er schrieb ein paar Zeilen auf einen Zeitungsrand. Dann starrte er sie unverwandt an, bis sie erwachte, nahm seine Gitarre und spielte ihr das Lied vor, das er eben geschrieben hatte.

»Schön«, sagte Billie. »Lady Godiva, ist das die auf dem Pferd, die nur ihre Haare anhat?«

Er nickte. »Zieh dich an.«

»Warum?«

»Ich liebe dich, wir gehen jetzt heiraten.«

»Du bist ein verrückter Dichter, der viel Unsinn redet. Gib mir ein Taschentuch, ich hab 'ne zue Nase«, Billie schneuzte sich geräuschvoll.

»Verrückt? Was ist das? Ich bin irisch und russisch und jüdisch und amerikanisch. Und ein Dichter. Ich sage immer die Wahrheit, und ich sage dir: in Wirklichkeit sind die Verrückten die Normalen. Das Lied ist übrigens für dich.«

»Für mich?« Sie lächelte. »Ich weiß nicht, was ich sagen soll – jedenfalls ist es ein sehr schönes Lied.«

»Bleib bei mir«, sagte er.

»Hör auf, es wird albern.«

»Ich könnte jemanden töten für dich«, sagte er ruhig. Sie gähnte. »Ich habe Durst.«

»Los, sag mir, wen ich umbringen soll!« Billie ging ins Bad und zog sich an.

Er riß eine Coca-Cola-Dose für sie auf und sagte: »Merkst du nicht, daß du zu mir gehörst?«

»Ich gehöre niemandem.«

»Das hab ich auch nicht gesagt. Ich hab gesagt: zu mir.«

Billie stellte die Cola-Dose weg, und brauner Schaum schwappte über den Rand und tropfte auf den Teppich. Bevor sie etwas sagen konnte, klingelte das Telefon.

Dietrich Wegner war Prokurist und rechte Hand ihres Vaters, und als sie seine Stimme hörte, wußte sie sofort, worum es ging. »Es ist ihm sehr unangenehm, gerade jetzt, wo er wichtigen Besuch hat. Es spricht ihn zwar niemand auf die Zeitungsnotiz an, trotzdem ist es sehr ärgerlich«, sagte Wegner leise.

»Aber das geht doch Kammerloh gar nichts an, und wieso steht da was in der Zeitung?«

»Billie, Sie wissen doch, wie das ist. Haben Sie doch auch ein bißchen Verständnis! In der Zeitung steht, seine Tochter ist einem Popsänger nachgereist – das kann ihm doch nicht recht sein. Bitte machen Sie mich nicht verantwortlich, ich kann doch auch nichts dafür.«

Plötzlich war ihr seine gedämpfte, beschwichtigende Stimme unangenehm. »Und? Warum rufen Sie an?«

Wegner seufzte. »Billie, ich kann Sie ja verstehen. Aber jetzt versuchen Sie doch, auch mal ihn zu verstehen.«

»Warum? Er tut das nie.«

Wegner schwieg einen Moment. »Ich weiß nicht, was ich Ihnen darauf antworten soll. Was aber den aktuellen Anlaß betrifft: Wir haben uns gedacht, wenn Sie heute abend wieder hier sind, dann wäre das der beste Beweis, daß die Zeitungsnotiz unzutreffend ist.«

»Ist sie ja gar nicht. Sagen Sie Kammerloh, daß ich mit ihm geschlafen habe und daß es mir Spaß gemacht hat.«

»Sie machen es mir wirklich nicht leicht. Sie wissen, daß ich mehr Verständnis für Sie habe als irgend jemand sonst. Ich bitte Sie – seien Sie vernünftig und kommen Sie nach Hause!«

Billie knallte den Hörer auf die Gabel.

»Dein Vater?«

Sie schüttelte unwillig den Kopf.

»Er will nicht, daß wir zusammen sind.«

Billie sah ihn an und sagte mit ihrer klaren, festen Stimme: »Ich hab dir nichts versprochen. Du hast kein Recht, enttäuscht zu sein.«

Er runzelte die Stirn, und in seinen Augen stand ein stummer Vorwurf. »Warum bist du überhaupt gekommen? Einfach nur so?«

Sie schwieg.

»Das war also alles?«

»Jetzt will ich dir mal was sagen: ich habe dich gern, und das stimmt – und nichts weiter. Ich komme, wann ich will, und ich gehe, wann ich will. Wenn du das noch nicht gewußt hast, liegt das daran, daß du mich nicht kennst, und dann weißt du's eben jetzt.«

Er nahm sie in die Arme und sagte: »Du bist so brutal, wie kein Mann sein kann. Aber ich liebe dich. Ich kann's nicht ändern.« Seine Stimme hatte jedes gespielte Pathos verloren, und er sah stumm zu, wie sie ihre Tasche nahm und zur Tür ging. Sie drehte sich um und sagte: »Ich hab dich wirklich gern, kannste mir schon glauben.«

Er sagte: »Tschus«, weil er kein »ü« aussprechen konnte, aber diesmal lachte sie nicht darüber und ging einfach hinaus.

Später kam der Roadmanager. »Ist irgendwas?«

»Hau ab, laß mich in Ruhe!«

»Läßt sich leider nicht machen, Mann, wir haben heute nacht einen Auftritt.«

»Sag ihn ab.«

»Das hab ich gar nicht gehört. Welche soll ich mitnehmen?«

Er bekam keine Antwort und knurrte: »Na schön, dann nehm ich sie eben alle mit.« Er suchte die Gitarrenkoffer zusammen und stellte sie neben die Tür. »Los, zieh dich um. Es wird Zeit, Mann!«

»Hörst du schwer? Ich bin krank!«

»Okay, okay. Ich geh schon mal vor. Denk daran: wir müssen noch die Akustik in der Halle checken.«

»Mach, was du willst.«

»Ich bin hier, um dafür zu sorgen, daß du spielst, und ich werde dafür sorgen, daß du spielst. So fantastisch ist diese deutsche Tante auch wieder nicht!«

»Noch ein Wort, und ich schlag dir die Zähne ein!« antwortete er. Dann bereitete er sich für den Auftritt vor.

Im Wagen, der ihn zur Royal Albert Hall brachte, summte er das neue Lied vor sich hin. Einen Tag später erschien *Melody Maker* mit der Überschrift: »*Sad And Sweet David Caught The Hearts Of His Audience! Last night's* stunning *performance of American Rock-Poet David Blue the major musical event of the year!*«

Die Tournee wurde verlängert, und danach trat er im Pariser *Olympia* auf. Dann in Wien. Er wollte nach München, zu Billie, aber sein Manager schickte ihn nach Australien. Im Flugzeug blickte er stundenlang stumm in die Wolken. Sein Gesicht sah eingefallen aus und hatte eine ungesunde Farbe. Australien wurde ein Erfolg. Der Manager schickte ihn auf die Anschlußtournee durch Amerika und verhandelte bereits mit den Japanern.

11

Die Maschine aus London landete pünktlich um 17.45 Uhr auf dem Münchner Flughafen Riem. Billie lächelte Janet Bronski am Ausgang flüchtig zu, und da sie außer einer Hängetasche kein Gepäck hatte, verließ sie schon wenig später den Flughafen, bezahlte zehn Mark Parkgebühren beim Kontrolleur im Parkhaus und fuhr nach München. Die Luft war warm, und der Himmel hing grau und schlierig über der Stadt. Trotzdem sah es nicht nach Regen aus.

Eine halbe Stunde später fielen die ersten schweren Tropfen. Die Scheibenwischer quietschten. Der Regen hörte wieder auf. Billie verließ die Autobahn Richtung Starnberg bei der Abfahrt nach Percha. Sie fuhr einen VW Karman Ghia, Baujahr 1972. Er war schmutzig, und an den eingebeulten Stellen blätterte der grüne Lack ab.

Wegners cremefarbener Mercedes kam ihr auf der Straße am See entlang entgegen. Fast hätte sie ihn übersehen. Als sie die Rücklichter des Wagens im Rückspiegel aufleuchten sah, bremste sie ebenfalls und fuhr auf einen Parkplatz. Wegner wendete, kam zurück und parkte neben ihrem Wagen. Sie stieg aus und setzte sich neben ihn auf den Beifahrersitz. »Da bin ich.« Sie blickte Wegner an.

Sein Gesicht war aschfahl, und seine Hände auf dem Lenkrad zitterten.

»Was ist los, Wegner?«

Wegner nahm die Hände vom Steuer, verschränkte die Arme über der Brust und preßte die Hände unter die Achselhöhlen. Er holte tief Atem und klopfte auf einen schmalen, braunen Aktenkoffer. »Damit kann ich sie alle hochgehen lassen! Alle!« Seine Stimme schwankte.

Billie zündete sich eine Zigarette an und wartete.

Wegner räusperte sich. »Wenn das rauskommt, dann können ein paar Leute ihren Laden zumachen. Dagegen ist die Lockheed-Geschichte ein Märchen! Wenn das rauskommt, geht die Partei für zwanzig Jahre baden – mindestens!«

»Was ist denn da drin?«

Wegner holte tief Luft und sah sie an. »Die Papiere. Ich hab das Protokoll geführt. Allein damit hab ich mich schon strafbar gemacht. Heute war die entscheidende Sitzung.«

»Okay. Aber es wäre ja nicht das erste Mal ...«

Wegner machte eine fahrige Bewegung und schlug mit der flachen Hand auf den Koffer. »Lappalien! Alles ein Dreck gegen das hier. Diesmal kommt alles zusammen. Bestechung, Erpressung, Waffenlieferung in ein Krisengebiet – alles!«

»Langsam! Worum geht's denn?«

»Na, Panzer! Und in einer Menge – soviel davon haben wir noch nicht mal nach Israel oder Griechenland geliefert. Viel mehr, als es selbst unter Nato-Partnern üblich ist, und dann noch in dieses Land! Wenn davon vor Oktober was rauskommt, ist die Wahl gelaufen! Ich darf gar nicht daran denken!«

»Ich glaub nicht, daß es der Partei viel ausmachen würde. Die sind das doch gewöhnt. Muß Kammerloh eben noch mehr für den Wahlkampf rausrücken. Das geht doch immer mit Geld.«

Wegner schüttelte den Kopf. »Diesmal nicht. Wenn davon was durchsickert – damit kommt keiner durch!«

»Also, ich weiß nicht.«

»Ich wünschte, es wäre übertrieben«, sagte Wegner. »Haben Sie eine Zigarette?«

Billie wußte, daß Wegner seit einem Jahr nicht geraucht hatte. Sie zündete ihm eine Zigarette an, steckte sie ihm in den Mund. »Ich verstehe, daß Sie sich darüber aufregen, aber Sie wissen, daß ich das anders sehe. Grundsätzlicher. Ich meine, wer irgendwas herstellt, der will es auch verkaufen – Waschpulver, Hunde, Fernseher – ganz egal was. Und ihr macht eben kein Waschpulver. Ihr macht Panzer.«

»Ich weiß«, sagte Wegner. »Seien Sie froh, daß Sie leben können, wie es Ihnen gefällt. Ich ...« Er stockte, warf die halbgerauchte Zigarette aus dem Fenster und starrte auf seine Hände. Auf der Straße fuhr ein Traktor vorbei. »Haben Sie ein Taschentuch?«

Sie gab es ihm und wunderte sich über ihre Gleichgültigkeit. Sie sah seine roten Augen und dachte, der hat ja geheult.

»Ich weiß nicht, wie lange ich das noch aushalte«, murmelte Wegner nach einer Weile.

»Ingrid«, sagte Billie prompt.

»Sie ist schwanger.« Wegner sah sie nicht an.

»Kammerloh ist doch ein größeres Schwein, als ich dachte«, sagte Billie voller Überzeugung.

»Ich halte das einfach nicht mehr aus.« Seine Stimme wurde wieder unsicher. »Ich weiß nicht mehr, was ich machen soll.« Billie sah, wie er um seine Fassung kämpfte, und fragte sich, was einen Mann dazu brachte, sich gefallen zu lassen, was Kammerloh mit ihm machte. Er tat ihr immer weniger leid.

»Gestern abend hat sie's mir gesagt. Ich hab die ganze Nacht nicht geschlafen. Was mit mir ist, ist ihr vollkommen egal. Als ginge mich das gar nichts an.«

»Haben Sie endlich mit Kammerloh gesprochen?«

Wegner sah sie an, als habe sie etwas vollkommen Abwegiges gesagt. »Nein. Ingrid sagt, er will auch keine Abtreibung. Ich – ich bin ja grundsätzlich auch dagegen. Ingrid auch.«

»Kammerloh wird sie niemals heiraten, dazu ist er viel zu katholisch und verlogen«, sagte Billie schroff.

»Zwei Jahre? Und jetzt auch noch das! Können Sie mir sagen, wie lange ein Mensch so was aushalten kann?«

Billie biß sich auf die Unterlippe und sah aus dem Fenster. »Was wollen Sie jetzt machen?«

»Ich weiß nicht. Was kann ich schon machen. Stillhalten.«

»Das ist nicht viel«, sagte Billie halblaut.

»Es tut mir leid, verzeihen Sie. Ich hätte gar nicht davon reden sollen. Sie haben ja Ihre eigenen Sorgen.«

»Ich hab mehr die Wut.«

»War es ernst?« fragte Wegner.

Die Feierlichkeit in seiner Stimme ging ihr auf die Nerven. »Ich bin gekommen, weil ich es wollte, und nicht, weil Kammerloh es so will«, sagte sie. »Sind diese Leute noch im Haus?«

»Jetzt sind sie in der Stadt. Er will später in kleiner Runde mit ihnen den Vertrag begießen. Deswegen hab ich Sie ja angerufen. Er möchte, daß Sie mitgehen.«

»Ich bin jetzt müde. Ich rufe Sie morgen an.« Billie beugte sich zu ihm und küßte ihn auf die Wange. »Seien Sie vernünftig!«

Sie stieg aus und ging zu ihrem Wagen. Wegner winkte ihr zu, und Billie dachte, das ist ja gerade sein Problem. Er ist viel zu vernünftig.

12

Josepha Limmer war nicht immer Haushälterin im Hause Kammerloh gewesen. Josepha Limmer war sechzig Jahre alt, ehrlich, katholisch und bienenfleißig.

Die Autorität des Hausherrn, den sie »gnädiger Herr« nannte, zweifelte sie genausowenig an wie die eines Priesters. Daß einer nur zu Reichtum und Besitz kommen kann, wenn es Gott gefällig ist, war für sie eine tiefe Gewißheit, an der sie auch nicht verzweifelte, als es Gott offenbar nicht gefällig gewesen war, sie und ihren Mann, Aloys Limmer, mit ihrem kleinen Hof auf einen bescheidenen grünen Zweig kommen zu lassen, und es ihm statt dessen gefiel, ihren Mann allzufrüh zu sich zu nehmen. Sie hatten einen kleinen Hof in Irschenberg bewirtschaftet, und es war am Morgen des Erntedankfestes passiert.

Aloys Limmer wollte die Gäule vor den festlich mit Grün geschmückten Leiterwagen spannen, als ein Pferd von einer Wespe gestochen wurde. Das Pferd scheute und machte das andere Pferd wild. Dann brachen beide Pferde aus und stießen Aloys Limmer den Spannbalken in den Bauch.

Josepha Limmer hatte es vom offenen Küchenfenster mit ansehen müssen. Ihr Mann starb noch auf dem Weg ins Krankenhaus nach Miesbach. Eine Woche später wären sie drei Jahre verheiratet gewesen. Der Knecht, ein Schlitzohr aus Freising, machte ihr noch vor Ablauf des ersten Trauerjahres einen Antrag, den anzunehmen für sie schon deswegen nicht in Frage kam. Josepha Limmer verpachtete ihm den Hof und bewarb sich als Haushälterin bei Kammerloh.

Sie war in der Küche beim Abwaschen, als Billie hereinkam. Frau Limmer mochte das Mädchen gern, obwohl sie es für ungezogen hielt.

»Machen Sie mir einen Kaffee, Frau Limmer?«

»Aber fragen Sie doch nicht, gnädiges Fräulein! Ist schon gleich fertig! Schön, daß Sie wieder da sind.«

Billie setzte sich an den Tisch und nahm sich eine Zigarette. Sie hatte versucht, Frau Limmer dazu zu bewegen, sich mit ihr zu duzen, aber Frau Limmer hatte gemeint, das gnädige Fräulein wolle du zu ihr sagen und eilfertig ihr Einverständnis erklärt. Als Billie ihr klarmachte, daß auch Frau Limmer statt »gnädiges Fräulein« du sagen sollte, lehnte sie ab, als sei das eine Zumutung.

Frau Limmer stellte ihr den Kaffee hin. »Möchten S' nicht etwas essen zum Kaffee, einen Apfelstrudel, ganz frisch?«

Billie schüttelte den Kopf. »Ich bin dick genug.«

»Ja, wo denn nur, wo?«

»Hören Sie auf, mir reicht's. Ist noch jemand im Haus?«

»Nicht mehr. Es ist ja auch den ganzen Tag lang gegangen. Der gnädige Herr ist im Keller und schwimmt. Dann will er noch mit den Hunden spazierengehen, hat er gesagt. Auf die Nacht muß er noch in die Stadt, geschäftlich. Er übertreibt's halt wie immer mit der Arbeit.«

»Wie war's denn so?«

»Na, der Herr aus Bonn war da, der ältere Herr, der immer so besonders nett ist, und sein Chauffeur, der so gerne Schweinshaxe ißt. Heut hat er nicht Schafskopf spielen brauchen mit mir, es waren genug da für einen Skat, aber lauter angenehme Herren. Ich hab ihnen eine kalte Platte reingebracht und Kaffee. Warm essen wollten sie ja nicht. Mei, und der Neger, der hat halt immer gelacht. Ein netter Mensch, und hat Formen, trotzdem er ein Neger ist. Wollen S' nicht doch etwas essen?«

»Bestimmt nicht«, sagte Billie. Dann hörte sie die Hunde in der Halle.

Die Hunde jachterten und sprangen an ihr hoch, und jeder wollte von ihr berührt werden. Kammerloh tauchte auf der Empore auf, kam die Treppe herunter. Die Hunde wurden so laut, daß keiner von beiden das erste Wort sagen mußte.

Franz Kammerloh war vierundfünfzig Jahre alt, aber wer sein Alter nicht kannte, schätzte ihn jünger ein. Er war ein mittelgroßer, kantiger Mann ohne den geringsten Bauchansatz und hatte einen wuchtigen, ausgeprägten Bauernschädel, tiefliegende, weggeschaltete Augen, große Ohren und einen militärisch knappen Haarschnitt. Eine Brille brauchte er nur zum Lesen. Sein Problem war der Bartwuchs.

Kammerloh gehörte zu den Männern, die sich alle paar Stunden rasieren mußten, um wirklich rasiert auszusehen. Ein Handikap, das sich besonders bei Fernsehauftritten bemerkbar machte und ihm als willkommener Vorwand diente, sich so wenig wie möglich den Fernsehkameras und der Öffentlichkeit überhaupt auszusetzen. Die Fernsehleute sagten, Kammerloh sei nicht telegen, und in der Sprache seiner Public-Relations-Firma hieß das, er habe ein

Negativimage, was wiederum bedeuten sollte, seine Ausstrahlung stimme nicht mit seinem Charakter überein. Von genau dieser Übereinstimmung war seine Tochter Billie fest überzeugt.

Kammerloh trug eine grüne Trachtenjacke mit Hirschhornknöpfen, Bundhose und feste Schuhe. Er musterte stumm seine Tochter, die scharfe Falte über seiner Nasenwurzel vertiefte sich, und seine Augen waren blicklos wie bei einer Verhandlung, bei der er sich nicht in die Karten sehen lassen wollte. Die Hunde kläfften wie toll.

Billie wußte, was er dachte: Sie hat sich wieder rumgetrieben, aber wenigstens ist sie jetzt wieder hier.

Kammerloh machte eine Handbewegung und öffnete die Haustür. Die Hunde drängelten sich hinaus und rannten über den Vorplatz zum Park.

»Gehst du mit?« Seine rauhe Stimme war ohne Vorwurf. Sie nickte.

»Willst du dir nicht was anderes anziehen? Es wird vielleicht doch schon kühl.«

Sie schüttelte den Kopf und ging vor.

Kammerloh folgte ihr. Die Hunde waren weit voraus. Im Park war es dämmrig mit einem Geruch von Grün und Wasser. »Hoffentlich hält sich das Wetter. Morgen früh gehen wir auf die Fuchsjagd. Kommst du mit?« Er hatte sie eingeholt und wirkte gelassen.

Sie sah ihn von der Seite an und schwieg.

Kammerloh erwiderte ihren Blick und lächelte: »Es ist dir wohl zu früh.«

»Ich hab keinen Spaß dran, Tiere abzuknallen.«

»Aber gegen Hasenbraten hast du nichts einzuwenden«, sagte er belustigt.

»Ich esse seit einem Jahr kein Fleisch mehr«, antwortete Billie heftig. »Wenn's eben geht.«

Sie gingen stumm nebeneinander her. Schließlich sagte er: »Deine Mutter ist gern auf die Jagd gegangen. Den andern Jägern damals war das zuerst gar nicht recht, daran kann ich mich noch gut erinnern.«

Der Hund ließ nicht locker. Billie nahm ihm das Holzstück aus dem Maul und schleuderte es weg. »Ich hab Wegner unterwegs getroffen«, sagte sie beiläufig. »Er kam mir ziemlich durcheinander vor.«

»Ah so?« Kammerlohs Stimme war ohne besondere Betonung. »Deine Mutter hat besser geschossen als so mancher Mann. Da konnten sie dann nichts mehr gegen sie sagen. Sie hat besser getroffen als ich. An häuslichen Dingen war sie nicht sehr interessiert. Genau wie du.«

»Sicher war sie eine ganz brave Frau und hat dir nicht soviel Trouble gemacht wie ich«, sagte Billie laut.

»Ich wünschte, ich könnte dich besser verstehen«, erwiderte er, ohne auf ihren Ton einzugehen. »Ich frage mich oft, ob es anders wäre, wenn deine Mutter noch da wäre.«

Billie starrte auf den Boden und hoffte, er würde aufhören, von ihrer Mutter zu sprechen. »Du kannst eben keinen verstehen, der nicht so denkt wie du. Den meisten Menschen geht das so.«

Kammerloh antwortete nicht. Bei einer alten, verwachsenen Eiche blieb er stehen. »Weißt du noch, wie ich dich mal da herunterholen mußte? Du warst irgendwie raufgeklettert und hast dich nicht herunter getraut.«

»Das muß das eine Mal gewesen sein, an dem du mit mir in den Park gegangen bist«, sagte Billie absichtlich grob. Die Hunde kamen zurück. Kammerloh nahm einen trockenen Ast vom Boden, brach ihn in zwei Hälften und warf sie weit weg. Er atmete tief. Nach einer Weile sagte er: »Wie wunderbar die Luft heute ist.«

»Scheiße.«

»Ich finde die Tatsache, daß du dich nicht mal an der Natur erfreuen kannst, genauso bedauerlich wie deinen Ton«, sagte Kammerloh scharf.

Billie starrte ihn an und lachte wütend. Dann gingen sie weiter.

Plötzlich war der Himmel nicht mehr trübe. Er schimmerte in einem flachen, wie mit Wasserfarben verdünnten Blau bis zum Horizont. Die Sonne war schon hinter den Hügeln auf der anderen Seeseite verschwunden. Trotzdem war es jetzt am Abend heller als noch am Nachmittag.

Den Rest des Weges blieben sie stumm.

In der Halle sagte Kammerloh: »Der Empfang im *Bayerischen Hof* ist um zehn. Zieh dich bitte gleich um. Möchtest du vorher hier noch was essen? Da gibt es sicher nichts Warmes.«

»Ich hab keinen Hunger.« Billie ging nach oben in ihr Zimmer, zog sich aus und stellte sich unter die Dusche. Sie dachte an Wegner und ärgerte sich über ihre Feigheit.

III. Die Männer

13

Kammerloh nahm den Hörer ab und wählte eine Münchner Nummer.

Nach dem vierten Klingelzeichen meldete sich eine weibliche Stimme. »Ja? Hier 48 41 11.«

»Ich bin's«, sagte Kammerloh. »Ich wollte nur mal hören, wie's dir geht.«

»Wie schön. Ich freu mich. Aber noch lieber würde ich dich sehen.«

»Etwas nicht in Ordnung?«

»Alles in Ordnung. Warum fragst du?«

»Ist Wegner zu Hause?«

»Der sitzt im Keller. Willst du ihn sprechen?«

»Nein. Hat er was gesagt, daß er Wilhelmine getroffen hat?«

»Nein, nichts. Er kann auch kaum noch reden.«

»Was ist denn mit ihm?«

»Er ist gleich runter an die Bar. Neuerdings ist es Cognac.«

»Hast du das Gefühl, er könnte Unsinn machen?«

»Er bemitleidet sich, weiter nichts. Du kennst ihn doch. Sehen wir uns Mittwoch?«

»Ich weiß nicht. Vielleicht muß ich nach Brüssel.«

»Ich freu mich schon so auf Mittwoch.«

»Irgendwas Geschäftliches hat er nicht erwähnt?«

»Du weißt doch, daß er darüber nicht spricht«, sagte Ingrid Wegner.

Kammerloh legte auf und ging ins Bad. Er war zufrieden.

14

Robert Mayonne hatte nicht von Anfang an vorgehabt, sie um ihren Teil zu prellen, wie Kommissar Belfond meinte. Mayonne war ein Mann, dem die eigene Haut lieb und teuer war – deswegen hätte er sich damals niemals offen mit dem Puma angelegt.

Der Gedanke, die Beute für sich zu behalten, kam ihm erst nach Franz Morgenroths Verhaftung, und als der Puma hinter den Gittern des Gefängnisses von Fresnes verschwand, setzte er ihn in die Tat um. Mit François Santini wurde er leicht fertig.

Mayonne suchte nach einer gewinnbringenden Anlage. Er wußte, daß mit dem Rauschgifthandel Unsummen verdient wurden, und knüpfte behutsame erste Kontakte. Anfang der siebziger Jahre war es soweit. Ein Diplomat namens Roger Delouette, der selbst als Kurier arbeitete, wollte Mayonne ins Geschäft bringen. Als Gegenleistung verlangte er eine Beteiligung. Mayonne sagte zu. Delouette drängte ihn, ihm eine größere Summe anzuvertrauen. Mayonne zögerte. Er zögerte, bis es zu spät war, und das war sein Glück.

Eine Woche später wurde Delouette an der amerikanischen Ostküste verhaftet, und die amerikanischen Rauschgiftfahnder fanden dreiundvierzig Kilogramm reines Heroin in seinem Volkswagenbus. Und das war erst der Anfang.

Ein französischer Rauschgifthändler, der den amerikanischen Behörden in New York ins Netz gegangen war, hatte unter dem Druck der Beweise und in Erwartung einer langen Haftstrafe die Rolle des Kronzeugen übernommen, der nach amerikanischem Recht sogar straffrei ausgehen kann. Seine Aussagen lösten diesseits und jenseits des Atlantik eine Lawine von Verhaftungen aus und versetzten dem Heroinhandel zwischen Marseille und den USA – der French Connection – einen empfindlichen Schlag.

Man hielt ihn für tödlich, weil man glaubte, den Kopf des Kraken zerschlagen zu haben. Aber diesen Kopf gab es nicht. Die Unterwelt Frankreichs war nie so dicht in sich geschlossen und hierarchisch strukturiert wie die amerikanische. Zwar hat die südfranzösische Unterwelt aus Marseillern und Korsen entfernte Ähnlichkeit mit der amerikanischen »Familie«, aber die Union Corse, die angeblich aus fünfzehn Familien bestehen soll, ist nicht nur von diesem Kronzeugen als Fantasieprodukt bezeichnet worden.

Der Schlag gegen die French Connection hatte nicht zwei oder drei Heroinkönige getroffen. Das französische Netz bekam Risse, vernichtet wurde es nicht. Und die amerikanischen Händler, die ihr Verteilernetz erhalten wollten, brauchten neue Ware.

Heroin wird aus Opium gewonnen; das Opium wird meist noch im Anbauland zu Morphiumbase verarbeitet, außer Landes geschmuggelt und vom Einkäufer in Heroin umgewandelt. Man braucht dazu eine Vakuumpumpe, Exsikkatoren, Bechergläser, Filter und Chemikalien wie Azeton, Salzsäure, Natriumkarbonat, außerdem großes fachliches Können und Fingerspitzengefühl. Der Vorgang ist nicht sehr kompliziert, aber bei der Erhitzung von Morphiumbase entstehen giftige Dämpfe, und es kann zu einer Explosion kommen. Man sagt, daß bei der Umwandlung nicht zwei Chemiker denselben Reinheitsgrad erzielen. Doch die Qualität ist wichtig. Einen Reinheitsgrad unter achtzig Prozent akzeptieren die amerikanischen Großhändler nicht, weil sie den Stoff mit Milchpulver, Schlaftabletten und Strychnin verlängern, um ihre Gewinnspanne zu erhöhen. Das Gramm für siebzig bis einhundertfünfzig Dollar vom Straßenhändler enthält kaum mehr als zehn Prozent reines Heroin, und keiner, der es kauft, weiß, womit der Stoff gestreckt wurde und in welchem Verhältnis. Ein Quentchen Strychnin zuviel, und die Reise ohne Wiederkehr beginnt, sobald man sich die Nadel in die Vene gedrückt hat. Heroin ist das klassische Beispiel für eine Ware, die nur dem Händler nützt.

Der Bauer bekommt für zehn Kilo Opium etwa fünfhundert Dollar. Der Händler trägt die Unkosten – Fracht, Umwandlung, Kuriere – und verkauft ein Kilo Heroin für rund fünfzehntausend Dollar an den amerikanischen Großhändler. Die Preise schwanken, aber es ist ein Geschäft, bei dem sich der Preis des Produktes vom Hersteller bis zum Konsumenten verzweitausendfacht.

Ihre Verehrer nennen Heroin die Königin der Drogen. Eine Königin, von der schwer loskommt, wer auch nur ein einziges Mal ihre Gunst genossen hat. Heroin ist ein Stoff, der den höchsten Preis verlangt. Das Leben.

Die südfranzösische Hafenstadt Marseille mit rund einer Million Einwohner ist einer der wichtigsten Umschlagplätze des Heroinhandels auf der ganzen Welt. Hier wird die Morphiumbase in Heroin umgewandelt, von hier aus wird es in die Vereinigten Staaten gebracht.

Robert Mayonne bekam seine Chance, doch noch in das lukrative Geschäft einzusteigen, wenige Monate nach Delouettes Verhaftung und den Aussagen des französischen Kronzeugen in New York. Er bekam sie, weil durch die Verhaftung Risse im Netz der Ein- und Verkäufer entstanden waren. Ein Korse namens Alain Maracetti verschaffte sie ihm, und eine Bordellinhaberin aus der Rue de la Concorde hatte sie vermittelt.

Alain Maracetti hatte Glück gehabt, denn als sein Boß verhaftet wurde, war er davongekommen. Trotzdem kam er in Schwierigkeiten, denn eines Tages tauchte der Kapitän eines Frachters mit zweien seiner Leute bei ihm auf und forderte eine Menge Geld von ihm. Es handelte sich um hunderttausend Dollar, und der Gegenwert bestand in zehn Kilo Morphiumbase aus der Türkei. Maracettis Boß hatte die Ware bestellt, und nun hielt sich der Kapitän an Maracetti.

Der Frachter war über die Hafenstadt Aleppo gekommen, die vierundzwanzig Kilometer von der türkischen Grenze entfernt ist, und man kann nur Vermutungen darüber anstellen, warum er ausgerechnet zu diesem Zeitpunkt, nämlich auf dem Höhepunkt der Polizeiaktion, ungeschoren den Zoll passieren konnte. Wahrscheinlich ist, daß das Versteck in einem der dreißigtausend Hohlräume seines Frachters besonders geschickt gewählt war und die Zollbehörden ausgerechnet jetzt nicht mit einem derartigen Kamikazeunternehmen gerechnet hatten. Der Kapitän des Frachters gab Maracetti zwei Tage Zeit, um die hunderttausend Dollar aufzutreiben. Der Mann war kein Spaßvogel. Er meinte es ernst.

Manche Leute kriegen die Schlafsucht, wenn sie ein Problem haben, andere betrinken sich oder rauchen zuviel – Alain Maracetti ging ins Bordell. Und diesmal fand er dort praktische Hilfe: Die Madame entsann sich eines alten Freundes in Paris.

Robert Mayonne kam noch am selben Tag nach Marseille und kaufte die Ware. Aber es genügt nicht, das Geld zu haben – er mußte die Morphiumbase noch in Heroin umwandeln, und vor allem mußte er einen Käufer finden. Mayonne kannte die amerikanischen Händler nicht, aber Alain Maracetti wußte den Namen des Mannes, der Kuriere vermittelte und im Auftrag amerikanischer Käufer die Übergabe durchgeführt hatte.

Der Mann lebte in New York und hieß Jeffrey Liss. Ein Paßfälscher und Vermittler namens Gustave der Belgier besorgte den französischen Kurier, der die Ware nach New York brachte. Liss stellte den Kontaktmann auf der anderen Seite, der die Ware entgegennahm und bezahlte, und den Mann, der die Ware zum Beauftragten des Händlers brachte. Jeffrey Liss trat genausowenig direkt in Erscheinung wie der amerikanische Großhändler oder Mayonne. Das größte Risiko dabei trugen die Kuriere; sie bekamen damals tausend Dollar für jedes Kilogramm, das sie über den Atlantik brachten. Wenn sie sich erwischen ließen, war das ihre Sache.

Es war ein Geschäft ganz nach Mayonnes Geschmack, und bald suchte er nach neuen Märkten. Er fand sie in der Bundesrepublik Deutschland, Robert Mayonne war immer ein vorsichtiger Mann gewesen, der ein Risiko richtig einschätzte. Er wartete, bis er mächtig genug war, um gegen die Händler in der Bundesrepublik, von denen kaum einer ein Deutscher war, bestehen zu können. Als der Puma aus dem Gefängnis entlassen wurde, steckte er mitten in der wichtigsten Aufbauphase.

»Ich finde deine Eile übertrieben, wo soll er denn so plötzlich herkommen?«

Robert Mayonne schloß den Wandsafe ab und drehte sich um. Er trug einen Zweireiher, weißes Seidenhemd mit Krawatte und ein dünnes goldenes Kettchen am Handgelenk. Seine Augäpfel traten ein wenig vor, und sein Gesicht sah fahl und großporig aus, wie bei jemandem, der seit Jahrzehnten nachts lebt. Mayonne war wütend.

»Das ganze Elend mit euch Korsen ist, daß ihr ein Problem immer erst zur Kenntnis nehmen wollt, wenn es leibhaftig vor euch steht! Du hältst es für einen Zufall, daß du ihn in Paris nicht erwischt hast, aber ich sage dir, es war keiner.«

»Der Puma«, sagte der Korse hitzig, »daß ich nicht lache! Der hat doch längst wacklige Zähne und stumpfe Krallen!«

Mayonne legte die Papiere und das Geld aus dem Safe in einen Samsonite-Koffer und stelle das Nummernschloß ein. Dann ließ er sich in den Schreibtischsessel fallen und rauchte eine helle Zigarre an. »Was ist mit den Schlafwagentickets und den Flugtickets?«

»Alles klar, Robert. Mach dir keine Sorgen. Ich hab schon öfter einen ausgeblasen.«

Mayonne antwortete langsam und überlegt. »Ich möchte mich mal so ausdrücken: Dieser Mann hat schon Munitionszüge in die Luft gesprengt und sich mit den Deutschen rumgeschlagen, da hast du noch in die Windeln geschissen und dich an die Titten deiner Mama gehängt. Der ist immer noch gefährlicher als jeder Ganove, mit dem du es bis jetzt zu tun gehabt hast. Der klingelt nicht an deiner Tür, wenn er kommt. Und jetzt gib mir meinen Mantel, es wird Zeit.«

15

In der Nacht hatte es geregnet. Die Luft war erfüllt von dem herben, frischen Geruch der Ahornbäume an der Straße, und auf den dunkelgrünen Blättern lag noch das Wasser und machte sie schwer.

Franz saß auf einer Bank hinter den Turngeräten für die Kinder und blinzelte in der schwachen Morgensonne. In der Telefonzelle in dreißig Schritt Entfernung stand ein Mann in einem grauen Kittel. Die junge Frau auf der anderen Seite des Spielplatzes hatte ein aufgeschlagenes Buch auf den Knien und sah ihren zwei kleinen Jungen zu, die an den Metallstangen Klimmzüge machten. Von Franz nahm sie keine Notiz.

Franz war morgens in Paris angekommen und hatte als erstes den Leihwagen zurückgebracht. Dann war er eine Stunde lang durch den Jardin du Luxembourg gelaufen und hatte nachgedacht. Einen Schatten hatte er nicht bemerkt.

Der Mann verließ die Telefonzelle. Franz stand auf und streckte sich. Die junge Frau auf der Bank gegenüber fing an zu lesen. Sie sah nicht auf, als Franz an ihr vorbeiging.

Franz wählte eine Nummer, die er nie aufgeschrieben hatte und seit vielen Jahren auswendig wußte. Am anderen Ende nahm jemand ab. Franz hörte ihn in die Muschel atmen.

»Der Herbst kommt früh dieses Jahr«, sagte Franz in die Stille.

»In Ordnung. Ich hab dann alles da.«

Franz legte auf.

Eine halbe Stunde später hatte er einen Wagen gefunden. Er stand in einer verkehrsarmen Seitenstraße vor einem automatischen Waschsalon, dessen Eingang mit Brettern vernagelt war. Es war ein Citroën DS 19, Baujahr 1972. Nicht zu neu, nicht zu alt. Franz blieb bei dem Wagen stehen und zog den Schlüsselbund aus der Tasche.

Der erste Schlüssel paßte nicht. Auch nicht der zweite, dritte und vierte. Ein Mann in Hut und Mantel ging von der gegenüberliegenden Straßenseite auf Franz und den Wagen zu. Franz zog den fünften Schlüssel aus dem Schloß und sah beiläufig auf die Uhr. Der Mann beachtete ihn nicht und verschwand um die nächste Straßenecke.

Franz steckte den sechsten Schlüssel ins Schloß. Einer der zehn Schlüssel paßte bei diesem Modell immer. In diesem Augenblick bog ein Streifenwagen um die Ecke. Franz drehte den Schlüssel herum, öffnete die Tür und setzte sich hinters Steuer. Die beiden Polizisten im Streifenwagen achteten nicht auf ihn.

16

Der Mann, der die zehn Wagenschlüssel angefertigt hatte, hieß Henri Duplat. Er betrieb einen Schrotthandel und eine kleine Autoreparaturwerkstatt in Mallebois, einem Ort in der Nähe von Paris. Die beiden Männer kannten sich aus Algerien. Duplat war Beschaffungsmeister bei der Legion gewesen und hatte sich, durch seinen Posten begünstigt, mit illegalen Geschäften aller Art abgegeben, bis ein paar Dutzend Armeestiefel seine Karriere bei der Legion beendeten.

Er hatte die Stiefel an irgendeine einheimische Gangsterbande verschachern wollen und war verpfiffen worden. Weiß der Himmel, wie er es fertiggebracht hatte, nicht an die Wand gestellt zu werden. So gerne er später seine Geschichte erzählte, dieser Punkt blieb immer ungeklärt.

Jedenfalls wurde er nicht erschossen, sondern in irgendein sengendes, stinkendes Wüstenkaff strafversetzt, und während einer Patrouille passierte es dann. Er trat auf eine Tellermine und hatte Glück, daß er weiterleben durfte – wenn auch ohne sein linkes Bein. Henri Duplat empfand verständlicherweise nicht die geringste Freude am Verlust seines linken Beines, aber was ist schon ein dreiviertel linkes Bein gegen das Leben an sich. Er besann sich auf seine Talente und ließ sich in Paris als Hehler nieder. Als er ein paar Jahre später gefragt wurde, warum er so plötzlich mit der einträglichen Hehlerei aufgehört hatte, antwortete er gern: »Weil mich mein linkes Bein gejuckt hat.«

In Wahrheit hatte er einen Hinweis bekommen. Von nun an beschränkte er sich im großen und ganzen auf das, was seine beiden Geschäfte nach außen hin darstellten. Wer die richtige Nummer hatte, konnte sich von ihm aber auch einen gestohlenen

Wagen so umfrisieren lassen, daß ihn der Besitzer nicht wiedererkannte.

17

Duplat freute sich, Franz wiederzusehen. Franz fuhr den Wagen in die Werkstatt und sie küßten einander auf die Wange. Duplat verschloß das Werkstattor mit einem Eisenriegel. Das Licht war hell, und die Fenster waren mit schwarzen Tüchern verhängt.

»Komm, laß uns erst mal was trinken.«

»Ein anderes Mal, Henri. Ich hab's eilig.«

»Soll ich ihn gleich umspritzen?«

»Nicht nötig, ich brauche ihn nicht lange.«

»Es gibt jetzt nämlich einen neuen Lack, der trocknet viel schneller als der alte.«

»Mach dir keine Umstände. Das geht schon in Ordnung für meine Zwecke. Ich brauche ihn doch wirklich nur für eine Fahrt!«

»Nummer am Motorblock?«

Franz winkte ab.

»Du mußt es wissen.« Duplat wechselte die Nummernschilder aus. Dann ging er zur Werkbank und zog eine Schublade auf. »Hier sind die Papiere. Besser als die richtigen. Mehr kann ich nicht für dich tun?«

Franz streckte stumm die Hand aus und schlug Henri mit dem Handrücken gegen die Brust. Dann hielt er ihm abwartend die flache Hand unters Gesicht.

Henri Duplat sah die Hand an, sah Franz an und seufzte. »Bist du sicher, daß du das Richtige tust?«

Franz nickte.

Henri Duplat warf seinen kalten Zigarettenstummel weg und

zog eine andere Schublade auf. Er nahm die Pistole heraus und gab sie Franz. Es war eine deutsche 08 aus dem Zweiten Weltkrieg.

Franz wog sie in der Hand und sah Duplat fragend an.

Duplat betrachtete die Pistole und schnalzte bedauernd mit der Zunge, als gäbe er die Waffe ungern her. »1 A! Volles Magazin. Eine vorzügliche Waffe.« Er grinste. »Bestens in Schuß!«

Franz steckte sie ein und hielt ihm ein Bündel Geldscheine hin. »Nimm dir, was ich schulde.«

Duplat schüttelte den Kopf. »Kommt nicht in Frage. Hinterher, wie immer.«

»Diesmal würde ich es lieber gleich nehmen.«

Henri Duplat hatte plötzlich das Gefühl, daß sein nicht vorhandenes linkes Bein juckte. Er sagte Franz nichts davon und wiegte in der für ihn typischen bedenklichen Geste den Kopf. Dann nahm er das Geld.

18

Die Strecke von Paris bis Marseille führt über Lyon und ist etwa sechshundert Kilometer lang. Der Verkehr von der Autobahn führt in einem engen Tunnel praktisch durch die Stadt hindurch, und man kann vorher kaum genau sagen, wie lange man dazu braucht, bevor man zwanzig Kilometer später bei Vienne wieder auf der Autobahn weiterfahren kann.

Gustave der Belgier wohnte hier, Franz aber fuhr weiter.

Er zahlte die Autobahngebühr und fuhr an den Elf-Raffinerien vorbei. Später hielt er an einer Raststätte, die auch Elf hieß, und zog sich einen heißen Café noir ohne Zucker für einen Franc aus dem Automaten.

Der Junge war groß und kräftig. Er hatte dichtgelockte, lange

Haare und klare, blaue Augen. Das Mädchen war größer als er und hatte breite Schultern und kräftige Arme. Das Gesicht des jungen Inders auf ihrem T-Shirt grinste breit und angespannt auf ihrer Brust. Sie trug eine runde Nickelbrille, und Franz fragte sich, woher dieser über die Maßen treuherzige Ausdruck in ihren knallblauen Augen kam. Sie trugen Rucksäcke, stellten sich zu Franz an den Tisch, und der Junge fragte: »Nehmen Sie uns mit?«

»Wohin?«

Die beiden sahen sich stumm an. »Ganz egal, irgendwohin«, sagte der Junge.

»Ich weiß nicht recht«, sagte Franz.

Der Junge sah ihn aufmerksam an. »Wie meinen Sie das?«

»Ich hab nichts gegen euch, aber ich glaube, ihr solltet besser nicht mit mir fahren.«

»Ich verstehe, was Sie meinen«, sagte der Junge.

Das Mädchen strahlte Franz an. »Ich mag ihn. Er hat so was von einem Mann, den ich mir immer wünsche, wenn ich in Schwierigkeiten bin. Sicher hat er seine Gründe. Wir sollten sie respektieren.«

»In solchen Dingen hat sie meistens recht«, erklärte der Junge. »Sie sieht Menschen, wie sie wirklich sind. Tun Sie, was Sie glauben tun zu müssen. Mehr sollte man anderen Menschen sowieso nicht sagen.«

Franz warf seinen leeren Pappbecher in einen Abfalleimer. Er hätte gern mit den beiden geredet, aber er wußte nicht, was. Er lud sie zu einem Automateneis ein, und der Junge sagte: »Wer allein ißt, der läßt seine Seele verhungern.«

Draußen fuhr ein Camion-Laster mit Madrider Kennzeichen vor. Zwei Männer stiegen aus und kamen langsam auf den Automatenraum zu.

Franz spürte, wie sich seine Muskeln spannten. Das Eis schmeckte nach kaltem Wasser und Farbstoff. »Ich muß gehen.«

Zu seiner Überraschung küßte ihn das Mädchen auf die Wange. Franz fand die beiden eigenartig, aber nicht unsympathisch.

Ein paar Kilometer später verließ er die Autobahn und fuhr auf der Landstraße weiter. Der Himmel mit seinen sanft treibenden Schäfchenwolken war rosarot wie auf einer besonders schamlosen Ansichtskarte.

Plötzlich war der Mistral da. Er fegte mit dem aggressiven Lärm einer Meute von Jagdhunden über das Land, und die Zweige und Blätter der Zypressen an der Straße bebten unter seinem Zugriff.

Ein paar Stunden nach Verlassen der Autobahn hielt Franz an und ging ein Stück von der Straße weg, bis er die Autos nicht mehr hörte. Auf dem kargen Grund wuchs nichts außer knorrigem Gestrüpp. Er legte sich flach auf den Rücken und breitete die Arme aus. Die Erde war noch warm von der Sonne, und er spürte, wie er sich entspannte. Er schloß die Augen und atmete tief und regelmäßig. Mit jedem Atemzug driftete er weiter ab. Er schlief ein und hatte einen jener Träume, in denen man zu wissen glaubt, daß man nur träumt. Er träumte, es wäre Nacht, er schliefe in einer Zelle und träumte, er läge mitten in der Landschaft in der Sonne, unter einem weiten, freien Himmel und den brausenden, pfeifenden Mistral in den Ohren, und das Bedauern über die Gewißheit, nur zu träumen, war genauso schmerzhaft deutlich wie dieser Traum von der Freiheit selbst.

Dann wachte er auf, und der Wind war nicht mehr zu hören. In dem kurzen, entsetzlichen Augenblick der Verwirrung, bevor er die Augen öffnete, schlug sein Herz hart und schnell gegen die Rippen.

Der Himmel war verändert, und die Sonne hing tief und rot am Horizont. Die Landschaft lag in dem Licht, das der Dämmerung vorausgeht.

Er sah auf die Uhr. Er hatte nur ein paar Minuten geschlafen und fuhr bis Martigues, ohne anzuhalten. An seinen Traum verschwendete er keinen Gedanken mehr. Er war nicht mehr eingesperrt, und für ihn war das Leben kein Traum.

19

Die Bar war lang und schmal, und Michels kahler Schädel leuchtete weiß im ewigen Halbdunkel seiner Bar wie ein frisch gepelltes, hartgekochtes Ei. Er umarmte Franz. »Ist es denn die Möglichkeit? Der Puma ist wieder los!« Dann ließ er ihn los und brüllte: »Rosalie!«

»Ich brauch das Zimmer, Michel.«

»Du immer, Franz … Rosalie!« Er goß ihm einen Whisky ein und schob ihm das Glas hin. »Sie ist eine der Bäckerzwillinge von nebenan. Wenn sie nur nicht so tranig wäre!«

»Brüll nicht so.« Rosalie war ein knochiges, großes Mädchen mit gewaltigen Schneidezähnen. Sie starrte Franz ungeniert an. »He, wer ist denn das?«

»Das geht dich gar nichts an, du dumme Göre. Stell dich hinter die Theke, ich bin solange hinten«, belehrte Michel.

Sie gingen ins Hinterzimmer und setzten sich in zwei durchgesessene Ledersessel mit zerfetzten Lehnen. Die Gardine war vorgezogen, und von der Deckenlampe aus kreisrundem Glas kam schwaches Licht.

Michel klopfte auf die Sessellehne. »Die Katzen! Sie haben die ganzen Möbel ruiniert. Ich kann's ihnen einfach nicht abgewöhnen.«

»Ich brauch das Zimmer nur für eine Nacht«, sagte Franz.

»Du bist also wieder da! Da werden einige Herrschaften das große Zittern kriegen. Wie lange warst du nicht mehr hier? Sechs, sieben Jahre?«

»Elf.«

»So lange ist das schon wieder her?« Michel schlug die Hände zusammen. »Elf Jahre! Fast so lange, wie eine Katze lebt. Und was hast du jetzt vor?«

Franz schüttelte den Kopf.

»Ich kann ja verstehen, daß du nicht drüber reden willst. Das pfeifen ja schon die Spatzen von den Dächern, daß dir in Paris einer an den Kragen wollte. Na ja, ich halte den Mund und denk mir meinen Teil.«

»Mach dir keine Sorgen, Michel. Hier bei dir wird nichts passieren. Und wenn ich weg bin, geht's dich nichts mehr an.«

Michel hob abwehrend die Hände. »Selbstverständlich kannst du das Zimmer haben. Ich hab's dir nie vergessen, daß du mich damals rausgehalten hast. Zigarettenschmuggel! Lohnt sich jetzt auch nicht mehr. Außerdem hast du vollkommen recht. Robert ist ein Schwein.«

»Kannst du mir was zu essen besorgen? Ich möchte nicht mehr rausgehen.«

Michel rieb sich die Hände und strahlte. »Mach ich! Was willst du denn haben?«

»Ganz egal, irgendwas mit einer Flasche Wasser.«

»Kommt nicht in Frage – irgendwas! Geh du schon rauf. Ich werde dir den besten Heilbutt deines Lebens machen, du wirst sehen!«

Das Zimmer war winzig und die Luft staubig und abgestanden.

Franz stieß die Fensterklappe auf und hakte sie fest. Er hörte den gedämpften Lärm vom Hafen.

Etwas später brachte Rosalie das Essen. Sie stellte das Tablett auf den Nachttisch und sah zu, wie er anfing zu essen. Sie hustete.

Franz blickte auf und musterte sie kauend. Sie hatte eine unverschämte Art, jemanden anzusehen, und ihre mächtigen Schneidezähne paßten nicht zu ihrem kleinen Kinn.

»Ich hab bald frei«, sagte Rosalie. Sie schob das linke Bein vor, warf den Kopf in den Nacken und sah ihn unter halbgeschlossenen Lidern an.

Franz sah ihr stirnrunzelnd zu, schluckte seinen Bissen hinunter und sagte: »Versuch's woanders!«

»Ich stehe auf ältere Männer, ehrlich!«

»Hau ab, sonst mach ich dir Beine!« Rosalie verzog den Mund und ging.

Franz aß zu Ende. Der Lärm vom Hafen ebbte allmählich ab. Bevor er einschlief, dachte er an Robert Mayonne.

Franz wachte sehr früh auf. Als er die Treppe hinunterging, war im Haus noch nichts zu hören. In der Bäckerei nebenan brannte schon Licht.

Das Meer lag ruhig atmend da, und das Wasser war noch kühl von der Nacht. Franz schwamm ein Stück hinaus und ließ sich auf dem Rücken treiben. Die Sonne stieg langsam höher. Wind kam auf und schob die Wolken von der Sonne weg. Franz schwamm zum Ufer zurück und legte sich auf den Rücken. Die Sonnenstrahlen pickten ihm die Wassertropfen von der Haut und hinterließen winzige Salzkristalle. Das Meer wurde unruhig. Franz dachte daran, daß es von hier nach Nordafrika nur ein Katzensprung war.

Die Jahre in Algerien waren in seiner Erinnerung zu einer Kette von Ereignissen zusammengeschrumpft und kamen ihm vor wie ein Haufen vertaner Zeit. Er fragte sich, woran es lag, daß er kein ruhiges, einfaches Leben führen konnte wie Michel, der mit seiner Bar ganz gut zurechtkam, aber es blieb bei der Frage. Dann zog er sich an und fuhr zurück nach Martigues.

20

Michel wollte nach dem Krieg einen Bootsverleih für Touristen aufziehen. Aber die Touristen blieben aus, weil die Menschen damals andere Sorgen hatten, und er ging pleite. Vom Rest des Geldes kaufte er einen Kutter und erwarb ein Kapitänspatent, ohne genau zu wissen, was er damit anfangen sollte. Dann kamen zwei Männer aus Paris und sagten es ihm. Einer von ihnen wurde der Puma genannt. Ein paar Monate lang schmuggelten sie alles, was damals etwas einbrachte – überwiegend amerikanische Zigaretten und Schnaps. Aber illegalen Geschäften kann man nur eine begrenzte Zeit unbehelligt nachgehen, und oft kündigt sich mitten in der erfolgreichsten Phase das Ende an.

Ein Mann aus Marseille bot ihnen ein dickes Geschäft an, aber der Puma ließ sich nicht darauf ein und erklärte, völlig überraschend für seine beiden Partner, es sei Zeit, aufzuhören, und sie trennten sich. Ein paar Wochen später hörte Michel, daß der Puma und sein Partner in Marseille verhört worden waren, ohne daß man ihnen etwas nachweisen konnte, und war dankbar, daß sein Name dabei nicht erwähnt wurde.

Der Puma hatte die Falle gewittert. Der Mann aus Marseille war ein Spezialagent des Zolls gewesen, der ihnen die Klinge, über die er sie springen lassen wollte, vorher auch noch hatte verkaufen wollen. Das war zu der Zeit, als der Puma anfing, mit einem Partner zu arbeiten. Es war ein elegant gekleideter Mann mit verbindlichen Umgangsformen. Sein Name war Robert Mayonne.

Michel verkaufte den Kutter, machte Kassensturz und dachte nach. Das Geld reichte, um die kleine Bar in Martigues anzuzahlen.

Reich war er als Barbesitzer nicht geworden, aber solange die großen amerikanischen Schiffe Marseille anliefen, ging es ihm nicht schlecht. Seeleute auf Landurlaub gehen zuerst ins Bordell und dann in eine Bar, und meistens achten sie darauf, daß genug Heuer für die Theke übrigbleibt.

Am liebsten waren ihm die alten Haudegen, die ohne Umweg in die Bar kamen, schweigend tranken und sich selten prügelten. Michel mochte die Amerikaner nicht besonders, aber er tröstete sich mit der Einsicht, daß Geschäft und Neigung selten zusammengehen, und wenn er nach dem Kassemachen ins Bett stieg, brachte ihn der Gedanke, die *Américains* könnten eines Tages für immer ausbleiben, mehr als einmal um den Schlaf.

An illegalen Geschäften hatte er sich nicht mehr beteiligt, seit er den Kutter verkauft und die Bar übernommen hatte, und für die Polizei war er ein unbeschriebenes Blatt.

21

»Und sonst läuft nichts mehr?«

Michel schüttelte kategorisch den Kopf. »Nichts. Wenn ich an die alten Zeiten denke, kriege ich heute noch Herzklopfen.«

»Gib zu, daß du krumme Geschäfte machst, du Gauner! Was machst du mit deinen Preisen, wenn die amerikanischen Schiffe kommen?«

Michel grinste breit. »Ich tue nur, was andere auch tun.« Er blickte auf den Teller mit den Spiegeleiern. »Soviel könnte ich morgens nicht essen. Da würde mir ganz schlecht. Nur Kaffee, sonst nichts.«

»Aber du hörst doch gelegentlich, wenn etwas im Gange ist.«

»Ich bin vollkommen raus.«

»Klar bist du raus. Du sagst es ja oft genug. Aber hören tust du gelegentlich schon mal was. Kam mir jedenfalls gestern so vor.«

»Jaja, wie das so ist. Ich hab gehört, daß du raus bist, weiter nichts.«

»Von Robert?«

»Ich weiß wirklich nicht, was das soll, Franz! Glaubst du etwa, ich würde dich reinreißen? Das würde ich niemals tun.«

»Sei nicht albern, Michel. Wenn ich das nicht wüßte, hätte ich kaum hier übernachtet. War er hier?«

Michel stand auf, holte sich eine Tasse und setzte sich umständlich nieder. »Ich will einfach nicht, daß dir was passiert.«

»Wann war er hier?«

»Vor 'ner Woche, würde ich sagen. Er hat eine Weile herumgesessen und geplaudert, als sei er grad vor ein paar Tagen und nicht vor zehn Jahren zum letztenmal hiergewesen. Er hat einen dicken Blauen auf die Theke gelegt und eine Telefonnummer. Selbstverständlich bin ich nicht darauf eingegangen, was denkst du denn von mir!«

»Wie ist er denn gekommen, war er allein?«

»Der Wagen war schwarz. Komisch fand ich das deutsche Kennzeichen. Hamburg, glaub ich. Deshalb ist er mir überhaupt aufgefallen.«

»Und der andre Kerl, was war das für einer?«

»Das war einer aus der korsischen Clique, die hier praktisch alles macht.«

»Wie sieht er aus? Komm, laß dir nicht alles aus der Nase ziehen!«

»Gott, wie sah der aus! Korse, wie ich schon sagte. Um die dreißig, drahtiger Typ, ziemlich arrogant – findet sich sicher unwiderstehlich und braust leicht auf. Du kennst doch diese Ganoven von der Küste. Wenn du nicht morgens und abends Bouillabaisse frißt und dir Pomade ins Haar schmierst, bist du für die kein Mensch.«

»Aha. Du weißt nicht zufällig, wo sich Robert in Marseille aufhält?«

»Nein, Franz, wirklich nicht! Ich kann dir nur sagen: paß höllisch auf!«

Franz nickte. »Gib mir die Nummer.«

»Nummer?«

»Die Telefonnummer mit dem Blauen.«

Michel lachte. »Die nützt dir gar nichts! Die Nummer gehört einem Bordell. Da ist er sicher längst nicht mehr.«

»Rue de la Concorde?«

»Ja, stimmt«, sagte Michel überrascht.

»Wann genau war Robert hier?«

»Warte mal. Das war, als ich die Bierfässer gekriegt habe.« Er griff nach einem Buch und schlug es auf. »Vor sechs Tagen. Du glaubst doch nicht etwa, der wartet da immer noch auf dich?«

»Robert? Der bestellt sich seine Huren nach Hause, weil er vorher immer gern ein bißchen Klavier spielt. Der hat sich längst dünnegemacht.«

Franz beendete sein Frühstück und sagte: »Würdest du mir einen Gefallen tun, Michel?«

Michel sah ihn zweifelnd an. »Du mußt das verstehen, Franz, aber ich möchte mich da ganz raushalten. Tut mir leid, aber ich kann dir nicht helfen.«

»Doch«, sagte Franz. »Ruf in der Rue de la Concorde an. Sag, ich war hier. Ich möchte nur, daß du tust, worum Robert dich gebeten hat.«

22

Franz verbrachte den Tag am Meer und fuhr abends auf der Küstenstraße 10 über Le Rove nach Marseille. Gegen Mitternacht war er da.

Bis auf die Kletterrosen um die Eingangstür herum, die angeklebt wirkten, sah das Haus in der Rue de la Concorde nach nichts Besonderem aus. Franz fuhr vorbei, stellte den Wagen in einer Nebenstraße ab und ging zu Fuß zurück und klingelte. Die Tür öffnete sich, soweit es die Kette zuließ. Eine Frau jenseits der Vierzig musterte ihn.

»Wer sind Sie?«

Franz lächelte. »Ist das wichtig, Madame?«

»Was wollen Sie?«

Sein Lächeln wurde breiter. »Aber Madame.«

»Ich kenne Sie nicht. Woher haben Sie die Adresse?« Sie sprach den Akzent von der Küste.

»Von einem Freund, Madame. Sein Name ist Robert Mayonne.«

Die Tür ging zu, und er hörte, wie sie die Kette aushängte. Sie ließ ihn hinein, machte die Tür wieder zu und legte die Kette vor. Der Flur war lang und schmal und endete mit einer Schwingtür aus Milchglas vorm Salon. Irgendwo lief ein Radio mit Spätnachrichten.

Die Madame hatte eine überlange Zigarette mit weißem Filtermundstück in der Hand und trug ein elegantes graues Kostüm mit hochgeschlossener weißer Seidenbluse.

»Ich habe mich verspätet, wir waren verabredet«, sagte Franz.

»Ich weiß. Entschuldigen Sie, aber ich achte sehr auf meine Kundschaft.«

Franz hielt ihr die Schwingtür zum Salon auf.

»Treppe rauf, drittes Zimmer links. Aber klopfen Sie vorher an.«

Die beiden Mädchen auf der Couch betrachteten ihn mit mäßigem Interesse. Zwei hatten Nachthemden an, und Franz hätte seinen letzten Heller darauf verwettet, daß eine von ihnen jünger war, als das Gesetz es erlaubt. Sie hatte ein kleines spitzes Gesicht, unruhige Augen und abgekaute rosa Fingernägel.

Die andere hatte lange blonde Haare, ein regelmäßiges Gesicht und einen großen, aufgeworfenen Mund. Das Mädchen im Sessel las in einem Comic-Heft und trug die klassische Uniform seiner Zunft – hochhackige Schuhe, Nylonstrümpfe mit Strapsen und ein schwarzes Lederkorsett, das knapp unter ihren Brüsten endete. Sie blickte nicht auf. Franz ging an ihrem Sessel vorbei zur Treppe und bemerkte eine niedrige, halbrunde Türöffnung mit einem bunten Glasperlenvorhang.

Oben im Flur brannte rotes Licht. Der Fußboden war mit dikkem Kunststoffteppich ausgelegt – einem von der Sorte, auf dem man sich einen elektrischen Schlag holen kann.

Franz wandte sich nach links, klopfte an die dritte Zimmertür und ließ sich blitzschnell auf Hände und Knie nieder. Kaum jemand blickte nach unten auf den Boden, wenn er die Tür aufmacht. Alain Maracetti auch nicht. Er war in Unterhemd und Hose und hatte eine Pistole mit Schalldämpfer in der Hand. Franz riß ihm die Beine unter dem Körper weg, richtete sich auf, packte ihn bei den Haaren und riß ihn mit einem Ruck ins Zimmer. Der Korse kauerte auf dem Teppich und schrie. Franz richtete den Pistolenlauf auf seinen Kopf und hob die Pistole mit Schalldämpfer auf. »Steh auf, setz dich aufs Bett!« Der Korse stand auf und sah Franz wütend an. Franz gab ihm einen Stoß, der ihn rückwärts zum Bett taumeln ließ. »Fall bloß nicht schon wieder hin.« Franz packte die Bettdecke und riß sie mit einem Ruck weg. Das Mädchen darunter war nackt und erschrocken. »Halt den Mund und schließ dich im Bad ein!« Er hielt die Pistole weiter auf den Korsen gerichtet, packte das Mädchen am Arm, zog es vom Bett und schob es in Richtung Badezimmer.

Er wartete, bis sie sich eingeschlossen hatte, nahm einen Stuhl, drehte ihn herum und stützte sich mit den Unterarmen auf die Lehne. »Das war ja wohl nichts.«

Der Korse blickte unruhig zur Tür.

»Was machst du denn sonst so? Kaffeeholer? Oder hat Robert keine guten Leute mehr?«

Maracetti schwieg. Sein Blick irrte im Zimmer umher.

»Ich glaube nicht, daß jetzt noch einer aus dem Schrank kommt«, sagte Franz. »Den kleinen Zwischenfall in Paris hast du wohl auch inszeniert. War ja auch nicht ganz das Wahre.« In seinem Gesicht tauchte ein Lächeln auf, das nichts mit seinen Augen zu tun hatte. »Das beste ist, du bist jetzt vernünftig und sagst mir gleich, wo Robert ist – du sparst uns damit nur Zeit.«

Der Korse preßte die Lippen zusammen und sah ihn höhnisch an.

Franz stand auf und schob den Stuhl weg. »Auch gut. Dann eben andersrum. Zieh dich an.« Er ließ ihn nicht aus den Augen und legte seinen Mantel über die rechte Hand mit der Pistole. Auf der Treppe blieb Franz dicht hinter dem Korsen und preßte ihm den Pistolenlauf mit leichtem Druck in den Rücken. Die Madame sah ihnen mit großen Augen entgegen. Und dann tauchte das Mädchen im Korsett vor dem Glasperlenvorhang neben der Treppe auf.

Der Korse erkannte sofort seine Chance. Er riß das verblüffte

Mädchen an sich, umklammerte mit dem rechten Arm ihre Taille und drückte ihr mit seinem linken Unterarm die Kehle zu. Sie konnte nicht schreien.

Franz verzog das Gesicht. »Laß sie los, versteck dich nicht hinter einer Frau!«

»Komm mir zu nahe, und ich breche ihr das Genick«, zischte der Korse. Das Mädchen hatte die Augen weit aufgerissen und schnappte nach Luft.

Franz stieß ein verächtliches Lachen aus. Sie bewegten sich Schritt für Schritt in Richtung Tür. Als sie an der Couch vorbeigingen, ließ Franz den Mantel mit der Pistole fallen und legte sein ganzes Gewicht in einen einzigen Sprung nach vorn.

Sie stürzten auf die Couch. Das Mädchen schrie. Die Couch kippte nach hinten. Der Korse suchte nach einem Halt, und Franz zerrte das Mädchen von ihm weg.

Der Korse winkelte die Beine eng an den Körper, und während die Couch nach vorn zurückkippte, stieß er die Füße nach vorn. Die eisenbeschlagenen Absätze seiner Schuhe trafen Franz vor die Brust und rissen ihm die Beine unter dem Körper weg. Ein reißender Schmerz zuckte durch seine Lungen, und er bekam keine Luft mehr.

Der Korse holte zum Tritt aus, um ihm mit seinem eisenbeschlagenen Absatz das Gesicht zu zerschmettern. Franz packte seinen Fuß mit beiden Händen und drehte ihn im Gelenk herum. Der Korse stieß einen hohen, spitzen Schrei aus, schlug der Länge nach hin und kroch über den Boden weiter. Franz zerrte die Pistole mit dem Schalldämpfer aus der Tasche und hustete. Der Korse gab auf und hielt sich mit beiden Händen das linke Knie.

Die Madame schimpfte.

Franz nahm seinen Mantel auf. Das Stechen in seiner Brust

wollte nicht nachlassen. »Hören Sie auf! Am besten telefonieren Sie überhaupt nicht, dann nehm ich's Ihnen auch nicht weiter übel, daß Sie mich reinlegen wollten – sonst könnte hier leicht mal richtig was kaputtgehen. Verstanden?«

»Ja, ja. Gehen Sie doch endlich! Ich erwarte noch Gäste.«

»Geben Sie mir einen Cognac und eine feste Schnur. Eine Wäscheleine, irgendwas«, sagte Franz.

Sie brachte den Cognac und nahm sich selbst einen. Franz steckte die Schnur ein und leerte sein Glas mit einem Zug. Der Schmerz beim Atmen ließ nach. Er hatte nicht das Gefühl, daß irgendwas gebrochen war. Als er mit dem Korsen hinausging, kam das Mädchen aus dem Badezimmer die Treppe hinunter. Es war noch immer nackt und am ganzen Körper so bleich wie im Gesicht.

23

Der Korse saß hinter dem Steuer und spürte den Pistolenlauf in seiner rechten Seite.

»Fahr los!«

»Wohin denn?«

»Zu Robert oder ins Leichenschauhaus. Such dir was aus.« Franz versuchte, den Schmerz in seiner Brust wegzuatmen. Er merkte bald, daß der Korse ziellos in der Stadt herumfuhr, und dirigierte ihn in Richtung Aubagne aus der Stadt heraus. Nach ein paar Kilometern sagte er: »Halt beim nächsten Parkplatz!«

Sie gingen in das Wäldchen beim Parkplatz.

»Zieh dich aus«, sagte Franz.

»Was?«

»Ausziehen!«

»Bist du verrückt oder schwul, oder was?«

Franz nahm die Pistole mit Schalldämpfer und schoß dicht neben dem Korsen in den Boden. Die Kugel wühlte Moos und Tannennadeln auf.

»Du bist wahnsinnig!« schrie Maracetti. Er knöpfte hastig sein Hemd auf.

»Warst du schon mal in Algerien?«

»Warum?«

Franz drückte wortlos ab. Die Kugel schlug etwas näher bei den Füßen des Korsen in den Boden.

»Nein, verdammt! Ich war noch nicht da!« Maracetti streifte sich die Schuhe von den Füßen und stieg aus seiner Hose. Seine Unterhose war weiß mit blauen Streifen. Dann stand er nackt da und bedeckte sein Geschlecht mit den Händen.

»Geh zu dem Baum und knie dich hin!« Franz schnürte die Handgelenke des Korsen hinter dem dünnen Baumstamm zusammen, bückte sich und riß seine Füße hoch. Dann verschnürte er die Fußgelenke hinter dem Baum und zurrte Hand- und Fußgelenke zusammen. Der Korse hockte mit abgeknickten Beinen auf den Knien, und seine Arme waren nach hinten weggestreckt. Franz sah ihn an und sagte: »Ich quetsche dir jetzt die Eier zusammen, also schlag dir die Frauen aus dem Kopf. Wenn du mir was zu sagen hast, tu's jetzt. Es ist nämlich schnell passiert.«

»Das kannst du nicht machen!« sagte Maracetti ungläubig.

Franz nahm Maracettis Hemd und wickelte es sich um die rechte Hand.

Als die weißumwickelte Hand näher kam, fing der Korse an zu reden, und schämte sich dafür.

»Mach dir nichts draus«, sagte Franz. In seiner Stimme war kein Triumph. »Alle reden. Sag Robert, daß ich komme.«

»Los, bring mich um! Warum schießt du nicht endlich!« Der Korse zitterte vor Wut. Tränen liefen ihm übers Gesicht.

Franz sah ihn nachdenklich an. Das war damals die Regel gewesen. Wer geredet hatte, setzte den ewigen Kreislauf in Gang und lebte nur noch auf Pump. Früher hätte der Puma jeden getötet, der versucht hätte, ihn zu töten.

»Mach schon!« schrie der Korse, »worauf wartest du noch!« Franz schüttelte den Kopf. Er entlud Maracettis Pistole, schleuderte die Kugeln ins Unterholz und warf die Pistole in die entgegengesetzte Richtung.

»Dann werde ich dich umbringen!« Der Korse spuckte die Worte aus.

Franz drehte sich um. »Du hast versucht, mich zu töten. Dafür gehört mir dein Leben. Beim nächsten Mal nehme ich's mir.« Der Korse blickte ihm nach und nieste.

Das Licht war flach und grau, und der Bodennebel löste sich langsam auf. In wenigen Stunden würde es gleißend und grell sein.

24

Als Franz Morgenroth ankam, war es sonnig und warm in Hamburg.

Mayonnes Haus lag in einer Gegend, wo man sich nicht zur Miete einquartieren kann und wo die meisten Häuser hinter Mauern versteckt sind. Eigentlich leben da nur die, die schon immer dort gelebt haben, und man sagt, daß es keinen anderen Zutritt gibt, als hineingeboren zu werden. Robert Mayonne hatte sich diesen Zutritt mit Geld verschafft.

Die Mauer war aus Klinkersteinen und mehr als zwei Meter hoch. Die einzementierten Glasscherben in der Oberkante waren bunt, wohl, damit es hübscher aussah. Das gußeiserne Eingangstor war verschlossen, und die Klingel, ein dünner Stift aus dem gleichen Material, leicht zu übersehen. Ein Namensschild oder eine Hausnummer gab es nicht.

Franz drückte auf die Klingel und wartete.

Das Tor ging auf. Der Mann hatte die rechte Hand in der Jakkentasche, ein eckiges Gesicht und war fast einsachtzig groß. Mit seinem linken Ohr hatte sich der Chirurg einen Witz erlaubt, und ihm die Knorpelreste an der entsprechenden Stelle einfach wieder angenäht. Seine Jacke war genauso lila wie das Hemd, bloß ohne die aufgedruckten, roten Kleeblätter. Er sah aus, als könne er einen Omnibus umkippen, und sein Gesichtsausdruck besagte genau das.

Franz ging einfach an ihm vorbei.

»He, bleiben Sie stehen!«

Franz ging weiter. Der Weg führte durch einen großen Park mit Eichen, Buchen und Fichten. Die Luft war erfüllt von dem Zwitschern der Vögel und dem Schnarren einer verirrten Krähe.

Der Schäferhund raste auf Franz zu. Franz blieb stehen. Der Hund umkreiste ihn knurrend. Franz streckte ihm ruhig seine Hand hin. Schließlich schnüffelte der Hund an der Hand, wedelte unschlüssig, und das Knurren erstickte in seiner Kehle.

Der Mann mit der lila Jacke hatte ihn eingeholt und rang nach Luft. Der Hund lief ihm schwanzwedelnd entgegen. »Erstaunlich! Ich dachte immer, Katzen und Hunde vertragen sich nicht«, sagte Mayonne, der auf der Terrasse aufgetaucht war.

»Kommt ganz auf die Katze an«, antwortete Franz und tätschelte den Hund am Kopf.

»Er ist einfach an mir vorbeigegangen!« sagte der mit der lila

Jacke. Er rieb sich sein verknorpeltes Ohr und musterte Franz unbehaglich.

»Wie ich's mir gedacht habe.« Mayonne verzog belustigt die Lippen und machte eine einladende Handbewegung. »Komm rein, Franz. Ich hab dich erwartet.«

Auf dem Kiesweg vor der Terrasse stand ein schwarzer Mercedes mit Hamburger Kennzeichen. Das Haus war bis unters Dach mit dichtem Efeu bewachsen, und die Fenster hatten Bleirahmen. Eine Freitreppe aus hellerem Stein mit flachen Stufen führte zu einer schweren Holztür mit geschwungener Klinke und gezackten Eisenbeschlägen. Im Flur stand ein schlanker Mann mit der Hand in der Jackentasche und einem ironischen Lächeln im Gesicht. Er sah Mayonne fragend an. Mayonne winkte ab. »Ich bin sicher, daß er keine Waffe hat, stimmt's?«

»Stimmt.«

Mayonne nickte zufrieden. Er sah Franz an und sagte: »Siehst du, ich kenne dich immer noch ganz gut. Komm mit.«

Der Schlanke ging vor und öffnete ihnen die Tür zu einem geräumigen Zimmer mit einer Bar, Ledersesseln und einem Tisch. Die Wände waren mit dunkelbraunem Holz getäfelt, und das Parkett knirschte. Robert Mayonne deutete auf die beiden Ohrensessel beim Fenster, wandte sich an den Schlanken und sagte: »Black Label und Eis, Dennis.« Dann sah er Franz an. »Du hast dich gut gehalten, Franz.«

»Hättest es ja nicht gleich ausprobieren müssen.«

Robert Mayonne stieß ein amüsiertes Lachen aus und erwiderte: »Und auf jeden Pott einen Deckel, was? – Wie früher.«

Sie blickten sich stumm und forschend an. Der Schlanke brachte die Flasche, Eis und Gläser.

»Das ist Dennis, meine rechte Hand hier«, sagte Mayonne. Er lachte wieder. »Vor dem sieh dich vor, Franz.«

Franz sah den Schlanken an. »Der soll besser sein als der Korse?«

Der Schlanke hatte ein ausgemergeltes, knochiges Gesicht. Er blickte Franz kalt an, und das ironische Lächeln hing eingefroren in seinen Mundwinkeln.

Franz fand Mayonne an den falschen Stellen rundlicher, sah die grauen Strähnen in seinen dunkelbraunen, sorgfältig frisierten Haaren und bemerkte die beiden dicken Adern, die an seiner Schläfe tickten.

Mayonne erwiderte seinen Blick. »Du wirst auch nicht jünger. Obwohl ich zugeben muß, du hast dich besser gehalten. Aber du hattest ja schon immer spartanische Züge.«

»Kommen wir zur Sache.«

Mayonne nahm sein Glas in die Hand. »Trinken wir.« Er klappte eine Zigarrenkiste auf und schob sie Franz hin. Franz schüttelte den Kopf.

Mayonne nahm eine der langen, an einem Ende abgerundeten Metallhülsen heraus, schraubte den Boden ab und ließ die helle Zigarre herausgleiten. »Richtig. Keine Zigarren.« Er befeuchtete die Zigarre, steckte sie in den Mund und brannte sie sorgfältig an. Der Schlanke hinter der Bar las in einer Illustrierten. Vorm Umblättern befeuchtete er Daumen und Zeigefinger an der Unterlippe.

Auf einmal stand ein Mädchen im Zimmer – eine große, mollige Brünette mit kurzem, trägerlosen Kleid. Sie hatte keine Schuhe an und einen leeren Ausdruck in den Augen. Ihr Lächeln galt niemandem und schien zu besagen, daß sie selbst nicht wußte, wie sie hierher gekommen war.

Robert Mayonne warf dem Schlanken einen kurzen, unwilligen Blick zu, und gleich darauf war das Mädchen durch eine Tür, die unauffällig in die Holzverschalung der Wand eingearbeitet war, verschwunden. Der Schlanke kehrte zur Bar zurück und widmete sich seinen Fingernägeln.

»Ich könnte eine Menge mehr von dir verlangen als meinen Anteil«, sagte Franz in die Stille.

Mayonne wedelte den Rauch aus seinem Gesicht weg und stieß ein verächtliches Geräusch aus. »Ich muß sagen, du machst mir wirklich Spaß! Kommst hier rein, mit nichts in der Hand – und stellst Bedingungen.« Er zeigte auf den Schlanken und sagte: »An Dennis kommst du nicht mal mit einer Waffe in der Hand vorbei, das kann ich dir versichern!«

»Komm zur Sache, schöner Robert. Wie hast du dir die Regelung vorgestellt?« sagte Franz ungerührt.

Dennis warf ihm einen langen Blick zu. Mayonne paffte vor sich hin. »Du hast nichts in der Hand, also schlag hier nicht so einen Ton an.«

»Ich habe einen Mann, der weiß, was er zu tun hat, wenn ich ihn nicht zu einer bestimmten Zeit besuche.«

»Du bluffst! Du hast sauber abgesessen, und mir kann Belfond nichts anhängen. Das ist alles, und du weißt es!«

Franz verzog keine Miene. »Der Mann hat eine eidesstattliche Erklärung von mir, wer damals geschossen hat, und ein Papier, das deine jetzige Tätigkeit beschreibt – nebst allen deinen Adressen. Das reicht zweimal, um dich reinzubringen. Belfond brennt förmlich darauf – er weiß genau, daß du damals geschossen hast.«

Mayonne warf die Zigarre in den Aschenbecher. »Ich glaub kein Wort!«

»Aber du bist nicht sicher«, sagte Franz ruhig. »Leg mich um – dann weißt du's.«

Mayonne trank stumm sein Glas aus. »Was meinst du, Dennis, blufft er?«

»Du kennst ihn, nicht ich.«

Mayonne blickte Franz an. »Also gut. Reden wir darüber. Es ist noch nie meine Art gewesen, auf diese Weise meine Angelegenheiten zu regeln, das weißt du genau. Es sei denn, man zwingt mich dazu. Ich werd's dir also erklären. Ich konnte das Kapital damals nicht rumliegen lassen. Wenn ich es getan hätte, dann wär's heute schon nichts mehr wert. Man muß weiterdenken! Ich habe investiert und ein Geschäft aufgebaut.«

»Sag bloß noch, du hast mir einen Stuhl freigehalten.«

Mayonne runzelte die Stirn. »Nein. Ich hab mir gleich gedacht, daß dich das nicht interessiert.«

»Sieh an. Und was hast du dir nun gedacht?«

»Das Kapital ist im Umlauf. Kein Geschäftsmann hat viel Bargeld im Haus.«

Franz lächelte. »Wieviel?«

»Ich will ehrlich mit dir sein, Franz. Ich will nicht ständig das Gefühl haben, du sitzt mir im Nacken. Und der Gedanke, dich verschwinden zu lassen, ist mir ganz einfach nicht angenehm – nach allem, was uns ja trotz allem verbindet. Ich bin also bereit, die Angelegenheit mit dir zu regeln. Vorausgesetzt, du verzichtest auf weitere Ansprüche.«

»Wieviel?« fragte Franz sanft.

»Vierzigtausend Deutsche Mark, in gebrauchten Scheinen sauberes, gutes Geld.«

»Bißchen wenig, findest du nicht?«

Mayonne schüttelte den Kopf. »Absolut nicht. Die Deutsche Mark ist die härteste europäische Währung – vielleicht weißt du das nicht. Jede Bank wird dir das bestätigen.«

»Gut. Ich bin einverstanden«, sagte Franz.

»Das freut mich«, sagte Mayonne und nickte dem Schlanken zu.

Der Schlanke ging hinaus und kam mit einem flachen, schwarzglänzenden Diplomatenkoffer zurück. Er legte ihn auf den Tisch, und Mayonne stellte das Nummernschloß ein. Er klappte den Deckel auf. Es waren gebündelte, gebrauchte Scheine. Mayonne schob Franz den Koffer hin. Franz klappte den Deckel zu und stellte das Schloß ein.

Robert Mayonne sah ihn leicht verwundert an. »Daß du die Kombination sofort behältst, gut – aber warum zählst du nicht nach?«

»Lohnt sich nicht, mich zu betrügen. Außerdem weiß ich, wann du lügst und wann nicht.« Er stand auf.

»Du willst schon gehen?«

Franz nickte.

»Du hast jetzt eine Menge gutes Geld. Was hast du damit vor?«

»Das ist eine ganz schlechte Frage.« Franz lächelte flüchtig. Die Summe war nicht hoch, aber das Geld reichte aus, um seinen Plan zu finanzieren.

Mayonne begleitete ihn vors Haus. Er holte tief Atem und sagte: »Wunderschön ruhig ist es hier – kein Straßenlärm, nichts. Du weißt, wie wichtig die Ruhe für mich ist.«

Franz machte eine Kopfbewegung zu dem Schmalen, bevor er Mayonne ansah. »Unsere Abmachung gilt?«

»Selbstverständlich«, sagte Robert Mayonne entrüstet, »die

Sache ist erledigt, das Geld gehört dir.« Er lächelte gequält und streckte Franz die Hand hin. »Mach's gut.«

Franz nahm seine Hand. Dann drehte er sich um und ging zum Tor. Der Mann mit der lila Jacke hatte Mühe, mit ihm Schritt zu halten.

Robert Mayonne stand noch auf der Terrasse und rief: »Puma! Sieh dich vor! Der Dschungel ist gerodet, und jeder kann dich sehen – auch in der Nacht!«

Franz dreht sich nicht um.

Der Mann mit der lila Jacke musterte ihn von der Seite. Am Tor sagte Franz: »Dein Hemd ist zu bunt.«

»Was?«

Franz ging an ihm vorbei.

Der Mann am Tor starrte ihm nach. Er kratzte sich am Kopf, machte das Tor zu und schloß besonders gewissenhaft ab.

25

Ein großer Schwan wurde von der Bugwelle aufgeschreckt und taumelte flügelschlagend zum Ufer. Er brachte die Enten in Aufruhr, und das Segelboot, ein weißer Fleck aus Holz und Segeltuch mit kleinen Figuren auf dem Wasser, zog langsam am Ufer vorbei. Franz Morgenroth blickte auf die Alster und fragte sich, woher das Gefühl der Leere kam, das ihn ergriffen hatte. Als er auf die Uhr sah, war es schon fast zu spät. Er stand auf und fuhr zum Bahnhof.

Der Zug aus Paris hatte eine Viertelstunde Verspätung. Franz wartete auf dem Bahnsteig. Als der Zug einlief, zählte er die Wagen ab und ging zum Wagen 21. Er half einer Frau mit ihrem Koffer und drängte sich dann an ihr vorbei in den Wagen. Das richtige Abteil fand er sofort – nur war es noch nicht leer.

Die Jungen waren im Alter von zwölf bis fünfzehn. Sie trugen Pfadfinderuniformen mit Fahrtenmessern und allem Drum und Dran und schrien aufgeregt durcheinander. Franz wartete im Gang, bis sich endlich alle aus dem Abteil gedrängelt hatten.

»Sie können hier nicht zusteigen, der Zug endet hier«, sagte ein Junge zu Franz. Dann brüllte ein siebzehnjähriger Oberpfadfinder am Ende des Ganges, sie sollten jetzt endlich alle aussteigen.

Franz ging in das Abteil, bückte sich, griff unter den Sitz neben der Abteiltür und riß das angeklebte Päckchen von der Abteilwand, wo er es vor Abfahrt des Zuges auf der Gare du Nord in Paris befestigt hatte.

Das Päckchen enthielt seine Pistole. Er legte es zu dem schwarzen Aktenkoffer im Bahnhofsschließfach, schloß ab und fuhr zum Abendessen in ein chinesisches Kellerlokal in der Davidstraße, das ihm ein Taxifahrer empfohlen hatte.

Die abgegriffene Speisekarte flößte ihm Vertrauen ein. Ein freundliches Mädchen nahm seine Bestellung auf. Es war blaß und wirkte schusselig, brachte aber jeden Gang überraschend schnell und in der richtigen Reihenfolge. Franz aß wenig von jedem Gericht. Der alte Chinese hinter der Geschirrtheke sah ihm wohlgefällig zu, und als Franz bei gebackener Banane in Honig mit Mandeln aufgab, lud er ihn zu einem Sake ein, blieb an Franz' Tisch stehen und prostete ihm zu. Sie lächelten sich stumm an, und als sie ausgetrunken hatten, verbeugte sich der Chinese und kehrte hinter die Geschirrtheke zurück, wo er sich eine Zigarette anzündete und wieder in sich selbst versank.

Franz fuhr wieder zum Bahnhof, kaufte ein paar Zeitungen und eine einfache Fahrkarte erster Klasse für einhundertzweiundsechzig Mark nach München. Danach nahm er sich für achtundzwanzig

Mark ein Zimmer im Hotel *Monopol* auf der Reeperbahn. Der Portier war ein schwammiger Mann mit gelben Dauerwellen. Er beugte sich über den Tresen und blickte Franz nach, bis er im Treppenaufgang verschwunden war. Im Zimmer hätten zwei Mann nicht aneinander vorbeigehen können, ohne sich zu berühren. Der Wandschrank, ein klobiger Sperrholzkasten mit Fächern, hing wie ein Rucksack an der Innenseite der Tür. Jemand räusperte sich. Franz drehte sich um. Plötzlich kam ihm ein Satz in den Kopf. »Glaub nur nicht, du könntest draußen ein Leben in Saus und Braus führen.« Er grübelte, und als ihm der Gefängnisdirektor einfiel, lachte er leise vor sich hin. Es war gut, frei zu sein.

Nebenan hustete es jetzt.

Franz legte sich aufs Bett und blätterte in einer Zeitung. Da war sie wieder. Diesmal im Kasten mit den Klatschnachrichten in der *Münchner Abendzeitung*. Die breite Stirn, das angedeutete Grübchen, dieser Mund und derselbe wachsame, kühle Blick. In dem Artikel wurde behauptet, sie habe Krach mit ihrem Vater gehabt, wegen einer Affäre mit einem amerikanischen Popmusiker namens David Blue. Daß sie Kammerloh hieß, hatte Franz schon vorher gewußt. Jetzt las er, daß sie Billie genannt wurde. Daß sie in Wahrheit Wilhelmine-Therese hieß, sollte er erst sehr viel später erfahren.

26

Als Franz Morgenroth einschlief, war es in New York früher Nachmittag. Es war ein heißer Nachmittag im Sommer. Robert Tomcik liebte den Sommer.

Er saß auf einer Bank in Central Park West, New York, und blickte auf den Rasen. Die Coca-Cola war lauwarm. Er trank die

Dose aus und sah einem Puertorikaner zu, der ein Schlagzeug aus Mülltonnendeckeln und Metallfässern aufbaute.

Der Mann hatte sich einen guten, schattigen Platz unter einem Baum ausgesucht. Jeder Handgriff saß. Seine Hose sah aus wie ein weiter, schwarzer Sack, den er mit einem Bindfaden um die Hüfte zusammengebunden hatte. Seinen schwarzen Halbschuhen fehlte die Spitze, und seine bloßen Zehen ragten heraus.

Er fing an, mit zwei Stöcken auf das Blech einzuschlagen. Ein paar Leute versammelten sich um ihn herum, und er warf seinen Hut auf den Rasen, ohne mit dem Trommeln aufzuhören.

Tomcik zerdrückte die leere Coca-Cola-Dose und warf sie in den Abfallkorb neben der Bank. Er reckte sich und sah auf die Uhr. Dann stand er auf und ging zu seiner Arbeit.

Er stieg in die U-Bahn nach der South Bronx. Während der Fahrt starrte er auf seine Tennisschuhe und dachte an gar nichts. Er sah nicht aus wie ein Angestellter, und er war auch keiner. Er arbeitete freiberuflich.

Tomcik verließ die U-Bahn und stieg die Treppe hoch in die Hitze. Ein paar Straßen weiter sahen die Häuser abbruchreif aus. Die meisten waren abgebrannt und nur noch Ruinen. Berge von Schutt und Sperrmüll lagen zwischen Autowracks auf der Straße und den Bürgersteigen herum. Die Abfälle stanken in der Sonne, und die Ratten versteckten sich nicht, als er vorbeiging. Die Hitze wollte nicht nachlassen.

Tomcik trug eine helle, hochgeschlossene Popelinejacke, Jeans und Tennisschuhe ohne Socken. Seine langen Haare hatte er zu einem Pferdeschwanz zusammengebunden. Eine Hure blieb vor ihm stehen und versuchte, ihn festzuhalten. Sie trug ein blaues, kunstseidenes Kleid und versprach ihm den Himmel für zwanzig Dollar.

Tomcik beachtete sie nicht und ging weiter. Mit jedem Meter, den er sich von ihr entfernte, kostete der Himmel fünf Dollar weniger, und schließlich schrie sie nur noch: »Verdammter Schwuler!«

An einer Straßenecke versperrten ihm zwei Säufer den Weg. Sie schlugen erbarmungslos aufeinander ein, ließen sekundenlang voneinander ab, glotzten ihn an, und einer der beiden machte einen Schritt auf ihn zu. In diesem Augenblick sah Tomcik in seinen Augen, was in seinem Kopf vorging. Tomcik sah ihm in die Augen. Seine Lippen verzogen sich zu einem verächtlichen Lächeln.

Der Mann hob abwehrend die Arme, machte ihm Platz, und dann prügelten sie sich weiter, als hätten sie nie damit aufgehört.

Wenig später war er am Ziel. Das Haus lag auf der rechten Straßenseite. Unten hatte es gebrannt, aber über den schwarzen Fensterhöhlen des Erdgeschosses hörten die Brandspuren auf. Der Eingang war mir gekreuzten angekohlten Balken vernagelt. Das Nebenhaus bestand nur noch aus Schutt und Steinen, mitten aus den Trümmern ragte eine Eisentreppe hoch ins Nichts. Im Flur lagen zerbrochene Möbel, Matratzenfüllungen, Zeitungen, Tapetenfetzen und alles mögliche Gerümpel, das beim Verlassen eines Hauses zurückbleibt. Neben der Treppe hatten sich Penner ein Feuer gemacht.

Tomcik kletterte über die heruntergerissenen Wandbriefkästen am Fuß der Treppe und ging die Stufen hoch.

Das Zimmer im sechsten Stock war früher ein Büro gewesen. Jetzt war es leer bis auf ein paar verstreute Akten. Tomcik sah auf die Uhr.

Der Raum nebenan war so groß wie eine Kleinstadtturnhalle und auch so ähnlich. Der wuschelköpfige Mann neben der Filmkamera hatte Jeans an. Die anderen saßen auf ein paar zusammengeschobenen Matratzen auf dem Boden, aßen kalte Hamburger, tranken Coors-Bier aus Dosen und waren nackt. Es waren zwei Männer und zwei Mädchen.

In einer Ecke lagen Stricke, Lederriemen, umgekippte Coca-Cola-Dosen und leere Filmbüchsen.

»Wer issen das, soll der mitmachen?« Das Mädchen tänzelte mit dem Hamburger in der Hand um Tomcik herum und verklekkerte Ketchup. »He, ich hab noch nie mit einem Hippie gebumst!«

Tomcik sah sie ohne Interesse an. Sie hatte einen aufgedrehten flirrenden Ausdruck in den Augen wie von einer Handvoll Aufputschtabletten, und ihre großen Brüste waren rotbraun gefleckt und standen unnatürlich starr vom Körper ab. Tomcik sah die breiten, roten Narben auf ihren flachen Hinterbacken und dachte, sie hat sich einfach das Sitzfleisch vorn dranpappen lassen.

»Ich soll das Material abholen«, sagte Tomcik.

»Du bist zu früh. Wir müssen noch zwei Rollen machen.«

»Ich bin niemals unpünktlich«, sagte Tomcik.

»Okay, du bist pünktlich«, sagte der Mann neben der Kamera. »Wir kriegen keine Überstunden bezahlt, klar? Trotzdem müssen die Jungen auch mal ne Pause machen. Das hier ist nämlich Arbeit.«

Der Kleine, Gedrungene mit der Ginflasche in der Hand grinste. Er war am ganzen Körper behaart, und selbst auf seinen Schulterblättern standen dichte, schwarze Haarbüschel. Der andere war größer und blaß. Sein aufgedunsener, schlaffer Bauch hing an ihm wie ein überflüssiges Gewicht, und sein dickliches, verschlagenes Gesicht hätte eher zu einem sechzehnjährigen Pausenclown gepaßt. Das zweite Mädchen war höchstens siebzehn und sah aus, als ob sie nicht hierher gehörte. Sie hatte ein hübsches rundes Gesicht und lange, glatte Haare, die bis zu ihren Hüften reichten. Sie griff nach einem zusammengefalteten Papier, öffnete es vorsichtig und schnupfte das kleingehackte weiße Pulver mit einem verkürzten Plastikstrohhalm von MacDonald. Er war gelb, rot und weiß gestreift.

»Was ist, können wir endlich?« fragte der Kameramann.

»Ich kann!« sagte das Mädchen mit den glatten Haaren. Sie hatte gerade, weiße Zähne. Ihre Pupillen waren sehr groß. Sie strahlte Tomcik an.

»Die Jungs können sich noch ausruhen. Jetzt erst die Mädchen. Dann die Nummer mit den Fesseln, und danach ist endlich Schluß!« sagte der Kameramann und zwinkerte Tomcik zu.

Tomcik ging nach nebenan. Bevor er die Tür hinter sich zumachte, hörte er noch die Kamera schnarren. Er trat ans Fenster. Im Rahmen steckten gezackte Scherben. Das Unkraut unten auf dem Hof stand meterhoch. Tomcik kniff die Augen zusammen. Auf einer umgestülpten Tonne lag eine Puppe ohne Kopf.

Er hörte, wie der Kameramann eine Pause ansagte und die letzte Rolle einlegte. Den letzten Akt. Dann hörte er sie schreien. Die Mädchen hatten die Rasiermesser gar nicht gesehen. Vielleicht spürten sie den ersten Schnitt noch nicht. Vielleicht schrien sie erst, als das Blut kam.

Sie schrien nämlich nicht vor Lust. Sie wanden sich in ihren Fesseln und schrien, weil sie in Streifen geschnitten wurden. Sie schrien, bis sie starben. Die Kamera lief, bis sie sich nicht mehr bewegten.

Dann war es still, und Tomcik ging nach nebenan. Der Haarige hatte das Messer noch in der Hand. Er war über und über mit Blut beschmiert. Das Blut war auf den Matratzen, auf dem Fußboden, auf dem Kameragehäuse. Es war einfach überall, und im Raum herrschte ein bestialischer Gestank von Blut, ausgelaufenem Bier, Sperma und Exkrementen.

Der Blasse mit dem Bauch würgte. Der Haarige legte das Messer weg. Er wirkte ganz ruhig und steckte sich eine Zigarette in den Mund. Sie hatte rote Flecken. Der Kameramann starrte auf seine blutbespritzten bloßen Arme und zitterte. Der Haarige kam nicht mehr dazu, seine Zigarette anzuzünden.

Tomcik schloß die Augen und atmete aus. Dann atmete er tief ein, hielt den Atem an und machte die Augen auf. Plötzlich hatte er eine 44er Magnum in beiden hocherhobenen Händen. Er atmete ganz ruhig, ließ die Hände sinken und schoß im ruhigsten Augenblick zwischen Ein- und Ausatmen.

In der Stille nach den Schüssen hörte er ein eigenartiges Geräusch. Der Kameramann konnte seine Kiefer nicht beherrschen.

»Steh nicht rum, pack deinen Kram ein«, sagte Tomcik.

Der Kameramann streckte seine blutbefleckten Arme von sich, und seine Zähne schlugen hart aufeinander.

Tomcik steckte die Pistole ein, packte die Kamerageräte zusammen und ging mit ihm ins Erdgeschoß. »Warte hier. Rühr dich nicht von der Stelle!«

Dann holte er zwei Benzinkanister aus dem Keller, leerte sie über die Leichen, und unten im Erdgeschoß kippte er einen dritten Kanister aus. »Los, raus hier mit deinem Kram!«

Dann zündete er das Haus an, und für irgend jemanden wurde die Versicherungssumme fällig. Robert Tomcik brachte den Kameramann zu einem Kontaktmann an der Kreuzung Jennings Street, Wilkins Avenue und Intervale Avenue. Dann fuhr er nach Hause.

Er küßte seine Mutter und aß mit ihr in der Küche zu Abend. Nach dem Essen zog er sich in sein Zimmer zurück und zersägte die Magnum.

Ein paar Stunden später verließ er das Haus und warf die Einzelteile der Pistole in weit auseinanderliegende Gullys. Dann rief er Jeffrey Liss an und meldete seinen Auftrag als erledigt. In New York war es elf Uhr abends.

Die Hitze des Tages hockte schwer und zum Greifen dick in den Betonschluchten, reizte die Nasenschleimhäute und brannte in den Augen. Sie machte das Atmen schwer, und die Menschen hatten einen Geschmack im Mund wie von der Pest.

27

Der TEE, der morgens um 7.40 Uhr in Hamburg abfährt, kommt acht Stunden und zehn Minuten später im Münchner Hauptbahnhof an.

Während der Fahrt las Franz Morgenroth Conrads *Schattenlinie*, und obwohl er das Buch schon zweimal im Gefängnis gelesen hatte, kam es ihm vor, als entdecke er etwas ganz Neues in der Geschichte, an das er sich vom früheren Lesen her nicht erinnern konnte. Er sah den jungen Kapitän, der zum erstenmal ein Schiff führte, in einem anderen Licht, und das Verhalten des Ersten Steuermanns Burns, der sich berechtigte Chancen ausgerechnet hatte, selbst Kapitän zu werden und statt dessen einen Grünschnabel vor die Nase gesetzt bekam, erschien ihm jetzt starrsinnig und verbohrt.

Der Kaffee im Speisewagen war schlechter als die übelste Nachrede, die ein Speisewagenkaffee überhaupt haben kann.

Franz sah aus dem Fenster, und als der Zug, ohne zu halten, durch Dörfer und kleinere Städte raste, fiel ihm auf, daß er nirgendwo eine Spur des Krieges entdeckte. Deutschland, jedenfalls der Teil, den der Zug durchquerte, sah aus, als sei nichts gewesen. An die Zeit vor dem Krieg erinnerten nur abgeblätterte, angerostete Emailleschilder – Werbung für Versicherungen und Zigaretten, die er gelegentlich am Rande kleinerer Ortschaften an Zäunen und Scheunen sah.

Kurz bevor der Zug in München einlief, schloß er sich in der Toilette ein und nahm ein paar Scheine aus dem Koffer. Im Münchner Hauptbahnhof schloß er den Koffer in ein Schließfach und kaufte in der Bahnhofsbuchhandlung einen Stadtplan von München und Umgebung und eine Broschüre mit dem Titel *Was ist wo in München*? Dann verließ er den Bahnhof und ging zum Stachus in ein Kaufhaus. Er kaufte einen Koffer, Unterwäsche, Socken, ein paar weiße Baumwollhemden, Toilettenartikel und packte alles zusammen in den neuen Koffer.

Etwa eine Stunde später händigte der Empfangsangestellte des Hotels *Holiday Inn* an der Leopoldstraße einem Mann, der laut Paß Walter Schindelhauer hieß, den Schlüssel für sein vorbestelltes Zimmer aus. Das Auftreten des Mannes war unauffällig, und seine Erscheinung mit Mantel und Koffer glich der anderer Gäste.

Der Himmel war emailleblau mit zerfransten, weißlichen Wolkenstreifen, und als Franz vom *Holiday Inn* die Leopoldstraße entlang stadteinwärts nach Schwabing ging, spürte er leichten, bohrenden Kopfschmerz wie nach ein paar Gläsern weißem Krimsekt am Morgen nach einer schlaflosen Nacht.

Der Münchner Föhn ist eine klimatische Besonderheit, die meteorologisch erklärbar ist und die seltsamsten Auswirkungen hat. Wenn der warme, trockene Fallwind über die Stadt herfällt, geraten sich Verliebte zum erstenmal in die Haare, führen harmlose Blechkarambolagen im Straßenverkehr zu Prügeleien, und eine friedfertige Greisin greift nachts plötzlich nach der Axt und schlägt ihrem schnarchenden Mann den Schädel ein. Andere Menschen dagegen fühlen sich prächtig und leben auf, und wieder andere bringen sich einfach um.

Bei Föhn kann alles mögliche passieren, bloß nicht, daß nichts passiert.

Franz ging zum Postamt in der Leopoldstraße und rief eine Nummer in Lyon an. »Ich nehme an, du kennst meine Stimme noch.«

Gustave der Belgier zögerte keinen Augenblick. »Selbstverständlich, was denkst du denn? Ich muß sagen, du hättest ja wenigstens mal reinschauen können. Hast du wenigstens meinen Brief bekommen?«

»Ich hatte zu tun. Den Brief hab ich. Du schreibst noch genauso gut wie früher.«

»Danke. Freut mich zu hören. Schön, daß alles gutgegangen ist. Kann ich dir sonst noch behilflich sein?«

»Nur wenn's nicht an die große Glocke kommt«, sagte Franz.

»Ich hab die Art, meine Geschäfte abzuwickeln, nicht geändert. Andernfalls wäre ich nämlich nicht in der Lage, überhaupt noch welche zu machen.«

»Selbstverständlich. Nun schnapp nicht gleich ein.«

»Kommst du, und wir sprechen hier in aller Ruhe darüber, oder bist du gar nicht im Lande? Soll ich dich zurückrufen?«

»Nun laß das doch«, sagte Franz. »Du wirst alles noch früh genug erfahren.«

Gustave der Belgier seufzte. »Anscheinend bist du der alte geblieben. Worum geht's?«

»Schwer zu erklären. Ich brauche zwei absolut zuverlässige Fachleute für eine Sache, die länger dauern kann. Einen Fachmann für Autos, der selber gut fährt, und einen Mann mit guten Nerven und einer sicheren Hand. Einer, der nicht die Nerven verliert, wenn er vielleicht gar nicht gebraucht wird.«

»Was soll denn das werden«, fragte Gustave.

»Später«, sagte Franz.

Gustave schwieg einen Moment. »In diesem Fall würde ich nicht unbedingt Landsleute empfehlen. Es zieht immer irgendwelche Kreise, wenn hier plötzlich zwei abziehen. Wie steht's denn mit deinem Englisch?«

»Ich hab 'ne Menge dazugelernt in der Zwischenzeit.«

»Na schön. Wie sieht denn die finanzielle Seite aus?«

»Prozentbasis. Dreißig-dreißig-vierzig. Vierzig für mich, weil ich das Geschäft bringe, fünf Prozent von jedem für dich, inklusive die Papiere.«

»Also fünfzehn. Das ist fair. Und was für eine Größenordnung hast du dir dabei vorgestellt?«

»Sechsstellig – ich hab nicht vor, kleine Brötchen zu backen. Wann kann ich mit einer Nachricht rechnen?«

Gustave lachte. »Zwei Tage, würde ich sagen.«

»Dann ruf ich dich übermorgen abend, zehn Uhr, wieder an. Und komm nicht auf die Idee, mir irgendeinen Anfänger anzudrehen.«

»Es ist gut, daß du wieder da bist«, sagte Gustave der Belgier.

28

Franz lief einmal um den Kleinhesseloher See im Englischen Garten. Als es anfing zu dämmern, setzte er sich auf eine Bank.

Auf der Wiese spielten ein paar Jungen mit einem Hirtenhund herum, und eine Frau ging mit einem erstaunlich großen grauen Kater an der Leine über die Wiese.

Der massige, zottige Hund raste hinter einem Gummiknochen her, und in seiner Aufregung bemerkte er den Kater nicht. Der Kater schritt unbeeindruckt und gravitätisch weiter neben der Frau her.

Der Hund brachte sein Stöckchen zurück, bemerkte den Kater und bellte beflissen hinter ihm her. Der Kater drehte sich nicht einmal um.

Franz zog eine zusammengefaltete Zeitung aus der Tasche. Es war dieselbe Ausgabe der *Abendzeitung*, die er in Hamburg gekauft hatte. Er betrachtete das Bild von Kammerloh und seiner Tochter. Er hielt sie am Arm, als hielte er sie fest, und das Mädchen schien sich von ihm wegzudrehen. Kammerloh lächelte verbindlich und blickte mit seitlich gewandtem Kopf zu seiner Tochter, die unwillig in die Kamera sah. Das Kleid seiner Tochter mochte dunkelbraun oder schwarz sein und hatte einen viereckigen, von Spitzen und Pailletten besetzten Ausschnitt. Es saß eng um Oberkörper und Hüften und fiel dann lose bis kurz unter die Knie. Das Kleid und die hochgesteckten Haare erinnerten Franz an die Pariser Huren während der Besatzung. Ein Eindruck, der allerdings nicht zu ihrem Gesicht paßte. Ihre Haare sahen üppig aus, gingen straff vom nicht ganz regelmäßigen Haaransatz weg und wurden über dem Hinterkopf mit einem Kamm zusammengehalten. Ein dünner, auf dem Foto kaum sichtbarer Schleier gleich langer Haare fiel ihr über die Stirn und die Wangen. Ihre Schädelstruktur mit der breiten Stirn, den hochangesetzten Wangenknochen und der energischen Linie ihrer Kiefer zeigte die Ähnlichkeit mit ihrem Vater. Aber was bei ihm eckig und kantig wirkte, verband sich im Gesicht seiner Tochter in sanften, geschwungenen Linien. Trotz allem hatte sie kein weiches Gesicht, und es war weder hübsch noch häßlich; es war ein Gesicht, das man nicht übersieht und bei dem man innehielt, wenn man eine Zeitung durchblätterte. Franz fragte sich wieder, woran das lag.

Unter den Bäumen kläffte ein Hund. Ein Mann mit einer Aktentasche lief eilig über die Wiese. Franz steckte die Zeitung ein. Die Dämmerung machte die Baumkronen zu grauen, undeutlichen Klumpen. Das Gras wurde feucht. Franz überließ sich seinen Gedanken. Es war Samstag. Er konnte nichts weiter tun.

29

Kammerloh und seine Tochter kehrten morgens gegen halb zwei Uhr von einem Essen im Hotel *Vier Jahreszeiten* zurück. Die Rückfahrt war so schweigend verlaufen wie die Hinfahrt. Als sie sich die dritte Zigarette hintereinander anzündete, sah Kammerloh sie kurz stirnrunzelnd an.

Vor der Auffahrt durch den Park sagte Billie plötzlich: »Ich muß mit dir reden.«

»Wirst dich noch gedulden müssen.«

Erich, der Fahrer, streifte Billie mit einem Blick im Rückspiegel und hörte beflissen weg. Er hielt die Kleine für ein Früchtchen. In seinen grünen Taschenbüchern gingen die höheren Töchter öfter mal in den Dienstbotentrakt zum Chauffeur, nachts natürlich, und er bedauerte, daß das in Wirklichkeit nicht auch so war. Er fuhr den Wagen vors Haus, stieg aus und hielt Kammerloh die Tür auf.

»Gute Nacht, Erich«, sagte Kammerloh und ging an ihm vorbei zum Haus.

»Gute Nacht, Herr Kammerloh, wünsche wohl zu ruhen.« Erich streckte den Arm aus, um Billie herauszuhelfen. Er hätte gern ihren bloßen Arm angefaßt, aber sie war schon auf der anderen Seite ausgestiegen. Er seufzte und fragte sich, warum im Leben immer alles anders sein muß als in seinen Büchern. Dann fuhr er den Wagen in die Garage.

Kammerloh erwartete sie in der Bibliothek. Er saß in einem der beiden Ohrensessel vorm Kamin und trank eine Tasse Kamillentee, wie jeden Abend vorm Schlafengehen. »Ich bin müde, also fasse dich bitte kurz«, sagte er mit seiner eigenartig rauhen Stimme, die sich anhörte, als gehöre sie zu jemandem, der es nicht gewöhnt ist, viel zu reden.

»Ist es dir lieber, wenn ich dir ein Telegramm schicke?« fragte Billie.

»Ich bin müde, weil ich einen anstrengenden Tag hatte.«

Billie starrte ihren Vater an.

»Willst du dich nicht setzen?«

»Nein, ich will mich nicht setzen.«

Wie schön sie ist, dachte er. Es ist wirklich ein Jammer. »Ich nehme an, du willst dich entschuldigen.«

»Entschuldigen? Wofür?«

»Ich finde, du hast dich meinen Gästen gegenüber reichlich ungezogen benommen.«

»Ungezogen?« Ihre Stimme war ungläubig.

»Du brauchst mir nicht alles nachzusprechen. Ich weiß, was ich gesagt habe.« Sein Unwillen hörte sich fast belustigt an.

»Meinst du diesen Bonner Parteibonzen, der mich angesehen hat wie eine von seinen Bonner Zweihundertmarkhuren? Da kannst du mir dankbar sein, daß ich ihm nicht eine gescheuert habe.«

Den Mann aus Bonn kannte sie bisher nur aus dem Fernsehen. Er war Anfang Sechzig, hager und hochgewachsen, und trotz seines korrekten dunklen Anzugs und seiner schwarzen, handgemachten Halbschuhe dachte Billie im ersten Moment an Reitstiefel und Gerte. In ihren Augen war er ein Musterbeispiel von Standesdünkel und Arroganz; ein Mann, der sich starrsinnig gegen die Einsicht sperrte, daß sein politisches Weltbild längst in den Geschichtsbüchern verrottete. Und ausgerechnet dieser Kerl hatte Gefallen an ihr gefunden, ließ sich ihr vorstellen, und während er ihr irgendeine konventionelle Belanglosigkeit sagte, musterte er sie von oben bis unten mit einer Mischung aus Herablassung und Genüßlichkeit. Billie bemerkte, daß er vorm Sprechen seine zu kurze Unterlippe mit einem schmatzenden, kleinen Geräusch einsaugte, die danach erschlaffend wieder nach vorn fiel; eine Angewohnheit, die sie schon bei seinen Fernsehreden beobachtet hatte und vor der sie sich ekelte. Billie hatte ihn verächtlich angesehen und ihn mitten im Satz einfach stehengelassen.

»Nicht in diesem Ton, Wilhelmine!«

»Ach was, Wilhelmine! Diesen Scheißnamen verdanke ich auch dir!«

Er seufzte. »Wir konnten nicht wissen, ob er dir gefällt oder nicht. Also komm bitte zur Sache.«

»Ich will endlich selbständig leben, und ich will meinen Pflichtanteil«, sagte sie entschlossen. Sie sah, wie sich die Haut um seine Augen spannte, bevor er antwortete.

»Du bist wohl nicht ganz bei Trost. Wer hat dir denn diesen Floh ins Ohr gesetzt?«

»Ich kann selbst denken.«

»Dann ist mir rätselhaft, wie du annehmen kannst, ich würde dazu meine Einwilligung geben.«

Billie zwang sich, ruhig zu bleiben. »Weil es die beste Lösung ist. Für dich und für mich.«

»Ich denke, dein Schlagersänger ist schon reich. Wozu braucht er dann noch mein Geld?«

Billie schluckte. »Der hat absolut nichts damit zu tun, und im übrigen ginge dich das überhaupt nichts an.«

»Da ich dein Vater bin, geht mich das sehr wohl etwas an. Und neu ist das ja auch nicht, wenn ich mich richtig erinnere. Der Schwabinger Filmregisseur, dem du einen Film finanzieren wolltest, und dieser Schauspieler, dem wolltest du gleich ein ganzes Theater kaufen. Vielleicht hast du das schon vergessen – ich nicht. Willst du nicht langsam erwachsen werden? Findest du das alles nicht selbst etwas lächerlich?«

»Du hast mich nie bis zum Ende angehört. Du kennst nicht einen meiner Freunde, also rede gefälligst nicht über sie.«

»Ich verzichte auf deine Bekanntschaften.«

»Weiß ich. Ich will nichts weiter, als so leben, wie ich will. Zahl mich aus, und ich laß dich in Ruhe.«

Kammerloh trank einen Schluck Tee. Seine Bewegungen verrieten keinerlei Erregung.

Sie drehte eine losgelöste Haarsträhne um den Finger und spürte, wie falsch alles lief, weil sie wieder viel zu aufgeregt war, wie immer, wenn sie sich mit ihm stritt. »Kann ja sein, daß du manchmal auch recht hast, wenn dich was stört an mir. Ich sag ja gar nicht, daß ich immer recht habe. Ich halt's nur nicht mehr aus, daß du ständig versuchst, mich zu irgend etwas zu zwingen.«

Kammerloh sah sie an: »Ich wüßte nicht, wann du dich jemals nach meinen Wünschen gerichtet hättest.«

»Das ist nicht wahr! Heute abend, zum Beispiel. Glaubst du, ich wäre da freiwillig hingegangen? Was soll ich denn da?«

»Nun setz dich bitte hin und steh nicht so herum«, brummte Kammerloh.

Billie setzte sich in den Sessel ihm gegenüber.

Er schüttelte den Kopf und blickte ins Feuer. »Ich versteh dich einfach nicht. Du kannst doch haben, was du willst. Du kannst ein Leben führen – die meisten Mädchen in deinem Alter träumen nur davon.«

»Wenn du Max zwo meinst – ich habe einfach keine Lust, eine Keksfabrik zu heiraten.«

»Das ist doch Unsinn! Er ist ein sehr ordentlicher junger Mann und hat durchaus noch andere Interessen.«

»Ja. Autos, Segelboote und Tennis spielen. Meinetwegen, aber mich interessiert das alles nicht. Okay, dir gefällt er, der Sohn von deinem Freund Max eins, aber es geht doch um mich! Es geht nicht um dein Leben, es geht um meins, Vater!«

Als sie ihn Vater nannte, hob er den Kopf und sah sie leicht verwundert an. »Selbstverständlich zwingt dich niemand. Ich gebe zu, daß er mir recht gewesen wäre. Aber wenn du nicht willst, bitte. Es gibt genug andere, die in Frage kommen. Aber du kannst nicht einfach mit irgendwelchen zweifelhaften Leuten in den Tag hineinleben. Du bist nicht irgendwer, du bist meine Tochter, und du heißt Kammerloh.«

Billie stieß die angehaltene Luft aus. »Scheiße! Gib mir meinen Anteil, irgendwie, meinetwegen in Monatsraten, und laß mich gehen, bevor ich dir noch auf den Teppich kotze.«

Kammerloh blickte sie an. Sein Mund wurde zu einem schmalen Strich, und die Falte über seiner Nasenwurzel verriet seinen Unwillen. Auf den Wangen und seinem Kinn schimmerte ein dunkler, bläulicher Schatten, wie von feingeschliffenem Metall. Er stand auf und lief ein paar Schritte umher. »Du tust so, als ob du keinerlei Verpflichtungen hättest. Als ob jeder Mensch einfach machen könnte, was er will. Du gibst dich mit Leuten ab, die absolut nichts zu bieten haben, außer daß sie jede Form von Verantwortung ablehnen. In meinen Augen sind das nur Schmarotzer, die auf deine Kosten bequem leben wollen. Ich werde das nicht zulassen. Du tust so, als hättest du schon wer weiß was geleistet. Du gibst Geld aus, ohne auch nur zu wissen, wie man es verdient.

Du willst dich auf eigene Füße stellen. Gut. Ich werde dich nicht daran hindern. Du sagst, es ist dir egal, daß du Kammerloh heißt – auch gut –, dann arbeite für dein Geld wie alle anderen Menschen auch. Arbeit ist ja etwas ganz Neues für dich. Vielleicht ist es gut, wenn du sie kennenlernst. Aber du sollst nicht sagen, daß ich dich an deiner Selbständigkeit gehindert habe. Ich mach dir einen Vorschlag: Du bekommst einen Monatsscheck von zweieinhalbtausend Mark, das enspricht dem Gehalt eines mittleren Angestellten, der davon noch Steuern zu zahlen und eine Familie zu ernähren hat. Für eine einzelne Person also mehr als ausreichend. Du nimmst dir ein Appartement in der Stadt und studierst. Ich verlange nicht, daß du etwas tun sollst, was deinen Neigungen nicht entspricht. Studiere, und finde es selbst heraus. Und nun zu deinem Teil der Vereinbarung: du legst die Teilnahmescheine der Universität vor, und zwar regelmäßig. Ohne Scheine keinen Scheck. Falls dir das Geld zuwenig vorkommt: Studenten kommen mit wesentlich weniger aus. Wenn du mehr brauchst, kannst du in den Semesterferien arbeiten. Sag mir, wo du studieren willst und auf welcher Universität.«

»Na logisch – für eine Kammerloh gibt's keinen Numerus clausus-, das deichselst du mit der linken Hand, die Partei ist schließlich überall, nicht?«

»Ich bitte dich, werde nicht unsachlich!«

»Ich kann drei Sprachen und hab nicht die geringste Lust zum

Studieren. Und außerdem ist das bloß eine billige Art, mich loszuwerden, weiter nichts.«

»Ich verstehe dich nicht. Ich hab dir einen vernünftigen Vorschlag gemacht.«

Billie unterbrach ihn: »Du verstehst nicht? Dann werd ich's dir sagen: du willst mich loswerden, damit sie endlich kommen kann, wann sie will! Sie weiß nämlich sehr genau, was ich von ihr halte. Falls du es nicht wissen solltest, für mich ist Ingrid Wegner das Allerletzte, schlimmer als eine Hure. Die liebt nämlich ihren Zuhälter und läßt ihn nicht leiden wie ein Schwein!«

Kammerloh blieb stehen und sah an ihr vorbei. »Noch ein Wort, und ich werfe dich aus dem Haus!«

»Moment! Ich bin noch nicht fertig! Heute nachmittag, als du von meiner Mutter geredet hast, ist mir ganz schlecht geworden. Die Wegner ist mir vollkommen gleichgültig. Ich verachte sie nicht mal, oder so was. Was du machst, ist viel schlimmer. Du hältst mir hier einen unheimlich aufgeblasenen moralischen Vortrag, und was machst du? Du verhältst dich Wegner gegenüber wie ein Schwein! Das ist die Wahrheit!«

Kammerlohs Kinnmuskeln traten hervor, und er beherrschte sich nur mühsam. Seine Stimme war leise und gepreßt. »Morgen früh will ich dich hier nicht mehr sehen. Das ist nicht mehr dein Haus!«

Billie nickte. Sie machte die Tür auf, drehte sich um und sagte: »Weißt du was? Eben warst du zum erstenmal ehrlich.« Dann fiel die Tür hinter ihr ins Schloß.

Billie packte ein paar Kleider, Pullover, Jeans und Stiefel ein. Sie legte den Kassettenrekorder und ein paar Kassetten oben drauf und drei Bücher: Bob Dylans *Writings and Drawings*, Rolf

Dieter Brinkmanns *Westwärts 1 & 2* und *Factotum* von Charles Bukowski.

Dann zerrte sie den Reißverschluß der Reisetasche halb zu und schleppte sie hinaus zu ihrem Wagen. Als der Wagen nicht anspringen wollte, fing sie laut an zu fluchen. Dann zündete sie sich eine Zigarette an, stieg aus und zerrte entschlossen die Tasche hinter sich her.

Natürlich schlief der Fahrer schon. Er schlief schon seit anderthalb Stunden.

Er erwachte davon, daß es an der Tür klopfte. Da es gleich wieder aufhörte, legte er sich auf die andere Seite und dachte, er habe geträumt, und es ärgerte ihn langsam, daß der Traum immer mit ihrem Anklopfen aufhörte.

Plötzlich hörte er es laut und deutlich. Er stieg aus dem Bett und machte die Tür auf.

Sie hatte immer noch dieses Kleid mit den dünnen Trägern an und sagte: »Es tut mir furchtbar leid, daß ich Sie jetzt noch störe, Erich. Sicher haben Sie schon geschlafen.«

Der Fahrer hätte nicht erschrockener sein können, wenn jemand auf ihn geschossen hätte. Er starrte sie an, und was er sich immer gewünscht hatte, verschlug ihm die Sprache.

Billie fingerte an einer Haarsträhne herum und fragte sich, warum Erich ein so unaussprechlich blödes Gesicht machte.

»Sind Sie sehr müde, Erich?«

Der Fahrer kniff sich unauffällig in den Arm, und da ihn der Schmerz belehrte, daß er nicht träumte, glaubte er, von ihnen beiden müsse einer verrückt sein.

Nüchtern betrachtet war er erleichtert, daß sie sich dann nur in die Stadt fahren lassen wollte und sich beim Einsteigen nicht mal neben ihn setzte – im Rückspiegel konnte er sie viel besser sehen –, und außerdem sagte er sich, daß solche Geschichten in Wirklichkeit sicher nicht so liefen wie in seinen Büchern, weil so was immer rauskommt. Erich war mit seiner Stellung zufrieden und wollte sie behalten.

Sie waren schon auf der Autobahn nach München, und Erich fragte sie, wo er sie hinbringen sollte. Billie tat so, als käme sie im Augenblick nicht auf die Adresse, aber als er ein paar Minuten später zum zweitenmal fragte, wurde ihr klar, daß sie es wirklich nicht wußte.

30

Kinder, die das Pech haben, christlich erzogen zu werden, bringt man durch möglichst abschreckende Schilderungen der Hölle zur Räson – wenn sie zu müde sind, ihr Gebet zu sprechen, die Schule schwänzen oder nicht aufessen wollen. Die Drohung mit dem Höllenfeuer beginnt, sobald ein Kind zum erstenmal nein gesagt hat, und die Vorstellung von der Hölle bleibt auch bei Menschen, die inzwischen gelernt haben, sich nicht erpressen zu lassen, hartnäckig im Bewußtsein kleben. Und jeder verbindet die Hölle in seiner Fantasie mit einer Mordshitze. New York im Hochsommer ist schlimmer.

New York, das ist die wirkliche Welt mit kochendem Teer, glühendem Beton und Autos, die der abgestandenen, erhitzten Luft in den Straßenschluchten unablässig neues Gift zuführen.

Seit er überhaupt angefangen hatte, sich Gedanken zu machen, hatte Jeffrey Liss an nichts anderes als an die Macht des Geldes geglaubt. In seiner Überzeugung war Geld das einzige, womit man wirklich etwas anfangen konnte.

Der Anruf von Gustave dem Belgier erreichte ihn an einem Tag, an dem er sich an die Hölle erinnerte. Liss hatte immer nur in New York gelebt, aber diese Hitze war schlimmer als alles, was er jemals erlebt hatte. Jeder Schluck Eiswasser trat ihm Sekunden später als salziger Schweiß wieder aus den Halsporen, als wäre da eine undichte Stelle, und er fühlte sein Herz rasch schlagen und japste nach Luft. Liss saß in einem kleinen Büro in der Nähe des Times Square mit einem Schreibtisch, einem runden Tisch mit zwei Stühlen und einem gedrechselten Garderobenständer aus dem Nachlaß einer Familie Bonaventura, die vorher hier gewohnt hatte. Und dann waren da die Telefone. Es waren vier Stück, die nebeneinander auf dem Schreibtisch standen, und jedes hatte eine andere Nummer. Das hatte den Vorteil, daß er vier verschiedene Geschäfte mit verschiedenen Partnern gleichzeitig abwickeln konnte, ohne daß der eine etwas vom anderen erfuhr. Dazu kam noch der Apparat mit dem Eiswasser. Einen Kühlschrank hatte er nicht. Die Flasche lag im ansonsten leeren Schreibtisch in einer Schublade.

Jeffrey Liss war der Mann, der Robert Mayonnes erste Heroinlieferung an einen amerikanischen Käufer vermittelt hatte, als Gustave der Belgier einen französischen Kurier aufgetrieben hatte, der die Ware von Marseille nach New York brachte. Sie hatten dreimal zur Zufriedenheit aller Beteiligten zusammengearbeitet, dann war die Verbindung wieder abgebrochen.

Liss war – trotz des guten Geldes und aus anderen Gründen als Mayonne – ganz froh darüber. Heroinhandel im großen Stil in New York zu betreiben war inzwischen gefährlicher als russisches Roulette – da steckt in einem sechsschüssigen Revolver schließlich nur eine einzige Kugel. Hinter Heroinhändlern waren sie her wie sonst nur hinter Polizistenmördern, Jeffrey Liss war zu der Überzeugung gekommen, daß der Rauschgifthandel die Rentabilitätsgrenze erreicht hatte.

Dabei war Jeffrey Liss weder Rauschgifthändler noch Gangster. Liss war ein Vermittler. Ein Mann, der sich an Angebot und Nachfrage orientierte und – beim Rauschgifthandel – zwischen Verkäufer und Käufer stand, die einander nie zu sehen bekommen, genausowenig wie der Kurier aus Europa und der entsprechende Mann auf der anderen Seite. Der Rauschgifthandel war nie sein Haupterwerb gewesen, aber er betrieb andere Geschäftszweige auf dieselbe Art: Er selbst trat dabei sowenig wie möglich in Erscheinung.

Der Anruf von Gustave dem Belgier kam auf dem vierten Apparat, der schon monatelang stumm geblieben war.

»Guten Tag, Jeff, wie geht's denn so?«

Liss, der für Telefonstimmen ein Gedächtnis hatte wie andere für Gesichter oder Lottozahlen, wußte sofort, wer am Apparat war.

»Wie's mir geht? Mir geht's überhaupt nicht. So heiß ist es hier seit hundert Jahren nicht gewesen.« Er steckte einen Zigarrenstummel in den Mund und zündete ihn an.

Gustave lachte. »Hier bei mir ist es auch ganz schön warm. Muß an der Sonne liegen.« Seine Stimme klang frisch und munter.

»Warm! Mann, ich brate! Soll ich dich gleich wieder anrufen, oder hat's Zeit?«

»Besser gleich.«

»Okay, weil du's bist«, sagte Liss und legte auf. Seine Zigarre war wieder ausgegangen, und er warf den Stummel in den Papierkorb. Dann zerrte er sich das verklebte Unterhemd vom Leib, warf es angewidert in den Papierkorb und zog sich das Oberhemd auf die bloße Haut. Es war schon durchgeweicht, bevor er es zugeknöpft hatte.

Liss machte das Fenster auf, und ein heißer Dunstschwall von Pommes frites, ranzigem Fett, Benzin und verbranntem Gummi brach herein. Liss schloß das Fenster sofort wieder und fluchte leise vor sich hin. Ausgerechnet jetzt mußte er runtergehen und Gustave zurückrufen. Die amerikanischen Behörden hörten so viele Transatlantikgespräche ab, daß es bodenloser Leichtsinn gewesen wäre, das Geschäft am eigenen Telefon zu besprechen.

Das Haus hatte nicht nur keine Klimaanlage, es hatte auch keinen Fahrstuhl, und als Liss schwitzend und ächzend die acht Stufen nach unten ging, nahm er sich fest vor, auf kein Geschäft einzugehen, das mit Heroin zu tun hatte.

Der erste Schritt hinaus war der schlimmste. Das Blut schoß ihm ins Gesicht, brauste in seinen Ohren, und die heiße, stinkende Luft verschlug ihm den Atem. Auf dem Weg zur Zelle verfluchte er Gustave den Belgier wenigstens ein dutzendmal.

»Worum geht's? Eins sag ich dir gleich vorneweg: Export-Import ist bei mir nicht mehr drin«, ragte Liss keuchend.

»Ist die Lage bei euch immer noch so angespannt?«

»Kein Ende abzusehen. Sag, worum's geht, bevor mir das Hirn ausläuft.«

Gustave lachte kurz, dann wurde seine Stimme sachlich. »Keine Sorge, es geht um was ganz anderes. Könnte genausoviel drinstekken. Jemand braucht einen ruhigen, ausgeglichenen Fachmann mit einer ruhigen Hand, wenn du verstehst, was ich meine.«

»Ich wüßte nicht, was es da mißzuverstehen gibt«, sagte Jeffrey Liss.

»Um so besser. Hättest du jemanden in der Richtung auf Lager?«

»Hab ich immer. Einzelheiten?«

»Kann ich dir jetzt noch nicht sagen. Ich wollte erst wissen, ob du grundsätzlich interessiert bist.«

»Interessiert bin ich immer«, sagte Liss, »aber ich weiß auch immer gern, worum es geht, weil ich nämlich danach gefragt werde.«

»Ganz klar«, antwortete Gustave, »aber ich mache dir folgenden Vorschlag: du fragst deinen Mann, ob er grundsätzlich bereit ist, einen Job in Europa zu übernehmen. Wenn das klar ist, rufst du mich wieder an. Bis dahin weiß ich mehr und sag dir alle Einzelheiten.«

»Ganz schön dünne, das Ganze«, knurrte Liss.

»Zugegeben, Jeff, aber das bleibt ja nicht so. Nun tu mir den Gefallen und mach dich auf die Socken. Wenn du erst mal deine Provision hast, wirst du mir dankbar sein.«

»Na schön. Ich will sehen, was ich tun kann.«

»Tu's gleich! Und dann ruf mich wieder an!«

»Okay. Bis dann also.«

»Jeff? Komm mir nicht mit irgendeinem Ballermann!«

»Solche Leute kenne ich gar nicht«, sagte Liss.

Er legte auf und wischte sich die nassen Handflächen an der Hose ab. Ein dickes Mädchen in einem kurzärmeligen weißen T-Shirt drängte sich an ihm vorbei in die Telefonzelle. Ihre Jeans waren ausgefranst und dicht unter dem Gesäß abgeschnitten. Liss starrte gedankenlos auf ihre Brüste, ohne daß sich seine Laune besserte. Er blieb am Straßenrand stehen und winkte ein Taxi heran. Für zehntausend Dollar aufwärts kannte Liss drei oder vier erstklassige Männer, die so ein Job weniger aufregte als andere Menschen, die verzweifeln würden, wenn sie einen Wurf junger Katzen ertränken müßten.

Liss dachte an Carson, einen Mann von Anfang Sechzig, der aussah wie ein Wanderprediger oder Vertreter eines Beerdigungsinstituts – zwei Eindrücke, die ebenso nützlich wie falsch waren. Mit letzterem hatte sein Beruf allerdings ziemlich direkt zu tun, Liss ließ sich zu einer kleinen Bar beim Brooklyn Terminal Market fahren.

Liss hockte hinten im Taxi und japste. Sein Gesicht hatte die Farbe eines Schlachthofes bei Feierabend. Sein Hosenboden klebte unangenehm am durchsichtigen Plastikbezug des Rücksitzes, und er fürchtete sich vor einem Herzanfall.

Der Fahrer war ein drahtiger junger Schwarzer. Sein Hemd war mit Banknoten bedruckt, und seine Sonnenbrille hatte gelbe Gläser. Er betrachtete den fetten schwitzenden Weißen im Rückspiegel und verkniff sich ein Grinsen.

»Europa?« fragte Carson mit einer Stimme, die fast ein Flüstern war, »ausgerechnet mich fragst du nach Europa? Ich hab mir fünfundvierzig geschworen, diese dreckige Gegend nie mehr zu betreten.«

Liss hatte nicht gewußt, daß Carson im Krieg gewesen war. Er wußte überhaupt nicht viel von ihm, und nur Carson selbst hätte sagen können, wie viele Jobs er schon hinter sich hatte. Wenn Carson so pedantisch war, wie er aussah, führte er sicher Buch darüber.

Craig Carson trug trotz der Hitze einen dunklen Einreiher mit weißem Hemd und schmaler Krawatte. Liss betrachtete ihn verstohlen und dachte unwillkürlich wieder an einen Prediger. Aber Carson hatte noch nie eine Kirche von innen gesehen – und wenn, dann nur, um dort jemanden umzubringen. Daß er immer noch frei herumlief, war sein Meisterbrief.

Liss blieb noch, um ein wenig zu verschnaufen. Er bestellte ein *draft*, und das Bier vom Faß war eiskalt, wie er es am liebsten hatte, und hier in der Bar war es angenehm kühl und dunkel.

Am Nachmittag war es immer noch so heiß, und Liss war dabei, den Tag aus seinem Kalender zu streichen. Er saß inzwischen in seiner Stammbar an der Theke und starrte auf den Fernseher auf einem Brett über der Eingangstür.

Der Mann hinter der Theke hieß Jack Giehse und stammte aus Württemberg. Obwohl er Deutschland bereits als Kind kurz nach dem Ersten Weltkrieg verlassen hatte, verriet sein harter Akzent immer noch seine Herkunft. Im Fernsehen lief ein Bericht vom Besuch des amerikanischen Außenministers in Warschau.

»Ist ja lustig«, sagte der Barkeeper, als Bilder von der Innenstadt von Warschau gezeigt wurden, »das wird meine Frau interessieren, hoffentlich hat sie den Fernseher an. Sie stammt nämlich aus Polen.«

»Was?«

»Na, sie ist da geboren. Warschau in Polen. Was denkst du denn, wo Warschau liegt, in Alaska?« Er lachte und nahm Liss' Bierglas weg. »Im übrigen würde ich nicht darauf wetten, ob es in Alaska nicht doch irgendein Kaff gibt, das auch Warschau heißt.«

Liss sah ihn aufmerksam an. Das Stichwort Polen hatte ihn auf einen Gedanken gebracht.

»Noch ein Bier?«

»Nein. Gib mir einen Wodka.«

»Amerikanischen, russischen oder polnischen?«

»Polnischen natürlich«, sagte Liss, »bring dir einen mit.«

Der Wodka war eiskalt und klar wie Quellwasser, und Liss

fragte sich, warum er nicht gleich auf Robert Tomcik gekommen war. Wahrscheinlich lag es daran, daß er ihn nicht besonders leiden konnte. Er rutschte vom Barhocker und ging zum Telefon.

Tomcik war nicht da. Die Frau am Telefon wollte ihm eine Nachricht hinterlassen. Ihre Stimme hörte sich an, als gehöre sie zu einer alten Frau.

31

Robert Tomciks Großeltern waren arme Leute vom Land, und als ihre Not zu groß wurde, entschloß sich Stanislav Tomcyk, sein Großvater, die Heimat zu verlassen und in die Neue Welt auszuwandern. Er hatte drei Töchter im Alter von zwölf bis sechzehn Jahren, einen achtjährigen Sohn, an dem sein Herz hing, und eine schwangere Frau. Die Überfahrt wurde zur schwersten Prüfung in Stanislav Tomcyks Leben. Es waren nicht die Stürme – es waren Krankheiten und die Menschen selbst.

Nach drei Wochen erkrankte sein einziger Sohn an Skorbut und starb. Es war nicht das einzige Kind an Bord, das starb, auch Erwachsene starben, aber Stanislav Tomcyk war, als habe er mit dem Tod seines Sohnes zu leben aufgehört. Elf Tage später wurde seine älteste Tochter von einem Matrosen vergewaltigt, ihr Geist verwirrte sich vor Scham, und sie sprang nachts über Bord: Alles Unheil dieser Welt war über ihn gekommen, und er haderte mit seinem Gott. Elena, seine Frau, fühlte wie er, und ihre Trauer war nicht geringer, aber sie dachte an das ungeborene Kind in ihrem Leib, und ihr Lebenswille siegte über ihren Schmerz.

Stanislav Tomcyk jedoch blieb sein Leben lang verbittert. Zwar erreichten sie schließlich New York, fanden sogar eine Wohnung, und Stanislav bekam einen Job als Hafenarbeiter, aber er blieb ein gebrochener Mann. Auch die Geburt seines fünften Kindes, eines Sohnes, der als Amerikaner geboren wurde, änderte nichts daran. Elena jedoch war fest entschlossen, die neue Heimat zu akzeptieren, und gab ihrem Sohn den Namen Robert. Ihre Töchter heirateten Landsleute.

Stanislav Tomcyk erlebte nicht mehr, wie sein Sohn Robert erwachsen wurde und heiratete. Er starb, als sein Sohn in eine amerikanische Schule kam. Eine Kiste mit Apfelsinen löste sich aus den Stricken des Hebekrans. Stanislav Tomcyk hatte daruntergestanden.

Später, als die trauernde Familie zusammensaß, sagte Elena, daß ihr Stanislav dieses neue Land nicht geliebt habe und daß es wohl auch ihn nicht gewollt hatte. Sie selbst war zäh und lebte lange. Sie erlebte, wie ihre Töchter schwanger wurden und ihr Sohn Robert halbwüchsig. Sie hatte bis zu ihrem Ende kein leichtes Leben. Sie erlebte den Tod ihrer älteren Tochter am Kindbettfieber und die Geburt ihrer Enkelin, die von Elenas jüngster Tochter geboren wurde. Bald darauf ging diese Tochter mit ihrem Mann Bruno nach Wisconsin, um dort Weizen anzubauen. Als ihr Sohn Robert eine junge Polin aus zweiter Generation heiratete, verließ sie endlich die Kraft, und sie starb.

Dann brach der Zweite Weltkrieg aus, Robert Tomcyk wurde eingezogen und ließ seine schwangere junge Frau zurück. Er fiel in den ersten Kriegstagen. Drei Monate später kam seine Frau Wanda mit einem Sohn nieder. Es war im Juli 1943. Wanda nannte ihn Robert und ging fortan in Schwarz. Sie widerstand dem Werben des Gemüsehändlers Jan Kaminsky, bei dem sie als Verkäuferin arbeitete, und bewarf ihn mit Kohlrabi, als er sie vergewaltigen wollte.

Ihre Standhaftigkeit mußte dem kinderlosen Witwer Kaminsky, der 1950 an Leberzirrhose starb, imponiert haben, denn er hinterließ ihr seinen Laden und sicherte ihr damit ein Auskommen.

Auf seinem Geburtsschein hatte sich ein i ingeschlichen, und so hieß er Robert Tomcik jun. Er war ein schwächliches Kind, und Wanda lebte nur noch für ihn. Er war ein intelligenter Junge, aber er haßte die Schule und saß lieber vorm Fernseher. Er ertrug die Hänseleien seiner Schulkameraden nicht, die er sofort auf sich zu ziehen schien, nur weil er blaß und dünn war und nach Luft schnappte wie ein Karpfen an Land.

Robert Tomcik wuchs einsam heran; ein verhätschelter, kränkelnder Junge, der zu Hause polnisch sprechen mußte. Er verließ die Schule so früh wie möglich, half im Laden aus und ergab sich seinen Tagträumereien.

Robert Tomcik brachte seinen ersten Mann um, als er knapp sechzehn Jahre alt war. Nach dem Tod des Gemüsehändlers Kaminsky hatten Wanda und ihr Sohn die Wohnung über dem Laden bezogen. Robert hatte ein kleines Zimmer zur Straße hin, seine Mutter das Hinterzimmer. Es war zwei Uhr nachts, und die Hitze hing drückend zwischen den Häusern, und Robert saß am offenen Fenster. Im Eiscafé gegenüber saßen die Jungen aus seinem Viertel und verplemperten ihre Quarters für Eis und die Musikbox. Robert Tomcik verachtete sie wegen ihres lauten, großspurigen Gehabes, aber um die Mädchen beneidete er sie.

Als er das Geräusch hörte, saß er einen Moment regungslos da. Dann hörte er etwas, das sich anhörte, als nieste jemand. Tomcik war ganz sicher, daß es von unten aus dem Laden kam. Er stand auf und ging ins Schlafzimmer seiner Mutter. Wanda Tomcyk schlief ruhig unter dem Bild der Madonna. Sie wachte nicht auf, als ihr Sohn Kaminskys Revolver aus der Nachttischschublade nahm. Der Revolver war seit Kaminskys Tod da liegengeblieben.

Robert Tomcik ging barfuß die Holztreppe hinunter. Er kannte die knarrenden Stufen und bewegte sich lautlos im dunklen Treppenhaus. Bevor er die Tür zum Laden öffnete, legte er sein Ohr an das Holz, horchte und hörte wieder ein unterdrücktes Niesen. Robert Tomcik hatte den Revolver in der rechten Hand, riß mit der linken die Tür auf und knipste das Licht an.

Der Schwarze stand an der Registrierkasse und hatte eine Wollmütze auf seinem kurzgeschorenen Schädel und war kaum älter als Tomcik. Als er den Revolver sah, griff er in die Hosentasche, zog ein Stilett heraus und ließ die Klinge herausspringen. Tomcik blieb ganz ruhig und dachte nicht an das Messer. Er hob den schweren Revolver und schoß viermal. Der Lärm war gewaltig. Der erste Schuß traf die Registrierkasse, und der Querschläger zertrümmerte die Schaufensterscheibe. Der zweite traf den Schwarzen in den Bauch, Sekundenbruchteile, bevor er das Messer warf, und als er zusammenklappte, riß ihm der dritte die Schädeldecke weg. Der vierte Schuß löste sich, als Tomcik umfiel, fuhr in die Decke und ließ den Putz herunterrieseln wie hartgefrorenen Schnee.

Robert Tomcik lag in der Nähe der Tür auf dem Boden, betrachtete das Messer in seinem linken Oberschenkel und wagte nicht, es herauszuziehen. Der beißende Pulverdampf sah aus wie Nebel, und seine Augen tränten. Der Schwarze war hinter die Kasse gestürzt, und Tomcik war froh, daß er nur noch seine Beine und die Tennisschuhe an seinen Füßen sah.

Wanda Tomcyk stand auf der Schwelle, ihr langes, grauschwarzes Haar war zu einem Zopf geflochten, sie trug ein dreieckiges schwarzes Wolltuch über ihrem fußlangen weißen Nachthemd und verschwendete keine Zeit für Vorwürfe. Sie umarmte und küßte ihren Sohn, zog das Messer heraus und band seinen Oberschenkel ab. Dann alarmierte sie einen Krankenwagen und die Polizei. So ganz gefiel die Geschichte dem einen Polizisten nicht, aber sie mißfiel ihm doch nicht so, daß er sich weiter darum kümmern wollte – da hatte er noch ganz andere Probleme.

Die Nachbarn gratulierten Wanda Tomcyk zu ihrem mutigen Sohn, und ihre Zeitung brachte eine kleine Notiz. Tomcik konnte das Krankenhaus bald wieder verlassen. Sein erster Mord hatte ihn nicht um den Schlaf gebracht – im Gegenteil. Er schlief sogar ruhiger, und die quälenden Asthmaanfälle, die ihn oft Nacht für Nacht heimgesucht hatten, ließen nach und verloren sich schließlich ganz. Robert Tomcik brauchte auch nicht Soldat zu werden, die Musterungskommission befand ihn für untauglich. Er war einfach zu schmal, zu blaß, zu schwächlich.

Sein erster Mord brachte Robert Tomcik nur Vorteile. Er wurde selbstbewußter gegenüber seiner Mutter und ging in die Eisdiele gegenüber, sooft er Lust dazu verspürte. Er genoß die Aufmerksamkeit der Mädchen, aber zu mehr kam es nicht. Sie nannten ihn »Bobby The Kid«, weil er jünger aussah, als er war, aber sie respektierten ihn – er hatte seine Gefährlichkeit bewiesen. Tomcik machte eine Lehre als Graveur und entdeckte sein Fälschertalent. Er fing an, mit gefälschten Eintrittskarten für Konzerte und Veranstaltungen und verkaufte sie vor Beginn der Veranstaltungen zu überhöhten Preisen, bis er erwischt wurde, wenn auch nicht von der Polizei. Er war einer Organisation auf einem Teilgebiet ihres Geschäftsbereichs in die Quere geraten.

Der Button-Mann ließ sich den Knaben vorführen und stellte

ihm eine Aufgabe. Tomcik machte seinen ersten falschen Paß, und da er gut war, machte ihm der Button-Mann ein Angebot. Tomcik bekam von Zeit zu Zeit einen gut bezahlten Auftrag.

Er verkaufte Jan Kaminskys Laden und zog mit seiner Mutter um. Bei einem Auftrag, bei dem er Eintrittskarten für eine Polizeiveranstaltung fälschen mußte, wurde er teurer. Das brachte den Button-Mann, der den Preis gegenüber seinem Boß verantworten mußte, in Schwierigkeiten. Es spielte keine Rolle, ob Tomciks Arbeit den geforderten Preis wert war oder nicht – man ließ sich einfach nicht von einem Anfänger auf der Nase herumtanzen. Der Button-Mann, ein Italiener aus Queens, schickte einen Mann, der den Polenbengel zur Vernunft bringen sollte.

Der Mann überraschte Tomcik zu Hause. Während er sich den Schlagring über die Knöchel der rechten Hand streifte, zog Tomcik seine Schreibtischlade auf und schraubte den Schalldämpfer auf seine Pistole. Der Mann mit dem Schlagring war ein baumlanger, grobknochiger Ire, dem das blasse Kerlchen hinter dem Schreibtisch fast leid tat. Er war nur der erste – so wie er sollten sich in den folgenden Jahren noch viele irren. Tomcik nahm die Hand mit der Pistole erst aus der Schublade, als der Mann einen Meter vor ihm stand. Diesmal brauchte er nur einen Schuß, und der Ire hatte plötzlich ein drittes, dunkles Auge in der Stirn.

Den Toten wurde er noch in derselben Nacht im Heizungskeller los. Kurz darauf zogen sie wieder um. Seine Mutter wußte nicht so recht, worum es ging, aber sie stellte kaum noch Fragen. Ihr Sohn war eben ein Mann geworden.

Robert Tomcik war jung und noch grün hinter den Ohren – trotzdem wußte er, daß er den Button-Mann in Schwierigkeiten gebracht hatte. Ein Button-Mann ist der verlängerte Arm seines

Bosses und kontrolliert für ihn einen Block oder ein ganzes Viertel. Er sammelt die Schutzgelder und Prozente ein, die seine Eintreiber bei den Buchmachern, Geldverleihern und Spieltischen kassieren, und macht die Abrechnung für seinen Boß. Ein großer Boß kann eine ganze Menge solcher Button-Männer haben. Diese Button-Männer sind weder Prokuristen noch eine Art Sergeanten – ihre Befugnisse hängen nur vom Vertrauen ihres Bosses ab.

Tomcik dachte sich, wenn man weiterkommen will, redet man am besten mit dem Chef und nicht mit einem Angestellten. Er griff zum Telefon.

»Wer ist da?«

Tomcik erkannte die heisere Stimme des Italieners.

»Ich. Gib mir den Boß.«

»Was willst du?«

»Ich rede nicht mit dem Laufburschen«, sagte Tomcik langsam und betont.

»Scher dich zum Teufel!«

»Da wirst du demnächst landen und dem Iren Gesellschaft leisten.«

Der Italiener kochte, aber er mußte seinem Boß, der neugierig geworden war, die Sache erklären – die Tickets für die Polizeiveranstaltung waren noch nicht fertig.

Der Boß hatte eine helle, krächzende Stimme. Tomcik war sehr höflich, aber selbstbewußt am Telefon und sagte: »Ich habe Ihnen einen Vorschlag zu machen ...«

»Du redest, wenn du gefragt wirst, mein Junge, ist das klar? Ich werde dir sagen, was du tust. Du kommst um sieben in den Laden Ecke East 49. Straße und Third Avenue. Ich lade dich ein.«

»Hören Sie, wenn Sie irgendeinen Trick ...«

Der Boß lachte ein abgehacktes, trockenes Lachen. »So wichtig bist du nun auch wieder nicht, mein Junge. Und merk dir eines für die Zukunft: Ich frage, du antwortest, klar?«

Seine Stimme paßte wirklich nicht zu ihm, denn der Boß war ein großer, schwerer Mann mit riesigen Händen. Während des Essens redeten sie nicht. Der Italiener funkelte Tomcik wütend an. Nach dem Essen fuhren sie in einen Club in der Eight Avenue zwischen der 43. und 44. Straße, wo die Mädchen in Silberhöschen und festgeklebten, fingerhutgroßen Papiertütchen mit Troddeln auf den Brustwarzen herumhampelten und die Troddeln kreisen ließen. Ihr Stöhnen kam zusammen mit der Musik von einem Tonband. Zwischen den Auftritten servierten sie.

»Du hast also den Iren umgelegt?«

»Ist mir lieber als umgekehrt«, sagte Tomcik.

»Der Ire sollte ihn gar nicht umlegen«, sagte der Italiener, »er sollte ...«

Der Boß sah ihn unwillig an. »Kann ich mich nicht mal in meinem eigenen Laden in Ruhe unterhalten?« Er wandte sich an Tomcik. »Du hast es nicht gern, wenn dir einer zu nahe kommt, stimmt's?«

»Stimmt.«

»Oder knallst du gern in der Gegend herum?«

»Ich bin nicht drauf aus.«

»So, du bist nicht drauf aus.« Der Boß hustete, und der Italiener machte seine Zigarre aus. »Hast du Angst gehabt, Junge? Sei ehrlich!«

Tomcik zuckte die Schultern. »Angst hat jeder. Die meisten bringen es nicht fertig abzudrücken. Ich hab's getan.«

Der Boß lachte. »Du gefällst mir. Was willst du trinken?«

»Ich trinke niemals Alkohol«, entgegnete Tomcik steif. »Ich trinke nicht, und ich rauche nicht.«

»Hör gut zu, mein Junge: Wenn du bei mir was werden willst, dann schreib dir eines hinter die Ohren: Ich lade dich ein, und du sagst, ja, danke, klar?« Er lachte wieder. »Ich hab's gern, wenn einer weiß, was er will. Aber hübsch auf dem Teppich bleiben, klar?«

»Coca«, sagte Tomcik.

Der Boß kniff die Augen zusammen und beugte sich vor. »Mit oder ohne Strohhalm – oder lieber mit einem Löffelchen um den Hals?«

»Ich trinke am liebsten aus einem Glas«, sagte Tomcik.

»Hast du nicht gehört, eine Coca will er.« Der Boß sah den Italiener nicht an dabei. »Also, mein Junge, was für ein Laster hast du? – Erzähl mir nichts, jeder hat irgendwas.«

»Ich gehe gern ins Kino«, sagte Tomcik überrascht. »Und ich bin gern mein eigener Herr.«

»Aha. Warum nicht. Und der Ire hat dir überhaupt keine Schwierigkeiten gemacht? Hättest du Lust, mal einen Auftrag in der Richtung zu übernehmen?«

»Warum nicht«, sagte Tomcik, »wenn es sich lohnt.«

»Eigenes Risiko – hinter dir ist bloß noch die Wand. Überleg dir das gut! Du bist allein – keiner kann dir helfen –, und wenn du redest, laß ich dir den Hals umdrehen. Attica, San Quentin, Folsom – meine Leute sind überall. Wenn du darauf einsteigst, verändert sich dein Leben. Und merk dir eines – ein Zurück gibt es nicht. Denk erst mal drüber nach, Junge.«

»Das große Einmaleins«, sagte Tomcik. »Ich kenne es. Wieviel?«

Der Boß sah Tomcik forschend an. Sein Lachen hörte sich an,

als reiße Pergamentpapier. »Du kriegst genausoviel wie die anderen. Das ist ein sehr gut bezahlter Job.« Er schrieb eine Telefonnummer auf eine Papierserviette. »Ab morgen rufst du jeden Tag mittags um zwei Uhr diese Nummer an, klar?«

Tomcik prägte sich die Telefonnummer ein. Dann winkte er das Mädchen mit dem Zigarettenbauchladen heran, ließ sich Streichholzheftchen geben, riß die Serviettenecke mit der Nummer ab und verbrannte das Papier im Aschenbecher.

Die Nummer gehörte zu einem der vier Telefone von Jeffrey Liss. Eine Woche später hielt Liss einen braunen Umschlag für ihn bereit. Tomcik nahm ihn. Damit war der Vertrag unterschrieben.

Der Umschlag enthielt das Bild eines Mannes mit Namen und Adresse, außerdem fünftausend Dollar in bar. Elf Tage später kassierte er die zweiten fünftausend. Das war acht Jahre her, und Tomcik war damals fünfundzwanzig Jahre alt.

32

Jeffrey Liss hing in seinem Schreibtischsessel und schnarchte. Das Klingeln riß ihn aus seinem klebrigen Schlaf. Liss räusperte sich und wartete das nächste Klingeln ab. Beim vierten Klingeln erwischte er den richtigen Apparat. »Ja?«

»Du hast angerufen«, sagte Tomcik.

»Ja.« Liss räusperte sich wieder. »Wir müssen uns sprechen.« Liss hörte Musikfetzen, Gläserklirren und Gerede im Hintergrund. »Was ist denn, bist du noch dran?«

»Natürlich. Warum redest du nicht?«

Liss rieb sich den verspannten Nacken und nahm sich vor, endlich eine Couch in sein Büro zu stellen. »Das geht nicht am Telefon. Kannst du kommen?«

»Nein.«

»Hör zu, es ist eine wichtige Sache. Sehr wichtig.«

»Okay, dann komm ins *Other End*, 147 Bleecker Street. Wenn du dich beeilst, bin ich noch da.«

Liss warf den Hörer auf die Gabel, streckte sich und dachte, ich hätte nicht so viel trinken sollen bei der Hitze. Er fand kein frisches Hemd mehr, und die Zigarre schmeckte nach eingeschlafenen Füßen.

Der Taxifahrer war ein unrasierter Mann mit spitzem Kinn und scharfer Nase, und nach seinen Witzen zu urteilen, hielt er Liss für einen perversen alten Fettsack, der sich im Village einen knackigen Hippiebengel aufgabeln wollte. Schließlich beugte sich Liss vor und blickte durch das Drahtgeflecht auf die Lizenz mit Bild und Namen am Handschuhfach. »Hören Sie zu, Mr. Leon Schwartz. Ich hab Ihnen gesagt, wo ich hin will. Wenn ich Witze hören will, höre ich die Nachrichten, haben Sie mich verstanden?«

»Vollkommen, Sir.«

Liss lehnte sich zurück und schloß die Augen.

Die Laternen in der Bleecker Street warfen ein grelles, nacktes Licht, das sich mit dem weichen Licht aus den Wohnungsfenstern und Kneipenleuchten vermischte. Die Luft war erfüllt mit tausend Gerüchen. Es hatte sich kaum abgekühlt, und auf der Straße war ein Betrieb wie am hellichten Tag.

Liss gab ihm einen Schein, und als er ihm vom Wechselgeld Trinkgeld abzählen wollte, sagte der Taxifahrer: »Nein, danke, Sir, das können Sie sich in den Arsch stecken.«

Liss stieg aus und warf die Münzen in die Mütze eines Einbeinigen, der auf einer Mundharmonika einen Blues spielte. Der Junge an der Kasse des *Other End* wollte vier Dollar fünfzig von ihm haben und entgegnete auf Liss' Frage: »Na Mann, heute ist Ramblin Jack Elliott da, steht doch draußen auf dem Plakat!«

Er hatte nicht darauf geachtet und ging zu dem Nebeneingang.

Robert Tomcik saß allein an einem Tisch in der Nähe der Musikbox. Hinter ihm an der Wand klebte ein Plakat mit dem Foto eines krausköpfigen Mannes mit melancholischem Gesicht und einem langen jüdischen Schal um den Hals: »*After triumphant European Tour right back to the roots! David Blue: Comin' back for more!*«

Liss ließ sich auf einen Stuhl fallen und wischte sich den Schweiß vom Gesicht. Im Gegensatz zu ihm fiel Tomcik hier überhaupt nicht auf. Er trug ein olivfarbenes Armeeunterhemd, Jeans, und seine nackten Füße steckten in schmuddeligen Tennisschuhen. Die langen blonden Haare waren straff zurückgekämmt und im Nacken mit einem Gummiring zu einem Pferdeschwanz zusammengebunden. Tomciks Gesicht war bleich, und man mußte schon genau hinsehen, um seine spärlichen, hellen Stoppeln zu erkennen. Seine blaßblauen Augen sahen Liss ungerührt an, und Liss dachte, daß der Pole keinen Tag älter aussah als damals vor acht Jahren. Er winkte das Mädchen heran. »Ein großes, kaltes Bier und einen Riesenhamburger.« Sein Gesicht war hochrot, und der Schweiß lief über seine schlaffen Wangen.

Tomcik sah ihn spöttisch an. »Du wirst alt, Liss. Was machst du, wenn ich dich nicht mehr mitkassieren lasse?«

»Was machst du, wenn ich dir nichts mehr besorge?«

»Dann spare ich deinen Anteil.«

Liss sah ihn beschwichtigend an. »Hör auf, so mit mir zu reden, Bob. Ich hab dir 'ne Menge Jobs besorgt, und wir sind die ganzen Jahre immer gut ausgekommen, richtig? Ich habe ein hochinteressantes Angebot für dich, Bob.«

»Nenn mich nicht so«, sagte Tomcik. »Du weißt, daß ich dich genausowenig leiden kann wie du mich. Also laß das.«

Liss trank das Bierglas mit einem Zug zur Hälfte aus, wischte sich den Mund ab und seufzte erleichtert auf. Dann kaute er stumm an seinem Hamburger herum. »Da wird einem ja nicht mal schlecht davon!«

Tomcik kramte ein paar Geldstücke aus der Tasche und ließ sie auf den Tisch fallen. »Weißt du, wer sie mit dem Fleisch beliefert?«

Liss kaute und schüttelte den Kopf.

»Der Hundefänger. Und jetzt laß es endlich raus. Ich hab noch was vor.«

Liss blickte auf, den Rest Hamburger in seiner Hand. Dann schob er ihn in den Mund und sagte kauend: »Na schön. Zunächst – es handelt sich um einen Job in Europa.«

»Und? Einzelheiten?«

»Hab ich noch nicht. Krieg ich aber bald. Würdest du überhaupt was in Europa annehmen?«

»Das kann ich so nicht sagen.«

Liss nickte. »Okay. Hab ich mir gedacht. Wie gesagt, ich höre bald mehr. Soll eine Menge dranhängen.«

»Ruf mich nicht an, ich rufe dich an«, sagte Tomcik. »Bis ich nicht mehr weiß, kannst du nicht mit mir rechnen.« Er stand auf und ging.

Liss bestellte noch ein Bier. Auf einer Plattform im Hintergrund der Bar standen plötzlich ein Mädchen und ein Junge mit einer Gitarre in der Hand. Das Mädchen war Ende Zwanzig. Ihr Jeansanzug sah aus wie die Empfehlung einer Boutique für einen Ausflug ins Hippieland. Die beiden sangen ein Lied, das sich mit den Problemen von Bergarbeitern befaßte, die vor hundert Jahren in Pittsburgh verschüttet worden waren. Sie gaben sich fürchterlich Mühe, und das Mädchen kam nicht ganz mit seiner Tonlage zurecht. Sie hatte ein hartes Gesicht, ängstliche Augen und wirkte, als habe sie sich gerade scheiden lassen, um sich endlich voll und ganz den Grundfragen der Menschheit zu widmen. Der Junge verzichtete während der zweiten Strophe auf die zweite Stimme, klammerte sich an seine Gitarre und war ein lebendiger Beweis für die Behauptung, daß die meisten Menschen nicht zwei verschiedene Dinge gleichzeitig tun können.

Es war ein langes Lied. Jeffrey Liss ging nach der sechsten Strophe. Sein Ärger über Tomcik hielt sich die Waage mit der Sehnsucht nach seinem Bett und ein bißchen mehr frischer Luft.

33

Montag früh telefonierte ein Mann, der sich Walter Schindelhauer nannte und als Prokurist einer Frankfurter Firma auftrat, mit drei Münchner Häusermaklern. Das Angebot des Maklers Werner Speckhals schien ihn am meisten zu interessieren.

Für Werner Speckhals hatte der Tag gut angefangen. Er war Anfang Dreißig, blond und gutaussehend, in der Art der Männer in den Prospekten der Häuser für Männermode, lachte gern und fuhr einen Porsche vom letzten Jahr. Das Immobilienbüro betrieb er mit einem älteren Kompagnon, den er vorerst noch brauchte, aber irgendwann auszubooten gedachte. Er hielt sich eine Menge auf seine Menschenkenntnis zugute.

Der Mann namens Schindelhauer imponierte ihm. Er wußte genau, was er wollte, redete nicht von Geld und war absolut seriös – das sah er auf den ersten Blick, als er sich mit ihm zur Besichtigung des Objektes in der Heimstättenstraße traf.

Es war elf Uhr vormittags. Die Heimstättenstraße liegt in der Nähe des Nordfriedhofs, und die Rückfront des Hauses grenzte nahe an den Englischen Garten. Das Grundstück lag hinter einer hohen Umzäunung, etwa fünfzig Meter von der Straße weg hinter Bäumen in einem verwilderten Garten und war von keiner Seite einzusehen, auch von der Straße nicht. Es war ein solide gebautes, zweistöckiges Einfamilienhaus mit angebauter, geräumiger Garage und grünen Fensterläden. Das Dienstmädchenzimmer lag zum Englischen Garten hin und hatte ein schmiedeeisernes, gewölbtes Gitter vorm Fenster. Billig war es nicht, und als Werner Speckhals von Geld sprach, zuckte Herr Schindelhauer nicht mit der Wimper. Mit Ablösung, Vermittlungsgebühr und drei Monatsmieten im voraus waren es rund zwanzigtausend Mark.

Schindelhauer bat um absolute Diskretion, weil er ein frühzeitiges Bekanntwerden des Engagements seiner Firma in München verhindern wollte. Eine Entscheidung sei innerhalb der nächsten drei Tage zu erwarten. Es war die Sprache, die Speckhals verstand, und auf Schindelhauers Frage, wann das Haus bezogen werden könne, antwortete er, selbstverständlich noch am selben Tag ihres Vertragsabschlusses, und bot ihm an, ihn mit seinem Wagen in die Stadt mitzunehmen. Schindelhauer lehnte dankend ab, und sie verabschiedeten sich.

Franz Morgenroth ging durch den Englischen Garten in die Stadt zurück und aß im *Franziskaner* am Max-Joseph-Platz zu Mittag. Dann ging er zu Fuß in die Sendlinger Straße zum Gebäude der *Münchner Abendzeitung* und ließ sich den gebundenen letzten Jahrgang geben. Er las die Gesellschaftskolumnen und notierte, in welchen Lokalen Kammerlohs Tochter verkehrte. Es war das *East Side* in der Rosenheimer Straße, das *Sahara* in der Lilienstraße, das

Cafe Capri in der Leopoldstraße und noch ein paar andere. Am meisten schien sie sich im *Sahara* aufzuhalten. Franz Morgenroth notierte sich die Adressen aus dem Telefonbuch und zeichnete sich den Weg dahin auf seiner Karte ein. Er mietete einen Volkswagen bei Avis und verließ die Stadt über die Olympiastraße in Richtung Garmisch.

Die Landschaft lag in einem stumpfen grauen Licht, und von den Alpen war nichts zu sehen. Aber der Puma war nicht gekommen, um die Landschaft zu bewundern. Er wollte sich mit dem Weg vertraut machen.

34

John Maugham erwachte von einer Horde Ratten, die mit einem pfeifenden Lärmschwall in das dunkle Zimmer einfielen, und sein Herz raste. Er richtete sich auf und stöhnte. Das pfeifende Geräusch kam aus der Wand. Nebenan ließ jemand die Badewanne vollaufen. Ein weißer Schleier mit unendlich vielen grellweißen Punkten huschte vor seinen Augen herum, und seine Schritte waren unsicher. Er machte die Badezimmertür hinter sich zu und tastete nach dem Lichtschalter.

Als die Neonröhre über dem Waschbeckenspiegel aufflammte, drehte sich ihm der Magen um. Er setzte sich auf den Toilettendeckel, schloß die Augen und hielt sich am Waschbeckenrand fest.

Nach einer Weile stand er wieder auf und drehte den Wasserhahn auf. Er ließ sich das kalte Wasser über die Handgelenke laufen und rieb sich das Gesicht ab. Er blickte verständnislos auf den Wäschetrockner mit Nylonstrümpfen, Slips und Büstenhaltern. Dann sah er sein verquollenes Gesicht im Spiegel und haßte sich. Er ging nach nebenan, machte das Licht an und fragte sich, wo er war.

Es war ein gewöhnliches Appartementzimmer, und Maugham hätte Stein und Bein geschworen, daß er es noch nie im Leben gesehen hatte. Die leeren Flaschen am Boden waren ihm vertraut, aber sonst stimmte nichts.

»Mach das Licht aus«, sagte eine Stimme unter den Laken. Maugham beugte sich hinunter zu der Frau, und ihm wurde wieder schwindlig. Er preßte sich die Knöchel gegen die Schläfen und flüsterte: »Hast du was gegen Kopfschmerzen? Schnell!«

Die Frau stand auf und brachte ihm zwei Tabletten mit einem Zahnputzbecher voll Wasser.

Maugham schluckte die Tabletten und legte sich wieder hin. »Wie spät ist es?«

»Elf Uhr vormittags. Hast du was Wichtiges verschlafen?«

Maugham sah die Frau an und hatte keine Ahnung, wer sie war. Sie war zwischen dreißig und vierzig, hatte ein grobes, gutmütiges Gesicht mit ausgezupften Augenbrauen, und in ihren Augen lag ein Ausdruck von Trägheit und Ergebenheit. Sie hätte eine jener Hausfrauen sein können, die sich während einer Einkaufspause auf der Bühne irgendeines Strip-Kellers in Soho ihrer Kleidung entledigen und damit ihr Taschengeld aufbessern. Maugham blickte sie an und fragte sich, ob er mit ihr geschlafen hatte.

»Tee?«

»Keine Zeit, ich muß los.« Maugham zog sich hastig an.

»Schade. Für einen Tee hat man doch immer Zeit, sollte man jedenfalls.«

»Nicht nötig«, sagte Maugham.

Sie ging zur Kochnische und setzte Wasser auf.

Die Kellnerin aus dem Imbißladen am Piccadilly Circus, dachte er erleichtert.

»Seh ich dich mal wieder?«

»Warum nicht?« Maugham fand den linken Schuh auf der anderen Seite des Betts und zog ihn an.

»Meine Schicht fängt abends um sieben an«, sagte sie.

Maugham nickte stumm.

Sie stand in einer müden Haltung einfach so da und machte keinen Versuch, ihn aufzuhalten.

Maugham band sich die Krawatte um. »Also, dann will ich mal.«

Sie nickte, zog einen grünen Kimono über und brachte ihn zur Tür. »Auf Wiedersehen, John.«

»Mach's gut«, sagte Maugham und wünschte im gleichen Augenblick, sie würde ihn bitten zu bleiben.

Sie hielt ihm die Tür auf und schwieg. Er wollte ihr sagen, daß er keinen Job hatte, daß niemand auf ihn wartete außer einem schäbigen Hotelzimmer, dessen Miete er seit zwei Wochen schuldig geblieben war, und daß er sich genauso erbärmlich fühlte, wie er aussah. Aber er brachte es nicht fertig.

Auf dem Pappschild neben der Klingel stand M. Middleton in Druckbuchstaben. Der Punkt über dem i war ein offener kleiner Kreis, und die Klingel saß mitten in einem dunklen, abgegriffenen Fleck an der Wand.

Maugham ging die fünf Treppen hinunter auf die Straße. Er hatte noch nie im richtigen Moment die richtigen Worte gefunden. Draußen stellte er fest, daß er in Hampstead war.

Der Londoner Stadtteil Soho liegt zwischen Oxford Street, Regent Street, Charing Cross und Shaftesbury Avenue. Wenn ein Engländer sagt, etwas sei sehr englisch, dann ist das nicht etwa witzig gemeint, sondern eine Auszeichnung.

Soho ist ungefähr so englisch wie Faschingsdienstag, eine finnische Sauna oder das Englisch deutscher Touristen. Die Ausländer kommen seit dem 19. Jahrhundert nach Soho – zuerst aus politischen Gründen, wie die Verfolgten der Pariser Kommune von 1871; die Deutschen, die bei Kriegsanfang vor den Nazis flüchteten, und die Widerstandskämpfer aus Holland, Belgien und Frankreich. In Soho leben noch heute jede Menge Ausländer aus jeder Ecke der Welt.

John Maugham hatte ein dürftiges Zimmer in einem Hotel in der Hopkins Street. Es lag zwischen einem Schnellimbiß und einem Laden, dessen Verkaufsschlager eine aufblasbare Gummipuppe in drei Ausführungen war. Die Luxusausführung hatte Pin-up-Maße und eine eingebaute Vagina mit Wasserspülung. Wer sich lieber mit richtigen Mädchen abgab, brauchte nur einen Schritt in den Hotelflur zu machen. Auf den Zetteln an der Wand standen Mädchennamen und Angaben über Maße, Hautfarbe und ihr spezielles Fach, damit der Kunde nicht etwa an die Falsche geriet. John Maugham war abgebrannt, und Raymond, der Mann an der Rezeption, hatte ihn längst durchschaut – er glaubte ihm die seit langem fällige Geldüberweisung schon lange nicht mehr.

John Maugham hatte sich als Junge fest vorgenommen, als Millionär zu enden. Darauf hofften alle, die in Hammersmith geboren waren – nur Maughams Vater nicht, der hatte sich längst damit abgefunden, daß sein Leben kein Leben war, und betrank sich lieber, als an irgendwas zu glauben, was er nicht anfassen oder runterschlucken konnte. Er war Hilfsarbeiter und hatte einen Haufen Kinder, die in Hammersmith mit einer Raucherlunge aufwuchsen, selbst wenn sie ihr Leben lang Nichtraucher blieben. Die engen, niedrigen Backsteinhäuser waren von einer dunklen, schmierigen

Schicht bedeckt, als seien die Ziegel nie rot gewesen. Der Ruß in der Luft schlug sich auf allem nieder, hinterließ überall seine Spur und verdunkelte selbst den Himmel.

John Maugham wollte nicht als Fußballer reich werden wie die meisten anderen Jungen. Er hatte einen Autotick, wollte Rennfahrer werden und machte eine Lehre als Automechaniker.

Im Lauf der Jahre stellte sich heraus, daß außer festem Glauben und harter Arbeit noch eine Menge anderer Dinge zur Verwirklichung seines Traumes gehörten – mehr, als er aufbringen konnte. Dabei hatte alles sehr gut angefangen. Er wurde ein guter Mechaniker, konnte jeden Wagen schneller machen und fuhr selbst sehr gut. Er hätte es zum Rennmechaniker bringen können, aber zum Rennfahrer fehlten ihm mehr als Disziplin und gute Nerven.

John Maugham wollte einfach nicht aufs Leben verzichten. Und dann war da noch der Alkohol. Er liebte den Schnaps genauso wie sein Vater, und er vertrug ihn genausowenig. Mag sein, daß Maugham trank, weil er spürte, daß sein Traum immer unerreichbarer wurde. Er war ein As in seinem Beruf, aber er wollte nicht leben wie die anderen, die jeden Morgen in die Werkstatt gehen und es höchstens zu einer Tankstelle bringen.

Maugham zog das schnelle Geld vor. Die Chance dazu ergab sich durch ein Mädchen aus Birmingham, das auch etwas anderes vorgehabt hatte, als Stripperin zu werden. Sie war groß und massig, hatte eine Piepsstimme und lächelte bei jeder Gelegenheit wie eine Dreizehnjährige, die unterm Arm gekitzelt wird. Er traf sie im *Flamingo* in der Wardour Street, wo sie sich jede dreiviertel Stunde auf der Bühne auszog.

Maugham redete in den Pausen mit ihr, und als sich eine schwere Hand auf seine Schulter legte, befürchtete er, einer ihrer Freunde wollte ihn verprügeln. Aber es ging um etwas ganz anderes. Es ging um Maughams ersten illegalen Job, eine Lkw-Fahrt mit Diebesgut.

Maugham nahm sofort an. Er verdiente in einer Nacht soviel wie sonst in einem Monat, und das gefiel ihm. Der Mann, der ihm den Job verschafft hatte, war Chef einer Einbrecherbande und mit Maughams Arbeit zufrieden.

Maugham arbeitete weiter für ihn, und schließlich nicht nur als Fahrer. Er fing an, Wagen zu präparieren, mit denen versteckte Ware transportiert wurde, und erwarb sich einen respektablen Ruf. Seine Ein- und Umbauten waren die besten, und er arbeitete nie öfter als einmal mit demselben Trick. Was er verdiente, war nicht so viel, wie er sich erträumt hatte, aber für einen aus Hammersmith war es ein Haufen Geld. John Maugham verkniff es sich, zu Hause mit einem dicken Wagen vorzufahren, sondern genoß seinen Erfolg allein und entdeckte eine neue Leidenschaft – das Wetten. Natürlich hatte er nicht aufgehört zu pokern und zu trinken, und so kam er nie dazu, sich in irgendein Geschäft als Teilhaber einzukaufen, wie es die Klügeren seiner Branche tun.

Maugham blieb ein kleiner Fisch aus Hammersmith, dem Ehrgeiz und Format zu Größerem fehlten. Und er verlor viel und trank mehr. Er war immer noch sauber, nicht vorbestraft, und hatte sein Bild und seine Fingerabdrücke bei sich behalten. Aber er war angeschlagen. Im Unterschied zu früher beriet man sich erst, bevor man ihm ein Angebot machte. Früher hatte man ihn einfach engagiert.

John Maughams letzter Job lag drei Monate zurück. Es handelte sich um die Tulpentour von Amsterdam nach Hamburg, für die er als Lkw-Fahrer engagiert worden war. Die Frachtpapiere wiesen die Ladung als Tulpenzwiebeln aus, aber die Hauptsache waren fünf Kilo Heroin, abgepackt in kleine Portionen und in Plastiksäckchen eingeschweißt. Natürlich wußte Maugham das, und vor ein paar Jahren hätte er so einen Job, ohne zu zögern, abgelehnt. Jetzt hatte er keine Wahl mehr. Er war wieder beim Anfang angelangt.

Maugham wußte weder, wo das Zeug versteckt war, noch ahnte er, daß Absender und Empfänger derselbe Mann waren – Robert Mayonne. Auch den Mann, der ihm den Job angeboten hatte, kannte er nur vom Telefon, und er wußte nicht mehr von ihm, als daß er Gustave der Belgier hieß und irgendwo in Frankreich lebte.

Gustaves Anruf erreichte ihn auch diesmal, als er ihn am nötigsten hatte.

»Wie geht's dir, John?«

»Muß ja.« Maugham lachte gezwungen.

»Ich hab mir gedacht, ich frag dich mal, ob du frei bist«, sagte, Gustave der Belgier. »Könnte sich vielleicht was Interessantes ergeben.«

»Dasselbe wie beim letzten Mal?«

»Nein, nein, ganz und gar nicht. Ich frag dich nur erst mal, ob du überhaupt Zeit hast, als dritter Mann zu arbeiten. Soweit ich weiß, könnte es eine langfristige Sache werden. Was, wo und wie weiß ich beim nächsten Mal. Der Mann, den ich vertrete, ist absolut vertrauenswürdig, ich kenne ihn seit vielen Jahren.«

»Was kommt für mich dabei raus?«

»Mehr als alles zusammengerechnet, was du bisher verdient hast.«

Maugham schwieg überrascht. »Gustave?«

»Ja?«

»Du kennst mein Gebiet – ich meine, ich kann fahren, und ich verstehe was von Autos.«

»Mach dir darüber keine Sorgen. Genau das wird gebraucht. Bei dem Mann macht jeder seine Arbeit – und zwar für den gleichen Anteil.«

»Hört sich gut an, bis dahin«, sagte Maugham. Er holte tief Luft. »Ich will ehrlich mit dir sein: Ich brauche dringend einen Job. Wenn's kein Himmelfahrtskommando ist, bin ich dabei. Wann weißt du mehr?«

»Übermorgen. Ich werde dir schon mal einen Schein rüberschicken. Wenn du diesmal nicht dabei bist – irgendwie werden wir schon wieder mal zusammenkommen.«

»Das ist sehr anständig von dir, Gustave.«

»Ich ruf dich dann wieder an.«

Maugham kehrte zur Rezeption zurück und strahlte. »Jetzt hat's endlich geklappt, Raymond. Morgen ist das Geld da. Gib mir mal einen Schein, ich muß was Anständiges essen.«

Raymond hatte sich geschworen, ihm kein Wort mehr zu glauben, aber Maugham wirkte so überzeugend, daß er das Geld schließlich doch herausrückte. Maugham leistete sich ein Abendessen in einem Cabaret Club in der Beak Street, wo das Essen gut und die Tänzerinnen hübsch waren.

Anschließend ging er in die Sauna, und als er an diesem Abend schlafen ging, war er das erste Mal seit vielen Monaten nicht betrunken.

35

Während Franz Morgenroth über die Autobahn nach Süden fuhr, saß Wilhelmine Kammerloh in Marios italienischem Restaurant in der Adalbertstraße.

Wegner kam zu spät. Nach einer entnervenden Parkplatzsuche

rund um den Block stellte er seinen Wagen auf dem Bürgersteig vor dem Lokal ab.

Billie kaute bereits an einer riesigen Pizza. Wegner zog einen Briefumschlag aus der Tasche und schob ihn über den Tisch. »Ehe ich's vergesse. Da ist ein bißchen Geld drin, das brauchen Sie doch jetzt.«

»Danke«, sagte Billie verblüfft. Sie steckte den Umschlag ein, ohne ihn zu öffnen. »Und wo kommt das her?«

Wegner zuckte die Schultern und nahm einen Schluck von ihrem Mineralwasser. »Ich werde es schon irgendwann wiederkriegen.« Er versuchte zu lächeln.

»Das gefällt mir nicht, aber ich muß es nehmen. Ich hab nichts.«

»Und was wollen Sie jetzt tun, Billie?«

Sie sah ihn fest an. »Erst einmal such ich mir ein Appartement, und dann werde ich Kammerloh verklagen.«

Wegner verzog das Gesicht, als habe sie ihn soeben geohrfeigt. »Und ich soll Ihnen dabei helfen?«

»Genau. Sie besorgen mir einen Anwalt. Kann gar nichts schiefgehen. Mein Pflichtanteil steht mir gesetzlich zu.«

Wegner seufzte, schob angeekelt seinen Teller weg und bedauerte, daß er seine Magentabletten vergessen hatte. »Billie, das können Sie doch nicht im Ernst meinen. Ich meine, in dem Prozeß heißt Ihr Gegner Kammerloh! Welcher Anwalt, glauben Sie, macht sich hier in München gegen Kammerloh stark!« Er sah sie eindringlich an und fügte, leiser werdend, hinzu: »Und was mich betrifft – ich kann mich unmöglich in einer derartigen Weise gegen ihn exponieren.«

Billie hörte auf zu essen und versuchte, sich nicht aufzuregen. »Versteh ich nicht. Er ist doch im Unrecht. Nach dem Gesetz kann ich doch nur gewinnen!«

»Billie, ich bitte Sie, seien Sie doch nicht so naiv. Mit Kammerloh legt sich keiner so leicht an – und nicht nur hier.«

»Kammerloh, der Mann ohne Eigenschaften!« sagte Billie verächtlich. »Wahrscheinlich glaubt er selber an seine Unantastbarkeit.«

»Mit Recht – realistisch betrachtet. Das müssen Sie begreifen, Billie.«

Billie blickte auf ihre Pizzareste und dachte, daß es ihr Fehler war, von einem Kaninchen zu verlangen, sich mit der Schlange anzulegen. Sie hob den Kopf und sah Wegner fest an: »Er ist nicht unantastbar, und eines Tages werde ich ihm das beweisen – und Ihnen auch.«

»Ich habe nur versucht, Ihnen die Realitäten klarzumachen«, sagte Wegner hilflos.

»Manchmal reden Sie schon wie er.«

Wegners Blick verriet, daß sie ihn damit gekränkt hatte.

»Ich hab's nicht so gemeint, Wegner.«

»Schon gut.«

»Was soll ich denn jetzt machen?«

»Gehen Sie auf seinen Vorschlag ein, warten Sie ab.«

»Abwarten«, sagte Billie heftig. »Muß ich ausgerechnet Ihnen sagen, was man damit erreicht?«

Wegner stand auf. »Ich müßte längst zurück sein. Tut mir leid, daß ich Ihnen nicht mehr sagen kann, Billie.«

36

»Fünfhundert im Monat, tausend Mark Kaution. Davon gehen fünfzig Mark Reinigungskosten ab, zum Beispiel, wenn der Teppichboden shampooniert werden muß – hundertfünfzig Mark, und der Ersatz für eventuelle Schäden. Sie müßten sich eine Schadensliste anfertigen, damit Sie dann später nicht für etwas aufkommen, was Sie nicht verschuldet haben. Aber dafür haben Sie drei Tage Zeit. Briefkästen sind unten, Müllschlucker im Treppenhaus.« Das Mädchen von der Hausverwaltung hatte ein offenes Gesicht, halblange, braune Haare und vermittelte den Eindruck, als habe sie noch nie in ihrem Leben etwas Unhöfliches gesagt. Sie musterte Billie – die mit ihrer abgewetzten Lederjacke, dem rotgepunkteten Cowboyhemd, Jeans und Männerstiefeln auf die meisten Leute wirkte, als könne man sie nicht einen Moment mit dem beweglichen Mobiliar allein lassen –, aber es war ihr nicht mal anzusehen, ob sie den Namen Kammerloh schon mal gehört hatte.

Billie knipste die Stehlampe aus braunem Plastik mit weißem, verschiebbarem halbrunden Schirm an. Das Licht der 25-Watt-Birne war kaum wahrnehmbar bei Tageslicht. »Oh, Scheiße«, sagte sie, »dabei kann man ja nicht mal lesen. Aber das Fenster ist gut. Ist es denn einigermaßen ruhig?«

»Naja, einigermaßen. Unten auf dem Hof ist die MAHAG-Werkstatt. Aber um sechzehn Uhr ist da Feierabend. Sonst geht's eigentlich.« Sie lächelte. »Ich wohne nämlich im dritten Stock.«

Billie ging auf den Balkon. Unten auf dem Hof röhrte ein neuer Porsche vorbei, und sechs andere in verschiedenen grellbunten Farben standen in einer Reihe nebeneinander. Nach rechts blickte sie ins Schwimmbad vom Penta-Hotel in der Hochstraße. Die Fenster des Hochhauses, das sich weiter hinten über die Dächer der davorliegenden Häuser erhob, hatten rote Vorhänge. Ihr Blick wanderte höher. Das Grau am Himmel löste sich jetzt am Spätnachmittag in breite, rissige Streifen auf, und ein Fächer von gebrochenen Sonnenstrahlen stürzte über den Himmel, so weit ihr Blick reichte. Die untergehende Sonne wurde von einem hochragenden Schornstein aus Backstein verdeckt, und sie hörte einen Generator summen.

Das Mädchen verschränkte die Hände und sagte: »Sie haben den ganzen Tag Sonne«, und beide ergänzten gleichzeitig: »Wenn sie scheint.«

»Ich nehm's erst mal für einen Monat.«

»Gut, dann müßten Sie gleichzeitig kündigen.«

Das Motorama in der Rosenheimer Straße liegt im Münchner Osten und ist ein verschachtelter Betonbau, der sich im Prospekt *Boardinghaus* nennt; eine Bezeichnung, die bedeutet, daß es dort nicht nur Appartementwohnungen gibt, sondern auch Autos, Pizza, Uhren, Kanarienvögel und drei konkurrierende Einkaufsläden. Das Ganze ist so angelegt, daß ein Mieter dort leben kann, ohne den Komplex zu verlassen, weil es dort bis auf Wald und See alles gibt, was ein Mensch zum Leben braucht. Für die Freizeit sind eine Diskothek und die Sauna *Adam und Eva* vorgesehen, und die Musik in den neonerleuchteten Gängen ist meistens eine Streichersoße, mit der man in Hühnerfarmen die Tiere zum Eierlegen ermuntert.

Billie fuhr hinunter zum Einkaufen und dachte, daß in ein paar hundert Jahren die Großstädte überall auf der Welt so aussehen würden. Der Gedanke gefiel ihr nicht.

Später hockte sie mitten im Zimmer auf ihrer Lederjacke am Boden und wickelte sich eine Zigarette mit einem Rest von Jamaicagras. Die Zeit verging, und aus dem scheinbar gleichförmig rauschenden Einerlei traten einzelne Geräusche hervor. Sie zuckte zusammen, als hinter ihrem Rücken der Kühlschrank ratterte und still wurde, bis sich das blecherne Geräusch nach einiger Zeit wiederholte. Von der Heizung kam ein helles Rieseln und Ticken. Das

Brausen des Generators wurde schwächer, hörte unvermittelt auf, und einen Augenblick lang war es fast still. Ein paar Zimmer weiter schrie eine Katze. Im Flur klappte eine Tür zu, und jemand ging an ihrem Zimmer vorbei. Kurz darauf hörte Billie ein Rumpeln und das gedämpfte Pfeifen des Fahrstuhls, kurz bevor er zum Halten kam. Draußen lief der Generator mit einem sirenenähnlichen Ton wieder an, und im Flur schrie plötzlich jemand laut um Hilfe. Es war eine Frauenstimme. Sie hörte sich betrunken an. Dann schlug eine Tür zu.

Ihr fiel ein, daß sie ihren Wagen in der Stadt vergessen hatte. Sie stellte fest, daß sie weder glücklich noch unglücklich war, und schlief angezogen ein.

37

Dienstag abend um 22 Uhr klingelte bei Gustave dem Belgier das Telefon, und eine Stimme sagte: »Wie geht's, wie sieht's aus?«

»Gut«, antwortete Gustave. »Ich hab zwei Leute. Ein Engländer, achtunddreißig, Fachmann für Autos, guter Fahrer; ein Amerikaner, dreiunddreißig, wird ›die Hand‹ genannt. Der Engländer ist sehr interessiert; der Amerikaner ist ein bißchen zurückhaltender.«

»Hast du mit den beiden schon mal gearbeitet?«

»Mit dem Engländer. Ein Könner, trinkt gelegentlich gern einen. Der Amerikaner ist eine Empfehlung von drüben – acht Jahre im Geschäft – keine Vorstrafe, Fingerabdrücke, nichts.«

»Hört sich gut an. Beides junge Burschen, was?«

»Fühlst du sich schon so alt, oder was?«

Franz lachte kurz. »Nein. Ich hab mir einfach zehn Jahre abgezogen, dann bin ich so alt wie der Engländer.«

Gustave erwiderte sein Lachen. »Ich sag's ja, ganz der alte!

Belfond läßt übrigens seine Spitzel rumschnüffeln. Er wüßte gerne, wo du dich aufhältst.«

»Hat er dich besucht?«

»An dem Tag, an dem du nicht mehr mißtrauisch bist, werde ich ernsthaft beunruhigt sein, mein Lieber. Ich meine, ich setze hier wer weiß was in Gang, und in Wirklichkeit habe ich von nichts eine Ahnung. Im Ernst – bevor ich den beiden nicht mehr sagen kann, kommen wir keinen Schritt weiter.«

»Gut, dann hör zu, ich sag's dir. Ich bin in Deutschland, in München. Das Spiel ist so eins, das man nur mit reichen Leuten macht. Der Einsatz: eine Drei mit sechs Nullen. Den Verteilerschlüssel kennst du.«

Gustave schwieg, und einen Moment lang hörte Franz nur das Rauschen in der Leitung. Dann sagte Gustave: »Diesmal willst du's wissen, was?«

»Wann kann ich mit den beiden rechnen?« fragte Franz.

»Kann ich dir umgehend sagen.«

»Gut. Ich schlage vor, sie kommen her und hören sich die Sache an. Fahrtkosten übernehme ich. Falls sie sich dagegen entscheiden, fahren sie wieder nach Hause und vergessen das Ganze. Unverbindlich – kein Risiko, keine Kosten.«

»In Ordnung. Weißt du, mit der Zeit könnte er schon draufkommen, daß du in Hamburg gewesen bist, Belfond, meine ich.«

Franz lachte. »Hätte mich auch schwer gewundert, wenn dir das noch keiner geflüstert hätte! Bist du enger mit Robert liiert?«

»Enger? Gott, nein, bloß so gelegentlich.«

Franz schwieg. Dann sagte er: »Gustave –«

»Hör auf! Ich weiß genau, was du sagen willst, und ich rate dir, sag's nicht. So was finde ich nämlich gar nicht witzig!«

»Ich zweifle nicht daran, daß wir auf derselben Basis zusammenarbeiten, wie früher auch«, sagte Franz.

»Gut.« Gustaves Stimme klang befriedigt. »Dann gebe ich das so weiter. Rufst du wieder an?«

»Donnerstag vormittag.«

»Ja gut, bis dahin weiß ich Bescheid.«

Beide schwiegen. Schließlich sagte Franz: »Sag's schon! Ich merke doch, daß dich noch was drückt.«

Gustave zögerte. »Naja, ich meine nur – bist du auch ganz sicher, daß du das richtige Spiel machst?«

»Red nicht solchen Unsinn und mach dich an die Arbeit«, sagte Franz, »du weißt doch –«

Gustave unterbrach ihn: »Du spielst nicht –«

»Ich gewinne«, sagte Franz.

38

Billie erschrak. Das Geräusch kam von der Tür und hörte sich an wie die Spezialhupe eines Sportwagens, dessen Fahrer zu verstehen geben will, daß er nicht nur Tennisspieler, sondern auch noch musikalisch ist. Sie blickte durch den Spion. Der Flur war erleuchtet, aber es war niemand zu sehen. »Wer ist da?«

»Ich!«

Billie machte die Tür auf und umarmte ihre Freundin Iris. »Ich bin froh, daß du da bist. Sonst gehen mir im Augenblick die meisten Leute auf die Nerven.«

»Der Fotograf hat mich umgebucht. Der Mann hat die Grippe, eine hübsche Jamaica-Grippe mit Krüsselhaaren und Kakaohaut, ich hab sie eben noch gesehen. Morgen nachmittag muß ich nach Lanzarote.«

»Ich bin doch glatt eingeschlafen. Wie spät ist es denn? Ich hab nämlich immer noch keine Uhr.«

»Halb acht.«

Billie machte eine Handbewegung. »Wie findest du denn mein neues Heim?«

»Schön häßlich haben Sie's hier, Frau Kammerloh.«

»Erwähne diesen Namen nicht in meiner Gegenwart, ich überlege grade, wie ich ihm Trouble machen kann«, sagte Billie und gähnte. »Was hast du mit Luise gemacht?«

»Das ist eine lange Geschichte. Du weißt doch, daß Mathias diesen Freund hat –«

»Freund?«

Iris seufzte. »Ich weiß. Der ist anders und hat einen richtigen Zimmertiger. In den hab ich mich sofort verliebt. Und was soll ich dir sagen – Luise auch.« Sie lachte. »Weißt du was? Wenn uns hier einer über Katzen reden hörte, der würde uns glatt für verrückt halten.«

»Verrückt«, sagte Billie nachdenklich, »was ist das?«

Dabei war Luise ein rostbrauner Kater, aber das hatte Iris erst gemerkt, als er mannbar geworden war und die Wohnung mit seinem Duft stigmatisierte. Iris war ein dreiundzwanzigjähriges, überaus schmales Mädchen mit blauen Augen und sehr heller Haut, die verletzlich aussah. Die beiden Mädchen waren befreundet seit Billies Trennung von Mathias, dem Schauspieler, dem Billie ein ganzes Theater kaufen wollte, wie sich Kammerloh ausgedrückt hatte. Mathias war sehr groß, hatte ein brutales, empfindsames Gesicht und provozierte durch seine direkte Art, Fragen zu stellen, und seine ebenso ehrlichen wie rücksichtslosen Antworten. Ein Mann, der am liebsten wie ein Vagabund lebte, kompromißlos und ganz in seiner eigenen Welt. Billie hatte sich von ihm getrennt, weil sie ihn gern hatte und der Meinung war, daß kein Mensch von einem andern etwas anderes verlangen sollte, als er selbst zu sein, und sie konnte und wollte eben nicht so leben wie er.

»Warum bist du eigentlich wirklich so schnell aus London zurückgekommen, oder war's doch nur wegen Kammerloh?«

»Nein.«

»Und der Grund? Trinker? Mundgeruch? Oder roch er sonst irgendwie streng?«

»Ich hab einfach keine Lust, mit ihm rumzuziehen und in irgendwelchen Garderoben oder Hotelzimmern auf ihn zu warten, aber so ist das, und er kann da auch nicht mehr raus – soll er auch gar nicht. Und dann ständig diese Leute um ihn herum. Nichts für mich. Aber David ist okay.«

»Ich will dir sagen, wie das ist, mit einem Mann zusammenzuleben: da schnarcht einer neben dir und hat Schweißfüße.«

Sie verbrachten den Mittwochabend zusammen, und am nächsten Nachmittag fuhr Billie ihre Freundin zum Flughafen. Es war der Donnerstag.

39

Franz Morgenroth rief Gustave den Belgier um elf Uhr vormittags an.

»Du hast gewonnen. Der Engländer ist zu neunzig Prozent dabei, der Amerikaner will sich's erst mal anhören«, sagte Gustave.

»Ist der Engländer in Ordnung? Sagtest du nicht mal, er trinkt?«

»Ja. Aber er gilt als guter Mann. Ich hab immer nur gehört, daß er bei der Arbeit vollkommen trocken ist.«

Franz brummte. »Na schön. Schick mir den Engländer zuerst. Lufthansa 11.50 Uhr ab London, Ankunft 13.35 Uhr, morgen, am

Freitag. Den anderen einen Tag später, am Samstag. Abflug mit PANAM in New York 18.00 Uhr Freitag abend, Ankunft hier Samstag 9. 25 Uhr früh. Prepaid Tickets liegen an den Schaltern – mit Rückflug. Hast du alles? Dann weiter. Der Engländer steckt sich den *Daily Mirror* vom selben Tag in die linke Jackentasche. Titelseite sichtbar nach außen und zwischen *Daily* und *Mirror* ein Stück eingerissen. Mantel über dem rechten Arm, Koffer in der rechten Hand, klar? Der Amerikaner: *New York Times* vom Freitag zusammengerollt in der rechten Hand, Titelseite nach außen, Mantel, Jacke oder sonst was links, genauso wie den Koffer.«

Gustave lachte. »Gut, daß er nicht Samstag fliegt. Die Wochenendausgabe der *Times* wiegt ein paar Pfund.«

»So, tut sie das. Sag mal auf, was ich dir eben erzählt hab.«

Gustave gab alles korrekt wieder. »Rufst du an, wenn einer abspringt?«

»Davon gehe ich nicht aus.«

»Und das Handwerkszeug für den Amerikaner? Soll ich das besorgen?«

»Hab ich schon.«

»Wann höre ich wieder von dir?«

»Du brauchst nur noch auf den Geldbriefträger zu warten«, sagte Franz.

Gustave seufzte. »Weißt du was? Du gibst mir ein Gefühl wie in den alten Tagen.«

»Das hoffe ich nicht. Früher hatte ich die falschen Partner. Schick die Papiere postlagernd, 8 München, Postamt 44. Alles klar?«

»Von mir aus, ja.«

»Dann mach's gut.«

»Und du erst!«

Franz legte auf und rief den Makler Speckhals an. »Meine Firma ist einverstanden, würde es aber begrüßen, wenn Sie uns mit den Zahlungsmodalitäten ein wenig entgegenkommen würden. In drei bis vier Monaten ist übrigens mit dem Umzug einer geschlossenen Abteilung nach München zu rechnen. Wir würden uns dann natürlich wieder an Sie wenden.«

»Mit mir können Sie über alles reden, Herr Schindelhauer.«

Als Franz die Post verließ, hatte sich der Nieselregen vom Vormittag in einen dünnen Wasserschleier verwandelt, der in der Sonne verdampfte.

40

Robert Tomcik saß mit seiner Mutter in der Küche ihrer neuen Wohnung in der 38. Straße West. Er wischte eine Fliege mit ein paar Brotkrümeln und einem Stück Wurstpelle von der Plastiktischdecke. Seine Mutter stand auf und nahm Handfeger und Schaufel aus der Besenkammer neben dem Kühlschrank. Sie bückte sich und ließ sich auf die Knie nieder. Tomcik blickte auf ihre straff zurückgekämmten, dünn gewordenen Haare. Wanda Tomcyk war mager und schien von Jahr zu Jahr kleiner zu werden, und er fragte sich, ob sie jemals etwas anderes getragen hatte als Schwarz.

Ihre Bewegungen mit dem Handfeger waren mechanisch, und ihre Haltung hatte etwas Gedemütigtes. Robert Tomcik spürte, wie ihm der Schweiß aus den Handflächen sprang und das Blut ins Gesicht stieg. Diese sinnlose Wut, die sich früher Nacht für Nacht mit einem zentnerschweren Gewicht auf seine Brust gelegt hatte und ihn zu ersticken drohte, verschlug ihm nicht mehr den Atem, aber dieser unerklärliche Jähzorn war geblieben. Oft war es so schlimm, daß es ihn schüttelte wie im Fieber. Aber das schlimmste war, er wußte nicht warum und fürchtete sich vor dem Tag, an dem es stärker sein würde als er.

»Steh auf, Mama, ich muß mit dir sprechen.« Seine Stimme war schroff.

Sie erhob sich und leerte die Schaufel im Mülleimer. »Ob ich's jetzt mache oder nachher, das läuft aufs gleiche hinaus. Machen muß ich's so und so. Dann mach ich's doch lieber gleich.«

»Setz dich bitte hin, Mama.«

Sie blickte auf seinen leeren Teller. »Willst du noch Apfelkuchen?«

»Nein.«

»Deine Tasse ist ja auch leer. Kaffee ist schnell gemacht, Jungchen.«

»Ich will keinen Kaffee mehr, ich will mit dir sprechen, Mama.«

Wanda Tomcyk gehorchte. Ihre Gesichtshaut sah aus wie zerknittertes Handschuhleder, und ihre hellblauen, kleinen Augen huschten zu ihm hin.

»Du hast ein Mädchen, du willst heiraten«, sagte sie erfreut.

»Ich muß verreisen. Nach Europa. Ich werde dort vielleicht arbeiten.«

»Europa?«

»Ja.«

»Du willst in die alte Heimat fahren, Junge?«

»Nein, nicht nach Polen.«

»Das ist gut! Was vorbei ist, ist vorbei. Bleibst du lange weg?«

»Ein, zwei Monate. Vielleicht wird's ja auch nichts, dann bin ich in ein paar Tagen wieder da.«

»Ich bin alt. Such dir ein ordentliches polnisches Mädchen und heirate es. Warum fährst du so weit weg?«

»Arbeit, Mama. Vielleicht kann ich da viel Geld verdienen. Dann kaufe ich uns ein Haus mit Garten auf Long Island, wie ich's dir versprochen habe.«

»Ja. Zwölf Jahre alt warst du. Aber dann kommt eine junge Frau ins Haus, das mußt du mir versprechen!«

»Ja, Mama. Wenn sie dir gefällt.«

»Du bist ein guter Junge. Ich kann erst ruhig sterben, wenn ich weiß, du hast eine gute Frau. Wann willst du denn fahren?«

»Morgen«, sagte Robert Tomcik.

41

John Maugham blätterte die Geldscheine auf den Rezeptionstresen des kleinen Hotels in der Londoner Hopkins Street und sagte: »Ich werde bald ausziehen. Vielleicht morgen schon.«

Raymond musterte ihn. »Du bist ja kaum wiederzuerkennen.«

Maugham war glattrasiert, ausgeschlafen und neu eingekleidet.

Raymond suchte die Rechnung heraus, zählte das Geld nach und quittierte den Betrag. »Muß ein guter Job sein.«

»Ein sehr guter Job.«

»Wo soll's denn hingehen?«

»Alaska«, sagte Maugham.

»49. Bundesstaat der USA, Entdecker – Bering. Regierungssitz: Junean. Tja, mein Lieber, das lernt man alles bei Kreuzworträtseln! Und was willst du da?«

»Öl-Pipelines, du solltest auch mal Zeitung lesen, weißt du?«

»Die Nachrichten seh ich lieber im Fernsehen. Da ist es doch kalt, in Alaska, und Weiber gibt's da auch nicht.«

»Stört mich nicht«, sagte Maugham. »Hauptsache, ich hab Arbeit.«

»Erfinder des Kolbenmotors mit vier Buchstaben?«

»Otto«, sagte Maugham.

Raymond runzelte die Stirn und zählte die Buchstabenkästchen ab. »Stimmt«, sagte er verblüfft.

Maugham lächelte Lydia der Hexe zu.

Sie lehnte sich auf den Tresen, schnippte mit den Fingern, und Raymond gab ihr den Schlüssel. Sie war dürr, hatte stechende schwarze Augen und schluckte tagsüber Schlaftabletten, wie andere Huren Weinbrand. Bevor sie zur Sache kam, stellte sie schwarze Kerzen auf und las ihren Kunden was von Aleister Crowleys krauser Schwarzmagieprosa vor. Der Junge wartete und sah verlegen aus. Er hatte schulterlange, gescheitelte Haare und trug einen Anzug mit Krawatte.

Raymond kratzte sich an seiner Daumenwarze und wartete, bis die beiden im Treppenaufzug verschwanden. »Salben, Pillen, Spritzen, alles umsonst! Lydia hat gesagt, sie kriegt sie weg mit Besprechen! Gibt an wie sonst was – aber nichts!«

Maugham lächelte gleichgültig und ging.

Raymond sah ihm nach und schüttelte den Kopf. Alaska! Da fühlte er sich ungefähr genauso hingezogen wie zu Lydias mystischem Matratzenhokuspokus.

John Maugham drückte auf die Klingel neben dem Pappschild mit dem Namen M. Middleton. Als sie die Tür öffnete, lächelte er und sagte: »Hier, ich hab dir was mitgebracht!«

Sie hatte eine Flasche erwartet, aber es waren Blumen.

Donnerstag nachmittag fuhr Franz Morgenroth zum Flughafen Riem, bezahlte die Tickets für Maugham und Tomcik und ließ sie für sie hinterlegen. Er stand beim Zeitungsstand in der Nähe der Paß- und Zollkontrolle für Auslandsreisende, blätterte im *Figaro* und musterte die beiden Mädchen mit flüchtigem Interesse.

Das größere Mädchen stellte den Koffer hin, ging an ihm vorbei und kaufte bei einer rundlichen Frau mit Dutt und Dirndl Papiertaschentücher und Schokolade. Es trug eine Motorradlederjacke, ein rotgepunktetes Cowboyhemd, Jeans und Männerstiefel. Die Frau im Dirndl wedelte sich mit der flachen Hand Luft zu, und der Blick, mit dem sie das Mädchen musterte, war mißbilligend. Das Mädchen hatte eine klare, helle Stimme, und seine langen Haare fielen ihm ins Gesicht. Es nahm den Koffer wieder auf, ging mit dem kleineren, blonden Mädchen zur Paßkontrolle und verabschiedete sich von ihr. Dann ging sie hinaus.

Franz steckte die Zeitung in den Ständer zurück und unterdrückte ein Gähnen. Eine junge Frau mit einem vierjährigen Jungen in Anzug, weißem Hemd und Fliege blieb vor dem Taschenbuchständer stehen und drehte ihn. Der Junge zeigte auf die Frau im Dirndl, sah Franz an und sagte: »Guck mal, wie die dicke Tante schwitzt!«

Die junge Frau gab ihm eine Ohrfeige und sagte: »Wie oft soll ich dir noch sagen, man zeigt nicht mit dem Finger auf andere Menschen!« Sie wandte sich an die Frau im Dirndl: »Entschuldigen Sie bitte vielmals, Kinder, Sie wissen ja!« Dann sah sie Franz an: »Es tut mir leid.«

Der Junge brüllte. Franz ging zum Parkplatz, fuhr in die Stadt zurück und nahm sich vor, noch heute die Spur des Mädchens aufzunehmen. Er wußte nicht, daß er Wilhelmine-Therese Kammerloh vor einer halben Stunde zum erstenmal gesehen hatte. Den Rest des Nachmittags verbrachte er mit Einkäufen. Die Luft war schwül.

42

Donnerstag abend war die Luft elektrisch aufgeladen. Franz hatte die Vorräte verstaut und einen kleinen, tragbaren Fernseher, den er gebraucht gekauft hatte, angeschlossen. Um 19 Uhr sah er zum erstenmal deutsche Fernsehnachrichten. Der Sprecher trug eine randlose Brille und Hemd und Krawatte mit demselben blickverwirrenden Karomuster. In den Schaltpausen zwischen Nachrichten und Filmbeiträgen lächelte er beschwichtigend und zupfte an seinen Manschetten, und bei der Ansage eines Sportberichts bekam seine Stimme einen vertraulichen Unterton. Der Vorsitzende einer großen Partei warf dem Vorsitzenden einer anderen großen Partei vor, irgendwelche Grundwerte zu bedrohen oder zumindest in Frage zu stellen. Er drückte sich in großen Worten aus, und jedesmal, wenn er auf die Grundwerte zurückkam, straffte er sich, runzelte die Stirn, seine Stimme wurde salbungsvoll, und in seinen Augen erschien ein Ausdruck treuherziger Entrüstung. Der Angegriffene, Vorsitzender der anderen großen Partei, wirkte gelassen und erklärte kühl, daß es ihm nicht möglich sei, auf allgemeine Beschuldigungen sachlich zu antworten, und der Kommentator belehrte die Zuschauer darüber, daß im Wahlkampf die Keile eben größer und die Klötze entsprechend seien, und vermied in seiner Stellungnahme alles, was ihn nach der Wahl in Verdacht bringen könnte, auf der Seite des Verlierers gestanden zu haben.

Franz machte den Fernseher aus, nahm ein Bad und legte sich aufs Bett. Als er nach genau zwei Stunden wieder erwachte, war das Gewitter immer noch nicht da.

Auf der Treppe begegnete ihm ein Zigeuner mit seinem Mädchen. Er trug einen knappsitzenden, schwarzen Seidenanzug, und seine hochhackigen Halbschuhe klapperten auf der Treppe, als wäre der Absatz aus Holz. Das Mächen hatte eine rote Blume im Haar und warf Franz einen Seitenblick aus schwarzgetuschten Lidern zu. Die Tür zum Lokal im Obergeschoß stand offen, und eine breite graublaue Lichtbahn fiel vom Inneren ins Treppenhaus. Franz ging hinein, und die gerade neu einsetzende Musik traf sein Trommelfell wie eine Ohrfeige.

Der Raum war groß und dunkel. Eine langgezogene Theke mit Hockern und Blick auf die Tanzfläche teilte den Raum in ungleiche Teile, und die Ventilatoren wälzten die stickige Luft aus dampfendem Schweiß und Qualm träge und vergeblich durcheinander. Die Lautsprecher klirrten, und Lichtreflexe flitzten durch die Dunkelheit. Der Raum war überfüllt.

Franz drängte sich durch das Gewühl und stellte sich an der Theke nach einer Flasche Bier an. Die Luft biß in seinen Augen, und er spürte den beginnenden Kopfschmerz als einen Ring, der sich fest um seine Stirn legte. Er schob sich weiter und setzte sich an einen Tisch. Die Wand war mit Plakaten vorwiegend deutscher Filme beklebt. Franz ließ seinen Blick wandern. Die Gesichter verschwammen schon nach wenigen Metern zu weißlichen Flecken im Dunst. Auf der Tanzfläche sahen sich die schweißtriefenden Pärchen in der verspiegelten Wand selber zu. Der Plattenaufleger thronte erhöht, hatte Stoppelhaare und sang ab und zu mit. Er spielte verkratzte Singlesplatten aus den fünfziger Jahren, und an ein paar hatte Franz eine vage Erinnerung aus der Zeit vor dem Gefängnis.

Ein kleiner Mann tippte ihn an und brüllte: »Suchen Sie wen?« Franz schüttelte den Kopf.

»Waren Sie schon mal hier?«

Franz schüttelte wieder den Kopf.

»Eben! Ich kenne sie alle hier. Ich bin immer hier!« Er hatte einen verwachsenen Körper, kräftige Arme, und das Gesicht eines alten Kindes. Er hievte sich auf die Sitzbank und winkte Franz heran: »Stehen Sie denn auf die Musik hier?«

Franz wehrte stumm ab.

»Warum sind Sie dann hier?«

Franz machte eine verständnislose Geste und sah dem Mädchen zu, das sich näher drängelte. Der Junge am Nebentisch stand auf und winkte ihr zu. Franz bemerkte, daß er älter sein mußte, als er zuerst geschätzt hatte. Er hatte ein dichtes Netz von Lachfalten um die äußeren Augenwinkel, eine breite Stirn und einen kleinen Mund. Das Mädchen neben ihm trug einen grauen, engmaschigen Pullover, der ihr so eng am Körper klebte wie die lackglänzenden Haare am Kopf. Sie hatte ein flächiges Gesicht mit hohen Wangenknochen und weit auseinanderstehende, spöttische Augen.

Das Mädchen steuerte auf den Nebentisch zu und schob sich näher heran. Der Kleine tippte Franz an. »Wissen Sie, wer das ist? Das ist Billie. Ihr Vater macht Panzer! Kammerloh!«

Sie war noch genauso angezogen wie nachmittags auf dem Flughafen. Sie trug die Lederjacke lose um die Schultern, und ihr rotgepunktetes Cowboyhemd sah aus, als habe sie in der Zwischenzeit darin geschlafen. Die Haare waren hochgesteckt, und Franz sah ihr ins Gesicht. Bevor sie sich an den Nebentisch setzte, trafen sich ihre Blicke. Ihre graublauen Augen glitzerten wie Eis in der Märzsonne.

Franz fragte sich, ob er nicht besser gehen sollte.

Wenige Minuten später stand sie plötzlich auf und drängelte sich wieder zum Ausgang. Franz wartete, bis sie verschwunden war, und folgte ihr. Als er aus dem Treppenhaus nach draußen kam, wäre er fast über sie gestolpert.

Der grüne Karman-Ghia stand auf dem Gehsteig, dicht vor den Steinstufen zum Eingang. Sie hatte die Hände in den Hosentaschen, sah ihn unbefangen an und sagte: »Ich hab den Schlüssel steckenlassen – kriegen Sie den vielleicht so auf?«

Franz zögerte einen Moment zu lange.

»Angeblich soll's beim Volkswagen ja ganz leicht sein, aber ich kann's nicht«, sagte sie.

Franz sah ihr offen ins Gesicht und dachte an das Zeitungsbild, das er in Fresnes zerrissen hatte, und ihm war, als wären sie sich schon lange vertraut. Sie war nicht sehr groß und wirkte ein wenig plump in ihrem Aufzug. Sie wich seinem Blick nicht aus. Sie gefiel ihm.

»Auf welche Art soll ich's denn machen?«

»Wie's am schnellsten geht«, sagte sie. Sein sarkastisches kurzes Lächeln machte sie neugierig.

Er zog eine Haarnadel aus ihren Haaren. Sie zuckte nicht zurück und kramte eine Zigarettenschachtel aus der Hosentasche. Als sie die Zigarette angezündet hatte, saß Franz bereits hinter dem Steuer und blickte sie durch die Frontscheibe an.

Hinter ihr ging die Tür auf, und die beiden vom Nebentisch kamen heraus. Der Junge machte den Mund auf. Billie machte die Wagentür auf, warf sich auf den Beifahrersitz und schlug die Tür hinter sich zu. »Fahren Sie los, schnell!«

Ein paar Straßen weiter sagte Billie: »Dafür fahre ich Sie nach Hause.«

»Ich fahre Sie nach Hause.«

Billie rieb sich die Nase. »Wenn ich das jetzt komisch finde, sagen Sie sicher: erstens habe ich nicht die geringsten Absichten, und zweitens bin ich so alt, daß ich Ihr Vater sein könnte.«

»Richtig.«

»Sie waren am Nebentisch, stimmt's? Warum? Was wollten Sie da?«

Franz zuckte die Schultern. »Ich hab irgendwo was drüber gelesen.«

»Über den Laden oder über mich? Wissen Sie, wer ich bin?«

»Ich seh's«, sagte Franz.

»Sind Sie vielleicht einer von meinem Vater?«

»Ich kenne Ihren Vater nicht.«

»Sind Sie einer von der Polizei, der in Lokalen rumschnüffelt, ob einer einen Joint in der Tasche hat, oder so?«

Er schüttelte den Kopf, und ein belustigtes Lächeln entstand in seinen Augenwinkeln.

»Was dann?«

»Nichts Besonderes«, sagte Franz. Er ließ den Motor an.

»Ich wohne aber ziemlich weit weg«, sagte sie, »Richtung Autobahn Garmisch.«

Franz fuhr los. Als sie auf der Autobahn waren, fragte sie: »Wie heißen Sie?« Franz schwieg.

»Reden Sie immer so wenig?« Franz nickte.

»Warum?«

»Mit den Namen ist es wie mit den Wörtern – jeder benutzt sie und stellt sich was anderes darunter vor. Sie stimmen nicht.«

Billie sah ihn von der Seite an und schwieg. Dann sagte sie unvermittelt: »Ich möchte schwimmen gehen.«

Franz warf ihr einen forschenden Blick zu. »Erstens –«

Sie lachte. »Wenn ich schwimmen gehe, meine ich eigentlich Wasser – auch wenn die Wörter nichts mehr bedeuten. Ich sag Ihnen, wo es ist.«

Franz fuhr bei der nächsten Ausfahrt von der Autobahn. Er kannte den Weg.

»Hier war ich als Kind immer, wenn ich niemanden mehr sehen wollte«, sagte sie.

Es war eine jener Sommernächte, an denen es nie ganz dunkel wird. Franz setzte sich auf den Boden und blickte auf den See. Das Wasser war glatt mit ein paar Nebelfetzen. Es war still.

Billie ließ ihre Lederjacke fallen, setzte sich darauf und stützte sich auf ihre durchgedrückten Arme. Franz betrachtete sie stumm. Ihre Oberlippe schien ein wenig zu kurz gegenüber der Unterlippe, und ihr Mund sah eigenartig weich und nackt aus.

Als die Stille anfing, laut zu werden, sagte sie: »Also ich geh jetzt ins Wasser.«

Franz zündete sich eine Zigarette an und blickte auf den See. Er fragte sich, warum er nicht endlich ging. Es roch nach Harz, Moos und Wasser. Die Luft war immer noch warm. Er zog sich Hemd und Jacke aus. Er konnte sie nicht sehen, aber die Wellen und Kreise im Wasser verrieten ihm, wo sie war. Er ließ sich auf den Rücken fallen und schloß die Augen. Ein paar frühe Vögel fingen an zu lärmen und kündigten den Morgen an.

»Kann ich Ihr Hemd haben?«

Er richtete sich auf und warf es ihr zu. Es wäre ihm albern vorgekommen, sich abzuwenden. Sie war sehr nah, sehr weiß und naß. Wenn sie die Arme ausgestreckt hätten, hätten sich ihre Fingerspitzen berührt.

Billie trocknete sich die Haare und deutete auf den tätowierten Pumakopf auf seinem Oberarm.

»Weißt du, Puma, es gibt nur zwei Gruppen von Menschen, die Tätowierungen haben – Kriminelle und Matrosen.«

»So was Ähnliches wie Matrose war ich wirklich mal.«

»Warum gehst du dann nicht schwimmen?«

Ein Lächeln huschte über sein Gesicht. »Ein Matrose liebt die See, aber er haßt das Wasser. Die meisten können nicht mal schwimmen.«

Billie schwieg. Sie sahen sich unverwandt an, und beide wußten, daß jeder nur auf seinem Platz zu verharren brauchte, und alles würde bleiben, wie bis jetzt. »Rüberkriechen ist mir zu blöd. Würden Sie bitte aufstehen?«

Franz stand auf. Er hatte fast vergessen, wie sich eine Frau anfühlt, und sie liebten sich, bevor Franz, der seit neun Jahren mit keiner Frau mehr zusammengewesen war, einen Zweifel an seiner Männlichkeit hätte haben können. Ihre Haut war kühl und glatt und roch nach frischem Gras, und Billie drängte sich ihm entschlossen und zärtlich entgegen, bis sie ihn ganz in sich spürte. Franz überging seinen ersten schnellen Orgasmus und blieb bei ihr, ohne seine Kraft zu verlieren, bis er ihren Höhepunkt spürte. Sie blickte ihm unverwandt und eigenartig kühl in die Augen. Dann löste sie sich genauso entschlossen, wie sie gekommen war, und lief ins Wasser. Die Nacht ging in eine sirrende, angenehm kühle Dämmerung über.

Als sie zum Wagen zurückgingen, blieb sie plötzlich stehen und warf ihm die Arme um den Hals. »Mach dir keine Gedanken meinetwegen. Es tut mir nicht leid. Wenn du willst, sehen wir uns wieder. Ich hab ein Zimmer im Motorama. Wenn du willst – komm – aber ich warte niemals auf jemanden.«

»Ich muß gehen.«

»Ich fahre dich nach Hause.«

Franz schüttelte den Kopf. »Du fährst mich zum nächsten S-Bahnhof.«

Billie fuhr noch zum Haus, um ein paar Kleider mitzunehmen. Auf halbem Weg im Park hielt sie an und stieg aus. Der See war von hier aus nicht zu sehen. Das Haus war ein düsterer, wuchtiger Steinklotz weiter weg. Sie hörte die Hunde anschlagen. Die Sonne, ein schwacher, rosa Fleck zwischen den Bäumen, kletterte höher. Billie starrte in die Sonne, ohne sich zu rühren. Die Sonne bekam deutlichere Konturen und gewann an Kraft. Ihre Strahlen fraßen den Dunst über dem Wasser und in den Baumkronen weg. Dann brannten ihr die blanken Strahlen auf der Netzhaut, und das Wasser schoß ihr in die Augen. Sie ging zum Haus. Die Hunde winselten.

Als sie mit dem Koffer die Treppe herunterkam, stand Frau Limmer in der Diele und schlug die Hände zusammen. »Ist das ein Glück, daß Sie wieder heimgekommen sind, gnädiges Fräulein!«

Billie schüttelte den Kopf und versuchte zu lächeln.

»Ja, warum weinen S' denn«, sagte Frau Limmer hilflos.

»Quatsch«, sagte Billie ungewollt grob. »Hier komm ich nie wieder her.« Sie ging zum Wagen zurück. Die Hunde gebärdeten sich wie toll.

Der Puma spukte ihr auch noch am nächsten Tag im Kopf herum. Sie wollte das nicht. Sie versuchte, nicht an ihn zu denken, aber es gelang ihr nur selten. Sie hatte sich ihm genähert wie dem

Opium, von dem der Franzose Jean Cocteau gesagt hatte, man müsse sich ihm nähern wie den Raubkatzen. Furchtlos.

43

Franz Morgenroth stieg am Isartorplatz aus und ging über die Ludwigsbrücke zur Lilienstraße, um seinen Wagen abzuholen. Dann fuhr er zum Haus, machte sich Kaffee, zog sich aus und ließ heißes Wasser in die Wanne laufen. Er hatte den Geruch des Mädchens noch auf der Haut. Er dachte an das Zeitungsbild. Er schaffte es einfach nicht, die Erinnerung an das Bild von der Erinnerung an die Gefängniszelle zu trennen. Auf dem Bild war sie noch ein halbes Kind gewesen. Zwei Jahre lang hatte er nur das Bild gehabt und nur an seinen Plan gedacht. Er hatte sich niemals vorgestellt, daß ihre Begegnung so verlaufen würde, wie es gekommen war. Er legte die Arme links und rechts über den Wannenrand, schloß die Augen und überließ sich dem heißen Wasser und dem aufgelösten Melissenextrakt. Er spürte, wie sich die Poren öffneten und das heiße Wasser seiner Haut die Erinnerung an den Duft des Mädchens nahm.

Er wußte, daß er einen Fehler gemacht hatte, aber er bereute ihn nicht. Sein Plan war dadurch nicht gefährdet. Er würde es so einrichten, daß sie ihn nicht wiedererkennen konnte. Er würde es so einrichten, daß ihr nichts geschah. Es stand in seiner Macht. Er machte den Plan.

Es war Freitag nachmittag, und er fuhr zum Flughafen, um den Engländer abzuholen. Das Gewitter war immer noch nicht gekommen, und ein unpassender Salzburger Schnürlregen machte sich breit.

John Maugham war hochgewachsen, blaß, mit einem etwas aufgeschwemmten Gesicht, vereinzelten Sommersprossen und besten

Umgangsformen. Seine drahtigen, rotblonden Haare waren exakt gescheitelt, und die breite Stirnlocke sah so hart aus wie Schrubberborsten. Er hatte die Angewohnheit, beim Sprechen unverbindlich zu lächeln, drückte sich sorgfältig aus, und selbst wenn er sich lediglich für ein Stück Würfelzucker bedankte, schien seine Stimme einen ironischen Unterton zu haben. Er trug ein offenes, hellbraunes Seidenhemd mit Halstuch, eine Wildlederjacke, die wie ein Sakko geschnitten war, helle Gabardinehosen und dunkelbraune Halbschuhe.

»Ich hab einfach nicht daran gedacht, Tee zu kaufen.«

»Ich hasse Tee«, sagte Maugham. Sein Lächeln wirkte fast herzlich. »Wenn ich richtig verstanden habe, geht es also um zwei Wagen. Einen für die Übergabe und einen für die Abreise.«

»Richtig.«

»Sollte man für die Entführung nicht vorsichtshalber einen dritten Wagen benutzen?«

»Zuviel Aufwand, zu viele Spuren.«

»Ich verstehe. Und wie hast du dir das mit den beiden Wagen vorgestellt?«

»Kaufen.«

»Ehrlich gesagt, ich würde das nicht empfehlen. Es gibt noch einen anderen Weg. Es ist billiger und genauso sicher. Wir kaufen zwei Schrottwagen, komplett mit Papieren – am besten auf einer Auktion. Dann nehmen wir zwei Wagen gleichen Typs von der Straße und frisieren sie auf die Schrottpapiere um. Die von der Straße bekommen die Fahrgestellnummern der Schrottwagen, Nummernschilder, Sitze, Räder, Farbe und so weiter.«

»Das Versteck im Wagen muß groß genug für eine ganze Menge Papiergeld sein. Kannst du das hier machen?«

»Kein Problem. Der Wagen muß trotz der versteckten Ladung

sein ursprüngliches Gewicht behalten, verstehst du? Wir müssen entsprechend dem Gewicht der Ladung Teile vom Wagen entfernen. Das habe ich schon oft gemacht.« Er lächelte und fügte hinzu: »Es muß ja nicht gerade was vom Motor sein.«

»Wieviel Zeit brauchst du dafür?«

»Zweieinhalb bis drei Wochen. Es ist eine Menge Arbeit, die sehr präzise gemacht werden muß.«

Franz schüttelte den Kopf. »Zwei Wochen. Der andre wird dir helfen. Geht das?«

Maugham schürzte die Lippen und dachte nach. Schließlich antwortete er: »Ich denke schon.«

»Noch Kaffee?«

»Nein, danke, sonst kann ich nachher nicht schlafen.«

Franz betrachtete Maugham und nahm sich vor, keine Whiskyflaschen herumstehen zu lassen. Sie gingen früh schlafen. Das Laken war kühl und glatt, und er dachte wieder an das Mädchen. Am nächsten Tag kam der Amerikaner.

44

Robert Tomcik traf am Samstag morgen in Riem ein. Selbst Jeffrey Liss hätte ihn kaum auf Anhieb wiedererkannt. Seine hellblonden Haare waren kurz geschnitten und gescheitelt, sein Gesicht glatt rasiert. Er trug einen grauen Anzug mit amerikanischen Hochwasserhosen, schwarze Socken und schwarze Halbschuhe. Er sah aus wie einer, der sich vorgenommen hat, spätestens mit dreißig im Vorstand irgendeines Konzerns für Hundefutter oder Kriegsgerät zu sitzen.

Maugham achtete auf die verabredeten Zeichen und erkannte ihn sofort. »Hattest du einen guten Flug?«

Der Amerikaner sah ihn kurz an und sagte leise: »Wie so was eben ist.«

Maugham schwieg überrascht. Ihm wäre nie etwas anderes eingefallen, als mit »Danke, gut« zu antworten. »Was hältst du denn von der Sache?«

»Ich spreche niemals über einen Film, den ich noch nicht gesehen habe.«

»Das ist eine lobenswerte Einstellung«, antwortete Maugham. »Ich meinte mehr die Sache an sich, nicht die Einzelheiten.«

»Ich möchte nicht darüber reden«, sagte Tomcik etwas lauter. Diesmal verstand ihn Maugham sofort. Er sagte sich, daß der Amerikaner sicher müde war. Eigentlich fand er ihn zu jung.

Die drei Männer saßen an dem runden Tisch im Wohnzimmer. Zum Essen war er ungefähr so bequem wie eine Fußbank. Ihre Mahlzeit bestand aus Hähnchen, Weißbrot und Bier. Der Amerikaner stopfte das Essen gleichgültig in sich hinein, und der Engländer ekelte sich vor dem kalt gewordenen, glibberigen Fleisch und aß nur wenig davon. Der Franzose verzehrte sein Essen sachlich. Er hatte von einem Wienerwald-Hähnchen keinen Genuß erwartet.

Maugham schob den Teller weg. »Ich hoffe nicht, daß wir jeden Tag diesen Fraß hier haben, das würde ich nämlich nicht ertragen.«

Tomcik beendete ungerührt sein Essen.

»Kann einer von euch kochen?« fragte Franz.

»Ich kann kochen«, sagte Maugham. »Aber warum lassen wir nicht das Mädchen für uns kochen?«

Franz spürte Tomciks irritierten Blick. »Sicher. Und hinterher schenken wir ihr ein Gruppenfoto zum Andenken.«

Tomcik warf Maugham einen flüchtigen Blick zu, und die kurzen Falten in seinen Mundwinkeln vertieften sich.

Maugham lächelte verlegen. »Oh ja, natürlich. Ich bitte um Entschuldigung. Daran habe ich nicht gedacht.«

»Wahrscheinlich kann sie sowieso nicht kochen«, sagte Franz.

»Wollt ihr eure Entscheidung noch mal überschlafen? Die Rückflüge sind erst für morgen abend gebucht.«

»Ich bin dabei«, sagte Maugham sofort. »Der Plan ist gut.« Er lachte. »Die Chance ist besser als im Lotto.«

Tomcik schwieg einen Moment. Dann sah er Franz an und sagte: »Mir gefällt das. Du hast eine korrekte Art. Du hast Stil. Du hast dir bei allem was gedacht. Nur wäre da vorher noch was zu klären. Was passiert hinterher mit dem Mädchen?«

Franz zögerte.

»Sie muß weg«, sagte Maugham, »ganz klar. Viel zu gefährlich.«

»Sehen wird sie uns nicht wegen der Masken.«

»Na ja, andererseits, die Italiener haben den kleinen Getty ja auch laufenlassen«, sagte Maugham.

Tomcik blickte ihn kühl an. »Die Sache war von Anfang an schlecht gemacht. Italiener! Reden zuviel und denken zuwenig. Hätten beim Handtaschenklauen bleiben sollen. Bei Kidnapping kann man keine halben Sachen machen – können schon, aber nicht mit mir.« Er sah Franz an. »Ich nehme an, du hast einen bestimmten Grund gehabt, mir das Angebot zu machen.«

Franz nickte. »Außerdem ist die Sache mit zwei Mann nicht zu machen.«

»Sicherheit ist das wichtigste im Leben, sage ich immer«, sagte Maugham und trank sein Bier aus. Er sah den Amerikaner neugierig an. »Macht dir das gar nichts aus, ich meine –« Er brach ab und lächelte um Einverständnis.

»Nein.« Tomcik erwiderte sein Lächeln nicht.

»Hast du es schon oft gemacht?« fragte Maugham. Seine Stimme hatte einen ungläubigen Unterton.

»Ich kannte einen Mann, dem war es schon zuviel, aus dem Bett aufzustehen«, sagte Tomcik leise.

Maugham runzelte die Stirn und blickte auf seine Zigarette. Er begann den Amerikaner etwas eigentümlich zu finden. Er setzte sein unverbindliches Lächeln auf und bemerkte leichthin: »Jede Arbeit ist genauso langweilig wie das Aufstehen, nicht wahr?«

»Das ist Unsinn«, entgegnete Tomcik kühl.

»Kein Mensch verlangt von uns, daß wir plötzlich alle Freunde sind«, sagte Franz. »Wenn wir also zusammenarbeiten wollen, konzentriert ihr euch gefälligst auf nichts anderes als die Arbeit und tut, was ich euch sage, klar? Also, was ist?«

»Ich bin dabei«, sagte Tomcik.

Franz nickte. »Akzeptiert.« Er sah Maugham an. »Wie viele Dosen Bier hast du heute getrunken?«

Maughams Augen weiteten sich überrascht. »Zwei oder drei, warum?«

»Vier. Die halbe Flasche Johnny Walker in deinem Nachttisch nicht mitgerechnet. Wenn du dabei sein willst, kippst du sie jetzt sofort hier in der Küche aus – auch die volle im Koffer.«

»Wenn ich arbeite, rühre ich keinen Tropfen zuviel an. Das kann mir keiner nachsagen«, erwiderte Maugham gekränkt.

»Willst du morgen zurückfliegen?«

»Nein, zum Teufel, das will ich selbstverständlich nicht«, sagte Maugham heftig.

»Gut, dann arbeitest du bereits. Das heißt: keinen einzigen Tropfen mehr.«

Maugham stand auf. »Alles klar, ich seh's ja ein.«

Franz lächelte. »Das ist nicht wichtig. Wichtig ist nur, daß du dich dran hältst. Wirst du es schaffen?«

»Selbstverständlich«, sagte Maugham überzeugt.

»Dann sind wir jetzt zu dritt.«

Maugham ging hinaus. Als er die Flaschen ausgeleert hatte, sagte er lachend: »Darauf müßten wir eigentlich einen trinken!«

Franz lachte mit. Tomcik verzog das Gesicht.

Abends pokerten sie. Franz stieg früh aus und sah zu. Maugham hatte eine bescheidene Gewinnsträhne. Tomciks Gleichmut schien unerschüttert. »Spielen wir doch mal um was andres!«

»Und was ist damit nun wieder gemeint, wenn ich fragen darf?«

»Deine Jacke«, sagte Tomcik.

Maugham sah ihn ungläubig an. »Ich muß sagen, daß ich das höchst merkwürdig finde.«

Tomcik antwortete: »Ich kenne einen Mann, der verließ den Spieltisch nur noch in Unterhosen und Socken und mit einem einzigen Token für die U-Bahn in der Hand. Vor diesem Spiel gehörte ihm die beste Pizzeria auf der Westseite von Manhattan. Er verlor alles. Es liegt schon ein paar Jahre zurück. Heute besitzt er einen kleinen Fruchtsaftstand in der Lafayette Street mit zwei Pressen für Orangen und Grapefruit.«

Maugham lachte.

Tomcik verzog keine Miene. »Erstens, es passierte im Sommer, also fror er nicht. Zweitens hat man bei uns Verständnis für einen Mann in seiner Lage, und niemand behelligte ihn. So weit – so gut.

Aber drittens, das Spiel hat ihn ruiniert. Ich wüßte nicht, was man daran komisch finden könnte.«

»So ist das nun mal im Spiel. Man gewinnt und verliert Geld. Das ist doch der Witz!«

»Über Geld mache ich keine Witze. Ich spiele, weil ich etwas haben will. Was ist mit deiner Jacke?«

»Ich ziehe es vor, um Geld zu spielen«, entgegnete Maugham förmlich. Er blickte in seine Karten. »Wenn ich jetzt aussteige, hast du verloren.«

Tomcik lächelte kurz. »Wir haben Zeit.«

In ihrer ersten Nacht unter einem Dach schlief der Engländer erst spät ein. Der Amerikaner erwachte ein paar Mal von der Stille. Sie wußten nicht, daß sich das Mädchen und der Puma kannten, und ebensowenig wußten sie, daß er entschlossen war, sich nicht an ihre Abmachung zu halten. Franz hatte nicht vor, das Mädchen umzubringen.

45

Freitag – eine Woche später – blamierte das Wetter alle Vorhersagen. Der Morgen sah aus wie ein graudunkler Wintertag, und als Franz gegen Mittag das Haus verließ, war der Himmel knallblau, und die Temperatur stieg von fünfzehn auf fünfundzwanzig Grad.

Er ging gern durch den Englischen Garten in die Stadt, auch bei Regen.

Auf der rundgewölbten, kleinen Brücke zogen zwei Halbwüchsige mit schulterlangen Haaren und offenen Parkas abwechselnd an einer Zigarette. Als Franz näherkam, sahen sie ihn an, als habe er sie gestört, und gingen. Der Rauch von ihrer Zigarette erinnerte Franz an das Kifzeug in Algerien. Damals war ihm schwindlig geworden, und er hatte einen trockenen Mund davon bekommen. Die meisten seiner Kameraden hatten es geraucht, gegessen oder als Tee getrunken. Er hatte keinen Gefallen daran gefunden. Franz lehnte sich gegen das Geländer. Das Wasser lief schnell und mit einem hellen, scheinbar unablässigen Rauschen, das zur Landschaft zu gehören schien wie der Wind in den Bäumen und die Ratten im Ufergestrüpp. Als er weiterging, bemerkte er die eilig treibenden Wolkenfelder, die über den eben noch blauen Himmel zogen. In der Nähe tackerte ein Specht los, als wolle er es mit einem Maschinengewehr aufnehmen. Weiter weg hätte man seinen Lärm tatsächlich mit dem eines Maschinengewehrs verwechseln können.

Der ältere Postbeamte mit dem Schnauzbart stand diesmal neben seinem Stuhl am Schalter für postlagernde Sendungen, und ein junger Mann mit dichten schwarzen Haaren, roten Ohren und beflissenen Augen saß an seinem Platz. »Ja? Grüß Gott!« Sein Atem roch nach frischer Zwiebelwurst.

Franz legte seinen Ausweis hin. Der Ältere mit dem Schnauzbart lächelte Franz beschwichtigend zu. Der Jüngere kramte umständlich einen Umschlag aus einem Karton, betrachtete ihn von allen Seiten und verglich mehrfach den Namen des Empfängers mit dem im Paß. Der Ältere sah ihm kopfschüttelnd zu. Als Franz den Empfang quittierte, sah ihm der junge Postbeamte zu, und seine Lippen formten lautlose Buchstaben. In seinem linken Mundwinkel blühte ein Pickel.

Auf dem Rückweg überraschte ihn der Regen.

Die Garage war grell erleuchtet, und die Fenster waren verhängt. Der Engländer trug einen Monteuranzug, und sein Gesicht war rotverschwitzt. Er wischte sich die Hände an einem Putzlappen ab und sah Franz an. »Der Wagen ist fertig, bis auf den Einbau für das Geld.«

Franz betrachtete den bleigrauen Wagen, der grün gewesen war. Es war ein Mercedes 450 SE.

»Ich möchte ihn nachher mal probefahren«, sagte Maugham. Franz nickte. »Laß uns erst was essen.«

Tomcik hatte einen Gemüseeintopf gemacht, der selbst Maugham zufriedenstellte.

»Die Pässe sind da.« Franz öffnete das Päckchen von Gustave dem Belgier und schob jedem seinen Paß zu.

Tomcik blätterte in seinem Paß. »Wer hat sie gemacht? Ein Deutscher?«

»Nein. Ich kenne den Mann schon sehr lange, macht nur erstklassige Arbeit.«

»Ja«, sagte Tomcik, »sieht ganz ordentlich aus.«

»Verstehst du was davon?«

»Ein wenig. Vor Jahren hab ich selbst auf diesem Gebiet gearbeitet. Ich bin Graveur.«

Maugham sagte: »Ich würde jedenfalls nicht drauf kommen, daß der nicht echt ist.«

»Wie lange brauchst du für den zweiten Wagen?« fragte Franz.

»Knappe Woche, würde ich sagen.«

Franz schwieg und rieb sich das Kinn.

Maugham sah ihn an. »Du hast gesagt, ich hätte zwei Wochen.«

»Ich weiß. Geht's auch schneller?«

Maugham räusperte sich und nahm eine Zigarette aus Franz' Schachtel. Er zündete sie an und wog seine Worte ab, als wolle er nicht zuviel versprechen. »Ich denke schon – vorausgesetzt, ich kann mich mit dem Einbau noch befassen, wenn wir das Mädchen schon hierhaben. Ist vielleicht sogar besser, als nur rumzusitzen und zu warten. Was den zweiten Wagen betrifft, so ist ja alles da, um ihn zu präparieren. Wir müssen uns nur noch den entsprechenden VW-Golf von der Straße besorgen. Von mir aus können wir das heute nacht noch machen oder morgen. Am Wochenende finden wir jedenfalls schneller den Wagen, den wir brauchen.«

»Angenommen, wir haben ihn – wie lange brauchst du dann noch?«

»Umspritzen mache ich sofort, wenn wir ihn haben, also noch in der Nacht. Und die anderen Arbeiten – ich könnte natürlich das Werkzeug mit Stoff umwickeln und rund um die Uhr arbeiten. Zwei bis drei Tage, wenn's sein muß.«

»Vier«, sagte Franz. »Ist das absolut sicher?«

Maugham nickte. »Ja, das ist sicher.« Er machte eine Kopfbewegung zu Tomcik. »Läßt sich gut arbeiten mit ihm.«

»Mach die Probefahrt zur Essotankstelle in der Hochstraße und kauf da eine Code-Karte für die Penta-Tiefgarage. Ich fahre mit und seh mich da noch ein bißchen um.«

»Weißt du, wo es englische Zigaretten gibt?« fragte Maugham. »Deine kratzen, und die deutschen schmecken nach gar nichts.«

»Ich besorg dir welche. Du fährst von der Tankstelle sofort wieder hierher, klar?«

Maugham nickte.

Franz wandte sich an Tomcik. »Und du? Soll ich dir irgendwas mitbringen?«

Tomcik schüttelte den Kopf und sah Franz aufmerksam an.

»Wir machen es morgen in einer Woche«, sagte Franz.

46

Freitag nachmittag herrschte lebhafter Betrieb im Einkaufszentrum des Motorama, und ein kleiner, untersetzter Mann mit dikkem, schwarzem Schnurrbart hätte Franz am Ein- und Ausgang zur Hochstraße beinahe über den Haufen gerannt. Der Mann schleppte zwei lange Pakete Toilettenpapier vom Sonderangebot und versperrte sich selber die Sicht damit. Seine Frau ging zwei Schritte hinter ihm und trug ein schwarzes Kopftuch, das ihr tief in die Stirn reichte. An ihrem rechten Arm hing eine 6-Kilo-Waschpulvertonne, und mit der linken Hand zerrte sie einen fünfjährigen Jungen mit kahlgeschorenem Schädel und flinken, dunklen Augen hinter sich her. Der Junge kniff ein Auge zu, zielte mit einer Plastikpistole auf Franz und lachte. Franz lächelte der Frau mit dem Kopftuch zu, und sie wandte den Kopf ab. Hinter ihnen schritt eine hochhackige Frau mit orangefarbenem Haar und magerer Hakennase. Das getrimmte Fell des Zwergpudels an ihrer Leine hatte die gleiche Farbe wie ihre Haare. Ihr an niemanden gerichtetes Lächeln sah aus, als habe sie es angelegt wie ihren Schmuck, und wirkte nicht halb so echt. Das Baßgestampfe der Soulmusik aus dem Plattenladen überdröhnte die Fahrstuhlmusik aus den unsichtbaren Lautsprechern im Gang, aus dem Supermarkt daneben knödelte ein Sänger mit angestrengtem Bariton irgendwas von Freundschaft und einer Bergwanderung, und eine blecherne Frauenstimme pries den sehr *ge-ährten Kun-dän* Schweinskopfsülze kiloweise und Zinnteller als Wandschmuck im Dutzend an. Die beiden Telefone in der Plastikverschalung in der Nähe waren besetzt.

Franz sah sich die Aufzüge an, das Treppenhaus und die Ein- und Ausgänge. Als er ging, sah er durch die Schaufensterscheiben des Haushaltswarengeschäfts, wie ein schlaksiger Junge einen

Gummiball mit einem Schläger gegen eine dunkelgrüne Holzwand schlug.

Kurz vor 22 Uhr kehrte Franz ins Motorama zurück, beobachtete den Wächter der Wach- und Schließgesellschaft, der seinen Rundgang begann, und ließ sich unbemerkt von ihm einschließen. Im Treppenhaus kampierte ein Penner in einem dicken grauen Wintermantel als Wohnzimmer. Er paffte an einem schiefgebrannten Zigarrenstummel, und mit der anderen Hand umklammerte er eine beinahe volle Zweiliterflasche ›Kalterer See‹. Seine verfilzten Haare umwucherten seine rote, verschorfte Glatze, seine Nase war blaurot verfärbt, und was der Vollbart von seinem Gesicht sehen ließ, sah genauso aus. Er trank mit der Inbrunst eines Mannes, der am Ziel seiner Sehnsucht angelangt ist, und bemerkte Franz nicht. Franz hätte sich den Weg sparen können. An der Tür von der Tiefgarage zum Treppenhaus war auch nach 22 Uhr kein Schloß.

47

Eine Woche und einen Tag später schnarrte in Appartement 422 das Telefon. Billie erwachte. Es war elf Uhr vormittags. Sie rieb sich die Nase und sah unschlüssig das Telefon an. Wer hatte ihre Telefonnummer? Iris, Wegner und Kammerloh. Dann fiel ihr ein, daß sie jemanden vergessen hatte, und sie nahm schnell ab.

»Hoffentlich habe ich Sie nicht aufgeweckt«, sagte Wegner vorsichtig.

»Tun Sie nicht so, das wissen Sie doch ganz genau!«

Wegner lachte verlegen. »Tut mir leid. Und wie geht's Ihnen?«

»Mir geht's weder-noch. Und Sie?«

»Ach, nichts Neues – lassen wir das. Sie können sich ja sicher denken, warum ich anrufe.«

Sie gähnte. »Keine Ahnung.«

»Er wird doch morgen fünfundfünfzig.«

»Wer? Kammerloh?«

»Ja.«

Billie schwieg und sah der kleinen grauen Katze zu, die auf die verdrehte Telefonschnur zwischen Hörer und Apparat starrte. Die Katze duckte sich zum Sprung und wackelte mit dem Hinterteil, um die Balance einzupendeln. Billie richtete sich auf, die Schnur straffte sich, und die Katze sprang daneben. Sie rappelte sich wieder auf, putzte sich mit plötzlicher Heftigkeit die gekrümmte Vorderpfote und schnurrte dabei lauter als eine Kindernähmaschine.

»Vielleicht wäre das ein guter Anlaß, die Dinge wieder in Ordnung zu bringen.«

»Was für ein Anlaß und welche Dinge?«

»Mein Gott, Sie wissen doch, wovon ich spreche, Billie.«

»Ich kann's mir denken – ich soll zu Kreuze kriechen. Natürlich.«

»Aber gar keine Rede davon! Ein Zeichen des guten Willens, wenn Sie Sonntag an seinem Geburtstag da wären.«

»Bei Kammerloh hört bei mir der gute Wille auf.«

»Billie, ich bitte Sie!«

Billie schüttelte den Kopf. »Verstehen Sie mich doch auch mal, Wegner – so ähnlich sagen Sie doch immer –, ich bin froh, daß ich Kammerloh und seinen ganzen gesellschaftlichen Muff los bin. Ich bin froh, daß ich endlich mal für mich allein sein kann.«

Wegner schwieg hilflos, und sie hörte an seiner Stimme, wie er sich einen Ruck gab. »Er verlangt nichts von Ihnen, Billie, nur eine Geste.«

»Entweder hören Sie mir nicht zu, oder Sie wollen einfach nicht begreifen – ich will ihn nicht sehen! Ist das jetzt deutlich genug?«

Wegner atmete ein paarmal stumm in die Muschel. Dann versuchte er seine Stimme sachlich klingen zu lassen. »Ehrlich gesagt, Billie – und bei allem persönlichen Verständnis für ihre Empfindungen –: Ich verstehe Sie nicht! Wir haben doch neulich darüber gesprochen – Ihr finanzielles Problem, meine ich. Es liegt doch auch in Ihrem Interesse, sich darüber gütlich zu einigen.«

»Gütlich – das könnte ihm so passen! Sie haben recht mit Ihrer Vernunft, wie immer. Aber wenn ich jetzt doch wieder hingehe, kann ich hinterher einfach nicht mehr in den Spiegel gucken.« Und in leichterem Tonfall fügte sie hinzu: »Außerdem kann ich hier gar nicht weg. Ich lebe nämlich nicht allein. Er heißt Willi und ist ein klitzekleiner grauer Kater, nicht größer als eine mittelalterliche Ratte. Wenn ich ihn gleich am Anfang allein lasse, bekommt er einen Schock fürs Leben, und wir kriegen nie eine echte Beziehung. Mitnehmen kann ich ihn auch nicht, dann wird er neurotisch. Katzen sind unheimlich sensibel! Wenn ich nicht wüßte, daß Kammerloh bis auf seine Hunde Tiere am liebsten vor der Flinte hat, könnten Sie ihm ja sagen, warum ich nicht weg kann.«

Wegner schwieg.

»Tut mir leid für Sie. Aber so ist es«, sagte Billie und legte auf. Beim dritten Anlauf sprang der kleine Kater auf den niedrigen weißen Plastiktisch und trabte mit aufgerecktem Schwanz zur anderen Seite. Er rutschte auf der abgerundeten Kante ab, quietschte, fiel auf die Beine, schlug seine Krallen in das Bettpolster und hangelte sich aufs Laken. Dann erklomm er ihre Hüfte, und schließlich trampelte er schnurrend mit den Vorderpfoten auf ihrer Brust herum. Er hatte durchsichtige, kleine, aber erstaunlich scharfe Krallen.

»Aua!« Billie fuhr hoch und griff ihn mit einer Hand. Der kleine Körper war leicht und warm. Sie spürte seine Rippen und sein schnell klopfendes Herz in ihrer Hand. »Du hast ja schon richtige Krallen! Kannste doch nicht machen, Willi!«

Der kleine graue Kater zappelte in ihrer Hand und quiekte empört. Er hatte große, bernsteinfarbene Augen, winzige spitze Zähne und einen rosa Gaumen. Billie streckte sich und stand endgültig auf.

Als sie unter der Dusche stand, fiel ihr ein, daß sie den Wagen in der Leopoldstraße beim *Café Capri* stehengelassen hatte. Sie drehte das Wasser ab, stellte sich vor den Waschbeckenspiegel und reckte sich auf die Zehenspitzen. Der Spiegel war zu klein, aber was sie von sich sah, reichte, um die Kammerlohsche Falte über ihrer Nasenwurzel zu vertiefen. Sie trocknete sich ab und rieb sich heftig mit dem rauhen Massagehandschuh über die Haut. Der kleine Kater saß auf dem Toilettendeckel und folgte fasziniert ihren Bewegungen. Sie zog ein afghanisches, mit Silberfäden besticktes Kleid aus grobem Leinen an. Es war hochgeschlossen, hatte kurze Ärmel und endete knapp über ihren Turnschuhen. Ihre Haare fielen offen auf die Schultern. Als sie die Kühlschranktür öffnete, sprang der Kater nach ihren Schnürsenkeln und purzelte über die Schuhe. Der Kühlschrank war leer. Sie seufzte und fuhr nach unten zum Einkaufen.

Als sie damit fertig war, waren die beiden Fahrstühle im Erdgeschoß belagert, und Billie ging mit ihren Tüten durch die gelbe Metalltür ins Treppenhaus. Es war stickig und warm und lag in einem schummerigen, diffusen Licht. Die Tür fiel hinter ihr zu, sie wandte sich zur Treppe, und plötzlich sagte jemand: »Achtung, da ist Blut!«

Billie fuhr zusammen und ließ eine Tüte fallen. Die andere mit den Flaschen und Eiern hielt sie mit dem rechten Unterarm fest gegen den Leib gepreßt. Ihr Blick fiel auf den Boden. Auf dem Steinboden war eine breite verschmierte Blutlache.

»Kannst du doch drauf ausrutschen!« Der Mann mit der blauroten Nase und den Strubbelhaaren saß in seinem Mantel in der Ecke, funkelte sie fröhlich an und hatte eine große Weinflasche in einer Hand.

Billie stellte die Tüte mit den Flaschen ab und holte tief Luft. »Hast du mir vielleicht einen Schreck eingejagt!«

Der Mann stellte die Weinflasche ab, klatschte in die Hände, und sein breites Grinsen machte seine Augen zu schmalen Schlitzen. Er legte die Hände zusammen wie zu einem Gebet. »Eine Prinzessin! Ich wollte dir doch nur Bescheid sagen! Wenn du mir nicht verzeihst, machst du mich unglücklich!«

»Ja, ja, schon gut.« Billie nahm ihre Tüte wieder auf. Plötzlich war ihr die stickige Luft unangenehm, und ein saurer, fauliger Geruch stieg ihr in die Nase.

»Du bist schön! Du bist bestimmt eine Prinzessin.« Er nahm die Weinflasche und trank einen Schluck. Die Hand sah aufgequollen aus, die Haut rot und rissig, und seine Fingernägel waren versteinerte Krallen. Er hob die Flasche hoch und schüttelte sie. Der Rest Weißwein machte ein flaches, plätscherndes Geräusch. »Warte. Gar nichts mehr drin!«

Billie wandte sich zur Treppe.

Er schielte auf ihre Tüte mit den Flaschen. »Gibst du mir eine ab? Dann beschütz ich dich bis an dein Lebensende!«

Billie zögerte. Dann gab sie ihm eine Flasche Bamberger Rauchbier, das sie ganz gern vor dem Schlafengehen trank.

Der Mann schob sich schwankend auf die Knie, verbeugte sich und sagte: »Gestatten, von Mittendorf, Horst. Und wie heißt du?«

»Kammerloh, Billie, sehr angenehm.«

»Du bist ein guter Mensch und so wunderschön!«

»Wenn du so was zu oft sagst, glaubt's dir keiner mehr. Ich muß jetzt gehen, weil ich eine Katze füttern muß, weißte?«

»Ich bin jetzt dein Freund, ja?«

Billie war schon auf der Treppe. »Ist okay, Horst. Mach's gut.«

»Besuch mich doch mal wieder!«

Billie fütterte die Katze und machte sich ein Frühstück. Dann schnarrte das Telefon zweimal, hörte auf und fing nach einer halben Minute wieder an. Billie nahm den Hörer ab und sprach mit Iris.

Iris war von Lanzarote nach London geflogen und hatte dort noch zwei Wochen zu tun. Fast hätte Billie ihr von dem Mann mit der Pumatätowierung erzählt, aber dann tat sie es doch nicht.

Nachmittags las sie Zeitschriften, die sie am Abend zuvor im Hauptbahnhof gekauft hatte. Auf der Titelseite des *Rolling Stone* war ein Bild von David. Seine Augen blickten melancholisch, und sie hatte das Gefühl, als sähe er sie vorwurfsvoll an. Er trug einen langen grauen Wollschal und sah erschöpft aus. Darunter stand: *»David Blue – finally – wins the love of his audience.«*

Abends um sieben legte sie Mittag und Abendessen zusammen. Es bestand aus zwei hartgekochten Eiern, Knäckebrot und Grapefruit. Danach setzte sie sich auf den Boden, hörte Musik und war traurig. Der kleine graue Kater schlief zusammengerollt auf dem Titelblatt des *Rolling Stone.* Ab und zu rappelte der Kühlschrank.

Um zehn Uhr ging wieder das Telefon. Die Katze piepte erschrocken und blinzelte. Billie nahm den Hörer ab und erwartete Wegners Stimme.

»Ja?«

»Falsch verbunden«, sagte eine fremde Männerstimme. Dann knackte es in der Leitung.

IV. Die Beute

48

Billie war auf dem Balkon, spielte mit der Katze und summte Davids *Blues All Night Long** vom Kassettenrekorder mit: »*All heroes have failed / All lovers have lied / Friends they have other friends / Living with nothing / Now living alone / Finding the way back again …*«

Die Dunkelheit war warm und still, und die roten Vorhänge leuchteten in den Fenstern des Appartementhauses gegenüber. Es war halb elf Uhr nachts. Billie sah dem kleinen grauen Kater zu, der sich plötzlich nicht mehr für den Wollfaden interessierte und zu seinem gelben Plastiknapf mit Wasser trabte. Er schmatzte beim Trinken.

Und dann klingelte es an der Tür. Billie rührte sich nicht. Sie sah die kleine Katze an und flüsterte: »Weißte was, Willi? Heute machen wir einfach nicht mehr auf. Ist ja doch bloß Wegner, und da gehn wir nicht hin, okay?«

Aber das Klingeln hörte nicht auf. Billie stand auf, machte die Balkontür hinter sich zu und ging zur Tür. Der Flur war dunkel. Sie drückte auf die Sprechtaste. »Wer ist da?«

Dann machte sie die Tür auf.

Jemand stieß ihr etwas Weiches, Weißes ins Gesicht, packte sie am Genick und schob sie in die Wohnung zurück. Sie war schon bewußtlos, als der zweite Mann die Tür hinter sich zuzog, und nahm die Stimme vom Kassettenrekorder nicht mehr wahr: »*Robbed and misused – In touch with the fear …*«

Die beiden Männer hatten keine Zeit, das komisch zu finden. Sie hörten nicht hin.

* © David Blue, Good Friends – Companion Musik – BMI 1971.

»Das reicht«, sagte Franz. Er zerrte sich die Wollmütze mit Schlitzen vom Kopf, kniete neben dem Mädchen nieder und hob ein Augenlid.

Tomcik trug einen dunklen Anzug, weißes Hemd mit Krawatte und die gleichen Lederhandschuhe wie Franz. Er nahm die Wollmaske ab und wischte sich damit übers Gesicht.

Der Kassettenrekorder knackte und schaltete sich ab.

»Siehst du hier irgendwo einen Mantel?«

»Ich sehe einen Haufen Kram hier, aber keinen Mantel.« Tomcik machte den Schrank wieder zu. »Die Schränke sind leer.«

Franz schüttete ein paar Tropfen aus einer flachen Whiskyflasche über das Mädchen am Boden. »Dann eben so! Komm, faß an!«

Das Telefon schnarrte. Tomcik sah ihn fragend an. Franz schüttelte den Kopf. »Los, weg hier!«

Die zuschlagende Tür riß das Geräusch des Telefons in der Mitte ab. Sie hielten das Mädchen an den Schultern und gingen den Flur entlang zum Treppenhaus. Sie blieben stehen. Es war still. Franz hob das Mädchen auf seine Arme. Sie gingen die Treppe hinunter. Auf den Stufen vom dritten zum zweiten Stockwerk blieben sie stehen. Weiter unten ging eine Tür auf und fiel krachend ins Schloß. Die Schritte auf der Treppe entfernten sich. Dann hörten sie die Ausgangstür zur Rosenheimer Straße zufallen. Sie gingen weiter.

Die Luft im Treppenhaus war stickig und verbraucht. Franz spürte, wie sich der Schweiß in den Augenwinkeln, am Hals und in den Achselhöhlen sammelte. Das Mädchen war schwer und roch nach Whisky und Chloroform.

49

Der Mann von der Wach- und Schließgesellschaft trug ein dunkles Hemd und eine dunkle Hose mit einem Sprechfunkgerät und einer Lampe am Koppel. Er war ein kräftiger Mann um die Dreißig, und sein Bauch spannte das Hemd und hing über den Gürtel. Er machte seinen Rundgang durch die Tiefgarage, und der bleigraue Mercedes 450 SE wäre ihm nicht weiter aufgefallen, wenn nicht jemand hinter dem Steuer gesessen hätte. Er kam näher und sah sich den Wagen an. Der Mann hinter dem Steuer trug eine graue Chauffeursuniform mit Mütze.

»Warten S' auf jemand?«

Der Fahrer drehte das Fenster herunter und hielt ihm die Codekarte hin. Er verzog das Gesicht, deutete mit dem Daumen nach oben und sagte: »Der Chef kommt gleich.«

»Warten S' denn schon lange?«

Der Fahrer machte eine resignierte Schulterbewegung und verdrehte stumm die Augen.

Der Wächter lachte. »Mei, und das am Wochenende! Hoffentlich müssen S' nicht noch lange warten!« Er legte einen Finger an die Mütze und ging weiter.

Der Fahrer erwiderte seinen Gruß. Er nahm die Mütze ab und wischte das Schweißband mit einem Taschentuch ab. Er schwitzte und hätte dem Wächter sicher beigepflichtet, aber außer den paar Worten, die Franz ihm beigebracht hatte, verstand John Maugham kein Deutsch.

Der bleigraue Mercedes 450 SE tauchte in der Ausfahrt der Penta-Tiefgarage auf. Er rollte das kurze Stück bis zur gelbblinkenden Ampel Ecke Hochstraße/Rosenheimer Straße, ließ dem grünen BMW 1600 der Polizei, der von der Ludwigsbrücke die Rosenheimer Straße hochkam, die Vorfahrt, überquerte die Rosenheimer Straße und fuhr auf der gegenüberliegenden Fahrbahn und in entgegengesetzter Richtung stadteinwärts.

Schon vor einer Stunde hatte ein faseriger Sprühregen eingesetzt. Er war zu schwach, um eine Abkühlung zu bringen, aber er schlug den Staub in der Luft nieder.

Der Betrunkene im Treppenhaus war es gewohnt, aufgestöbert und davongejagt zu werden. Er war eingeschlafen und erwachte, als er die Männer hörte. Sie waren nicht laut; es war sein Instinkt, der ihn geweckt hatte. Er war betrunken – aber nicht betrunken genug, um das Mädchen auf den Armen des Mannes zu übersehen. Er rappelte sich mühsam auf die Beine, fuchtelte mit den Armen und versuchte, ihnen den Weg zu versperren.

»He, he, das ist meine Freundin! Hierbleiben!« Der Rest blieb unverständliches Gebrabbel.

Tomcik warf ihm einen schnellen Blick zu. Franz schüttelte den Kopf und sagte leise: »Halt mir nur den Weg frei.«

Tomcik drängte den Betrunkenen ab. Der Betrunkene torkelte ans Geländer. »Hierbleiben! He! Hierbleiben!«

Dann ging das Licht aus. Er tastete sich in seine Ecke zurück, und stieß dabei eine Bierflasche um. Er tastete mit den Händen über den Boden, bis er sie gefunden hatte, preßte sie mit beiden Händen fest an die Brust und verkroch sich in seinen Mantel.

Der Wächter, der die Tür vom zweiten Stockwerk zum Treppenhaus öffnete, hätte ihn nicht bemerkt, wenn er nicht sein Schluchzen gehört hätte. Er ging hin zu ihm, packte ihn mit einer Hand am Kragen und schob ihn die Treppe hinunter zum Ausgang.

50

Der grüne BMW 1600 stand mit abgestelltem Motor in der Rosenheimer Straße vorm Eingang zum Motorama und ›East Side‹. Im Wagen saßen zwei Streifenbeamte.

Wolfgang Spitzeder und Hubert Zöttl mochten sich und arbeiteten gern zusammen. Spitzeder fuhr. Er war Anfang Dreißig, hatte ein prallrundes Gesicht mit gesunder Farbe, Koteletten bis zu den Kinnmuskeln und einen farblosen Schnurrbart, der kurz unter den Mundwinkeln endete. Sein Haupthaar war kärglich, und seinen kleinen Spitzbauch nannte er gern Mollenfriedhof, denn trotz seines bayrischen Namens war Wolfgang Spitzeder Berliner.

Hubert Zöttl hätte nicht im Traum ein Bier als Molle bezeichnet, selbst wenn es eine war. Er war Bayer, und ein Bier jedweder Brauart war für ihn eine Maß. Zöttl verehrte Sepp Maier, die »Katze von Anzing«, war in demselben Ort geboren wie der Nationaltorhüter und hatte etwas von dessen verquerem Humor. Im Frühjahr litt er unter Heuschnupfen. Am heutigen Samstagnachmittag hatten Bayern München und Hertha BSC Berlin im Olympiastadion 2 : 2 unentschieden gegeneinander gespielt, ein Ergebnis, das nur einem Laien salomonisch vorkommen konnte. In Wirklichkeit hatten die Berliner in München einen Punkt geholt, und die Bayern hatten zu Hause einen abgeben müssen. Das hatte den beiden Polizisten Stoff für ein paar Stunden geliefert.

Die Tür zum Treppenhaus des Motorama ging auf, und der Mann taumelte heraus, als habe ihm jemand einen Tritt versetzt. Der Betrunkene mit dem Wintermantel kämpfte um sein Gleichgewicht und hielt krampfhaft etwas fest. Die Tür zum Treppenhaus ging wieder zu, und die Unterkante schabte mit einem häßlichen Geräusch über den Steinboden.

Spitzeder sah seinen Kollegen an.

»Zuwenig Neubaus. Dann gehen sie eben in die Appartementhäuser. Kannst gar nix machen«, sagte Hubert Zöttl. Seine langen, dünnen Haare, die vom Mützenrand über den Uniformkragen gepreßt wurden, sahen dunkelblond und frisch gewaschen aus.

Der Mann vorm Motorama-Eingang stolperte über seinen Mantelsaum und hielt sich an der Wand fest.

»Voll ist er.«

»Eine hilflose Person ist er nicht«, erwiderte Hubert Zöttl bestimmt.

Der Betrunkene ging mit unsicheren Schritten auf den Streifenwagen zu. Sein Mantel stand offen, und darunter trug er einen zerfetzten, grobgerippten Pullover. Mit dem rechten Arm fuchtelte er in der Luft herum, der linke preßte etwas fest vor die Brust. Der Gegenstand in seiner Hand war eine leere Bierflasche. Sie war braun.

Spitzeder sah seinen Beifahrer an.

Zöttl nickte resigniert.

Sie stiegen aus. »Na, Horst, wie geht's uns denn so, biste ordentlich voll?« fragte Spitzeder.

Zöttl schnüffelte und verzog das Gesicht.

»Aufgeregt ist er«, sagte Spitzeder.

»Voll ist er. Ich frag dich: Wie halten die das aus?«

»Weggeschleppt«, stieß der Betrunkene hervor, »weggeschleppt!« Er schlug sich vor die Brust, ließ die Flasche fallen und fing an zu schluchzen. Er suchte in den Scherben herum, bis er das Stück mit dem Etikett gefunden hatte. Er hielt es hoch. »Weggeschleppt! Hat sie mir geschenkt!«

»Sag uns, wo du deine Millionen versteckt hast, dann passen wir schön auf, daß dich keiner wegschleppt«, sagte Spitzeder.

»Genau!« Zöttl lachte.

»Das Mädchen!« Er tippte auf die Scherbe mit dem Etikett. »Hier. Hat sie mir geschenkt!«

Zöttl beäugte das Etikett. »Starkbier«, stellte er fest.

»Mädchen? Ich denke, du interessierst dich nicht mehr für Mädchen«, fragte Spitzeder.

»Prinzessin! Meine Freundin! Weggeschleppt!«

Zöttl seufzte. »Mei, was der redet.«

»Aha.« Spitzeder sah seinen Kollegen an. »Langsam krieg ich Spaß dran. Woher kennst du sie denn, deine Prinzessin?«

Der Betrunkene machte einen mißglückten Versuch, sich würdevoll und aufrecht hinzustellen, und sagte etwas deutlicher als vorher: »Vorgestellt!«

Spitzeder grinste. »Vorgestellt? Sehr gut! Wie heißt sie denn?«

»Kammerloh, Billie«, sagte der Betrunkene. »Weggeschleppt! Polizei!«

»Scheiße«, sagte Hubert Zöttl.

Spitzeder runzelte die Stirn. »Wieso?«

»Kammerloh! Verstehst du? Er hat eine Tochter. Herrgott Sakra, aber auch immer am Samstag!«

Der Wächter sah den Betrunkenen mißbilligend an. »Ob ich irgendwas Besonderes bemerkt habe? Ja, freilich! Wenn der da was Besonderes sein soll.«

»Sonst nichts?« fragte Hubert Zöttl.

Der Wächter schüttelte den Kopf.

»Haben Sie nicht vielleicht zwei Männer gesehen – mit einem Mädchen?« fragte Spitzeder, und Hubert Zöttl fügte hinzu: »Blond, Anfang Zwanzig, einsfünfundsechzig.«

»Weggeschleppt!« sagte der Betrunkene undeutlich.

»Ah, geh!« Der Wächter lachte kurz. »Hier kommt's und geht's die ganze Nacht. Perser, Araber, wer weiß, was noch. Und dann noch Samstag nacht!«

»Sie haben also nichts Auffälliges bemerkt?«

Der Wächter schüttelte den Kopf.

»Entführung«, sagte Zöttl, »das ist keine Kleinigkeit.«

Der Wächter sah verblüfft von einem zum anderen. Dann lachte er wieder. »Weil der das sagt?«

Spitzeder nickte. »Er sagt es.«

»Aber geh! Da habts ihr ja mal wieder den richtigen Zeugen!«

Der Betrunkene nuschelte »Weggeschleppt! Gestatten, Horst von Mittendorf.«

Der Wächter schüttelte den Kopf. »Ein Stadtstreicher, ein betrunkener. Machts euch doch nicht lächerlich!«

»Wir sind verpflichtet, jedem Hinweis nachzugehen«, sagte Wolfgang Spitzeder.

Der Wächter zog ein Stofftaschentuch hervor und schneuzte sich geräuschvoll. »Freilich! Und ich muß jetzt die Uhren stechen.« Seine Hand mit dem blaukarierten Tuch zeigte auf den Betrunkenen. »Aber daß ihr mir den wieder mitnehmts! Im Treppenhaus stinkt's schon wie auf einer Gammlerhochzeit.«

Hubert Zöttl stieß den Betrunkenen an. »Auf geht's, Horschtl, schleich di!«

Der Wächter sah ihnen kopfschüttelnd nach. Er streute sich eine Prise auf den linken Handrücken, schnupfte den pulverisierten braunen Tabak in beide Nasenlöcher, zückte das Taschentuch, wartete vergeblich auf das Kitzeln und sehnte sich nach den Virginiazigarillos, die er wegen seines Sodbrennens aufgegeben hatte. An den Fahrer, der angeblich auf seinen Chef gewartet hatte, und an den grauen Mercedes, dachte er nicht mehr, genausowenig wie an dessen Kennzeichen.

Der graue Mercedes 450 SE hielt vor der roten Ampel auf der Ungererstraße, fuhr bei Grün nach rechts in die Crailsheimer Straße und bog nach wenigen hundert Metern nach links in die Heimstättenstraße ein. Der Wagen blieb mit laufendem Motor vor der Zufahrt stehen, und der Fahrer mit grauer Uniform und Schirmmütze stieg aus und öffnete das Zufahrtstor. Der Mann auf dem Rücksitz hatte ein kleines Leselicht an und blätterte in Papieren. Er trug Hut und Mantel und blickte nicht auf, als der Fahrer wieder einstieg und durch die offene Zufahrt zum Haus fuhr. Wenige Minuten später wurde das Tor verschlossen.

51

Billie hatte einen Traum. Sie war unterwegs in einem engen, kugelförmigen Gefährt auf Rädern und dick gepanzerten Wänden mit einem einzigen runden Fenster. Draußen war eine dunkle, karge Steppenlandschaft, die ihr Angst machte. Sie war froh, daß sie in der sicheren gepanzerten Kugel saß. Plötzlich war sie woanders. Sie preßte ihr Gesicht an die Scheibe. Ein Mann im Smoking und mit einem Jagdgewehr tauchte auf. Er zielte auf sie. Sie hatte keine Angst. Sie war sicher. Sie drückte sich die Nase platt und hatte das Gefühl, ihn zu kennen. Der Mann kam näher. Aber an Stelle des Gesichts war da nur ein weißer Fleck. Dann war alles schwarz. Nur die Bewegung blieb und das dumpfe Rumpeln der Räder. Sie dachte: Ich bin ausgerissen, und Erich bringt mich ins Internat zurück. Sie wollte ihn fragen, aber sie war viel zu müde. Sie trieb immer weiter und tiefer in die Schwärze. Irgendwann später, in den grauen Zonen vor dem Erwachen, war ihr, als sei irgendwo ein Licht. Ein stechender Schmerz schleuderte sie zurück in die Schwärze.

Sie schlief dem Erwachen und Begreifen entgegen.

Franz sah das kurze, kleine Flattern ihrer Augenlider und zog die Kanüle aus ihrem Fleisch. Billie atmetet tief und regelmäßig.

Sie lag auf einem Bett und hatte Jeanshosen an und eine weiße Rüschenbluse, die am Hals offenstand. Franz nahm ihr Handgelenk, fühlte ihren Puls und sah auf die Uhr. Er beugte sich über sie, zog ihr die enge Hose aus und deckte sie bis zur Brust zu. Er blieb sitzen, betrachtete sie und dachte nach.

Sein Plan hatte funktioniert. Maugham hatte den Kofferraum gepolstert und für eine Luftzufuhr gesorgt. Tomcik hatte während der Rückfahrt zwischen den Sitzen unter einer Wolldecke gelegen. Für jeden, der zufällig in den Wagen gesehen hätte, war es das Bild eines Chauffeurs, der seinen Chef nach Hause fuhr. Kaum jemand hätte den feinen Schweißfilm auf Maughams Stirn bemerkt. Erst als Franz der Geruch in die Nase stieg und Maugham sich entschuldigte, hatte Franz begriffen.

Ihre Brust hob und senkte sich regelmäßig. Franz streckte seine linke Hand aus und berührte ihre Wange. Ihr Kopf fiel nach rechts, als suche sie seine Berührung, und ihr Gesicht schmiegte sich in seine Handfläche. Franz verharrte einen Augenblick regungslos. Dann nahm er seine Hand zurück, ging hinaus und schloß die Tür ab.

Tomcik war allein im Wohnzimmer.

»Sie ist völlig in Ordnung und schläft. Vor morgen früh wird sie nicht aufwachen. Wo ist John?«

»Er zieht sich um«, sagte Tomcik mit ausdruckslosem Gesicht.

Franz stellte die Schreibmaschine auf den Tisch, spannte ein Blatt ein und begann zu tippen.

John Maugham stellte die Dusche ab, trat auf den Vorleger und griff nach einem Handtuch. Er rieb sich die Haut trocken und trat vor den Spiegel. Jetzt fühlte er sich endlich besser. Er sah seinem Spiegelbild in die Augen und sagte halblaut: »Du hast verdammt recht, dich zu schämen. Nur weil dieser Nachtwächter mit der Taschenlampe dich anredet! Machst dir in die Hose vor Schreck, wie ein kleiner Junge, der beim Bonbonklauen erwischt wird! Du bist achtunddreißig Jahre alt, Mann.« Er stützte sich aufs Waschbecken und starrte in sein Gesicht. Dann zog er sich an und ging ins Wohnzimmer.

Franz war allein. »Bob ist schon schlafen gegangen.«

Maugham blieb stehen. Franz sah ihn forschend an. »Robert ist jung, er hat noch keine Nerven«, sagte er, als erriete er Maughams Gedanken. »Auch für ihn wird der Augenblick kommen, in dem er sie zum erstenmal spürt. Jeder hat seinen Augenblick. Du solltest auch bald ins Bett gehen, ist jetzt das beste, was du tun kannst.«

Maugham blickte ihn unsicher an. Dann gab er sich einen Ruck und sagte: »Es tut mir wirklich sehr leid. Keine Ahnung, wieso mir das passiert ist.«

»Nur Lügner oder Dummköpfe haben keine Angst«, antwortete Franz. »Hat der Wächter gemerkt, daß du kein Deutscher bist?«

»Ich glaube nicht, nein. Aber bei einer Gegenüberstellung würde er mich wahrscheinlich wiedererkennen.«

»Du wirst ihn niemals wiedersehen. Du bist gut gefahren. Du hast keinen Fehler gemacht. Mehr gibt's dazu nicht zu sagen.«

52

Billie bewegte sich unruhig. Sie träumte von ihrem Vater. Er stand auf der Terrasse und nahm die Glückwünsche des Bürgermeisters entgegen. Der Morgen war kühl und frisch, und die Gratulanten standen im feuchten Gras. Nach den Reden ging Frau Limmer mit einem Tablett herum und teilte kleine Schnapsgläser aus. Die Feuerwehrleute machten ihre Lippen feucht und setzten die Instrumente an. Dann riß das Bild. Sie bewegte sich wieder. Dann schlug sie die Augen auf. Um sie herum war nur die Dunkelheit und die Stille.

Sie versuchte, eine Hand zu heben. An ihren Handgelenken klirrte etwas Metallisches, als seien sie mit Handschellen aneinandergefesselt. Ein erleichtertes Lächeln huschte über ihr Gesicht. Plötzlich wußte sie ganz genau, daß sie träumte. Ihre Lider waren schwer. Sie schlief wieder ein.

Als sie erwachte, war die Dunkelheit einem trüben Grau gewichen. Ein bitterer Geschmack stieg ihr vom Magen hoch in die Kehle, und die Übelkeit legte einen grauen Schleier vor ihre Augen. Ihr Mund war ausgetrocknet, die Zunge holzig und ihre Nase verstopft. In ihren Nackenmuskeln pochte ein Schmerz, und ihr Hirn war aus bleischwerer Watte. Sie stöhnte.

Sie bewegte sich. Die Handschellen waren kein Traum. Sie versuchte zu schreien. Ihre Stimme war ein stimmloses Krächzen. Sie schloß die Augen, um nicht von der Übelkeit überschwemmt zu werden. Sie lag still. Ihr Atem war flach. Dann stellte sie fest, daß sie auch Handschellen an den Fußgelenken hatte. Eine dritte Handschelle verband die Fußfesseln mit dem Bettgestell. Sie bewegte den Kopf und folgte dem schmalen Lichtstrahl. Er fiel auf einen Fleck rechts von ihr an der Wand.

Sie starrte das Stück Papier an der Wand an, ohne zu begreifen. Es war mit Tesafilm befestigt. Sie rückte näher an die Wand heran.

»SIE SIND ENTFÜHRT WORDEN! VERHALTEN SIE SICH RUHIG, DANN GESCHIEHT IHNEN NICHTS!«

Sie schloß die Augen und versuchte, zu begreifen. Ihr Hirn war träge. Als sie endlich begriff, wollte sie wieder schreien. Dann lauschte sie angestrengt. Es war still. Sie riß die Augen auf, aber das Zimmer verschwand in der Dämmerung. Neben dem Bett stand ein Tisch mit einer Packung Kleenextücher. Billie griff mit der linken Hand danach und schrie auf, als der Stahlring in ihr rechtes Handgelenk schnitt. Dann griff sie vorsichtig mit beiden Händen in die Pappschachtel und zog ein Papiertaschentuch heraus. Sie schneuzte sich, knüllte das Tuch zusammen und hätte fast wieder eine unbedachte Bewegung gemacht – sie hatte die Angewohnheit, das Taschentuch unters Kopfkissen zu schieben, aber diesmal dachte sie rechtzeitig an die Handschellen und ließ das Tuch einfach fallen. Sie drehte sich auf den Rücken und versuchte, ruhiger zu atmen. Ihre Nase war immer noch nicht frei. Dann hörte sie den Schlüssel im Schloß, und die Tür ging auf. Der Mann hatte eine Wollmaske mit Sehschlitzen über dem Kopf. Sie reichte bis übers Kinn. Er kam auf sie zu. Sie starrte ihm entgegen. Ihre Kehle war ausgedörrt und zugeschnürt.

Der Mann blieb vor ihrem Bett stehen und sagte halblaut: »Hunger? Durst?« Er sprach amerikanisch.

Billie flüsterte: »Durst!«

Der Mann stellte eine Wasserflasche und einen Pappbecher auf den Tisch, füllte den Becher und gab ihn ihr in die Hand. Er hatte schmale Hände. Seine kurzgeschnittenen Fingernägel hatten gleichmäßige, weiße Ränder.

Billie trank den Becher aus. »Mehr.« Dann sagte sie auf englisch: »Ich muß zur Toilette.«

»Wenn du schreist, wird dich niemand hören. Wenn du nicht mitarbeitest, geben wir dir Spritzen.«

»Ich muß wirklich. Ich bin ganz ruhig.« Ihre Stimme war dünn und kam ihr fremd vor.

Der Mann mit der Wollmaske schloß ihre Fußfesseln auf, half ihr hoch und stützte sie. Der Flur war dunkel. Die Toilette lag einen Schritt zur Linken neben der Tür. Der Mann nahm ihr die Handschellen ab und schob sie in die Toilette. Sie war unsicher auf den Beinen. Die Toilettentür hatte keinen Schlüssel. Der Raum war winzig und hatte kein Fenster. Ein schwaches Licht kam von einer nackten Birne an der Decke. Ein Spiegel war nicht da.

Der Mann mit der Kapuze wartete im Flur und brachte sie zum Bett zurück. Er legte ihr wieder die Fesseln an und ging hinaus. Als er wiederkam, stellte er einen Topf mit Fleischbrühe auf den Tisch, schloß die Handschellen an Armen und Beinen auf und forderte sie auf zu essen. Billie hatte nichts als Durst und fürchtete, sie werde sich erbrechen. Sie aß die Hälfte davon, um nicht seinen Unwillen zu erregen. Er schob ihr den Pappbecher mit Wasser und eine Tablette hin. Billie sah sie an, bevor sie sie schluckte. Es war ein Valium 25. Dann legte er ihr wieder die Handschellen an, verließ das Zimmer und schloß ab.

Billie war allein, und statt verrückt zu werden vor Angst, spürte sie ein absurdes Gefühl der Erleichterung. Wenig später war ihr alles egal, und sie wollte nur noch schlafen.

53

»Kammerloh! Darunter hat's nicht sein dürfen!« Er rieb sich die Augen und seufzte.

Die Streifenbeamten Spitzeder und Zöttl blickten ihren Chef unbehaglich an.

»Kammerloh«, sagte der Chef noch mal. Seine Stimme klang belustigt. Er nahm den Hörer ab und wählte. Mit der linken Hand tastete er nach einer filterlosen Zigarette und brach sie mit zwei Fingern in der Mitte durch. »Ja, Manfred, grüß dich. Schau doch mal bitte unter K nach. Kammerloh. Ja, du hast richtig gehört.« Er warf Spitzeder und Zöttl einen Blick zu und steckte eine Zigarettenhälfte in eine Spitze.

Spitzeder sah fasziniert zu, wie er mit den Fingern einer Hand die Streichholzschachtel aufschob, ein Streichholz herausnahm und es anrieb.

»Danke, Manfred. Und tu mir bitte einen Gefallen: Vergiß meinen Anruf, ja?« Er legte auf, machte drei, vier Züge und schwieg. Dann drückte er den Stummel aus und sagte: »Ein Stadtstreicher also. Wenn ich richtig lese, war er betrunken. Das nenn ich einen zuverlässigen Zeugen.«

»Ich find's halt merkwürdig, daß er ihren Vornamen gewußt hat.«

»So. Hat er das. Vielleicht liest er ja gelegentlich die Zeitung. Eine Vermißtenmeldung ist jedenfalls nicht eingegangen. Sie haben richtig gehandelt.« Sein Blick drückte das Gegenteil aus.

Wolfgang Spitzeder stand die Frage überdeutlich im Gesicht geschrieben, aber Zöttl knuffte ihn, und sie gingen hinaus.

Der Mann hinter dem Schreibtisch stellte sich dieselbe Frage. Was sollte er mit so einer Meldung anfangen? Er stand auf und trat ans Fenster. Nach einer Weile setzte er sich wieder und rief bei der Kripo an.

Es war Montag vormittag, zehn Uhr früh.

54

Kammerloh schien nicht zu hören, und Frau Limmer sagte wieder: »Ich wollt nur sagen, der Erich ist schon seit einer Stunde da, gnädiger Herr!«

»Soll warten.«

Frau Limmer nahm das Frühstückstablett, ging und zog behutsam die Tür hinter sich zu.

Kammerloh saß hinter seinem Schreibtisch in der Bibliothek. In diesen Raum fiel niemals Tageslicht. Die beiden Türen waren ledergepolstert und hatten nur innen eine Klinke. An der Außenseite im Flur befand sich nur ein Knopf und darunter ein Sicherheitsschloß. Die Bücherregale an den Wänden reichten vom Boden bis knapp unter die Decke, und in einem Teil der Wand waren eine Musikanlage und ein Fernseher eingebaut. Vor dem Kamin standen zwei große Ohrensessel, und an der Wand über dem Kamin hing ein Ölbild von Felicitas Kammerloh, Billies Mutter. Sie sah sehr jung, sehr schön und ein wenig traurig aus. Sie war noch vor Fertigstellung des Porträts gestorben.

Auf Kammerlohs Schreibtisch stapelten sich verspätete Karten und Telegramme zu seinem Geburtstag. Er hatte noch nicht einmal die Hälfte davon geöffnet und gelesen. Er saß ganz ruhig da, seine Hände lagen auf dem Schreibtisch, und sein Blick ruhte auf den beiden Fotografien in schmalen, geriffelten Silberrahmen. Das eine Foto zeigte wieder Felicitas Kammerloh, die mit unmerklich gesenkten Augen vor sich hinblickte, das andere ihre Tochter. Sie war sechs oder sieben Jahre alt und stand unter einem blühenden Apfelbaum. Sie hatte lange, hellblonde Locken, trug ein Kleid mit Puffärmeln und hatte einen trotzigen Ausdruck in ihrem Kindergesicht. Die Andeutung der Kammerlohschen Falte über der Nasenwurzel war schon zu sehen. Kammerloh rieb sich mit dem Zeigefinger der rechten Hand die Nase, eine Geste, die er seiner Tochter ebenso vererbt hatte wie die Falte.

Das Telefon klingelte. »Ja?«

»Meier, Kriminalpolizei München. Spreche ich mit Herrn Kammerloh persönlich? Verzeihen Sie bitte, wenn ich Sie einfach so belästige.«

»Ja. Worum geht's denn?« Kammerlohs Stimme klang ein wenig rauh, wie immer.

»Wissen Sie, wo sich Ihre Tochter im Augenblick aufhält, Herr Kammerloh?«

»Selbstverständlich. Sie ist mit Freunden in England, auf dem Land. Warum wollen Sie das wissen?«

»Wann haben Sie zuletzt mit ihr gesprochen?«

»Ich spreche, sooft ich kann, mit meiner Tochter. Was ist der Grund Ihres Anrufs?«

»Wahrscheinlich ist die ganze Sache vollkommen bedeutungslos, aber wie Sie wissen, sind wir verpflichtet, jedem Hinweis nachzugehen. Wir haben eine Meldung, nach der Ihre Tochter aus dem Appartementhaus Motorama an der Rosenheimer Straße entführt worden ist.« Er schwieg und wartete auf Kammerlohs Antwort.

»Sagten Sie entführt?« fragte Kammerloh mit ruhiger Stimme.

»Ja«, antwortete der Kriminalbeamte zögernd. »Hat Ihre Tochter eine Wohnung im Motorama, Herr Kammerloh?«

»Ja, sie hat dort ein Stadtappartement. Seit dem Ersten. Aber ich habe Ihnen ja bereits gesagt, wo meine Tochter ist.«

»Verstehen Sie mich bitte nicht falsch, aber besteht die Möglichkeit, sie dort anzurufen?«

»Darf ich Ihnen eine Frage stellen?«

»Selbstverständlich, Herr Kammerloh«, sagte der Kriminalbeamte verbindlich. »Ich nehme an, Sie wollen wissen, von wem die Meldung stammt.«

»Ganz recht« entgegnete Kammerloh kühl.

Der Kriminalbeamte lachte verlegen. »Das ist ein schwacher Punkt, das gebe ich zu. Die Meldung stammt von einem Stadtstreicher, der sich gelegentlich im Treppenhaus des Motorama aufhält.« Er wartete einen Moment, und als Kammerloh schwieg, fügte er hinzu: »Er will die Entführung beobachtet haben.«

»Ein Stadtstreicher?«

»Ja, wie gesagt, ich wollte mich auch nur vergewissern.«

»Selbstverständlich. Ich danke Ihnen – aber Ihre Befürchtung ist Gott sei Dank unberechtigt.« Kammerloh legte auf und rieb sich wieder die Nase. Dann nahm er den Hörer ab, rief seine Sekretärin in der Stadt an, verschob seine Termine um zwei Stunden und ließ sich mit Wegner verbinden.

»Ich möchte, daß Sie ins Motorama fahren und nach Wilhelmine sehen. Wenn sie nicht öffnet, besorgen Sie einen Schlüssel. Rufen Sie mich von dort aus im Büro an. Ich fahre jetzt los.« Kammerloh legte auf. Dann las er den Brief noch einmal. Er war in einem bissigen grünen Briefumschlag gekommen und mit Schreibmaschine geschrieben.

»WIR HABEN IHRE TOCHTER ENTFÜHRT. WENN SIE DIE POLIZEI EINSCHALTEN, WERDEN SIE IHRE TOCH-

TER NICHT WIEDERSEHEN. BEREITEN SIE SECHS MILLIONEN IN DM UND US-DOLLAR VOR, IN GEBRAUCHTEN SCHEINEN UND OHNE FORTLAUFENDE NUMERIERUNG. WARTEN SIE UNSEREN NÄCHSTEN KONTAKT AB.«

Kammerloh faltete den Brief zusammen, schob ihn in das grüne Kuvert mit dem Münchner Poststempel und legte ihn in seine Brieftasche. Dann zog er seinen Mantel an, griff seinen Aktenkoffer und ging hinaus. Er schloß die Tür zur Bibliothek ab und ging zur Garage.

Erich sah ihn wie jeden Morgen durchs Küchenfenster und ging schnell hinaus. Sonst sagte Kammerloh immer: »Na, Erich, wie geht's denn so?«, aber heute morgen blieb er auch während der Fahrt stumm und blickte nicht auf von seinen Zeitungen.

55

Dietrich Wegner berichtete im Verwaltungsbüro des Motorama von Wilhelmine-Therese Kammerlohs depressiven Zuständen und den Sorgen ihres Vaters. Er mußte seine ganze Überzeugungskraft aufwenden. Dann begleitete ihn endlich der Hausmeister mit einem Nachschlüssel in den vierten Stock zum Appartement 422. Er schloß die Tür auf, nachdem sie mehrmals vergeblich geklingelt hatten.

Wegner sah auf den ersten Blick, daß das Mädchen nicht hier war. Der Hausmeister hatte die Tür hinter sich zugemacht und blieb in dem schmalen Durchgang zwischen Tür und Zimmer stehen. Wegner drängte sich hastig an ihm vorbei und öffnete die Tür zum Bad. Der Hausmeister, ein untersetzter Mann von Mitte Vierzig mit einem gemütlichen Gesicht, reckte den Hals.

Das Bad war leer. Wegner sah die Zahnbürste mit dem Stiel nach oben im Becher, Seife und alles, was man täglich braucht. Er wandte den Kopf, und seine Augen begegneten dem Blick des Hausmeisters im Spiegel über dem Waschbecken.

»Hier hat sich niemand nix angetan«, sagte der Hausmeister.

Wegner sah ihn kurz an. »Sie können gern schon gehen.«

»Das ist nicht gestattet«, sagte der Hausmeister. Er hustete krachend.

Wegner starrte auf das zerwühlte Bett, den weißen Plastiktisch mit dem Telefon und rief sich sein letztes Gespräch mit Billie ins Gedächtnis zurück. Die Katze fiel ihm erst wieder ein, als er sie hörte.

Der kleine graue Kater lag auf dem warmen Beton des Balkons und blickte Wegner vorwurfsvoll an. Sein Piepen war schwach und erbärmlich. Der Sommer und ein gelber Plastiknapf mit Wasser hatten ihm das Leben gerettet. Er rappelte sich auf die Beine, tappte auf Wegner zu und fiel vor Entkräftung um. Wegner bückte sich und hob ihn auf. Der kleine Kerl war federleicht, und sein Atem ging flach und hastig. Wegner nahm die Katze mit ins Zimmer und legte sie auf das Bett. Plötzlich war er aufgeregt. Das paßte nicht zu Billie, die Katze zu vergessen wie eine ausgelesene Zeitung. Wegner setzte sich auf das ungemachte Bett. Sein Blick fiel wieder auf den Tisch, und er sah die Schlüssel; zwei gleich große an einem Ring, die beiden kleineren für den Briefkasten lagen lose daneben. Er sah den Kassettenrekorder an. Das Laufwerk hatte sich automatisch abgeschaltet, aber das Gerät stand noch unter Strom.

Der Hausmeister sah ihm stirnrunzelnd zu und hustete wieder.

Wegner ignorierte ihn und dachte, es sieht aus hier, als sei sie nur mal eben weggegangen. Nur die halbverhungerte Katze und die zurückgelassenen Schlüssel paßten nicht zu diesem Eindruck. Er griff zum Telefon. Kammerloh war noch nicht im Büro, und er erreichte ihn über das Autotelefon. »Wegner. Sie ist nicht hier.«

Kammerloh schwieg.

»Eine kleine Katze ist hier. Sieht halb verhungert aus.«

»Füttern Sie die Katze und kommen Sie ins Büro«, antwortete Kammerloh kurz.

Wegner drehte dem Hausmeister den Rücken zu und steckte die Schlüssel ein.

Wegner legte die Appartementschlüssel auf Kammerlohs Schreibtisch und wartete.

Kammerloh blickte abwesend auf die Schlüssel. »Haben Sie alle Unterlagen für Brüssel?«

»Ja. Ich fliege noch heute abend. Vielleicht höre ich etwas mehr, wenn ich vor dem offiziellen Termin da bin.«

Kammerloh nickte, blickte wieder auf die Schlüssel und schwieg. »Ich danke Ihnen, Herr Wegner. Im Augenblick ist das wohl alles.«

Wegner sah ihn ungläubig an und stand auf. »Die Katze ...«

Kammerloh hob den Kopf und nickte ungehalten.

Wegner ging leise hinaus. Er fürchtete, daß Billie in ernsthaften Schwierigkeiten war, und wieder einmal erschrak er über Kammerlohs Kälte.

56

Erich hatte in der zweiten Reihe geparkt und sah den beiden Mädchen in engen Jeans nach, die aus dem Eingang zum Motorama kamen, in dem Kammerloh eben verschwunden war. Die Mädchen erinnerten ihn an Kammerlohs Tochter. Er traute seinen Augen nicht, als sein Chef endlich zurückkam.

Kammerloh trug einen runden, geflochtenen Käfig. In dem Käfig war eine Katze.

»Nach Hause, Erich.« Er zog eine zusammengefaltete Zeitschrift aus der Tasche und betrachtete das Gesicht des Mannes auf dem Titelbild. Er hatte sich ein nichtssagendes, junges Gesicht vorgestellt und war überrascht. David Blue hatte das Gesicht eines Mannes. Er schlug die Titelgeschichte auf und fing an zu lesen. Später starrte er blicklos vor sich hin. Er dachte an die letzte Auseinandersetzung mit seiner Tochter. Er hatte etwas Bestimmtes gesucht in ihrem Appartement und nicht gefunden. Kammerloh fragte sich, ob man seinen Paß mitnimmt, wenn man entführt wird. Seine Zweifel wurden zur Gewißheit.

Er wußte nicht, daß seine Tochter die Angewohnheit hatte, ihren Paß am Körper zu tragen, nachdem sie ihn im Ausland einmal verloren hatte und dadurch in eine unangenehme Situation gekommen war. Er wußte überhaupt nicht allzuviel über sie.

57

Ingrid Wegner blieb den Montagabend lang in der Nähe des Telefons. Kurz vor Mitternacht rief Wegner aus Brüssel an, um ihr zu sagen, daß er gut angekommen war, und sie wechselten ein paar Belanglosigkeiten. Die Enttäuschung in ihrer Stimme entschuldigte sie mit Migräne. Danach stellte sie das Radio an, aber die Musik machte sie genauso nervös wie die Stille. Dann nahm sie zwanzig Baldriantropfen und ging ins Bett.

Auch die Schwangerschaft hatte nichts an ihrer Beziehung zu Kammerloh geändert. Nach wie vor vermied er es streng, sich auch nur halböffentlich zu ihr zu bekennen. Ingrids Verhältnis mit

Kammerloh war das erste, bei dem nicht sie es war, die dessen Verlauf bestimmte. An dem Tag, an dem sie ihrem Mann gesagt hatte, daß sie von Kammerloh ein Kind erwartete, hatte Ingrid begriffen, daß derjenige, der mehr liebt, der Schwächere ist. Denn Ingrid eines Tages endgültig zu verlieren, fürchtete Wegner mehr als alles andere auf der Welt. Er hatte weder getobt noch mit Scheidung gedroht. Er hatte alles ergeben hingenommen und litt. Und Ingrid lernte ihn hassen, als sie sah, wie er sein Leiden auch noch genoß.

Ingrid war fünfundzwanzig Jahre alt, als sie Dietrich Wegner kennenlernte. In Kammerlohs Firma galt er als tüchtiger junger Mann und typischer Aufsteiger. Er achtete darauf, daß seine Anzüge nicht zu modisch waren, rauchte nikotinarme Filterzigaretten und wäre nur in einem Alptraum mit derselben Krawatte wie sein Chef im Büro erschienen.

Seine Eltern hatte er kaum gekannt. Es waren einfache Leute aus dem Schwäbischen gewesen, die früh gestorben waren. Die Erinnerung an sie beschränkte sich auf gemeinsame Gebete in der Küche. Ein Onkel aus Wegners entfernter Verwandtschaft, der Pfarrer war, nahm sich des Jungen an und steckte ihn in ein Heim. Dort machte Wegner das Abitur. Danach verließ er das Heim, machte eine kaufmännische Lehre und studierte Betriebswirtschaft. Eine Stelle in Kammerlohs Firma bekam er gleich nach seinem Studium. Er bewohnte ein Zweizimmerappartement in einem Wohnblock am südlichen Stadtrand und fuhr mit einem gebrauchten Volkswagen ins Büro. Er hatte ein Geheimnis, das mit seiner katholischen Heimerziehung zu tun hatte, und es hätte sicher auch ihn selbst belustigt, wenn es nicht ausgerechnet sein eigenes Problem gewesen wäre. Wegner hatte, als er Ingrid kennenlernte, in seinem ganzen Leben erst zweimal mit einer Frau geschlafen.

Ingrid war ein gutgewachsenes Mädchen mit einer gedehnten Art zu sprechen und einem träge wirkenden Blick. Sie trug am liebsten weite Pullover und hatte die Angewohnheit, die Schultern einzuziehen. Sie war sich der Aufmerksamkeit der Männer früh bewußt geworden. Sie erwartete von sich selber, was sie sich vorgenommen hatte, auch wirklich zu erreichen, und sich von keinem Mann davon abhalten zu lassen. Geboren war sie als Kind deutscher Eltern in der CSSR, aufgewachsen in einem kleinen Ort an der Nordsee und in verschiedenen Städten in Westfalen. Mit sechzehn Jahren verließ sie die Realschule und begann eine Lehre als kaufmännische Angestellte in einer Hagener Bierbrauerei. Freundinnen hatte sie durch die häufigen Umzüge und Schulwechsel nie gehabt, nur die Jungen schwänzelten überall sofort um die Neue herum. Natürlich gab es auch einige, die es unbedingt wissen wollten – auf dem Rücksitz, in der Kinologe, nach dem Tanzstundenball. Ingrid kratzte und biß nicht – und doch kam keiner ans Ziel. Ihre Methode war ebenso simpel wie wirksam: Sie erstarrte, verharrte stocksteif und maß die erhitzten Jungen mit verächtlichen Blicken, bis sie die Lust verloren.

Als sie es an der Zeit fand, suchte sie sich einen Mann, der ihr kompetent genug und körperlich angenehm erschien. Er hieß Wilhelm, war ein wenig dicklich und Anfang Dreißig. Er war Brauereivertreter, trug braune Kordanzüge, las in seiner Freizeit Sartre und kämmte sich die Haare nach vorn. Er erfüllte ihren Wunsch nur allzu gern. Als Ingrid ihm anschließend kühl zu verstehen gab, daß sie keine weitere Verwendung für ihn habe, sprach er von einer tiefen menschlichen Enttäuschung und versuchte, sie zu einem gemeinsamen Urlaub auf Ibiza zu überreden. Ingrid blieb zu Hause und lernte Französisch. Sie beendete ihre Lehre und bewarb sich bei einer Münchner Firma als Sekretärin. Sie stellte sich zu spät vor, die Stelle war bereits vergeben, aber ihre angenehme, klare Stimme brachte ihr einen Job als Telefonistin ein. Sie blieb in München.

Wegner verliebte sich in ihre Stimme, lange bevor er Ingrid zum erstenmal sah. Am Anfang hatte er noch Vorwände gesucht, um seine Sekretärin zu umgehen und sich direkt an die Telefonzentrale zu wenden, dann hatte er sich immer weniger darum gekümmert, und schließlich rief er sie jeden Morgen an und redete ein paar Minuten mit ihr. Von sich sprach er wenig. Er hörte ihr lieber zu, wenn sie ihm von einem Traum erzählte, einem Spaziergang im Englischen Garten oder ihrer Nachbarin im Seiden-Kimono, die alle paar Stunden Herrenbesuch bekam, und sich gelegentlich Zukker lieh.

Das erste Mal sah sie ihn auf dem Hof. Ihre Kollegin hielt sie fest und sagte: »Da, das ist der Chef! Und der andere, das ist der Wegner.« Die beiden Männer gingen an ihnen vorbei, und Wegner sah Ingrid flüchtig an. Als er ihren forschenden Blick spürte, erschien ein Ausdruck der Verwunderung in seinen Augen, und bevor er nach Kammerloh in den wartenden Wagen stieg, sah er sich nach ihr um. Ingrid nahm an, daß er begriffen hatte.

Er sah nicht aus wie der Mann ihrer Träume, aber Ingrid fand ihn sympathisch, und die selbstverständliche Art, wie er mit Kammerloh redete und zu ihm in den Wagen stieg, imponierte ihr. Kammerloh sah unnahbar aus und schien sie nicht bemerkt zu haben. Sie dachte den ganzen Tag lang an ihre Begegnung mit Wegner, und am nächsten Tag besorgte sie sich die Geschichte der Familie Kammerloh aus der Werksbibliothek. Sie fragte Wegner am Telefon, ob er denn niemals ins Theater ginge oder ins Konzert. Wegner verneinte und kam nicht mal auf die Idee, sie ins Kino einzuladen.

Ingrid ahnte nicht, daß er es einfach nicht wagte, und ihre Beziehung beschränkte sich vorerst auf Telefongespräche.

Es gab ihr einen Stich, als sie Wegner zum zweitenmal sah. Kammerloh stand hinter dem blumengeschmückten Rednerpult in der Halle, sprach über Vergangenheit und Zukunft des Unternehmens und bedankte sich für die Geburtstagsglückwünsche. Das Mädchen saß neben Wegner, und als Kammerloh zu seinem Platz zurückging, begriff Ingrid: das Mädchen war Kammerlohs Tochter. Sie hatte weizenblonde schulterlange Locken, scheue Bewegungen, und wie Ingrid fand, eine ausgekochte Art, die Augen niederzuschlagen. Ihre bloßen Arme waren schmal mit der Farbe von ganz hellem Porzellan und wirkten genauso zerbrechlich. Sie war sehr jung. Ingrid beobachtete, wie sich das Mädchen zu Wegner beugte und ihm etwas zuflüsterte. Wegner sah sich um und blickte zu Ingrid. Er nickte ihr unmerklich zu, und Ingrid wunderte sich über das zaghafte Lächeln, das wie von selbst in ihrem Gesicht entstand. Sie beschloß zu kämpfen und verschwand in der Toilette. Sie ahnte nicht, daß Kammerloh die stumme Szene mit angesehen hatte und ihr mit den Blicken folgte. Ingrid schminkte sich mit heller Lidschattenfarbe bleich, und als sie dann Wegner traf, bot er ihr endlich an, sie nach Hause zu fahren.

Von nun an trafen sie sich öfter. Ingrid stellte fest, daß Wegner kein Mann war, der beim Küssen auf die Uhr schaute. Er küßte auch nicht Kammerlohs Tochter, sondern spielte ihr Kindermädchen, wenn sie aus der Klosterschule zu Besuch kam.

Wegners ruhige, aufmerksame Art war Ingrid angenehm. Er forderte nichts von ihr. Sie hatte ihn gern. Als sie ihn eines Abends fragte, ob er bei ihr bleiben wollte, war er betäubt und glücklich. Sechs Wochen später heirateten sie. Kammerloh schenkte ihnen eine Wohnzimmereinrichtung und kam, um zu gratulieren. Als er Ingrid die Hand gab, hielt sie seinen Blick lange aus.

Ingrid kündigte. Wegner rückte in die unmittelbare Umgebung Kammerlohs auf, der von nun an ihr Leben bestimmte. Wegners Dienstreisen wurden häufiger und dauerten länger. Zuerst machte es ihr nichts aus, und nach Paris fuhr sie sogar einmal mit. Wegner hatte wenig Zeit für sie gehabt, und so blieb sie die nächsten Male lieber zu Hause. Aber er war noch genauso liebevoll und aufmerksam wie am Anfang.

Dann fragte Kammerloh Wegner, der für eine Woche nach Teheran reiste, ob es gestattet sei, während seiner Abwesenheit Frau Wegner ins Theater einzuladen. Sie langweilte sich doch sicher. Als Wegner schwieg, fügte er hinzu, daß es schließlich seine Schuld sei, wenn Wegner ständig für die Firma unterwegs sei – vielleicht könne er mit einem Theaterbesuch ein wenig Wiedergutmachung leisten.

Ingrid war beim Kofferpacken, als Wegner ihr von Kammerlohs Einladung erzählte. Sie hörte ihn an und machte stumm den Kofferdeckel zu.

»Du sagst ja gar nichts.« Ingrid setzte sich in einen Sessel und stützte die Ellenbogen auf die Knie. »Ich weiß nicht. Findest du das richtig?«

Wegner legte ihr den Arm um die Schulter. »Aber Ingrid. Der Mann ist eben ganz außerordentlich aufmerksam – und für mich ist das auch nicht unwichtig.«

Ingrid sah ihn an und sagte. »Du hast recht. Ich mag ihn wohl nicht besonders, das ist alles.«

Wegner küßte sie und sagte leise an ihrem Ohr: »Sei mir nicht böse. Ich gebe mir doch alle Mühe.«

Sie spürte seine Wange und roch sein Rasierwasser. Ihr Kinn ruhte auf seiner Schulter, und ihr Blick fiel auf die Stehlampe am Fenster. Sie starrte die Fransen am Lampenschirm an, als wolle sie sich ihren Anblick für immer einprägen, und sagte: »Ich weiß. Ich hab deine braunen Schuhe vom Schuster geholt. Wenn du willst, kannst du sie also mitnehmen.«

Kammerloh lud sie nach dem Theater zum Essen im *La Cave* in der Maximilianstraße ein. Er verhielt sich sehr korrekt. Während des Essens redete er kein Wort, eine Eigenschaft, die seine Tochter zur Weißglut trieb. Ingrid störte sich nicht daran. Ein Mann in Kammerlohs Alter hat seine Eigenarten, dachte sie. Das Essen war gut, und an den rauhen Wänden der Nische tanzten die Schatten der Kerzenflammen. Wo auch immer er hingeht, dachte sie, überall wird man ihm sofort einen Tisch verschaffen. Der Gedanke gefiel ihr, und sie lächelte vor sich hin. Kammerloh blickte auf und sah sie fragend an. Ingrid schüttelte stumm den Kopf. Kammerloh nahm das Weinglas in die Hand und sah ihr einen Augenblick beim Essen zu. Ingrid spürte seinen Blick und sah ihn offen an.

»Dessert?«

Ingrid schüttelte den Kopf. »Lieber nicht.«

»Warum nicht?«

»Sie wissen warum. Jede Frau hat denselben Grund.« Sie steckte sich eine Zigarette in den Mund, und er gab ihr Feuer.

»Kaffee?«

»Sehr gern.«

»Meine Frau hat vegetarisch gelebt«, sagte er, »aber sie war eine gute Köchin.«

Ingrid schwieg und zog an ihrer Zigarette. Kammerloh fuhr sie selbst nach Hause und begleitete sie zum Hauseingang.

Wegner brachte ihr ein langes dünnes Seidenkleid, Parfum und eine Quarzarmbanduhr mit. Sie freute sich und erzählte ihm von ihrem Abend mit Kammerloh. Daß er sie wiedersehen wollte, erwähnte sie nicht.

Beim nächstenmal lud Kammerloh Ingrid Wegner zu einem Orgelkonzert ein, und hinterher machten sie einen langen Spaziergang durch den Englischen Garten. Wegner gegenüber erwähnte sie die erneute Begegnung mit Kammerloh nur noch beiläufig. Sie traf Kammerloh jetzt regelmäßig, wenn Wegner verreist war, und bald verschwieg sie ihre Abende mit Kammerloh ganz.

Als Kammerloh sie das erste Mal mit zu sich nach Hause nahm, war Ingrid sehr aufgeregt. Bei ihrer Ankunft trat Kammerlohs Tochter aus dem Haus und musterte sie feindselig. Sie trug Cowboystiefel und Jeans und hatte die Arme über ihrer Lederjacke verschränkt. Während sie Ingrid stumm anstarrte, glitzerten ihre Augen wie blaugefrorenes Eis. Dann drehte sie sich auf dem Absatz um und ging weg. Ihre langen, hellen Haare tanzten auf dem nietenbeschlagenen Rücken ihrer abgetragenen Lederjacke, und Ingrid wußte, daß sie eine Feindin hatte.

Frau Limmer hatte ein kaltes Abendessen vorbereitet, und Ingrid fragte sich, warum er sie seiner Haushälterin nicht vorstellte. Über Nacht blieb sie diesmal noch nicht. Als der Fahrer sie schließlich zurück in die Stadt fuhr, hatte sie das Gefühl, er beobachte sie neugierig im Rückspiegel.

»Sie haben doch vorhin Fräulein Kammerloh in die Stadt gefahren?«

Der Fahrer nickte.

»Wohin?«

»Ins *Sahara*. Mittwochs fährt sie immer ins *Sahara*.«

Ingrid sagte entschlossen: »Fahren Sie mich auch da hin.«

Erich hob verblüfft den Kopf. »Aber der Chef hat gesagt – nach Hause bringen soll ich Sie doch!«

»Herr Kammerloh ist nicht mein Chef. Bringen Sie mich ins *Sahara.*«

Erich zuckte die Schultern. »Laut ist es da«, sagte er, »das gibt's gar nicht, und Zigeuner mit'm Messer. Neulich hat's einen erwischt, stand in der Zeitung. Stich in die Leber, mit'm Messer.« Er hob die Hand und schnipste mit Daumen und Zeigefinger. »So ein Messer, wo die Klinge vorn rausspringt, wissen S'?« Er blickte in den Rückspiegel.

Ingrid Wegner gähnte. Sie traf Kammerlohs Tochter beim Zigarettenautomaten neben der Tür zum Saal. Billie bemühte sich, ihr Überraschung zu verbergen, und sah Ingrid kühl an. »Ich bin Ingrid Wegner.«

Das Mädchen stand ihr breitbeinig gegenüber und zerrte mit den Zähnen die Zellophanhülle von einer Zigarettenpackung. Zwei Mädchen in Jeans und schwarzen Nylonjacken, die sich am Rücken aufplusterten, standen in ihrer Nähe und sahen neugierig zu.

»Ich dachte, wir sollten uns vielleicht kennenlernen«, sagte Ingrid.

Das Mädchen steckte die Hände in die Hosentaschen. »Warum?«

Ingrid trat zur Seite, um ein paar Leute vorbeizulassen. »Ich versteh nicht, was Sie gegen mich haben. Erklären Sie mir das.«

Kammerlohs Tochter lachte: »Klasse! Aber nicht Klasse genug. Kammerloh wird Sie niemals heiraten, Frau Wegner.«

Am liebsten hätte Ingrid sie geohrfeigt, statt dessen antwortete sie ruhig: »Ich weiß nicht, wie Sie auf so etwas kommen.«

»Ist mir wurscht, was Sie mit Kammerloh treiben. Was Sie wollen, kriegen Sie doch nicht. Mir tut Wegner leid.«

Das Mädchen drängte sich an ihr vorbei und verschwand im Saal. Ingrid fuhr mit dem Taxi nach Hause. Im Wohnzimmer nahm sie sich einen doppelten Wodka, setzte sich mit angezogenen Beinen in die Couchecke und trank ihn in kleinen Schlucken aus. Ingrid dachte an Kammerloh, Billie und Wegner und weinte ein bißchen. Sie traf sich weiter mit Kammerloh. Schließlich jeden Mittwochabend, ob Wegner verreist war oder nicht. Knapp zwei Jahre, nachdem sie Kammerloh zum erstenmal getroffen hatte, wurde Ingrid Wegner schwanger.

Der Dienstagabend war für Ingrid der längste Abend der Woche, weil sie auf Kammerlohs Anruf wartete.

An diesem Abend rief Kammerloh nicht an. Um halb ein Uhr nachts ging sie ins Bett. Um halb zwei schlief sie immer noch nicht. Das Telefon auf dem Nachttisch war ein heller Fleck in der Dunkelheit. Ingrid setzte sich auf und nahm den Hörer ab. Das Tuten war laut in der Stille. Sie legte den Hörer wieder auf. Kammerloh wollte nicht, daß sie ihn anrief. Ingrid knipste die Nachttischlampe an und seufzte. Sie ging ins Bad und schluckte doch wieder eine Schlaftablette. Sie betrachtete sich im Spiegel. Noch ist nichts zu sehen, dachte sie. Nur ihre Brüste schmerzten, wenn sie sie berührte. Sie war froh, daß die Anfälle von Übelkeit aufgehört hatten, ging ins Wohnzimmer, rauchte noch eine Zigarette und sah aus dem Fenster. Die Straßenlaterne war defekt, und das Licht flackerte in regelmäßigen Abständen über die geparkten Wagen am Straßenrand. Sie machte die Stehlampe aus und ging wieder ins Bett.

Am Mittwochabend gegen sieben Uhr klingelte endlich das Telefon.

»Ingrid?«

»Ja.«

»Ich muß einen Tag länger bleiben. Die üblichen Schwierigkeiten. Die Franzosen wollen noch nicht so richtig, und die Engländer können nicht. Um zehn ist noch eine Sitzung mit den Wirtschaftsreferenten der Verteidigungsminister.« Wegners Stimme hörte sich erschöpft an.

»Tut mir leid, daß du Ärger hast.«

»Ich tu hier, was ich kann«, sagte er. »Wie geht's dir denn?«

»Es geht. Heute morgen hat es geregnet.« Ingrid hatte plötzlich das unangenehme Gefühl, Wegner rede nur von seinen Schwierigkeiten, damit sie Kammerloh davon erzähle.

»Du bist so still, fühlst du dich nicht wohl?«

»Ach, es ist nichts. Kopfschmerzen, und das Wetter war so komisch.«

»Vielleicht solltest du lieber zum Arzt gehen.«

Wenn er jetzt sagt, in deinem Zustand, lege ich einfach auf, dachte sie. Sie wußte, daß sie ihm unrecht tat, weil er sich wirklich Sorgen machte, aber sie ertrug es nicht, wenn er den werdenden Vater spielte.

»Leg dich hin und ruh dich aus, Ingrid.«

Sie versprach es ihm. Eine halbe Stunde später klingelte es an der Haustür. Ingrid ging ans Fenster und schob die Gardine zurück. Kammerlohs Mercedes parkte am Bordstein und glänzte, als habe Erich ihn gerade durch eine Waschanlage gefahren.

Ingrid winkte, zog sich einen Mantel an und verließ die Wohnung. Erich stand vor der Haustür und hatte einen Regenschirm in der Hand, aber es tröpfelte nur noch, und der Regen war kaum mehr spürbar.

58

Wegner saß in seinem Hotelzimmer auf dem Bett und wartete auf die zweite Verbindung nach Deutschland. Nach zehn Minuten hob er wieder den Hörer ab. »Was ist mit meiner Verbindung?«

»Tut mir leid, da meldet sich niemand«, antwortete das Mädchen aus der Telefonzentrale.

»Stellen Sie mich durch. Ich warte.«

»Wie Sie wünschen.«

Wegner ließ es sehr lange klingeln, aber in Billies Appartement im Motorama nahm niemand ab. Wegner legte auf und zog seine Jacke aus. Er hängte sie sorgfältig über eine Stuhllehne, ging ins Bad und rieb sich das Gesicht mit kaltem Wasser ab. Beim Abtrocknen hatte er eine Idee. Er warf das Handtuch aufs Bett und nahm wieder den Telefonhörer auf. Schließlich hatte das Mädchen in der Zentrale die gewünschte Nummer herausgefunden, stellte ihn durch, und Wegner hörte das amerikanische Rufzeichen.

Der Mann am anderen Ende der Leitung, in Los Angeles, war nicht besonders freundlich. »Wer sind Sie?«

Wegner erklärte sich. Mr. David Blue befand sich in Tokio und reiste mit seinem Manager, den Musikern und der technischen Crew. Ein deutsches Mädchen war nicht dabei.

Wegner legte auf. Seine Hoffnung hatte sich nicht erfüllt. Er blickte ratlos auf den zitronengelben Teppich und hatte Angst um Billie.

59

Kurz bevor sie da waren, fing es wieder an zu regnen. Die Tropfen schlugen gegen die Autofenster, und der Fahrtwind trieb das Wasser in dünnen Bahnen über die Scheibe und zerstäubte es an den Rahmen. Erich öffnete ihr die Tür und brachte sie mit dem Regenschirm in die Halle. Es hatte Ingrid schon beim erstenmal gestört, daß Kammerloh sie nicht an der Haustür empfing, aber nach wie vor erwartete er sie in der Bibliothek, und zur Begrüßung gab er ihr wie jedesmal förmlich die Hand.

»Möchtest du etwas trinken? Ich muß noch ein paar Papiere durchsehen. Beim Kamin liegen Zeitungen.«

Kammerloh trug wie immer einen konservativen dunklen Anzug, der so selbstverständlich zu ihm paßte, daß man gar nicht auf den Gedanken kam, daß darunter ein nackter Körper war. Ingrid hatte ihn sich einfach nicht anders als in so einem Anzug vorstellen können, bis er ihr eines Tages das Schwimmbecken im Keller vorführte und ein paar Runden schwamm. Wegner hatte einen blassen, spärlich behaarten Körper mit weicher Haut, der ihr angenehm war. Als sie Kammerloh in der Badehose sah, war sie überrascht. Er hatte kein Gramm Fett zuviel, sein Körper wirkte hart und klotzig, nur seine Beine waren zu mager. Aber es schien der gesunde, durchtrainierte Körper eines sehr viel jüngeren Mannes zu sein, nicht der eines Mannes über Fünfzig.

Ingrid sah ihm vom Sessel aus zu, wie er zum Schreibtisch zurückging und sich setzte. Er setzte seine Lesebrille auf, legte die Unterarme auf den Schreibtisch, schob ein Blatt Papier zurecht und versenkte sich in den Text, als habe er sie vergessen. Ingrid lehnte sich im Sessel zurück und blickte ins Feuer.

Kammerloh trank einen Schluck Mineralwasser und warf Ingrid

einen flüchtigen Blick zu, bevor er sich wieder seinem Papier zuwandte und mit weichem Bleistift eine Bemerkung an den Rand schrieb. Der Telefonknopf leuchtete stumm und in regelmäßigen Abständen auf. Kammerloh nahm die Brille ab und griff nach dem Hörer. »Ja?«

»Sind Sie Kammerloh?«

Kammerloh runzelte die Stirn. »Mit wem spreche ich?«

»Mit dem Absender. Sie haben unseren Brief bekommen«, sagte eine Männerstimme am anderen Ende der Leitung.

»Woher haben Sie diese Nummer?« Kammerlohs Stimme bekam einen scharfen Ton.

»Wir nehmen an, Sie wollen Ihre Tochter lebend wiedersehen.« Die Stimme hatte einen leicht singenden Tonfall.

»Warten Sie einen Moment«, antwortete Kammerloh. Er bedeckte die Muschel mit der linken Hand und sah Ingrid an. Ingrid nickte und stand auf. Kammerloh schaltete ein Tonband ein. »Wer sind Sie? Was wollen Sie?«

»Ein Geschäft. Ein sauberes Geschäft, ohne Tricks, ohne Polizei. Wenn Sie das Geschäft ehrlich mit uns machen, wird Ihrer Tochter nichts geschehen.«

»Unsinn! Ich glaube Ihnen kein Wort.«

»Wir werden Ihnen den Beweis liefern«, entgegnete der Anrufer. »Wenn Sie die Polizei einschalten, stirbt Ihre Tochter!«

»Sie sind ja verrückt«, sagte Kammerloh. »Richten Sie meiner Tochter aus, auf so eine billige Komödie falle ich nicht herein!« Er legte auf und hörte das Gespräch vom Tonband ab. Die Stimme kannte er nicht. Seine Hände spielten mit der Brille, und die tiefe Falte über der Nasenwurzel wurde noch tiefer.

Ingrid gab sich alle Mühe, aber es war ihr noch immer nicht gelungen, Frau Limmer aufzutauen. Sie betrachtete die rundliche Frau in Schwarz mit dem gestärkten weißen Kragen, die unerschütterlich und selbstgerecht am saubergescheuerten Küchentisch saß, an dem schon drei Generationen von Kammerlohs gegessen hatten. Die Stille wurde peinlich.

»Herr Kammerloh hat mir gesagt, ohne Sie kann er sich das Haus gar nicht mehr vorstellen. Ich zum Beispiel – ich kann nicht mal richtig kochen, und beim Abwasch laß ich immer irgendwas fallen.«

»Mei – der eine so, der andre so. Ein guter Mensch ist er halt, der gnädige Herr, ein zu guter!«

»Ja. Ich wünschte, seine Tochter würde ihn auch so sehen«, sagte Ingrid und dachte, sie sieht mich nicht mal an, wenn sie mit mir redet.

Frau Limmer seufzte und erhob sich. »Ich sitz hier, und die Arbeit wartet.«

Ingrid stand ebenfalls auf. »Vielen Dank für den Kaffee«, sagte sie resigniert.

Frau Limmer nahm Ingrids Tasse vom Tisch. »Ist schon recht.«

Eine kleine graue Katze kratzte von draußen ans Küchenfenster. Frau Limmer machte das Fenster auf und griff nach ihr, aber die Katze stellte den Schwanz hoch und hoppelte über den Vorplatz davon. Frau Limmer blickte ihr erschrocken hinterher. »Hoffentlich läuft's nicht weg, das Katzenvieh, das elendige. Wo ich's dem gnädigen Herrn doch versprochen hab.«

Kammerloh schob ein paar Papiere in einen Umschlag und legte ihn in die Schreibtischschublade.

»Störe ich?« fragte Ingrid.

»Nein, ich bin fertig. Aber ich erwarte noch Besuch. Dringend. Tut mir leid.«

Was für ein Abend, dachte Ingrid. »Soll ich gleich fahren?«

In ihrer klaren Stimme war kein Vorwurf.

»Nein, bleib noch.« Kammerloh setzte sich ihr gegenüber in den Sessel und schwieg.

»Machst du dir Sorgen um deine Tochter?«

»Entschuldige, ich habe nicht zugehört.«

»War auch nicht wichtig.«

»Ist irgendwas Besonderes mit der kleinen Katze?«

Kammerloh machte eine unbestimmte Handbewegung und schwieg. Sie wußte, daß es sinnlos war, ihn anzusprechen, wenn er nicht reden wollte. Sie hörten die Toccata und Fuge d-Moll von Bach. Dann fuhr Erich sie in die Stadt zurück. Der Regen hatte aufgehört.

60

Der Mann in der braunkarierten Jacke hatte die Angewohnheit, sich mit viel Mienenspiel und bekräftigenden Gesten auszudrükken, so als traue er seinen eigenen Worten nicht genug Überzeugungskraft zu. Er war vielleicht einsachtzig groß, ließ die Schultern ein wenig hängen und hatte auffallend große Ohren. Er stützte sich mit den Handflächen auf den Schreibtisch und warf Kammerloh einen Blick aus den Augenwinkeln zu, während er der Tonbandaufzeichnung zuhörte. Er fühlte sich von Kammerloh beobachtet und las mit einem Gesicht, als hielte er den Brief der Enführer für eine persönliche Beleidigung.

»Nun?« Der Mann nahm bedächtig die Hände vom Schreibtisch, stützte sie auf die Hüften und starrte nachdenklich auf den Fußboden. »Zwei Dinge. Sie sind in München oder Umgebung. Die Stimme am Telefon: ein Mann zwischen vierzig und fünfzig, mit leichtem Dialekt. Klingt rheinisch – aber mehr nach dem Badischen als nach Köln. Näher am Französischen, würde ich sagen.«

Kammerloh sah ihn geringschätzig an. »Ist das Ihre ganze Weisheit?«

Der Mann verzog das Gesicht. Seine Stirn wurde glatt, die Haut um die Augen spannte sich, und seine Ohren rückten ein Stückchen zurück. »Ich war lange genug in Deutschland, hab überall gelebt. Mit der Sprache irre ich mich sicher nicht.«

Kammerloh machte eine ungeduldige Handbewegung. »Sicher. Ich will von Ihnen wissen, was von der Sache zu halten ist.«

Der Mann warf Kammerloh einen dankbaren Blick zu und sagte vorsichtig: »Sie wissen, daß ich Ihnen vor längerer Zeit schon geraten habe, Ihre Tochter – nun, zu sichern.«

»Was soll das, Schwiefka, wollen Sie mir vielleicht einen Vorwurf machen?«

Schwiefka zog den Kopf zwischen die Schultern und schob das Kinn vor. »Natürlich nicht, Herr Kammerloh. Was ich sagen wollte, ist: Der Brief und das Telefonat machen keinen – sagen wir – laienhaften Eindruck.«

Kammerloh schlug mit der flachen Hand auf die Lehne: »Hören Sie zu, Schwiefka! Ich habe Ihnen gesagt, wir hatten einen Streit, bei dem es um Geld ging. Irgendwer hatte ihr eingeredet, ich wäre verpflichtet, sie auszuzahlen.«

Schwiefka sah betroffen aus und bemühte sich, seine Stimme beiläufig klingen zu lassen. »Sie halten es wirklich für möglich, daß Ihre Tochter – selbst – die Entführung vorgetäuscht hat?«

»Ja.«

»Darf ich rauchen?«

»Bitte.« Kammerloh runzelte die Stirn.

»Hat Ihre Tochter Freunde, die so etwas – etwas Derartiges mitmachen würden?«

»Sicher«, sagte Kammerloh überzeugt.

»Hat die Polizei noch mal angerufen?«

»Nein.«

»Hat der Kriminalbeamte den Namen des Mannes erwähnt, der die Entführung beobachtet haben will?«

»Ein Stadtstreicher – irgendein Wermutbruder – keine Ahnung.«

»Die haben auch einen Namen.« Schwiefka stieß den Rauch aus. Das Geräusch hörte sich an wie ein Seufzen. Er spürte Kammerlohs Blick und fügte hastig hinzu: »Als Zeuge ist er natürlich nichts wert – vor Gericht meine ich!«

»Ich wünsche nicht, daß die Polizei zugezogen wird. Ich habe nicht die Absicht, mich lächerlich zu machen.«

Schwiefka rieb sich das Kinn und kniff die Augen zusammen. »Wie gut kennen Sie Ihre Tochter eigentlich – ich meine: kennen Sie sie gut genug, um ihr – ein Verbrechen – zuzutrauen?«

»Sie werden unverschämt, Schwiefka.« Kammerlohs Stimme war sachlich. »Tun Sie lieber was.«

Schwiefka wich Kammerlohs Blick aus und sah sich suchend um. Schließlich warf er den Zigarettenstummel in den Kamin. Als er redete, war seine Stimme ebenfalls sachlich. »Sie verbieten mir, die Polizei zu fragen, Sie verbieten mir, die Freunde Ihrer Tochter zu fragen – Sie machen es mir nicht leicht, Herr Kammerloh.«

»Außerdem wünsche ich nicht, daß irgend etwas von dieser

obskuren Angelegenheit in die Öffentlichkeit kommt«, sagte Kammerloh ungerührt. »Sie garantieren mir das, Schwiefka!«

»Wir können nichts tun, bevor die andere Seite den nächsten Schritt macht. Wahrscheinlich werden sie ein paar Tage verstreichen lassen –«, er ballte die linke Hand zur Faust – »um ihrer Forderung Nachdruck zu verleihen.«

»Ich fahre morgen nach Bonn, von dort aus nach Paris, und bin erst am Sonntag abend zurück. Nächsten Dienstag bin ich in Brüssel. Sie bleiben hier im Haus, für den Fall, daß während meiner Abwesenheit ein Gespräch kommt. Bringen Sie die Sache schnell zu Ende, Schwiefka.«

Der Mann in der braunkarierten Jacke steckte den Brief und die Tonbandkassette ein. »Ihre Post – ich werde den richtigen Brief schon herausfinden.« Er lächelte gezwungen. »Ohne erst alle anderen zu öffnen, meine ich.«

Kammerloh nickte. »Ich werde das veranlassen.« Er starrte in das langsam verlöschende Kaminfeuer. Sein Gesicht war ausdruckslos wie immer.

Der Mann hatte die braunkarierte Jacke ausgezogen und seinen Kragen geöffnet. Er hob den Telefonhörer ab, hörte das Tuten, nickte zufrieden und legte wieder auf. Dann zog er die breite Nachttischschublade mit dem eingebauten Gerät auf, schob die Tonbandkassette in den Rekorder und ließ das Band zurücklaufen. Es klopfte an der Tür. Er schob die Nachttischschublade zu und streifte hastig seine Jacke über.

Als Frau Limmer hereinkam, war das Schulterhalfter mit der Pistole nicht mehr zu sehen. »Ja, da schau her! Der nette Herr Morrisson aus Washington ist wieder da!« rief sie aus, und Morrisson und Washington hörte sich aus ihrem Munde an wie der Titel einer Operette. »Hoffentlich haben S' diesmal schöneres Wetter, Herr Morrisson! Bestimmt möchten S' noch etwas essen, auf d' Nacht!«

Jack Schwiefka aus Brooklyn, New York, hob abwehrend beide Hände, und seine Mundwinkel verzogen sich zu einem schiefen Lächeln.

61

Es war Mittwoch nacht, aber das wußte Billie nicht – für sie waren die Tage keine Tage mehr. Die Lampe am Bettgestell brannte, und der dünne Lichtstrahl zerschnitt die Dunkelheit bis zu ihren Füßen. Billie blickte in die blaßblauen Augen in den Wollschlitzen und erschrak.

Der Maskierte hatte sie wachgerüttelt. Er stand dicht über sie gebeugt. Seine Augen blickten sie kühl und unbeteiligt an, und Billie senkte ihren Blick. Dann richtete sie sich auf und erschrak zum zweitenmal. Der Maskierte zielte nicht auf sie, aber er hatte eine Pistole in der rechten Hand.

Billie schluckte trocken. Die mattglänzende schwarze Pistole hielt ihren Blick fest. Der Maskierte legte die Pistole auf den Tisch und setzte sich. Er wartete stumm. Sie fühlte sich schwindlig und räusperte sich. Sie hob mit einer schüchternen Geste ihre Handgelenke mit den Handschellen.

Der Maskierte verneinte unmerklich.

»Warum nicht? Ich verhalte mich ganz ruhig.« Ein kurzes schüchternes Lächeln huschte über ihr Gesicht: »Ich tu Ihnen doch nichts.«

»Schwierigkeiten«, sagte der Maskierte. »Sieht nicht gut aus für Sie.«

»Warum?« Sie blickte wieder auf die Pistole. Ihre Lippen wurden weiß.

»Ihr Vater bezahlt nicht.«

Billie sah den Maskierten an, als verstände sie nicht. »Er will nicht zahlen?« Ihre Stimme war spröde.

Der Maskierte nickte. »Richtig. Er hält die Entführung für vorgetäuscht, denkt, Sie stecken selbst dahinter.«

»Ich?« Sie versuchte zu begreifen. »Was passiert jetzt mit mir?« fragte sie tonlos.

Der Maskierte schwieg.

Billie konnte ihren Blick nicht von der Pistole abwenden. Ihr Herz hämmerte so laut gegen die Rippen, daß sie dachte, er müsse es hören. »Ich hab das nicht gewollt. Weiß er – was Sie tun, wenn er nicht zahlt?«

»Ja, sicher.«

Billie schüttelte den Kopf. Sie wußte nicht, was sie sagen sollte. Der Maskierte stand auf, und Billie blickte hoch. Der Maskierte drückte ab, der Blitz flammte auf, und das Polaroidbild schob sich surrend aus dem Kameraschlitz. Er fotografierte sie noch zweimal. Dann schob er den Tisch näher an das Bett heran, und sie sah den Kassettenrekorder mit eingebautem Mikrofon auf dem Tisch.

»Können Sie damit umgehen?«

Billie warf einen Blick auf das Gerät und nickte.

»Reden Sie mit Ihrem Vater.« Der Maskierte hielt die Pistole mit angewinkeltem Arm, Lauf nach oben, in der Hand. »Er ist es, der Sie umbringt, wenn er nicht zahlt – nicht wir. Sagen Sie ihm das. Beeilen Sie sich. In einer halben Stunde komme ich wieder.«

»Kann ich eine Zigarette haben?«

»Später.« Er ging.

Plötzlich hatte Billie das Gefühl, als habe ihr jemand eine ganz und gar unglaubliche Geschichte erzählt, die sie selber nichts anging. Sie griff nach der geriffelten, hellblauen Plastikflasche und trank einen Schluck. Das Wasser war lauwarm und schmeckte köstlich. Dann dachte sie an die Pistole. Die bringen mich glatt um, sagte sie halblaut. Sie drückte die Aufnahmetaste und begann zu sprechen.

Der Maskierte kam wieder. Billie schrak zusammen und brach mitten im Satz ab. Er deutete auf das Tonbandgerät und machte eine ungeduldige Handbewegung. Billie wußte den Anfang ihres letzten Satzes nicht mehr, und so sagte sie schließlich nur noch: »Hilf mir hier raus, Vater«, ihre Stimme war sehr leise, fast ein Flüstern. Dann schaltete der Maskierte den Kassettenrekorder aus und verließ damit das Zimmer.

Billie legte sich wieder auf den Rücken und schloß die Augen. Wenn Kammerloh wirklich denkt, ich stecke dahinter, dann glaubt er mir auch jetzt nicht, dachte sie. Der Gedanke, daß Kammerloh vielleicht nur taktierte, tröstete sie nicht. Billie starrte auf die geschlossene Tür und wartete auf das Geräusch des Schlüssels im Schloß. Die Angst kam zurück. Sie fühlte sich so hilflos wie noch nie in ihrem Leben.

Der Mann mit der Maske brachte das Abendessen. Er stellte das Tablett auf den Tisch und wandte sich Billie zu. Er schloß ihre Handschellen auf und nahm sie ihr ab. Dann setzte er sich auf den Stuhl. Die Handschellen legte er vor sich auf den Tisch. Er trug immer noch die Pistole.

Billie stützte sich auf die Ellenbogen, verzog das Gesicht und rieb sich die Handgelenke. Sie schob die Beine vom Bett, setzte die Füße auf den Boden und hielt sich mit der linken Hand am Bettpfosten fest. Jeder Muskel an ihrem Körper schmerzte. Sie war unsicher auf den Beinen, wie jemand, der zum erstenmal nach einer Operation wieder aufsteht.

Der Maskierte riß eine Coca-Cola-Dose auf, schob sie ihr hin, und ließ den gestanzten Blechverschluß neben die Zigarettenschachtel und die Streichhölzer auf den Tisch fallen.

»Danke.« Billie griff nach der Dose und trank einen großen Schluck.

Der Maskierte sah ihr zu und schwieg.

Billie blickte auf die Zigarettenschachtel und sah ihn an. Der Maskierte klopfte eine Zigarette heraus.

»Machen Sie sie mir an?«

Billie sah, wie der Maskierte die Hand mit der Zigarette hob. Auf halbem Wege zum Mund hielt die Hand in der Luft an. Die Zigarette entfiel seinen Fingern und rollte über den Tisch. Er schien sie durch seine Augenschlitze zu mustern. Eine Öffnung für den Mund hatte seine Wollmütze nicht.

»Es tut mir leid, ich habe nicht daran gedacht«, sagte Billie hastig. Sie kicherte unkontrolliert und schlug sich mit der Hand vor den Mund.

Der Maskierte schob ihr stumm die Streichhölzer hin. Sie zerbrach das erste Streichholz. Dann wurden ihre Hände ruhiger, und das Schwindelgefühl kam wieder. Sie rauchte trotzdem weiter. Der Maskierte schob ihr eine Tablette hin. Es war eine Valium 25.

»Muß das sein?«

Er nickte.

»Ich mache Ihnen keine Schwierigkeiten, bestimmt nicht. Aber – mir tut schon alles weh, ich muß mich ein bißchen bewegen, verstehen Sie?« Sie schluckte die Tablette.

»Wollen Sie Aspirin, Schmerztabletten?«

»Nein, nein«, sagte Billie. »Keine Tabletten mehr. Sonst kann ich bald gar nicht mehr laufen, und Sie müssen mich zur Toilette tragen.« Ihre eigene, heisere Stimme kam ihr fremd vor, und ihr war, als höre sich alles falsch an. Sie deutete auf ihren Zigarettenstummel und ging die zwei Schritte zum Waschbecken, um ihn auszudrücken. Sie stieß sich vom Bettpfosten ab und hielt sich am Waschbeckenrand fest. Der Maskierte lehnte sich auf dem Stuhl zurück und steckte Zigaretten und Streichhölzer ein. »Legen Sie sich wieder hin.«

Billie spülte sich das Gesicht mit kaltem Wasser ab. »Sofort.« Sie drehte den Wasserhahn ab und wandte sich zum Bett.

Der Maskierte wartete, bis sie sich auf das Bett gelegt hatte. Er stand auf. Billie streckte ihm ihre Handgelenke hin.

»Schlafen Sie. Verhalten Sie sich ruhig. Sie können nichts tun. Und denken Sie daran: Sie sind gut bewacht! Hier kommen Sie nicht weg!« Er kam näher, sah sie plötzlich direkt an, und seine blaßblauen, tiefliegenden Augen hinter den Wollschlitzen nagelten ihren Blick fest. Billie schlug die Augen nieder.

Die Tür ging zu, und sie hörte den Schlüssel im Schloß. Die Handschellen hatte er mitgenommen.

»Danke«, flüsterte sie.

Billie hörte, wie sich das Geräusch seiner Schritte im Flur entfernte. Dann klappte leise eine Tür. Es war still. Sie schloß die Augen und atmete tief. Erst als sie die Augen wieder aufschlug, bemerkte sie den dünnen Strahl der kleinen Lampe am Bettgestell. Er fiel auf ihre Füße. Sie beugte den Kopf nach hinten in den schmerzenden Nacken.

Die Lampe war ein etwa zwanzig Zentimeter langes, handgelenkdickes Rohr aus stumpfem, schwarzem Metall, mit einem kreisrunden dicken Glaseinsatz vor der Birne. Sie war beweglich und mit einer Zwinge am Bettgestell festgeschraubt. Billie drehte sich auf die linke Seite. Außerhalb des schmalen Lichtstrahls war das Zimmer dunkel. Sie drehte sich wieder auf den Rücken.

Sie fragte sich, wie lange die Entführer warten würden. Sie versuchte, ganz sachlich darüber nachzudenken. Sie wurde ruhiger, und das Denken fiel ihr schwer. Ihre Angst verpuppte sich in einer grauen Wolke und verschwand in einer versteckten Ecke ihres Bewußtseins.

Am nächsten Morgen erwachte sie, bevor der Maskierte kam. Die Lampe am Bettgestell brannte noch. Graue Lichtstreifen fielen vom Fenster her bis in die Mitte des Zimmers. Sie streckte sich, schlug die Decke zurück und setzte sich auf. Sie rieb sich die Augen und kämpfte gegen das Schwächegefühl. Dann zog sie die Jeans über. Der Muskelkater war schlimmer geworden. Es war still. Sie spürte einen Druck auf der Blase und hoffte, der Maskierte würde bald kommen. Sie tastete sich zum Waschbecken und hielt sich am Rand fest. Die Muskeln in den Oberschenkeln, im Gesäß und im Rücken taten am meisten weh. Sie drehte den Wasserhahn auf und ließ das Wasser laufen, bis es kalt war. Sie zuckte zusammen, als das kalte Wasser auf ihre Haut traf, und spülte sich den Mund aus, bis der taube Geschmack nachließ. Sie warf sich mit beiden Händen das Wasser ins Gesicht und rieb sich das Gesicht ab, bis ihr die Haut brannte. Ein Handtuch war nicht da. Noch immer war nichts zu hören. Wassertropfen fielen ihr vom Gesicht. Sie betrachtete die Wasserflecken auf ihrer Bluse, schnüffelte an ihrer Schulter und verzog das Gesicht. Dann zog sie sich entschlossen Bluse und Büstenhalter aus und wusch sich den Oberkörper mit kaltem Wasser ab. Das Wasser pladderte laut ins Waschbecken.

Sie hatte ihn nicht kommen hören und erschrak. Der Maskierte stand mitten im Zimmer. Sie drehte ihm den Rücken zu und zog sich wieder an.

Der Maskierte trug eine helle, leichte Hose und ein kurzärmliges, weißes Polohemd mit offener Brusttasche. Die Pistole steckte in einem hellbraunen Schulterhalfter, das die Farbe seiner Schuhe hatte. Sie sah, daß er auffallend schlank war. Seine Handgelenke waren so schmal wie ihre – und sie hätte sie mit einer Hand umfassen können wie ihre eigenen. Die Wollmaske auf seinem Kopf wirkte wie ein umgestülpter Bienenkorb auf den Schultern eines Dreizehnjährigen.

»Können Sie bitte mal das Fenster aufmachen?

Er sah sie stumm an.

»Ich schreie nicht oder so was«, fügte sie hastig hinzu, »ganz bestimmt nicht.«

Der Maskierte machte das verstaubte Fenster auf. Es wurde heller, und was sie bisher für eine Jalousie gehalten hatte, waren abgeblätterte, grüne Fensterläden. Und sie sah etwas, was ihr zuerst wie ein Hirngespinst vorgekommen war. Das Fenster war vergittert. Es waren elegant gebogene, kantige Eisenstäbe.

Nach dem Frühstück nahm sie ihren Mut zusammen. Sie steckte sich das Valium 25 in den Mund, klemmte es unter der Zunge fest und trank den letzten Schluck Tee mit ruckartig zurückgeworfenem Kopf und einem leichten Ausdruck von Ekel im Gesicht – wie immer, wenn sie die Tablette herunterschluckte. Dann putzte sie sich die Nase und schob die Tablette mit der Zunge in das Papiertuch. Sie behielt es in der Hand und bat ihn um eine Zigarette.

Er gab sie ihr und schob ihr die Streichhölzer hin. Dann machte er das Fenster wieder zu und wartete stumm, bis sie den Stummel ausgedrückt hatte. Er ging ohne ein Wort.

Als sie seine Schritte im Flur hörte, ging sie zum Waschbecken, warf die Tablette in den Ausguß und spülte sie weg. Sie ging wieder zum Bett, ein kurzes Lächeln huschte über ihr Gesicht, und sie dachte, diese Angst ist unsinnig. Angst habe ich nur wegen der Maske und der Pistole. Aber ohne, da ist er einfach nur ein Mann. Sie unterdrückte ein Kichern und klopfte sich selbst auf die Schulter, eine Geste, die sie als kleines Mädchen immer gemacht hatte, wenn sie gelobt werden wollte.

Ihr Kopf wurde langsam klarer. Sie blickte zum Fenster. Die Lichtstreifen waren heller geworden. Sie starrte auf das Gitter und rieb sich die Nase. Erst wollte es ihr nicht einfallen, aber dann erinnerte sie sich nur zu gut an die Gitter vor dem Schlafsaalfenster in der Klosterschule. Sie waren aus Schmiedeeisen gewesen und kunstvoll verziert. Der Schlafsaal hatte im Parterre gelegen.

Sie hörte die Schritte im Flur. Als das Geräusch der Schritte schwächer wurde, sagte sie sich, daß das Haus eine Treppe haben mußte und daß ihr Zimmer zu ebener Erde lag. Nicht viel, aber etwas, sagte sie halblaut und räusperte sich erschrocken. Aber ihre Stimme blieb weiter rauh und fremd.

Das Deckenlicht kam von einem kreisförmigen Milchglasgehäuse, das mit den Unterkanten an der grauverstaubten Decke zu kleben schien. Unter dem hellgrauen Teppichboden knarrten die Fußbodenbretter. Sie ging barfuß im Zimmer umher und setzte vorsichtig ein Fuß vor den anderen. Nach wenigen Schritten wurde ihr wieder schwindlig, und sie mußte sich setzen. Sie saß auf dem Stuhl und betrachtete das Zimmer aus der Sicht des Maskierten.

Mittags saß der Maskierte wieder auf dem Stuhl, und sie löffelte eine Gemüsesuppe. Ihr Hunger war schnell vorbei, aber sie zwang sich, alles aufzuessen. Dann schob sie den Teller weg, und der Maskierte gab ihr eine Tablette. Sie wiederholte den Trick mit dem Taschentuch, zerknüllte es und behielt es in der Hand. Als sie sich eine Zigarette anzündete, konnte sie nicht verhindern, daß ihr die Röte vom Hals her ins Gesicht stieg. Sie wich seinem Blick aus.

»Gibt's irgendwas Neues?«

Er schüttelte stumm den Kopf.

Billie sah ihn an und bemerkte den Schweiß in seinen Augenwinkeln. »Wenn Sie mich leben lassen, würde ich Sie niemals verraten. Auch wenn ich wüßte, wer Sie sind.«

Er schwieg.

Sie drückte ihre Zigarette auf dem Teller aus und stand auf. Der Maskierte brachte sie zur Toilette. Das Papiertuch mit der Tablette war in der Hand zu einem feuchten, kleinen Klumpen geworden, den sie wegspülte. Als sie, neugierig geworden, den Spiegel über einem unbenutzten Becken mit toter Leitung entdeckte, wischte sie die dicke Staubschicht mit Toilettenpapier ab und betrachtete ihr Gesicht. Sie hatte dunkle Ringe unter den Augen, und ihre Haut war bleich und durchsichtig. Sie seufzte, schüttelte ihre verschwitzten, langen Haare und strähnte sie mit den Fingern.

»Kommen Sie raus!«

»Sofort!« Sie warf den Kopf nach hinten und blickte wieder in den Spiegel. Ihre Haare sahen verklebt und stumpf aus.

Im Flur was es anscheinend zu jeder Tageszeit dunkel. Sie übertrieb ihre Unsicherheit, täuschte einen Schwächeanfall vor und griff nach seinem Arm. Der Maskierte umfaßte mit dem rechten Arm fest ihre Taille, öffnete mit der linken die Tür und führte sie zum Bett.

Billie schloß erschöpft die Augen, und als sie ihn wieder ansah, lächelte sie schüchtern. Der Maskierte nahm das Tablett und ging. Sie blieb reglos liegen, bis er von außen abgeschlossen hatte.

Sie setzte sich auf und dachte daran, daß sie den Maskierten zum zweitenmal betrogen hatte. Sie kicherte. Dann ließ sie sich aufs Bett zurückfallen, schlug die Hände vors Gesicht und weinte. Diesmal schlief sie nicht darüber ein. Sie zog ein Papiertaschentuch aus der Schachtel und schneuzte sich.

Sie stand vom Bett auf, ging zum Fußende, hielt sich am Bettpfosten fest und ging in die Knie. Der Schmerz in Oberschenkel und Waden trieb ihr das Wasser in die Augen. Sie biß sich auf die Unterlippe, zog sich am Bettpfosten hoch und ging wieder in die Knie. Dann wurde ihr schwindlig. Sie ließ den Bettpfosten los und setzte sich auf den Fußboden. Sie blieb sitzen, bis sich die grellglitzernden Schleier vor ihren Augen verzogen hatten, dann machte sie weiter, aber bald darauf brach ihr der Schweiß aus, eine schwarze Wolke drohte sie zu verschlingen, und sie sackte zu Boden. Sie atmete tief. Dann kroch sie zum Waschbecken, zog sich daran hoch, hielt die Handgelenke ins Wasser und rieb sich das Gesicht ab. Sie dachte an Kammerloh, und ihr Haß wurde stärker als ihre Angst. Sie ging vorsichtig zum Fenster. Die versetzten Holzschlitze in den Fensterläden ließen keinen Blick nach draußen zu.

Sie lag auf dem Bett und fragte sich, wo sie war und warum es hier immer so still war. Sie sah zu, wie das gebündelte, harte Licht vom Fenster weicher wurde, die scharfumrissenen Strahlen schwächer wurden und sich zu einem diffusen, hellen Grau auflösten, das die Dämmerung einleitete. Draußen war es wahrscheinlich noch hell, als die Umrisse der Tür und des Waschbeckens schon im Grau verschwammen.

Sie machte die kleine schwarze Lampe an, setzte sich auf und wischte sich den Schweiß vom Gesicht. Ihr Herz schlug sehr schnell, ihre Kehle wurde eng und ihre Handflächen feucht. Der Gedanke an den Tod ist für die meisten jungen Menschen ein abstrakter Begriff, genauso wie Krankheit und das Alter. Und dann, ganz plötzlich oder allmählich, hört der Tod für jeden Menschen auf, etwas zu sein, was nur andere betrifft, nämlich wenn es um den eigenen Tod, wenn es ans Sterben geht. Und wer einmal seine Nähe gespürt hat, wird nicht mehr der sein können, der er vorher war. Aber zunächst hat jeder Mensch ganz einfach Angst. Billie hatte diese Angst und konnte sich nicht dagegen wehren, weil die Chemikalie, die sie bisher in Schach gehalten hatte, fehlte.

Der Maskierte brachte ein Tablett mit Cheeseburgern und trug seine Pistole wie andere Leute eine Krawatte. Er setzte sich auf dem Stuhl zurecht und schlug die Beine übereinander.

Billie zog das Tablett heran und starrte auf die Cheeseburger. Dann hob sie es hoch und warf es ohne Ankündigung in seine Richtung, sprang auf und ging mit bloßen Händen auf ihn los.

Der Maskierte gab ihr eine Ohrfeige. Billie stürzte zu Boden und wimmerte. Der Maskierte sah sie einen Augenblick an, dann hob er sie auf und legte sie aufs Bett. »Lassen Sie diesen Unsinn!«

Sie drehte ihr Gesicht von ihm weg.

Er nahm die Tablette, hielt sie ihr hin und gab ihr einen Pappbecher mit Wasser. »Los, nehmen Sie!«

Sie gehorchte.

»Versuchen Sie das nicht noch mal!«

Sie nickte stumm. Dann sagte sie leise: »Haben Sie schon was gehört?«

Der Maskierte schwieg.

»Werden *Sie* es tun?«

»Für Sie macht es keinen Unterschied, wer es tut.« Seine Hände lagen auf dem Tisch. Sie waren wirklich klein und die Handgelenke schmal. Die wenigen hellen Härchen auf seinen Handrücken waren kaum zu erkennen.

»Wann wissen Sie es?«

»Noch Wasser?«

Sie nickte.

Er stellte ihr die Flasche hin und ging. Billie machte die Lampe aus und fing an zu weinen. Sie fühlte sich elend. Eine Stunde später war ihr alles egal. Sie schlief ein.

Am Morgen des siebenten Tages fragte sie ihn, welcher Tag es sei, und sagte, sie wolle ihn um etwas bitten.

»Was?«

Sie hielt ihm eine verklebte Haarsträhne hin. »Ich fühle mich so dreckig – im Bad ist doch eine Dusche. Ich brauche nicht viel. Irgendein Kopfwaschmittel, Seife und Handtuch. Bitte.«

»Warten Sie's ab.«

»Vielen Dank. Und dann brauche ich nur noch irgendein T-Shirt, ein Hemd und eine Baumwollunterhose, alles in Größe 40, bloß kein Nylon. Die Sachen gibt's in jedem Kaufhaus. Und Waschpulver, dann kann ich meine Sachen im Waschbecken auswaschen.« Sie zupfte an ihrer Bluse und hoffte, daß sie in seinen Augen schmuddelig genug war.

Er ging stumm hinaus und schloß ab. Er hatte die Tasse und den Teller nicht mitgenommen und die Zigarettenschachtel und Streichhölzer auf dem Tisch liegengelassen. Billie hätte gern geraucht, aber sie blieb sitzen und rührte sich nicht. Fünf Minuten später kam er zurück und legte die Wäsche aufs Bett.

Billie blieb der Mund offen. Bis auf das Männerhemd hatten die Sachen die richtige Größe. »Ich sollte besser erst duschen, bevor ich sie anziehe«, sagte Billie vorsichtig.

»Später.«

Billie hatte ihr Leben lang jeden Tag frisch gewaschene Wäsche getragen und konnte es nicht erwarten, die plastikverpackte, an den Ecken angestaubte Kaufhauswäsche anzuziehen.

Mittags gab es aufgewärmte Cheeseburger. Billie unterdrückte ihren Ekel und fraß sie in sich hinein. Der Maskierte kam ihr in seiner Schweigsamkeit bedrohlich vor, und sie hatte nicht genug Mut, ihn an das Bad zu erinnern. Aber die Tablette nahm sie wieder nicht. Sie warf sie in den Ausguß und spülte nach. Sie wartete den ganzen Tag lang auf die Erlaubnis zu duschen. Als sie schon nicht mehr damit rechnete, war es endlich soweit.

»Eine halbe Stunde!«

Die Badezimmertür fiel hinter ihr zu, und sie hörte, wie er sich neben die Tür auf einen Stuhl setzte. Sie zerrte sich die Kleidung vom Leib, weichte Bluse, Unterhose und Büstenhalter im Waschbecken ein und stellte die Dusche an. Das Wasser wurde nicht ganz heiß, und der Druck, mit dem es aus der Leitung kam, war nicht besonders stark. Sie stellte sich darunter, blieb eine ganze Weile einfach so stehen und genoß es. Dann wusch sie sich und spülte ihre Haare.

Der Dampf von der Dusche zog durch einen schmalen Luftschacht aus dem fensterlosen Raum ab. Sie hatte immer noch

Muskelkater und bewegte sich bedächtig. Sie putzte sich die Zähne. Dann zog sie einen Hocker vor den Spiegel am zweiten Waschbekken, stellte sich darauf und betrachtete sich. Ein Husten im Flur ließ sie zusammenzucken, und sie dachte, wenn er will, kann er hier einfach reinkommen. Sie zog hastig die neue Wäsche an. Das T-Shirt war doch ein bißchen zu weit, aber das war ihr ganz recht. Sie hatte etwas Farbe im Gesicht, und ihre Lippen waren sehr blaß.

Die grüne Flasche auf dem Bord über dem Waschbecken versetzte sie in Erstaunen. Es war ein Hautöl, das nach frischem Gras roch und das sie gern benutzte.

Sie spülte ihre Wäsche. Dann brachte sie der Maskierte ins Zimmer zurück. Das Abendessen stand schon auf dem Tisch. Diesmal waren es Hamburger statt Cheeseburger. Sie stöhnte.

Der Maskierte setzte sich auf den Stuhl und sah sie an. Er trug ein ähnliches T-Shirt wie sie, die üblichen hellen Hosen und weiße Tennisschuhe ohne Socken. Und das Schulterhalfter mit der Pistole.

»Essen Sie das auch jeden Tag?«

Er nickte.

»Davon wird man fett und picklig.«

»Unsinn. Es ist eine gute Nahrung. Alles drin, was der Körper braucht.«

Billie schwieg und sagte sich, daß man mit einem Amerikaner wohl besser nicht über Hamburger und Steaks diskutierte. »Dabei bin ich sowieso schon gebaut wie eine Sanduhr.«

»Sanduhr?«

Billie zeichnete die Umrisse mit den Händen in die Luft. »Ich wäre lieber ganz schmal und dünn.«

»Es ist unsinnig, jemand anders sein zu wollen«, sagte der Maskierte steif.

»Ich hab's nicht so ernst gemeint.«

»Dann schweigen Sie«, antwortete er schroff.

Billie zögerte. Dann fragte sie vorsichtig: »Können Sie mir vielleicht was zu lesen geben – nicht jetzt – morgen. Eine Zeitung vielleicht, irgendwas.«

»Vielleicht. Warten Sie's ab.«

Dann schluckte sie wieder die Tablette, weil sie das Alleinsein fürchtete, die Dunkelheit und die Angst.

Sie dachte darüber nach, was sie bisher von dem Maskierten wußte. Sie schätzte ihn zwischen Zwanzig und Dreißig, Amerikaner, wahrscheinlich New Yorker. Humor hatte er offenbar nicht.

Sie schlief bald ein und hatte wirre Träume, an die sie sich später nicht mehr erinnern würde. Einmal stand Kammerloh mitten im Zimmer und sagte: Du mußt das verstehen, Wilhelmine, ich konnte nicht anders handeln. Sie rieb sich die Augen. Dann saß er auf dem Stuhl des Maskierten. Sie starrte ihn an, bis ihre Augen brannten. Dann war er plötzlich wieder verschwunden. Aber sie wachte nicht auf.

62

Frau Limmer betrachtete das braune Päckchen und hielt es ans Ohr. Sie hörte kein Ticken, aber ihr Mißtrauen blieb. Draußen auf dem Vorplatz heulte ein Motor auf. Durchs Fenster konnte sie Erich sehen, dessen Oberkörper unter der hochgeklappten Motorhaube verschwand.

»Die Post wird automatisch durchleuchtet.« Der Postbote wischte sich mit dem Taschentuch den Nacken.

Frau Limmer drehte das Päckchen um. »Einen Absender hat

es nicht, das ist nicht korrekt! Wenn man denkt, was alles so passiert.«

»Aber die Anschrift stimmt.«

Frau Limmer hielt sich das Päckchen dicht vors Gesicht und betrachtete die sauber getippte Anschrift. »Ist schon recht, ich nehm's ja an. Möchten S' vielleicht einen Obstler?«

Der Postbote seufzte, stellte seine Tasche hin und setzte sich wortlos an den Küchentisch. Er kannte Frau Limmers Angst vor Bombenpaketen.

Frau Limmer goß ihm einen Schnaps ein und stellte die Flasche wieder weg. »Weiß man's, was dem Gesocks alles einfällt!«

Der Postbote warf den Kopf zurück und schüttete sich den Schnaps in die Kehle. Mit »denen« – soviel wußte er – meinte sie Studenten, Kommunisten, Araber, Schwarze – vor allem aber die, die den Reichen ihren Reichtum nicht gönnten. Er seufzte zufrieden und sagte: »Mei, Frau Limmer, der Herr Kammerloh, der weiß schon, was gut ist.«

»Freilich weiß er das.« Sie wandte ihren Blick nicht von dem braunen Päckchen auf dem Küchentisch. Sie wartete, bis sich der Postbote verabschiedet hatte. Dann tat sie, was Kammerloh ihr aufgetragen hatte, und brachte die Post ins Gästezimmer.

Der Mann saß am Fenster und blickte hinunter in den Park. Seine Jacke hatte er sorgfältig über einen Stuhl gehängt.

»Aber Sie brauchen doch Ihr Bett nicht selbst zu machen, Herr Morrisson!«

Schwiefkas Blick fiel auf das braune Päckchen. Er lächelte. »Ich bin's so gewöhnt.« Sie schüttelte mißbilligend den Kopf, nahm das Frühstückstablett und ging.

Das Päckchen enthielt einen maschinegeschriebenen Brief, eine Tonbandkassette und ein Polaroidfoto. Schwiefka blickte auf das Bild, und seine Stirnfalten wurden tief und wulstig. Das Mädchen saß mit Handschellen auf einem Bett. Es sah erschöpft aus, und in seinen Augen waren Angst und Verwirrung. Außer dem Bettgestell war auf dem Blitzlichtfoto nichts vom Zimmer zu sehen. Es gab nicht den geringsten Zweifel. Das Mädchen war Kammerlohs Tochter. Er legte das Foto weg und las den Brief. Er war ebenso sauber mit Schreibmaschine getippt wie die Anschrift. Das Papier hatte kein Wasserzeichen – eine billige Sorte aus einem Warenhaus.

»HEUTE GEBEN WIR IHR DIE ERSTE HEROINSPRITZE. MORGEN ZWEI. ÜBERMORGEN DREI. WARTEN SIE AUF UNSEREN ANRUF! WENN SIE DIE POLIZEI VERSTÄNDIGEN, TÖTEN WIR IHRE TOCHTER *SOFORT*.«

Schwiefka ließ den Brief sinken, stieß die angehaltene Luft aus und fluchte. Er zog die Nachttischschublade auf, stellte den Kassettenrekorder an und hörte die beigefügte Kassette ab. Er konzentrierte sich auf die heisere, unsichere Stimme. Einmal wurde sie mitten im Satz schwankend, das Band knackte, knackte wieder, dann sprach die Stimme weiter, flüsternd und ängstlich. Er stellte das Band ab, fuhr sich mit der Hand durch die Haare und stand auf. Er blickte hinaus in den sonnigen Park und war bereit, seinen Hut zu verzehren, falls er es nicht mit einer echten Entführung, und zwar von Profis, zu tun hatte.

Jack Schwiefka erinnerte sich gut an Wilhelmine-Therese Kammerloh. Vor etwa einem Jahr hatte er sie kennengelernt. Sie war damals neunzehn Jahre alt gewesen und hatte eine Dummheit gemacht, die ihr hätte gefährlich werden können, wenn Kammerloh nicht Schwiefka eingeschaltet hätte. Sie hatte ein knappes Kilo einheimisches Gras von einem Urlaub in Kenia mitgebracht und den größten Teil davon an Freunde verschenkt. Dem letzten samt Reisetasche, Namensschild und Adresse. Der Junge, dem sie die Tasche mit dem Rest Marihuana geschenkt hatte, kam auf einen nicht sehr feinen, aber naheliegenden Gedanken und verlangte fünftausend Mark für die Tasche. Kammerloh fürchtete einen Skandal, und Wegner gab Schwiefka das Geld und den Auftrag, die Sache aus der Welt zu schaffen. Als Schwiefka den Jungen aufsuchte, war Kammerlohs Tochter bei ihm. Schwiefka hielt sich nicht lange mit Vorreden auf. Er schlug den Jungen zusammen, nahm ihm die Tasche weg, gab ihm fünfhundert Mark und behielt den Rest für sich. Er erinnerte sich noch gut an Billies haßerfüllte Blicke und hatte sich gefragt, ob sie vielleicht sogar selbst dahintersteckte. Aber da das Mädchen schwieg und weder Kammerloh noch Wegner erzählte, daß Schwiefka das meiste Lösegeld für die Tasche selbst kassiert hatte, behielt er seinen Verdacht für sich.

Schwiefka stellte das Telefon auf den Tisch und setzte sich davor. Er nahm den Hörer ab, zögerte und legte wieder auf. Er stand auf, setzte sich aufs Bett, betrachtete das Polaroidbild, hörte noch einmal die Tonbandkassette ab und las den Brief der Erpresser. Dann kehrte er zum Tisch zurück, nahm den Telefonhörer ab und wählte.

»Sekretariat Direktor Kammerloh. Mit wem spreche ich, bitte?«

»Morrisson. Ich muß ihn sprechen. Privat. Er erwartet meinen Anruf.«

»Tut mir leid, aber Herr Kammerloh ist in einer Konferenz beim Minister. Kann ich etwas ausrichten?«

»Ja, er möchte so schnell wie möglich zu Hause anrufen.«

»In welcher Angelegenheit?«

»Hören Sie, ich sagte bereits, es ist persönlich! Es wäre ihm nicht recht, wenn es das nicht bliebe. Richten Sie ihm aus, er möchte dringend zurückrufen, der Zustand hat sich verschlechtert. Haben Sie verstanden?«

»Ja, aber –«

»Gut. Dann schreiben Sie das auf einen Zettel und bringen ihn sofort zu ihm! In die Konferenz! Haben Sie das auch verstanden?«

»Ich weiß nicht –«

»Wenn Sie weiter für ihn arbeiten wollen, tun Sie es lieber.« Schwiefka warf den Hörer auf die Gabel und wartete. Je länger er über die Sache nachdachte, desto mulmiger wurde ihm. Vielleicht hatte Kammerloh doch recht. Vielleicht hatte das Mädchen am Anfang sogar selbst die Idee gehabt, eine Entführung vorzutäuschen. Motiv: ihr Anteil am Kammerlohschen Vermögen, dessen Auszahlung Kammerloh ihr verweigerte. Für Schwiefka jedoch stand nur eines mit Sicherheit fest: Wer auch immer sich die Sache ausgedacht hatte und wie auch immer sie angefangen hatte – inzwischen steckte das Mädchen bis zum Hals in Schwierigkeiten.

Schwiefka wartete. Er fluchte leise vor sich hin und fragte sich, was er tun sollte, wenn die Entführer anriefen, bevor Kammerloh zurück war. Er wußte es nicht.

63

Freitag abend, dreiundzwanzig Uhr. Franz Morgenroth verließ die U-Bahn-Station Münchner Freiheit und ging die Leopoldstraße stadteinwärts. Es war ein sanfter, warmer Abend. Die Straßencafés hatten noch geöffnet, und auf der Straße herrschte lebhafter Verkehr. Die Telefonzellen bei der Post waren alle besetzt, und davor drängten sich die Wartenden. Er kehrte um, ging die Leopoldstraße stadtauswärts, bog in die Ungererstraße ein und fand eine leere Telefonzelle.

Er nahm den Hörer ab und warf ein paar Markstücke ein. Dann stellte er den Kassettenrekorder mit eingebautem Mikrofon auf Aufnahme und wählte Kammerlohs Starnberger Nummer. Der Rekorder lief lautlos. Am anderen Ende der Leitung nahm jemand ab.

»Ja? Wer spricht?«

»Sie sind nicht Kammerloh«, sagte Franz. »Ich spreche nur mit ihm.«

»Warten Sie! Legen Sie nicht auf! Herr Kammerloh ist auf einer Konferenz in Bonn. Mein Name ist Wegner, ich bin sein Bevollmächtigter! Er hat die Vollmacht auf Band gesprochen! Hören Sie noch?«

»Ja.«

»Ich spiele Ihnen jetzt das Band ab. Bitte hören Sie zu!« Es war unzweifelhaft Kammerlohs Stimme, die sagte: »Herr Wegner ist von mir bevollmächtigt, für mich zu verhandeln. Ich selbst bin erst in ein paar Tagen zurück. Franz Kammerloh.«

»Ich spreche nur mit Kammerloh selbst. Dieser Trick zwingt uns zu Konsequenzen. Wir werden ihr jetzt die Spritzen geben. Montag um dieselbe Zeit melden wir uns wieder, Kammerloh soll das Geld bereithalten, sonst stirbt seine Tochter in der nächsten Woche.«

Die beiden Männer erwarteten ihn im Wohnzimmer. Franz ließ das Band mit dem Telefongespräch ablaufen.

»Scheiße«, sagte Maugham. »Das ist ein Trick, ganz klar! Damit ist der ganze Plan im Eimer. Mein Gott, was für eine Scheiße!«

Franz schwieg und sah Tomcik an.

»Kann sein, daß er verreist ist – kann auch nicht sein«, sagte Tomcik ruhig.

»Wir warten auf jeden Fall bis Montag«, sagte Franz, »dann sehen wir weiter.«

»Das hat doch alles keinen Sinn mehr!« sagte Maugham laut. Er hatte rote Flecken im Gesicht und sah Franz nicht an.

Tomcik blickte gleichmütig vor sich hin. Franz zwang Maugham, ihn anzusehen. »Wir haben eine Abmachung – vergiß das nicht! Außerdem gibt's noch keinen Grund, nervös zu werden. Kümmere du dich um deinen Job.«

»Der Wagen ist so gut wie fertig!«

»Sehr gut. Nimm dich gefälligst zusammen.«

»Dieser Kerl da am Telefon«, sagte Tomcik nach einer Weile, »wenn er nun nicht der ist, für den er sich ausgibt?«

»Polizei?« fragte Maugham.

»Spiel's ihr vor«, sagte Franz. »Dann wissen wir's.«

Tomcik sah auf die Uhr. »Jetzt?«

Franz nickte. »Jetzt!«

»Okay.« Tomcik stand auf und nahm den Kassettenrekorder vom Tisch. »Sie hat eine Valium drin. Ich weiß nicht, ob ich sie wachkriege.«

»Nimm ihr Zigaretten mit«, sagte Franz. »Warte einen Moment!« Er nahm den Rekorder und löschte seine Stimme.

Tomcik warf Franz einen flüchtigen Blick zu und griff nach seiner Wollmaske.

Das Mädchen wachte schneller auf, als Tomcik erwartet hatte. Er sah ihr zu, wie sie sich im Bett aufrichtete und sich die Haare aus dem Gesicht strich. Ihr Gesicht war ein wenig aufgedunsen und gerötet. Sie rieb sich mit dem Handrücken die Augen wie ein kleines Mädchen und zündete sich sofort eine Zigarette an.

»Ist was passiert?«

Tomcik zuckte die Achseln. Er stellte den Kassettenrekorder an und ließ das Band zurücklaufen. »Hören Sie sich das genau an.«

Das Mädchen hörte zu. Tomcik stellte das Gerät ab und sah sie an. »Kennen Sie den Mann?«

Das Mädchen sah ihn unsicher an. »Kann ich's noch mal hören?«

Tomcik beobachtete sie beim Zuhören. Dann stellte er den Rekorder wieder ab. Sie zündete sich eine neue Zigarette an und blickte betroffen auf den Kassettenrekorder.

»Also, was ist?«

»Wegner gibt es. Er ist Kammerlohs Prokurist.« Sie deutete mit der brennenden Zigarettenspitze auf den Kassettenrekorder. »Aber das ist nicht seine Stimme. Dieser Mann ist nicht Wegner. Mir ist, als hätte ich die Stimme schon mal gehört, aber ich komme einfach nicht drauf, wer es ist.«

»Sind Sie ganz sicher?«

Billie nickte heftig. Die Haare fielen ihr ins Gesicht, und sie warf den Kopf zurück. »Wegner ist es jedenfalls nicht. Was hat das zu bedeuten?«

»Sieht so aus, als ließe er Sie hängen«, sagte Tomcik ruhig. Er blickte ihr ins Gesicht und sah in ihren Augen, daß sie wußte, was das bedeutete.

»Aber – er ist wirklich oft verreist«, sagte sie unsicher. »Das ist wirklich wahr. Ich hab Sie noch nie belogen.«

Tomcik stand auf. »Wir wissen das. Wollen Sie was zur Beruhigung?«

»Nein«, sagte das Mädchen leise.

»Legen Sie sich wieder hin.«

Das Mädchen gehorchte. Tomcik ging hinaus, schloß das Zimmer ab und zerrte sich die Wollmaske vom Kopf. Er wischte sich den salzigen Schweiß aus den Augenwinkeln und kehrte ins Wohnzimmer zurück.

64

Das Telefon klingelte, und Schwiefka riß den Hörer von der Gabel. »Kammerloh. Was gibt's?«

Schwiefka seufzte erleichtert. »Sie haben sich wieder gemeldet!«

»Und?«

Schwiefka zögerte. »Meiner Meinung nach sieht es immer weniger vorgetäuscht aus. Es ist ein Bild dabei, ein Brief und ein Tonband von ihr.«

Kammerloh knurrte etwas Unverständliches.

»Sie haben erst vor zwei Stunden angerufen. Derselbe Mann, der Sie angerufen hat – der Stimme nach zu urteilen.«

»Aha. Ich bin Sonntag wieder da.«

»Sie wollen nicht mit mir verhandeln. Sie wollen mit Ihnen sprechen. Was soll ich tun?«

»Behalten Sie die Nerven«, sagte Kammerloh und legte auf.

Schwiefka sah den Telefonhörer an und warf ihn auf die Gabel. Er fluchte unterdrückt und dachte, er hat nicht mal gefragt, wie es seiner Tochter geht und was in dem Brief steht. Schwiefka fingerte das Polaroidfoto aus dem Umschlag und hielt es dicht unter die Lampe.

Das ist nicht gestellt, murmelte er, nie und nimmer ist das gestellt. Das läßt niemand freiwillig mit sich machen, und sie ist keine, die Spaß daran hat, sich fesseln zu lassen. Er ließ das Foto auf den Tisch fallen und setzte sein Selbstgespräch fort. Wieso ist Kammerloh so sicher, daß er recht hat? Und wenn er nicht recht hat und es weiß? Wenn er nur Zeit gewinnen will? Schwiefka steckte Brief und Foto wieder in den Umschlag und sagte laut: »Dann ist er das größte Schwein, das auf Gottes Erdboden herumläuft, yes, Sir!«

Er stand auf, zog seine braunkarierte Jacke an, setzte seinen Hut auf und verließ das Haus. Frau Limmer und Erich hörten ihn nicht. Jack Schwiefka fuhr in die Stadt. Es war 0.40 Uhr, Freitag nacht.

65

Robert Tomcik strich sich eine helle Haarsträhne aus der Stirn und sah Franz an. »Ich glaube nicht, daß sie gelogen hat.«

»Ich auch nicht!«

»Was nun?«

»Von der Polizei ist der nicht«, sagte Franz. »Die reden anders – geschickter im Hinhalten, taktieren besser, sind dafür ausgebildet. Dem Kerl war es – unangenehm, ja. Der hört sich doch nicht an wie einer, der was zu sagen hat! Nein, das ist ein Kuli. Kammerloh ist es, der taktiert aus dem Hintergrund.«

»Ein Detektiv«, sagte Tomcik. »So Leute wie ihr Vater haben immer ihre Leute für bestimmte Fälle.«

Franz rieb sich die Stirn und sah Tomcik an. »Ja, es liegt auf der Hand. Als ich die Spritzen erwähnt habe, ich meine, man hörte förmlich, wie er einen Schreck kriegte. Der ist keine echte Gefahr. Kammerloh – ihn muß ich zu fassen kriegen!«

»Sie sagte, er ist viel unterwegs.«

»Ja«, sagte Franz nachdenklich. »Trotzdem ist es schwer zu begreifen – ein Vater, der seiner Tochter so was zutraut.«

Tomcik zuckte die Schultern. »Vielleicht hassen sie sich einfach. Soll schon öfter vorgekommen sein.«

»Ein Vater, der seine Tochter haßt?« sagte Franz. »Ich meine, wie konnte ich denn damit rechnen.« Seine Stimme war erstaunt, nicht entschuldigend.

»Es gibt nichts, was es nicht gibt«, entgegnete Tomcik sachlich. »Leute in diesen Verhältnissen lassen nichts nach draußen. Sie können das – sie haben wirklich die Macht –, das sind keine Filmnutten oder Politiker. Leute wie Kammerloh können 'ne Menge verschweigen. Vielleicht hätten wir ihn holen sollen und nicht sie. Glaub nicht, daß sein Laden lange gezögert hätte.«

Franz warf ihm einen nachdenklichen Blick zu. Er hatte den Amerikaner noch nie so viel reden hören. »Wir warten bis Montag«, sagte er kurz.

Tomcik nickte. Es war das vernünftigste.

Plötzlich stand Maugham in der Tür und lachte. Er hatte Schmierflecken im verschwitzten, hochroten Gesicht und auf seinem blauen Monteuranzug. »Wir stecken in der Scheiße, Kameraden! Bis hier!« Er zeigte auf seinen Adamsapfel. »Und was mach ich? Ich reiße mir ein Bein aus! Zum Totlachen! Oder glaubt einer von euch im Ernst, daß der Alte noch zahlen wird?«

»Das läßt sich jetzt noch nicht sagen«, antwortete Franz ruhig.

Maugham lachte gezwungen. »Du liebe Zeit! Wie vornehm ausgedrückt!« Er streckte den Kopf vor und starrte Franz an. Der Schweiß, vermischt mit Ölflecken, glänzte auf seiner Stirn.

»Ich kann Fragen, die sich mit der Zeit selbst beantworten, nicht leiden«, sagte Franz scharf.

Tomcik lächelte unbeteiligt.

Maugham atmete tief ein, stieß die Luft aus und sagte mit veränderter Stimme: »Der Wagen ist fertig! Kommt, ich zeig ihn euch.«

Franz und Tomcik folgten ihm in die Garage.

An die Seitenscheibe des Wagens hatte Maugham einen maschinegeschriebenen Brief geklebt. Absender war eine Fernsehzeitschrift, Empfänger ein Herr Joachim von Vietinghoff, hauptpostlagernd, 8 München 40.

Sehr geehrter Herr v. Vietinghoff, herzlichen Glückwunsch zu Ihrer originellen Frage! Sie ist von der Redaktion zur »Frage der Woche« erklärt worden. Sicher freuen Sie sich genauso darüber wie wir.

Nun zu Ihrer Frage: Eine Million Deutsche Mark in 1000 Fünfhundertmarkscheinen, 2500 Hundertmarkscheinen und 5000 Fünfzigmarkscheinen wiegen 9 Kilogramm. In Hunderter-, Fünfziger-, Zwanziger- und Zehnerscheinen wiegt eine Million 29 Kilogramm.

Nochmals: Herzlichen Glückwunsch!

Ihre BOING-Redaktion.

Unterschrift: Walter Fritzsche

P.S. Wo sollen wir das tragbare Fernsehgerät hinschicken?

Maugham deutete auf den Brief. »Es bleibt natürlich eine gewisse Unsicherheit, weil wir nicht genau wissen, in welchen Scheinen wir das Geld kriegen und in welcher Währung. Wenn ich noch ein paar Stunden Zeit hätte«, er lächelte ironisch, »ich meine, wenn wir das Geld haben, könnte ich diesen Gewichtsverlust natürlich noch ausgleichen und noch Blechlagen hinzufügen. Aber es geht auch so, ohne daß sie die Differenz und das Risiko nennenswert erhöhen.« Er lachte. »Immer vorausgesetzt, wir kriegen das Geld jemals zu sehen.«

Franz sah ihn an. Seine Augen wurden schmal und sein Mund zu einem festen Strich.

Maugham wischte sich mit dem Ärmel übers Gesicht und hinterließ einen hellroten Streifen auf der schweiß- und ölverschmierten Haut. Seine Stimme nahm einen dozierenden Tonfall an. »Motorblocknummer und Kennzeichen stimmen mit den Papieren überein. Der Wagen ist ein anderer Wagen geworden – er hat eine wasserdichte Identität – gesetzlich. Von mir aus kann's losgehen!« Seine Fröhlichkeit war so echt wie ein Kinderring aus einem Kaugummiautomaten.

Franz stieß ärgerlich die Luft aus. »Ich hab dir gesagt, keinen Tropfen Alkohol!«

Tomcik betrachtete den Wagen. Er wirkte gelangweilt. Maugham wurde dunkelrot im Gesicht. Sein Ton war aggressiv. »Ich habe meine Arbeit getan – also spiel dich nicht auf! Dein Plan ist kaputt – das ist doch sonnenklar! Ich will dir sagen, was das Problem ist: du willst das nicht zur Kenntnis nehmen! Und dann – glaubst du vielleicht, dieser Amerikaner da sagt dir, was er wirklich denkt?«

Tomcik hob den Kopf. Seine blaßblauen Augen richteten sich auf Maugham. »Ich sage immer, was ich denke, und zwar solange ich denken kann. Du redest wie ein Mann mit einem schlechten Gewissen.«

»Haufenweise Sprüche!« Maugham machte eine fahrige Handbewegung und äffte Tomciks lakonischen Tonfall nach. »Ich kenne einen Mann, der wußte auf jede Frage eine Antwort und gewann jedes Quiz, du liebe Zeit!«

Tomcik straffte sich. Franz warf ihm einen Blick zu und sagte: »Du hältst dich da raus, das ist meine Sache!« Er schlug Maugham mit der flachen Hand ins Gesicht. »Gib mir die Flasche.«

Maugham schwankte, starrte Franz aus glasigen Augen an und suchte nach einer Antwort. Schließlich zuckte er die Schultern und holte die Flasche aus dem Wagen. Sie war dreiviertel leer.

Tomcik kräuselte verächtlich die Lippen.

Franz nahm die Flasche und wandte sich zur Tür. »Geh schlafen. Deine Arbeit ist in Ordnung.« Er hob die Flasche. »Das hier nicht!«

»Dein primitives Grinsen treibe ich dir auch noch aus, mein Junge«, sagte Maugham mit gepreßter Stimme zu Tomcik.

Tomcik ließ die Arme hängen und sagte halblaut: »Was man tun will, soll man gleich tun.«

Maugham ging auf ihn los. Tomcik machte einen Schritt zur Seite und stellte ihm ein Bein. Als Maugham sich aufrappeln wollte, erstarrte er.

Tomcik stand breitbeinig über ihm. Er hatte die Pistole in beiden Händen, und die Mündung zeigte auf einen Punkt über Maughams Nasenwurzel.

»Steck das Ding weg«, sagte Franz laut.

Tomcik sah ihn an und atmete langsam ein. Sein rechter Arm mit der Pistole hing locker herunter. Er stieß die Luft wieder aus, steckte die Pistole ins Schulterhalfter und nickte Franz zu: »Okay.« Er sah Maugham an. »Ich schlage mich nicht. Das ist mir zu primitiv.«

»Ich dachte, du hättest bessere Nerven«, sagte Franz zu Tomcik.

Maugham ging an ihnen vorbei aus der Tür. Er sah sie nicht an. Franz und Tomcik standen einander gegenüber. Keiner wich dem Blick des anderen aus. »Er hat mich angegriffen«, sagte Tomcik.

»Als du gezogen hast, lag er schon am Boden.«

»Er war noch im Fallen, da hab ich schon gezogen«, antwortete Tomcik lächelnd. »Aber du hast recht. Es war die Aufregung nicht wert.«

»Am besten gehen wir jetzt schlafen.«

»Es gibt nichts Besseres für die Nerven«, sagte Tomcik ohne Ironie. »Ich kannte einen Boxer aus Newark, der hat knapp vor jedem Kampf noch eine Viertelstunde geschlafen – während sich sein Gegner schon aufwärmte.«

»Und? Hat er gewonnen?«

»Ja«, sagte Tomcik, »im Ring schon. Nach seinem fünften Kampf ist er von einem Bus angefahren worden – steifes Bein. Heute hat er eine Briefkastenfirma in Los Angeles und verkauft seinen Schlafkurs als Mittel gegen Nervosität – das Grundübel der Menschheit. So steht's jedenfalls in den Zeitungsanzeigen.«

»Lohnt es sich?«

»Er kommt zurecht. Er hat nicht lange genug geboxt; ich kann nicht sagen, ob er als Boxer mehr verdient hätte.«

»Versuch mal, mit dem Engländer besser auszukommen«, sagte Franz.

»Er geht mir auf die Nerven, aber ich werd's versuchen.«

Franz nahm den Brief von der Türscheibe des Wagens, und sie gingen ins Wohnzimmer. Franz deutete auf das Paket, das neben der Küchentür auf dem Fußboden stand. »Gib ihr morgen den Fernseher.« Er zögerte. »An dem Mädchen liegt's ja nicht.«

Tomcik warf ihm einen kurzen Blick zu und nickte. Dann gingen sie schlafen.

66

Jack Schwiefka fand einen Parkplatz vor dem Motorama und blieb einen Moment lang im Wagen sitzen. Er sah dem silbergrauen Rolls Royce nach, der an ihm vorbeirollte und auf dem Bürgersteig vorm Eingang hielt. Die beiden Mädchen hatten lange blonde

Haare und eine Menge Farbe im Gesicht, und Schwiefka fragte sich, wie sie mit diesen dicken Korksohlen überhaupt laufen konnten.

Ein eher kleiner, magerer Mann mit dichtem Wuschelkopf, schwarzer Brille und scharfer Nase stieg als letzter aus. Er trug eine abgetragene, schwarzglänzende Lederjacke in Sakkoform, ein dünnes, quergestreiftes T-Shirt, Röhrenhosen und ausgetretene Halbschuhe. Er bewegte den Kopf und schnippte mit den Fingern zu einer Musik, die nur er zu hören schien. Ein großer, breitschultriger Mann mit ähnlicher Frisur und in einem Khakianzug legte ihm den Arm um die Schultern und ging, mit ihm flüsternd, zum *East Side* hinunter. Den Wagen ließen sie stehen, wo er war.

Schwiefka stieg aus und ging zum Treppeneingang. Er schloß auf, fuhr mit dem Fahrstuhl in den vierten Stock und ging ins Appartement 422. Er durchsuchte systematisch das Zimmer. Er suchte einen Anhaltspunkt, aber er fand keinen.

Eine halbe Stunde später hörte er auf. Er machte die Balkontür auf und ging hinaus auf den Balkon. Er lehnte sich über die Brüstung und blickte hinunter in den dunklen, stillen Autohof. Das Schwimmbad des Penta-Hotels zu seiner Rechten war noch erleuchtet, und in fast allen Fenstern des Appartementhauses hundert Meter gegenüber war rotes Licht. Er kehrte ins Zimmer zurück und schloß die Balkontür. Das Rauschen des Generators irgendwo auf dem Hof wurde schwächer. Auf der gleichen Etage stellte jemand seinen Plattenspieler zu laut. Schwiefka sah auf die Uhr und verzog schmerzlich das Gesicht. Es war zwei Uhr nachts.

Das Telefon klingelte.

Schwiefka kniff die Augen zusammen und schwankte. Beim sechsten Klingeln nahm er ab, ohne sich zu melden.

»Billie! Mein Gott, ich hab mir solche Sorgen um Sie gemacht!«

Schwiefka schwieg. Er sah nachdenklich aus.

»Billie? Sind Sie das?«

»Sie ist nicht hier, Herr Wegner«, sagte Schwiefka abwartend.

Wegner schwieg verblüfft. »Was tun Sie denn da, Herr Schwiefka?«

»Hatten Sie einen besonderen Grund, Fräulein Kammerloh anzurufen – um diese Zeit – Herr Wegner?«

»Nein«, sagte Wegner tonlos.

Schwiefka sprach langsam und genoß seine Worte. »Sind Sie, hm, näher mit ihr befreundet?«

Nach einer Weile antwortete Wegner förmlich: »Ich denke, Sie sind nicht der Mann, dem ich über irgend etwas Rechenschaft schuldig bin, Herr Schwiefka. Gute Nacht.«

»Gute Nacht«, sagte Schwiefka trocken. Er grinste und rieb sich das Kinn. Seine Bartstoppeln machten ein schabendes Geräusch. Dann stand er auf, ging hinaus und schloß ab.

Den Mann von der Wach- und Schließgesellschaft fand er im Erdgeschoß. Schwiefka gab sich als Beauftragter eines Rechtsanwalts aus, der einen Stadtstreicher suchte, von dem bekannt sei, daß er gelegentlich im Treppenhaus des Motorama übernachtete. Dieser Stadtstreicher hatte einen Neffen in den Vereinigten Staaten, dem es plötzlich eingefallen war, sich um seinen verkommenen deutschen Onkel zu kümmern. Glaubhaft lügen – darin war Schwiefka ein Naturtalent.

»Ach der«, sagte der Wachmann schließlich. »Da geht fei nix mehr.«

»Warum?«

»Mei, wissen S' denn das nicht! Rauswerfen konnten S' den, wie Sie wollten – der war nächste Nacht doch wieder hier. Jetzt ist er hin. Dem können s' nicht mehr helfen, die lieben Verwandten. Da hätten s' eher dran denken müssen.«

»Er ist tot?«

»Freilich ist er tot. Vorgestern hab ich ihn gefunden. Schon wieder im Treppenhaus. Ecke vierter Stock. Stocksteif und mausetot.«

»Und woran ist er gestorben?«

Der Wachmann zuckte die Schultern. »Mei, was die saufen! Haarwasser, Sprit – was weiß ich.«

Schwiefka nickte nachdenklich. »Da kann man nichts machen. Vielen Dank!«

Der Wachmann lachte verächtlich. »Jetzt denken s' an ihn, die lieben Verwandten, jetzt, wo er hin ist!«

Schwiefka trat hinaus auf die Straße. Der Rolls Royce war nicht mehr da. Er setzte sich in seinen Wagen und dachte über Billie Kammerloh, ihren Vater und den Stadtstreicher nach, der plötzlich gestorben war. Schwiefka fuhr los und stellte das Radio an. Der Sprecher stellte die AFN-Nigthbeat-Quizfrage: »*What language do spanish people speak?*« und geriet bei der Antwort: »*Spanish*« aus dem Häuschen vor Begeisterung. Schwiefka verzog keine Miene.

67

Billie erwachte. Das Licht im Fenster war ein strahlender heller Fleck. Ein paar Sekunden lang wußte sie nicht, wo sie war. Das Schwindelgefühl, mit dem sie sonst jeden Morgen erwachte, war fast verschwunden. Sie stieg aus dem Bett, zog sich ihre Jeans an, begann mit Atemübungen und machte danach Gymnastik. Sie ging barfuß im Zimmer umher, reckte und streckte sich und freute sich, daß ihr dabei nicht mehr schummrig wurde. Sie lächelte, als der Maskierte hereinkam.

»Guten Morgen!«

»Guten Morgen.« Seine Stimme hatte einen verblüfften Unterton. Er brachte sie zum Bad. Der Flur war dunkel wie immer.

»Viertelstunde?« fragte sie.

»Okay.«

»Danke.« Sie ging ins Bad. Ihre Unterwäsche über der Handtuchstange am Waschbecken war trocken. Sie zog sich aus und drehte den Hahn der Dusche auf. Sie redete leise vor sich hin. Ihr war, als würden ihre Gedanken dadurch faßbarer; sie hatte das Gefühl, sie müsse einfach reden. Komisch, dachte sie, ich hab ihn noch nie gesehen und weiß doch, daß es immer derselbe ist. Weiß der Teufel, wie der aussieht, sagte sie leise. Das Wasser lief ihr in den Mund, und sie spuckte es aus. Sie strich sich mit beiden Händen die Haare aus dem Gesicht, legte den Kopf zurück und hielt ihr Gesicht unter das dünn fließende Wasser. Das Ding war verstopft. Sie wusch sich den Kopf und betrachtete mißbilligend ein paar lange blonde Haare, die mit dem Wasser über den Kachelboden zum Abfluß trieben. Sie stellte das Wasser ab und rieb sich trocken. Ihre Haut spannte, und die Haut an den Fingerspitzen hatte ausgetrocknete, weiße Stellen. Ich brauch eine Creme, murmelte sie, und Vitamine – mir gehen ja schon die Haare aus.

Zum Frühstück brachte er ihr Rühreier, Tee, Brötchen, eine Vitaminpille und den Tranquilizer.

Der Maskierte stand am offenen Fenster. Sie wagte es, obwohl er sie beobachtete. Sie legte sich die Tablette auf die Zunge und ließ sich wie durch eine Ungeschicklichkeit Tee über das Kinn laufen. Als sie sich abwischte, spuckte sie den Tranquilizer wieder in das Papiertuch.

Der Maskierte wartete, bis sie ihre Zigarette ausgedrückt hatte, dann begleitete er sie wortlos noch einmal zum Bad. Als sie zurückkamen, nahm er das Tablett auf und ging. Kurz darauf kehrte er zurück und brachte ihr die Wochenendausgabe der *Abendzeitung*.

Sie sah ihn überrascht an. »Vielen Dank. Sie sind in Ordnung.« Ihre Stimme klang hell und sanft.

Der Maskierte zuckte die Schultern – eine Geste, die sie schon öfter bei ihm beobachtet hatte und die ihr weniger ablehnend, sondern eher als eine Bestätigung vorkam, daß er überhaupt zugehört hatte. Denn oft saß er einfach nur da und verbreitete eine Kälte um sich herum, die sie mutlos machte und ihr die Worte in der Kehle erstickte.

Sie mußte sich zusammennehmen. Er durfte nicht merken, daß sie das Valium 25 nicht genommen hatte. Sie legte sich aufs Bett und blickte zur Decke.

Der Maskierte machte das Fenster zu, ging hinaus und schloß ab.

Billie blickte auf die Zeitung. Samstag/Sonntag. Eine Woche also, murmelte sie und dachte, vor einer einzigen Woche – das kann doch nicht sein. Dann las sie die Zeitung, und was sie las, kam ihr vor wie Nachrichten aus einer anderen Welt, zu der sie schon seit Ewigkeiten nicht mehr gehörte. Sie las alles – von vorn bis hinten –, jeden Artikel, jede Anzeige. Im Kinoprogramm suchte sie nach Filmen, die sie kannte, und versuchte, sich jeden von Anfang bis Ende, Bild für Bild, vorzustellen. Darüber verging die Zeit. Als sie den Schlüssel im Schloß hörte, stellte sie sich schlafend. Als er hereinkam, machte sie die Augen auf und sah ihn träge an. Sie rieb sich die Augen und richtete sich langsam auf. Auf dem Teller lag ein doppelter Hamburger. Sie stöhnte: »O nein, nicht schon wieder.«

»Sie sind hier nicht im Hilton.«

»Ich hab dieses Zeug noch nie gemocht. Schmeckt wie Mull mit Ketchup.«

»Ich hab Ihnen bereits erklärt, daß das Unsinn ist.«

Sie zuckte zusammen. »Es ist nur, weil ich überhaupt nicht gern Fleisch esse, glaub ich.«

»Sie reden zuviel.«

Er hat recht, dachte sie. »Seien Sie mir nicht böse! Kann ich eine Zigarette haben?«

Er schob ihr die Packung und die Streichholzschachtel hin.

Sie hätte gern mehr mit ihm gesprochen, aber sie spürte seinen Unwillen und schwieg. Dann nahm sie den Tranquilizer, ein Valium 10 für den Tag, klemmte die Tablette unter die Zunge, schluckte nur das Wasser herunter und behielt die Tablette im Mund, bis der Maskierte das Zimmer verlassen hatte.

Sie stürzte zum Waschbecken, spuckte die Tablette aus, spülte nach und murmelte: »Ich muß wirklich besser aufpassen, sonst kommt er doch noch dahinter.« Ihre Stimme war nur ein Flüstern, aber sie blickte sich um, als befürchtete sie, gehört zu werden, und redete den ganzen Nachmittag lang nicht mehr mit sich selber. Sie war nicht mehr so unbeschwert wie nach dem Erwachen.

Die Fragen kamen wieder und die Angst. Wie lange würden sie noch warten? Sie lag verkrampft auf dem Bett. Das Licht wanderte über die Zimmermitte zur Wand, bis es schließlich verblaßte und das Zimmer einem stetig wachsenden Grau überließ. Die Angst wurde stärker. Es gab nur noch ein einziges Bild: die Pistole in der Hand des Maskierten. Plötzlich war sie sicher, daß es er war, der sie töten würde. Sie dachte an seine blaßblauen Augen, die manchmal einen kalten Glanz hatten. Er würde es tun, und sie hatte kein Mittel, ihn daran zu hindern. Sie fragte sich, ob sie nicht doch eins hatte und es vielleicht nur herausfinden mußte. Am Abend verblüffte er sie.

Er brachte grünen Salat, Brot, Käse, Bier und einen tragbaren Fernseher.

Zuerst war sie sprachlos. Dann fragte sie unsicher: »Ist irgendwas im Fernsehen über mich?«

»Nein. Sie machen sich zuviel Gedanken.«

»Würden Sie sich an meiner Stelle nicht auch Gedanken machen?« fragte sie leise.

»Ich bin nicht an Ihrer Stelle.« Seine Stimme war ohne besondere Betonung.

Sie bekam ihre Zigarette, zündete sie an und bemühte sich, nicht auf die Pistole in seinem Schulterhalfter zu blicken. Der Maskierte trug ein blütenweißes Baumwollhemd mit aufgekrempelten Ärmeln. Er hatte die Beine übereinandergeschlagen, sein linker Unterarm lag auf dem Tisch und der rechte Arm locker angewinkelt auf seinen Oberschenkeln.

Sie räusperte sich. Ihre Stimme war leise und fast beschwichtigend: »Wissen Sie was – ich hab Ihnen doch mal gesagt, ich würde Sie nicht verraten –, auch wenn ich Sie später wiedererkennen würde.« Sie machte eine Pause und blickte vor sich auf den Tisch.

Der Maskierte starrte sie an und schwieg.

Sie blickte irritiert auf ihre Hände. »Sie glauben mir nicht«, sagte sie mutlos.

»Glauben Sie es selber?«

Billie holte Luft. »Ja. Ich meine, ich hasse Sie nicht – ich würde sogar gern mit Ihnen reden. Später, wenn alles vorbei ist.«

»Wozu?«

Billie hob den Kopf. Sie konnte seine Augen in den Wollschlitzen kaum sehen, und seinem Tonfall war nicht mehr abzulesen als seinen Worten.

»Naja«, sagte sie zögernd. »Sie haben mich anständig behandelt. Ich würde niemals was anderes sagen.«

»Von mir aus können Sie erzählen, was Sie wollen.«

»Ich glaub, Sie haben mich nicht richtig verstanden«, antwortete sie mit schwacher Stimme.

Er schwieg. Dann hob er den linken Arm, stützte den Ellenbogen auf den Tisch und deutete mit dem Zeigefinger auf sie: »Hören Sie zu, Mädchen, für mich hat die ganze Sache gar nichts mit Ihnen zu tun, kapiert? Mit Ihnen nicht, und mit mir auch nicht. Sie sind Teil eines Geschäfts. Keiner von uns hat was gegen Sie. Es ist ein Geschäft, ein ganz normales Geschäft, weiter nichts, verstanden?«

Billie nickte stockend. »Wann hören Sie wieder was?«

»Kümmern Sie sich nicht um unsere Angelegenheiten. Sie können nichts tun. Nehmen Sie die Tablette!«

Billie steckte die Tablette in den Mund und behielt sie dort – das beherrschte sie inzwischen.

Er stand auf.

Sie saß auf der Bettkante. Ihre Arme lagen auf dem Tisch. Sie hatte den Blick gesenkt, als er auf sie zuging. Sie wagte nicht, den Kopf zu heben, weil sie sich ertappt fühlte. Sie erstarrte, als seine Hand in ihrem Blickfeld erschien. Sie blickte nicht auf. Die Hand berührte ihren Unterarm und zog sich eine Spur zu hastig wieder zurück. Sie blieb ruhig sitzen, und die feinen blonden Härchen auf ihren bloßen Armen richteten sich auf.

»Machen Sie den Fernseher an, denken Sie nicht dauernd darüber nach.«

Billie hob den Kopf und blickte überrascht hinter ihm her.

An der Tür drehte sich der Maskierte um und sagte: »Wenn Sie Schmerzen haben – Toilette oder so was –, klopfen Sie an die Wand neben dem Bett.« Dann ging er hinaus und schloß sie ein.

Billie hatte seine Augen nicht gesehen, aber seine Stimme hatte ihren gleichgültigen Tonfall verloren. Sie war fast besänftigend. Er hat mich angefaßt, als ob er mich trösten wollte, dachte sie. Sie hatte Herzklopfen. Ein ekelhafter Geschmack breitete sich in ihrem Mund aus, und sie spuckte die Reste der Tablette in die Handfläche und spülte sich die Hände über dem Waschbecken ab.

Sie ging zum Bett zurück. Sie dachte an die Berührung und daran, wie verändert sich seine Stimme angehört hatte. Sie war irritiert, daß ihr die Berührung nicht unangenehm gewesen war, und sie war aufgeregt, ohne zu wissen warum.

Als sie den Fernseher einschaltete, war das Programm auf allen Sendern zu Ende.

68

Die Hunde hörten ihn zuerst und schlugen an, als er am Sonntag zurückkam. Erich hielt auf dem Vorplatz und stieg hastig aus, um ihm den Wagenschlag zu öffnen.

»Lassen Sie nur.« Kammerloh stieg aus und ließ die Tür sanft zufallen. »Haben Sie heute abend etwas vor?«

»Nein, Herr Kammerloh.«

»Vielleicht muß ich später noch mal in die Stadt.«

Die Hunde kläfften und jaulten durcheinander; Kammerloh ging ins Haus. Schwiefka wartete in der Halle auf ihn. Er trug ein hellbraunes Hemd mit dunkelbrauner Strickkrawatte und sah unausgeschlafen aus.

Kammerloh nickte ihm zu. »Bringen Sie mir die Unterlagen in die Bibliothek.«

Schwiefka sah ihm verdutzt nach, bis die schwere, lederbespannte Tür lautlos hinter ihm zufiel. Dann ging er die Treppe hoch.

Kammerloh legte seinen Aktenkoffer auf den Schreibtisch und setzte sich. Trotz der Hitze trug er einen dunklen Einreiher mit weißem Hemd und Krawatte. Es war angenehm kühl in der Bibliothek. Er nahm den Hörer vom Haustelefon ab. »Frau Limmer, alles in Ordnung? Schön. Nein. Nur Kaffee und Wasser.«

Ein kleiner, brauner Knopf auf dem Schreibtisch neben dem Telefon leuchtete auf. Kammerloh drückte ihn, und Schwiefka kam herein. Er trug ein gezwungenes Lächeln im Gesicht, das aufmunternd wirken sollte und ihn eher traurig aussehen ließ. Sein oberster Kragenknopf war geöffnet und hing nur noch an einem Faden. Er legte den braunen Umschlag auf den Schreibtisch und blieb stehen.

Kammerloh warf ihm einen Blick zu und sagte: »Ich rufe Sie dann an.«

Schwiefkas Stirn legte sich in Falten. Er nickte kurz und förmlich. Dann ging er hinaus.

Kammerloh schüttete den Inhalt des braunen Umschlags auf den Schreibtisch. Zuerst betrachtete er das Bild. Dann las er den Brief. Er ließ die Hand mit dem Blatt sinken, nahm die Brille ab und rieb sich die Nase. Sein Gesicht blieb ausdruckslos. Er stand auf und schob die Kassette in das Abspielgerät, stellte es an und regulierte die Lautstärke. Billies heisere, unsichere Stimme kam aus den Lautsprecherboxen. Er hörte stehend zu.

»Vater, sie wollen mich umbringen! Warum passiert nichts? Ich kriege genug zu essen und zu trinken, aber immerzu Tranquilizer. Ich seh immer nur einen, und der trägt eine Maske. Aber es sind mehr! Ich weiß nicht, was ich dir noch sagen soll, Vater. Wir haben uns gestritten – wir haben uns nie besonders gut verstanden, aber das kannst du einfach nicht glauben von mir. Sie sagen, du lehnst ab, weil du annimmst, ich stecke dahinter – das kann doch nicht sein, Vater, das –« Ihre Stimme brach ab. Näherkommende Schritte. »Hol mich hier raus, Vater. Hilf mir!« Knacken. Das Band rauschte leer weiter.

Kammerloh hob den Kopf und schaltete das Gerät ab. Er wanderte im Zimmer herum. Sein Gang war schwerfällig und bäuerlich, obwohl er ein drahtiger, schlanker Mann war, und er bewegte sich ein wenig gebeugt und mit ausgreifenden, gleichmäßigen Schritten, wie jemand, der bergauf geht oder eine schwere Last trägt. Der Telefonknopf auf dem Schreibtisch leuchtete auf. Kammerloh drehte ihm den Rücken zu, und die Telefonautomatik zeichnete den Anrufer lautlos auf. Er legte die Hände auf den Rücken und blieb vor dem Kamin stehen. Er betrachtete das Bild seiner Frau und fragte sich, was sie getan hätte. Die Antwort konnte er sich selbst geben. Er wandte sich um, setzte sich hinter den Schreibtisch und drückte einen Knopf.

Schwiefka kam mit Frau Limmer herein, die den Kaffee brachte. »Essen Sie heute abend zu Hause, gnädiger Herr?«

»Ich weiß es noch nicht, Frau Limmer.«

Sie nickte und ging wieder hinaus.

Kammerloh machte eine unbestimmte Handbewegung und sah unwillig zu, wie sich Schwiefka umständlich setzte. »Nun?«

Schwiefkas Augen nahmen einen sorgenvollen Ausdruck an. Er räusperte sich unentschlossen. Dann sagte er pathetisch: »Soll ich ganz ehrlich sein?«

Kammerloh nickte ungeduldig und betrachtete die dunklen Haarbüschel auf seinem Handrücken.

»Ich glaube nicht mehr daran, daß die Entführung vorgetäuscht ist.«

»Es interessiert mich nicht, was Sie glauben, aber selbst das scheinen Sie nicht zu wissen. Reden Sie klipp und klar!«

»Bitte.« Schwiefka setzte sich pikiert zurecht. »Zahlen!« sagte er gepreßt.

Kammerloh musterte ihn und schwieg.

»Sie haben ja auch ihre Stimme gehört ... «

Kammerloh nagelte ihn mit einem Blick fest. »Beschränken Sie sich bitte darauf, meine Fragen zu beantworten – ist das alles, was Ihnen bis jetzt dazu eingefallen ist?«

Schwiefka wand sich. »Gegen eine vorgetäuschte Entführung spricht vor allen Dingen, wie die Sache läuft. Das ist keine Laienarbeit. Wenn's aber Profis sind – warum sollten Profis etwas fingieren, wenn ihnen der echte Coup mehr einbringt?«

»Wer weiß, was sie ihnen dafür versprochen hat«, sagte Kammerloh.

Schwiefka warf ihm einen Blick zu und fuhr in gleichmäßigem Tonfall fort: »Welcher Beweis würde Sie denn überzeugen?«

»Sie sollen den Gegenbeweis erbringen, Schwiefka«, sagte Kammerloh frostig.

Schwiefka spürte, wie ihm die Röte ins Gesicht stieg, und antwortete betont förmlich: »Es tut mir leid, aber nach Lage der Dinge scheint mir das unmöglich.«

Kammerloh stieß verächtlich die Luft aus. »Dann ist Ihre Beurteilung eben falsch!«

»Würde Sie ein Ohr überzeugen?« Schwiefka wich Kammerlohs Blick aus und fügte hastig hinzu: »Sie wissen, zu welchen Maßnahmen Kidnapper manchmal greifen.«

»Meine Tochter ist kein kleiner Junge wie dieser Getty damals. Sie weiß, was sie tut. Außerdem hat das nichts miteinander zu tun«, sagte er unwirsch. »Sagen Sie mir lieber, was Sie zu tun gedenken.«

Schwiefka schwieg unglücklich. »Werden Sie Montag abend da sein?«

»Ich kann die Konferenz nicht absagen, nur weil Sie etwas glauben, was Sie nicht beweisen können.«

»Was soll ich ihnen sagen, wenn sie wieder anrufen?«

»Was glauben Sie, Schwiefka, wofür ich Sie bezahle? Und jetzt lassen Sie mich bitte allein.«

Die Hunde sprangen aufgeregt am Maschendraht hoch. Kammerloh schloß den Käfig auf und folgte den Hunden in den Park. Ihr glattes Fell glänzte in der Sonne. Am Seeufer, im Schilf, scheuchten sie die Enten auf, und plötzlich erhob sich ein Lärm aus Hundegebell und aufgeregtem Entengeschnatter. Kammerloh pfiff die Hunde zurück. Der See lag ruhig da wie ein schlafendes Tier.

Die Hunde hatten sich unter der schiefgewachsenen, mächtigen Eiche versammelt und verbellten etwas. Kammerloh legte den Kopf in den Nacken und blickte hoch. Er mußte eine Weile scharf hinsehen, bis er ihn auf einem Ast entdeckte.

Der kleine graue Kater war im warmen Schatten der Blätter eingeschlafen. Die Hunde kläfften und machten wütende Luftsprünge. Der Kater streckte sich, blickte gleichgültig nach unten und gähnte.

Kammerloh ging weiter. Von der Straße war nichts zu hören. Manchmal war es, als käme ein flatterndes, schwaches Geräusch ferner Stimmen übers Wasser. Kammerloh ging näher zum Ufer. Die Hunde bedrängten ihn, bis er sie auf Distanz kommandierte. Sie drängten sich hechelnd und fiepend zusammen. Kammerloh rief einen Hund beim Namen und gab ihm einen Befehl. Der Hund jagte in den Wald zurück, und die Meute folgte ihm. Kammerloh setzte sich auf einen Baumstumpf am Ufer. Die Stimmen waren nicht mehr zu hören. Die Sonne brannte. Das Wasser am Ufer machte schmatzende kleine Geräusche.

Kammerloh pfiff die Hunde zurück. Später sagte er zu Frau Limmer: »Nehmen Sie abends die Katze ins Haus, ich hab Wilhelmine versprochen, auf sie aufzupassen.«

»Ja mei, wie soll ich's denn runterkriegen vom Baum, das Katzenviech?«

»Sie schaffen das schon.« Kammerloh ging in die Bibliothek und schloß sich ein.

69

Schwiefka hatte die Schuhe ausgezogen und sich aufs Bett gelegt. Er blickte verdrossen auf seine roten Socken und fragte sich, ob er den ganzen Job nicht einfach hinwerfen sollte. Er setzte sich auf die Bettkante, zog die Schublade auf und schaltete das Gerät ein. Er hörte die Tonbandkopie, die er sich gemacht hatte, bevor er Kammerloh die Kassette der Entführer gab, bis zu Ende an. Dann legte er sie in seinen Aktenkoffer, schloß ihn ab und steckte den Schlüssel in die Hosentasche.

Schwiefka reckte sich und setzte sich ans Fenster. Er blickte hinaus, dachte an Kammerloh und seine Tochter und brummte leise: »Kein Wunder, daß sie ihren Alten nicht leiden kann. Manchmal denke ich, er haßt sie mehr als sie ihn.« Er dachte, daß Kammerloh irgendwann zahlen würde. Und er, Schwiefka, würde das Lösegeld überbringen – wer sonst? Er seufzte und fragte sich, wann Kammerloh endlich begreifen würde. Er dachte an das Geld, und das faltige Netz um seine Augen zog sich zusammen. Frau Limmer brachte etwas zu essen. Als sie das Geschirr abholen wollte, war das Essen noch unberührt.

»Sie müssen doch essen, Herr Morrisson«, sagte Frau Limmer vorwurfsvoll.

Schwiefka nickte gleichgültig.

»Ja, das Nicken nützt gar nichts, aufessen müssen S' halt. Möchten S' vielleicht lieber was andres? Ich mach's Ihnen gern – ein leichtes Omelett vielleicht?«

»Entschuldigen Sie, Frau Limmer – auf Ihr Essen freu ich mich immer schon, bevor ich überhaupt hier bin –, aber heute ist mir nach gar nichts. Kaffee hätt ich gern, wenn Sie so nett sein wollen.«

»Kaffee ist ein schweres Nervengift«, sagte sie mißbilligend.

»Ich bin zu alt, um meine Angewohnheiten noch zu ändern«, erwiderte Schwiefka ungeduldig.

Frau Limmer zupfte an ihrer Schürze. Ihre Hände waren klein, und die Finger sahen verknubbelt aus. »Morgen gibt es einen richtigen Schweinsbraten mit Knödeln«, sagte sie hilflos.

»Wunderbar«, sagte Schwiefka beschwichtigend und fügte mit übertriebener Begeisterung hinzu: »Ich kann's kaum abwarten.«

»So!« Es hörte sich an wie ein Zischen. Sie nahm das Tablett vom Tisch. Ihre Bewegungen waren eckig. »So! Da werden S' halt bis morgen warten müssen, wie alle andern auch, Herr Morrisson, das ist hier bei uns im Hause so.«

Schwiefka sah ihr gleichgültig nach und zog sich die Schuhe an.

Als sie den Kaffee brachte, saß er wieder am Fenster und grübelte. Er grübelte, bis der Kaffee kalt geworden war. Er verursachte ihm Sodbrennen, und Zucker war hier im Hause offenbar rationiert.

Schwiefka verließ das Haus den ganzen Tag nicht.

Montag morgen riß ihn das Telefon aus dem Schlaf. Kammerloh teilte ihm mit, daß er erst Mittwoch zurück sein würde. Er ließ Schwiefka keine Zeit zu einer Frage. Wenig später sah Schwiefka den Wagen vorfahren. Kammerloh nickte Erich zu und stieg ein. Dann fuhr der Wagen ab. Schwiefka starrte auf den leeren Vorplatz und machte sich ernsthafte Gedanken, ob er nicht besser überhaupt den Beruf wechseln sollte, statt einfach nur diesen Job hier hinzuwerfen.

Es versprach wieder ein heller Tag ohne Wolken zu werden, wenn auch nicht so heiß wie der Tag zuvor. Schwiefka spürte, wie die Zeit verrann, und der unaufhaltsam näher rückende Montagabend machte ihm Angst.

70

Billie folgte ihm mit den Blicken. Der Maskierte trug ein verblichenes Khakihemd mit zwei Brusttaschen. Die Knöpfe waren mit einem dünnen, gleichfarbigen Stoff bezogen. Die Pistole steckte im Schulterhalfter. Er wich ihrem Blick aus und war noch wortkarger als sonst.

Sie beendete ihr Frühstück, das wieder aus Rühreiern, Brötchen und Tee bestand, und hatte keine Angst mehr, als sie den Tranquilizer verschwinden ließ. Billie spürte, daß der Maskierte gehemmt war. Sie dachte an den vergangenen Abend. Der Maskierte ging hinaus, ohne sie anzusehen.

Billie hörte das Geräusch des Schlüssels im Schloß. Sie stand auf und begann mit ihrer Gymnastik. Morgens um elf sah sie im Österreichischen Fernsehen einen Western. Es drehte sich um Schwierigkeiten zwischen Rinder- und Schafzüchtern. Die reichen

Rinderzüchter wollten die Schafzüchter nicht haben, sperrten ihnen das Wasser, zerschnitten ihre Zäune und ließen ihre Häuser anzünden. Dabei verlor eine Schafzüchterstochter mit enger Bluse und blonden Zöpfen ihren Vater. Die Kamera erfaßte die Kniende, fuhr auf sie zu und verweilte auf ihrem Ausschnitt. Daraufhin ergriff ein Revolvermann, der seinen Beruf eigentlich an den Nagel hängen wollte, die Partei der Ärmeren, erschoß einen jungen Ranchersohn und erwischte selbst eine Kugel in die Schulter. Die Tochter des armen Schafzüchters entpuppte sich als perfekte Krankenschwester und hatte in jeder zweiten Einstellung eine neue Bluse an. Der reiche Rancher, der seinen Sohn verloren hatte, führte sich auf, als wolle er jedes Schaf persönlich umbringen. Dann trat der Pfarrer auf. Er war außergewöhnlich weißhaarig und teilte dem zwischen Rache und Verzweiflung schwankenden Rancher in gepflegtem Baß mit, daß er doch noch einen Sohn habe. Der angeschossene Revolvermann gesundete in raschen Überblendungen. Am Schluß ritt er in den Sonnenuntergang, und die Schafzüchterstochter stand in der Tür und nestelte an ihrer Bluse.

Kurz darauf kam der Maskierte mit einem Hähnchen und Pommes frites, Yoghurt und Coca-Cola wieder. Er stellte das Tablett auf den Tisch, machte das Fenster auf und blieb dort stehen.

Billie schob sich die Pommes frites mit den Fingern in den Mund und aß das Yoghurt hinterher. Das Hähnchen hatte eine kränkliche Farbe und roch nach kaltem Fett. Billie ließ den Tranquilizer im Taschentuch verschwinden, trank mit angewidertem Gesicht Coca-Cola hinterher und schluckte angestrengt.

»Sie wollten doch was anderes haben? Was paßt Ihnen denn jetzt wieder nicht?«

»Haben Sie schon mal gesehen, wie die gezüchtet werden? Jetzt züchten sie welche, die kriegen erst gar keine Federn. Nur noch Fleisch, labberiges, totes Fleisch aus Chemikalien.« Nach einer Pause sagte sie: »Darf ich mir mal was wünschen?«

Der Maskierte griff stumm nach dem Tablett.

»Es ist genauso einfach zu besorgen wie das hier«, sagte sie hastig. »Pizza und eine Flasche Sekt, okay?«

Der Maskierte drehte sich um und sagte: »Reden Sie nicht so viel und legen Sie sich hin, sonst geben wir Ihnen Spritzen.«

Billie zuckte zusammen und sah zu, wie er hinausging. Sie hörte den Schlüssel im Schloß und seine Schritte im Flur. Dann klappte eine Tür. Es war still. Von draußen waren ein paar Vögel zu hören. Billie ging zum Fenster und blickte auf die grünen Fensterläden hinter den Fensterscheiben und dem Gitter. Sicher war es warm draußen.

Das Nachmittagsfernsehen fing mit einem Mathematikkursus an. Billie stellte den Ton ab und sah dem Mann mit dem korrekten Haarschnitt und der grauen Strickweste unter dem Anzug zu. Er hatte eckige Bewegungen und ein schwaches Kinn. Jedesmal, wenn er ein Endergebnis vorführte, lächelte er schief.

Der Maskierte kam nach den Sieben-Uhr-Nachrichten. Die Pizza lag in einer zusammengeklappten flachen Pappschachtel mit Luftlöchern. Er stellte das Tablett auf den Tisch und machte das Fenster auf.

Billie wartete, bis er sich hingesetzt hatte. Sie lächelte, zog das Tablett heran und klappte die Pappschachtel auf. Die Pizza war noch warm und schmeckte scharf und gut.

Als sie damit fertig war, entfuhr ihr ein satter, kleiner Rülpser. Sie schlug sich die Hand vor den Mund und sah den Maskierten an. Ihr Lächeln strahlte von ihren Augen übers ganze Gesicht.

»Zufrieden? Zum erstenmal?«

Billie nickte. »Fehlt bloß noch der Sekt«, sagte sie leichthin.

»Sie haben mir keine Marke gesagt«, antwortete der Maskierte und stand auf.

Er war hinaus, bevor ihr eine Antwort einfiel. Sie grübelte. Humorig oder ironisch war der Mann mit der Maske noch nie gewesen. Billie machte den Fernseher wieder an, aber ihre Gedanken waren woanders.

»Ist das Mädchen in Ordnung?«

Tomcik brachte das Tablett in die Küche. »Sie ist mal so, mal so. Heute hat sie ganz gute Laune wegen der Pizza.« Er setzte sich auf seinen Stuhl und rückte näher an den Tisch heran.

»Willst du noch Kaffee?« fragte Franz.

Tomcik schüttelte den Kopf. »Schon zu spät für Kaffee.«

»Pizza«, sagte Maugham verächtlich. »Ich würde gern mal wieder was Richtiges essen.«

»Ich auch.« Franz stellte seine Tasse hin und sah auf die Uhr. Tomcik stand auf und räumte den Tisch ab.

»Pizza, Hamburger, Cheeseburger, Hähnchen – ich hab's satt«, sagte Maugham.

Tomcik warf ihm einen Blick zu und verschwand in der Küche. Sie hörten, wie er das Spülbecken mit heißem Wasser vollaufen ließ.

»Am liebsten esse ich Truthahn«, sagte Maugham. »Das Fleisch muß ganz zart und weiß sein. Ich darf gar nicht dran denken.«

Franz lächelte. »Hirschkeule mit Preiselbeeren und Nudeln.«

Maugham verdrehte die Augen. »Kalbslende in Zitronensauce mit Butterkartoffeln!«

Tomcik steckte den Kopf aus der Küche und sagte: »Ein T-Bone-Steak, groß wie ein Klosettdeckel, Salat mit mexikanischer Sauce, Pommes frites!«

»Aber nein, sie will Pizza! Nicht zu fassen!« Maugham griff sich an den Kopf und lachte wiehernd los.

Die beiden anderen Männer lachten mit.

Tomcik kam aus der Küche zurück. Seine Hemdsärmel waren hochgekrempelt bis zu den Ellenbogen. Maugham saß im Sessel neben der Stehlampe, blätterte in einer Illustrierten und biß sich einen Fingernagel ab. Franz rauchte und blickte vor sich hin.

»Ein Spielchen?« fragte Tomcik.

Maugham schüttelte den Kopf. Er sah Franz an. »Wann gehst du anrufen?«

»Später.«

»Warum nicht zur selben Zeit?«

»Er soll warten.«

»Was ist, machen wir ein Spiel?« fragte Tomcik.

»Keine Lust«, sagte Franz.

Tomcik setzte sich in einen Sessel, ließ sich tief hineinrutschen und streckte die Beine lang aus.

Maugham gähnte und stand auf. »Gute Nacht.«

Tomcik schwieg.

»Vier Uhr«, sagte Franz.

Maugham ging hinaus zu seinem Zimmer.

»Er nimmt Schlaftabletten«, sagte Tomcik, »jede Menge.«

Franz brummte.

Tomcik blickte ihn an und sagte langsam: »Sieht so aus, als käme die Sache langsam zu einem Ende.«

Franz nickte.

»So oder so«, sagte Tomcik.

Franz warf ihm einen Blick zu. »Hat Maugham die Flasche gesehen?«

»Nein.«

»Laß sie nicht zuviel trinken, wegen der Tabletten. Das verträgt sich nicht.«

Tomcik nickte. »Es muß doch einen Weg geben, ihn zu zwingen«, sagte er nachdenklich.

Franz sah ihn an und schwieg.

»Wir hätten ihn selbst holen sollen«, sagte Tomcik. »Dann wär's schon gelaufen.«

»Das hast du schon mal gesagt.«

»Bringst du Zeitungen mit? Sie will immer Zeitungen.«

Franz stand auf und zog seine Jacke an. »Mach ich.«

»Komisch«, sagte Tomcik plötzlich, »mir wär's lieber, wenn er zahlte.« Sein jungenhaftes Gesicht sah verwundert aus. Dann grinste er. »Wir werden das Geld schon noch kriegen.«

Franz musterte ihn einen Augenblick lang. Dann sagte er: »Es hat keinen Sinn, darüber zu reden.« Dann ging er hinaus.

Tomcik hörte die Verbindungstür zur Garage zufallen. Franz verließ das Haus in Richtung Englischer Garten. Tomcik hörte eine Wasserleitung in der Wand rauschen. Das zweite Bad war im ersten Stock. Tomcik sah auf die Uhr, dann starrte er wieder unschlüssig vor sich hin. Das Geräusch in der Wand versickerte. Eine Tür ging zu, und in der Stille hörte er sogar, daß sich Maugham einschloß wie jeden Abend.

Tomcik stieß die Arme in die Luft und streckte sich wie eine Katze. Wenn seine harten, blaßblauen Augen nicht gewesen wären, hätte man ihn für so jung halten können, wie er aussah. Er stand auf, steckte die Hände in die Hosentaschen und ging langsam im Zimmer herum. Nach ein paar Schritten blieb er stehen, schüttelte den Kopf, setzte sich wieder und fragte sich irritiert nach dem Grund seiner Unruhe.

Billie hatte das Kinn auf die Hand gestützt und starrte auf den Fernseher. Das Fernsehspiel handelte von einer Durchschnittsehe in irgendeiner Trabantenstadt. Der Mann war viel auf Reisen, und die Frau nahm Tabletten und trank zuviel. Wenn sie betrunken war, fing das Bild an zu wackeln, wenn sie Tabletten geschluckt hatte, wurde es verschwommen. Der Mann aß am liebsten Kalbshaxe, trug meistens Rollkragenpullover und fuhr einen Opel. Kinder hatten sie nicht. Auf dem Bildschirm schob die Frau einen Einkaufswagen durch einen Supermarkt. Sie hatte knochige Hände und einen rechthaberischen Mund. Sie rammte die Dosenpyramide mit Rindfleisch, und als die Dosen purzelten, fing die Kamera wieder an zu wackeln. Im 1. Programm nahm der Bundeskanzler die Pfeife aus dem Mund und sagte: »Was Sie hier eben erzählt haben, verehrter Herr Kollege, ist der größte Unsinn, den ich jemals gehört habe. Und ich bin sicher, die Wähler wissen das auch.« Bei dem Fernsehspiel war inzwischen das Bild violett eingefärbt, und die Frau tanzte mit einem aufdringlich grinsenden Schönling in einem palastartigen Pelzgeschäft. Sie legte den Kopf zurück, der Kronleuchter erschien im Bild, und die Kamera begann zu kreisen. Am Schluß hatte die Frau einen Selbstmordversuch überstanden, der Mann im Rollkragenpullover brachte ihr Blumen ans Bett und war endlich der Bürgerinitiative beigetreten.

Billie hob den Kopf. Die Schritte im Flur kamen näher. Dann das Geräusch des Schlüssels im Schloß.

Der Maskierte kam herein, schloß die Tür wieder ab und steckte den Schlüssel ein. Die Flasche hatte er unter den rechten Arm geklemmt. Unter dem linken Arm trug er das Halfter mit der Pistole.

Tomcik stellte die Flasche auf den Tisch und legte eine Schachtel Zigaretten dazu. Gläser hatte er nicht mitgebracht.

Billie blickte sprachlos auf den Tisch und zu ihm.

Tomcik machte eine auffordernde Handbewegung. »Bedienen Sie sich.«

»Ich kann's gar nicht fassen.« Sie räusperte sich und deutete auf die Flasche. »Wollen Sie mir nicht helfen? Bei mir knallen sie immer so.«

Tomcik zögerte. Dann nahm er die Flasche vom Tisch und betrachtete den Verschluß durch seine Augenschlitze. Er schwitzte unter der Wollmaske.

Billie zündete sich eine Zigarette an. »He, Moment!«

»Was ist?«

»Ja, genau! Soll das hier etwa meine Henkersmahlzeit sein?« Ihre Stimme war plötzlich rauh und unsicher.

»Reden Sie keinen Unsinn!«

»Wann sprechen Sie meinen Vater wieder?«

»Das werden Sie erfahren, wenn es soweit ist.« Tomcik wünschte, sie würde mit diesen Fragen aufhören.

»Woher soll ich wissen, daß Sie die Wahrheit sagen?«

Tomcik zuckte die Schultern. »Glauben Sie's oder lassen Sie's bleiben.«

Billie zog an ihrer Zigarette und starrte vor sich hin.

»Soll ich das Zeug wieder mitnehmen?« Er hatte immer noch die Flasche in der Hand.

»Nein, nein, machen Sie sie auf.« Sie zog heftig an ihrer Zigarette und drückte sie aus. »Wenn's die letzte ist, ist es eben die letzte.« Das Zittern in ihrer Stimme verriet das Gegenteil von Burschikosität.

Tomcik kam mit dem Verschluß nicht zurecht.

Billie bemerkte es und stand auf, um ihm zu helfen. Sie gab sich Mühe, nicht allzu wach zu erscheinen. Sie mühten sich beide mit dem Verschluß ab. Billie fand, daß er nicht unangenehm roch. Er machte eine Bewegung, und sein Unterarm streifte ihre Brüste. Billie spürte, wie sich ihre Nackenhaare aufstellten. Die Welle lief über ihre Oberarme bis zu den Handgelenken.

»Jetzt kommt er«, sagte Tomcik. Er zerrte den Korken aus der Flasche, und das Geräusch war nicht lauter als ein unterdrücktes Husten im Nebenzimmer. Der Schaum quoll aus der Flaschenöffnung und lief vorn über das Etikett herunter. Es war keine besonders gute Marke.

Billie griff hastig nach der Flasche und setzte sie mit beiden Händen an den Mund. Sie trank ein paar Schlucke, stellte die Flasche auf den Tisch und hustete, bis ihre Augen tränten.

Tomciks Lippen verzogen sich zu einem spöttischen Lächeln unter seiner Wollkapuze.

Sie wischte sich die Augen ab und griff nach einer Zigarette. Die Röte in ihrem Gesicht ging langsam zurück. Im Fernsehen hatte ein Fußballspiel angefangen. »Wollen Sie das sehen?«

Tomcik schüttelte den Kopf.

Billie lehnte sich vor und machte den Fernseher aus. Sie rauchte und dachte, ich benehme mich, als ob er bei mir zu Besuch wäre.

Tomcik machte das Fenster auf.

Billie zog die Flasche heran, trank wieder, stellte die Flasche auf den Tisch zurück und dachte, wenn ich so weitertrinke, bin ich gleich betrunken. Sie schob ihm die Flasche hin. »Trinken Sie doch auch einen Schluck, bitte. Ich dreh mich auch um!«

Tomcik hatte die Arme vor der Brust verschränkt. Er sah sie an.

»Okay.«

Billie zog die Beine unter sich und drehte sich zur Wand.

Tomcik schob seine Maske bis zur Nase hoch und trank einen Schluck. Dann zog er sie wieder herunter und stellte die Flasche auf den Tisch zurück.

»Und wie finden Sie ihn?«

Tomcik zuckte die Achseln. »Alkohol. Er steigt einem in den Kopf.«

»Der ist aber ganz gut. Sind Ihnen andere Sachen lieber?«

»Es gibt 'ne Menge besserer Sachen.«

Billie trank einen Schluck und stellte die Flasche wieder hin. Der Sekt war süß und warm und schmeckte nach fünf Mark achtzig. »Welche anderen Sachen zum Beispiel?«

»Dies und das. Alles zu seiner Zeit.«

Billie nickte. »Genau richtig, das ist genau richtig«, sagte sie undeutlich. »Trinken Sie trotzdem noch einen Schluck, mir zuliebe, okay?«

Tomcik nickte und machte eine Handbewegung.

»Sie brauchen sie doch nur über den Mund zu schieben. Dann sehe ich doch noch lange nicht, wie Sie aussehen.«

»Ist es Ihnen lieber, wenn ich Ihnen die Augen verbinde?«

Billie schüttelte langsam den Kopf. »Nein, das ist auch nicht gut.« Sie drehte sich wieder zur Wand und wartete, bis er die Flasche wieder abgestellt hatte. Dann drehte sie sich um und nahm auch einen Schluck.

»Ist das deutscher oder französischer?«

»Deutscher«, sagte Billie, »aber deswegen ist er nicht schlechter.« Sie mußte sich Mühe geben, deutlich zu sprechen.

»Er ist nicht kalt genug«, sagte Tomcik. Er sagte ihr nicht, daß er die Flasche vor einem Komplizen hatte verstecken müssen.

»Ich war mal in Amerika«, sagte Billie, »und in der Fernsehwerbung für kalifornischen Wein haben sie gesagt: Vorsicht! Es gibt auch französischen! Finden Sie das nicht komisch?«

»Nein, wieso?«

»Naja, das wäre dasselbe, als wenn ein Deutscher Cowboystiefel macht und behauptet: Vorsicht! Es gibt auch amerikanische!«

»Gibt's das denn?«

»Nein, es war bloß ein Beispiel.«

»Von den Japanern sagt man, ihre nachgebauten Autos seien mit der Zeit besser als die Originale. Auch die Fotoapparate«, sagte Tomcik.

Billie schwieg verblüfft und versuchte sich zu konzentrieren. Unvermittelt sagte sie: »Würden Sie mich wirklich töten – ich meine, würden Sie das fertigbringen?«

»Ja«, sagte Tomcik. Seine Stimme war distanziert.

Billie schwieg und hatte Angst.

Tomcik hätte gern die Wollkapuze abgenommen und sich das Gesicht abgewischt. Er musterte sie und runzelte die Stirn. »Hören Sie auf damit«, sagte er schroff, »nehmen Sie sich zusammen!«

»Okay, okay. Schon vergessen.« Ihre Stimme war spröde, aber fest. Sie deutete auf die gegenüberliegende Wand.

Tomcik nickte und brachte sie zum Bad. Danach trank er selbst noch ein bißchen.

Billie tat nur noch so und trank kaum noch etwas. Sie hatte sich im Bad mit kaltem Wasser erfrischt, trotzdem war ihr noch schummrig.

»Sie rauchen zuviel«, sagte Tomcik. »Wissen Sie nicht, wie schädlich das ist?«

»Ich weiß. Ich hab's mir mit den englischen Zigaretten angewöhnt, da ist so ein blonder Seemann auf der Schachtel. Die hat mir immer der Musiklehrer besorgt im Internat.«

»Und was hat er dafür verlangt?«

Billie versuchte, seine Augen zu erkennen.

»Ist ja auch egal«, sagte Tomcik kurz angebunden.

Ihr war, als hätte sie einen ärgerlichen Unterton gehört. »Nein, Sie haben ganz recht. Natürlich mußte ich etwas dafür tun. Ich hab so getan, als wär ich ganz wild aufs Klavierspielen.«

»Und?«

»In Wirklichkeit hab ich es gehaßt. Ich höre gern Musik, bin aber total unmusikalisch.«

»Ich mache mir nicht viel aus Musik«, sagte Tomcik. »Ist noch was drin?«

Billie schob ihm die Flasche hin und sah die Wand an. Sie drehte sich wieder um.

Tomcik rülpste. »Komisches Zeug«, sagte er.

Billie unterdrückte ein Lächeln. Sie nahm den letzten Schluck und schob die leere Flasche weg.

»Okay, das wär's.«

»Noch eine Zigarette«, sagte Billie sanft.

Tomcik zögerte. »Na gut. Ich komme gleich wieder.« Er ging hinaus und schloß sie ein.

Billie drückte die gerade angerauchte Zigarette aus. Im Bad

rauschte die Wasserspülung. Billie machte die Lampe aus und legte sich im Dunkeln aufs Bett. Ihr Herz klopfte schneller. Sie wartete.

Tomcik schloß die Tür auf und trat ins dunkle Zimmer. Seine Hand tastete zum Lichtschalter. »Sind Sie okay?«

Billie schwieg.

Tomcik nahm die Hand vom Lichtschalter. Vor dem Bett blieb er stehen und sagte: »He, alles in Ordnung, Mädchen?«

»Ich heiße Billie.« Ihre Stimme war hell und fest. Sie streckte die linke Hand aus und legte sie auf seinen bloßen Oberarm.

Tomcik ergriff Billies Handgelenk, als wolle er sie abwehren, aber die Berührung mit ihrer Haut ließ ihn seine Absicht vergessen.

Billie zog sanft, aber nachdrücklich ihren Arm zurück. Tomcik hielt ihr Handgelenk fest und setzte sich auf die Bettkante. Er lokkerte seinen Griff, ohne sie ganz loszulassen. Billie drehte ihre linke Hand herum, bis sie mit der Handfläche seinen Unterarm berührte. »Schade, daß ich nicht mehr über Sie erfahren kann«, sagte sie undeutlich.

Tomcik schwieg. Er wollte ihr seinen Arm entziehen, aber diesmal hielt sie ihn fest. Er blieb unschlüssig sitzen und hörte sie atmen. Ihre Hand lag warm und trocken auf seiner Haut. Irgendeine Stimme in seinem Kopf sagte ihm, daß sie anfing, ihn in Schwierigkeiten zu bringen.

»Ich glaub, ich hab Sie ganz gern«, sagte Billie leise. »Komisch, nicht?«

»Sie kennen mich nicht«, antwortete Tomcik halblaut. »Sie haben Angst, das ist alles.« Er wünschte, seine Stimme würde sich sachlicher anhören.

»Jetzt hab ich keine Angst.«

Tomcik schwieg.

»Wenn Sie wollen, schlafe ich mit Ihnen«, sagte sie.

»Dadurch würde sich nichts ändern.«

»Ich weiß. Ich verlange nichts.«

Tomcik machte seinen Arm los und legte ihr seine Hand auf die Brust. Er spürte ihre warme Haut unter der dünnen Baumwolle, und ihren Herzschlag, der genauso schnell war wie sein eigener.

Billies Hand bewegte sich zögernd seinen linken Arm hoch. Ihre Fingerspitzen berührten das Leder des Pistolenhalfters, und ihre Hand zuckte zurück. »Können Sie die nicht wegtun?«

»Nein«, sagte er halblaut.

Billie atmete, ohne sich zu rühren. Seine Hand lag leicht auf ihrem Körper.

»Wollen Sie nicht die Maske abnehmen? – Es ist doch dunkel.«

»Nein.« Tomcik zog seine Hand zurück. Billie hielt sie wieder fest und rückte ein Stück zur Seite. Sie roch nach einer frisch gemähten Sommerwiese. Zum Aufstehen und Weggehen war es zu spät. Er wollte es auch gar nicht mehr. Er wollte dieses Mädchen haben. Tomcik dachte daran, wo sie herkam und wo er herkam, und daß er sie morgen vielleicht erschießen würde, und seine Erregung steigerte sich. Robert Tomcik wollte es haben, das reiche deutsche Mädchen aus einer alten, guten Familie, aber er hatte sich nie sehr geschickt angestellt bei den Mädchen – er hatte vorher bezahlt, und dann hatte er es getan. So war es eigentlich immer gewesen. Als er auf der Straße »Bobby The Kid« genannt wurde, lernte sie Latein. Als er seinen ersten Mann erschoß, wurde sie auf dem Wiener Debütantinnenball in die Gesellschaft eingeführt. Er beugte sich über sie, zerrte ihr das weiße T-Shirt aus den engen Jeans und schob es ihr zu einem ringförmigen Wulst bis unters Kinn hoch.

Billie ließ seinen Arm los, richtete sich auf und zog sich das T-Shirt mit beiden Händen über den Kopf. Dann fiel es als heller Fleck in der Dunkelheit neben das Bett auf den Boden. Ihre Bewegungen waren ruhig. Angst hatte sie nicht vor ihm. Seine Hand berührte sie vorsichtig, fast schüchtern an der Schulter und blieb dort liegen.

Er ist wirklich schüchtern, dachte Billie und empfand ganz deutlich eine Art mitleidiger Zärtlichkeit. Sie spürte seine schwächliche Erektion und half ihm behutsam. Tomcik hielt den Atem an und strich behutsam über ihr Gesicht und ihren Hals. Billie hielt seinen Finger mit den Lippen fest und hörte ihn schneller atmen.

Tomcik fühlte seine Kraft wachsen. Ein vollkommen neues, wunderbares Gefühl der Erleichterung überkam ihn. Er griff hastig nach ihr. Es ging sehr schnell.

Er löste sich sofort wieder von ihr, ging hinaus und überließ sie der Dunkelheit.

Billie dachte, er hat mich geliebt, wie man eine Hure liebt. In derselben Nacht entschied sich ihr Schicksal. Genauer gesagt nur eine Stunde später.

Ein Nachtfalter prallte gegen den Lampenschirm, taumelte zurück und wurde wieder vom Licht angezogen. Beim vierten Mal geriet er unter den offenen Lampenschirm und stieß gegen die nackte Glühbirne. Zuerst verschmorte der feine Staub auf seinen Flügeln. Dann versengte ihn die Hitze ganz. Das tote Insekt blieb an der heißen Birne kleben. Tomcik sah den Nachtfalter sterben und dachte an seine Mutter. Zum erstenmal in seinem Leben hat er nicht mit Dollars bezahlt für die Liebe, und das wunderbare, neue Gefühl hielt an. Er dachte nicht daran, daß man für alles im Leben bezahlen muß und daß es dabei auf die Währung nicht ankommt.

71

Sie kamen zu zweit und ließen ihr keine Chance. Einer hielt sie fest, und der andere stieß ihr die Nadel ins Fleisch. Sie wachte gar nicht richtig auf und wechselte vom Schlaf in eine halbwache rosawolkige Betäubung. Die beiden Maskierten legten ihr Handschellen an Hand- und Fußgelenke, stopften ihr einen Knebel in den Mund und verbanden ihr die Augen. Sie waren nicht brutal. Sie waren ganz sachlich. Weit weg in Billies Hirn lauerte die Angst und das Entsetzen. Sie spürte, wie sie aus dem Zimmer geschleppt wurde. Dann wurde sie auf den Boden gelegt. Eine Wolldecke wurde über sie geworfen. Dann war da ein Geräusch, eine Bewegung. Auto, dachte sie, ich fahre. Sie war sich nicht mehr sicher, ob sie nicht doch träumte.

Billie träumte nicht. Wenn sie zufällig Schnupfen gehabt hätte, wäre sie bereits auf dem Weg zur Hinrichtung erstickt. Die Dämmerung war hellgrau und noch kühl. Sie ging einem jener klaren, vollkommen wolkenlosen Hitzetage voraus, an denen man die Alpen sehen und den Schnee auf den Spitzen ahnen kann.

Franz Morgenroth stand am Fenster und blickte auf die taufeuchten, dunkelgrünen Sträucherklumpen, ohne sie zu sehen. Seine Armbanduhr tickte laut. Ein dünner, blauer Rauchfaden stieg von seiner Hand auf, kräuselte sich dicht an seinem Ärmel hoch und zerfaserte sich an seiner Schulter, bis er sich, grau geworden, ganz verlor. Franz schlenkerte mit der Hand, als sich die Glut in die Haut zwischen Mittel- und Zeigefinger fraß. Der Zigarettenstummel flog funkenstiebend auf den Teppich und versank in den Fasern. Franz sah zu, wie sich der schwarze Fleck mit dem roten Punkt in der Mitte ausbreitete. Ein Geruch nach verschmortem Kunststoff stieg auf. Franz trat die Glut aus und wünschte, er wäre jemand anders. Er setzte sich hin, starrte auf seine Schuhe, fingerte eine Zigarette aus der Schachtel und vergaß sie anzuzünden. Er merkte nicht, wie die Zigarette zwischen seinen Fingern zerbrach. Der trockene, schwarze Tabak rieselte aus der aufgeplatzten Papierumhüllung und sprenkelte das weiße Tischtuch. Er stand auf und stellte sich wieder ans Fenster. Der Tau flimmerte auf den Sträuchern. Er hatte sich noch niemals so elend gefühlt.

Franz stand auf und ging mit hängenden Schultern die Treppe hoch in sein Zimmer. Er nahm den Koffer vom Schrank, warf ihn aufs Bett und klappte ihn auf. Die Schranktür quietschte. Sein Gesicht im Türspiegel war grau. Draußen wurde es heller.

72

Der Wagen hielt ein Stück vor der Kiesgrube. Maugham nahm den Gang heraus und ließ den Motor im Leerlauf weiterlaufen.

Tomcik saß auf dem Rücksitz. Das Mädchen lag auf dem Boden zwischen den Sitzen. Tomcik beugte sich herunter und zog die Wolldecke weg und warf sie neben sich auf den Sitz. Sie war hellbraun wie seine Schuhe.

Tomcik stieß die Tür auf, ging um den Wagen herum und beugte sich zu dem Mädchen herunter.

»He«, sagte Maugham schnell, »hier doch nicht!«

»Du fährst zurück auf den Parkplatz auf der Straße und wartest da«, sagte Tomcik. Er sah nicht auf.

Maugham stieß erleichtert die Luft aus und beobachtete im Rückspiegel, wie Tomcik das Mädchen aufsetzte und ihr die Handschellen von den Fußgelenken nahm. Das Mädchen atmete heftig durch die Nase. Eine schweißverklebte, blonde Haarsträhne hing über der schwarzen Augenbinde, eine andere darunter. Sie war unsicher auf den Beinen. Tomcik legte ihr den rechten Arm um die Hüfte, packte ihr linkes Handgelenk und zog ihren Arm über seine Schultern. Dann gingen sie los.

Die Vögel am Waldrand wurden lauter. Maugham sah den beiden nach. Dann legte er den Gang ein, wendete und fuhr zur Straße zurück. Er hatte ein flaues Gefühl im Magen und sehnte sich nach einem Whisky.

Tomcik löste den Knoten in ihrem Nacken und nahm ihr den Knebel aus dem Mund.

Das Mädchen riß den Mund auf und erbrach sich.

Tomcik verzog das Gesicht und ging ein paar Schritte weg von ihr.

Billie atmete heftig. Sie wischte sich den Mund mit dem Ärmel ab und bewegte unsicher ihren Kopf in alle Richtungen. Sie hörte nur die Vögel und war noch halb betäubt von der Spritze. Ihre Zunge war dick und pelzig. Sie spürte den bitteren Magenschleim im Mund und würgte wieder.

Als sie das metallische Knacken hörte, zuckte ihr Kopf herum. »Nein, nicht!« Ihre Stimme war rauh. Sie fing an zu zittern. Die Hände mit den Handschellen tasteten zu ihrem Gesicht hoch. Sie schob die schwarze Binde von den Augen.

Tomcik biß sich auf die Unterlippe und fragte sich, warum er noch nicht abgedrückt hatte. Der Himmel verfärbte sich. Bald würde die Sonne aufgehen.

Billie sah den Mann nur als Schemen in der weißlicher werdenden Dämmerung. »Tu's nicht«, sagte sie mühsam. Sie machte die Augen wieder auf und kniff sie zusammen.

Tomciks Arm mit der Pistole hing locker herunter. Seine Stirnfalten zogen sich zusammen, und seine blaßblauen Augen lagen tief in den Höhlen.

Billie erkannte das weiße, kurzärmlige Polohemd und das umgeschnallte Pistolenhalfter aus dünnem, hellbraunem Leder.

»Warum?«

Tomcik schüttelte den Kopf. Er preßte die Zähne fester auf die Unterlippe, bis sie taub vor Schmerz war. »Lauf weg, los!«

Billie schüttelte heftig den Kopf. »Nein!«

»Du sollst abhauen! Los, mach schon!« sagte er laut. Er riß sie grob am Arm hoch und gab ihr einen Stoß.

Billie schwankte und fiel hin. Sie lag auf der rechten Seite und kämpfte mit einer Ohnmacht. Schmerzen spürte sie nicht. Sie richtete sich vom Boden auf und lehnte sich mit dem Rücken an die Steilwand. »Was bist du eigentlich für einer, wenn du keine Pistole hast? Oder kannst du überhaupt nur mit Pistole?«

Tomciks Augen bekamen einen kalten Glanz.

»Leg sie weg, und wir machen's noch mal«, sagte Billie. »Ich sag euch, wie ihr doch noch das Geld kriegen könnt – ich weiß es!«

Tomcik nahm den Finger vom Abzug.

Billie sackte zusammen. Ihr Schluchzen hörte sich an wie ein Lachen.

»Mach's kurz«, sagte Tomcik tonlos.

Billie hob den Kopf. »Ich weiß es wirklich!«

Tomciks Gesicht war unbewegt. In Wirklichkeit war er irritiert. Er hatte noch niemals gezögert abzudrücken.

Der Himmel war seifiggelb und rot. Die Sonne ging auf.

73

John Maugham blickte auf die Straße und traute seinen Augen nicht. Ein feines, flatterndes Röhren kam vom Himmel und wurde schnell lauter. Plötzlich war der Hubschrauber zu sehen. Er schwebte etwas höher als die Baumkronen über der Straße und schien in der Luft stehenzubleiben.

Maugham brach der Schweiß aus, und er spürte einen unerträglichen Druck auf der Blase. Er sah, wie Tomcik seinen Arm um das Mädchen legte, sie auf die Wange küßte und seelenruhig mit ihr über die Straße zum Wagen weiterging. Mitten auf der Straße winkte er dem Hubschrauber auch noch zu.

Maugham sah ungläubig und erleichtert zu, wie der Hubschrauber abhob und über dem Wald verschwand. Das röhrende Rotorenflattern entfernte sich schnell.

Tomcik schob das Mädchen in den Wagen und machte die Tür zu. »Bist du wahnsinnig geworden, oder was?« schrie Maugham.

»Leg dich auf den Boden«, sagte Tomcik zu dem Mädchen.

»Okay.« Billie gehorchte, und Tomcik warf ihr die Wolldecke über.

»Antworte mir gefälligst!« schrie Maugham mit überschnappender Stimme.

»Halt's Maul und fahr zurück.« Tomciks Stimme war ein stimmloses Zischen.

»Erst will ich wissen, was hier los ist, verdammt noch mal!«

Tomcik zog unwillig die Augenbrauen zusammen und drückte Maugham den Pistolenlauf unter das Kinn. »Ich leg dich auf der Stelle um, Engländer, wenn du nicht losfährst! Du weißt, das hier macht mir *nichts* aus!«

Maugham hob krampfhaft den Kopf. Seine Mundwinkel zuckten.

»Tu das weg! Okay, okay, ich fahre.«

Tomcik lehnte sich zurück und steckte die Pistole ins Halfter.

Maugham ließ mit fahrigen Bewegungen den Motor an und vermied Tomciks Blick. Als er auf der Straße war, wurden seine Hände ruhiger. »Gut, ich fahre zurück«, sagte Maugham, »und dann steige ich aus. Auf der Stelle, das schwöre ich dir!«

Tomcik blickte auf Maughams schweißnassen Nacken und lächelte verächtlich. Er dachte an Franz, und sein Lächeln verschwand. Tomcik schloß die Augen und dachte nach.

Die Sonne stieg höher, und der Himmel war von einem makellosen, schmerzhaft klaren Blau.

74

Franz Morgenroth hatte sein Zimmer nicht verlassen. Er hörte den Wagen zurückkommen.

Er blieb sitzen und starrte vor sich hin. Dann klopfte es an seine Tür.

»Bist du da drin?«

»Ja.«

»Ich muß mit dir reden«, sagte Tomcik.

»Später.«

»Nein, jetzt. Wir warten unten auf dich.«

Franz runzelte die Stirn. Er wollte den Amerikaner jetzt nicht sehen. Er konnte seinen Anblick jetzt nicht ertragen – genausowenig wie sein eigenes Gesicht im Spiegel. Irgendwo schlug ein Hund an. Ein anderer Hund antwortete mit hysterischem Kläffen. Franz gab sich einen Ruck. Er mußte die Sache zu Ende bringen.

Maugham ging auf und ab und rauchte wütend. Tomcik saß mit verschränkten Armen im Sessel und beachtete ihn nicht. Alle Fenster waren geschlossen. Es war warm und stickig, mit einem Geruch von Zigarettenrauch, Staub und Männerschweiß. Franz blieb im Türrahmen stehen.

Maugham ging auf ihn zu, packte ihn beim Ellenbogen und deutete mit ausgestrecktem Arm auf Tomcik. »Weißt du, was er gemacht hat? Du wirst nicht draufkommen!« Er ließ Franz los, ging ein paar Schritte auf Tomcik zu und blieb in der Mitte des Zimmers stehen. »Los, sag's ihm!« Er schrie.

»Halt den Mund und setz dich hin, John«, sagte Franz.

»Ich hab sie wieder mitgebracht«, sagte Robert Tomcik ruhig.

Maugham sprang vom Sessel auf und schrie: »Sie hat mich gesehen!« Er schlug sich mit der flachen Hand vor die Brust. »Sie hat mich gesehen!«

»Halt's Maul«, brüllte Franz zurück. Er hätte noch lauter brüllen können vor Erleichterung.

Maugham rieb sich die Stirn und sah Franz unsicher an. »Du hast gut reden. Du bist der einzige von uns, den sie noch nicht gesehen hat.«

Franz zündete sich eine Zigarette an und schwieg. Er sah Tomcik an. »Warum?«

Tomcik nickte. »Das ist der Punkt. Sie weiß, wie wir an das Geld kommen.«

»Du hättest ihr die Augen verbinden können«, sagte Franz beiläufig.

Tomcik zuckte die Schultern. »Die Sache ist so, daß sie selber mit hochgeht, wenn sie uns reinlegen will. Sie kann uns gar nicht verraten.«

»Du bist dir deiner Sache verdammt sicher.«

»Ich glaub's einfach nicht, verdammt noch mal«, murmelte Maugham und wischte sich den Schweiß vom Gesicht.

Tomcik sah Franz ernsthaft an. »Wir sind nicht hier, weil wir unbedingt jemanden umlegen wollen, richtig?« Er wartete Franz' Nicken ab und fuhr fort: »Wir sind hier, um ein Geschäft zu machen, richtig?«

Franz nickte wieder. »Und wie soll das nun aussehen?«

»Laß es dir von ihr selber sagen«, antwortete Tomcik. »Für mich hat die Sache Hand und Fuß.«

Maugham richtete sich auf und warf empört ein: »Und ich? Ich will es verdammt noch mal auch wissen!«

Franz drückte seine Zigarette aus. Er wußte, das Mädchen würde ihn allein an der Stimme wiedererkennen. Er sah erst Maugham an, dann Tomcik. »Hören wir's uns an. Hol sie rein.«

Tomcik nickte und stand auf. Bevor er das Zimmer verließ, sagte er zu Maugham: »Kannst dir ja 'ne Maske überziehen. Da sie dich bloß einmal gesehen hat, hat sie dich morgen bestimmt schon vergessen, wenn du mich fragst.«

»Ich frage dich aber nicht«, schnappte Maugham.

»Schluß damit!« sagte Franz.

Tomcik lächelte dünn und ging.

»Ich kann diesen arroganten Kerl nicht leiden«, sagte Maugham.

»Ich weiß«, sagte Franz.

»Ich weiß nicht, wieso du das alles so gelassen hinnimmst.« Franz zündete sich eine Zigarette an und schwieg.

»Ich begreif's einfach nicht«, sagte Maugham.

Franz blickte auf den Brandfleck im Teppich und drückte seine halbgerauchte Zigarette im Aschenbecher aus. Dann hörten sie die Schritte im Flur.

Das Mädchen kam zuerst herein. Tomcik folgte ihr und machte die Tür zu.

»Hallo«, sagte das Mädchen leise.

»Setz dich hin«, sagte Tomcik.

Das Mädchen setzte sich in den Sessel. Sie streifte Maugham mit einem Blick. Der Mann am Fenster drehte ihr den Rücken zu. »Kann ich eine Zigarette haben und etwas zu trinken?«

»Hinterher«, sagte Tomcik.

»Bring's ihr, Robert.« Franz drehte sich um und sah die Überraschung in ihren Augen. Er sah sie einen Moment lang an und setzte sich.

»Grüß dich, Puma.« Ihre Stimme war schwach. Sie war sehr blaß und schön.

Tomciks Blick huschte von einem zum andern. Maugham hätte fast das Wasserglas fallen gelassen. Eine Weile sagte niemand etwas.

Billie trank das Glas mit einem Zug aus und seufzte erleichtert. Dann zündete sie sich eine Zigarette an. Die drei Männer sahen ihr stumm zu.

Billie klopfte die Aschenspitze von ihrer Zigarette und sagte: »Hier stinkt's derartig, daß mir gleich wieder schlecht wird.«

Franz unterdrückte ein Lächeln und machte ein Fenster auf. Der frische Geruch aus dem Garten breitete sich im Zimmer aus. Inzwischen war es Mittag.

Billie machte ihre Zigarette aus, zündete sich eine neue an und sagte: »Da ist noch etwas, das muß vorher geklärt werden.«

Franz hob den Kopf.

Billie sah ihn an und sagte: »Das Risiko ist für mich genauso groß wie für euch. Ihr müßt mich beteiligen.«

Maugham kratzte sich am Kopf. »Das wird ja immer besser!«

»Keiner von euch bekommt dadurch weniger – wir verlangen einfach mehr«, sagte Billie.

»Wir«, wiederholte Maugham. Er sah Franz beschwörend an: »Hast du das gehört – wir!«

»Ich habe Ohren im Kopf«, sagte Franz. Er wandte sich an Billie: »Im Prinzip ist nichts dagegen zu sagen – es sei denn, du hast noch mehr Forderungen, oder das Ganze stellt sich von selber als unrealistisch heraus.«

Billie schüttelte den Kopf. »Ich kann nach dieser Geschichte nicht nach Hause zurück, verstehst du?«

Franz nickte. »Also gut. Fang an.«

»Es handelt sich um ein illegales Geschäft mit Panzern. Waffenschiebung in ein Spannungsgebiet. Mein Vater hat es gemacht, seine Partei hat es arrangiert, ist darin verwickelt. Es gibt einen Vertrag, da steht alles schwarz auf weiß drin. Wenn wir den haben, oder auch nur eine Fotokopie davon, zahlt Kammerloh absolut jeden Preis, weil er muß.«

»Und? Hast du ihn zufällig in der Handtasche?« fragte Maugham ironisch.

»Nein. Aber ich weiß, wo er ist.«

Franz sah Tomcik an und dann Billie. »Willst du einen Panzerschrank knacken?«

Billie schüttelte den Kopf. »Ich weiß, wer die Schlüssel hat. Es ist ganz leicht, wenn man das Wer, Wo und Wie weiß.«

»Red schon endlich«, sagte Tomcik ungeduldig.

Billie sah Franz an und sagte mit ihrer hellen, festen Stimme: »Sechs Millionen – zwei für mich. Okay?«

»Das ist doch alles nicht wahr«, sagte Maugham.

Franz blickte Tomcik an.

Tomcik nickte. »Warum nicht?«

Franz wandte sich an Maugham.

Maugham verzog das Gesicht. »Wahnsinn! Aber bitte – ich will euch nicht daran hindern.«

»Abgemacht«, sagte Franz. Er blickte sie an. Das Glitzern in ihren Augen erinnerte ihn an ihre erste Begegnung.

V. Das Ende

75

Für Dietrich Wegner waren die Mittwochabende am schlimmsten. Mittwochs arbeitete er lange im Büro, oft bis Mitternacht. Aber oft genug ertappte er sich dabei, wie er nur noch stumpfsinnig vor sich hin stierte und die Cognacflasche auf dem Tisch stehen ließ, statt sie nach jedem Glas in die Schrankbar zurückzustellen, wie er es sonst immer machte. Dietrich Wegners Büro lag im 9. Stock eines Hochhauses, eine Etage unter dem von Kammerloh. Höher konnte ein Angesteller in Kammerlohs Firma nicht steigen, das 10. Stockwerk beanspruchte Kammerloh selbst. Es war nicht luxuriös eingerichtet – nicht mal Kammerlohs Büro war das –, auch nicht übertrieben modern, das hätte weder zu Kammerloh noch zu Wegner gepaßt. Gediegen war schon eher das richtige Wort dafür. Die Wände waren holzgetäfelt, die Sessel lederbespannt, und wenn er aus dem Fenster sah, blickte er auf eine Grünfläche. An der Wand hinter seinem Schreibtisch hing ein Porträt von Kammerloh. Zuerst war er nach Hause gegangen wie jeden Tag. Aber er ertrug die leere Wohnung nicht. Denn Mittwochabend gehörte Ingrid seinem Chef, Kammerloh. Jeden Mittwochabend.

Wegner unterschrieb die letzten Briefe, klappte die Mappe zu und drückte auf einen Knopf am Telefon. Seine Sekretärin kam herein und nahm die Mappe vom Schreibtisch. »Ist noch etwas?«

»Nein, ist gut, Frau Prescher, vielen Dank.«

Frau Prescher klemmte die Unterschriftenmappe unter den Arm und sah ihn an. »Sie sollten wenigstens etwas essen, wenn Sie so lange bleiben.«

Wegner lächelte kurz. »Wenn Sie mir vielleicht noch Kaffee machen.«

Frau Prescher schüttelte den Kopf, ging hinaus und stellte die

Kaffeemaschine an. Sie war eine burschikose, lebensfrohe Person, die alle mit ihrer guten Laune ansteckte. Wie jede gute Sekretärin war sie mehr als das. Sie arbeiteten schon lange zusammen. Obwohl Wegner nicht darüber sprach, wußte Frau Prescher, warum Wegner mittwochabends nicht nach Hause ging.

Wegner stand auf, als sie den Kaffee hereinbrachte. Er ging zum Schrank und öffnete ihn. »Trinken Sie auch einen mit?«

»Brauchen Sie mich doch nicht zu fragen.« Sie hatte eine hastige Art zu sprechen, so als sei sie ständig außer Atem.

Wegner stellte Flasche und Gläser auf den Tisch. »Es tut mir leid, ich hab eben erst gesehen, daß es schon acht Uhr ist.«

»Macht nix, hätte schon was gesagt, wenn nicht.« Sie nahm das Glas, roch daran und nahm ein Schlückchen. Dann schüttete sie den Cognac mit einem herzhaften Ruck hinunter.

»Noch einen?«

»Aber einen kleinen nur«, sagte Frau Prescher.

»Sonst lachen Sie immer, wenn Sie das sagen. Ist alles in Ordnung oder haben Sie Sorgen?«

Frau Prescher sah ihn nachdenklich an und schüttelte den Kopf. »Nein. Und Sie?«

Wegner kippte einen Cognac in den Kaffee und rührte ihn um. »Wenn wir Brüssel hinter uns hätten, wäre mir wohler. Bis jetzt haben wir die Franzosen bremsen können. Aber selbst Kammerloh ist nicht sicher, wie die Konferenz der Fachminister ausgeht.«

»Wird schon werden.«

»Ein schöner Abend«, sagte Wegner vom Fenster her.

»Sie arbeiten zuviel, Dietrich.«

Wegner drehte sich um zu ihr und verzog das Gesicht. »Nicht schon wieder.«

»Stimmt aber.«

»Wie geht es Ihrem Mann?«

»Danke, gut«, sagte Frau Prescher. »Da Sie nicht hören, was Sie nicht hören wollen, gehe ich lieber, wenn's Ihnen recht ist.«

»Natürlich. Hab ich Sie vielleicht irgendwie gekränkt?«

»Ach was.« Frau Prescher stand auf und nahm die Unterschriftenmappe unter den Arm. »Gute Nacht.«

»Gute Nacht«, sagte Wegner hilflos.

Eine Stunde später klingelte das Telefon. Wegner war so überrascht, daß er erst beim viertenmal abnahm.

»Ich bin's«, sagte Billie.

»Billie! Wo sind Sie denn! Ich hab Angst um Sie gehabt!«

»Ich bin okay, Wegner, ganz okay.«

»Fast hätte ich Ihre Stimme nicht erkannt. Sind Sie auch wirklich in Ordnung? Was, um Gottes willen, ist denn eigentlich passiert? Wo sind Sie?«

»Ich habe bloß eine Erkältung«, antwortete sie. »Wissen Sie, ob Kammerloh zu Hause ist?«

»Soviel ich weiß, ja.«

»Gestern auch – und Montag?«

»Nein. Warum fragen Sie?«

»Sehen Sie sich vor Kammerloh vor, Wegner«, sagte Billie.

»Billie, wovon reden Sie?«

»Wegner, muß ich ausgerechnet Ihnen erklären, wozu Kammerloh fähig ist?«

»Aber ich verstehe nicht.«

»Er hat versucht, mich umzubringen«, sagte sie.

»Billie, hören Sie auf damit! Sie wissen ja nicht, was Sie reden! Wo sind Sie? Was soll das alles bedeuten?«

»Passen Sie auf, Wegner. In genau einer Stunde kommen zwei Freunde von mir und erklären es Ihnen. Sorgen Sie dafür, daß sie unten reinkommen.«

»Sagen Sie mir erst, was das alles bedeuten soll!«

»Sie wiederholen sich, Wegner. Ich hab's ihnen doch eben gesagt. Reden Sie mit den beiden. Sie müssen es mir versprechen, es ist sehr wichtig für mich!«

»Warum kommen Sie nicht selbst?« Er spürte, wie sie mit der Antwort zögerte.

»Das geht jetzt nicht. Später.« Sie machte eine Pause und sagte: »Kann ich mich auf Sie verlassen?«

»Na schön, rede ich mit Ihnen«, sagte Wegner langsam.

»Sie ahnen nicht, was für mich davon abhängt«, sagte Billie. »Und noch etwas müssen Sie mir versprechen. Sagen Sie Kammerloh nichts von meinem Anruf, auf gar keinen Fall! Auch morgen nicht oder später – haben Sie das verstanden?«

»Ja, Billie.« Er zögerte. »Geht's Ihnen gut?«

»Ich bin wieder okay. Machen Sie sich um mich keine Sorgen.«

»Passen Sie auf sich auf, Billie.«

»Später erzähle ich Ihnen die ganze Geschichte. Irgendwann mal.«

»Irgendwann?« fragte Wegner beunruhigt.

»Ja. Machen Sie's gut, ich hab Sie wirklich gern, Wegner.«

Er legte auf. Er nahm sich noch einen Cognac, sah aus dem Fenster und trank ihn im Stehen aus. Dann nahm er das Haustelefon ab und kündigte seine Besucher an. Wegner war unruhig. Er dachte an Schwiefka in Billies Appartement. Er dachte an Billie. An die beiden Männer.

Es war elf Uhr dreißig nachts. In einer Stunde hatte Billie

gesagt. Wegner ging hin und her. Dann kehrte er zum Schreibtisch zurück und rief Schwiefka an.

Schwiefka war noch draußen in Kammerlohs Haus. Er versprach Wegner, Kammerloh nichts von Billies Anruf zu sagen, und wollte sofort losfahren.

Wegner rief noch einmal beim Pförtner an, um auch noch Schwiefkas Besuch anzukündigen. Danach fühlte er sich erleichtert. Schwiefka konnte man nicht so leicht ein X für ein U vormachen. Wegner schloß die Cognacflasche ein und setzte noch Kaffee auf.

Nicht sehr viel später klingelte das Haustelefon, und der Pförtner sagte: »Die beiden Herren sind da.«

»In Ordnung, erklären Sie Ihnen den Weg.« Wegner lehnte sich im Sessel zurück und wartete.

Sie kamen herein, ohne anzuklopfen, Wegner blickte auf. Beide Männer trugen Wollmasken, und einer hatte eine Pistole in der Hand.

»Stehen Sie auf, kommen Sie vom Schreibtisch weg, stellen Sie sich da hin!« sagte der Mann mit der Pistole.

»Wer sind Sie, was wollen Sie?«

»Den Vertrag vom Panzergeschäft, los, beeilen Sie sich.«

Wegner sah von einem zum andern. »Ich weiß nicht, wovon Sie reden«, sagte er mutlos.

»Das wissen Sie sehr gut«, sagte der Mann mit der Pistole. »Der Vertrag ist hier im Safe, und Sie haben den Schlüssel.« Er richtete die Pistole auf ihn. »Also reden Sie keinen Unsinn und schließen Sie auf, sonst erschießen wir Sie.«

»Ich hab den Schlüssel, aber ich hab ihn nicht hier«, sagte Wegner. »Er ist zu Hause.«

»Sie lügen!«

»Nein«, sagte Wegner. Seine Stimme war laut und gefaßt.

»Gut, dann gehen wir ihn holen«, sagte der Mann mit der Pistole. Er packte Wegner am Arm und stieß ihn vorwärts. »Los, los, wir haben es eilig.«

Sie verließen das Zimmer. Im Flur blieb Wegner stehen und deutete auf das Toilettenschild an einer Tür. »Entschuldigen Sie – die Aufregung – bitte haben Sie Verständnis.«

»Der bleibt zu lange«, sagte Maugham nach einer Weile.

»Du bleibst hier«, sagte Franz und ging in die Toilette. Maugham hörte, wie er innen eine Tür eintrat. Dann fing das Telefon in Wegners Zimmer an zu klingeln. Maugham rief: »Komm raus, schnell!«

Als Franz herauskam, hatte er die Wollmaske in der Hand. Das Telefonklingeln hatte aufgehört.

»Was ist los?« fragte Maugham.

Das Telefon fing wieder an zu klingeln. »Komm, schnell«, sagte Franz.

Da die Fahrstühle abgestellt waren, liefen sie die Treppe hinunter.

»Ich habe doch gleich gesagt: Wahnsinn!« keuchte Maugham.

Franz nahm zwei Stufen auf einmal. »Du bist ganz in Ordnung, John, aber weißt du, was dein Fehler ist?«

»Was?«

»Du wirst zu schnell nervös, und für dein Alter bist du reichlich kurzatmig – das kommt von den blonden Zigaretten!«

Maugham antwortete nicht. Er hatte genug damit zu tun, Schritt zu halten.

Der Pförtner beugte sich aus seinem Fenster und rief: »Herr Wegner ist doch noch oben?«

Franz drehte die Scheibe herunter und sagte: »Ja. Er ist bloß da, wo jeder mal hin muß!«

Der Pförtner lachte, legte zwei Finger an den Mützenrand und öffnete das Tor.

Der Mann in der braunkarierten Jacke trat aus der Dunkelheit und sah zu, wie der Wagen hinausfuhr. Schwiefka konnte gerade noch das Nummernschild entziffern. Er notierte es und nickte dem Pförtner zu.

Der Pförtner rief wieder in Wegners Büro an, aber es nahm niemand ab.

»Ich gehe rauf, da stimmt was nicht«, sagte Schwiefka. Er wartete keine Antwort ab und rannte los.

Was Wegner betraf, so hätte sich Schwiefka Zeit lassen können. Für ihn spielte die Zeit keine Rolle mehr. Wegner hatte Bilanz gezogen. Unterm Strich war nichts herausgekommen. Schwiefka fluchte laut. Dann nahm er sein Taschenmesser heraus, klappte es auf und schnitt ihn ab. Wegner sah nicht friedlich aus. Erhängte sehen nicht friedlich aus. Schwiefka ging in Wegners Büro und rief Kammerloh an.

»Der Portier soll die Polizei anrufen. Sie kommen sofort hierher zurück«, sagte Kammerloh.

»Soll ich nicht hier auf die Polizei warten?«

»Nein, das sollen Sie nicht«, sagte Kammerloh und legte auf.

Schwiefkas Blick fiel auf Kammerlohs Porträt an der Wand über Wegners Schreibtisch. Er sah es eine Weile an, dann schüttelte er den Kopf und ging hinunter zum Pförtner.

Er ließ den Mann allein mit seiner Aufregung, setzte sich in seinen Wagen und fuhr zurück. Schwiefka hatte schon öfter Tote gesehen. Er war kein sentimentaler Mensch, und Wegner war ihm ziemlich gleichgültig.

76

»Du bist doch bloß hiergeblieben, weil ihr mir immer noch nicht traut«, sagte Billie. Sie stand im Bad und steckte sich die Haare hoch. Ihre Blicke trafen sich im Spiegel. Robert Tomcik lehnte am Türrahmen und hatte die Arme verschränkt.

»Warum sagst du nichts?«

»Ständig grübelst du über Sachen, die du nicht mehr ändern kannst. Ist doch ganz sinnlos.«

Billie stand auf und lächelte. »Komm, wir gehen zu mir.«

Sie setzte sich aufs Bett. Tomcik saß ihr auf dem Stuhl gegenüber.

»Eigentlich ist alles wie vorher, du sitzt da und ich hier. Nur, daß du keine Maske trägst und nicht die Pistole.« Billie stützte die Ellenbogen auf den Tisch und das Kinn in die Hände. »Ihr traut mir nicht«, wiederholte sie. »Wieso sollte ich euch eigentlich trauen? Wer garantiert mir, daß ihr mich nicht doch umbringt?«

»Jetzt nicht mehr«, sagte Tomcik bestimmt.

»Oder ihr laßt mich einfach hier sitzen – ohne einen Pfennig?«

»Du denkst zuviel. Schon wieder.«

»Dir glaube ich«, sagte sie langsam.

Tomcik stand auf und stellte sich ans Fenster. »Franz ist okay. Und der Engländer –« Er machte eine verächtliche Handbewegung.

»Wo sind wir hier eigentlich?«

Tomcik sah sie an und schwieg.

»Siehst du! Du traust mir doch nicht.«

»Ich bin nicht der Boß. Aber ich hätte genauso entschieden. Ich habe noch niemandem vertraut, deshalb lebe ich noch. Bloß Anfänger halten sich nicht an die Regeln.«

»Aber du traust deinem Boß.«

»Es ist ein Geschäft, es gibt Regeln.«

»Er hat sich nicht daran gehalten.«

»Was redest du da?«

»Ich hab ihn gesehen – vorher, ohne Maske. Ich hätte ihn jederzeit wiedererkannt. Das hast du doch gemerkt, oder?«

Tomcik sah sie stumm an.

»Jede Wette, daß er euch nichts davon gesagt hat. Deswegen hat er auch dich immer zu mir geschickt. Logisch, nicht?«

Tomcik sagte nichts darauf.

»Und du traust mir nicht mal so weit, mir zu sagen, wo ich bin.«

»Hör zu, ich kenne die Stadt nicht, aber wir sind irgendwo in München.«

»Das ist stark«, sagte Billie. »Komm, setz dich zu mir.« Tomcik setzte sich aufs Bett.

Billie drehte sich zu ihm und sah in sein knochiges, blasses Gesicht. Seine Augen sehen viel älter aus als sein Gesicht, dachte sie.

»Wie hast du ihn genannt – Puma? Wegen der Tätowierung?«

Billie nickte. »Ich hab mit ihm geschlafen.«

Tomcik sah sie an, als blicke er durch sie hindurch.

»Findest du das fair?« fragte Billie schnell. »Ich meine, erst das und dann entführt er mich! Warum sollte ich ihm jetzt trauen?« Sie pustete sich eine Haarsträhne aus dem Gesicht. »Warum solltest du ihm trauen? Vielleicht benutzt er dich genauso wie mich.«

»Ich wußte das nicht«, sagte Tomcik schließlich. »Aber ich habe genau denselben Fehler gemacht.«

»Ja, aber das weiß er nicht. Und ich hab nicht vor, es ihm zu sagen. Du vielleicht?«

»Hat er dich gezwungen?«

Billie sah ihn an und schwieg. Dann kicherte sie plötzlich, warf ihm die Arme um den Hals und sagte an seinem Ohr: »Weißt du was? Ich bin froh, daß du mich nicht erschossen hast!«

»Vergiß es, es ist vorbei.«

»Gut, dann ist beides vorbei«, sagte Billie leise, »okay?«

»Du bist seltsam.«

»Er hat schon einmal die Regeln verletzt«, sagte sie. »Warum sollte er sich beim Geld dran halten.«

»Es ist genug für jeden.«

»Geld«, sagte Billie. »Kennst du einen einzigen, der sagt, daß er genug davon hat?«

»Worauf willst du hinaus?«

»Ganz einfach. Wir müssen ihnen zuvorkommen.« Tomciks Blick wurde nachdenklich. »Wir?«

»Wir«, sagte sie fest.

Tomcik schwieg. Dann schüttelte er den Kopf. »Der Engländer wäre kein Problem. Aber Franz, der gibt nicht so leicht auf – egal, wo du dich versteckst. Du müßtest dich in Luft auflösen – und das kannst du nicht.«

»Doch«, sagte Billie, »das kannst du. Er ist Europäer. Er findet sich drüben nicht zurecht, und in New York schon gar nicht.«

»Und du, wie willst du dich zurechtfinden?«

»Ich finde mich überall zurecht«, sagte Billie.

77

Jack Schwiefka war sechsundfünfzig Jahre alt, Amerikaner und außergewöhnlich zugempfindlich. Ein spaltbreit geöffnetes Fenster in einem Lokal, ein zugiger Korridor, und am nächsten Tag hatte er einen steifen Nacken oder einen Schmerz im Rücken, der ihn bewegungsunfähig machte und von seinem Apotheker Hexenschuß genannt wurde. Seit ein paar Jahren sah er nachts nicht mehr so gut wie sonst, und aufgeblendete Scheinwerfer entgegenkommender Wagen machten ihn sekundenlang fast blind. Davon abgesehen war er in guter körperlicher Verfassung, und am Tag waren seine Augen so gut wie eh und je.

Auf der Autobahn nach Starnberg war wenig Verkehr. Nur gelegentlich tauchten die dünnen, grellen Lichtfinger eines entgegenkommenden Wagens auf der gegenüberliegenden Fahrbahn auf, tasteten sich näher und huschten stadteinwärts an ihm vorbei. Es war eine schwüle, nicht sehr dunkle Nacht. Die stickige Luft, der Gestank von Zigarettenstummeln und kalter Asche aus dem überquellenden Aschenbecher in seinem Wagen und das Bild des Mannes, der mit seinem Hosengürtel um den Hals an einem Wasserrohr in der Toilette hing, hatten ihm den Atem genommen, und er hatte das Seitenfenster heruntergedreht. Schwiefka hatte eine Menge Fragen, auf die er keine Antwort wußte. Warum hatte Wegner seinem Leben ein Ende gemacht? Was hatte Kammerlohs Tochter ihm am Telefon gesagt? Wer waren die beiden Männer, die sie als ihre Freunde bezeichnet hatte? Was hatten sie von Wegner gewollt? Hatten sie ihn umgebracht? Aber warum? Was hatte Wegner mit der Entführung zu tun? Schwiefka seufzte und rieb sich ahnungsvoll das Genick. Er drehte das Fenster hoch und machte das Schiebedach auf. Der Fahrtwind stieß durch die Öffnung, zerrte an seinen Haaren und zerflatterte knatternd im rückwärtigen Teil des Wagens. Er schob das Dach bis auf einen schmalen Spalt wieder zu und dachte an Wegner, der ihm den Job bei der Kammerloh verschafft hatte.

Jack Schwiefka war kurz nach Kriegsende als Angehöriger des CIA nach Deutschland gekommen. Sein Vorgesetzter, der am liebsten alle Deutschen zu Bauern und Viehzüchtern gemacht hätte, erklärte ihm seine Aufgabe. Bevor man den Deutschen Demokratie beibringen könne, dozierte er, müsse man zunächst die Spreu vom Weizen trennen, das heißt, die Nazis von den guten Deutschen. Schwiefka war weder ein gläubiger Mensch, der aus religiösen Prinzipien eher bereit ist zu verzeihen, noch war er jemand, dessen Denken und Handeln von irgendwelchen anderen, besonders menschenfreundlichen moralischen Grundsätzen geleitet wurde. Er wußte sofort: das funktioniert nicht, kann gar nicht funktionieren, weil man die Menschen nicht in gut und böse sortieren kann und voneinander trennen wie Spreu und Körner. Er war, wie gesagt, weder ein Menschenfreund noch ein Menschenhasser, und das galt natürlich auch für die Deutschen. Er wurde entlassen, als man ihm nachweisen konnte, daß er Ex-Nazis Persilscheine verkauft hatte. Schwiefka blieb in Deutschland. Eine Zeitlang arbeitete er für den Bundesnachrichtendienst, der praktisch seit 1946 als Organisation Gehlen bestand und 1955 offiziell seine Arbeit begann, und wunderte sich nicht, dort jene wiederzutreffen, die doch eigentlich nicht zu den guten Deutschen gehörten. Er blieb selbständig, knüpfte Kontakte, und als der Chef des BND, Gehlen, im Mai 1968 abgelöst wurde, ging auch Schwiefka. Er traf Wegner, der brachte ihn zu Kammerloh, und Kammerloh stellte ihn unter dem Oberbegriff »Sicherheit« als Mädchen für alles ein.

Er dachte an Kammerloh, und sein Gesicht verfinsterte sich. Schwiefka war gespannt, ob Kammerloh seine Fragen beantworten konnte. Wenn nicht, sah er selbst für den mächtigen Kammerloh Schwierigkeiten voraus. Schwiefka hing seinen Gedanken nach.

Den bleigrauen Mercedes, der auf der gegenüberliegenden Fahrbahn stadteinwärts an ihm vorbeihuschte, bemerkte er schon deshalb nicht, weil er mit Abblendlicht fuhr. Er fiel ihm nicht auf, weil sich schon der Wächter des Motorama nicht an ihn erinnert hatte. Er konnte ihn nicht wiedererkennen, weil es nicht der Wagen war, dessen Nummer er sich bei Verlassen des Kammerlohschen Geländes notiert hatte. Er hatte ihn noch nie gesehen, und doch enthielt er die Antwort auf die meisten seiner Fragen. Jack Schwiefka hätte Hellseher sein müssen, um zu wissen, daß in diesem Wagen dieselben beiden Männer waren, die Wegner besucht hatten. Er war kein Hellseher, und die beiden Männer, die mit dem bleigrauen Mercedes stadteinwärts fuhren, waren nicht allein im Wagen.

78

Tomcik sah auf die Uhr. »Sie bleiben zu lange«, sagte er sachlich. »Und schon denkst du, ich hab euch reingelegt!«

Er blieb stehen. »Nein.«

»Hab ich auch nicht. Du wirst sehen.«

Er setzte sich neben sie aufs Bett und sah sie an.

»Jetzt nicht«, sagte Billie. »Ich hab immerzu das Gefühl, sie kommen jeden Moment.« Sie schwieg. »Verstehst du das?«

Tomcik nickte. Dann hörten sie den Wagen, und Maugham machte das Tor auf. Als der Wagen auf die Garage zufuhr, sagte Billie: »Wir gehen besser nach vorn. Keiner darf was davon merken, okay?«

»Okay«, sagte Tomcik. Er sah sie noch einmal an, bevor sie das Zimmer verließen. »Du bist ein seltsames Mädchen.«

Billie lächelte. »Mir ist, als hättest du das schon mal gesagt.« Keiner von beiden ahnte, daß Maugham und der Puma nicht die Papiere von Kammerlohs Geschäft mitbrachten, sondern Kammerloh selbst.

79

Schwiefka war nichts aufgefallen, als er vor Kammerlohs Haus aus dem Wagen gestiegen war. Erst in der Halle, als die schwere Eingangstür hinter ihm zugefallen war, und das verrückte Jaulen und Bellen vom Hundezwinger nicht mehr so laut war, merkte er, daß irgend etwas nicht stimmte. Es war zu still. Er ging zuerst in die Küche, aber Frau Limmer war nicht da. Er lief durch alle Räume. Das Haus schien ausgestorben zu sein. Er versuchte, von einem Haustelefon aus, Kammerloh in der Bibliothek anzurufen. Die Leitung war tot, genauso wie die Verbindung nach außerhalb. Er zog seine Waffe, entsicherte sie und überlegte. Die Bohrmaschine hatte er in der Garagenwerkbank gefunden. Als er die Bibliothekstür damit geöffnet hatte, war er klatschnaß vor Anstrengung. Bis auf das flackernde Kaminfeuer war es dunkel in der Bibliothek.

Frau Limmer zitterte vor Empörung und machte sich sofort mit durchdringendem Keifen Luft, von dem Schwiefka kein einziges Wort verstand – abgesehen von der mehrfachen Anrufung der Heiligen Dreifaltigkeit. Er begriff nur, daß sie entrüstet war. Den Grund erfuhr er von Ingrid Wegner. Zwar war sie blaß, aber sie hatte sich erstaunlich in der Gewalt, und Schwiefka fragte sich, ob sie schon wußte, daß sie seit mindestens drei Stunden Witwe war.

Erich war der Schock in die Knochen gefahren, und er begleitete Ingrid Wegners Aussagen mit einem stereotypen »Sehr richtig!« und einem ebenso häufigen »Genau!«.

Zwei unbekannte Männer. Beide in hellen Popelinemänteln, Ingrid sagte, die Wollkapuzen seien dunkelbraun bis schwarz gewesen, Erich bekräftigte mit »Sehr richtig!«, und Frau Limmer schwor, sie seien grün gewesen, hellgrün! Dabei fixierte sie Erich, der ihren Blick unbehaglich erwiderte und schließlich ein halbherziges »Genau!« murmelte.

Ingrid sagte, die Männer seien sachlich gewesen und hätten wenig geredet. Frau Limmer entrüstete sich, daß die Verbrecher den gnädigen Herrn geschubst hätten und mit einer Maschinenpistole bedroht. Erich schwieg.

Ingrid sagte, es sei ganz sicher eine Pistole gewesen, wenn auch eine recht große. Was für eine Pistole, wußte sie nicht, und Schwiefka, der seine Fragen routinemäßig stellte, fragte sich gleichzeitig, was es ihm genützt hätte, das zu wissen. Die Entführer hatten sich nach Ingrid Wegners Eindruck nicht nur sachlich verhalten, sie waren auch praktisch und hatten ihre Lösegeldforderung gleich an Ort und Stelle von Kammerloh aufschreiben lassen. Sechs Millionen. Das ist viel, aber es ist nicht mehr, als Kammerloh tatsächlich in bar beschaffen kann, dachte Schwiefka mit einer Mischung aus Bewunderung und Triumph. Er hatte recht behalten. Das waren Profis, er hatte sie von Anfang an richtig eingeschätzt. Kammerloh hatte sich geirrt und mußte zum erstenmal in seinem Leben die unmittelbaren Folgen selber tragen.

Schwiefka hatte recht behalten, und je länger er jetzt über die Sache nachdachte, desto mehr steigerte sich seine Bewunderung für diesen Coup. Selbstverständlich würde Kammerlohs Firma zahlen.

Kammerloh war kein Politiker, den jedermann vom Fernsehen her kannte. Zwar war er eine »öffentliche Person«, aber er hatte es immer verstanden, sich der Aufmerksamkeit der Öffentlichkeit zu entziehen. Selbst die meisten seiner Angestellten kannten ihn nur von Fotos. Kammerloh war ein unbekannter Prominenter. Er war nur reich und mächtig.

Schwiefka fuhr ins Dorf am See und suchte eine Telefonzelle. Er rief nicht die Polizei an. Ingrid hatte ihm den Namen des Mannes genannt, der im Aufsichtsrat Kammerlohs Stellvertreter war. Der Mann war ein hoher Politiker, und es war nicht der Name, der Schwiefka verblüffte; es war die Art und Weise, wie dieser Mann reagierte.

Der Politiker hörte zu, ohne zu unterbrechen, stellte wenige, präzise Fragen und befahl Schwiefka, am nächsten Morgen in Kammerlohs Firma zu erscheinen.

Schwiefka versicherte, er stehe jederzeit zur Verfügung. Der Aufsichtsrat wurde noch in derselben Nacht zu einer außerordentlichen, dringenden Sitzung zusammengerufen. Termin – acht Uhr früh. Schwiefka legte den Hörer auf und kehrte zu Kammerlohs Haus zurück.

Ingrid war allein in der Bibliothek. Er wich ihrem Blick aus. Natürlich hatte ihr Kammerloh nichts von Wegners Tod gesagt.

Das Lamentieren aus der Küche, wo Frau Limmer Kaffee machte, war bis in die Bibliothek zu hören. Schwiefka suchte nach Worten.

Ingrid saß im Ohrensessel am Kamin. Als sie erfuhr, daß sich ihr Mann etwas angetan hatte, wie Schwiefka sich ausdrückte, hob sie den Kopf. »Ist er tot?«

Schwiefka nickte unbehaglich. Er wußte von ihrem Verhältnis

mit Kammerloh und war müde wie ein Hund, aber er setzte sich nicht in den leeren Sessel ihr gegenüber.

Ingrid Wegner war noch eine Spur blasser geworden und blickte auf ein verglimmendes Holzscheit am Rand des Feuers. »Er hat sich das Leben genommen?«

Schwiefka nickte wieder und lockerte seinen Krawattenknoten.

Ihr Blick entfernte sich von ihm und fiel auf Kammerlohs leeren Sessel. Nach einer Weile sagte sie mit ihrer angenehmen, klaren Stimme: »Nimmt sich einfach das Leben. Eigentlich war er schon immer der Typ dafür.«

Schwiefkas Stirnfalten gerieten in Bewegung, und seine Augenbrauen zogen sich zusammen. Er folgte ihrem Blick zu Kammerlohs Sessel und dachte, sie passen gut zusammen, Kammerloh und sie – allerdings sieht es nicht so aus, als wäre Ingrid Wegner eine ausgesprochene Glücksfee.

Sie stand auf und sagte mit fester Stimme: »Ich werde hinfahren und ihn identifizieren. Sie haben sicher schon bei mir zu Hause angerufen.«

Schwiefkas Augen wurden wachsam. »Die Polizei wird Fragen stellen.«

Ingrid Wegner maß ihn mit einem distanzierten Blick. »Ich bin keine dumme Blondine.«

»Ich wäre Ihnen dankbar, wenn Sie sich der Aussage des Pförtners anschlössen – er hat mich nicht erwähnt.«

»Mit Frau Limmer und Erich wird das schwierig werden.«

Schwiefka schüttelte den Kopf. »Fehler! Kammerloh ist verreist, und sein Personal hat nichts zur Klärung der Umstände, die zum Selbstmord Ihres Mannes führten, beizutragen. Vergessen Sie das nicht!«

»Und wann wird er zurückerwartet?«

»Ich denke, Kammerloh wird spätestens Mitte nächster Woche wieder hier sein.«

Ingrid nickte ihm zu und ging hinaus.

»Sie sind es, die hauptsächlich verhört werden wird«, rief Schwiefka ihr nach. »Sie haben es in der Hand, ob er zurückkommt! Denken Sie daran, wenn Sie mit der Polizei reden!«

Er sah ihr nach. Als er auf der Treppe zum zweiten Stock war, hörte er den Wagen, mit dem Erich Ingrid Wegner in die Stadt fuhr, und Frau Limmer tauchte in der Halle auf. Sie hatte ein Tablett in beiden Händen und sah Schwiefka entrüstet an. »Ja Herrgott nochamal, wozu mach ich denn einen Kaffee, wenn ihn keiner trinkt!« Nach einer kurzen Atempause fügte sie hinzu: »Außerdem schläft man da nicht, bei so einer Gelegenheit, das gebietet die Pietät!« In ihrer Stimme schwang Verachtung.

Schwiefka drehte sich wortlos um, ging in sein Zimmer und stellte den Wecker auf halb sieben.

80

Billie hatte die Luft angehalten, als Franz und Maugham mit ihrem Vater hereinkamen. Kammerloh trug eine Augenbinde und war unsicher auf den Beinen. Sie sah stumm zu, wie er durchs Zimmer geschoben wurde, und wagte erst wieder normal zu atmen, als sie draußen auf dem Flur mit ihm waren und sie die Schritte auf der Treppe hörte. Ein paar Minuten später kamen sie zurück. Tomcik machte Kaffee.

Billie erschrak, als sie von Wegners Tod hörte. Im selben Augenblick dachte sie: Ich bin schuld! Sie wußte nicht, was sie sagen sollte, und blickte stumm auf die Tischdecke.

»Niemand hängt sich von einem Augenblick zum andern einfach so auf. Die meisten überlegen lange, weil sie nicht den Mut haben, es zu tun. Sie brauchen einen Anlaß. Niemand ist dafür verantwortlich. Der Anlaß kann ein Fernseher sein, der während einer Sportübertragung ausfällt. Irgendwas. Dann gibt's wieder welche, die probieren es immerzu – aber immer so, daß sie gerade noch davonkommen. Das sind die Erpresser, sie wollen etwas damit erreichen. Dann –«

»Halt den Mund«, sagte Billie.

Maugham ließ die Hand, an deren Finger er die verschiedenen Sorten von Selbstmördern aufzählte, sinken. »Ich hab's gut gemeint.«

Tomciks Gesicht sah verschlossen aus. Ohne den Blick zu heben, sagte er leise: »Ich kannte mal einen Mann, der hat bei einer Beerdigung Witze über den Toten gemacht, der nuschelte, weil er eine Hasenscharte hatte. Bei der nächsten Beerdigung war er wieder dabei. Diesmal machte er keine Witze und war ganz friedlich. Es war seine eigene Beerdigung.«

Maugham war plötzlich puterrot bis zum Haaransatz. »Komm bloß nicht auf die Idee, deine Geschichten für Humor zu halten! Und falls das eine Drohung sein sollte – lächerlich!«

Tomcik runzelte die Stirn. Billie wurde aufmerksam.

»Schluß damit!« sagte Franz scharf. »Das hatten wir alles schon mal, also laßt gefälligst diese Anstänkerei!«

Tomcik deutete auf Maugham. »Er –«

»Du auch«, sagte Franz.

»Okay, okay«, sagte Tomcik. »Alles klar.« Er wich Billies Blick aus.

»Ihr habt ja ganz schön schwache Nerven.«

Die drei Männer sahen das Mädchen fast gleichzeitig an.

»Es wäre besser, wenn du nicht mit Kammerloh sprichst«, sagte Franz.

»Ich habe nicht das geringste Bedürfnis«, antwortete Billie. »Aber er weiß, daß ich hier bin.«

»Wieso?« fragte Franz überrascht.

»Aus demselben Grund, der mir schon vor einer Woche verraten hat, daß du dabei bist.« Sie machte eine Pause und lächelte flüchtig. »Man kann den Grund riechen. Es riecht nach Gras. Das Hautöl, das du mir besorgt hast.«

Franz schwieg. Sie hatte recht. Er spürte Tomciks Blick. »Wann rufst du an und wo?«

»Morgen abend«, sagte Franz, »und am Telefon wird der Mann sein, der sich beim letzten Telefongespräch als Wegner ausgegeben hat. Er heißt Morrisson, die alte Frau hat es mir gesagt. So hab ich es jedenfalls verstanden. Ist das überhaupt Deutsch, was sie redet?«

»Er heißt Schwiefka, nicht Morrisson; so nennt er sich manchmal. Ich hab ihn vor zwei Jahren kennengelernt, deshalb bin ich nicht gleich auf seinen Namen gekommen, als er sich bei dir am Telefon als Wegner ausgab. Einer von ein paar anderen, die sich für Kammerloh die Finger schmutzig machen. Schwiefka ist der brutalste von allen. Und clever. Ein ganz linker Vogel.«

»Linker Vogel?«

»Naja, der ist ein echter Gegner«, sagte Billie.

Franz schwieg. »Meinst du damit, er könnte die Polizei anrufen?«

»Das ist das einzige, was er ganz bestimmt nicht tut«, erwiderte Billie. »Erstens wird er nichts tun, um die Polizei ausgerechnet auf sich aufmerksam zu machen, zweitens würde er von sich aus nichts tun, was Kammerloh in Gefahr bringen könnte. Ich bin sicher, er haßt Kammerloh wie die meisten, die von ihm abhängig sind, aber er ist ein absoluter Vasall, der gut dabei verdient.«

»Wenn du recht hast, ist deine Menschenkenntnis erstaunlich.«

Billie sah Franz an und sagte, ohne den Blick von seinen Augen zu wenden: »Ich habe recht. Und mein Gedächtnis ist noch besser.«

Franz lächelte. »Gut, daß wir dich auf unserer Seite haben.«

»Sicher weiß sie auch schon haarklein, wie es jetzt weiterläuft«, warf Maugham mit einem ironischen Unterton ein.

»Natürlich weiß ich das«, sagte Billie sachlich. »Er ist mein Vater, das heißt, ich weiß mehr über ihn, als er über mich.«

Maugham verzog das Gesicht. »Also wirklich! Vielleicht ist sie bloß eine kesse Puppe, die sich gut rausreden kann.«

»Sie ist seine Tochter«, sagte Franz, ohne eine Miene zu verziehen.

»Ganz recht, sie ist seine Tochter«, ergänzte Tomcik.

»Also, wie geht's deiner Meinung nach jetzt weiter?«

Billie nahm sich eine Zigarette, und als Franz ihr das Feuerzeug über den Tisch schob, trafen sich ihre Blicke wieder. Sie stieß den Rauch aus und sagte: »Heute abend ist Mittwoch, also ist Wegners Frau bei ihm. Schwiefka wird sie vergattern und zur Polizei schikken, um ihren Mann zu identifizieren. Morgen früh wird die Polizei auftauchen und Kammerloh fragen wollen. Sie werden sagen, Kammerloh sei verreist, das sagen sie sowieso immer. Schwiefka wird Kammerlohs nächsten Stellvertreter anrufen. Der wird eine Sitzung einberufen und abstimmen lassen, daß gezahlt wird. Er ist vorsichtig; deshalb wird er keine Empfehlung abgeben. Aber er wird dafür sorgen, daß gezahlt wird. Der hat mit Kammerloh so viele Leichen im Keller, der kann's sich nicht leisten, daß irgendwas mit Kammerloh passiert.« Sie klopfte die Asche von ihrer Zigarette und holte tief Luft. »Sie werden morgen beschließen zu zahlen, weil sie an einem schnellen, reibungslosen Austausch interessiert sind. Sowie Kammerloh frei ist, schalten sie die Polizei ein.«

»Wird er nicht sein, wird er nicht sein«, sagte Maugham hastig und in einem Ton, als fürchte er, die beiden Männer könnten vielleicht anderer Meinung sein.

Billie schlug die Augen nieder. Ihre Stimme war leise, aber deutlich in der Stille. »Das könnt ihr nicht machen! Das mit Wegner werde ich mein Leben lang nicht mehr vergessen. Ich – ich meine, wir verstehen uns nicht, aber – ihr müßt ihn einfach leben lassen, er ist mein Vater. Oder ihr müßt mich auch noch umbringen.«

Tomcik sah sie interessiert an. Franz streifte ihn mit einem Blick. »Wir halten unsere Abmachungen, dafür sorge ich. Und merk dir: Was wir machen können und was nicht, das entscheidet immer der, der die Abmachungen trifft, also ich.« Er sah Maugham an. »Und du hast das anscheinend auch vergessen, also merk's dir endlich!« Sein Blick wanderte zu Tomcik. »Wenn wir ein reibungsloses Zug-um-Zug-Geschäft erreichen, gibt es keinen Grund, den Mann nicht auszutauschen. Das ist es, was unsere Arbeit von anderen unterscheidet. Wir sagen nicht: Gebt uns das Geld, wir lassen ihn irgendwann frei – sie würden sofort die Polizei einschalten und das Geschäft komplizieren –, nein, wir machen es anders – wir kriegen das Geld, und sie kriegen den Mann.«

»Eine saubere Sache, ich mag das«, sagte Tomcik. »Vorausgesetzt, es geht schnell.«

Maugham legte den Kopf schief und machte ein bedenkliches Gesicht. »Was heißt schnell?«

Franz sah das Mädchen an. »Was meinst du, wie lange brauchen sie, um das Geld aufzutreiben?«

Sie hob den Kopf. »Du bist der Boß.«

Franz lächelte. »Jeder soll sagen, was er weiß. Dann sage ich, was gemacht wird.«

»Ich weiß nicht«, sagte Billie. »Die Summe ist ein Klacks für ihn, aber wie schnell man sie in bar auftreibt, keine Ahnung. Ich verstehe nicht genug von Geld. Ich hab das Gefühl, wenn sie wirklich wollen, geht's auch schnell.«

Maugham betrachtete sie skeptisch und mit einem leichten Kopfschütteln. Tomcik blickte Franz an. Der stand auf und sagte: »Morgen abend wissen wir mehr. Es ist spät genug.«

Er hätte genausogut früh sagen können. Die Nacht, die nicht sehr dunkel gewesen war, hatte einer farblosen Dämmerung Platz gemacht, und draußen kreischten die Vögel, als hielten sie sich gegenseitig für taub. Ihr Krach war nicht der einzige Grund, warum Billie keinen Schlaf fand. Als sie den Schlüssel im Schloß hörte, stellte sie sich schlafend. Tomcik kam leise an ihr Bett, betrachtete sie eine Weile und ging wieder. Billie drehte sich auf den Rücken. Sie lag noch lange mit offenen Augen da.

81

Jack Schwiefka saß in Wegners Vorzimmer am Telefon und glättete den Zettel mit der Zulassungsnummer des Wagens der beiden Männer, die gestern abend bei Wegner gewesen waren. Der Mann am andern Ende der Leitung raschelte mit Papier. Schwiefka wartete und blickte abwesend auf die verschlossene, versiegelte Tür zu Wegners Büro.

»Komisch«, sagte sein Kontaktmann plötzlich. »Der Wagen war als gestohlen gemeldet, und zwar noch gestern nacht.«

Schwiefka seufzte. »Was ist daran komisch?«

»Vier Stunden später wurde die Anzeige zurückgezogen. Angeblich war der Wagen plötzlich wieder da – genau an derselben Stelle – Herzog-, Ecke Belgradstraße. Ich nehme an, der war besoffen, weiter nichts.«

»Danke«, sagte Schwiefka und legte auf. Von wegen besoffen, dachte er. Er konnte sich genau vorstellen, wie es gewesen war. Sie waren mit ihrem eigenen Wagen vorgefahren, hatten den andern geknackt und nach ihrem Besuch bei Wegner einfach wieder zurückgebracht. Gut möglich, daß sie ihren eigenen Wagen in der Parklücke des gestohlenen zurückgelassen hatten. Er stellte sich vor, der Besitzer des gestohlenen Wagens hatte erst einen fremden Wagen anstelle seines eigenen gesehen und die Polizei angerufen. Später blickt er wieder aus dem Fenster und sieht anstelle des fremden Wagens plötzlich wieder seinen eigenen da stehen. Schwiefka verzog das Gesicht. Er stand auf und streckte sich vorsichtig.

Er war unausgeschlafen, hatte ein steifes Genick und schlechte Laune.

»Guten Morgen, Herr Morrisson«, sagte Wegners Sekretärin leise. Schwiefka drehte sich mit einer unbedachten Bewegung um und stöhnte. Der Schmerz im Nacken trieb ihm das Wasser in die Augen, und er verfluchte seinen Leichtsinn.

»Ich begreif's einfach nicht.« Frau Prescher hatte rote Augen und sah Schwiefka ratlos an. »Ich hab's eben erst gehört. Wäre ich doch nur hiergeblieben gestern abend.«

»Er ist tot«, sagte Schwiefka grob. Er warf ihr einen abschätzenden Blick zu und dachte an Wegners Frau. Vielleicht heulte sie sich jetzt auch die Augen aus; manche Menschen reagierten ja mit Verspätung auf solche Schocks.

»Er war doch noch ein junger Mann – viel zu jung zum Sterben.«

»Der Tod kommt, wann er will. Machen Sie Kaffee?« Er verzog wieder das Gesicht.

Frau Prescher schneuzte sich und steckte das Taschentuch in ihren Ärmel. »Kaffee ist schlecht, wenn Sie Zug gekriegt haben – Nervensache. Ich hab ein starkes Schmerzmittel, wollen Sie?«

»Ja, und Kaffee.«

Sie stellte die Kaffeemaschine an. »Oben im Olymp ist schon Sitzung.«

»Ja.«

Sie stellte die Tassen auf den Tisch, brachte den Kaffee und ein Glas Wasser. Schwiefka schluckte zwei Tabletten. »Sie wirken schnell, Sie werden sehen«, sagte Frau Prescher. »Er ist noch nicht mal unter der Erde, da haben sie schon eine Sitzung und suchen einen Nachfolger. Wissen Sie was, Herr Morrisson? Manchmal finde ich das Leben beschissen.« Sie tastete nach ihrem Taschentuch.

Der Mann kam herein, ohne anzuklopfen, und nickte Schwiefka stumm zu. Er war groß und schlank, trug einen hellgrauen Anzug und hatte ein schmales Gesicht. Seine Haare waren kurzgeschnitten, gescheitelt, und ihre Farbe war genauso undefinierbar wie sein Alter, das zwischen dreißig und vierzig liegen mochte. Er war der Referent des Politikers, der als stellvertretender Aufsichtsratsvorsitzender die Sitzung geleitet hatte. Schwiefka stand auf und folgte ihm.

»Guten Morgen, Sir.«

Der Politiker winkte ab, ohne das Glas Mineralwasser vom Mund zu nehmen. Er trank es aus und rülpste.

Jemand klopfte an die Tür, und der Referent sagte: »Jetzt nicht,« und schloß die Tür ab.

Schwiefka setzte sich unaufgefordert.

Der Politiker musterte ihn. Er sah aufgekratzt und übermüdet aus. »Alles geregelt! Wie finden Sie das, Schwiefka?«

»Sehr gut. Wann ist das Geld da?«

»Was glauben Sie, Schwiefka, wie lange brauche ich, um sechs Millionen aufzutreiben?«

»Ich weiß es nicht«, antwortete Schwiefka wahrheitsgemäß.

»Normalerweise dauert es mindestens eine Woche! Sechs Millionen! Können Sie sich so eine Summe überhaupt vorstellen?«

»Nein.« Schwiefka dachte rechtzeitig an seinen Nacken und vermied ein Nicken.

»Heute abend ist das Geld da!« Er lehnte sich zurück und genoß seinen Triumph.

Schwiefka schwieg verblüfft.

»Ja, da schaut er!« sagte der Politiker zu seinem Referenten. »Schwiefka, wie alt sind Sie? Egal – ich bin älter! Zwei Nächte hab ich nicht geschlafen – schaun Sie mich an! Wie seh ich aus?« Seine Stimme senkte sich übergangslos und wurde beiläufig. »Trauen Sie sich die Sache zu, Schwiefka?«

Schwiefka hob den Blick. »Ja, sicher. Trauen Sie's mir nicht zu? Dann nehmen Sie einen andern.«

Der Politiker nickte nachdenklich. »Es muß schnell gehen! Schnell, reibungslos, absolut präzise! Kein Krawall, kein Aufsehen – ganz in der Stille! Sie können sich keinen Fehler leisten, keinen einzigen, verstanden?« Er wartete Schwiefkas Antwort nicht ab. »Zwei, drei Tage kann ich die Polizei heraushalten – persönliches Risiko, mein persönliches Risiko –, ist mir noch nie gedankt worden, wird's mir auch diesmal nicht. Aber egal! Zwei, drei Tage. Höchstens! Klar? Wenn Kammerloh bis dahin nicht zurück ist. –

Wenn er aber zurück ist – ist das Ganze vollkommen ohne Polizei gelaufen! Wie finden Sie das? Brauchen Sie Verstärkung? Soll ich Ihnen bei der Strategie helfen? Und – wann?«

Schwiefka wartete, bis er sicher war, den andern nicht zu unterbrechen. »Morgen abend, übermorgen abend, denke ich. Heute abend rede ich mit ihnen. Ich arbeite am liebsten allein, danke. Die Entführer sind natürlich nervös. Ich denke, ich sollte es allein machen. Sie kennen meine Stimme – ich muß versuchen, Vertrauen herzustellen. Sie müssen mir sauberes, nicht notiertes Geld garantieren.«

»Versteht sich von selbst.« Der Politiker trank noch ein Glas Wasser und machte eine lange Pause. Dann sah er Schwiefka direkt an, seine Augen wurden schmal und seine Stimme sachlich. »Wo ist seine Tochter, Schwiefka?«

Schwiefka stand die Überraschung so deutlich im Gesicht wie seine Nase. »Seine Tochter?«

»Los, los! Raus damit!« Der Politiker hörte sich die Geschichte an, soweit Schwiefka darüber Bescheid wußte. Danach schwieg er. »Und Wegner, was meinen Sie, wie paßt der da rein?«

Schwiefka zuckte die Schultern und stellte erleichtert fest, daß der Schmerz im Genick nachließ. »Ich wünschte, ich wüßte es.«

»Das nenn ich mir ein feines Früchtchen, die Wilhelmine-Therese Kammerloh – blond und blauäugig, aber faustdick hinter den Ohren – alles, was recht ist!«

»Wenn – ich sage immer – wenn sie wirklich dahintersteckt«, sagte Schwiefka. »Genaugenommen ist es ja ihr Geld.«

»Ja, hoffentlich entpuppt sich meine Brut nicht auch so!«

Der Referent lachte und hörte genauso abrupt wieder auf wie sein Chef.

»Diese Jugend! Schaun Sie sich nur mal die Mädchen an, auch die Wilhelmine! Eine Haut wie Milch und Honig. Ein Kindergesicht, den Körper einer Frau, gar nicht anzuschaun ohne krumme Gedanken – und benimmt sich wie ein Mann, stimmt's?«

»Vielleicht steckt sie dahinter, vielleicht auch nicht«, sagte Schwiefka. »Nur Wegner, der paßt so und so nicht ins Bild.«

»Ich wünsche hinterher einen glasklaren, streng objektiven Bericht von Ihnen, Schwiefka, klar! Ablauf, Hintergründe, Motive und so weiter! Keine Vermutungen, objektive Tatsachen! Über Ihr Honorar reden wir später. Kammerloh wird sich nicht lumpenlassen. Der Bericht für mich ist ohne Kopie!« Er deutete auf Schwiefka und den Referenten. »Außer denen, die jetzt im Zimmer sind, weiß keiner davon!« Er nickte ostentativ und schwieg.

Schwiefka stand auf und ging.

Der Referent machte die Tür hinter ihm zu.

»Wegner – glaubst du auch, daß der nicht ins Bild paßt?«

»Ich finde, der paßt bestens ins Bild«, sagte der Referent. »Vereinfacht das Ganze erheblich.«

»Ja, ich weiß, Wegners Frau – erstens! Und zweitens bin ich sehr froh, daß er ihnen das Protokoll nicht gegeben hat, das kann ich dir sagen!«

Der Referent sah ihn überrascht an. »Meinst du das Panzergeschäft?«

»Na, was denkst du denn! Dieses kleine blonde Früchtchen hat was läuten hören! Sie wußte von dem Geschäft – sie wußte, wer den Schlüssel zum Safe hat!« Er machte eine Kunstpause. »Und wer hat den Schlüssel zum Safe?«

»Wegner«, sagte der Referent überrascht.

»Wegner, genau! Und sonst fällt dir nichts auf? Mal sehen, wann der Groschen fällt!«

Der Referent spürte den Blick seines Chefs. Plötzlich fiel der Ausdruck schmerzhaft angestrengten Nachdenkens von seinem Gesicht wie überreifes Obst vom Baum. »Ich werd verrückt! Die Wahl! Wir wären ja alle hochgegangen!«

»So! Glaubst du nun immer noch, dieses Früchtchen steckt allein dahinter?« Er betrachtete seinen Referenten von oben bis unten. »Aus welcher Ecke kommt das wohl?«

»Anarchisten!«

Der Politiker stand auf. Seine Augen wurden schmal, sein rechter Zeigefinger schnellte vor und unterstrich jedes Wort. »Sie wollten das Protokoll des Panzergeschäfts – Geld, das läuft nebenbei. Das brauchen sie immer für die Kasse. Die kleine Kammerloh? Die hatte noch eine Rechnung offen mit Kammerloh – die wollte nur Geld. Sie selbst ist niemals entführt worden – Unsinn! In Wirklichkeit ist das ein Komplott! Eine hochpolitische Verschwörung finsterster Elemente! Im Wahljahr!«

»Denen ist doch jedes Mittel recht«, sagte der Referent erschüttert. »Mein Gott, wenn ich mir vorstelle, Wegner hätte ihnen das Protokoll gegeben! Du hast die Gefahr wieder mal rechtzeitig erkannt!«

»Es kommt alles darauf an, Kammerloh schnell zu befreien. Wenn sie ihn weichklopfen und von dem Geschäft etwas an die Öffentlichkeit gerät – der Schaden wäre unermeßlich!«

»Angenommen, Kammerloh kommt schnell frei, und die Polizei erfährt nichts davon, was ist dann mit seiner Tochter? Die weiß doch auch von dem Geschäft!«

Der Politiker und stellvertretende Aufsichtsratsvorsitzende

winkte ab. »Gar nichts ist dann. Reden kann sie, was sie will, ohne Beweise geht da gar nichts. Außerdem will die doch nur das Geld. Was übrigbleibt, ist ein Mann, der sich aufgehängt hat – aus wer weiß was für persönlichen Gründen. Das Komplott ist geplatzt.«

Jack Schwiefka stellte den Motor ab und gähnte. Die Hunde lärmten, und Schwiefka fragte sich, ob sie auch gefüttert wurden. In Kammerlohs Haus war es still geworden. Erich, der Fahrer, hatte sich in sein Zimmer zurückgezogen und verdaute schlafend seinen Schreck. Frau Limmer saß stumm am Küchentisch. Ihr Flüstern war lauter als ihre normale Sprechweise. »Gibt's was Neues vom gnädigen Herrn?«

Schwiefka sah sie an und runzelte die Stirn. Sie war ganz in glänzendem Schwarz. »Nein, aber machen Sie sich keine Sorgen. Es wird alles gutgehen, glauben Sie mir. Waren die Leute von der Post schon da?«

»Ich war schon in der Kirche und hab drei Kerzen gestiftet, der Heiligen Dreifaltigkeit – bei so einem Verbrechen, da muß doch der Herrgott ein Einsehen haben und helfen, daß sie ihm nichts antun, diese Verbrecher!«

»Das Telefon«, sagte Schwiefka ungeduldig, »Ist das Telefon wieder in Ordnung?«

»Ja, Herr Morrisson, es geht wieder, das Telefon!« Sie musterte ihn mißbilligend.

»Das Telefon ist jetzt das wichtigste.«

»Das wichtigste«, erwiderte Frau Limmer in bemühtem Hochdeutsch, »das allerwichtigste ist das Leben vom gnädigen Herrn, nicht wahr, Herr Morrisson?«

»Ja natürlich«, sagte Schwiefka resigniert. »Geben Sie mir bitte eine Wolldecke.«

»Ja, Sie haben doch ein Bett!«

»Ich bleibe in der Bibliothek.«

»Ja, ob das dem gnädigen Herrn recht wäre –«

»Fragen Sie ihn doch«, sagte Schwiefka gereizt und ließ sie stehen.

Er ging in die Bibliothek, machte die Tür zu, schob einen Stuhl mit der Lehne unter die Klinke und verstopfte das Loch, wo er das Schloß entfernt hatte, mit Papiertüchern. Dann schob er die Sessel zusammen und legte sich hinein. Die Schmerzen im Genick hatten nachgelassen. Er schloß die Augen und nickte ein. Das Feuer im Kamin war ausgegangen.

Eine Stunde später kam das Geld. Es war in vier Koffern. Der Referent des Politikers ließ sich von Schwiefka den Empfang bestätigen, und Schwiefka fügte hinzu: »Kommissarisch, bis zur Übergabe.« Der Referent zog die Brauen hoch und musterte Schwiefka mit einem Ausdruck, der besagte, daß er es für bodenlosen Leichtsinn hielt, ihm so viel Geld anzuvertrauen.

Schwiefka sah ihm in die Augen und grinste. »Ist noch was?«

»Fragt sich, ob Sie in der Lage sind, die Angelegenheit auch richtig zu handhaben. *Wir* haben alles getan«, erwiderte der Referent mit Betonung.

»Vor allem Sie, was? Sie können noch etwas tun: mich in Ruhe arbeiten lassen!«

»Ihr Ton gefällt mir nicht, Schwiefka!«

»Und mir gefällt nicht, was Sie denken, Sie Angeber! Sie sind nicht wie Ihr Herr und Meister, mein Junge, für mich sind Sie 'ne kleine Nummer. Wissen Sie, wie wir zu Hause solche nennen? Yeah-men, die lachen, wenn der Boß lacht, und klatschen, wenn er was sagt. Halten Sie den Mund – ich bin noch nicht fertig! Wenn Sie von diesem Geld die Nummern notiert haben, oder wenn Sie mir sonstwie in die Quere kommen, drehe ich Ihnen persönlich das Gesicht auf den Rücken, merken Sie sich das! So, und jetzt dürfen Sie sich verabschieden.«

»Selbstverständlich sind die Nummern nicht notiert! Lassen Sie lieber die Finger von dem Geld – es ist genau abgezählt!«

Schwiefka grinste hinter ihm her, machte die Tür zu und schob die Stuhllehne unter die Klinke. Dann betrachtete er die Koffer, und sein Gesicht wurde nachdenklich. Schließlich machte er sie der Reihe nach auf und sah es sich an. Er wurde noch nachdenklicher.

Um acht Uhr abends klingelte das Telefon zum erstenmal. Ein Mädchen namens Iris wollte wissen, wo Billie steckte.

»In London, verreist«, sagte Schwiefka.

»Da ist sie nicht, da komm ich doch grade her! Wir haben dieselben Freunde – da hätten wir uns nie und nimmer verfehlt. Wer sind Sie denn?«

»Hören Sie, sie ist verreist, mehr kann ich Ihnen nicht sagen. Außerdem erwarte ich ein wichtiges Ferngespräch auf dieser Leitung, verstehen Sie?«

»Sie sind aber unhöflich«, entgegnete das Mädchen.

Schwiefka legte auf. Er bewegte vorsichtig seinen Kopf von links nach rechts und stellte fest, daß er Hunger hatte.

Um elf Uhr nachts klingelte es zum zweitenmal. Schwiefka stellte das Band an und nahm den Hörer von der Gabel. »Ja?«

»Ich nehme an, Sie werden jetzt nicht behaupten, Ihr Name sei Wegner. Oder doch, Herr Schwiefka?«

»Nein.« Schwiefka gelang es nicht ganz, seine Verblüffung zu unterdrücken. »Hören Sie, wir sind bereit zu zahlen! Das Geld ist da! Wir sind daran interessiert, den Austausch schnell und reibungslos zu vollziehen. Wir halten uns streng an Ihre Anweisungen. Keine Polizei, keine Tricks. Und das Geld ist sauber.«

»Wir?«

»Es war nötig, ein paar Personen einzuweihen, um das Geld zu beschaffen, das werden Sie einsehen«, sagte Schwiefka. »Ich bin von unserer Seite bevollmächtigt, das Geschäft mit Ihnen durchzuführen – allein –, niemand sonst. Und ich meine es ehrlich. Wir wollen den Mann lebend wiederhaben!«

»Selbstverständlich! Wir halten uns an unsere Abmachungen.«

»Ich halte mich ebenfalls daran, darauf können Sie sich verlassen. Sagen Sie mir, was Sie von Wegner wollten und warum Sie ihn umgebracht haben.« Schwiefka zog die Luft durch die Zähne ein und hoffte, daß er nicht zu weit gegangen war.

»Sie haben keine Fragen zu stellen.« Er machte eine Pause. »Der Mann hat getan, was er tun wollte. Als wir es merkten, war es zu spät.«

»Ich glaube Ihnen. Wann machen wir den Austausch?« sagte Schwiefka hastig.

»Morgen nacht.«

»Warum nicht heute nacht? Das Geld ist da.«

»Zeit und Ort bestimmen wir.«

»Ja, natürlich«, sagte Schwiefka beschwichtigend, »wann und wo?«

»Ich rufe Sie morgen wieder an.«

»Sie können sich auf mich verlassen! Mein Auftrag ist, den Mann lebend zurückzuholen! Sie kriegen das Geld! Eine Frage noch – was ist mit seiner Tochter?«

»Wir behalten sie als Geisel, bis wir außer Landes sind.«

Schwiefka horchte noch eine Weile in die Muschel, dann warf er den Hörer auf die Gabel und stellte das Band ab. Er ließ das Band zurücklaufen und hörte es ab. Am Schluß des Gesprächs war kein Knacken zu hören. Er murmelte: »Der hat einfach ausgehängt und ist weggegangen.« Er wußte, was das bedeutete. Sein Anschluß war blockiert, bis irgend jemand am anderen Ende den Hörer auflegte und den Kontakt unterbrach. Schwiefka rieb sich das Kinn, und in seinem Gesicht erschien ein Ausdruck der Bewunderung.

82

Franz Morgenroth ging zurück. Im Englischen Garten war es dunkel. Irgendwo bellte ein Hund, und die Scheinwerfer eines Funkstreifenwagens tasteten sich an den Bäumen entlang. Die Luft war kühl. Er atmete tief und fühlte sich so locker und gelöst wie seit jener Nacht mit dem Mädchen am See nicht mehr. Er dachte nach. Das habe er nicht voraussehen können, hatte er Tomcik gesagt. Er wußte jetzt, er hätte die Möglichkeit, daß Kammerloh die Zahlung verweigerte, voraussehen müssen. Er hatte es versäumt, sich vorher über das Verhältnis von Kammerloh zu seiner Tochter zu informieren.

Ein Planspiel funktioniert perfekt, weil sich sein Verlauf nach den Gesetzen der Logik richtet. Aber Menschen reagieren nicht immer logisch. Sein Fehler war, er hatte ein Planspiel bereits für den Plan gehalten. Er hatte vergessen, daß es Menschen waren, die daran beteiligt waren, weil er ihn in seiner Zelle gemacht hatte. Er fragte sich, wie er hätte weiterleben wollen, wenn Tomcik das Mädchen erschossen hätte, und gestand sich seinen zweiten Fehler ein. Es war ein dreifacher: er hatte eine persönliche Beziehung mit dem Opfer gehabt und sie seinen Partnern verschwiegen; Folge eins: er hatte es nicht gewagt, beim ersten Gespräch entschieden genug zu fordern, das Opfer nach der Lösegeldzahlung freizulassen; Folge zwei: er war zu feige gewesen, sich den beiden anderen entscheidend zu widersetzen, als sie den Abbruch des Unternehmens und die Liquidierung der Opfers verlangt hatten. Daß aus dem dreifachen Fehler noch ein vierfacher werden könnte, ahnte er nicht.

Franz setzte sich zu Billie und Maugham. »Sie zahlen.« Maugham riß die Augen auf. »Machst Witze!«

Franz verneinte stumm und sah Billie an. Sie war blaß und still und wich seinem Blick aus.

»Ich kann's einfach nicht glauben! Sechs Millionen, sie wollen sechs Millionen zahlen? Das gibt's doch nicht!«

»Das Geld ist schon da. Sie hätten am liebsten sofort ausgetauscht.«

Maughams Gesicht wurde puterrot, und seine Augen nahmen einen törichten Ausdruck an. Er klatschte sich mit der flachen Hand vor die Stirn. »Das Geld ist schon da! Und du machst ein Gesicht wie auf deiner eigenen Beerdigung, das ist großartig!« Er lachte laut. »Das halte ich einfach nicht aus!«

»Was hältst du nicht aus?« fragte Tomcik von der Tür her. »Was brüllst du überhaupt hier so herum, mitten in der Nacht! Ich brauche meinen Schlaf, du Arschloch!«

Maugham heulte vor Lachen. Seine Augen tränten. »Einer macht ein Gesicht wie auf 'ner Beerdigung, und der andere braucht seinen Schlaf, das Arschloch!« Er rang nach Luft, sah Tomcik an und quetschte hervor: »Das Geld ist schon da! Sie zahlen!« Er lachte, bis er keine Luft mehr bekam.

Tomcik kräuselte die Stirn und blickte Franz an.

Franz nickte stumm.

»Wundert mich überhaupt nicht«, sagte Billie.

»Gut«, sagte Tomcik halblaut. »Das ist gut, ja.«

»Es war Schwiefka, er sagt, er macht es allein.«

»Kann schon sein, den nehmen sie immer für so halbkrumme Sachen.«

Maugham blickte von einem zum andern. »Ich halte das alles im Kopf nicht aus.«

»Ich hatte sofort das Gefühl, daß der bereit war, auf das Geschäft einzugehen«, sagte Franz.

»Wenn er wirklich allein ist, klingt's okay.«

Billie sah Tomcik an. »Schwiefka und die Polizei?« Sie schüttelte den Kopf. »Glaub ich nicht dran – der gehört doch selber hinter Gitter, deswegen hat ihn Kammerloh ja, ich meine: Schwiefka hat für Kammerloh so viele illegale Sachen gemacht, den würden sie doch liebend gern einsperren. Der kann Kammerloh trotzdem nicht verraten. Jeder würde Kammerloh glauben.«

»Schön«, sagte Tomcik. »Ich glaube, ich verstehe, was du meinst. Angenommen, die Geldgeber haben ihn gezwungen, mit der Polizei zusammenzuarbeiten?«

Maugham kratzte sich am Kinn. »Möglich wär's, verdammt noch mal.«

»Nein.« Billie schüttelte entschieden den Kopf. »Dann wäre er ausgestiegen. Das macht der nicht! Der lebt doch mit seinen zwei Namen, weil er am liebsten unsichtbar bleiben will. Wenn einer anfängt, seine Vergangenheit auszuchecken, wär er auf der Stelle weg vom Fenster! Der hat bestimmt auch schon einen umgebracht. Begreift doch endlich: Schwiefka ist ein Gangster!« Sie schwieg und sah auf den Tisch.

Franz blickte Tomcik an. In seinen Mundwinkeln zuckte es. Tomcik hielt seinem Blick stand und sagte ruhig: »Ich finde, das hört sich ganz gut an.«

»Du wiederholst dich«, sagte Maugham.

»Ist ja auch ein Haufen Geld«, erwiderte Tomcik und lächelte. Franz sah ihn zum erstenmal so ungezwungen lächeln.

»Ja, verdammt, das ist es«, sagte Maugham. »Das ist es wirklich.« Er wandte sich an Billie, und in seiner Stimme war ein verständnisloses Staunen. »Und du? Regst dich kein bißchen auf, was? Hast gar keinen Grund, was?«

Billie sah ihn an und dachte nach.

»Nicht zu fassen«, sagte Maugham, »kalt wie 'ne Hundeschnauze!«

»Manche Leute haben die Angewohnheit, vor dem Reden zu denken«, sagte Franz leichthin.

Billie warf ihm einen Blick zu. Dann sah sie Maugham an. »Eigentlich ist es ganz einfach. Meine Aufregung – Angst übrigens, statt Aufregung – war schon früher. Und die hab ich ganz allein gehabt, nicht mit noch zwei Typen. Allein, da schnallst du ab, Mann. Und dann: hast du schon mal dem Tod in die Augen gesehen?«

»Ja«, sagte Maugham gedehnt. »Ich verstehe – es tut mir leid.«

»Naja, und das Geld – du, da hab ich gesetzlich 'ne Menge mehr zu kriegen als sechs Millionen, weißte? Das ist ein Haufen Geld, aber ich hab Kammerloh schon Schecks ausschreiben sehen, die waren noch sehr viel höher.«

»Sie ist das Geld gewöhnt«, sagte Tomcik. »Was regt's dich auf, etwas zu besitzen, nach dem du dich nie gesehnt hast, einfach weil es schon immer da war?« Er sah Billie an. »Kammerloh will dich sehen.«

»Ich will ihn nicht sehen.«

Tomcik warf Franz einen Blick zu.

Billie sah von einem zum andern. »Das ist ja wohl meine Sache.«

»Das ist deine Sache«, sagte Franz.

»Ganz recht, das ist ihre Sache«, ergänzte Tomcik.

Maugham zuckte die Schultern. Er schüttelte langsam den Kopf. »Als Junge, da hab ich mir vorgenommen, unbedingt Millionär zu werden. Naja, und mit der Zeit merkst du, es klappt nicht so richtig. Du weißt nicht genau, warum, aber du ahnst es. Und das zieht dir die Kraft aus den Knochen. Immer mehr. Und dann«, er sah auf, seine Augen blickten entschuldigend, »dann ist es plötzlich da. Der ganze Haufen Geld. Es ist einfach da.«

»Es ist noch nicht da«, sagte Franz, »und ich rate dir dringend, das nicht zu vergessen. Morgen früh reden wir darüber, wie wir's uns holen.«

»Ich schreibe ihm einen Zettel«, sagte Billie. Sie schrieb:

»Ich könnte dir alles erklären, Vater, aber du würdest mir noch weniger glauben als sonst – sonst wärst du jetzt nicht an meiner Stelle hier. Aber du brauchst keine Angst zu haben. Für dich wird sofort gezahlt. Morgen nacht bist du frei.

Billie.«

Tomcik streckte den Arm aus. »Gib her, ich bringe ihn hin.« Er nahm den Zettel, warf ihr einen Blick zu und gähnte. »Ich geh wieder schlafen. Wann machen wir's?«

»Morgen nacht«, sagte Franz. Seinem unbewegten Gesicht war

nicht anzumerken, daß ihn der Blick, mit dem Tomcik das Mädchen angesehen hatte, verwunderte.

83

Er wartete im Dunkeln, hinter der Tür, und fiel über sie her, bevor sie das Licht anmachen konnte. Sie wehrte sich sofort, aber er war unerwartet stark. Er warf sie aufs Bett und hielt sie fest. Sie zappelte, entwand ihm einen Arm, und er verlor das Gleichgewicht, fiel auf sie, und der Pistolenkolben im Schulterhalfter schlug schmerzhaft auf ihren rechten Schulterknochen.

»Hör jetzt auf oder ich schreie so laut, bis mich die andern hören!« Tomcik lockerte seinen Griff. Er atmete heftig.

Billie wollte die Lampe anmachen, aber er hielt ihre Hand fest und drückte ihren Arm herunter. Sie funkelte ihn im Dunkeln an und sagte leise, aber scharf: »Sag mal, spinnst du? Erst guckste mich an, als ob du ihnen vorführen willst, daß du jetzt mit mir ins Bett gehst – denkste denn, die sind bescheuert und merken das nicht, Mann!«

»Was hast du mit ihnen geredet?«

Billie schwieg einen Moment. »Meinste das jetzt ernst?«

»Ja.«

»Ich bin noch dageblieben, damit es eben nicht auffällt. War ganz schön peinlich und still, kann ich dir sagen.«

»Du hast eine halbe Stunde lang kein Wort gesagt?«

»Doch. Ich hab gesagt, wenn alle still sind, fällt mir auch nichts mehr ein, und dann bin ich gegangen.« Sie schwieg. »Willst du wissen, ob sie gute Nacht gesagt haben?«

»Nein.«

»Gut. Und jetzt sag ich dir noch was, weil wir was zusammen vorhaben – oder?«

»Ja«, sagte er halblaut.

»Okay. Du brauchst nicht so einen Zirkus zu machen, wenn du mit mir schlafen willst. Das kannst du mir nämlich einfach sagen, da ist überhaupt nichts dabei.«

Die Pause wurde länger. Er saß einfach da und schien sie nicht zu sehen. Billie rieb sich die Schulter. »Und tu doch endlich mal das Ding weg. Ich meine, was willst du denn hier damit.« Sie berührte seinen Arm. »Was ist denn?«

»Ich will nicht, daß du viel mit ihnen redest«, sagte er mit abgewandtem Kopf. Nach einer Pause fügte er hinzu: »Zu gefährlich für uns beide.«

»Du hast mir weh getan.«

»Ich wollte dir weh tun«, sagte Tomcik leise.

Billie lächelte in der Dunkelheit.

»Ich dachte, es gefällt dir.«

»Nein, es gefällt mir nicht«, sagte Billie fest.

Tomcik schwieg wieder.

Nach einer Weile sagte Billie: »Vergiß es – aber mach's nicht wieder.« Sie spürte sein Nicken. »Ich muß dir noch was sagen. Es ist schwierig, mit dem Geld über die Grenze zu kommen, das ist dir doch klar.«

»Und?«

»Ich weiß, wie's geht. Schwiefka.«

»Was?«

»Na, Schwiefka macht das für uns.«

»Bist du verrückt? Warum sollte ich ausgerechnet dem das Geld geben?«

»Natürlich nicht umsonst! Wenn genug für ihn dabei abfällt, macht er das!«

»Warum der, warum nicht wir?«

»Weil er es kann! Bei Kammerlohs Grundstücksgeschichten in Spanien hat er immer das Bargeld für ihn in die Schweiz gebracht, das ist nämlich verboten. Und es ist immer angekommen. Schwiefka ist so – wenn du ihn gut bezahlst, ist er ehrlich. Wenn ihn einer besser bezahlt, schwenkt er um. Und das sind wir.«

Tomcik zögerte. »Und wie willst du das machen?«

»Ganz einfach. Ich schreib ihm einen Brief, und du nimmst ihn mit. Du siehst ihn doch morgen. Wir verabreden uns mit ihm, und er sagt ja oder nein.«

»Wozu?«

»Zu einer Million. Dann kommt er auf keine krummen Gedanken.«

»Oder gerade.«

»Nein, nein. Du kennst ihn nicht. Der ist ein ehrlicher Halunke. Wir müssen mit ihm reden.«

»Eine Million!«

»Ach, weißt du«, sagte Billie, »ob du drei Millionen hast oder zweieinhalb, was ist das schon für ein Unterschied. Aber drei, mit denen du nichts machen kannst, weil du nicht weißt, wohin, das ist schon einer.«

Als er später nach ihr griff, sagte sie leise: »He, das geht heute nicht!«

Als sie allein war, hatte sie plötzlich das Gefühl, als habe er sie nicht verstanden. Sie schüttelte den Kopf und dachte, nein, das ist Unsinn. Sein Verhalten hatte sie nicht nur erschreckt. Sie machte sich klar, daß sie nichts von ihm wußte, außer der Tatsache, daß er ein Killer war. Merkwürdig, daß er sofort nachgegeben hatte. Sie fand, er hatte sich aufgeführt wie ein eifersüchtiger Sechzehnjähriger. Sie wußte nicht, warum er so war, aber sie stellte fest, daß sie mit ihm fertig geworden war. Denn sie hatte gelogen. Sie wollte einfach nicht mit ihm schlafen.

Dann dachte sie an Kammerloh und an den nächsten Tag. Sie sagte sich, daß sie sich nichts vorzuwerfen hatte, egal, was er jetzt von ihr dachte. Er hatte hoch gespielt. Er hatte ihr Leben riskiert und verloren, ohne dafür mit seinem eigenen zahlen zu müssen. Er hatte nicht mal die Todesangst gespürt wie sie. Bei ihm ging alles wie von selbst. Nach kaum drei Tagen würde er wieder zu Hause sein. Nicht mal dann brauchte er die Polizei einzuschalten. Es war, als ob für Kammerloh andere Gesetze zu gelten schienen, und einmal spürte sie etwas von seiner Unantastbarkeit und begriff, daß es nur ein Zipfel davon war. Wegner hatte er erdrückt. Nein, sie hatte sich nichts vorzuwerfen, was Kammerloh betraf. Eher umgekehrt.

84

Maugham machte das Licht in der Küche aus und setzte sich zu Franz.

»Rauchen wir noch eine?«

Franz nickte.

Maugham betrachtete intensiv die Asche an seiner Zigarette und sagte: »Versteh mich nicht falsch – ich meine, nur mal so –, traust du den beiden? Ich meine, voll und ganz?«

»Den beiden?«

»Naja, sie gehört doch jetzt zu uns, oder?«

»Doch, ja.«

Maugham streifte seine Asche ab. »Du kannst sagen, was du willst. Irgendwas an dem Amerikaner gefällt mir nicht. Sag nicht, weil ich ihn nicht leiden kann! Das hat nämlich meistens seinen Grund. Bloß manchmal weiß ich den erst hinterher, und in seinem Fall – könnte das zu spät sein.«

»Red nicht drumherum. Wenn du mir was sagen willst, sag's mir klipp und klar, oder du hältst lieber den Mund.«

Maugham zögerte. »Ist dir schon mal aufgefallen, wie er reagiert? Der reagiert – unmenschlich! Ein Mensch, der hat Angst, freut sich, alles mögliche – aber der? Der hat ja nicht mal Angst. Reagiert wie eine Maschine. Eben hat er zum erstenmal gegrinst. Zum erstenmal! Findest du das normal? Wenn du mich fragst, ich hab das Gefühl, der ist ein Irrer.«

Franz schwieg.

»Vielleicht sagst du dir: na und? Solange er seinen Job gut macht, und da ist er ja perfekt, wenn man von dem einen Mal absieht. Er hat's nämlich nicht fertiggebracht, sie umzulegen, das sag ich dir.«

»Das eine Mal bringt uns aber 'ne Menge Geld ein«, sagte Franz halblaut.

»Ja«, Maughams Stimme klang gedehnt, »ja – wenn.«

85

»Haben Sie alles verstanden?«

Schwiefka nickte so eifrig, als könne ihn der andere dabei sehen. »Ja.«

»Unbewaffnet! Denken Sie daran: wir haben die Tochter! Wir behalten sie solange, bis wir außer Landes sind! Fahren Sie jetzt los!«

Schwiefka hörte wieder kein Knacken, aber der Mann am andern Ende der Leitung war nicht mehr da. Er legte auf und nahm seine Pistole aus dem Schulterhalfter, prüfte das Magazin und steckte sie geladen und gesichert wieder ein. Er stand von Kammerlohs Schreibtischsessel auf und zog seine braunkarierte Jacke an. Die Koffer standen nebeneinander vor dem Schreibtisch. Jack Schwiefka ging in die Küche. »Holen Sie Erich, schnell!«

»Ja, was woll'n S' denn jetzt mit dem Erich?«

»Fragen Sie nicht, holen Sie ihn!«

Frau Limmer ging kopfschüttelnd hinaus. Schwiefka fühlte sich gut. Er hatte endlich ausgeschlafen, und der Schmerz im Genick war weg. Er sah der kleinen grauen Katze zu, die unter dem Küchenschrank hervorkroch. Sie schlich mit eingeknickten Beinen flach über den Boden zum Kühlschrank und schnüffelte an der Tür. Bevor Schwiefka die Schritte im Flur hörte, verschwand ein grauer Blitz unter dem Küchenschrank.

»Ja, Herr Morrisson?«

»Holen Sie die Koffer aus der Bibliothek, Erich, und bringen Sie sie in den Wagen. Wir fahren sofort los!«

Erich sah ihn hilflos an und wurde blaß. »Fahren? Ich –« Er stieß sich den Zeigefinger gegen die Brust: »Ich soll mit?«

»Ja, was sagt man dazu«, sagte Frau Limmer entrüstet, »was stehn S' denn da noch so herum, wo der gnädige Herr noch immer schmachtet bei diesen Unmenschen!«

»Sie sollen nur fahren, Erich, sonst nichts. Sie brauchen keine Angst zu haben.«

Erich nickte zögernd.

»Dann los«, sagte Schwiefka.

»Der Herrgott wird's Ihnen vergelten, Herr Morrisson«, sagte Frau Limmer.

Der Herrgott, das könnte dir so passen, dachte Schwiefka grimmig. Er zog beim Hinausgehen die Kühlschranktür auf und ließ sie einen winzigen Spalt offen.

Frau Limmer sah ihnen zu, wie sie die Koffer im Wagen verstauten, und rief ihnen nach: »Beten werd ich! Die ganze Zeit!« Schwiefka lehnte sich im Rücksitz zurück und sagte: »Sie brauchen nicht zu rasen, Erich, fahren Sie so, wie Sie immer fahren.« Er dachte an die kleine graue Katze in der Küche. Er wäre gern dabei gewesen, wenn Frau Limmer den geplünderten Kühlschrank entdeckte.

Erich blickte in den Rückspiegel, sah sein Grinsen und versuchte, es zu erwidern, aber es gelang ihm nicht. Erich machte ein Gesicht, als habe ihm jemand Essig ins Bier geschüttet, und beschloß, zu kündigen.

86

Franz Morgenroth hatte Schwiefka von einer wenig benutzten Telefonzelle aus angerufen und fuhr auf schnellstem Wege zum Haus in der Heimstätterstraße zurück. Als er ankam, waren die andern noch in ihren Zimmern und machten sich bereit. Franz setzte sich an den Tisch und wartete.

Auf dem Tisch war ein auseinandergefalteter Plan von München und Umgebung mit einer grün eingezeichneten Route, das Telefon, das heute zum ersten- und letztenmal benutzt werden würde, ein viereckiger Glasaschenbecher mit abgerundeten Kanten, eine ungeöffnete und eine aufgerissene Zigarettenschachtel, ein rotgeriffeltes, durchsichtiges Wegwerffeuerzeug, eine Armbanduhr mit schwarzem Zifferblatt und großem, weißem Sekundenzeiger und ein altmodischer Damenmuff mit porösem, glanzlosem Samtbezug.

John Maugham kam als erster herunter. Er sah Franz an und lächelte zuversichtlich. »Es wird alles gut werden.«

Franz nickte.

Robert Tomcik sah merkwürdig abwesend und gleichzeitig konzentriert aus. »Wann?«

»In einer halben Stunde«, sagte Franz. »Fühlst du dich okay?«

Tomcik sah ihn an. Seine blaßblauen Augen waren noch heller als sonst. »Ja.«

Billie kam herein. »Ist noch Kaffee da?«

Maugham sah sie an, als habe sie einen vollkommen unpassenden Witz gemacht.

»Ist ja richtig feierlich bei euch«, sagte sie. »Ich sag euch, da wird alles glattlaufen. Schwiefka macht nichts, was Kammerloh irgendwie gefährden könnte.« Sie ging in die Küche und setzte Wasser auf. »Ihr hättet euch eine Kaffeemaschine anschaffen sollen.«

Maugham schüttelte den Kopf. Franz lächelte flüchtig. Das Mädchen bewegte sich so selbstverständlich, als habe es schon immer zu ihnen gehört. Tomcik verschränkte die Arme vor der Brust und sah aus dem Fenster. Das Ticken der Armbanduhr auf dem Tisch wurde laut.

Billie kam aus der Küche und fragte: »Will noch jemand Kaffee?«

Franz nickte und zündete sich eine Zigarette an. Billie brachte ihm den Kaffee, setzte sich an den Tisch und nahm sich eine Zigarette aus seiner Schachtel. Die drei Männer sahen ihr stumm zu.

Billie spürte es und sagte schroff: »Freiwillig macht ihr nie das Fenster auf, was?«

Tomcik, der am Fenster stand, öffnete es.

»Mach's wieder zu«, sagte Franz. »Es ist soweit.« Er nahm den Hörer ab und wählte 089, die Vorwahlnummer von München, bevor er die Münchner Nummer von Kammerlohs Autotelefon anwählte.

Billie sah ihm interessiert zu. »Warum machste denn das?«

»Angenommen, Schwiefka ist nicht ganz so ehrlich, wie du glaubst, und versucht eine Fangschaltung – jetzt funktioniert sie nicht mehr. Unser Anruf kommt von außerhalb – nicht mehr aus München.« Schwiefka meldete sich.

»Wo sind Sie?« fragte Franz. Er hörte das gedämpfte Fahrgeräusch.

»Am Harras.«

»Gut. Fahren Sie durch die Stadt in Richtung Freimann. Ab jetzt bleiben wir ständig in telefonischem Kontakt.«

»Okay«, sagte Schwiefka, »Ihr Mißtrauen ist überflüssig. Hier im Wagen sind nur ich und der Fahrer.«

»Denken Sie dran: wir haben beide! Wenn Sie auflegen, bringen wir seine Tochter um!«

»Verstanden«, sagte Schwiefka hastig, »Ich werde nicht auflegen! Wenn mir irgendwas auffällt, sage ich's Ihnen – ich meine, Funkstreifen sind nachts immer unterwegs, und wenn sie uns anhalten –«

»Da, wo Sie hinfahren, sind keine.« Franz steckte den Hörer in den Muff und blickte auf. »Wenn er auf der Ungererstraße ist, setzt ihr euch hinter ihn und bleibt auf Sichtweite. Dann alles wie besprochen. Fragen?«

Tomcik blickte Maugham an. Der schüttelte den Kopf. »Nein«, sagte Tomcik.

»Was ist mit Kammerloh?«

»Der liegt auf dem Bett und glotzt an die Decke. Sagt keinen Ton. Wollte nichts zur Beruhigung.«

Franz stand auf. »Wir geben ihm eine Spritze.«

»Brauchste nicht, der hat keine Nerven«, sagte Billie. »Weil er nämlich genau weiß, daß ihm nichts passiert.«

Franz nahm ein Spritzbesteck in einer kleinen braunen Ledertasche aus einer Schublade und sah Tomcik an. »Robert?«

»Du weißt doch, ich kann das nicht sehen«, sagte Tomcik. Es war ihm deutlich anzusehen, daß es ihm peinlich war, eine Schwäche zuzugeben.

»Ich hab's vergessen.« Franz lächelte. Er nahm die Tasche und die Wollkapuze. »Komm, John.«

Maugham folgte ihm und machte die Tür zu.

Billie sah Tomcik an und sagte leise: »Es bleibt dabei?«

Robert Tomcik nickte langsam.

»Du wirst mich nicht linken?«

Er schüttelte ebenso langsam den Kopf und hielt ihren Blick mit ausdruckslosem Gesicht aus.

Billie zog den Hörer aus dem Muff und flüsterte in die Muschel: »Sagen Sie nichts, hören Sie mir zu. Sie wissen, wer hier ist, Schwiefka?«

»Ja.«

»Sagen Sie nicht meinen Namen. Sagen Sie nur ja oder nein – wollen Sie eine von sechs Millionen haben, Schwiefka?«

»Ja.« Das Zögern in seiner Stimme war unmerklich. »Wer wollte das nicht?«

»Fahren Sie sofort nach dem Austausch in Ihre Wohnung. Warten Sie da. Ich klingle zweimal kurz und zweimal lang. Okay?«

»Okay.«

»Wenn Sie mich an die andern hier verraten, bringen sie mich um!«

»Ich weiß. Keine Sorge.«

»Kein einziges Wort!« flüsterte Billie. Sie steckte den Hörer in den Muff zurück und sah Tomcik an.

Tomcik erwiderte ihren Blick, und ein anerkennendes Lächeln stahl sich in seine Mundwinkel.

Dann hörten sie Schritte auf der Treppe. Tomcik machte die Tür auf. Kammerloh hatte eine schwarze Augenbinde, und seine Handgelenke waren mit Handschellen gefesselt. Sein Kopf pendelte haltlos zwischen den Schultern, seine Schritte waren unsicher, und seine Füße schleiften über den Boden.

Billie sah zu, wie sie ihn durch das Zimmer schleppten, und hatte das absurde Gefühl, der Mann auf den wackligen Beinen wäre gar nicht ihr Vater. Sie hatte ihn noch nie so gesehen.

Robert Tomcik folgte ihnen und warf ihr einen raschen Blick zu. Dann fiel die Tür hinter ihnen zu, und sie war allein. Kurz darauf hörte sie die Garagentür und den laufenden Motor. Sie sah nicht, wie der Wagen aus der Garage kam, zum Tor rollte und Franz das Tor zur Straße öffnete. Sie blieb still sitzen. Sie hörte, wie das Tor geschlossen wurde, und dann die Schritte im Flur. Dann war sie nicht mehr allein.

»Komm, setz dich zu mir.«

Sie schüttelte den Kopf, sah ihn nicht an und sagte leise: »*All heroes have failed. All lovers have lied.* Das ist von David Blue. Kennst du ihn?«

Franz betrachtete sie stumm. Die langen, schmutzig blonden

Haare fielen ihr ins Gesicht. Sie hatte die Hände in den Hosentaschen und stand mit hängenden Schultern da. Er stand auf und zog sie sanft an sich.

»Nicht, laß mich«, sagte sie genauso leise.

Er schwieg und setzte sich wieder hin. »Ich muß gleich ans Telefon. Warum willst du dich nicht zu mir setzen?«

»Ich hab Angst vor dir«, sagte sie.

»Unsinn!« sagte er betroffen.

»Sag bloß, ich hab keinen Grund.«

Er runzelte die Stirn und blickte auf den Tisch. »Weißt du schon, was du tun wirst?«

»Als ob ich mir das aussuchen könnte! Nach Hause kann ich jedenfalls nicht zurück, das ist dir ja wohl klar.«

Nach einer langen Pause sagte er: »Du magst den Amerikaner, nicht wahr?« In seiner Stimme war kein Vorwurf, fast so etwas wie Zustimmung.

Billie ging zum Fenster und drehte ihm den Rücken zu. Ihr Gesicht war rotübergossen. »Ich weiß nicht, was du damit meinst.«

»Es ist deine Sache, was du nun tust«, sagte Franz sachlich.

»Ich hab nicht gewollt, daß es so mit uns kommt. Ich hab nichts von dir gewollt – nichts – aber ich, ich wäre überall mit dir hingegangen. Du hast mich nur ausgecheckt, Puma. Du hattest kein Interesse an mir. Ich war dir vollkommen egal.«

»Du weißt, daß das nicht stimmt«, sagte Franz. Er zog den Hörer aus dem Muff. »Wo sind Sie jetzt? Gut. Fahren Sie auf die Autobahn Richtung Nürnberg. Ab jetzt bleiben wir in ständiger Verbindung.«

Als sie zur Tür ging, hielt er die Muschel zu und blickte auf. »Ich geh in mein Zimmer«, murmelte sie.

Franz nickte, blickte auf den Plan und hob den Hörer ans Ohr.

Billie lief zu ihm, küßte ihn und ging sofort wieder weg von ihm. Sie machte die Tür hinter sich zu, ging durch den Flur, machte die Tür zu Tomciks Zimmer auf, ließ sie zufallen und stieg durch sein Fenster hinaus in den Garten. Dann ging sie einfach weg.

87

Jack Schwiefka klemmte den Hörer mit hochgezogener Schulter am Ohr fest und klopfte seine Taschen nach Zigaretten ab. »Wir sind jetzt auf der Autobahn. Was nun?«

»Fahren Sie«, sagte der Mann am andern Ende der Leitung.

»Okay.« Ein paar Minuten später bemerkte er die Scheinwerfer im Rückspiegel. »He, da ist einer hinter uns, schon seit der Auffahrt, ein grüner Wagen!«

»Der ist schon länger hinter Ihnen. Das sind wir. Vor der Ausfahrt nach Oberschleißheim wird er Sie überholen. Sagen Sie mir dann sein Kennzeichen.«

»Okay.« Schwiefka wartete und suchte weiter nach Zigaretten. Der grüne Wagen hinter ihm setzte zum Überholen an.

Schwiefka kniff die Augen zusammen. »Hören Sie? Das Kennzeichen lautet: M-UD 2024. Ein grüner VW Golf.«

»Das ist unser Wagen. Folgen Sie ihm in gleichem Abstand und in gleichem Tempo.«

Schwiefka gab die Anweisung laut an Erich weiter, daß der Mann am Telefon mithören konnte.

»Sie brauchen sich nicht die Mühe zu machen, das Kennzeichen zu notieren«, sagte der Mann am Telefon.

»Ich weiß, ich hab's schon mal versucht – ich will nicht dahin, wo jeder mal hin muß, verstehen Sie?«

»Achten Sie auf den Wagen vor Ihnen«, sagte der Mann am Telefon unbeeindruckt.

Schwiefka machte seine Jacke auf und fand die Zigarettenschachtel in der Brusttasche.

Erich warf einen Blick in den Innenspiegel, und seine Augen wurden rund, als er die Pistole im Schulterhalfter bemerkte. »Herr Morrisson –«, sagte er zaghaft.

Schwiefka hielt den Hörer zu. »Halten Sie um Gottes willen den Mund, Erich, verdammt noch mal!«

Erich nickte verkniffen. Er bekam eine weiße Nase, rote Flecken auf den Wangen und befürchtete das Schlimmste. Falls er überleben sollte, nahm er sich fest vor, sein Leben lang keinem Menschen mehr etwas Böses zu wünschen, und beschloß endgültig seine Kündigung.

»Wenn Sie noch einmal das Telefon zuhalten, brechen wir das Ganze auf der Stelle ab!«

»Hören Sie, es war nichts! Ich hab den Fahrer um Streichhölzer gebeten, weiter nichts!«

»Tun Sie, was ich Ihnen sage! Unterbrechen Sie unter keinen Umständen den Kontakt, verstanden!«

»Ja, ich habe verstanden! Kein Grund zur Aufregung.«

»Ich rege mich nicht auf. Wir sind jederzeit in der Lage, abzubrechen. Ein Wort von mir ins andere Telefon, und Sie fahren allein spazieren!«

»Alles klar«, sagte Schwiefka hastig. »Fahren Sie weiter hinter dem Wagen her, Erich!«

Erich nickte stumm und zog den Kopf zwischen die Schultern. Er folgte dem grünen Wagen auf der Straße 471 nach Westen.

Schwiefka fand keine Streichhölzer und steckte die Zigaretten wieder ein. Eine Viertelstunde später sagte er: »Der Wagen vor uns wird langsamer, er gibt Blinkzeichen nach rechts.«

»Folgen Sie ihm in die Bucht und halten Sie dort an. Ich wiederhole: halten Sie in der Bucht!«

»Geben Sie Blinkzeichen nach rechts und halten Sie rechts in der Bucht an«, wiederholte Schwiefka für Erich.

Der grüne Wagen vor ihnen wurde noch langsamer und bog nach rechts von der Straße ab. Erich lenkte ebenfalls in die Bucht. Plötzlich beschleunigte der grüne Wagen wieder, fuhr wieder auf die Straße und entfernte sich in hohem Tempo.

»He!« sagte Schwiefka laut, »was soll das, er fährt weg!«

»Halten Sie an! Sie sollen anhalten!«

»Halten Sie, Erich«, sagte Schwiefka schnell.

»Behalten Sie die Nerven! Es läuft alles wie vorgesehen. Ich sage Ihnen jetzt der Reihe nach, was Sie tun werden, also hören Sie gut zu: Stellen Sie den Motor ab! Sie werden jetzt feststellen, daß das linke Vorderrad Ihres Wagens platt geworden ist. Der Fahrer soll aussteigen und sich davon überzeugen. Ich warte.«

Schwiefka sagte es ihm. Erich stieg aus und bestätigte es. Schwiefka nickte zustimmend. »Stimmt. Was jetzt?«

»Der Fahrer soll das Rad abnehmen, nichts weiter! Sie bleiben sitzen oder stellen sich auf der anderen Seite neben den Wagen und bleiben am Telefon. Sagen Sie mir, wenn der Fahrer das Rad abgenommen hat. Lassen Sie das Reserverad, wo es ist! Ein Trick ist sinnlos, wir werden uns davon überzeugen.«

»Verstanden«, sagte Schwiefka. »Machen Sie das Rad ab, Erich!«

Erich schüttelte den Kopf und holte den Wagenheber. Ein paar Minuten später sagte Schwiefka: »Okay, das Rad ist ab!«

»Warten Sie.«

Kurz darauf kam der grüne Wagen aus entgegengesetzter Richtung zurück, wendete und fuhr langsam an ihnen vorbei.

»Jetzt haben Sie's ja gesehen«, sagte Schwiefka.

»Machen Sie die Scheinwerfer aus und ziehen Sie den Zündschlüssel ab.«

Schwiefka wiederholte es für Erich. »Gemacht!«

»Sehen Sie den großen Stein fünfzehn Meter vor sich auf der rechten Seite?«

»Ja.«

»Der Fahrer soll die Koffer dorthin bringen und hinter dem Stein, wo sie von der Straße aus nicht zu sehen sind, nebeneinander hinlegen und aufklappen. Er soll vor dem Stein stehenbleiben.«

»Und was für eine Garantie habe ich?«

»Der Fahrer wird den Mann sehen und es Ihnen sagen. Sie bleiben am Telefon, verstanden?«

»Ja.«

»Der Fahrer soll stehenbleiben. Wir werden die Koffer einpakken und ihm den Mann übergeben. Sie bleiben im Wagen am Telefon, verstanden?«

»Ja«, antwortete Schwiefka schweren Herzens.

»Reden Sie jetzt mit dem Fahrer. Sie werden den Mann bekommen, wenn Sie sich an unsere Anweisungen halten!«

»Ja«, sagte Schwiefka. Er wandte sich an Erich und redete auf ihn ein. »Er hat Angst – kann ich das nicht machen?«

»Nein. Das ist Ihr Problem. Sie bleiben am Telefon.«

Schließlich ergab sich Erich in sein Schicksal und schleppte die Koffer hinter den Stein. Seine Angst hatte einen Grad erreicht, wo ihm alles egal war.

»Die Koffer sind offen!«

»Er soll da stehenbleiben. Machen Sie jetzt die Türen zu und die Scheiben hoch. Ich warte.«

Schwiefka gehorchte. »Was jetzt?«

»Jetzt legen Sie den Hörer auf den Sitz und entladen dicht an der Muschel ihre Pistole. Dann nehmen Sie die Kugeln aus dem Magazin heraus und werfen alles weit weg! Ich habe ein feines Gehör – versuchen Sie keinen Trick!«

Schwiefka zögerte einen Moment zu lange.

»Tun Sie, was ich Ihnen sage, Mann! Wir können immer noch abbrechen! Sie haben sich nicht an die Abmachung gehalten!«

»Ich werde tun, was Sie verlangen.«

Danach sagte der Mann am Telefon: »Sie können jetzt wieder die Tür aufmachen. Warten Sie.«

Dann kam der grüne Wagen zurück. Natürlich fuhr er mit aufgeblendetem Scheinwerfer. Schwiefka kniff die Augen zusammen, und ließ in Gedanken eine Serie von Flüchen los. »Der Wagen ist da«, sagte er.

»Sagen Sie mir langsam und der Reihe nach, was Sie sehen«, verlangte der Mann am Telefon.

»Der Wagen hält mit laufendem Motor. Eine Tür geht auf. Ein Mann kommt heraus. Er geht hinten um den Wagen herum. Er geht nicht besonders schnell. Er geht hinter den Stein. Er ist nicht mehr zu sehen. Er taucht wieder auf, glaub ich, ich kann ihn kaum sehen, wegen der Scheinwerfer. Der Fahrer steht vor den Scheinwerfern. Ja, der Mann ist wieder beim Wagen. Macht die Tür auf. Er zieht etwas heraus – ich kann's nicht genau sehen –«

Der Mann am Telefon unterbrach ihn. »Das ist der Mann, den Sie haben wollen. Unser Mann bringt ihn jetzt zu Ihrem Fahrer.

Fragen Sie jetzt den Fahrer, ob er ihn erkennt! Bleiben Sie sitzen dabei, bleiben Sie am Telefon!«

Schwiefka beugte sich aus dem Wagen und rief: »Erich! Erkennen Sie ihn, ist es Kammerloh?«

Erich nickte.

»Okay«, sagte Schwiefka, »er ist es. Aber er kann sich nicht allein auf den Beinen halten, er –«

»Er ist in Ordnung! Sagen Sie dem Fahrer, er soll mit Ihrem Mann am Stein stehenbleiben! Ich sage Ihnen, wann er losgehen soll!«

»Bleiben Sie mit ihm da stehen, Erich! Halten Sie ihn fest«, rief Schwiefka.«

»Worauf warten Sie, Mann! Sagen Sie, was Sie sehen!«

»Der Mann bringt die Koffer zum Wagen«, sagte Schwiefka. »Jetzt kommt er zum zweitenmal. Verschwindet hinter dem Stein. Taucht mit den letzten beiden Koffern auf. Bringt sie zum Wagen. Jetzt steigt er ein. Der Wagen fährt rückwärts heraus –« Es knackte in der Leitung. Der Mann hatte aufgelegt, Schwiefka ließ den Hörer fallen, sprang aus dem Wagen und rannte los. Dabei fluchte er, als ob er dafür bezahlt würde.

Erich hielt Kammerloh mit beiden Armen dicht an sich gepreßt.

Dann gaben seine Beine nach, und er sackte langsam mit ihm zu Boden. Erich war ohnmächtig geworden. Schwiefka schleppte sie nacheinander zum Wagen. Dann suchte er seine Pistole. Als er sie gefunden hatte, schnarchte Erich mit offenem Mund hinter dem Steuer.

Schwiefka ohrfeigte ihn, bis er wach war.

88

John Maugham fuhr ruhig und konzentriert auf der Autobahn in Richtung Stadt zurück. Es war nicht sehr dunkel, und die Sterne wurden von hellen, schnell treibenden Wolken verdeckt. Es war kühler geworden. Bald würde es hell sein. Maugham hatte während des Austauschs die Ruhe bewahrt und war stolz auf sich. Jetzt auf der Rückfahrt war ihm, als ströme eine neue Kraft in ihn, eine Kraft, nach der er sich sein Leben lang gesehnt hatte. Und zu seinem tiefen Erstaunen stellte er fest, daß es nicht das Geld war, das ihm diese Kraft verlieh. Es war er selbst. Ihm war, als habe er sich gehäutet und sei nun endlich der, der er immer hatte sein wollen. Er wußte, daß dieser Coup noch nicht ganz gelaufen war, aber er hatte keine Angst. Er würde es schaffen. Er dachte an die Frau in Hampstead und nahm sich vor, ihr genug Scheine zu schicken, damit sie nie mehr in diese stinkende Pommes-frites-Bude am Piccadilly Circus zurückmußte. Er hatte sie zweimal besucht, aber nicht einmal mit ihr geschlafen, dachte er, und ein breites Lächeln ging über sein Gesicht.

Der Amerikaner warf ihm einen kurzen Seitenblick zu.

»Mann, ich fühl mich gut!«

Tomcik lächelte flüchtig, und sein Gesicht nahm sofort wieder den gleichmütigen Ausdruck an.

»Ich glaube, du hast überhaupt keine Nerven, regst du dich eigentlich nie auf?«

Tomcik zuckte die Schultern. »Aufregen ist sinnlos. Kostet nur Energie.«

»Was ist los mit dir? Freust du dich nicht?«

»Freuen? Mann, ich freu mich allein.«

»Allein?«

»Ja.«

»Wir waren uns ja wohl nicht besonders sympathisch«, sagte Maugham, »aber eines muß ich dir noch sagen: man kann sehr gut mit dir arbeiten, wirklich.«

Tomcik nickte kurz.

»Was wirst du nun tun?«

»Nichts«, sagte Tomcik.

»Nichts? Du meinst, du willst einfach weiterleben wie bisher und arbeiten?«

»Hör auf zu reden, es macht mich krank«, antwortete Tomcik leise und deutlich.

Maugham sah ihn von der Seite an. »Okay, okay, die Menschen sind eben verschieden, nicht wahr?«

Sie fuhren stumm weiter. Nach einer Weile sagte Tomcik: »Halt mal da vorne auf dem Parkplatz an, ich muß mal pissen.«

»Mensch, ich auch! Soll ich nicht gleich hier auf dem Seitenstreifen?«

»Nein. Ich hab's nicht gern, wenn man mir dabei zusieht.«

Maugham lachte. »Ist mir egal, aber ich kann's verstehen.«

Einen Kilometer weiter fuhr Maugham auf den Parkplatz und stellte den Motor ab. Sie stiegen aus.

Maugham reckte sich und lachte wieder. Er machte eine Kopfbewegung zum Wagen. »Ist mir gar nicht recht, das da allein zu lassen.«

Tomcik wartete, bis sich Maugham erleichtert hatte. Das Mädchen war schon da, aber Maugham sah es nicht mehr.

Als Billie Maugham am Boden sah, schlug sie sich die Hand vor den Mund.

Tomcik steckte die Pistole wieder ein. An Maughams Hinterkopf wuchs eine Beule, so groß wie ein Hühnerei. Tomcik schleppte ihn an die Böschung und ließ ihn ein Stück herunterrollen. Als er seine Pistole zog, kam das Mädchen dazu. Sie rannte, stolperte, stürzte und rutschte ein paar Meter die Böschung hinunter.

»Nein, tu das Ding weg! Wenn du das machst, dann hau ich auf der Stelle ab, dann will ich nichts mehr mit dir zu tun haben!«

Er sah sie verständnislos an. »So war es abgemacht – er würde uns verraten!«

»Das war überhaupt nicht abgemacht! Niemals! Ich weiß doch, was ich mache und was ich nicht mache!«

»Geh mir aus dem Weg«, sagte Tomcik ohne Betonung, »und wenn du gehen willst, geh. Aber dann so, wie du bist – mit nichts.«

Billie schüttelte den Kopf und sah ihm fest in die Augen. »Nein. Wenn du den umbringst, mußt du mich auch umbringen.«

Tomcik schüttelte den Kopf und kam näher. Er gab ihr eine Ohrfeige, die sie aus dem Gleichgewicht warf.

Billie packte einen faustgroßen Stein und raffte sich sofort wieder auf. »Schlag mich nicht noch mal, sag ich dir!«

»Oh, Shit!« Tomcik steckte die Pistole ein und hielt ihr die Hand hin. »Los, komm! Wir müssen hier weg!«

Billie behielt den Stein in der Hand und sah ihn zweifelnd an. »Komm endlich!«

Sie ließ den Stein fallen, und er half ihr herauf. Maugham rührte sich noch immer nicht, aber er atmete. Auf dem Weg zum Wagen sagte Billie: »Du, da reden wir aber noch mal drüber! Kannste doch nicht machen, Mann! Außerdem geh ich sofort noch mal zurück.«

Robert Tomcik glaubte sich verhört zu haben, als sie ihm erklärte, sie wollte Maugham Geld bringen. Dann gab er zum zweitenmal nach, ohne selber zu begreifen warum. Er hatte noch niemals zuvor gegen die eigene Vernunft gehandelt, und niemand hatte jemals genug Macht über ihn gehabt, um ihn dazu zu zwingen. Niemand. Außer seiner Mutter. Und selbst ihr war es seit dieser Geschichte in Jan Kaminskys Gemüseladen nicht mehr gelungen, seinen Panzer aufzubrechen.

Robert Tomcik spürte etwas, das ihm vorkam wie etwas vollkommen Neues. In Wirklichkeit war es nicht neu. Er konnte sich nur kaum noch daran erinnern. Es lag zurück in den langen Jahren vor jener Nacht in Jan Kaminskys Gemüseladen, als er »Bobby The Kid« genannt wurde; ein kränkelndes, farbloses Kerlchen, über das jeder Dummkopf ungestraft Witze machen durfte. Aber das schien seit jener Nacht, in der er seinen ersten Mann erschoß, für immer der Vergangenheit anzugehören. Er hatte sich auch nicht nach etwas Neuem gesehnt wie der Engländer. Anders als bei John Maugham, der endlich mit sich selber im reinen war, stieg bei ihm die Vergangenheit wieder auf, und mit ihr etwas, das ihn in Wirklichkeit nie verlassen hatte und immer in ihm gewesen war. Robert Tomcik wußte nicht, was es war. Er spürte nur, wie es zurückkam. Es begann mit einer unerklärlichen Unsicherheit, die sich, ähnlich der Glut einer brennenden Lunte, unaufhaltsam weiterfraß bis zur Explosion. Sein Panzer hielt noch. Aber er hatte Risse bekommen.

89

Die Haustür war verschlossen. Billie drückte auf die Klingel mit dem Namen M. Müller und wartete.

»Ja?« Die Stimme aus der Sprechanlage klang blechern.

»Ich.«

Dann schnarrte die Tür, und sie traten in den Flur. Sie schleppten die Koffer zum Fahrstuhl und fuhren in den sechsten Stock.

Schwiefka machte die Tür auf, und sein Blick wanderte von Billie zu den Koffern. »Kommen Sie rein, ich hab schon Kaffee aufgesetzt. Warten Sie, ich helfe Ihnen.« Er bückte sich, um einen Koffer aufzunehmen. Dann spürte er die Mündung einer Pistole unter dem Kinn.

Tomcik drückte ihm mit dem Pistolenlauf den Kopf in den Nakken und zwang ihn Schritt für Schritt rückwärts in die Wohnung zurück.

»He, was soll denn das! Ich denke, wir arbeiten zusammen!«

»Wir müssen vorsichtig sein, Schwiefka. Und reden Sie englisch«, sagte Billie. Sie schob die Koffer in den Flur und machte die Tür zu.

Tomcik suchte Schwiefka nach einer Waffe ab, sah Billie an und schüttelte den Kopf.

»Wo ist Ihre Pistole, Schwiefka?«

»Ich habe keine. Wer ist denn das überhaupt?«

Tomcik trat einen Schritt zurück, hielt aber die Pistole weiter auf ihn gerichtet. »Setzen Sie sich in den Sessel.«

»Das ist mein Partner«, sagte Billie. Sie warf Tomcik einen Blick zu. »Wir machen das hier zusammen.«

»So.« Schwiefka schlug die Beine übereinander und musterte Tomcik säuerlich. Auf dem Tisch standen nur zwei Tassen.

»Sie dachten, ich komme allein, und Sie können mich abzocken, stimmt's?«

Schwiefka blickte sie an, als habe sie ihn in seiner Ehre gekränkt. »Wie kommen Sie denn darauf, Billie?«

»Ich weiß sogar noch, wieviel es war«, sagte Billie, »fünftausend sollten Sie ihm doch wohl geben, fünfhundert hat er gekriegt – und eine Tracht Prügel. Der Koffer aus Kenia, wissen Sie noch? Ich hab nämlich 'ne Macke, Schwiefka: ich vergeß nix. Und wenn Sie mit uns zusammenarbeiten wollen, versuchen Sie nicht, uns zu linken.« Sie nickte zu Tomcik. »Es würde ganz schlecht für Sie ausgehen.«

Schwiefka schüttelte den Kopf. »Machen Sie doch keinen Unsinn, Billie! Wie wollen Sie denn jemals wieder Ihrem Vater unter die Augen treten? Und dann: was wollen Sie denn mit diesem Ganoven da!«

»Wenn du mich noch mal so nennst, drück ich dir dein Gebiß in den Schlund, du mieser Sack«, sagte Tomcik langsam. In seinen Augen erschien ein kalter Glanz.

Billie berührte seinen Arm. »Langsam. Kein Grund zur Aufregung, richtig?«

»Billie, Sie machen einen Fehler.«

»Wollen Sie die Million nicht haben?«

Schwiefka seufzte. »Natürlich will ich sie haben. Ich frag mich nur, ob Sie auch wirklich wissen, was Sie da tun und was für Konsequenzen das alles für Sie haben wird.«

»Geht Sie das eigentlich was an?« entgegnete Billie kühl.

Tomcik stand in der Mitte des Zimmers und sah sich um. Seine Augen wanderten von der Kochnische zum Flur, über eine Kommode, auf der ein paar Taschenbücher und Zeitungen lagen. Das Zimmer sah ordentlich aufgeräumt und unpersönlich aus, wie das Zimmer von jemandem, der nur vorübergehend darin wohnt. Tomciks Blick richtete sich auf den mannshohen Schrank neben der Kommode. Er ging hin, drehte sich mit dem Rücken zum Schrank und betrachtete von dort aus das Zimmer.

Schwiefka warf ihm einen unbehaglichen Blick zu und sah Billie an. »Kann ich jetzt den Kaffee holen?«

»Gleich.«

Tomcik korrigierte seine Position um zwei Schritte nach links und einen halben Schritt rückwärts, bis sein Rücken den Schrank berührte. Er hob den rechten Arm und griff über seine Schulter hinter sich auf die Schrankoberfläche. Als er seinen Arm zurücknahm, hatte er Schwiefkas Pistole in der Hand und sagte verächtlich: »Ein mieser alter Trick, von einem miesen alten Sack.«

»Also gut, ich hab euch unterschätzt, es tut mir leid«, sagte Schwiefka. »Können wir jetzt endlich vernünftig reden?«

»Sie haben das bisher verhindert.«

Tomcik sah Billie an. »Es hat keinen Zweck. Er wird's wieder versuchen.«

Schwiefka stand auf. »Einigen Sie sich. Ich hole inzwischen den Kaffee.« Er brachte eine dritte Tasse mit und stellte sie Tomcik hin. »Du kannst deine Pistole einstecken. Entweder wir arbeiten zusammen, oder ich hab mit der ganzen Sache nichts zu tun.«

»Sie würden es Kammerloh nicht erzählen?«

Schwiefka zuckte die Achseln. »Warum sollte ich? Hab ich's vielleicht damals getan?«

Billie lächelte ein bißchen. »Das nicht. Aber Sie haben den anderen um sein Geld betrogen und ihn zusammengeschlagen.«

»Hören Sie, Mädchen –«

»Nein, nein, andersrum! Wir bringen das Geschäft, also hören Sie zu! Und nennen Sie mich nicht Mädchen. Was wir von Ihnen verlangen, ist klar: Sie schaffen uns das Geld außer Landes. Daß Sie das können, weiß ich. Daß Sie gerne erst mal 'ne linke Tour versuchen, haben wir ja eben gesehen. Sie würden's immer wieder versuchen, wenn wir Ihnen von unserm Batzen nur ein Butterbrot anbieten würden, richtig? Deswegen habe ich mir gedacht, wir bieten Ihnen von vornherein ein akzeptables Honorar an, und Sie sagen einfach ja oder nein, und meinen das dann auch so.«

Schwiefka nickte anerkennend und nickte. »Sie sind eine erstaunliche junge Dame!«

Billie ließ Schwiefkas Hand mit dem Feuerzeug in der Luft stehen und machte ihre Zigarette selbst an. »Reden Sie nicht so 'ne Scheiße.«

»Sie sind gereizt«, sagte Schwiefka, »verständlich. Ich wollte damit nur sagen: Sie haben vollkommen richtig gedacht.« Er sah Tomcik an, der ihm gegenübersaß. »Immer noch mißtrauisch?«

»Ganz recht«, entgegnete Tomcik kühl.

Schwiefka griff nach einer Zigarette. Er hielt sie mit zwei Fingern hoch und betrachtete sie. Dann sah er Tomcik an und sagte: »Billie hat recht. Angenommen, es ginge um Zigaretten, wie kurz nach dem Krieg, um sechs Stangen. Angenommen, Sie bieten mir eine Schachtel an, für die Vermittlung eines Großhändlers auf dem schwarzen Markt – ich würde sie alle nehmen. Aber eine von sechs Stangen, das ist ein korrektes Angebot.«

»Das Angebot ist korrekt. Du bist nicht korrekt«, sagte Tomcik.

Schwiefka seufzte. »Wir können ja eine Wette darüber abschließen. Du bestimmst den Einsatz.«

»Eine Million«, sagte Tomcik. Er sah Schwiefka in die Augen und fügte hinzu: »Und noch etwas mehr.«

Schwiefka zog die Augenbrauen hoch. »Meinetwegen.« Sein Blick ging zu Billie. »Wo ist der Wagen?«

»Unten«, sagte sie.

»Der muß schleunigst weg. Ich schlage vor, Sie schlafen ein paar Stunden, und ich kümmere mich erst mal um den Wagen. Wie Sie außer Landes kommen, wird davon abhängen, ob Kammerloh die Polizei eingeschaltet hat oder nicht.«

»Hat er nicht«, sagte Billie fest. »Warum sollte er auch? Das

Geld tut ihm nicht weh. Und dann der ganze Zirkus mit der Polizei und den Zeitungen, so was haßt er wie die Pest.«

»Aber er weiß noch immer nichts von Ihnen.«

»Ja«, sagte sie, »er wird vor Sorge um mich nicht mehr schlafen können, meinen Sie das?«

Schwiefka lachte lautlos. »Kommen Sie, ich zeige Ihnen das Zimmer!«

Tomcik sah Billie zweifelnd an.

»Du, wenn er die Polizei holt, verliert er eine Million.«

Tomcik nahm die Koffer mit in das andere Zimmer. Billie ließ sich auf die Couch fallen und warf die Arme zurück.

Er ließ die Jalousie herunter, kam zu ihr und preßte sie überraschend heftig an sich.

»He, Mann – falsche Zeit, falscher Ort! Ich muß nachdenken«, sagte sie leise.

Er ließ sie sofort los und setzte sich auf.

»Der Engländer. Ich hätte ihn umlegen sollen«, sagte er tonlos.

Billie schwieg.

»Du kennst die Regeln nicht. Es war ein Fehler.«

»Nein, das stimmt nicht«, sagte sie mit fester Stimme. »Im Gegenteil. Mann, das kommt doch alles zurück! Alles, was du tust! Weißt du das nicht?«

»Glaubst du so was?«

»Das hat nichts mit Glauben zu tun. Das ist so.«

»Du kannst nicht die Regeln ändern, wenn du in ein laufendes Spiel einsteigst.«

»Scheißregeln. Mord mache ich nicht mit. Auf gar keinen Fall.«

Tomcik schwieg. Dann sagte er. »Du kannst die Regeln brechen. Aber nur wenn du sie genau kennst, kannst du das Spiel doch noch gewinnen. Ich kenne sie, und ich habe noch niemals verloren.«

Billie machte die Augen zu, aber sie schlief nicht ein. Sie war verwirrt und spürte wieder einen Schatten jener Angst, die sie gehabt hatte, als er für sie nur der Maskierte gewesen war. Auch daß sie noch am Leben war und ihn daran gehindert hatte, Maugham zu erschießen, änderte nichts daran. Sie lag mit geschlossenen Augen da und bemühte sich, gleichmäßig zu atmen. Sie hörte, wie er sich auf der anderen Couch an der gegenüberliegenden Wand niederließ. Aber immer, wenn sie die Augen öffnete, saß er einfach nur da und sah sie an, und bald war die Angst nicht mehr nur ein Schatten. Sie war wieder da, als habe sie sie nie verlassen. Und sie wuchs.

90

Franz Morgenroth hatte einen abwesenden Ausdruck in den Augen. Seine Lippen waren zwei schmale blasse Striche. Er sah Maugham beim Geldzählen zu und schwieg.

»Hunderttausend! Fast Hunderttausend!« sagte Maugham verblüfft. Er betastete die Beule an seinem Hinterkopf und verzog das Gesicht. »Jetzt versteh' ich gar nichts mehr.«

Franz drückte seine Zigarette aus und schwieg.

»Warum hat er mich nicht einfach umgelegt?«

Franz stand auf und ging zum Fenster. »Weil sie ihn daran gehindert hat. Darum.«

»Sie?«

Franz drehte sich um und nickte.

»Dieses gottverdammte Miststück!«

»Sie hat dir das Leben gerettet und das Geld gegeben. Tomcik wäre nie auf die Idee gekommen.«

»Ich hab diesem Irren nie getraut«, sagte Maugham. »Ich hab's dir gesagt! Erinnerst du dich?«

»Ja.«

»Und nun? Was sollen wir jetzt tun?«

»Wir teilen das Geld, du gibst mir deine Adresse und fährst nach London zurück«, sagte Franz.

»Und du?«

»Überlaß das mir.«

Maugham schüttelte langsam den Kopf. »Du hast doch keine Ahnung, wo sie sind.«

»Ich finde ihn.«

»Dieses Mädchen – warum tut es sich ausgerechnet mit diesem Kerl zusammen? Das ist doch ein Wahnsinniger!«

»Das weiß sie nicht«, sagte Franz.

Maugham schwieg und betrachtete die Geldscheine auf dem Tisch. »Du meinst, sie weiß nicht, auf was sie sich eingelassen hat?«

»Hm.«

Maugham hob den Blick. »Jedenfalls hoffe ich, daß er sie nicht umbringt. Trotz allem.«

»Ja«, sagte Franz. »Das hoffe ich auch.«

Maugham lachte kurz. »Nicht zu fassen.«

»Laß uns gehen«, sagte Franz. »Wir haben hier nichts mehr verloren.«

91

Lange bevor der Wagen zu sehen war, fingen die Hunde an zu toben, und die Vögel in den Bäumen flatterten auf und suchten sich einen ruhigeren Platz weit weg im Park. Frau Limmer lief mit Ingrid vors Haus. Ingrid Wegner trug ein leichtes, zartgeblümtes Sommerkleid mit einer schwarzen Trauerbinde. Frau Limmer war aufgeregt und hatte ein rotes Gesicht. In der linken Hand hatte sie einen Blumenstrauß und in der rechten ein kleines Spitzentaschentuch.

Dann fuhr der Wagen vor, und Erich half Kammerloh heraus. Die Hunde sprangen am Maschendraht hoch und kläfften sich heiser. Ingrid hielt sich die Ohren zu. Frau Limmer fing an zu schluchzen.

Kammerloh schob Erichs ausgestreckten Arm beiseite und ging aufrecht und allein ins Haus. Ingrid sah sein Gesicht und gab den Vorsatz, ihm um den Hals zu fallen, auf. Frau Limmer schluchzte laut und rieb sich mit dem nassen Taschentuch die Augen wund.

»Heulen Sie nicht, Frau Limmer, ich bin ja wieder da! In einer halben Stunde möchte ich Kaffee und Wasser. Erich: Gute Nacht, und fürs erste vielen Dank. Wir sprechen in den nächsten Tagen darüber – Sie haben das nicht umsonst getan, verstanden? Und kein Wort darüber. Das gilt für euch alle!«

»Ja, Herr Kammerloh.« Erich warf Frau Limmer einen schiefen Blick zu. Wegners Frau, die Kammerloh in die Bibliothek folgte, hatte ihn natürlich auch nicht beachtet. Erich nickte verächtlich. Was er durchgemacht hatte, kümmerte wohl niemanden.

»Ist das nicht wunderbar, die Errettung vom gnädigen Herrn? Sehn S', der Herrgott hat uns doch nicht im Stich gelassen.«

Erich blickte sie an und zwang sich, einmal tief ein- und auszuatmen. »Nix Herrgott! Wissen S', warum der Herr Kammerloh wieder hier ist? Weil ich mein Leben eingesetzt hab für ihn mit dem Morrisson, darum! Sonst hätten S' lange beten können, Frau Limmer, das sag ich Ihnen! Und einen Kaffee möcht ich bittschön auch, wenn's recht ist.«

»Eine Selbstverständlichkeit ist das, was Sie getan haben!«

»So! Eine Selbstverständlichkeit!« Er machte eine Pause. »Ja, freilich! Sie haben's ja nicht tun müssen, nicht wahr, Frau Limmer?«

Frau Limmer sah ihn kopfschüttelnd an und ging wortlos in die Küche. Sie setzte Wasser auf und sah auf die Uhr. Als der Kaffee durch den Filter lief, fiel ihr auf, daß sich die Hunde noch immer nicht beruhigt hatten. Sie machte das Fenster auf und blickte zum Zwinger. Der kleine graue Kater war nur ein winziges bißchen gewachsen, aber er war schon dabei, ein uraltes Spiel zu entdecken. Er stolzierte mit aufreizender Selbstgefälligkeit vor dem Zwinger herum, und die Hunde kläfften sich heiser. Frau Limmer beugte sich aus dem Fenster und drohte ihm. Der Kater blickte sich kurz um, setzte sich, streckte unvermittelt seine Hinterpfote hoch und leckte sich sorgfältig das Bauchfell.

Eine halbe Stunde später klopfte Frau Limmer zaghaft an den Türrahmen. Die Tür zur Bibliothek hatte ein neues Schloß und ging mit einem leisen Summton auf. Frau Limmer stellte das Tablett auf den fahrbaren Tisch und wollte fragen, wo sie ihn hinschieben solle.

»Frau Wegner möchte gehen«, sagte Kammerloh mit rauher Stimme, »bitte rufen Sie ihr ein Taxi.«

Frau Limmer blickte überrascht von einem zum andern. Dann nahm sie die zweite Tasse vom Tablett. »Ist recht, gnädiger Herr.«

»Frau Limmer?«

Sie war schon an der Tür und drehte sich um. Kammerloh stand beim Kamin. Ingrid Wegner lehnte sich an einen Sessel und blickte zu Boden.

»Ich möchte nicht, daß Sie mich weiter so nennen. Sagen Sie bitte Herr Kammerloh zu mir wie alle anderen. Und Frau Wegner möchte gleich gehen.«

Frau Limmer nickte verwirrt.

Ingrid sah ihn stumm an. Dann ging sie mit Frau Limmer hinaus.

Kammerloh drehte sich um und setzte sich hinter seinen Schreibtisch.

Keine Zigarettenkippen und kein Stäubchen verrieten, daß jemals jemand anders auf diesem Platz gesessen hatte. Er stellte das Tonbandgerät an und ließ die Aufzeichnung von Schwiefkas Gesprächen ablaufen. Dann schaltete er das Gerät ab und rieb sich die Nase. Er betrachtete das Bild seiner Frau im Silberrahmen, bis das Telefon klingelte.

»Ich wollte mich nur erkundigen, wie's Ihnen geht«, sagte Schwiefka. »Sie sollten vielleicht doch besser einen Arzt kommen lassen, sicher ist sicher! Und nun muß ich Ihnen leider noch sagen, daß sie immer noch Ihre Tochter haben. Sie drohen sie umzubringen, falls Sie jetzt schon die Polizei einschalten.«

Kammerloh räusperte sich. Seine ohnehin rauhe Stimme hörte sich grob an. »Ich nehme Ihre Dienste nicht mehr in Anspruch. Meine Angelegenheiten gehen Sie nichts mehr an, und ich rate Ihnen im guten – halten Sie sich daran. Ihr Honorar wird überwiesen. Haben Sie mich verstanden?«

»Bestens! Wissen Sie was, Herr Kammerloh? Mir ist es auch lieber so!« entgegnete Schwiefka ironisch. »Sie können sich trotzdem auf mich verlassen. Ich kann den Mund halten – vorausgesetzt, Sie sind nicht ganz so kleinlich wie sonst, was das Honorar angeht.«

»Sie werden sich nicht zu beklagen haben«, sagte Kammerloh. »Ich kenne Ihren Preis.« Dann legte er auf, nahm wieder das Bild seiner Frau in die Hand und betrachtete es lange. Den Kaffee hatte er vergessen. Es war sieben Uhr morgens, Samstag früh, und im Haus war es sehr still.

Drei Stunden später klingelte wieder das Telefon.

»Meier, Kriminalpolizei, es tut mir leid, wenn ich Sie gestört haben sollte, Herr Kammerloh.«

»Ja bitte?«

»Haben Sie inzwischen mit Ihrer Tochter gesprochen, Herr Kammerloh?«

»Ja, natürlich, gestern abend zuletzt. Ich sagte Ihnen doch, sie ist viel auf Reisen. Haben Sie einen besonderen Grund für Ihren Anruf?«

»Ich wollte mich nur vergewissern, ob auch alles in Ordnung ist.«

»Ja, das ist es«, sagte Kammerloh. »Beziehen Sie sich etwa immer noch auf die obskure Geschichte von neulich?«

»Nur um sie endgültig zu den Akten zu legen. Gute Besserung übrigens, Sie scheinen ja eine böse Erkältung zu haben, die Sommergrippen sind ja die schlimmsten.«

»Schon erledigt«, sagte Kammerloh. Er beendete das Gespräch und blieb unbewegt sitzen. Nach einer Weile nahm er einen Zettel aus der Jackentasche und legte ihn auf den Schreibtisch. Er faltete ihn auseinander und las die Nachricht seiner Tochter zum zweitenmal.

Dann stand er auf und warf den Zettel in den Kamin. Sein Gesicht war ausdruckslos, und seine Kinnmuskeln harte Klumpen. Er sah zu, wie das Papier verbrannte.

92

Der Maskierte stieß sie zu Boden, trat einen Schritt zurück und zog seine Pistole aus dem Schulterhalfter. Sie versuchte sich aufzurichten. Sie hörte das Klicken, als er die Pistole entsicherte. Sie hob den Kopf und blickte in die Pistolenmündung. Sie war klein, rund und schwarz. Sie streckte in einer sinnlosen Geste die Arme aus und fing an zu schreien.

Auf einmal bekam sie keine Luft mehr und erwachte, weil ihr jemand den Mund zuhielt. Sie machte die Augen auf, seine blaßblauen Augen waren ganz nah, und fast hätte sie wieder geschrien.

Robert Tomcik nahm die Hand von ihrem Mund. »Was ist denn, du schreist ja das ganze Haus zusammen!«

Billie richtete sich auf und strich sich die schweißnassen Haare aus der Stirn. »Ich glaub, ich hab geträumt.«

»Was denn?«

Sie sah ihn kurz an und rieb sich die Augen. »Ich weiß nicht mehr. Wie spät ist es?«

»Halb zwölf.«

»Ist Schwiefka zurück?« Er nickte.

»Hast du schon mit ihm gesprochen?«

»Nein.«

»Ich brauche einen Kaffee und was zu essen. Und andere Sachen brauch ich auch. Halb zwölf? Dann muß mir Schwiefka noch was besorgen.«

Als sie aus dem Bad kam, roch sie den Kaffee, und das Frühstück war schon fertig.

»Guten Morgen, haben Sie gut geschlafen?« sagte Schwiefka. Er saß mit Tomcik am Tisch, und obwohl er die Nacht nicht geschlafen hatte, sah er frisch und munter aus.

»Nein«, sagte Billie, »beschissen.«

»Das tut mir leid. Ich habe gute Nachrichten.«

Billie setzte sich, und Schwiefka goß ihr Kaffee ein. »Können Sie mir noch ein paar Sachen besorgen? Meine sind vollkommen verschwitzt.«

»Hab ich schon«, sagte Schwiefka. »Ich weiß allerdings nicht, ob ich Ihren Geschmack getroffen habe. Aber ich denke, die Größe stimmt.«

»Danke.« Sie ignorierte sein Lächeln und trank einen Schluck Kaffee. »Was für eine gute Nachricht?«

»Ich habe mit Ihrem Vater gesprochen und hatte nicht den Eindruck, daß er die Polizei einschalten wird. Er will um jeden Preis vermeiden, daß irgend etwas an die Öffentlichkeit kommt – nach meinem Gefühl ist ihm das wichtigste, Aufsehen zu vermeiden.«

Tomcik hörte aufmerksam zu.

Billie warf ihm einen Blick zu und dachte, er ärgert sich, daß Schwiefka immer nur mit mir redet, aber ihm entgeht nichts. »Ja, das paßt zu ihm. Und wenn er es nicht schafft, sich die Polizei vom Leibe zu halten, macht das jemand anderer für ihn. Da gibt's einige, die das können.«

Schwiefka kräuselte die Lippen und nickte. Er hob die Hände. »Also! Dann braucht ihr es jetzt auch nicht mehr so eilig zu haben.«

Billie spürte Tomciks Blick und schwieg.

Schwiefka blickte von Tomcik zu Billie, und seine Augen nahmen einen wachsamen Ausdruck an. »Wenn da noch mehr im Spiel sind, müßtet ihr mir das allerdings sagen!«

»Sie können ja wohl zwei und zwei zusammenzählen, oder?«

Schwiefka sah Billie an. »Der am Telefon also. Und wer noch?«

»Der andere zählt nicht«, sagte Tomcik. »Es ist nur einer. Er ist gefährlich.«

Schwiefka nickte. »Wo kommt der eigentlich her? Rheinland?«

»Geht Sie nichts an«, sagte Billie und sah Tomcik nicht an.

»Am Telefon war er sehr gut. Hatte nicht den Eindruck, daß er sich gerne reinlegen läßt.«

»Ganz recht«, sagte Tomcik. »Und jetzt mal zur Sache.«

Schwiefka lehnte sich zurück und blickte von Tomcik zu Billie. »Immer, wenn man's besonders eilig hat, sollte man sich für den sichereren, längeren Weg entscheiden – das ist eine alte Weisheit. Also werdet ihr nicht fliegen. Ihr werdet auch nicht einen Wagen nehmen.« Er machte eine Pause, legte die Fingerspitzen gegeneinander und blickte an die Decke. »Ihr werdet mit dem Zug fahren.«

»Mit dem Zug? Das dauert doch ewig«, sagte Billie.

»Wie gesagt – es dauert ein bißchen länger, aber dafür ist es auch der sicherere Weg.«

»Wohin?« fragte Tomcik.

Schwiefka sah Billie überrascht an. »In die Schweiz, wohin denn sonst?«

»Das Geld muß auf die Bank«, sagte Billie zu Tomcik, »ganz klar. Es muß auf ein Nummernkonto. Kannste sonst nirgendwo machen, deshalb.«

»Nummernkonto?«

»Ich werd's dir unterwegs erklären.« Sie wandte sich an Schwiefka. »Wann fahren wir?«

»Heute abend, 20.37, Gleis 22, über Straßburg, an Paris: morgen früh 6.35 Uhr, Gare de l'Est. Kaffeetrinken gegenüber im Café – da können wir auch Geld wechseln. Tagsüber – still verhalten in einem Hotel beim Gare de Lyon. Wir bleiben im Hotel und verlassen es kurz vor Mitternacht, steigen im Gare de Lyon in den Zug um 23.53 Uhr und lösen Karten nach Mailand. Wir geben unsere Fahrkarten und Pässe beim Schlafwagenschaffner ab und legen uns schlafen. Wir passieren – im Schlafwagen – die Schweizer Grenze bei Vallorbe, und zwar um 6.05 Uhr. Um 7 Uhr wird der Zug in Lausanne sein, und dort, in Lausanne, steigen die Zöllner aus. Wir bleiben noch im Zug, lassen uns Fahrkarten und Pässe wiedergeben, und steigen zwanzig Minuten später, nämlich um 7.20 Uhr, in Montreux aus. Da ich annehme, Sie wollen zu einer Züricher Bank, schlage ich vor, in Montreux einen Wagen zu mieten und über Fribourg nach Bern zu fahren – und dort auf der E4 nach Zürich. Wir können mittags dort sein und nach der Mittagspause das Geld auf die Bank bringen. Hotel- und Schlafwagenreservierung machen wir am besten sofort von hier aus.«

»Wir?« fragte Tomcik.

»Ich werde im selben Zug sein. Ich trage das Risiko des Transports.«

Billie sah Tomcik an. »Wir müssen erst drüber reden.«

»Tun Sie das«, sagte Schwiefka. »Ich bleibe hier sitzen und warte auf Ihre Entscheidung.«

»Paris«, sagte Billie. »Er ist Franzose, der Puma.«

Tomcik nickte. »Ich weiß. Und er weiß, daß wir es wissen. Warum sollte er von uns vermuten, daß wir ausgerechnet nach Paris fahren?«

»Das ist richtig. Was, glaubst du, wird er tun?«

»Nichts wird er tun«, sagte Tomcik langsam. »Der Engländer wird aufgeben und nach Hause fliegen. Aber Franz nicht. Er wird hierbleiben und abwarten.«

»Das könnte aber gefährlich werden für ihn – ich meine, wenn Kammerloh doch noch die Polizei –«

»Machst du dir Sorgen um ihn?«

»Quatsch. Ich kann mir nur nicht vorstellen, daß er gar nichts tut.«

»Ich habe ihn ein bißchen kennengelernt«, sagte Tomcik. Er redete langsam und achtete sorgfältig auf seine Worte. »Franz ist kein Mann, der einfach so losgeht, weil er die Wut im Bauch hat. Der nimmt sich Zeit und überlegt sich genau, was er tut. Selbst mit Polizei – was soll ihm passieren? Niemand hat ihn gesehen – Kammerloh nicht, Schwiefka nicht. Bei Kammerloh trug er eine Maske. Alles, was sie haben, ist seine Stimme auf einem Tonband. Er hat zwei Pässe. Er ist Franzose.« Er schüttelte den Kopf. »Den kriegen sie nicht. Und der Engländer ist spätestens morgen weg.«

»Aber was erreicht er damit, wenn er gar nichts tut?«

»Schlechte Frage. Ich hab dir gesagt: er denkt nach. Versetz dich an seine Stelle. Was würdest du tun?«

Billie blickte in ihre leere Kaffeetasse. »Ich weiß es nicht. Doch, warte – Schwiefka!«

»Ganz recht. Er schnappt sich Schwiefka und klopft ihn weich.«

»Aber Schwiefka ist nicht da.«

»Richtig. Aber er kommt vielleicht wieder, du weißt nicht, was er tun wird. Vor Montag kriegt Franz Schwiefkas Adresse nicht raus, aber spätestens Dienstag steht er hier vor der Tür.«

»Und dann?«

Tomcik zuckte die Schultern. »Jedenfalls wird er's damit nicht aufgeben. Irgendwann wird er plötzlich da sein.« Er wartete, bis sie den Kopf hob und ihn ansah. »Mach dir keine Sorgen. Ich werde dann auch da sein. Er wird uns nicht überraschen, und dir wird nichts geschehen, dafür sorge ich.« Er nickte bekräftigend. »Dafür werde ich sorgen.«

Billie schlug die Augen nieder und biß sich auf die Unterlippe. Nach einer Weile sagte sie: »Weiß er eigentlich gar nichts von dir?«

»Zwischen uns standen zwei Mittelsmänner, und meinen kennt er nicht.«

»Aber sein Mittelsmann muß doch deinen kennen.«

Tomcik lächelte kurz. »Ich dachte mir, daß du das sagen wirst. Das meinte ich heute morgen: du kennst die Regeln nicht.«

»Wieso?«

»Es verstößt gegen die Regel, daß ein Vermittler den anderen preisgibt, genauso wie ein Vermittler nicht die Adressen seiner Leute rausrückt.«

»Und wenn sich nun mal einer nicht an deine Regeln hält, was dann?«

Tomcik runzelte die Stirn. »Er würde damit seine Existenz vernichten, denn er lebt davon, daß er die richtigen Leute kennt, und davon, daß *nur* er diese Leute und ihre Adressen kennt – denn an der Vermittlung verdient er, es ist sein Job, verstehst du? Ein Vermittler lebt genauso vom Vertrauen – oder er lebt nicht sehr lange.«

»Warum gehst du dann trotzdem davon aus, daß er uns finden wird?«

»Warum? Weil er so ist, wie er ist, darum. Er ist was Besonderes.« Er lächelte wieder. »Aber nicht besonders genug.«

»Also nehmen wir Schwiefkas Vorschlag an?«

Tomcik nickte.

»Sag du's ihm. Ich muß nachdenken.«

Ein paar Minuten später kam er zurück. »Er will, daß du es ihm bestätigst, der Arsch.«

»Er nimmt's eben genau, ist doch nicht verkehrt.«

»Ich kann ihn nicht leiden, ein schmieriger Typ. Scheint aber zu wissen, wovon er redet.« Er streckte sich auf der Couch aus und gähnte.

»Er weiß, wovon er redet. Verlaß dich drauf.« Sie stand auf.

»Ich sag's ihm.«

»Komm bald wieder, okay? Ich werde ein bißchen schlafen.«

»Denkst du, ich würde was mit einem schmierigen Typ anfangen, oder was?« Sie ging zur Tür, ohne ihn anzusehen.

»Was ist denn rausgekommen bei deinem Nachdenken?«

Billie blieb stehen und drehte sich um. »Daß es keine Regel ohne Ausnahme gibt.«

»Ganz recht«, erwiderte Robert Tomcik. »Und diese Ausnahme, das sind wir.«

93

Jack Schwiefka saß am Fenster und sagte: »Er gefällt mir nicht, Billie.«

»Das geht Sie nichts an.«

»Natürlich geht's mich nichts an«, brummte er. »Ich mache mir trotzdem Sorgen um Sie.«

»Ich bin hier, um Ihnen zu sagen, daß wir Ihren Vorschlag annehmen.«

»Ich bitte Sie, Billie, setzen Sie sich einen Augenblick hin.«

»Reden Sie nicht mit mir wie mein Vater, Sie sind hier nicht der Boß.«

Schwiefka nickte. »Genausowenig wie er, was? Er hat mich übrigens rausgeworfen, Ihr Vater.«

Billie sah ihn an und setzte sich. »Geben Sie mir eine Zigarette.«

»Ich habe ihm gesagt, Sie wären noch als Geisel gefangen, bis alle außer Landes sind – er sagte dasselbe wie Sie: geht Sie nichts an! Der Kerl am Telefon hat verlangt, daß ich das Kammerloh sage.«

»Es interessiert ihn nicht. Er hat von Anfang an gedacht, ich hätte meine eigene Entführung angezettelt – und jetzt glaubt er's natürlich erst recht!«

Schwiefka schwieg. Dann sagte er betont beiläufig: »Und? Haben Sie? Mir können Sie's ja sagen.«

Billie blickte ihm in die Augen. »Nein, Mann, das habe ich verdammt nicht! Ja, ich hab darüber nachgedacht, wie ich Kammerloh drankriegen kann, mir meinen Anteil auszuzahlen, aber mit *der* Idee sind mir die echt zuvorgekommen. Vielleicht wäre ich irgendwann sogar auch draufgekommen, wenn mir überhaupt nichts anderes mehr eingefallen wäre – aber die haben es gemacht, bevor ich dran gedacht habe. Das ist die Wahrheit!«

Schwiefka verzog das Gesicht, als habe sie ihn geohrfeigt.

»Langsam, Billie! Sie gehen auf den Falschen los! Ich bin doch derjenige, der von Anfang an von einer echten Entführung überzeugt war – es ist mir nur nicht gelungen, Ihren Vater davon zu überzeugen. Das müssen Sie mir glauben.«

»Okay, ich glaub's Ihnen.«

»Möchten Sie was trinken?«

»Nein. Haben Sie noch Zigaretten?«

»Ich möchte Ihnen gern noch etwas sagen, und ich möchte, daß Sie das nicht falsch verstehen.« Er sah die Kammerlohsche Falte über ihrer Nasenwurzel, bemerkte, wie ihr Blick kühler wurde und zögerte: »Ich finde, Kammerloh sollte erfahren, daß er sich geirrt hat, und wenn Sie es wünschen: ich wäre bereit dazu, es ihm zu sagen.«

»Ich lege keinen Wert darauf.«

Schwiefka warf ihr einen unbehaglichen Blick zu. »In Ordnung, Billie, das sagen Sie jetzt, in Ordnung. Ich habe übrigens auch nicht die geringste Sehnsucht nach Kammerloh, wirklich nicht. Aber ich möchte, daß Sie eines wissen – egal wann, egal wo –, Schwiefka ist für Sie da. Und wenn Sie – irgendwann – vielleicht doch einen Kontakt mit Ihrem Vater wollen, dann werde ich dafür sorgen, daß er die Wahrheit erfährt, bevor Sie ihn treffen.«

»Lassen Sie das«, sagte Billie.

Schwiefka seufzte und zündete sich eine Zigarette an. »Ich will Ihnen nur helfen.«

»Wie ich diesen Satz hasse! Kammerloh, Wegner, Sie – immer derselbe Satz – ich will Ihnen nur helfen!«

»Ja, Wegner«, sagte Schwiefka langsam und beobachtete sie. »Wissen Sie, daß er nach Ihrem Anruf mit mir telefoniert hat?«

Sie wich seinem Blick aus. »Das hab ich nicht gewollt. Ich hab seinen Tod nicht gewollt. Ich – ich bin einfach nicht draufgekommen, daß er so reagiert.«

»Ich bin überzeugt davon, daß er sich aus genau dem Grund das Leben genommen hat, der intern vermutet wird, nämlich wegen Kammerlohs Verhältnis mit seiner Frau. Ich bin sicher, daß Sie sich nichts vorzuwerfen haben, in Wirklichkeit hat Kammerloh ihn auf dem Gewissen. Nur eins würde ich gern wissen: warum haben Sie ihn in dieser Nacht angerufen? Was wollten die beiden Männer von ihm?«

Sie wollte nicht mehr darüber reden. Nie mehr. Aber sie war so erleichtert, daß er ihr nicht vorwarf, Wegners Tod verschuldet zu haben, daß sie ihm doch erzählte, wie es gewesen war und was sie davon wußte. Danach sagte sie: »Und mehr werden Sie von mir nicht über diese Geschichte erfahren.«

Schwiefka machte eine abwehrende Geste und schwieg. »Und wer ist jetzt der Boß?«

»Wir machen es zusammen.«

Schwiefka sah sie ernst an und sagte: »Er ist nicht gut für Sie, Billie. Er ist – gefährlich. Ich will Ihnen sagen, was er ist: er ist ein Verbrecher. Er ist bereit zu töten. Ich erkenne so etwas, glauben Sie mir.«

Billie drückte ihre Zigarette aus und sah ihn an. »Und was sind Sie? Was ist Kammerloh? Können Sie mir das vielleicht sagen?« Sie stand auf.

Schwiefka schüttelte den Kopf. »Ich wünschte, Sie würden mir glauben. Ich könnte ihnen helfen. Ich könnte Sie von ihm befreien. Aber nur solange, wie wir unser Geschäft abwickeln. Danach werden Sie allein mit ihm sein und Sie werden entdecken, daß er alles tun wird, damit das so bleibt. Sie werden ihm ausgeliefert sein.«

Billie stand an der Tür und blickte zu Boden. Ihr Gesicht sah verschlossen aus. Sie ging hinaus, ohne ihn anzusehen.

Ihm war, als habe sie etwas vor sich hin gemurmelt, aber er war sich nicht sicher.

Sie hatte es sehr leise gesagt. »Trotzdem vielen Dank.« Dann ging sie zu ihm zurück. Robert Tomcik schlief.

94

Gustave der Belgier war noch nie ein Frühaufsteher gewesen, und das Telefonklingeln Montagmorgen um halb acht riß ihn aus dem Schlaf. Er knurrte eine Verwünschung, richtete sich auf und nahm ab. »Ja?«

»Sag mal, wo hast du dich denn rumgetrieben die letzten beiden Tage? Ich hab dauernd versucht, dich zu erreichen!«

Die Verbindung war schlecht, aber Gustave erkannte die Stimme sofort. »Du bist es! Dann ist also alles gut gegangen?« Das Knacken und Rauschen in der Leitung wurde stärker. »Du mußt lauter reden, ich kann dich sonst nicht verstehen!«

»Das ist eine lange Geschichte, Gustave. Und noch nicht ganz gelaufen. Einer von deinen beiden Leuten ist mit der Kasse auf und davon!«

Gustave schwieg betroffen.

»Bist du noch da?«

»Ja«, sagte Gustave, »bin noch da.«

»Na und?«

»Sag, daß du einen Witz gemacht hast, bevor ich mich aufrege!«

»Kein Witz, mein Lieber. Der Amerikaner.«

Gustave fluchte wie ein Bierkutscher. »Ich werde sofort meinen Partner drüben anrufen und ihm die Hölle heiß machen! Das darf doch nicht wahr sein!«

»Genau das wirst du nicht tun, hast du mich verstanden!«

»Was denn?«

»Du weißt es, Gustave!«

Gustave schwieg eine Weile. Dann sagte er unbehaglich: »Franz, das kannst du nicht von mir verlangen, das nicht.«

»Doch, ich kann! Und ich tu's! Willst du vielleicht dein Honorar nicht haben? Glaubst du, ich laß mich einfach so reinlegen, zum zweitenmal? Wer ist der Vermittler, und wo ist er?«

»Franz, warte! Laß mich überlegen. Mir – mir wird was einfallen. Es gibt bestimmt noch einen anderen Weg. Verdammt noch mal – damit habe ich doch nicht gerechnet!«

»Gustave! Entweder sagst du mir jetzt seinen Namen und seine

Adresse, oder ich komme und quetsche es raus aus dir – ich mein's ernst!«

Gustave seufzte. »Tu nicht so, als ob wir uns nicht kennen! Verdammt, das wird 'ne Menge Ärger geben!«

»Ja, das wird es. Sag's mir.«

»Mach, um Himmels willen, keinen Fehler, Franz! Der Mann ist gefährlich.«

»Jetzt machst du aber Witze – was glaubst du, wer das besser weiß, du oder ich? Und jetzt sag's mir endlich.«

Gustave gab ihm Namen und Adresse des Vermittlers in New York.

»Gustave? Wenn du schon immer den Wunsch hattest, mich abzuservieren, dann ruf ihn an, klar?«

»Dein Mißtrauen hab ich noch nie witzig gefunden, das weißt du.« Gustave lachte gezwungen.

»Ich sag ihm, ich hätte seine Adresse von dem Kerl, der mich reingelegt hat – nicht von dir, in Ordnung?«

»Danke, Franz. Wie ist es denn passiert?«

»Weißt du was, Gustave? Ich glaub nicht, daß ich es dir überhaupt erzählen werde.«

»Warum nicht?«

»Du würdest es mir doch nicht glauben.«

Gutave grinste schwach. »Paß auf dich auf, Franz! Da drüben ist manches anders!«

Aber Franz Morgenroth hatte schon aufgelegt. Gustave der Belgier seufzte. Er fingerte sich eine Zigarette aus der Schachtel und zündete sie an. Sie schmeckte nach vertrocknetem Holz. Er fand keinen Aschenbecher und drückte sie auf der Marmorplatte des Nachttisches aus.

95

Zur selben Zeit saßen die beiden Männer und das Mädchen in einem Café in Montreux beim Frühstück. Billie schloß plötzlich die Augen und legte ihre Hand auf Tomciks Arm. »Ich halt's nicht mehr aus, seit gestern abend schon diese Kopfschmerzen. Hast du irgendwas dagegen?«

Er gab ihr eine Tablette, und sie schluckte sie mit Kaffee herunter.

»Sie sehen nicht gut aus, Billie, sehr blaß. Sind Sie sicher, daß Ihnen nichts Ernsthaftes fehlt?« fragte Schwiefka mit deutlicher Besorgnis in der Stimme.

»Kümmere dich um deinen Kram, Mann«, sagte Tomcik. »Es sind bloß diese Kopfschmerzen; ich bin okay.«

»Ich weiß nicht recht«, sagte Schwiefka langsam, »vielleicht sollten wir zur Sicherheit doch zu einem Arzt. Zeit haben wir ja jetzt.«

»Das bestimmst nicht du«, sagte Tomcik scharf.

»Ich möchte eine Freundin in Deutschland anrufen«, sagte Billie, »gib mir mal Geld.«

Tomcik schüttelte den Kopf. »Jetzt nicht.«

»Warum nicht? Ich könnte sie fragen, ob irgendwas in der Zeitung steht.«

»Er hat recht, Billie, das sollten Sie jetzt nicht tun. Heute mittag haben wir eine Zeitung und können selbst nachschauen.« Schwiefka streckte sich, daß seine Gelenke krachten.

Billie verzog das Gesicht und sagte unwillig: »Fangen Sie bloß nicht an, auch noch mit den Fingern zu knacken, dann kriege ich auf der Stelle zuviel!«

Schwiefka zog die Augenbrauen hoch. »Es tut mir leid.« Billie stand auf.

Tomcik runzelte die Stirn und sah sie forschend an.

»Kannst ja mitkommen und vor der Tür warten, wenn du denkst, ich geh sonst ans Telefon.«

»Okay«, sagte Tomcik.

Schwiefka sah nachdenklich hinter ihr her. Er wandte sich um und warf Tomcik einen beiläufigen Blick zu. »Was war das für eine Tablette eben? Wird sie helfen?«

»Die helfen immer.«

»Kann ich mal die Schachtel sehen?«

»Einen Scheiß kannst du«, sagte Tomcik leise. »Kümmere dich um deine Angelegenheiten, Mann, sonst werde ich unangenehm.«

Schwiefka musterte ihn verächtlich. »Du gibst doch bloß an, mein Junge. Bilde dir bloß nicht ein, daß du diesem Mädchen gewachsen bist. Die ist was Besseres gewöhnt als dich.«

Tomcik richtete seine blaßblauen Augen auf ihn, und Schwiefka sah die Kälte, die darin lag. Als Billie zurückkam, stand Tomcik auf. »Gehen wir.«

Schwiefka beachtete ihn nicht und wandte sich an Billie. »Haben Sie's auch so eilig?«

»Ja.«

Schwiefka stand auf, ohne sie aus den Augen zu lassen. »Also gut, gehen wir.«

Als sie das Café verließen, war ihr ein wenig schwindlig. Tomcik nahm ihren Arm und lächelte sie an. »Wird schon besser werden«, sagte er, »wart's ab.«

Sie blickte in sein knochiges Jungengesicht und lächelte schwach. Sein Gesicht drückte konzentrierte Aufmerksamkeit aus. Sie konnte sich einfach nicht mehr vorstellen, daß er imstande war, einen Menschen zu töten. Sie bemerkte, wie Schwiefka sie von Zeit zu

Zeit ansah und sie mit Blicken beschwor, sich von Tomcik zu trennen. Die Kopfschmerzen hatten sich in ein dumpfes, schmerzhaftes Dröhnen verwandelt. Sie versuchte, klar zu denken, aber es gelang ihr nicht. Sie spürte, wie die beiden Männer einander belauerten, und ein langer Alptraum begann.

Zwei Stunden später erwachte sie, weil jemand sie an der Schulter rüttelte. Sie machte mühsam die Augen auf und erschrak.

Schwiefka, der hinter dem Steuer saß, hatte sich herumgedreht und seine Pistole auf Tomcik gerichtet. Er brüllte: »Laß das Mädchen los!« Draußen waren Bäume. Sie standen auf einem Waldweg.

Billie sah Tomcik an. Bevor sie fragen konnte, sagte er: »Der ist verrückt geworden, will mich rauswerfen.«

»Mir ist schlecht«, sagte Billie mit schwacher Stimme. Sie machte die Augen wieder zu. »Mir ist furchtbar schlecht.«

»Steig aus, mein Junge«, sagte Schwiefka.

Billie sah nicht, wie ein ironisches Lächeln in Tomciks Gesicht erschien, als er antwortete: »Drück ab, Schwiefka, und dann erklär's ihr.«

»Steig aus, Mann!«

Tomcik schüttelte den Kopf, und sein ironisches Lächeln verstärkte sich.

»Schwiefka, lassen Sie das«, sagte Billie schwach, »fahren Sie gefälligst weiter!«

Schwiefka schüttelte den Kopf.

Sie machte die Tür auf. »Ich muß raus!«

»Bleiben Sie hier«, sagte Schwiefka laut. Billie schob sich aus dem Wagen, setzte die Füße auf den Boden und richtete sich auf. Nach ein paar taumelnden Schritten verlor sie das Gleichgewicht und fiel hin.

Schwiefka stieg aus dem Wagen. Er hielt die Pistole weiter auf Tomcik gerichtet und ging rückwärts zu Billie. Er berührte sie an der Schulter. »Billie, was ist mit Ihnen.«

Tomcik stieg auf der anderen Seite des Wagens aus und kam dazu. Er hatte die Hände in den Hosentaschen.

Schwiefka half Billie mit einem Arm hoch.

»Geht schon«, sagte Billie.

Schwiefka ließ sie los und wandte sich Tomcik zu. Tomcik schoß.

Billie hörte nur ein helles, nicht besonders lautes Knallen und sah, wie Schwiefka ein paar Schritte zurückstolperte und vergeblich mit den Armen ruderte. Dann knickte er ein und fiel langsam in sich zusammen wie eine achtlos abgestreifte große Lederschürze. Billie stand nur ein paar Schritte entfernt von ihm und starrte auf sein Gesicht, ohne zu begreifen. Schwiefkas Augen waren weit aufgerissen, und sein Gesicht war in einer Grimasse törichten Erstaunens erstarrt. Erst als sie das dunkle Loch in seiner Stirn dicht über der Nasenwurzel sah, fing sie an zu schreien.

Tomcik schlug einmal hart zu und fing sie auf, als sie zusammensackte. Er brachte sie zum Wagen zurück, legte sie lang auf den Rücksitz und schob ihr seine Jacke unter den Kopf. Dann machte er die Türen zu und zerrte Schwiefkas Leiche ins Unterholz. Er steckte Schwiefkas Pistole ein, wischte seine eigene ab und drückte sie Schwiefka in die Hand. Dann ging er zum Wagen zurück, wendete und fuhr aus dem Wald hinaus. Kurz darauf war er wieder auf der Straße nach Zürich.

Als er bemerkte, daß sie aufwachte, fuhr er auf einen Parkplatz und hielt an. Er drehte sich um und berührte sie.

»Faß nicht an«, sagte sie mit schwerer Zunge. Sie stöhnte und griff sich an den Kopf.

»Er wollte mich umbringen«, sagte Tomcik.

»Du hast ihn einfach umgebracht«, sagte Billie, ohne es zu begreifen. »Umgebracht, einfach umgebracht!« Ihre Stimme war ein trockenes Schluchzen. Sie spürte ihre Tränen nicht und blickte Tomcik an, ohne ihn zu sehen. Dann fing sie wieder an zu schreien.

Tomcik schlug ihr zweimal mit der flachen Hand ins Gesicht, bis sie erstarrte und stumm wurde. Er riß eine Cola-Dose auf und gab ihr eine Tablette. Sie schluckte sie gehorsam und sah ihn nicht an. Dann fuhr er weiter. Nach ein paar Kilometern stellte er fest, daß sie wieder eingeschlafen war, und fuhr bis Zürich, ohne noch einmal anzuhalten. Das Wetter war gut, und die Gegend fand er langweilig.

96

Die Stewardeß Janet Bronski hatte die Gesellschaft und die Linie gewechselt, nicht aber ihren Beruf. Sie stand im Eingang der Swissair-Maschine nach Chicago, die um 11.55 Uhr in Zürich startet, und begrüßte die Fluggäste mit ihrem angenehmen Lächeln. Das Mädchen mit den schmutzigblonden Haaren und der schwarzen Sonnenbrille erkannte sie sofort, den Mann mit dem knochigen, gleichmütigen Gesicht in ihrer Begleitung hatte sie noch nie gesehen. Sie lächelte den beiden entgegen und war sich nicht sicher, ob das Mädchen auch sie erkannt hatte. Erst als sie ihr, wie neulich auf der Strecke von London nach München, eine Aspirintablette und einen Pappbecher mit Wasser brachte, gab ihr das Mädchen mit einem seltsam unsicheren Lächeln zu verstehen, daß sie sich ebenfalls erinnerte. Janet Bronski wartete, und als ihr das Mädchen den Becher zurückgab, trafen sich ihre Blicke noch einmal. Dann setzte sie wieder ihre schwarze Brille auf und lehnte ihren Kopf an das Stützkissen. Janet Bronski ging wieder zur Kombüse und warf den Becher zum Abfall. Sie hatte das deutliche Gefühl, daß das Mädchen verängstigt war.

Als Billie endlich wieder richtig zu sich kam, stellte sie fest, daß sie alles einfach mit sich hatte geschehen lassen, und ihre Erinnerung, seit sie in der Schweiz gewesen waren, bestand aus krausen, unwirklichen Bildern, vor denen sie sich fürchtete. Sie saß da, versuchte zu begreifen, was geschehen war, und stellte sich schlafend, bis es ihr nicht mehr gelang.

»Geht's dir besser?«

Billie nickte stumm.

»Geschlafen hast du jetzt bestimmt genug.«

Sie hörte Tomcik reden, als ob nichts Besonderes geschehen wäre, und die Erinnerung an Schwiefkas Tod wurde deutlicher. Dann fiel ihr ein, daß sie in einem Hotel geschlafen hatten.

»Warum redest du nicht?«

»Mir ist immer noch komisch.«

»Das vergeht. Hauptsache, wir haben es endlich geschafft, und das haben wir. Wie findest du das?«

»Das hättest du niemals tun dürfen«, sagte sie leise, »niemals!«

»Red jetzt nicht davon. Denk lieber an uns.«

Sie sah ihn an. Sie hatte ihn noch nie so vergnügt gesehen und fragte sich, ob es wirklich sie war, die hier im Flugzeug nach Chicago mit ihm saß. »Du, ich bin einfach noch zu kaputt, ich kann mich noch nicht freuen«, sagte sie schließlich, und nur um irgend etwas zu sagen, fügte sie noch hinzu: »Kommt schon noch.«

»Du fragst gar nicht, was mit dem Geld ist«, sagte er vergnügt, »du hast nämlich alles verpennt!«

»Und, wo ist es?«

»Auf dem Konto, wo es hingehört. Zwei Konten, eines für dich und eins für mich. Jeder die Hälfte, genau wie wir's abgemacht haben. He, komm mal langsam zu dir! Wir sind reich, du und ich.«

»Gib's mir«, sagte sie und streckte ihm die Hand hin.

»Was?«

»Mein Konto – die Nummer.«

Er rückte näher an sie heran. »Sechs Millionen sind das Doppelte von drei Millionen, richtig? Was hältst du davon, wenn wir's zusammenlegen?«

»Du hast gesagt, du hältst dich an deine Abmachungen, also gib mir meinen Anteil.«

»Ich halte mich daran. Natürlich kriegst du deinen Anteil. Du hast noch nicht richtig verstanden. Laß uns heiraten, ganz legal.« Er lachte leise. »Alle tun das, warum also nicht auch wir?«

»Meinste das ernst?«

Er blickte sie an und nickte nachdrücklich.

Billie begriff, daß er es wirklich ernst meinte. Nach einer Pause antwortete sie: »Das war aber nicht abgemacht.«

»Nein, nicht direkt. Es ist eine Frage, die ich noch niemandem zuvor gestellt habe, verstehst du?«

Billie fing endgültig an zu begreifen. »Ich muß darüber nachdenken«, sagte sie, »da hab ich noch nie dran gedacht, das mußt du verstehen.«

»Okay.« Er nickte. »Wir haben Zeit.«

Billie lehnte sich zurück und schloß die Augen. Sie suchte nach einem Ausweg. Als die Maschine in Chicago landete, hatte sie ihn noch immer nicht gefunden.

Die Maschine landete um 17.15 Ortszeit in Chicago. Nach der

Abfertigung im Flughafengebäude begegnete ihr Janet Bronski noch einmal, und Billie spürte plötzlich das Verlangen, einfach zu ihr zu laufen und sie um Hilfe zu bitten. Sie sah sich unsicher nach Tomcik um, der mit seiner Mutter telefonierte, und blickte hinter der Stewardeß her. Aber dann kam Tomcik schon wieder aus der Telefonzelle, und sie verließen zusammen den Flughafen.

Tomcik fuhr mit ihr zu einem Gebrauchtwagenhändler und kaufte einen Wagen. Er war plötzlich wieder einsilbig. Sie fuhren los nach New York, ohne miteinander zu reden. Nach ein paar Stunden eintöniger Fahrt sagte Billie übergangslos: »Du mußt verrückt sein, wenn du denkst, daß ich dich heirate, Mann!«

»Sag so was nicht noch mal zu mir«, sagte er leise.

»Du hast mich gefragt, und ich antworte dir, das wolltest du doch, oder?«

»Du kannst nicht einfach weg«, sagte er. »Ich hab's gesehen, im Flughafen. Du wolltest abhauen, richtig?« Er warf ihr einen Blick zu. »Ich sehe alles.«

»Willst du mich etwa erpressen mit meinem Anteil?«

»Nein, verdammt«, sagte Tomcik. Er griff in die Innentasche seiner Jacke und drückte ihr einen Briefumschlag in die Hand. »Hier hast du deinen Anteil, nimm ihn! Glaubst du's mir jetzt, daß ich dich nicht reinlegen will, oder willst du meinen auch noch?«

Billie betrachtete den Umschlag und wußte nicht, was sie sagen sollte.

Tomcik warf ihr einen Seitenblick zu. »Mach ihn auf, sieh nach! Ich will, daß du dich überzeugst.«

Sie riß den Umschlag auf. »Ja, stimmt.«

»Zufrieden?«

Billie schüttelte langsam den Kopf. »Warum hast du Schwiefka erschossen?«

»Ich hab's dir schon ein paarmal erklärt: weil er mich sonst umgebracht hätte! Du hast es nicht mitgekriegt – er wollte es tun! Ich seh's einem Mann an, ob er bereit ist zu töten oder nicht.«

Billie dachte daran, daß Schwiefka in München dasselbe über Tomcik gesagt hatte. »Du lügst.«

»Sei vernünftig – warum sollte ich lügen? Was würde das ändern? Du denkst: ich konnte ihn sowieso nicht leiden, und dann ist da noch die Million, richtig?«

Sie nickte zögernd.

Tomcik schüttelte den Kopf. »Eine Million ist vielleicht ein Grund, einen Mann umzubringen, aber ich hab nicht mal dran gedacht. Ich wußte, daß es dir nicht recht ist, und das war mir wichtiger. Die Million – wir haben auch so genug, da hattest du ganz recht.«

»Und Maugham?«

»Ein Fehler, ein Verstoß gegen die Regeln. Ein betrogener Mitwisser – nichts ist gefährlicher als das. Er wird Franz auf unsere Spur bringen. Schwiefka dagegen – von ihm war anzunehmen, daß er den Mund halten würde, denn er hat selbst gründlich kassiert. Ich hatte keinen Grund – er hatte einen. Er wollte alles – und er wollte dich. Im Café in Montreux, da hab ich's gemerkt –«

»Da hast du mich auch belogen – mit dieser Tablette, und darum hast du mich immer wieder gezwungen, sie zu nehmen. Und jetzt verlangst du, daß ich dir alles glauben soll.«

»Ich hab's ihm angesehen, deshalb hab ich sie dir gegeben. Ich dachte, es regt dich dann vielleicht nicht so auf. Ich wußte, daß er es versuchen würde.«

Sie spürte, daß er selber jedes Wort davon glaubte, und schwieg hilflos.

»Genauso ist es gewesen«, sagteTomcik, »du glaubst mir nicht, weil du mir nicht glauben willst, Baby.«

»Nenn mich nicht Baby!«

Tomcik lächelte kurz. »Okay, Billie.«

Nach einer Weile sagte sie: »Wieso soll Maugham ihn auf unsere Spur bringen?«

»Weil es nicht meine Art ist, die Regeln zu verletzen. Man betrügt nicht seine Partner, läßt sie dann am Leben und schenkt ihnen zum Trost ein Taschengeld. Franz weiß es. Es war deine Idee, richtig?«

Er hat recht, dachte Billie, es war wirklich meine Idee. Sie nickte schwach.

»Er wird kommen. Früher oder später. Ich hab's dir gesagt, richtig? Ich hab dir auch gesagt: mach dir keine Sorgen. Also mach dir keine Sorgen.« Er stellte das Radio an.

Billie war froh, daß sie nicht mehr zu reden brauchte, und dachte nach. Er machte ihr Angst, und mehr denn je wollte sie weg von ihm, sie wußte noch immer nicht wie. Sie dachte an den Puma und fand keinen Ausweg.

»Wenn wir in New York sind, wirst du meine Mutter kennenlernen«, sagte Tomcik.

Billie schwieg. Der Gedanke, daß er eine Mutter hatte, kam ihr absurd vor. Im Radio sang Tammy Wynette, daß die Frauen bei ihren Männern bleiben sollten. Billie fand schön, wie sie es sang, aber was sie da erzählte, war bescheuert.

97

Jeffrey Liss saß in seinem Büro am Time Square und kaute auf einer erloschenen Zigarre. Das Fenster stand offen, und es war nicht mehr ganz so heiß wie vor ein paar Wochen. Er blickte gelangweilt auf die Mattscheibe des tragbaren Fernsehers und hörte einem Kongreßmann zu, der gegen Prostitution und Kriminalität wetterte. Kurz darauf folgte eine Zusammenfassung der Nachrichten mit einem Bericht über einige Kongreßmänner, die sich jahrelang Huren gehalten und das Geld dafür als Personalkosten angegeben hatten. Liss grinste und zündete seine Zigarre an. Er machte den Fernseher aus und goß sich einen Schluck Whisky aus der Schreibtischflasche ein. Er hob den Pappbecher an die Lippen, trank einen kleinen Schluck, verteilte ihn genußvoll im Mund und grunzte. Er kam nicht mehr dazu, den Rest auszutrinken, weil jemand seine Tür eintrat.

Das Holz splitterte, Klinke und Schlüssel fielen heraus, und die Tür schlug krachend gegen die Wand.

Jeffrey Liss ließ den Becher fallen, zog die oberste Schreibtischschublade auf und griff hinein.

Der Mann, der die Tür eingetreten hatte, war schneller. Er kippte Liss den Schreibtisch gegen den Leib, klemmte ihm dabei die Finger in der Schublade ein und preßte ihn mit dem Schreibtisch gegen die Wand. Liss schrie.

Die Whiskyflasche fiel aus dem Schreibtisch und trudelte über den Fußboden. Sie war noch halb voll und blieb heil.

Der Mann ließ den Schreibtisch los und zerrte Liss am Hemd über die Schreibtischplatte. Liss spürte einen Schlag über dem linken Auge und ging zu Boden. Er lag benommen hinter dem Schreibtisch und ächzte. Er hatte den Mann noch immer nicht richtig gesehen.

Der Mann machte die Schreibtischschublade auf und nahm eine der beiden Pistolen heraus.

»Was wollen Sie von mir«, sagte Liss mit unsicherer Stimme.

Der Mann überzeugte sich, daß die Pistole geladen war, entsicherte sie und setzte ihm die Mündung ans Ohr.

»Die Adresse eines Betrügers, aus deinem Stall.« Er spannte den Hahn.

Liss kannte das Geräusch. Sein Herz schlug dumpf und schnell, und er fing an zu schwitzen.

»Robert Tomcik«, sagte der Mann leise. »Sag nicht, du kennst ihn nicht, dann drücke ich einfach ab.«

»Ich kenne ihn«, sagte Liss hastig.

»Also?«

Jeffrey Liss spürte, wie sein linkes Auge zuschwoll, und er fand, daß er durchaus nicht die Wahl hatte. Er schrieb dem Mann auf, was er wissen wollte.

»Gut«, sagte der Mann. Er steckte die Pistole ein und half Liss auf die Beine. »Das Auge wird schon wieder.«

»Europa«, sagte Liss. Es klang wie eine Bestätigung.

Der Mann nickte. »Bevor Sie was Falsches denken: Ihre Adresse hab ich von Tomcik, nicht von Gustave. Gustave ist verreist – den Anruf können Sie sich sparen. Und wenn Sie mich bei Tomcik anmelden, komme ich wieder und lege Sie um, haben Sie verstanden?«

»Ja, ja! Den Teufel werde ich tun! Wenn Sie Tomcik umlegen wollen, meinen Segen haben Sie!« Er betastete sein zugeschwollenes Auge, verzog das Gesicht und sah den Mann mit dem rechten Auge an. »He, was ist mit meinen Prozenten, wenn Sie Tomcik umlegen?«

»Das wird Gustave mit Ihnen regeln. Und noch etwas. Es könnte sein, daß Tomcik zuerst bei Ihnen aufkreuzt – ich würde mich an Ihrer Stelle darauf einrichten – Sie kennen ihn ja.«

»Ja, zum Teufel, ich kenne ihn«, murmelte Liss.

Der Mann drehte sich um und ging hinaus. Die Tür ließ er offen. Liss tauchte ein Handtuchende im Eiswasser ein und drückte es auf die Schwellung über dem linken Auge. Er rief Gustave den Belgier von einem seiner vier Telefone an und erreichte ihn nicht. Jeffrey Liss setzte sich hinter seinen Schreibtisch und schwitzte. Er kam sich vor wie ein Mann, der soeben sein eigenes Todesurteil gesprochen hatte.

98

Morgenroth ging die Treppen hinunter und trat auf die Straße. Er suchte eine Telefonzelle und rief die Nummer an, die Liss ihm gegeben hatte. Das trillernde Rufzeichen war ihm fremd. Beim siebentenmal wurde abgenommen, und eine Frauenstimme sagte: »Ja?«

»Liss. Bob zurück?«

»Nein, noch nicht.« Franz legte auf. Es war die Stimme einer alten Frau. Er steckte den Zettel wieder ein. Ein Streifenwagen stand mit rotierendem Rotlicht schräg auf dem Bürgersteig, und zwei Cops hörten einem zwei Köpfe kleineren, schmächtigen Mann mit einer heftig blutenden Schramme an der Stirn und skandinavischem Akzent zu. Als Franz an ihnen vorbeiging, sagte der Mann: »Ich weiß nicht, wie sie heißt. Sie nahm mir das Geld ab, schlug mich mit dem Schuh, und dann ist sie weggelaufen!«

Franz winkte ein Taxi heran, stieg ein, sagte: »44 Central Park South« und dachte befriedigt, daß es anscheinend eine Menge mehr Leute gab, die wesentlich schlechter amerikanisch sprachen als er, und daß er die Stecknadel im Heuhaufen bereits am ersten Tag gefunden hatte.

Es war Dienstag abend, 20.15 Uhr. Der Taxifahrer summte hingerissen ein Lied aus dem Radio mit. Franz machte die Augen zu und versuchte, den Text zu verstehen. Eine weinerliche Männerstimme beklagte sich, daß ihm die einzige wahre Liebe in einem Motel mit drei grünen Lampen irgendwo in Oregon abhanden gekommen war, und im Refrain legte er das Gelübde ab, sein ganzes Leben der Suche nach ihr zu widmen. Da er sich ständig wiederholte, war's nicht schwer zu verstehen.

Franz dachte an das Mädchen, und plötzlich hatte er das unbehagliche Gefühl, er selbst habe ihr ziemlich unverblümt geraten, sich an Tomcik zu halten. »Der Amerikaner, er gefällt dir«, hatte er zu ihr gesagt. Warum hatte er sie nicht für sich beansprucht? Warum hatte er nicht darauf bestanden, daß sie bei ihm im Zimmer blieb, solange er Schwiefka telefonisch zum Ort der Übergabe dirigierte? Er fragte sich, was er jetzt tun würde, wenn er ihr wieder begegnete, und stellte fest, daß er es auch jetzt noch nicht wußte. Er hoffte, daß ihr nichts passiert war.

»Sie sind nicht von hier, aber kein Deutscher«, sagte der Taxifahrer laut, statt das Radio leiser zu drehen.

»Nein, warum?«

»Dann würde ich Ihnen raten, schleunigst Ihren Arsch aus meinem Wagen zu entfernen, wenn Sie ein Deutscher wären, Sir.«

»Ist das so?«

»Ja, das ist so.« Er hielt vor dem Hotel an.

Franz zahlte, gab ihm zehn Prozent Trinkgeld und stieg aus.

Der Taxifahrer lehnte sich über den Beifahrersitz. »Wo kommen Sie denn nun her?«

»Deutschland«, sagte Franz. Er trank noch einen Whisky in *Harry's New York Bar*, und danach ging er schlafen.

99

Am Mittwoch gegen 14 Uhr nahm Franz ein Taxi und fuhr zu der Adresse, die ihm Jeffrey Liss gegeben hatte. Auf dem Zettel stand: *»134 West 14th Street«*. Der Fahrer war ein schweigsamer junger Mann mit Vollbart und Glatze. Er trug ein rotkariertes Stirnband und ein gelbes T-Shirt.

Franz ging drei ausgetretene Steintreppen hoch und klingelte mit Nachdruck.

Die Tür ging auf, bis sich die Kette spannte, und in dem Spalt erschien das Gesicht einer alten Frau.

»Mein Name ist Schindelhauer«, sagte Franz. »Ich nehme an, Sie sind Bobs Mutter?«

Sie musterte ihn mit wasserhellen kleinen Augen und schwieg.

»Ich habe mit ihm in Europa gearbeitet. Wir haben uns verabredet. Er wollte heute wieder hier sein.«

»Sie kennen meinen Sohn? Was wollen Sie von ihm?«

Franz bemerkte ihren harten Akzent. Er lächelte. »Nichts – ich bin ein Freund von ihm –, er wollte mir ein wenig die Stadt zeigen. Ich bin zum erstenmal hier.«

»Es ist keine gute Stadt, aber wir leben hier«, sagte Wanda Tomcyk. Sie hängte die Kette aus und machte die Tür auf. »Wenn Sie ein Freund von meinem Sohn sind, kommen Sie herein.«

Er trat in den Flur, sie hängte die Kette wieder vor und schloß die Tür mit zwei Riegeln ab. Er folgte ihr in die Küche.

»Setzen Sie sich«, sagte sie. Sie sah ihn aufmerksam an. »Erst werde ich Kaffee machen, und dann bekommen Sie ein Stück von dem Nußkuchen, den ich extra für ihn gebacken habe. Wenn Sie ein Freund von ihm sind, wird es ihm sicher recht sein.«

»Bitte«, sagte Franz, »machen Sie sich keine Mühe!«

»Sie sind mein Gast.«

Franz sah in ihr ledriges Gesicht mit den unzähligen Falten und stellte sich erst gar nicht die Frage. Nein, diese Frau wußte nicht, womit ihr Sohn sein Geld verdiente.

»Essen Sie! Wie ist er, ist er gut?«

»Der beste Nußkuchen, den ich je gegessen habe«, sagte Franz.

Wanda Tomcyk strahlte und sah ihm beim Essen zu. »Ich bin froh, daß Robert endlich einen Freund hat, obwohl er mir gestern am Telefon nichts davon gesagt hat.«

»Er hat schon angerufen?«

Sie nickte. »Von Boston oder Chikago, ich hab's vergessen. Diese Städte – sie sind alle gleich. Robert ist hier aufgewachsen, ist hier zur Schule gegangen, hat immer hier gelebt, verstehen Sie? Aber er hatte nicht einen einzigen Freund – so ist diese Stadt. Sie ist schlecht.« Sie reckte sich über den Tisch und blickte in seine Tasse. »Ich werde Ihnen noch Kaffee eingießen.«

»Danke, sehr gern.«

»Er mag es nicht, wenn ich so in seine Tasse blicke, aber ich kann's mir nicht mehr abgewöhnen. Ich bin zu alt.« Nach einer Weile sagte sie: »Er ist ein guter Junge, nicht wahr?«

Franz sah auf seinen Teller. »Ja, das ist er.«

Sie folgte seinem Blick. »Ein Stück noch, sonst glaube ich Ihnen nicht, daß er Ihnen geschmeckt hat.«

»Bitte nicht. Ich hab schon gegessen, bevor ich hierher kam.«

Wanda Tomcyk sah ihn an. »Entschuldigen Sie. Er mag es auch nicht, wenn ich ihm etwas aufdränge.«

»Aber nein, Sie brauchen sich doch nicht zu entschuldigen«, sagte Franz. Die Dankbarkeit in ihren Augen machte ihn verlegen. »Wenn noch Kaffee da ist, würde ich gern noch einen haben.«

»Sehen Sie! Ich rede von einem und vergesse das andere! So ist das bei alten Menschen. Sind Sie verheiratet?«

Franz schüttelte den Kopf. »Auch nicht.«

»Das ist nicht gut. Ich hoffe, Robert nimmt sich bald eine Frau. Sie sollten das auch tun. Es ist nicht gut für den Menschen, allein zu leben, oder wie Robert – zweiunddreißig Jahre alt, und lebt noch immer mit seiner Mutter.« Sie blickte auf das durchsichtige Plastiktuch auf dem Tisch. »Entschuldigen Sie. Ich komme mit so wenigen Menschen zusammen, da rede ich dann leicht zuviel.«

»Ich höre Ihnen gern zu.«

»Er war zwölf Jahre alt, da hat er mir ein Haus in Long Island versprochen. Erst jetzt wieder, bevor er nach Europa gefahren ist. Wissen Sie, ich will da gar nicht hin! Ich will nicht mehr umziehen, ein alter Mensch macht das nicht gern. Ich möchte, daß er sich eine gesunde junge Frau aus einer ordentlichen polnischen Familie nimmt und mit ihr dort lebt. Ich kann sie ja dann besuchen, wenn sie unbedingt wollen, nicht wahr?«

»Darf ich rauchen?«

»Natürlich, ich hab es ganz gern. Mein Sohn raucht nicht, aber das werden Sie ja wohl wissen.«

Es klingelte im Flur.

»Das ist er!« Sie stand auf und ging leicht gebückt, aber behende zur Tür.

Franz stand auf.

Sie machte eine abwehrende Handbewegung. »Nicht er selber! Das Telefon! Wollen Sie auch mit ihm sprechen?«

»Ja, gern.«

»Gut, gut! Kommen Sie! «

Franz sah ihr zu, wie sie den Hörer vom Wandtelefon nahm und sich meldete. Sie mußte sich ein wenig recken, streckte den Kopf vor und hielt sich mit der linken Hand das Ohr zu.

»Ja«, sagte sie, »warte doch, Jungchen, ich muß dir was sagen! Also hier ist Besuch für dich, und gestern hat Mr. Liss angerufen.« Sie warf Franz einen Blick zu und klopfte mit dem Fingernagel gegen die Muschel. »Hallo? Ich dachte schon, du bist nicht mehr dran. Ja. Ein Freund aus Europa. Ja, er will auch mit dir sprechen.« Sie hielt die Muschel zu. »Er will Sie auch sprechen!« Sie gab Franz den Hörer. »Ich mache noch Kaffee!«

Franz nahm den Hörer und sah ihr nach.

»Hallo! Wer ist dran?«

»Das weißt du doch, Robert, oder hast du erst später mit mir gerechnet?«

»Ich bring dich um, wenn du ihr –«

»Sprich weiter.«

»Ich werde dich töten, wenn du ein Wort über mich sagst oder ihr auch nur ein einziges Haar krümmst«, sagte Tomcik.

»Ich werde dasselbe mit dir tun, wenn du dem Mädchen ein einziges Haar gekrümmt hast, Robert. Denk daran, bevor du herkommst. Wo ist sie?«

»Sie ist hier, es geht ihr gut! Verlaß dich drauf, es geht ihr gut!«

»Deine Mutter ist eine sehr nette Frau. Ich mag sie.«

»Du Schwein«, flüsterte Tomcik.

»Langsam! Hör mir gut zu, bevor du irgend etwas Unüberlegtes tust! Hast du mich verstanden?«

»Ja.«

»Okay. Gib mir deine jetzige Adresse und Telefonnummer!«

Tomcik schwieg.

» Ich brauch dir deine Situation wohl nicht zu erklären!«

»Wenn *du mich* reinlegst –«

»Ja«, sagte Franz. »Ich weiß. Das gleiche gilt für dich.«

Tomcik gab ihm Telefonnummer und Adresse, und Franz schrieb mit. »Wann wirst du hier sein?«

»Kann um diese Zeit zweieinhalb Stunden dauern, so gegen fünf, halb sechs.«

»Es wäre besser, wenn du pünktlich wärst.«

»Ich tue, was ich kann! Wir können über alles reden! Nur – meine Mutter –«

»Du hättest das alles einfacher haben können, Robert. Fahr jetzt los. Ich warte.« Franz legte auf. Er blickte auf den Zettel mit Tomciks Telefonnummer, sah das Telefon an und zögerte. Dann drehte er sich um und ging in die Küche.

Der Kaffee stand schon auf dem Tisch. Wanda Tomcyk hatte ihre Schürze abgebunden und blickte ihm aufgeregt vor Freude entgegen. Sie warteten.

Um halb sechs warteten sie immer noch, und eine halbe Stunde später schaltete sie den Fernseher ein. Die Achtzehn-Uhr-Nachrichten meldeten einen Mord am Times Square. Der Ermordete war ein Weißer, schätzungsweise um die Dreißig. Er hatte keine Papiere bei sich, deshalb war sein Name noch nicht bekannt. Der Name des Mörders schien hingegen festzustehen. Er hieß Jeffrey Liss und war bereits verhaftet.

»Liss? Ich dachte nicht, daß es diesen Namen so oft gibt«, sagte Wanda Tomcyk.

Franz sah auf die Uhr. »Es wird spät für mich.« Er stand auf. »Ich danke Ihnen, aber ich habe noch eine dringende Verabredung. Sie hören wieder von mir.« Als er draußen auf der Straße war, schämte er sich dafür.

Es kam ihm ewig vor, bis endlich ein Taxi hielt. Die Adresse war in South Bronx, unterhalb des Cross Bronx Espressway, der von Osten nach Westen in der Höhe der 175. Straße verläuft. Der Fahrer warf ihm einen zweifelnden Blick zu.

100

Eine schwache Glühbirne hing an einem Kabel von der Decke, und die Fenster waren mit Tüchern verhängt. Billie lag auf dem Bauch und blickte auf den Fernseher vor der Matratze auf dem Boden. Ein stämmiger Mann mit Glatze und Schnabelnase verabschiedete eine weißblonde Sängerin mit verwüstetem Gesicht und heiserer Stimme. Das Publikum klatschte. Der Mann stieg von der Bühne, streckte irgend jemandem im Publikum die Hand hin und fragte nach seinem Namen. Der junge Mann stand auf und sagte: »Johnny Rodriguez.« Der Mann mit der Glatze machte eine schmerzhafte Grimasse, legte einen Arm auf den Rücken, streckte den anderen hoch, stampfte mit den Absätzen auf den Boden und schrie: »Olé!« Er schwitzte. Das Publikum klatschte. »Beifall! Beifall! Er ist ein netter Junge!« Der Mann mit der Glatze hob mit einer beschwichtigenden Geste die Arme und grinste breit. Als es still geworden war, starrte er auf den Studioteppich, und sein Gesicht nahm einen feierlichen Ausdruck an. »Menschen«, sagte er, »ich liebe Menschen.« Das Publikum applaudierte. Der Mann blieb vor einem massigen blonden Jungen um die Zwanzig stehen.

»Wie ist der Name, mein Freund?«

»Karl Wallborn«, sagte der Junge und wurde rot. Der Mann mit der Glatze blickte aufmerksamkeitsheischend in die Runde. Dann sagte er betont: »Ah! Deutscher!« Er wartete keine Antwort ab. »Holt einen Strick!« Er ließ den Jungen stehen, ohne »Beifall! Beifall! Er-ist-ein-netter-Junge!« zu rufen, und wandte sich einer älteren Frau zu. Das Publikum kreischte laut vor Vergnügen.

Billie runzelte die Stirn und hob den Kopf. Tomcik telefonierte und hatte ihr den Rücken zugedreht. Sie drückte ihre Zigarette auf dem stummelüberfüllten Teller aus und langte nach einer neuen Zigarette.

»He! Warte!« sagteTomcik plötzlich. »He!« Er schlug ein paarmal auf die Gabel. Dann legte er den Hörer auf, stellte das Telefon auf den Boden und rührte sich nicht.

Billie richtete sich auf. »Ist was mit deiner Mutter?« Tomcik schwieg.

»Was ist los?«

Tomcik drehte sich um. Sein Gesicht war kalkweiß. Die Augen lagen tief in den Höhlen. Im Fernsehen grunzte, knurrte und flüsterte ein fetter Schwarzer mit öligen, geglätteten Haaren und dikken Ringen an den Fingern, daß nur die Liebe zählt und daß er davon jede Menge zu geben habe.

»Was ist denn?« fragte Billie noch mal.

Tomcik sah sie mit blicklosen Augen an und schwieg. Im Fernsehen röhrte der schwarze Sänger »Baby, Baby, Baby« wie eine Platte, die einen Sprung hat. Tomcik flüsterte irgend etwas, das Billie nicht verstand. Er preßte die Lippen zusammen, ging zum Fernseher und trat unvermittelt in die Mattscheibe. Das Glas brach mit einem häßlichen Geräusch. Irgendwelche elektrischen Innereien verschmorten, und ein paar dünne, stinkende Rauchfäden stiegen auf.

Billie zuckte zusammen und rutschte über den Boden von Tomcik weg, bis ihr Rücken die Wand berührte. »Er ist da«, sagte sie leise. »Er ist schon da.«

Tomcik zog das Magazin aus seiner Pistole, prüfte es, schob es wieder in den Griff und steckte die Pistole in die Tasche. »Meine Mutter.« Seine Stimme war ein tonloses Flüstern. »Das Schwein!«

»Er tut ihr nichts. Niemals«, sagte Billie.

Tomciks Gesicht sah aus wie eine zu enge wachsweiße Gummimaske, und seine Stimme war kalt und leise. »Ich leg ihn um. Du wartest hier. Wenn du abhaust, leg ich dich auch um.« Er starrte sie an.

Billie ertrug seinen Blick nicht und schlug die Augen nieder.

»Ich sollte es besser gleich tun«, sagte Tomcik.

»Ich laufe nicht weg.«

»Ich finde dich überall!«

»Ich weiß«, flüsterte sie und blickte auf die hellen Tennisschuhe an seinen bloßen Füßen.

»Überall«, sagte Tomcik. Er drehte sich um und ging schnell und lautlos hinaus.

Billie zitterte plötzlich. Ein heftiges Schluchzen schüttelte sie. Sie schlug die Hände vors Gesicht. Die Zigarette fiel auf die Matratze, und die Glut fraß sich durch den schmuddeligen Stoffbezug, der vor zwei Generationen hellgrün gewesen sein mochte. Der Gestank brachte sie zur Besinnung. Sie drückte die Glut aus. Es war still im Zimmer. Dann hörte sie einen Laster vorbeifahren. Er rumpelte krachend über die kaputte Straße. Es war sehr laut. Die Polizeisirene war lauter.

Es war ein hoher hysterischer Ton, der schnell an- und abschwoll. Billie hielt den Atem an. Ihr Blick fiel auf das Telefon, und sie sagte laut zu sich selbst: »Ich muß was tun.«

Sie suchte überall, aber sie fand kein Telefonbuch, und Tomcik hatte nirgends Telefonnummer oder Adresse seiner Mutter aufgeschrieben. Sie konnte nichts tun. Ihr war, als gäbe es kein Erwachen aus diesem Alptraum. Sie hoffte, es würde Tomcik nicht gelingen, ihn umzubringen. Der Puma durfte nicht sterben, damit sie am Leben blieb.

101

Jeffrey Liss starrte auf die Tür. Über seinem linken Auge blühte ein Veilchen. Die Tür war angelehnt. Das Schloß lag auf dem Boden. Liss bückte sich nach der Flasche, schraubte den Verschluß ab und trank einen großen Schluck. Das Zeug war lauwarm. Er trank einen Becher Eiswasser in einem Zug hinterher, und der Schweiß drang ihm aus allen Poren. Er zog eines seiner vier Telefone heran, wählte und ließ es lange klingeln.

»Ja?« Die Stimme am anderen Ende der Leitung war sehr leise.

»Liss. – Ich habe einen Job für dich.«

»Wann bekomme ich die Unterlagen?«

»Ein Sonderfall«, sagte Liss hastig. »Muß sehr schnell gehen. Am besten kommst du her. Sofort.«

»Tut mir leid, überstürzte Jobs nehme ich grundsätzlich nicht an, und du weißt das. Ich brauche Zeit für die Vorbereitungen. Hab's lieber so. Gründlich.«

»Du bekommst das Honorar auf einmal, statt in zwei Raten. Und ich leg noch einen Tausender drauf, okay?«

»Hört sich an, als wollte dich einer drankriegen.«

»So ungefähr.« Liss rieb sich den Nacken und warf einen Blick auf die Tür. »Kommst du?«

»Wer ist es denn?« fragte Craig Carson.

Liss zögerte. »Ein Klient«, sagte er unbehaglich. »Wer?« fragte Craig Carson.

»Der Pole.«

»Tut mir leid«, sagte Carson distanziert.

»Also gut. Fünftausend als Zusatzprämie zum üblichen Honorar«, sagte Liss schnell. »Aber laß mich jetzt nicht hängen!«

»Du hast mich falsch verstanden. Es ist keine Frage des Geldes. Es ist der Job, der mir nicht gefällt. Such dir einen andern.«

»Du wirst doch mit ihm fertig! Wer sonst?«

»Nein«, sagte Carson. »Du verstehst nicht. Es ist für mich von untergeordnetem Interesse, wer der Mann ist, obwohl auch das eine Rolle spielt – und besonders in diesem Fall. Ich entscheide mich unter Berücksichtigung aller Faktoren: Umstände, Zeit, Honorar. Ich bin zu alt, um meinen Stil zu ändern. Deshalb: Nein. Aber ich will mich gerne für dich umhören.« Er lachte lautlos, lediglich das Geräusch seiner Bronchien war zu hören. Es hörte sich an, als habe in einigen Kilometern Entfernung jemand die Notbremse in einem Schnellzug gezogen. »Falls das Problem dann noch akut sein sollte.«

»Hör zu, Carson –«

Es knackte in der Leitung. Liss legte den Hörer auf die Gabel, warf einen Blick durch das Loch in der Tür, wo das Schloß gewesen war, und zuckte zusammen. Die Treppenbeleuchtung war angegangen.

Jemand kam die Treppe hoch. Liss zog die Schublade auf und überprüfte zum drittenmal die geladene und entsicherte Pistole. Er horchte angestrengt. Er hörte den Zeitzähler der Treppenhausbeleuchtung ticken.

Die Schritte kamen näher. Liss legte die Pistole auf den Tisch und rieb sich die nassen Handflächen am Hemd ab. Aber das Hemd war auch naß. Die beiden Pistolen in seinem Schreibtisch waren nicht zur eigenen Verwendung gedacht; er hatte sie gekauft und wollte sie weiterverkaufen. Seinen letzten Schuß hatte er vor einunddreißig Jahren in Berlin abgefeuert und nie erfahren, ob er getroffen hatte. Seit Kriegsende hatte Liss Waffen nur noch angefaßt, wenn er sie verkaufte.

Die Schritte waren auf seiner Etage. Liss nahm die Pistole in beide Hände. Der geriffelte Griff wurde rutschig. Seine Hände zitterten. Er stützte die Ellenbogen auf die Schreibtischplatte. Die Schritte waren auf einmal nicht mehr zu hören. Liss erstarrte. Er schwitzte heftiger. Sein Herz schlug schnell und schmerzhaft. Dann hörte er wie irgendwo im Flur eine Tür aufgeschlossen wurde.

Liss stieß den Atem aus und atmete langsam ein. Er legte die Pistole auf den Tisch und klopfte seine Hosentaschen ab. Die Herztabletten waren in der Jacke. Er ließ einen Pappbecher mit Eiswasser vollaufen, schluckte zwei Tabletten, kippte sich den Rest des Wassers über den Kopf und stöhnte leise. Er setzte sich wieder hinter den Schreibtisch und nahm einen Telefonhörer ab. Er wählte eine Nummer in Manhattan und wartete, aber es nahm niemand ab.

Als er den Hörer auflegte, kam Tomcik. Er kam auf dieselbe Art herein wie vor ein paar Stunden der Franzose. Die Tür krachte wieder gegen die Wand, riß aus der oberen Angel, prallte zurück und blieb schief im Zimmer hängen.

Tomcik stand auf der Schwelle. Er trug Tennisschuhe und hatte eine Pistole in der Hand.

Liss stützte die Ellenbogen auf die Schreibtischplatte, umklammerte seine Waffe mit beiden Händen und drückte ab. Der Rückstoß schleuderte ihn im Stuhl rückwärts gegen die Wand. Liss kämpfte um sein Gleichgewicht und hielt die Pistole fest.

Tomcik wurde in die Brust getroffen und in den Flur zurückgeschleudert. Liss stürzte mit dem Stuhl hinter den Schreibtisch. Die Pistole fiel aus seiner Hand. Er rappelte sich auf und zog sich am Schreibtischrand hoch. Als er auf den Beinen war, kam Tomcik wieder herein. Er ging langsam, und auf seinem olivfarbenen Unterhemd war ein pulsierender roter Fleck, der unaufhaltsam größer wurde. Liss bückte sich nach seiner Pistole. Sie lag mitten unter dem Schreibtisch. Liss ließ sich fallen und griff danach. Er sah Tomciks Beine und zielte. Bevor er abdrückte, schoß Tomcik. Die Kugel schlug durch die Schreibtischplatte und blieb dicht neben Liss im Holz stecken. Liss drückte dreimal ab.

Tomcik knickte ein, drehte sich halb um die eigene Achse und stürzte. Liss sah ihn am Boden liegen und hielt die Pistole auf ihn gerichtet. Der Pulverdampf brannte in seinen Augen. Tomcik lag auf dem Rücken. Er rang nur nach Luft und sagte kein Wort. Liss zog sich am Schreibtisch hoch und hielt sich an der Kante fest. Er zitterte am ganzen Körper, und die Pistole fiel aus seiner Hand. Als sich Tomcik aufrichtete, hatte Liss das Gefühl, sein Herz bliebe stehen und ein reißender Schmerz zuckte durch seine Brust. Er taumelte rückwärts gegen die Wand.

Tomciks Augen waren weit offen, und seine blaßblaue Iris war dunkler geworden. Er knickte wieder ein, stürzte und fiel auf die rechte Seite. Liss sah zu, wie er über den Boden robbte und sich mit dem Rücken an der Wand hochschob.

Liss hätte genug Zeit gehabt, zu schießen, aber er hatte nicht mehr die Kraft, die Pistole aufzunehmen. Er sah das Blut und das verächtliche Lächeln in Tomciks kalkweißem Gesicht, sah, wie Tomcik beide Arme hob, auf ihn zielte und abdrückte.

Der Rückstoß warf Tomcik gegen die Wand, seine ausgestreckten Arme fielen herunter, und sein Hinterkopf schlug hart gegen die Wand. Sein Kopf pendelte zwischen den Schultern, bevor er nach vorn sackte, mit dem Kinn auf die Brust. Die Kugel war über Liss in die Decke geschlagen.

Liss griff sich ans Herz und ließ sich auf den Boden sinken. Ein paar Minuten später kam die Polizei. Liss lag ohnmächtig neben dem Schreibtisch, und der sitzende Tote an der Wand gegenüber hatte ein eingefrorenes jungenhaftes Lächeln im Gesicht. Seine Augen waren weit aufgerissen und wieder von einem sehr hellen Blau.

102

Das Haus sah weder von außen noch von innen aus wie eine gute Adresse. Er ging die Treppe hoch, und zwei Minuten später stand er vor der Tür. Sie war nicht abgeschlossen.

Es war ein sehr großes Zimmer, und die Fenster waren verhängt. Das Licht war grau, und bis auf zwei Matratzen, ein Männerjackett, ein Telefon und hinten ein zertrümmerter Fernseher war das Zimmer leer.

Er sah sich um und entdeckte den Teller voller Zigarettenkippen neben einer Matratze. Der Zettel lag darunter. Darauf stand eine Telefonnummer, eine Zimmernummer und ein großes B.

Er setzte sich auf die Matratze und zündete sich eine Zigarette an. Dann zog er das Telefon heran und wählte die Nummer. Am andern Ende der Leitung meldete sich ein Hotel, und er wurde mit der Zimmernummer verbunden. Er wartete. Es knackte.

»Bist du's, Puma?«

»Warum bist du weggelaufen, Billie?«

»Ich hatte Angst. Sprich nicht weiter, hör zu. Siehst du das Waschbecken mit dem kaputten Spiegel – rechts neben der Tür?«

»Ja.«

»Geh und faß hinter den Spiegel. Ich warte.«

Franz ging hin und zog einen Umschlag hervor. Er nahm den Hörer wieder auf. »Ich hab ihn.« Er öffnete ihn. Es war der Einzahlungsbeleg eines Schweizer Nummernkontos. Er lautete über drei Millionen Mark.

»Hast du's gesehen.«

»Ja.«

»Er hat's einfach vergessen. Ich hab zum erstenmal gesehen, daß er Angst hat.« Sie schwieg. Plötzlich fing sie an zu schluchzen. »Ich hab Angst, daß er mich umbringt! Hilf mir, Puma!«

»Du brauchst keine Angst mehr zu haben. Es ist vorbei. Er wollte einen Mann erschießen und ist dabei selbst erschossen worden.«

»Warte!« Sie hielt die Muschel zu, aber er merkte trotzdem, daß sie weinte. »Bist du noch dran?«

»Ja.«

»Komm schnell her, Puma, bitte.«

Franz schwieg.

»Warum sagst du nichts? Ich weiß. Ich hab dich betrogen, aber –«

»Ich hab dich auch betrogen. Das ist es nicht, Billie.«

»Nicht am Telefon, bitte!«

Franz zwang sich zu einem kurzen Lachen.

»Du weißt es doch noch – und zweitens könnte ich dein Vater sein.«

»Nein, nicht«, sagte Billie, »das ist nicht wahr! Ich weiß, daß es nicht wahr ist.«

»Doch, Billie. Es ist wahr, und du weißt es.«

»Mir doch egal, wie alt du bist. Komm und laß uns zusammen weggehen von hier – irgendwohin.«

Franz preßte die Lippen zusammen und blickte auf seine Schuhe. »Laß mich nicht allein, Puma!«

Franz schwieg.

»Ich höre dich atmen«, sagte sie, »aber ich will dein Herz schlagen hören. Du weißt, wo ich bin.« Es knackte.

Er legte den Hörer auf die Gabel. Er betrachtete ihre Zigarettenstummel auf dem Teller, die schmierige Matratze, den kaputten Fernseher, Robert Tomciks achtlos hingeworfenes Jackett auf dem Fußboden und ein Stück Papier, das drei Millionen wert war. Er dachte an Wanda Tomcyk und an Billie und fühlte sich hundeelend.

Neben dem Hauseingang lag ein Mann mit sich allein und einer Zeitung auf dem Pflaster. Ganz in der Nähe heulte eine Polizeisirene, Franz Morgenroth ging weg.

Sie wartete. Ihr Blick wanderte von der Tür zum Telefon. Sie wartete die ganze Nacht. Aber die Tür ging nicht auf, und das Telefon blieb stumm. Am nächsten Morgen verließ sie die Stadt.

103

Robert Mayonne ist tot. Er wurde in einem Frankfurter Nachtlokal erstochen. Der Täter wird in Rauschgiftkreisen vermutet. François Santini ist tot. Er starb am Tag seiner Entlassung nach einer Entziehungskur. Todesursache: eine Überdosis Heroin und zuviel Strychnin. Jack Schwiefkas Leiche wurde in einem Wald zwischen Bern und Zürich entdeckt und identifiziert. Sein Tod fand wenig Beachtung. Eine Verbindung zu Kammerloh wurde nicht sichtbar. Niemand weiß, daß sein Mörder wenige Tage später selbst ermordet wurde.

Wanda Tomcyk wird nie erfahren, daß ihr einziger Sohn ein

mehrfacher Mörder gewesen ist. Nach der Bestattung ihres Sohnes nach der Beziehung zu seinem Mörder befragt, erwiderte sie, den Namen Liss höre sie zum erstenmal, und erklärte es für ausgeschlossen, daß ihr Sohn diesen Menschen überhaupt gekannt habe. Eine Woche nach Robert Tomciks Beisetzung erhielt sie eine Geldüberweisung aus Paris, Absender: Robert Tomcik. Da ihr Sohn in Europa gearbeitet hatte, hielt sie ihn für den Absender. Sie brachte das Geld zur Bank und wartet seitdem auf ihren Tod. Jeffrey Liss erlitt einen Herzanfall in der Zelle, bevor ihm der Prozeß gemacht werden konnte. Er ist verhandlungsunfähig. Eine Verbindung zu Gustave dem Belgier trat nicht zutage. Gustave der Belgier bekam sein versprochenes Honorar und lebt immer noch in Lyon.

Kammerloh leitet sein Unternehmen und lebt allein. Erich, sein Fahrer, hat gekündigt und ist jetzt Hausmeister in einem Mädchengymnasium. Er leidet darunter, daß niemand von seiner Heldentat weiß. Wenige Tage nach dem Bruch mit Kammerloh suchte Ingrid Wegner eine Klinik auf, wo sie ihr Kind verlor. Sie beauftragte ein Bestattungsinstitut mit der Pflege von Dietrich Wegners Grab und verließ München.

David Blue hat eine neue Platte aufgenommen, *Cupid Arrows*, und bereitet sich auf seinen ersten Film vor. Er soll gelegentlich in Billies Begleitung gesehen worden sein.

John Maugham hat es nicht bereut, daß er die beinahe hunderttausend Mark, die ihm Billie hingelegt hatte, als er bewußtlos in der Nähe eines Autobahnrastplatzes bei München lag, mit Franz teilte. Er kehrte nach London zurück, bekam wenige Tage später seinen vollen Anteil und erfüllte seinen guten Vorsatz, was die Frau in Hampstead betraf. Er lebt in London.

Wilhelmine-Therese Kammerloh, genannt Billie, blieb für die Öffentlichkeit verschwunden. Die Geschichte ihrer Entführung beginnt langsam zu verblassen, und ihre Erinnerung an den Puma ebenso.

Franz Morgenroth, genannt der Puma, kehrte nach Paris zurück. Ein paar Wochen später entdeckte er sie auf einem Zeitungsfoto. Er erkannte sie sofort. Sie sah aus wie auf dem Foto in seiner Zelle. Er betrachtete ihre nachlässig hochgesteckten Haare. Damals in Fresnes hatte er noch nicht gewußt, daß sie von einem schmutzigen Blond waren. Dann legte er die Zeitung weg und tat, als könne er sie einfach so vergessen.

Anhang

Materialien zu Leben und Werk

von Ulf Miehe

Widmung der englischsprachigen Ausgabe von Puma

Dedicated to the PUMA himself, the great Dashiell Hammett, the magnificent Raymond Chandler, the mysterious Jean-Pierre Melville and all the street kids living today; especially to my friends Jochen, J.J., Peter P., Wim Wenders, Captain Mueller, Christian, Thomas, Sebastian, David Blue, Bob Who, Luggi Waldleitner and to Angelika, who made it all complete.

Statements zum Kriminalroman und zu Melville

von Ulf Miehe

Es wird ja nicht die Krimiliteratur, sondern die deutsche Literatur überhaupt und nicht erst jetzt kritisiert als Nabelschau und der Innerlichkeit und Langeweile bezichtigt.

In der Literatur beklagt man also sozusagen die Abwesenheit der Welt, und in der gegenwärtigen Krimiliteratur fällt nur immer wieder auf, daß die bloße Abbildung der Welt, möglichst mit gesellschaftskritischem Anliegen, auch nur platt ist und äußerst selten spannend. Irgendwie, thematisch oder sprachlich, meistens sprachlich, amüsiert man sich eigentlich immer unter Niveau.

Jedenfalls ist ein ganz bestimmter, treuherziger Naturalismus immer ganz besonders langweilig. Am häufigsten entstehen solche Krimis beim TV, in den kaum totzukriegenden Serien. Ich brauche sie nicht aufzuzählen. Sie ärgern sich unter Garantie genauso darüber wie ich. Ja, und diese Krimis werden immer öfter gemacht von Redakteuren, die sich selbst »68er« nennen. Ganz plötzlich waren alle »68er«. Nun gibt es gewiß Schlimmeres, aber verblüffend war ihr Verhalten doch, als »68er«.

Sie ahnen nämlich den Unmut der Mächtigen schon im voraus, vorauseilender Gehorsam, Überanpassung, und sind oft so etwas wie »Ärger-vermeiden-Manager« geworden, Teil einer Qualitätsverhinderungsmaschinerie, die arbeitet, wie Behörden das eben tun.

Der deutsche Kriminalroman gehört in den Zusammenhang populärer Kultur seiner Zeit. Er existiert auch nicht unberührt von politischen Verhältnissen; gerade ein vollkommen unpolitischer

Kriminalroman kann viel über politische Machtverhältnisse sagen. Da wird sozusagen die Abwesenheit von Politik zum Indiz.

Melville zeigt nicht nur eine Gangstergeschichte, wenn er einen Film macht; in seinem »Milieu«, der ja tatsächlich existierenden Gegengesellschaft, agieren die Personen (vom »Zweiten Atem« zum Beispiel) nach noch strengeren Riten und Verhaltensregeln als die herrschende, die bürgerliche Gesellschaft. Ein Coup ist weniger ein Abenteuer als eine geschäftliche Transaktion, die als solche sachlich und kühl zu behandeln ist; geschnappt zu werden, aufzufliegen gehört zum Geschäftsrisiko, das eher unwillig, aber gerade deswegen präzise einkalkuliert wird.

Programmatisch schon der Titel: »DER ZWEITE ATEM«. Melvilles Personen sind sich ihrer selbst und ihrer Möglichkeiten bewußt; sie setzen ihre Kraft zum Handeln kalkuliert ein: ein unrationaler emotionaler Gangster (beispielsweise aus einem amerikanischen B-Film, ein Emporkömmling meistens auch noch) würde von ihnen als amateurhafter Dilettant belächelt. Wer die Beherrschung verliert, verliert die Voraussetzung zu zuverlässiger »Arbeit«; das Gefahrenrisiko verbietet emotionale Unüberlegtheiten. Natürlich wird geschossen; im Unterschied zu bloßer Effektknallerei geht den Schüssen bei Melville der kühle Grund dafür voraus; sie sind Schlußfolgerungen, niemals aber bloße Anlässe, das bekannte Muster abzuspulen. Melvilles Gangsterfilme haben ein Eigenleben; kühle, schöne Beispiele für Film, wie er sein kann.

Brief an Lino Ventura

Verehrter, lieber Herr Ventura,

schon vor einem Jahr ist Madame Simone Bicheron so freundlich gewesen, Ihnen die deutsche Ausgabe meines Romans PUMA als Gruß zu überbringen. Damals schrieb ich Ihnen die Notiz in das Buch, ich hätte beim Schreiben an Sie gedacht.

Inzwischen liegt PUMA in der amerikanischen Übersetzung vor. Diesmal erreicht er sie mit der herzlichen Bitte, ihn zu lesen. Lieber hätte ich Ihnen PUMA in Ihrer Sprache vorgelegt, aber der französische Verlag, dem mein Verleger die Lizenz verkaufte, ging pleite, bevor die Übersetzung fertig war.

Ich erinnere mich an ein Zeitungsinterview mit Ihnen anläßlich eines Filmstarts hier in München. Man fragte Sie, was Ihrer Meinung nach das Wichtigste wäre: Stars, Aufwand, Drehbuch oder Regisseur.

Sie antworteten: 1. Die Geschichte, 2. die Geschichte, 3. die Geschichte.

Und was ist eine gute Geschichte? Ihre Antwort: »Boy meets Girl, nur könne das heutzutage niemand mehr schreiben.« Ihre Antwort hat mir Mut gemacht, denn genau damit war ich beschäftigt.

Mein Schreibzimmer lag ein paar Stockwerke über dem Nachtclub »Eastside«. Ich wurde, noch während Sie dort waren, davon informiert, saß oben am Schreibtisch und bekämpfte den Impuls, einfach runterzugehen und Ihnen meine Geschichte auf der Stelle zu erzählen. Aber dann stellte ich mir vor, wie es wohl ist, an einem Ort, wo man sich vermutlich nicht mal besonders wohlfühlt, von jemandem, den man nicht kennt, eine Geschichte erzählt zu bekommen, die noch nicht fertiggeschrieben ist.

Warum erzähle ich Ihnen das alles? Weil ich nun den Film machen will, dessen Hauptfigur, PUMA, nur durch Sie lebendig werden kann.
Meine Produzenten sind ROXY-Film, Luggi Waldleitner und Joachim von Vietinghoff Filmproduktion.
Was den augenblicklichen Stand der Finanzierung betrifft, so will ich Ihnen nicht verschweigen, daß eine bereits zugesagte Beteiligung eines Fernsehsenders zurückgezogen wurde und dem Film staatliche Filmförderungsmittel ebenfalls nicht zur Verfügung stehen.

Man muß wissen, in PUMA geht es unter anderem auch um Entführung, und der zeitliche Stand der Verhandlungen fiel zusammen mit der Entführung und späteren Ermordung des deutschen Arbeitgeberpräsidenten Hanns Martin Schleyer durch deutsche Terroristen. Das ist auch der Grund dafür, weshalb ich mich direkt an Sie wende, statt Ihnen auf normalem Wege ein Angebot zu machen, und vielleicht können Sie ja die Tatsache, daß ein von Ihnen geäußertes Interesse den Film ermöglichen würde, ein wenig als Rechtfertigung für meinen Überfall gelten lassen.

Mit besten Grüßen,
Ihr
Ulf Miehe
Kreuzpullach, den 23.4.1978

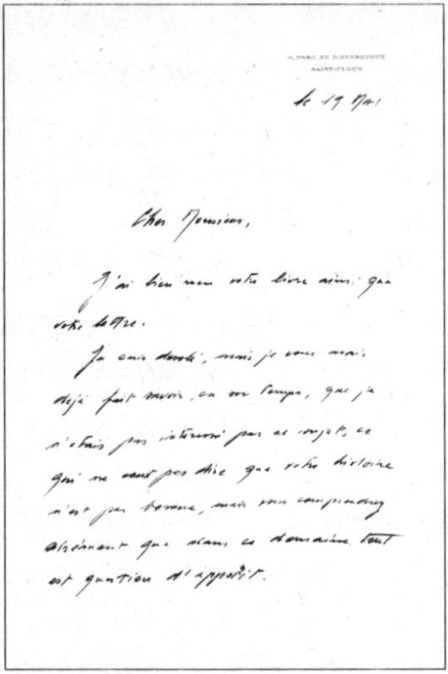

4, PARC DE MONTRETOUT
SAINT-CLOUD

le 19 Mai

Cher Monsieur,

J'ai bien reçu votre livre ainsi que votre lettre.

Je suis désolé, mais je vous avais déjà fait savoir, en son temps, que je n'étais pas intéressé par ce sujet, ce qui ne veut pas dire que votre histoire n'est pas bonne, mais vous comprendrez aisément que dans ce domaine tout est question d'appétit.

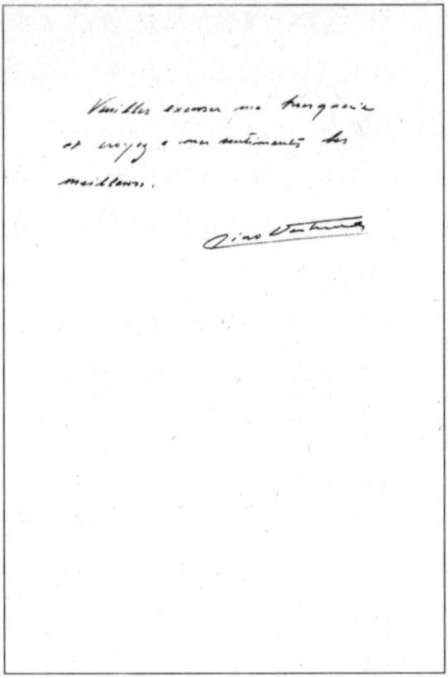

Veuillez excuser ma franchise et croyez à mes sentiments les meilleurs.

Lino Ventura

Brief an Ulf Miehe

4, Parc de Montretout
Saint-Cloud
19. Mai 1978

Sehr geehrter Herr,
ich bin erfreut, Ihr Buch und Ihren Brief erhalten zu haben.
Es tut mir leid, aber schon seinerzeit habe ich Sie wissen lassen, daß ich kein Interesse an diesem Projekt habe, was nicht heißen soll, daß Ihre Geschichte nicht gut wäre, aber Sie werden mich sicher verstehen, daß alles eine Frage des »Geschmacks« ist.
Würden Sie bitte meine Absage entschuldigen,

Hochachtungsvoll
Lino Ventura

Pressestimmen

Die Deutschen können Kriminalromane schreiben. Miehe ist der spannendste des Jahres gelungen, aufregend, dabei mit eiskalter Distanz ... Das Mädchen ist die geglückteste Figur des Romans, gewisse Ähnlichkeiten mit der Amerikanerin Patty Hearst sind unabweisbar, wenn schon. Die Handlung, raffiniert verzahnt, wird stellenweise kinohaft, na und? Verrückter als das Leben kann sich ohnehin kein Autor etwas ausdenken. Hätten wir so etwas wie den Edgar-Allan-Poe-Preis für den besten Krimi des Jahres: ich verliehe ihn diesem Roman. *Frankfurter Neue Presse vom 22.5.1976*

Puma – das ist so eine Art deutscher Papillon, wenn auch ohne Flügel ... Vorweggenommen: Miehes Roman ist ein spannendes Buch. Es weiß immer erneut zu überraschen, zu fesseln. In seinem Genre hat es große Meriten. Es zeigt, daß auch deutsche Autoren mit großzügiger Hand weltläufige Abenteuer zu säen wissen. Dennoch kommt einem Miehes Roman stets etwas bekannt vor, obwohl man natürlich die Handlung durchaus nicht kennt. Es ist eher eine Art optischer Bekanntheit, die einen stutzen macht. Alle handelnden Figuren scheinen nach weltbekannten Filmstars in ihren charakteristischen Rollen gezeichnet. Auf unterschwellige Weise ist Miehes Roman »das Buch zum (noch nicht gedrehten) Film«. Der aber – das ist sicher – wird kommen ... Fazit: Spannender geht's nicht! Daß der Gauner auch noch gewinnt, hätte allerdings nicht unbedingt sein müssen. *Die Glocke vom 15.11.1976*

... The gray, gray story leaps about Europe and the States and keeps up a tone of postwar despair that apparently goes over big in Germany where this novel has already sold 270,000 copies. Very entertaining – if you like sitting in a closed garage with the motor running. *Kirkus Review vom 15.1.1978*

Nobody is the winner in this grim, grey tale and nobody is particularly sympathetic. So it's very likely fairly accurate. There is an unnerving snap of the author on the back of the dustcover, looking like a Baader Meinhof suspect, which probably added to the credibility of the book. *Iain Finlayson in Sunday Times vom 26.5.1978*

Ein Buch von scharfer Logik und wenig vergleichbarer Härte mit überzeugender Realistik geschrieben über ein kriminelles Konzept erster Größenordnung. *Der Kontakt vom September 1976*

Kein Morgenrot für Morgenroth

von Hans C. Blumenberg

Im Film zum Buch müßte unbedingt Lino Ventura den Franz Morgenroth spielen: einen schweigsamen, erfahrenen Profi, der mit einem kleinen Ensemble hochbezahlter Spezialisten sein letztes, sein größtes Ding dreht. Zwischen Paris, München und New York entfaltet sich eine Unterwelt-Ballade über Solidarität, Verrat und späte Liebe, ein Reigen von Erzähl-Mustern und Versatzstücken, wie man sie aus den schönsten französischen und amerikanischen Gangsterfilmen kennt: aus Jean-Pierre Melvilles »Der zweite Atem« und Robert Enricos »Die Abenteurer«, aus Irving Lerners »Killer By Contract« und Don Siegels »Charley Varrick«.

Der 1940 geborene Münchner Autor (»Ich hab' noch einen Toten in Berlin«) und Regisseur (»John Glückstadt« nach Theodor Storm) Ulf Miehe hat seinen zweiten Roman fast ausschließlich aus Kinoerfahrungen und Kinoerinnerungen komponiert, evoziert immer wieder vertraute Konstellationen und Situationen, die den Leser stimulieren, seinen eigenen Vorrat an synthetischer Mythologie in die mit Rückblenden angefüllte Intrige einzubringen –

Über weite Strecken liest sich dieser »Puma« wie ein Drehbuch-Entwurf, enthält sehr präzise Vorstellungen über Charakter und Lokalitäten, die eine filmische Umsetzung geradezu herausfordern: *»Es war die ewig halbdunkle Küche seiner Kindheit mit ihren durchgetretenen Fußbodenbrettern, der niedrighängenden, vom Kochdunst dunkelgebeizten Decke, dem bröckligen, braun-schwarzen Fleck über dem Herd und dem Küchenschrank mit dem abgegriffenen, glatten Holz unter dem kaum noch erkennbaren Farbanstrich neben dem Fenster zum Hof. Auf dem Tisch lagen Wurst, Käse und Brot und der halbrunde, bröselige Rest eines Sandkuchens auf einem blauen Emailleteller.«* Detailliertere Anweisungen könnte sich kein Hollywood-Requisiteur wünschen.

Miehes Bewußtsein von der Künstlichkeit seiner aus liebevoll und sorgfältig befolgten Traditionen konstruierten Unterwelt erhebt »Puma« weit über das Niveau der ansonsten hierzulande üblichen Krimi-Schreiberei. Miehes Kino-Kolportage vergißt nie ihren synthetischen Ursprung, versteckt sich nie hinter pseudo-realistischen Attitüden oder gar jenen moralischen Ansprüchen, die einem seit Jahren die Bücher von Johannes Mario Simmel verleiden.

Insofern folgt »Puma« Miehes erfolgreichem, von Michael Fengler unter dem Titel »Output« reichlich unzulänglich verfilmten Debut-Roman »Ich hab' noch einen Toten in Berlin«, der die Geschichte von zwei Filmemachern erzählte, die bei den Recherchen für einen neuen Krimi allmählich auf die Idee kommen, den trickreich ausgedachten Coup selber zu realisieren. Hier wie dort werden die Möglichkeiten des Genres spielerisch variiert, im ersten Buch durch ihre Anwendung auf die literaturferne Praxis, im zweiten durch ihre konsequente Befolgung, die in offene Stilisierungen mündet; Krimis, in die lustvoll die Erfahrungen mit tausend anderen Krimis eingeflossen sind.

Nur erschöpft sich dieses Verfahren, aus Zitaten und Anspielungen ein eigenes Werk zu schaffen, spätestens dann, wenn es dem Autor nicht gelingt, wenigstens ein paar überraschende Variationen und Abweichungen in seine Erzählung einzubringen. Zumal im letzten Teil des Buches, wenn sich zwischen dem »Puma« Franz Morgenroth und der gekidnappten Millionenerbin Billie eine herbe Romanze zu entspinnen beginnt, kommen die Klischees allzu aufdringlich und ungebrochen ins Spiel, wird die Konstruktion immer planer und schematischer, die Sprache immer flapsiger.

Was anfing wie ein Film von Melville, steuert zunehmend auf eine Schwabinger Schnulze zu. Dennoch: Ulf Miehes »Puma« gehört zu den besseren deutschen Unterhaltungsromanen der Saison, auch wenn das Talent des Autors vielleicht doch mehr bei der Filmregie liegt. Im Kino könnte »Puma« ein Hit werden. *Die Zeit vom 12.11.1976*

Spannung – made in Germany
Ein deutsch-französischer Kriminalroman

von Jürgen P. Wallmann

Viele Jahre lang ist (mit Recht) darüber geklagt worden, daß in Deutschland keine spannenden Unterhaltungsromane oberhalb der Vicky-Baum-Grenze, d. h. über Simmel-Habe-Niveau, geschrieben würden. In den letzten Jahren freilich hat sich die Lage ein wenig verbessert. Und das ist neben den deutschen Autoren der rororo-thriller-Reihe nicht zuletzt einem Schriftsteller wie Ulf Miehe zu verdanken, der vor drei Jahren seinen Roman »Ich hab' noch einen Toten in Berlin« vorgelegt hatte: eine unterhaltsame, gut recherchierte Kriminalstory, die verdientermaßen sogleich bei Publikum und Kritik Zustimmung fand und heute schon in einer Gesamtauflage von knapp dreihunderttausend Exemplaren vorliegt. Auch die Verfilmung dieses Stoffes durch Thomas Schamoni, Volker Vogeler und Michael Fengler, die kürzlich im ZDF unter dem Titel »Output« gezeigt wurde (SZ vom 6. Oktober), hatte eine überwiegend positive Resonanz.

Ein solcher Erfolg des heute 36jährigen Miehe, der zuvor als Verfasser von Lyrik und leichter experimenteller Prosa nur mäßigen Erfolg bei Insidern gefunden hatte, könnte sich jetzt wiederholen. Sein zweiter, wesentlich umfangreicherer Roman »Puma« erfüllt alle Voraussetzungen, die an ein Buch des Unterhaltungsgenres zu stellen sind. Der Verlag, der »Puma« in einer Startauflage von fünfzigtausend Exemplaren auf den Markt bringt, nennt das Buch einen »großen deutschen Unterhaltungsroman: aktuell, raffiniert, mitreißend«. Das ist nicht falsch.

Puma ist der Deckname eines elsässischen Ganoven namens Franz Morgenroth, der die Tochter eines bayerischen Rüstungsindustriellen zu entführen und den Vater um eine Millionensumme zu erleichtern gedenkt. Freilich kann er das Kidnapping nicht allein ausführen, und so heuert er ausländische Spezialisten an. Er nimmt unauffällig Kontakt zu dem Mädchen Billie Kammerloh auf, und am vorgesehenen Tag geht die Entführung reibungslos über die Bühne.

Doch eines konnte der Puma nicht wissen: Billie haßt ihren Vater, sie hat eben im Streit von ihm die Auszahlung ihres Erbes verlangt. Als sich nun die Kidnapper bei ihm melden, glaubt er nicht an eine Entführung und hält das Ganze für einen üblen Trick seiner Tochter, für einen abgefeimten Erpressungsversuch. Möglicherweise ist es ihm auch gleichgültig, daß sich seine mißratene Tochter in Lebensgefahr befindet.

Es kommt, wie es kommen muß. Die Entführer werden nervös, streiten sich untereinander, und das entführte Mädchen sorgt noch für zusätzliche Unruhe. Schließlich soll sie umgebracht werden. Doch da spielt Billie ihren Trumpf aus. Unter der Bedingung, daß man sie am Leben läßt und als Komplizin an der Beute beteiligt, verrät sie dem Gangstertrio, auf welche Weise von ihrem Vater, der illegale Waffengeschäfte in großem Stil gemacht hat, einige Millionen zu erpressen wären.

An ein Happy-End für die Gangster ist trotzdem nicht zu denken.

Jedenfalls im letzten Teil gewinnt der ohnehin schon spannende Roman die Qualitäten des harten Action-Krimi amerikanischer Schule hinzu. »Puma« ist routiniert geschrieben, atmosphärisch dicht, die Spannung wird im Verlauf der Geschichte gesteigert. Mit Raffinement hat der Autor die Klischees der Kriminalstory mit Realitätspartikeln durchsetzt und einen Roman geschrieben, der auch in der psychologischen Darstellung der Figuren überzeugt.

Ulf Miehe, der sich mit der Verfilmung von Theodor Storms Novelle »John Glückstadt« auch als Regisseur profiliert und dafür einen Bundesfilmpreis eingeheimst hat, ist ein Erzähler mit einer starken Begabung für szenische Entwürfe. Auch sein neuer Roman »Puma« könnte wieder die Vorlage für einen guten Unterhaltungsfilm sein. Ich würde diesen Film gern sehen. *Saarbrücker Zeitung vom 11.12.1976*

Die literarische Tat
Ein deutscher Chandler
von Peter Jokostra

Der 1940 in der Mark Brandenburg geborene Autor des literarischen Kriminalromans *Puma* – Hauptschauplätze sind das Gefängnis von Fresnes (Frankreich), Paris, Hamburg, New York und München – begann mit subtilen Gedichten, die wenig Widerhall fanden. Die dann 1968 erschienenen 13 Geschichten *Die Zeit in W. und anderswo* brachten einen ersten Achtungserfolg. In diesen skizzenhaften Erzähltexten arbeitete der Autor, der seinerzeit in Berlin lebte, einen Teilbereich seiner Kindheit auf. 1973 erfolgte der Durchbruch mit dem inzwischen unter dem Titel *Output* verfilmten literarischen Krimi *Ich hab noch einen Toten in Berlin* (Gesamtauflage 285.000). Der von seinem Stoff besessene Autor zeigt mit diesem Kammerwerk vom großen, aber mißlungenen Coup des Profi-Gangsters Sparta, was in ihm drinsteckt. Schon mit diesem nicht ganz glücklich verfilmten Roman befreit Miehe die Kriminalstory von ihren zu Klischees entarteten Vorbildern. Beide Romane sind mehr als nur raffiniert ihrer eigenen absurden Logik folgende Unterhaltungsromane mit reißerischen Effekten aus der Gruselecke. Ulf Miehe ist ein Vollbluterzähler, ein Fabulierer, der dem berühmten Raymond Chandler nicht nachsteht, ja ihm in manchen geglückten Passagen sogar überlegen ist. Denn es geht ihm zuerst immer um Literatur. Er vollbringt das mit einem Trapezakt ohne Netz vergleichbare Kunststück: Literatur, Phantasie, Spannung, Originalität und Genauigkeit im Detail – und das bedeutet Glaubwürdigkeit – unter einen Hut zu bringen. Die Frage, die jedoch gestellt werden muß: Wird der junge Miehe nun zum Fliessbandproduzenten von Kriminalstories? Das wäre sein literarisches

Ende, ein geradezu selbstmörderisches »Output«. In seinem präzis jede Szene ausleuchtenden »Puma« gibt es eine forciert schockierende Passage, die bedenklich stimmt, weil sie für den Verlauf der Handlung überflüssig ist. Hier huldigt der Autor dem Trend zur Brutalisierung. Ich meine das kurze Kapitel 26, in dem der später von seinem Vermittler Jeffrey Liss, einem Heroinhändler, liquidierte Killer Tomcik – ausgerechnet noch ein Pole – seine Mordlust demonstriert. In einem aufgegebenen New Yorker Mietshaus wird von einem Filmteam ein Verbrechen – es geht um Lustmord – life gedreht. Die Mädchen, die sich ahnungslos zur Verfügung stellen, werden vor der Kamera mit einem Rasiermesser in Stücke geschnitten: »Sie schrie nämlich nicht vor Lust. Sie wanden sich in ihren Fesseln und schrien, weil sie in Streifen geschnitten wurden. Sie schrien, bis sie starben. Die Kamera lief, bis sie sich nicht mehr bewegten ..., und im Raum herrschte ein bestialischer Gestank von Blut, ausgelaufenem Bier, Sperma und Exkrementen.« Tomcik fällt die Aufgabe zu, den Mörder zu liquidieren, er tut es mit kalter Gelassenheit. Was soll diese Episode? Sie hat kaum Bezug zum Romanthema, ist eher eine Verbeugung vor gewissen Managern, die den Horrortrend manipulieren. Aber »Puma«, die ganz unglaubliche und doch vom Autor glaubwürdig erzählte Geschichte vom großen Coup des Franz Morgenroth alias Walter Schindelhauer – er trägt einen goldenen Ring mit einem Pumakopf –, der Billie, die Tochter des Panzerfabrikanten Kammerloh entführt und ein Lösegeld von sechs Millionen kassiert, ist ein Wurf und wird sicher ebenfalls verfilmt. Franz, furchtlos wie alle Männer seiner Art, die nichts mehr zu verlieren haben, hat seinen Coup schon im Gefängnis von Fresnes mit Akribie vorbereitet – mit derselben Akribie, mit der der Autor seinen Stoff behandelt. Konsequent und genau sind beide: Der Autor und sein Held, der kein Schmierenkomparse ist, sondern eher etwas von dem todessüchtigen Fatalismus der Gestalten Hemingways besitzt. Franz ist übrigens kein gefühlskalter Verbrecher, er ist ein Gangster mit Leseinteressen; seine Favoriten sind Norman Mailer und Joseph Conrad. In München stellt er sein Team zusammen, zu dem der aus New York herbeigerufene Tomcik und Maugham, ein gescheiterter Rennfahrer aus England, gehören. Die Sache verläuft planmäßig. Billie wird geschnappt und in einer vergammelten Villa am »Englischen Garten« gefangengehalten. Aber Franz hat nicht damit gerechnet, daß der Panzerbauer Kammerloh, der nur an sein illegales Waffengeschäft denkt, gar kein Interesse mehr an Billie hat. Denn Billie hat ihren bestgehaßten Vater gerade für immer verlassen. Sie macht mit den Gangstern gemeinsame Sache, sozusagen Halbe-Halbe. Auf Kammerlohs Weisung wird die Polizei nicht eingeschaltet, er zahlt, um einen Skandal zu vermeiden. Billie, die sowohl mit Franz als auch mit ihrem Bewacher Tomcik schläft, flieht schließlich mit dem Killer und ihrem Anteil von 3 Millionen nach Amerika. Dort läuft Tomcik in eine Falle, die sein Vermittler Liss ihm stellt, und wird getötet. Billie, Franz und Maugham überleben das Krimi-Sex-Puzzlespiel, und wenn sie nicht gestorben sind ... Der Rest bleibt der Phantasie des Lesers überlassen, denn in diesem Verwirrspiel hat die Phantasie in der Tat die Macht übernommen. *Die literarische Tat vom 11.2.1977*

Brief an Peter Jokostra

Lieber Peter,

heute kam der Ausschnittsdienst. Ich hatte ja keine Ahnung, daß du über »PUMA« geschrieben hast!

Ich danke dir für das Fragezeichen hinter »Chandler« in der Überschrift. Denn DER möchte, kann und will ich nicht sein; vielleicht ist man grundsätzlich jemand anders als der, für den man sich hält, jemand anders will ich dennoch nicht sein.

Kein Mensch (Kritiker, sind das welche?) hat bisher den Zusammenhang in den Sachen gesehen, die ich gemacht habe. Du hast ihn mir selber vorgeführt, dabei habe ich über mich was begriffen, denke ich. Da du mir nicht schmeichelst, kann ich dir als unbefangen danken dafür. Herr Amery im Spiegel hatte sicher nur die Verlagsinformationen gelesen, anders ist sein oberflächliches Gedröhne gar nicht zu erklären.

Ich verspreche dir, ich werde niemals Fließbandproduzent von Irgendwas werden, und die von dir mit Recht monierte Sequenz muß einem Schreiber, der noch dran schreibt, sein Lektor ausreden, und das hat er nicht getan (und ich war viel zu nahe dran und kritiklos zu der Zeit). Warum? Das Buch ist in zu kurzer Zeit geschrieben worden, ausgelöst durch Anfangsschwierigkeiten, Geldmangel etc. Da ich weder Funk, Zeitungen noch TVieh (Zitat: Rolf Dieter Brinkmann) mache, hab ich eben auch nur 1 Eisen im Feuer. Diese Mordgeschichte hab ich erzählt bekommen in N.Y. Sie sollte TOMCIK *sozusagen bei seiner »Berufsausbildung« zeigen, aber das ist mir dann entglitten. Ja, das ist nicht gut, und im Film, den ich selbst inszeniere, wird diese Sequenz nicht drin sein.*

Ich kann bloß schreiben, hab ich rausgefunden, wenn ich eine Geschichte zu erzählen habe; 1- oder 2-Jahres-Fließband-Thriller schaff ich weder intellektuell, physisch oder psychisch. Das wäre tatsächlich das Ende von allem, was mich interessiert. Die Krimi-Meister mit ihren moralisierenden Schlüssen –, ekelhaft, wie die »Gerechtigkeit« ihren Lauf nimmt: Nur in solchen Büchern! Gangster kaufen sich frei, machen alles mögliche – die »besten« stehen nie vor Gericht! Da stimmt eben auch Chandler nicht, und da wird auch immer viel zuviel geredet, alles verbalisiert – langweilig! Die Phantasie ist das Stichwort, und die Träume, die Menschen eben haben. Herburger (Günter Herburger) hat das aufgebracht mit dem »deutschen Chandler«, seitdem kursiert das. Mir ist das jetzt wurscht; die Vertriebs- und Sortimentserwartungen können mich ebenso am Arsch lecken wie die Schubladenbeschriftungen vom Spiegel etc. Ich bereite mich jetzt auf den Film vor. DIESES Drehbuch zu schreiben ist extrem schwierig; jedes Bild ist anders, verändert durch vorhergehende Veränderungen zum Roman. Nur noch: dieselbe Geschichte; dieselben Hauptpersonen (fast). Ich bin doch kein Leichenfledderer, der Film muß die Geschichte ganz neu erzählen, schließlich redet er in Bildern. Der Roman ist kaum noch ein Zettelkasten, grundsätzliche Werktreue nichts weiter als eine Denkfaulheit.

Das nächste Mal mußt du hier eine Station einplanen, ein Stück vor der Stadt (weit genug weg). Hier kann ich auch am Tag in Ruhe schreiben, mit Blick auf die Bäume, Felder, Wald, etc.; das wirkt auf mich sehr beruhigend. Es ist so schwer, immer wieder die Gelassenheit zum Schreiben, zum kontinuierlichen Schreiben zu finden (bei all dem Krach und Gestank bei der vorigen Wohnung).

Ich hoffe, ich hab dich beruhigt, was deine Bedenken über meine Entwicklung betrifft. Veränderungen müssen sein, bloß nicht zurück. Ich wollte mich eigentlich nur bedanken für die Mühe und die Genauigkeit, mit der du dich mit mir beschäftigt hast.

Wolfgang macht ja nun seinen Roman bei Piper, und ich hoffe, daß da alles gut läuft.

Interviews und Porträts

Eva Wieden: Interview (in der TZ vom 16.9.1976)

Ulf Miehe, Autor (»Ich hab noch einen Toten in Berlin«) und Filmregisseur (»John Glückstadt«), hat seinen zweiten Roman geschrieben. »Puma« ist die Geschichte des Franz Morgenroth, genannt Puma, der, nach neun Jahren Zuchthaus, seinen letzten großen Coup einleitet. Mit zwei gekauften Komplizen entführt er die reiche Tochter Billie Kammerloh, die, Bob Dylan, Rolf Dieter Brinkmann und Charles Bukowski im Gepäck und des Rumreisens mit dem Popsänger David Blue müde, Vaters teuren Grund verläßt und sich im Motorama in der Rosenheimer Straße einmietet. Morgen wird der Roman auf der Frankfurter Buchmesse vorgestellt. Wir sprachen mit Ulf Miehe über den »Puma«.

Zum Schreiben hat sich Miehe ungefähr sieben Monate lang verbarrikadiert. In einem bis auf Schreibtisch und Stuhl ausgeräumten Apartment im Motorama. Sämtliche Wohn-, Einkaufs- und Vergnügungszellen des Gebäudes tauchen immer wieder im Roman auf. Warum dieser totale Kontakt des Autors zu einem seiner Schauplätze?

Weil ich die Orte kennen muß, über die ich schreibe. Ich kann keine Kneipe beschreiben, in der ich nicht schon mal gewesen bin. Während des Schreibens habe ich mich ausschließlich mit dem Stoff beschäftigt, bin nirgendwo hingegangen, hab niemanden gesehen. Ich habe die einzelnen Schauplätze aufgesucht, Polaroid-Fotos davon gemacht, sie im Apartment aufgehängt und immer wieder angeschaut. Außer Nachrichten ist in dieser Zeit nichts an mich rangekommen.

Thema des »Puma« ist Entführung. Da könnte man doch sagen: Der Miehe hat erkannt, was im Moment gefragt ist, der macht sich die Weile zunutze.

Es ist nichts Unanständiges daran, eine Geschichte attraktiv zu machen. So wie ich einen Film gemacht habe, will ich auch ein Buch schreiben: für Publikum. Leuten, die dieses Buch gekauft haben, soll es schwer werden, es wieder wegzulegen, bevor sie es nicht zu Ende gelesen haben.

Es wird oft behauptet, man könne einen Bestseller nach eindeutig bestimmbarem Muster vorausplanen.

Es gibt sicher Autoren, die das können. Ich gehe davon aus, daß ich die Geschichte, die ich schreibe, selbst lesen will. Ich muß mich auch mit meinen Figuren identifizieren können.

Das ist ein großer Dichtersatz – aber wie geht das denn?

Jede meiner Figuren bekommt eine Geschichte, eine Biographie. Sie muß so lückenlos sein, daß ich dahinter verschwinden kann. Ich bin dann nur noch ausführendes Organ.

Innerhalb unseres Literaturbetriebs hat allein Ihre Themenwahl etwas Anrüchiges. Das ist doch nicht so richtig »Kultur«!

Im ›Toten in Berlin‹ ging es noch um intellektuelle Auseinandersetzungen, da ging es um das Filmer-Milieu, also um mein eigenes. Dieser Roman bekam so überschwengliche Kritiken, daß ich beim ›Puma‹ nur noch mit Verrissen rechnen kann. Den ›Toten in Berlin‹ finde ich heute an vielen Stellen langweilig. Daraus habe ich für den ›Puma‹ gelernt. Der ist besser lesbar. Das ist anrüchig an ihm.

Gab es nie Differenzen zwischen dem Drehbuchautor Miehe und dem Romanautor Miehe?

Im Januar hatte ich die erste ›Puma‹-Fassung fertig. Ich hab sie gelesen und weggeschmissen. Das war eher ein Drehbuch. Als ich wieder anfing zu schreiben, bin ich nicht mehr ins Kino gegangen und habe nicht mehr ferngesehen.

Kann man so einfach von einem Medium wegschalten und ins andere einsteigen?

Ich wollte nach ›John Glückstadt‹ gleich den nächsten Film machen. Eine Nachkriegsgeschichte in Berlin. Dieses Projekt ist auf Eis gelegt, weil es im Moment zu teuer ist. Ich bin jetzt 36 Jahre alt, habe mit 20 Gedichte geschrieben, später Erzählungen, dann Drehbücher, jetzt wieder einen Roman. Filme werde ich weiter machen – das scheint mir ein ganz gesunder Rhythmus.

Der »Puma« erinnert oft an ein Drehbuch. Er hat einen filmisch-rasanten Rhythmus.

Sicher ist es so, daß ich vom Drehbuchschreiben her gelernt habe, eine Handlung von ihren verschiedenen Strängen proportional zu erzählen. Man kriegt da eine ganze Menge dramaturgische Tricks mit.

Und außerdem soll »Puma« 1978 wirklich ein Film werden.

Puma

Fatima Igramhan: Gespräch im Deutschen Interview, Ende 1977

Sein Roman »Ich hab noch einen Toten in Berlin«, den Michael Fengler unter dem Titel »Output« verfilmte, erzielte im In- und Ausland eine Auflage von über 300.000 Exemplaren. Für »John Glückstadt« erzielt er den Bundesfilmpreis für Regie. Zur Zeit arbeitet er an einem Drehbuch für seinen Kriminalroman »Puma«. Lino Ventura hätte er gern als Hauptdarsteller. In München sprach Fatima Igramhan mit Ulf Miehe.

Fatima Igramhan: *Du hast gerade aus dem Buch »Puma« ein Drehbuch gemacht und planst die Verfilmung. Hattest Du schon beim Schreiben des Buches den Film im Sinn?*

Ulf Miehe: Ja.

Wie kamst Du auf diese Entführungsgeschichte?

Am Anfang wollte ich einen Film mit Lino Ventura machen und bin von einer Person ausgegangen: *Puma.* Mit ihm beginnt die Geschichte. Er bringt sie in Gang, er ist die Hauptfigur. *Puma* ist eine Geschichte, die läuft nicht im Gatter einer Gattung, also die Jagd nach dem Täter findet nicht statt. Die Geschichte wird durch die Person selbst in bestimmte Richtungen getrieben. Es fängt gleich mit dem Täter an, und man weiß auch gleich, worum's geht. Puma plant Billies Entführung. Er redet sich ein, es ginge ihm nur ums Lösegeld, aber dann sagt ihm Billie: »Du hast mich doch entführt, weil Du in mich verliebt warst, stimmt's?«, und er antwortet verblüfft »Vielleicht!«, weil er plötzlich merkt, sie hat recht. Er fängt an, sich das einzugestehen.

Aber im Buch entwickelt sich doch gar keine richtige Liebesgeschichte?

Oh ja, und ob! Der Film macht's nur deutlicher.

Was ist noch anders als im Roman?

Einiges. Aus dem Engländer ist Pavel, der Wiener, geworden. Sonst sind fast alle noch da. Und die Schauplätze auch. Es ist dieselbe Geschichte, bloß eben als Film. Produziert wird der Film von der Roxy-Film Luggi Waldleitner und Joachim von Vietinghoff-Film.

Wie ist der Schluß jetzt?

Puma und Billie verabreden sich in der Mitte der Geschichte, hinterher irgendwo gemeinsam hinzugehen, und am Schluß wartet sie auf ihn. Ob er kommt, weiß ich jetzt noch nicht. Was macht einer, der plötzlich alles hat, was er will? Wie ist ihm zumute? Wie reagiert er? Ich wollte immer diesen Film machen – solche Filme; und Puma seinen Coup. Der Schluß ist jetzt noch nicht da, aber vielleicht springt Puma über seinen eigenen Schatten. Puma hat Schwierigkeiten, seinen Coup über die Runden zu bringen, und er hat Schwierigkeiten mit seinen Gefühlen. Puma hat sich in ein Foto verliebt. Von Billie weiß er nur den Namen, sonst nichts, kann gar nichts wissen. Er ist im Gefängnis mit seinem Zeitungsfoto, sich selber für verliebt zu halten, das würde ihm albern vorkommen. Dabei passiert das jedem, nur meistens ohne Folgen. Es passiert schnell. Ein Foto in einer Zeitung, die man zurückblättert, ohne richtig zu wissen, warum; jemand, der vorbeigeht, später versuchst du, dich an ihr Gesicht zu erinnern und was dich so gerissen hat, in der U-Bahn, irgendwo, zu weit weg, um den Blick festzuhalten, zu nah, ihn zu ignorieren – jemand schaut dich an, jemand, den du nicht wiedersehen wirst, an den du von Zeit zu Zeit denkst und den du niemals wirklich vergißt. Diese Momente haben alle Dichter verrückt gemacht. Du schaust, mußt die Augen niederschlagen, blickst wieder auf und weg. *Puma* aber, der schaut sich immer wieder das Foto an – mit dem Alibi des Entführungsplans im Hinterkopf.

Puma entführte sein Zeitungsfoto. Dann verliebt sich Billie in ihn, daß ihm angst und bange wird, *Puma*, dem toughen Gangster, der sonst nicht so leicht zu erschüttern ist. *Puma* entführt das Mädchen. Der Vater will nicht zahlen, vermutet ein Komplott, angestiftet von seiner eigenen Tochter – so wie der alte Getty glaubte, Paul III steckte mit seinen Entführern unter einer Decke. Tat er aber nicht, und Billie wird auch erst später zur Komplizin.

Gibt es Parallelen zum Fall Hearst?

Nein. *Puma* hat keine politischen Motive, wie es sie bei Fräulein Hearst vorübergehend gegeben haben mag. »Die Handlung und ihre Personen sind frei erfunden. Namensgleichheiten und Ähnlichkeiten mit tatsächlichen Ereignissen wären ebenso zufällig wie Parallelen zu künftigen Ereignissen«, steht vorne drin im Buch.

Hast Du auch schon genaue Vorstellungen für die anderen Rollen?

Bei den meisten. Ich hoffe, Lino Ventura sieht sich. Wenn Billie deutsch besetzt wird, denke ich an Katharina Thalbach, eine starke Person, kein goldenes Gänschen, und der Amerikaner könnte Brad Dourif sein, Billy, der Stotterer aus »Kuckucksnest«. Aber ich bin auch einfach neugierig und hab gerade erst mit dem Schreiben aufgehört. Für mich ist ein Schauspieler erst im Film, wenn er seinen Vertrag unterschrieben hat.

Wann fing »Puma« an?

Herbst 1975, nach dem Berliner Filmfestival, wo ich hinmußte, weil »John Glückstadt« als deutscher Beitrag lief, und danach bin ich mit dem Film auf Tour durch Norddeutschland. Dann hab ich angefangen, den Roman zu schreiben, im Herbst 1975. Ich habe ein Zimmer in einem Appartementhaus in München gemietet und hab den Roman in sieben Monaten geschrieben.

Hattest Du da einen strengen Tagesplan?

Ich bin nach dem Frühstück, so zwischen 11 und 12 Uhr, hingegangen in das Appartement, habe bis 19 Uhr geschrieben, dann zu Haus gegessen und dann bin ich wieder rüber und habe so lange geschrieben, bis ich vom Stuhl gefallen bin, irgendwann gegen Morgen. Das war ein Raum ohne Radio, Fernsehen, Telefon, Zeitungen etc.

Ja, ich erinnere mich an einen Besuch, da war der ganze Boden voller Coca-Cola-Büchsen.

… (lacht) …

Machst Du Dir Zettelkästchen bei der Vorarbeit, wie gehst Du vor?

Ich hab alle möglichen Systeme ausprobiert, funktioniert hat keins. Sowie ich etwas aufgeschrieben habe, vergesse ich es nicht mehr. Ich laufe halt 'ne Zeitlang mit meiner Story rum, und dann schreib ich sie mit einem Rutsch hin. Meistens schmeiß ich's dann wieder weg, aber so fängt's an.

Schreiben und Filmemachen – wo ist der Unterschied?

Schreiben ist anstrengend. Schreiben tut man allein und zwar sitzend. Da ich keinen Sport treibe, wie man so sagt, bekommen mir lange Geschichten nicht besonders; zu wenig Bewegung, zuviel Hirnkino, sitzend. *Puma* ist eine lange Geschichte, länger als die sieben Monate Romanschreiben; aber schon das, sieben Monate schreiben, heißt, sieben Monate mit sich allein zu sein. Dabei lernt man sich besser kennen, als einem manchmal lieb ist. Schreiben, sein Leben lang, wer das durchhält, ohne dabei zum Fabrikant von gelben Plastikeierlöffeln zu werden, der Mann hat meinen Respekt, ob mir seine Bücher gefallen oder nicht. Ich kann bloß schreiben, wenn ich spüre, daß da eine Geschichte auf mich zukommt, denn die Geschichten, die sind ja schon da, bevor ich daherkomme und sie aufschreibe. Ich bin dabei bloß der Schreiber, der »erfindet«

doch bloß bedingt, der schreibt eher mit. Ich hab seit 1968 mit dem Vorsatz geschrieben, Filme zu machen, Filmgeschichten, Bilder, erzählt mit Wörtern, mit einer Sprachkamera, die Papier statt Zelluloid frißt. Prosa schreiben ist keine Eingebungsangelegenheit, da fliegt dir nix zu. Der Unterschied zum Drehen ist: Du bist nicht mehr allein, weswegen Hitchcock immer *wir* sagt.

Wie ist das denn, vom Schreibtisch hinter die Kamera?

Schmerzhaft wie jede Veränderung, erleichternd, wenn man sie schafft, richtig schafft, nicht bloß im Kopf. Wim Wenders hat mal gesagt, daß er ohne seine Leute ein Träumer geblieben wäre. Mir haben bei meinem ersten Film alle geholfen. Heiner Angermeyer, Jochen v. Vietinghoff, Johannes Schaaf, der wohl letztlich den Sender überzeugte, mir den Film anzuvertrauen, immerhin eine Dreiviertelmillion. Viel für einen Regieanfänger – wenig für einen historischen Film, aber das war unser Problem, und wir haben es gelöst, so gut wir konnten. Schwarzweiß, gar nicht so tun, als ob man wer weiß wie originalgetreu ausstatten könnte – 1860! – Konzentrieren auf die Personen, ihre Geschichte, das Budget voll ausnutzen, aber an keiner Stelle so tun, als ob man mehr hätte, als man wirklich hat. Ich wollte »den Film« nicht neu erfinden, aber anwenden, wenn ich gelernt hatte. Unser Drehen war keine Kette von Katastrophen. Wir haben gedreht. Einen Film machen heißt für mich auch, wenn ich kann, *vorher* die Kosten realistisch einzuschätzen und dann im Rahmen der Kalkulation zu bleiben. Wir haben es geschafft. Mir hat die Spannung vorher am meisten zu schaffen gemacht. Als das Team da war, hab ich mich hingestellt und ihnen nichts vorgemacht. Ich bin der Anfänger, ihr seid hier, weil es *nicht* euer erster Film ist. Wenn ich meine Fehler mache, sagt sie mir, helft, sie zu vermeiden. Sie haben mir eine Chance gegeben, alle, und ich mir Mühe. Jürgen Jürges z. B., der Kameramann, hat die Bilder so gesehen, wie ich sie ihm mit Wörtern meistens kaum beschreiben konnte; er hat nicht bloß »gesehen wie ich«, her hat *mehr*, weil *genauer*, nämlich mit seinem Bleistift, der Kamera, *gesehen*. Der Kameramann, das sind meine Augen; ein anderer als Jürgen Jürges, oder wenn der meinetwegen mit Faßbinder dreht, Robby Müller, das wäre für mich wie 'ne falsche Brille. Ohne Jürgen Jürges geht nix. Der Tonmann, das sind deine Ohren, das ist der Martin, Captain Müller. Der Cutter, das ist dein Herzschlag, dein Atem. Peter Przygodda, der schmeißt sich in den Film, der hält sich nicht raus, der setzt sich aus. Vom berühmten Rädchen im Getriebe zu reden kommt mir vor wie das Gestammel von den Schmetterlingen, aber es ist so. Du brauchst sie alle. Irgendwas klappt nicht, eine Einzelheit – und der Film knirscht, und das ist schlimmer, als wenn er stehenbleibt, denn dann klappt nix mehr. Allein schaffst du's nicht. Nach dem letzten Drehtag hab ich mich entsetzlich gefühlt. Keiner fragt dich, du kannst keinen mehr fragen, es gibt nix mehr zu fragen, abgedreht; alle Abschlußfeste sind verkappte Trauerfeiern; kann sein, man kann sich nicht mehr riechen, doch man weiß, man wird sich vermissen, man spürt's, auch wenn man nicht redet darüber.

Wann hast Du »John Glückstadt« gemacht?

1974, im Herbst.

Und Anfang 1973 ist »Ich hab' noch einen Toten in Berlin« herausgekommen. Hast Du damals nicht die Möglichkeit gesehen, den Roman selbst zu verfilmen? Denn Michael Fengler hat ihn ja dann mit dem Titel »Output« gemacht.

Ja. Aber ich rede nicht schlecht von Kollegen. Da gab's zuerst ein Drehbuch. Volker Vogeler und ich hatten es geschrieben. Volker hatte die Filmrechte, ich das Buch. Die Figuren waren mehr oder weniger kaschiert wir selbst. Ich schrieb dann den Roman, weil niemand den Film finanzieren wollte. Wir hatten eine Drehbuchprämie, fanden aber keinen Partner beim Fernsehen.

Wann hast Du mit dem Schreiben angefangen?

Das Schreiben fängt mit Erzählen an, und ich habe den anderen auf dem Schulweg Geschichten erzählt, sieben Kilometer Reden. Wenn sie mir meine Geschichten nicht glauben wollten – Erfundenes galt als Lüge –, behauptete ich, meine Lügengeschichten als Hörspiel im Radio gehört zu haben oder sonstwo gelesen, denn Gedrucktes galt als Wahrheit, das hab ich gemerkt. Ergebnis: Ich mußte nicht nur die Geschichte, sondern auch noch erlügen, wo ich sie herhatte. Aber mit was anderem konnte ich nicht imponieren, Nulpe im Fußball, Flüchtling mit unpassendem Dialekt: »Viiieaaazehn« (in Zahlen: 14) auf Westfälisch-Lippisch – »Fürz'n« auf Rucksackberlinisch (Mark Brandenburg). Logisch lachten sie mich aus; ich hätte brennend gern zu ihnen gehört und jemand anders ausgelacht. Es kam nicht dazu, wegen Umzugs. Aber die Geschichten, die gingen weiter. Bis dahin wußte ich nur, daß es Filme gibt, aus »Film & Frau« etc.; gesehen hatte ich noch keinen, das nächste Kino war weit vom Schuß und kostete Geld. Da hab ich eben nur gelesen. Der erste Film, den ich gesehen habe, ich weiß nicht mehr, wie er heißt, aber er war schwarz-weiß wie der erste, den ich gemacht habe. Hannelore Schroth saß im Bett, allein, biß in eine Zwiebel und schrie: »In der Nacht ist der Mensch nicht gern allein.« Ich habe mich entsetzlich gelangweilt. Der zweite Film war ein sowjetischer Film, »Die steinerne Blume«, und es war passiert, ich *mußte* weiter ins Kino, Rasiersitz, 70 Pfennige, und die Woche schaffen bis zum Samstag. Ich war nicht richtig da, in der Schule saß ich bloß rum, ich war in meinen Geschichten.

Mädchen?

Massenhaft. Keine hat was davon gewußt. Verliebt sein hieß Leiden, diese Gefühlstätowierungen der Kindheit, die so schlecht wegzukriegen sind. Die Zeit, bevor »ich zum Film kam«, schien mir endlos. Das brüllende Gelächter der Klassenkameraden, als ich nach soeben bestandener Mittlerer Reife aufstehen mußte und wie jeder andere sagen, was ich werden will. Schreiben und Filme machen, ist das denn ein Beruf? Und wenn? Du? Da hab ich endgültig die Wut gekriegt und einen Trotz, der mir sagte, da kommste nicht mehr drumrum, das mußt du denen beweisen und dir, das hat schon was ausgemacht. Dann 3 Jahre Buchhändlerlehre, 4 1/2 Jahre im Lektorat eines Verlags. 1965 nach Berlin. Ich hatte zwei Berufe gelernt und wollte was ganz anderes machen. Einmal, während der Lehre, im Keller der Buchhandlung, war ich drauf und dran, aufzugeben, die Lehre abzubrechen, zu Fellini, Staudte, einem Regisseur, dessen Filme ich gut fand, zu gehen, da bin ich, 'n abgebrochener Buchhändlerlehrling. Ich hatte nicht den Mut dazu und dafür den eingeimpften Vorsatz, jede Sache um jeden Preis zu Ende bringen zu *müssen*, zu deutsch: Erwartungen zu erfüllen. Nur bittere Medizin hilft, Arbeit ist kein Vergnügen, etc., diesen deutschen Muff von »vernünftig werden« und »unterordnen«. Die klassische Duckmäuserlehre. »Ich kam zum Film« – von unten, als Kleindarsteller, der dreimal umgezogen durch's Bild lief, als Edelkomparse mit einem Satz, als Regieassistent, Synchronsprecher mit zwei Takes etc., keine Theorie. Die Filme hießen z.B. »Treibgut der Großstadt«, Billigfilme, damalige Schwitzerotik, die Leute machten diese Filme schnell und für ein Butterbrot. Die Sorte, die vor den Hausfrauengeschichten kam. Aber das Herstellen dieser Ware hat ja Parallelen. Es ging nicht um Kunst – es ging um ein paar Mark, auch für mich. Dann kam eines Tages Klaus Lemke und sagte: »Was willst du eigentlich noch in Berlin? Die Filme werden in München gemacht.«

Meinen ersten Job in München, 1968, gab mir Roger Fritz, das war seine erste Fernsehinszenierung. Ich lieferte ein Drehbuch mit 900 Einstellungen und lernte weiter dazu. Mit Volker Vogeler schrieb ich »Jaider – der einsame Jäger«, mit Walter Fritzsche dann »John Glückstadt«.

Der Roman »Ich hab noch einen Toten in Berlin« war doch ein ziemlicher Erfolg. Gesamtauflage fast 300.000 Exemplare, Übersetzungen in USA, Spanien, England, Italien, Schweden, Türkei, Dänemark, Norwegen, Holland.

Ich wollte Filme machen, und das Drehbuch für »John Glückstadt« kriegte die Drehbuchprämie. Ohne die Filmförderung hätte ich kaum eine Chance gehabt, meinen ersten Film zu machen.

Du willst also nicht auswandern?

Nein, aber ich würde gerne mal wieder verreisen.

Wie kamst du auf STORM?

P. Przygodda brachte eine Gesamtausgabe, und ich stieß auf den »Doppelgänger«, der in vielen Gesamtausgaben fehlt; Storms erste Fortsetzungsgeschichte. Ich habe die zwei Bände in einer Nacht gelesen, und »John Glückstadt« blieb übrig. Ich sah noch die Bilder, spürte noch die Gefühle.

Du hast doch die Marie-Christine Barrault entdeckt?

Nein, ich hab sie im Fernsehen gesehen, in einer französischen Maupassant-Verfilmung. Ich hab ihr dann geschrieben, und sie ging darauf ein. Marie-Christine Barrault ist eine Schauspielerin, wie es sie nur alle zehn Jahre einmal gibt.

Wann kam denn »John Glückstadt« in die Kinos?

Herbst 75. Im Sommer war er deutscher Beitrag auf der Berlinale mit »Eiszeit« von Zadek.

Du bekamst den Bundesfilmpreis für Regie, und Dieter Laser, dein Hauptdarsteller, den Bundesfilmpreis als Schauspieler.

Peter Zadek hat der »John Glückstadt« gefallen, er hat mir eine Karte geschrieben, das hat mich erst verunsichert, dann hat's mich doch gefreut.

Der PUMA-Roman ist doch schon sehr filmisch.

Was im Roman beschrieben ist, würde, einfach übernommen, auf der Leinwand nicht funktionieren. »Werktreue«, das ist auch ein anderes Wort für Denkfaulheit. Film ist was anderes. Man kann ihn sehen und hören. »Verfilmt«, das ist ein Mißverständnis, genaugenommen eine Verfälschung; dann sollte man lieber die Seiten fotografieren.

Würdest du denn auch mit Laiendarstellern arbeiten?

An Laien mach ich mich wund. Ich brauche Schauspieler. Ich mag Schauspieler.

Was kommt nach PUMA?

Ein anderer Film.

Krimis, Kino, verhinderte Karrieren

von Wolfgang Rüger (Auftritt Nr. 9/1987 Rhein-Main-Illustrierte 9/1987)

Im Oktober kommt Ulf Miehes zweiter Film in die deutschen Kinos. *Auftritt* hat den Filmregisseur und Krimi-Autor in München besucht und gefragt, warum seit dem ersten Film eigentlich zwölf Jahre vergehen mußten.

»I am about t'sketch you a picture of
what goes on around here sometimes.«
Bob Dylan

Ich stehe zum vereinbarten Zeitpunkt am großen Zeitungskiosk in der B-Ebene des Münchner Ostbahnhofs. Es könnte eine Szene aus *Lilli Berlin* sein, dem zuletzt erschienenen Roman Miehes. Da steht auch einer auf Abruf und weiß nicht genau, wer und was auf ihn zukommt. Ich kenne Ulf Miehe nur von Fotos. Gespannt beobachte ich das emsige Menschentreiben in den düsteren Gängen dieses etwas heruntergekommenen Bahnhofs. Dann sehe ich ihn im Licht der Abendsonne die Treppe herunterkommen. Ich erkenne ihn sofort. Er sieht immer noch aus wie auf dem Coverfoto seines ersten Romans, *Ich hab' noch einen Toten in Berlin*, der 1973 erschienen ist: schwarze Lederjacke, schwarze Sonnenbrille, die dunklen Haare nach hinten gekämmt. Daß mir sein Gang etwas katzenartig vorkommt, ist sicher nur eine blöde Assoziation zu seinem wohl bekanntesten Roman *Puma*.

In seinem silbrigfarbenen Opel Manta fahren wir zu einem China-Restaurant in Haidhausen. Es ist eine Gegend, die so gar nicht in mein München-Bild passen will, die aber mit Sicherheit gut zu Ulf Miehe paßt, besser zu seinen Romanen. Auf der Fahrt unterhalten wir uns über Rolf Dieter Brinkmann, den wir beide gleichermaßen schätzen und den Miehe schon seit den frühen sechziger Jahren kannte. Im Laufe des Abends stellt sich raus, daß es eine ganze Reihe von Künstlern gibt, die wir beide sehr mögen. Für diejenigen, die mit den Namen etwas anfangen können, läßt sich da bereits viel an Information rauslesen: Samuel Fuller, Roland Klick, Hans Werner Kettenbach, Jörg Fauser, Hans Herbst. Für mich gehört Miehe auch in diese Reihe.

Geboren wurde er 1940 in der Mark Brandenburg, »80 Kilometer von Berlin«. Seine Kindheit und Jugend hat er dort, in Westfalen und an der Nordseeküste verbracht. Nach der Mittleren Reife hat er eine Lehre als Buchhändler absolviert und hinterher vier Jahre als Verlagsvolontär bei Sigbert Mohn in Gütersloh gearbeitet, sich aber 1965 für die Existenz des freischaffenden Künstlers entschieden. Das Berufsziel umschreibt er noch heute sehr bescheiden als den Versuch, »Schriftsteller werden zu wollen«. 1967 ist er Mitherausgeber einer dicken Gedicht-Anthologie, »Panorama moderner Lyrik deutschsprechender Länder«, und 1968 kommt sein erstes eigenes Buch, die Erzählsammlung *Die Zeit in W und anderswo*, von dem »damals ganze 900 Exemplare verkauft wurden«. Schon Mitte der sechziger Jahre knüpfte er in Berlin als Statist und Helfer erste Kontakte zum Filmgeschäft. Er fängt an, Drehbücher zu schreiben. Zusammen mit Volker Vogeler schreibt er das Drehbuch zu einem Krimi, das zwar gefördert wird, aber letztlich keiner haben will. Weil er mit seinem ersten Romanstoff nicht recht weiterkommt, macht er aus dem Drehbuch den Roman *Ich hab' noch einen Toten in Berlin*, der ihn schnell als großes Krimi-Talent bekannt macht. 1974 wird dieses Buch unter dem Titel »Output«

von Michael Fengler verfilmt, der Film aber fast nur im Fernsehen gezeigt. »Ein schlechter Film«, urteilt Miehe selbst.

Der große Durchbruch erfolgt für Miehe dann Mitte der siebziger Jahre. 1975 kommt sein erster Film in die deutschen Kinos. »John Glückstadt«, nach einer Novelle von Theodor Storm, wird mit dem Filmband in Gold des Deutschen Filmpreises für die beste Nachwuchsregie ausgezeichnet.

1976 erscheint *Puma*, einer der besten deutschsprachigen Krimis überhaupt. Über die Entstehungsgeschichte und die Idee zu diesem Buch sagt Miehe: »Paul Getty suchte damals nach seiner Entführung jemanden, der ihm seine Geschichte aufschreibt, aber da ich kein Journalist bin, wollte ich das nicht machen, habe aber immer weiter darüber nachgedacht, vor allen Dingen über das Problem, was passiert eigentlich wirklich, wenn sich der Entführte solidarisiert und den Spieß umdreht.«

Natürlich wollte ich wissen, wie man dazu kommt, sich auf Krimis zu spezialisieren, und welche Voraussetzungen man da mitbringen muß, um so etwas wirklich gut machen zu können? Für Miehe war wichtig, »daß es im Genre des Kriminalromans eine verläßliche Form gibt«. Weiter war ausschlaggebend, daß ihm Autoren wie Chandler, Hammett, James M. Cain, Jim Thompson und Howard Browne, schon teuer waren, »als es den Kult um die Schwarzen Serien noch gar nicht gab«. Daß die großen amerikanischen Vorbilder immer noch die besten Lehrmeister sind, zeigt sich auch im Falle von Miehe. Von ihnen hat er die knappe, präzise Sprache, den Wahrheitsgehalt und die Authentizität seiner Handlungsorte, die exakte Charakterisierung seiner Protagonisten, die Spannung und Action, den Humor und die Lakonie seiner Stories und Dialoge. Miehe lebt seit 1976 auf dem Land; wenn er Inspirationen braucht, die meistens aus Beobachtungen kommen, fährt er für ein paar Tage nach Berlin und läßt die Großstadt auf sich wirken. »Der Ausgangspunkt für einen Plot, für eine Geschichte kann eine ganz einfache Zeitungsmeldung sein.« Der Rest besteht dann aus Beobachtungen, Recherchen und Fiktion. »Das Recherchieren ist wichtig, um sich selbst ein Gefühl der Sicherheit beim Schreiben zu geben.« Daneben ist es auch die Voraussetzung, um einer Geschichte Glaubwürdigkeit zu verleihen. Miehes Bücher zeichnet ein hoher Gehalt an Wirklichkeit aus. Man hat nie das Gefühl, angelogen zu werden. Seine Akribie geht so weit, daß er nur über das schreibt, was er tatsächlich vor Ort gesehen hat. Um das Schlußkapitel von *Puma* schreiben zu können, ist er extra nach New York geflogen, »nicht um zu wissen, wie die Straße heißt, das kann ich auch zu Hause im Stadtplan nachgucken, aber um ein Gefühl für eine Atmosphäre zu kriegen.«

Was in der Gattung Kriminalroman ansonsten eher selten ist, war bei Miehe bisher die Regel: seine Bücher enden nicht trostlos. »Was mich an Krimis immer gestört hat, war dieses Klischee, daß am Ende der Gangster erschossen wird, das ist die überholte Moral. Das stimmt doch auch gar nicht. Das wissen wir ja inzwischen.« Delikat ist an Miehes Krimis, daß seine Helden aus der Sicht des Gesetzes betrachtet immer auf der falschen Seite stehen, aber, ergänzt Miehe sofort, »von der Moral her stehen sie auf der richtigen. Der *Puma* zum Beispiel wird nicht schuldig. Er bringt niemanden um, worauf er sehr achtet. Wenn er das nicht täte, dann würde er verlieren.«

Miehes Helden sterben nach einem bißchen persönlichen Glück, das mit Liebe und Freiheit zu tun hat. Für letzteres braucht man in der Regel eine größere Summe Geld. Fast immer zufällig bietet sich ihnen die Chance, durch einen nicht legalen Coup dieses Glück in greifbare Nähe zu kriegen. Die Sympathien des Lesers liegen von Anfang an auf seiten der Protagonisten, aber dadurch, daß Miehe die Aktionen seiner Personen von langer Hand vorbereitet, den Leser immer genau ins Bild setzt über die Gründe, warum so gehandelt wird und nicht anders, besteht an der moralischen Integrität der Personen kein Zweifel.

Puma ist der einzige Roman von den dreien, der ganz genau auf Kino gezielt war und es dann folgerichtig nicht geworden ist. »Die Puma-Verfilmung ist gescheitert zur Zeit der Schleyer-Entführung und hat meine sogenannte Filmkarriere für zwölf Jahre unterbrochen.« Miehe ist ein klassisches Beispiel für die Gnadenlosigkeit des Filmgeschäfts. Kommerzialität und Duckmäusertum sind gefragt. Wer sich da nicht anpassen kann, bleibt auf der Strecke. Miehe hat sein Geld in den zurückliegenden Jahren überwiegend beim Fernsehen verdienen müssen, obwohl er dem Fernsehen gegenüber sehr kritisch eingestellt ist, »das Fernsehbild hat einen Fast-Food-Charakter«, und dort auch nicht immer positive Erfahrungen gemacht hat. Das oft ungeheuerliche Gebaren der Fernsehgewaltigen, die abschreckenden Praktiken im Fernsehgeschäft hat Miehe deshalb des öfteren zum Thema seiner Drehbücher gemacht, die er vor allem für die Serien »Tatort« und »Der Fahnder« (zusammen mit Klaus Richter) geschrieben hat. »Man beschäftigt sich halt mit Dingen, wo man sich so ein bißchen auskennt.« In seinem neuen Kinofilm, der im Oktober in unsere Kinos kommen wird, spielt das Fernsehen ebenfalls eine wichtige Rolle. In der Komödie »Der Unsichtbare« geht es um einen Talkmaster, dessen Leben vollkommen aus der Bahn gerät, als ihm sein Onkel eine Tarnkappe vermacht. Die Fernsehkritik kommt dieses Mal also per

Satire. Die Fernsehverantwortlichen scheinen das Drehbuch allerdings alles andere als witzig gefunden zu haben. Ob der kritischen Zwischentöne wollte keine Fernsehanstalt koproduzieren. Dabei macht allein schon die Besetzungsliste gespannt auf den Film: neben »Fahnder« Klaus Wennemann und Jungstar Barbara Rudnik spielen Nena und Altstar Camilla Horn wichtige Rollen.

Auf der Rückfahrt nach Schwabing schwärmen wir noch ein bißchen über unsere gemeinsamen Lieblingskünstler. Einen muß ich unbedingt noch nennen: Bob Dylan. Musik ist nämlich auch ein wichtiger Bestandteil in Miehes Geschichten. Und »Bob Dylan, den gibt's immer, in allen Büchern.«

Das letzte Stück meines Nachhausewegs gehe ich zu Fuß. Ein Nachtbummel über die Leopoldstraße. Es ist mächtig viel los. Schickimicki-Volk in den Straßencafés, ein Geschnatter und Gehupe auf der Straße, wie ich es nachts bisher nur in Städten südlicher Länder erlebt habe. Eine Flanierstraße mit Musikanten, Gauklern, Rollschuhfahrern, Trödelhändlern, Malern. Auch wenn fast alles nur Schein ist, Kunsthandwerk, und die meisten vom Beifall leben, so hat diese Straße mit ihrem Sehen und Gesehenwerden doch Atmosphäre. Mein Voyeurismus kommt voll auf seine Kosten, vielleicht weil es das in Frankfurt (noch) nicht gibt. Oder, wie sagte Ulf Miehe: »Der erste Blick ist immer der schärfste, je länger man an einem Ort ist, desto weniger sieht man.«

Der Filmemacher

»Mein Gott, ich glaub', ich muß sterben!« *

Die Filme des Ulf Miehe

von Rolf Giesen

Bajuwaro-Western

Ulf Miehe hat *auch* Filme gemacht, zum Beispiel *Jaider – der einsame Jäger.*

Als Miehe und Regisseur Volker Vogeler diesen Heimatfilm der anderen Art planten, da war längst ein Schnitt durch die Republik gegangen: Die 68er Studenten – »Ho-Ho-Ho-Tschi-Minh!« – hatten den Bürgern einen Angstschauer nach dem anderen über den Rücken gejagt, die heile Phantasiewelt der DM, in die sich die Westdeutschen nach dem Krieg geflüchtet hatten, war (lange vor dem Euro) angeknackst. Im Kanzleramt regierte nach dem von Beate Klarsfeld hinausgeohrfeigten ehemaligen Goebbels-Mitarbeiter Kurt Georg Kiesinger ein Willy Brandt, von dem die Unbelehrbaren verlangten, er solle sich, bitteschön, an die Wand stellen lassen. Über die Kinoleinwand flimmerten neben *Helga* und *Kolle* die Filme von Jean-Pierre Melville und die Italowestern eines Corbucci und Leone: Im Deutschland der APO und Jugendbewegten avancierte insbesondere *C'era una volta il west* zum »Kultfilm«, unter dem für Deutsche höchst bezeichnenden Titel *Spiel mir das Lied vom Tod.* Letzterer war halt immer noch ein Meister aus Deutschland. »Es ist etwa zehn Jahre her« – erinnerte Ulrich Greiner in der *Zeit* [1.8.1980] – »daß Studenten und junge Arbeiter in den französischen Alpen ein verfallenes, ehemals herrschaftliches

* Dialogzitat aus Miehes Spielfilm *Der Unsichtbare*

Gehöft kauften und gemeinsam wieder aufbauten. Morgens, wenn es Zeit zum Aufstehen war, ging einer in den Hof und bediente den Plattenspieler, der immer dort stand und auf dem immer dieselbe Platte lag: Ennio Morricones Musik ›Spiel mir das Lied vom Tod‹. Wenn die Harmonika ihren klagenden Halbtonschritt anstimmte, krochen wir aus unseren Schlafsäcken nach draußen in die Sonne und hörten, wie die Todesmelodie von den Bergen auf der anderen Seite des Tals zurückhallte.« In Deutschland pfiffen die Spatzen Morricone sozusagen von den Dächern, bevor die Katze sie fraß.

Derart angeturnt, nahmen sich Miehe und Vogeler vor, das sakrosankte Genre des Heimatfilms aufzumischen, aber anders als es zur selben Zeit Volker Schlöndorff (Der plötzliche Reichtum der armen Leute von Krombach) und Reinhard Hauff (Mathias Kneißl) taten: nämlich mit den finalen, den letalen Mitteln des Italowestern. Vogeler: »Wir haben den alten deutschen Heimatfilm an den Beinen aufgehängt und lassen Blut aus seiner Nase tropfen.«

Am Anfang von *Jaider* sieht man noch Seen, Wälder – und ein weißblauer Himmel strahlt über die (slowenische) Landschaft, die vor der Filmkamera für Bayern herhalten muß. Man hört eine sanfte Erzählerstimme: »Das ist die Sonne des Grafen ... Das sind die Wege des Grafen ... Das sind die Wälder des Grafen ... Das sind die Menschen des Grafen.« Doch nicht alle Menschen mögen sich dem bayrischen Adel, der die herrlichen Wälder und Auen für sich reklamiert, fügen. Durch das »Schweigen der Wälder« peitschen Schüsse und schrecken die frommen Kirchgänger, die rauschbärtigen Patriarchen, die mehr oder minder keuschen Dirndln, erschüttern die Ostermayrsche Berg-, Wald- und Wiesen-Romantik in ihren Grundfesten.

Vogeler: »... der Film hat schon etwas zu tun mit der Situation der rebellischen Jugend von heute nach den Studentenunruhen, nach der Politisierung der Gesellschaft im Zusammenhang mit diesen Unruhen und nach dem Zusammenbruch dieser Rebellion.« – Übertragen auf den Bewußtseinsstand der Menschen vor hundert Jahren, vor einem ganz bestimmten sozialpolitischen Hintergrund mit ganz klaren Besitzverhältnissen von Arm und Reich: »Man reagiert auf Zwänge – und zwar mit Rücksichtslosigkeit, mit Grausamkeit, mit Mord und Totschlag.« Die latente Aggressivität entlud sich im Kampf ums Wild, das der einzige Reichtum des Landes war, der nicht erarbeitet und nicht gepflegt werden mußte. Nach gründlichem Quellenstudium wußten Vogeler und Miehe, daß besonders nach Kriegen und Krisen die Auseinandersetzungen zwischen Wilderern und dem Besitz-Adel verpflichteten Jägern kriegsähnliche Zustände erreichten. Vogeler: »Wilderer fingen einen Förster, der vorher zwei Wilderer erschossen und einen anderen mit einem Pferdewagen zu Tode geschleift hatte. Sie schlugen den Förster halb tot und gruben ihn in einen Ameisenhaufen. Ein Jahr später wurde das Skelett des Försters gefunden. Das steht in einem Prozeßbericht aus dieser Zeit. In einem anderen Bericht steht, daß Wilderer einen Förster lebendig an ein Scheunentor genagelt haben.« Das klingt wie die Schilderung von Einstellungen aus einem Film von Sam Peckinpah, aus *The wild bunch* etwa (Miehe mochte *Bring me the head of Alfredo Garcia*, aber mit Peckinpahs »Offenbarungseid« *Steiner* konnte er nur wenig anfangen).

Hier ist der Heimat, der schönen Heimat die verlogene Ganghoferei endgültig ausgetrieben – und von Blut und Boden ist nur insofern die Rede, als der Boden getränkt ist vom Blut der Armen. Hier ist die Folklore derart roh, daß sich kein Trachtenverein für sie zu begeistern vermag, und trotzdem ist die Mentalität der Leute kongenial erfaßt. 1869 notierte Ludwig Stop in seinen *Altbayerischen Kulturbildern*: »Man mordet sich dort zum Zeitvertreib. Am Heiligen Sonntag beim Abendtrunk löschen sie die Lichter aus und stechen sich mit langen Messern einfach tot. Der Jüngling, der keine Menschenseele auf dem Gewissen hat, genießt, wie bei den Irokesen, keine Achtung.«

Jaider, altbayrisch für Jäger, ist eine Filmfigur nach dem Vorbild des legendären Wildschützen Jennerwein. Der Protagonist hat tapfer bei Versailles gekämpft und ist sogar mit einem Orden ausgezeichnet worden, aber als er heimkehrt, findet er keine Arbeit, mag sich auch gar nicht mehr in die bestehende Ordnung fügen, die den Armen die Gurgel zudrückt. Er wird zum Outlaw – und bekommt einen adäquaten Gegenspieler: der in gräflichen Diensten stehende Jäger Baptist Meyer ist ein ehemaliger Kriegskamerad. Agnes, Jaiders Frau, wird im Kampf von Meyer hinterrücks erschossen, sein Bruder an einem Scheunentor gekreuzigt. (Scheut sich der WDR dieser Szene wegen, die das »religiöse Empfinden« verletzt, immer noch vor jeder weiteren Fernsehausstrahlung des *Jaider*?)

Gottfried John spielt den Jaider. Miehe schrieb über ihn, er habe sein Gesicht zum erstenmal im *Spiegel* gesehen: »Das war ein anderes Gesicht. Man vergaß es nicht beim Umblättern. Für die Rolle des Jaider erschien uns John schon während unserer ersten Begegnung spontan als ideale Besetzung. Als wir uns kennenlernten und schließlich die Arbeit begannen, hatte er die vergangenen neun Jahre Theater gespielt. Er hatte gelernt, was er lernen konnte. Man kann auch sagen: Er hatte genug gesehen, er wußte genug. Denn keine der üblichen gesellschaftlichen Rollenerwartungen ist er bereit zu erfüllen. Er suchte nach neuen Arbeitsmethoden, Kommunikationsmöglichkeiten, er hatte sich durch seine intensive und zähe Theaterarbeit vorbereitet auf ein neues Medium: Film.« Jaider war Johns erste Filmrolle; dieser Tagelöhnersohn, der in die Berge geht und wildert, um nicht zu verhungern, der sei einem wie ihm, der einen Großteil seiner Kindheit in Heimen verbrachte, wie auf den Leib geschrieben: »Es bleibt unzulänglich, Menschen mit Wörtern zu beschreiben. Schriftsteller beweisen dies mit besonders schönen Beschreibungen von Figuren ihrer Phantasie. Daß aber einer herkommt und macht eine Phantasie-Figur lebendig, gibt ihr Persönlichkeit, stellt jenen aufregenden Effekt her, der sich vorsichtig überm Rückenmark ankündigt und sich dann als Gänsehaut fortsetzt – das passiert nicht so oft.« Obwohl John (heute ein auch international begehrter Darsteller, wie es der Autor seinerzeit vorausgesehen hat) bis dahin nie mit einem Gewehr geschossen habe, so Miehe, sehe er aus, als wäre er mit einer »Winchester« großgeworden.

Jaider lief 1971 auf der Berlinale. Vogeler: »Ich habe während des Drehens immer behauptet, daß ich einen Trivialfilm mache. Gut, wir haben einen Trivialfilm gemacht, aber er ist ausgekühlter geworden, als ich mir das eigentlich vorgestellt habe.« Dafür wurde der Regisseur mit einem Bundesfilmpreis (Filmband in Silber) ausgezeichnet.

Schuhplattler in Amerika

»Zum Film bin ich durch einen Freund in Berlin gekommen«, erzählt Miehe. »Der machte bei Artur Brauners B-Pictures Regieassistenz. Ich wollte schon immer nach Berlin. Das war eigentlich die Stadt, in der ich leben wollte. Da habe ich versucht, meinen ersten Roman zu schreiben, und ihn dann weggeschmissen.« Miehe, angesteckt von den Filmen Sam Fullers und vom Film Noir, fing ganz unten an, wirkte in der Statisterie mit und verdiente sich ein Zubrot als Assistent und Synchronsprecher. Er drehte mit »Darstellern« wie Rolf Eden (»Meine Nachtlokale laufen von allein«) und war Kleindarsteller in *Treibgut der Großstadt*, den Jürgen Knop geschrieben hatte und den der film-dienst einen »überflüssigen Film« nannte. Jeder hat seine Leichen im Keller. »Ich wollte eigentlich immer für den Film arbeiten, aber in Berlin gab es keinerlei Möglichkeiten, das auch nur finanziell zu realisieren. Ich war ja weder Literat noch sonstwie bekannt.« 1969 zog er nach München um, machte eine Fernsehbearbeitung für Roger Fritz und lernte Volker Vogeler kennen. Das Drehbuch für *Jaider* war schnell geschrieben: »Ich habe nicht empfunden, daß es schwerer wäre, einen Film zu schreiben. Im Gegenteil. Durch die Arbeit mit Volker Vogeler habe ich gelernt, eine längere Geschichte von Anfang an besser zu übersehen.« Außerdem habe er gelernt, daß beim Film das Bild schon viel von dem ausdrücke, was man in der Prosa in Nebensätzen beschreiben muß.

Der zweite Film des Teams Miehe-Vogeler hieß *Verflucht, dies Amerika*, wurde in Spanien gedreht (über der kargen Landschaft brütet die Hitze) und war ein weitergedachter *Jaider*, d.h. auch diese Filmgeschichte war rückwärtsgewandt, denn – so Vogeler: »Da der Bewußtseinsruck der 60er Jahre für die Gesellschaft keine überschaubaren positiven Folgen hatte, haben sich viele von uns nach dieser Enttäuschung Geschichten aus dem 19. Jahrhundert zugewendet.« Vogeler definierte sein Kino als »neuen Kommerzialismus«: Verzicht auf Autoren- und Hinwendung zum Actionfilm. Es dämmerte die Erkenntnis, daß man Filme nicht nur als Kunstprodukt, sondern auch als Ware sehen müsse. Kommerz war für ihn der »Umgang mit Erfahrungswerten, die das Publikum liebt, nicht aber mit seiner Moral«.

Fünf krachlederne junge Bayern, Holzfäller, Wilderer, Jaider-Getreue, werden 1885, nach Verbüßung einer vierjährigen Zuchthausstrafe, über die Landesgrenze abgeschoben und erleben nach ihrer Auswanderung ins »Land der unbegrenzten Möglichkeiten« den Wilden Westen so, wie er nach den Recherchen von Miehe und Vogeler wirklich gewesen ist: puritanisch, muffig, bevölkert von bigotten Hinterwäldlern und feigen Ganoven. In ihren grünen Hüten mit Spielhahnfedern stampfen sie durch das abgehalfterte High-Noon-Dorf Yanktown, jodeln das Andreas-Hofer-Lied (»Sie woll'n doch wohl net, dess mir sing'n, oder?«), machen Fingerhakeln um eine dicke Indianerin, führen den grölenden Saloon-Besuchern einen zünftigen Schuhplattler vor und verlangen als Bezahlung dafür Bier in Maßen. Die Bierkrüge schlagen sie dann wie Whiskyflaschen entzwei, um sogleich eine zünftige Wirtshausrauferei vom Zaun zu brechen, aber das Vorhaben geht im Gelächter der Amis unter. Am Ende lassen sich vier der von den bornierten Kleinstädtern gemiedenen und zu Latrinenleerern degradierten Bayern-Buam für den zum Schmarotzer verkommenen Doc Holiday für ein Kapitalverbrechen dingen, rauben eine Bank aus und werden hinterrücks erschossen. Der fünfte Bayer, gespielt von Sigi Graue, empfiehlt sich konsequenterweise als einsamer Rächer à la Jaider. Aus der Western-Komödie wird eine Western-Tragödie.

In der Besetzung auch international bekannte Namen: William Berger als Doc Holiday und Geraldine Chaplin als Katie Elder, und der miese Sheriff heißt ausgerechnet Nixon, was einige Kritiker als geschmacklos empfanden. Dieser heute vergessene Film hat zweifellos den später über Gebühr gelobten *Out of Rosenheim* vorweggenommen und schildert (subkutan) das Schicksal des Emigranten Oskar Maria Graf, der sich als echter Bayer nur schwer in Amerika zurechtfinden mochte. Vogeler und Miehe haben auch diesen Film akribisch recherchiert, Fotos aus der Zeit zwischen 1880 und 1900 gesichtet, die in Amerikas Westen aufgenommen worden waren, und jede Menge statistisches Material ausgewertet, dabei ein Bild geformt, das den herkömmlichen Vorstellungen vom Goldenen Westen in jeder Weise widerspricht. »Bitter klar« – schrieb Günter Herburger in der *Zeit* [2.11.1973] – »wird dadurch zum erstenmal in einem Film dieser Machart, aus was die amerikanische Nation gebacken wurde, sich zusammenbraute – aus lauter Zukurzgekommenen und Verfolgten, aus Iren, Italienern, Polen, Deutschen, Galiziern, Türken, Portugiesen, Indonesiern, politisch Geknüppelten oder religiös Gehetzten. In Amerika holten sie das nach, was sie selbst erlitten hatten. Sie verfolgten die Indianer, nahmen an einer anderen Minderheit Rache. Auch das zeigt der Film auf seine erstickend stille Weise.«

Output

Michael Fengler hatte mit Fassbinder *Warum läuft Herr R. Amok*? gedreht und sollte mit ihm, bevor sich die zwei endgültig überwarfen, die *Ehe der Maria Braun* produzieren. Dazwischen war er Geschäftsführer beim Filmverlag der Autoren in München und drehte nach einem Stoff von Miehe den Film *Output*. Das Original-Drehbuch war noch eine Zusammenarbeit von Vogeler und Miehe, aber kein Produzent hatte es haben wollen, obwohl das Bundesinnenministerium 300 000 Mark dafür flüssig machen wollte. Doch dieser Betrag war entschieden zuwenig für den als internationale Großproduktion geplanten Film. Vogeler hatte dann irgendwann die Nase voll und wandte sich anderen Projekten zu, unter anderem einer eigenen Kneipe. Miehe nutzte den Leerlauf und machte aus dem Drehbuch den Roman *Ich hab' noch einen Toten in Berlin*, der bei Piper erschien und auf Anhieb ein Bestseller wurde. Eingedenk des Erfolgs auf dem Buchmarkt wurde mit dem Fernsehen neu verhandelt, aber die Verhandlungen zogen sich derart in die Länge, daß auch Miehe endlich genug hatte und Fengler das Feld überließ. Erst der zehnten Drehbuchfassung – unter den Autoren auch Thomas Schamoni – gab das ZDF seine Zustimmung und ließ sich das 400 000 Mark kosten. Mit zusätzlichen 150 000 Mark Eigenmitteln konnte das Projekt schließlich realisiert werden, in kleinem Rahmen, auf Sparflamme, die kaum noch was von Miehes und Vogelers großen Ideen zuließ. Der Braten wurde nur halbgar serviert. *Output* ist eine Nabelschau. Im Mittelpunkt der Nabelschau: der Coup eines Filmregisseurs und eines Autors, eines Gespanns à la Miehe und Vogeler. Der Regisseur Alexander Gorski, von Lou Castel in der Art des jungen Marlon Brando gespielt, läßt sich, nachdem ihm in München der Arsch auf Grundeis gegangen ist, von Benjamin (Bernd Herberger), seinem Freund und Autor, nach Berlin schleifen, wo aus einem geplanten Krimi-Drehbuch und einem Filmüberfall auf einen amerikanischen Militär-Geldtransport blutiger Ernst wird. Fengler: »Es geht darum zu zeigen, wie zwei Leute, die keine Kriminellen sind, dazu kommen, so etwas zu machen. Welche Skrupel müssen sie überwinden, welche Zweifel haben sie, und was versprechen sie sich eigentlich davon?« Die Beute im Film beträgt 1,5 Millionen Dollar – und soviel hätte der Film auch kosten müssen, um Qualität zu garantieren und erfolgreich mit vergleichbaren französischen oder amerikanischen Produktionen zu konkurrieren. Karena Niehoff reagierte im *Tagesspiegel* [19.12.1974] unter der Überschrift »Verbrechen als Lebensborn« leicht gereizt: »Um jedoch etwaige Interessenten zu warnen.

Gäbe es die Millionen Dollar spazierenfahrenden Amerikaner tatsächlich in Berlin, so bekämen wir jetzt durch diesen hübschen Film kaum von ihnen Kenntnis: unsere Filmleute nämlich – was denn sonst! –, von dem geldgebenden, ob der fehlenden Moral verschreckten Fernsehen mit Drehbuch-Vetos offenbar schlimm geplagt, wären nicht phantasieloser als ihre Phantasie, nicht dümmer als ihr Verstand und säßen jetzt, höhnisch genießend, unbefangen grüßend, anstelle ihrer Filmfiguren auf den Bahamas.« (Nun, Volker Vogeler sitzt zwar nicht auf den Bahamas, dafür schreibt er heute auf Ibiza Drehbücher für den Münchner TV-Produzenten Ringelmann, zum Beispiel den *Alten*. Zwar war er schon immer der Älteste unter den deutschen Jungfilmern, aber das heißt nicht, daß er seine Kämpfernatur verleugnet. Bei Redaktionsschluß denkt er an die Realisierung eines neuen Kinofilms.)

Glückstadt

Miehes erste Filmregie war *John Glückstadt*, eine in ihrer Historizität wieder zeitlose Sozialballade nach einer Novelle von Theodor Storm [*Der Doppelgänger*], denn immerhin wußte der Regiedebütant, daß man mit Literaturverfilmungen leichter bei Drehbuchkommissionen und Gremien ankommt. Mit der Drehbuchprämie, einer Beteiligung des Fernsehens und einem Zuschuß des Kuratoriums junger deutscher Film ließ Miehe den Stoff von Heinz Angermeyer produzieren, der gleichen Service schon den Kollegen Klick, Schaaf und Schell geboten hatte. Gegen den Widerstand der TV-Redakteure konnte Miehe durchsetzen, daß Kameramann Jürgen Jürges die starre, schwerfällige und kalte Welt des norddeutschen Küstengebiets um die Mitte des 19. Jahrhunderts in Schwarzweiß fotografieren durfte. Es ist die Geschichte des John Hansen, der sechs Jahre lang wegen Einbruch und Diebstahl in den Bau muß und sich sagt: Ich fange von vorne an, sobald ich das abgesessen habe, aber schon im Knast wäscht ihm ein Mithäftling diese Flausen aus dem Kopf: Das wirst du nicht schaffen. Du gehst kaputt, weil dir deine Armut alles zerstört. Hansen läßt sich nicht beirren, heiratet die Wäscherin Hanna (Marie-Christine Barrault), nimmt ehrliche Arbeit an, doch als er eine Stelle nach der anderen verliert, bei Biedermeiers aneckt, Zielscheibe aller Aggressionen und Vorurteile wird, in denen er, nach dem Sitz des holsteinischen Zuchthauses, als Glückstadt figuriert, fängt er das Trinken an. Im Streit tötet er – ein Versehen – die Frau. Aber anders als der von Storm erdichtete Protagonist, der in einen Brunnen stürzt, sagt sich dieser hier: Jetzt erst recht nicht!, holt mit Gewalt die Tochter aus dem Waisenhaus und besteigt mit ihr ein Auswandererschiff nach Amerika.

Die Tatsache, daß dies Storms einzige Novelle sei, die mit Leuten zu tun habe, die nicht reich sind, keine Honoratioren oder Deichgrafen, reizte Miehe: eine echte Rehabilitierungsgeschichte war das – und damit konnte er das Sujet eines Romans/Films wie *Die Verrohung des Franz Blum* (Driest/Hauff) weiterspinnen. Allein den Schicksalsbegriff, die mystischen, transzendental-symbolischen Abgründe mochten er und Co-Autor Walter Fritzsche als aufgeklärte Sozialkritiker nicht von Storm übernehmen: »Theodor Storm hat, wie er schrieb, mit seiner Novelle *Der Doppelgänger* das Schicksal eines Menschen schildern wollen, der in Kenntnis seiner ›Leidenschaft‹ diese zu beherrschen sucht und gerade das ›Unheil‹ herbeiführt. Der Film behält den Verlauf des persönlichen Schicksals von John und Hanna Hansen bei, auch die Gefühlslage. Die sozialen Umstände aber, welche ›Leidenschaft‹ tödlich und ›Unheil‹ unter bestimmten Bedingungen zum gesellschaftlichen

Gesetz werden lassen, wurden deutlicher gemacht, als das bei Storm geschieht. Da gibt es auch ein schönes Nachwort zu der Reclam-Veröffentlichung von *Der Doppelgänger*. Da heißt es unter anderem: ›Der Doppelgänger ist die einzige Novelle Storms, der soziale Fragen zugrunde liegen. Die Dichtung soll jedoch keine Anklage sein, sondern entspringt Storms tiefem Verständnis für rein Menschliches und soll nach seinen eigenen Worten noch einmal das ›Evangelium der Liebe‹, das Hauptmotiv seines ganzen Schaffens, aufleuchten lassen …‹ Das ist für mich natürlich überhaupt nicht akzeptabel. Die Liebe hängt natürlich von den Bedingungen ab, unter denen man lebt. Und wenn es da eine Familie gibt, in der der Mann arbeitslos ist, dann wird die Liebe daran eben zumindest Schaden nehmen.« Man merkt dem Film die sorgfältige Planung, die Gedanken an, die sich Miehe gemacht hat. Wolfgang Limmer schrieb sehr schön, Miehe habe sich die Leinwand nicht erobert, er habe sie sich erarbeitet: »Dieser Erstlingsfilm scheint mit der Einsicht gedreht, daß die Summe aller in Stab und Besetzung erreichbaren Qualitäten größer sein kann als die eines genialisch einherstürmenden Autorenregisseurs.« *John Glückstadt* lief als deutscher Wettbewerbsbeitrag auf der Berlinale 1975. Im gleichen Jahr wurde Miehe für *Glückstadt* mit dem Bundesfilmpreis als bester Nachwuchsregisseur und der Schauspieler Dieter Laser für seine Darstellung des John Hansen ausgezeichnet, die ihm beinahe zu einem Büchnerschen Woyzeck geriet. Für den damaligen Bundespräsidenten Scheel war es »der beste deutsche Film, den ich seit zehn Jahren gesehen habe«. Trotzdem könne Miehe, berichtete die Stuttgarter Zeitung [26.9.1975], *John Glückstadt* heute nicht mehr ansehen, ohne ins Schwitzen zu kommen: »Da er ein selbstkritischer Mensch ist, sieht er – da geht er mit sich selber vielleicht doch zu rigoros ins Gericht – nur noch dessen Fehler. Dabei ist dem Film zweifellos zugute gekommen, daß er eine lange Entwicklungszeit hinter sich hat. Zweimal mußte Miehe wegen Geldmangels die Produktion aufgeben und nach einem anderen Hauptdarsteller suchen. Da er großen Wert darauf legt, seinen Protagonisten die Dialoge und Szenen auf den Leib zu schreiben, mußte er deshalb auch stets das Drehbuch ummodeln.«

Miehes nächster Film hätte die Verfilmung seines eigenen Romans *Puma* werden sollen. Luggi Waldleitner (!) und Vietinghoff, der schon bei *Glückstadt* dabeigewesen war, sollten produzieren, Lino Ventura war für die Hauptrolle ins Auge gefaßt, aber Ventura sagte aus persönlichen Gründen ab. Als »Ersatz« dachte man wohl auch an den eiskalten Engel, an Alain Delon – aber plötzlich bekamen die deutschen Geldgeber (Waldleitner war Strauß-Freund) und der mitfinanzierende Fernsehsender kalte Füße. Da waren Baader-Meinhof und die Schleyer-Entführung, gewisse Parallelen zwischen Fiktion und Wirklichkeit ließen sich, wie in allen guten Romanen, nicht übersehen – und seit der Filmgesetzgebung der Nazis geriert sich der deutsche Film als über den Geldhahn staatlich kontrolliert. Das Kleingeld, um dessentwillen der deutsche Film betrieben wird, kommt von oben, von den Gremien. Den Rest besorgen die Fernsehredakteure. Über diese Fernsehmenschen hat sich Miehe später in seinem Spielfilm *Der Unsichtbare* lustig gemacht, wenn er einem Intendanten am Telefon folgenden Satz in den Mund schiebt: »Selbstverständlich, Herr Minister, *Sie* sagen *mir*, wann *Sie* Zeit haben, dann lasse *ich* Ihnen den Film vorführen, und *Sie* sagen, wo Sie die Schnitte wünschen. Gar kein Problem, Herr Minister. Ich bin völlig Ihrer Meinung, daß der Film so nicht bleiben kann.«

TV or If you can't beat them, join them

Nachdem auch andere Spielfilmprojekte gescheitert waren, ergab sich Miehe, der es leid war, den Masochisten zu spielen, Ende der siebziger Jahre vollends der Übermacht der Television. Immerhin hoffte er auf eine ehrenvolle Kapitulation in Gestalt stetiger Aufträge durch Serienkonzepte, obwohl er instinktiv hätte wissen müssen, daß der schreckliche Berufsstand des Fernsehredakteurs, der ihm damals das Leben schwermachte, weil er das zwergenhafte Mittelmaß repräsentierte, sich genausowenig ändern würde wie der Beamtenstand:

»Den Tigern entrann ich
Die Wanzen ernährte ich
Aufgefressen wurde ich
Von den Mittelmäßigen.«

[Bert Brecht, 12. Dezember 1947]

Diese Erkenntnis muß ein gewisser Krimikenner im Hinterkopf gehabt haben, als er mit schneidender Schärfe 1987 den Niveauverlust der deutschen Fernsehkrimis diagnostizierte: »Ich kann mir nur vorstellen, daß diese Redakteure Freigänger irgendwelcher Irrenanstalten sind und ihre Redaktionsaufgaben im Vollrausch am Rande der Alkoholvergiftung wahrnehmen.« (Durch das Privatfernsehen sind im Verlauf der letzten Jahre notabene noch unendlich viel dümmere Redakteure dazugekommen, gegen deren Übermacht selbst der Tapferste keine Chance mehr hat.)

Miehe behauptete sich gegen sie nach Kräften, obwohl er wußte, daß er gegen Windmühlen ritt. 1979 drehte er den Fernsehfilm *So hat jeder seine Freiheit*, 1981 den mittellangen *Nichts Neues unter der Sonne. Grüße – Max*, eine viragierte Collage aus alten Postkarten. Dann machte er, stets in Zusammenarbeit mit Klaus

Richter, eine Reihe über die Studentenbewegung (*Die Zeiten ändern sich*), aber die beiden zogen ihre Namen als Autoren zurück, weil sie mit dem Ergebnis nicht einverstanden waren. Sie schrieben *Tatorte* und verfaßten für den *Fahnder* mehrere Drehbücher. Den Fahnder spielte Klaus Wennemann. Miehe: »Der Wennemann besitzt etwas ganz Eigenes, eine sympathische, ganz individuelle Ausstrahlung, die es selten gibt. Er hat Präsenz, er hat Timing, und er ist ein richtiger Komödienschauspieler: Er lacht wenig, und er hat immer schlechte Laune. Großartig!« Beim *Fahnder* begegnete Miehe dem Miniatur-Hitchcock Dominik Graf, für den das Fernsehen der einzige Ort in der deutschen Medienlandschaft war, wo sich Routine und Professionalität erwerben ließen(!). Graf diente sich also beim Fernsehen nach oben. Miehe aber wollte lieber heute als morgen da raus: Ihm stand der Sinn mehr nach Kino.

Unter der Tarnkappe

Miehes zweite Kinofilmregie vollzog sich nur gezwungenermaßen ohne Fernsehbeteiligung: »Ein paar Redakteure fühlten sich persönlich angesprochen.« Der Protagonist im *Unsichtbaren* moderiert nämlich eine Talkshow beim Fernsehen: »Je öfter ich mein Bild im Monitor und in den Zeitungen sehe, desto weniger weiß ich, wer ich bin. Warum vergeude ich mein Leben beim Fernsehen?« Fast drei Jahre, mit Unterbrechungen, arbeiteten Miehe und Klaus Richter an der Vorbereitung des *Unsichtbaren*, einer neuen Variante um den Tarnkappenmythos des zwergenhaften Alberich und den *Invisible man* des H. G. Wells, einem Fantasyfilm um den gestreßten Stadtneurotiker Peter Benjamin, dem von seinem greisen Onkel Josef eine unscheinbare Mütze vermacht wird, die sich als veritable Tarnkappe erweist, und der daraufhin umgeht wie der sprichwörtliche Elefant im Porzellanladen: »Da konnte ja nichts anderes als eine Komödie rauskommen. Wir haben uns dann vorgestellt, was wir selber machen würden, wenn wir eine Tarnkappe hätten. Mal nachsehen, ob meine Frau mich betrügt und mit wem? Was hat der, das ich nicht habe? Was reden meine Freunde über mich, wenn ich nicht dabei bin? Jederzeit abhauen zu können, wenn einem was unangenehm oder peinlich wird; daß man sich manchmal unsichtbar machen möchte, ist ja schon sprichwörtlich. Oder Leuten, die man nicht leiden kann, in den Hintern treten.« Es sei schwer, nicht an Woody Allen zu denken, wenn man heutzutage eine Komödie mache: »Aber trotz der Ähnlichkeiten der Hauptfigur und des Milieus ist der *Unsichtbare* ein ganz anderer Film. Die Methode, die konkrete Wirklichkeit durch ein phantastisches Element zu erhellen, hat seine Wurzel auch eher bei René Clair.« Als Hauptdarsteller hatte er Wennemann, Barbara Rudnik und Nena. Richtige Besetzung war zum großen Problem im deutschen Film geworden. Die Auswahl an brauchbaren Namen und Gesichtern war immer kleiner geworden – und ist es auch noch heute. Miehe hat nicht verdient, mit einem Film wie diesem abtreten zu müssen. Zwar sind die Dialoge zum Teil sehr pointiert, Miehe bevorzugt Sprachspiele und Paradoxien, aber das Resultat bewegt sich unentschieden zwischen Kommerzialismus und Originalität. Miehe hat die Reaktion der Kritiker [Stuttgarter Zeitung: »Unter der Tarnkappe ist dann auch: nichts« und Die Welt: »Blinde Verabredungen kann man mit deutschen Filmkomödien nur selten treffen«] selber vorausgesehen: »… sicher haben viele Leute aufgeschrien, als ich jetzt eine Komödie drehte. Ich bin hingegen der Meinung, es kommt nicht auf das Genre an, in dem man arbeitet, sondern auf das Ergebnis.« Tatsächlich wollte Miehe nur beweisen, daß er immer noch kinofilmtauglich war, und hoffte nach dem *Unsichtbaren* auf bessere Zeiten. Zu den wenigen, die den Film positiv besprachen, gehörte, aus welchen Gründen auch immer, Bodo Fründt [Süddeutsche Zeitung, 10.10.1987]: »Noch ein wenig mehr Tempo, mehr Mut mit der Tarnkappe, dann werden wir hoffentlich kein weiteres Dutzend Jahre auf den dritten Film von Ulf Miehe warten müssen ...« Fründt hat sich geirrt: Miehe ist vor seinem dritten Kinofilm von einer höheren Macht ausgezählt worden, als es der deutsche Film ist, und hat das Kino leider für eine ganze Reihe von Jahren Gestalten überlassen, deren Namen zu nennen das Papier zu schade ist. Vor seinem Tod gab es noch einen weiteren *Tatort* und die Idee zu einem Film über Rechtsradikale, den Klaus Richter alleine schreiben mußte. Richter verfaßte später die *Comedian Harmonists*. Miehe hat die »besseren Zeiten« nicht mehr erleben dürfen. Ist seine Filmographie daher eine Geschichte des Scheiterns? Nein, denn Miehe war ein Pionier – und Pioniere können zugrunde gehen, aber ihr Leben und ihre Taten waren nicht umsonst, solange man sich erinnert.

Filmographie

1966/67 Ulf Miehe als Kleindarsteller im Kinofilm *Treibgut der Großstadt*. Regie: Harold Gabriel.

1967 Regieassistent und Kleindarsteller im Kinofilm *Make love not war*. Regie: Werner Klett.

1970/71 Kurzfilm s/w *Joker*. Drehbuch und Regie Ulf Miehe.

1970 Kinofilm *Jaider – der einsame Jäger*; Drehbuch mit Volker Vogeler, der auch Regie führte (Vogeler erhielt bei den Berliner Filmfestspielen 1971 das Filmband in Silber).

1972/73 Kinofilm *Verflucht – dies Amerika*. Drehbuch mit Volker Vogeler. Regie: Volker Vogeler.

1974 Kinofilm *John Glückstadt*. Drehbuch: Ulf Miehe und Walter Fritzsche nach der Novelle *Der Doppelgänger* von Theodor Storm. Regie: Ulf Miehe. Deutscher Wettbewerbsbeitrag bei der Berlinale 1975; ausgezeichnet mit dem Bundesfilmpreis für Regie.

1976 Kinofilm *Puma*. Drehbuch, Mitarbeit Thomas Wartmann (nicht realisiert).

1977 *Die Liebe kommt, die Liebe geht* (Nachkriegs-Liebesgeschichte). Kinofilm-Drehbuch mit Fritz Müller-Scherz (nicht realisiert).

1979 TV-Spiel *So hat jeder seine Freiheit*; (Nur) Regie: Ulf Miehe.

1979/80 Kinofilm-Projekt *Billie und David*. Liebesgeschichte aus dem Rock-Milieu mit dem amerikanischen Sänger und Songwriter David Blue (nicht realisiert).

1980 TV-Film aus Postkarten-Fotos (1. Weltkrieg: Postkarten aus Frankreich nach München).

TV-Film *Nichts Neues unter der Sonne, Grüße – Max*; Buch und Regie: Ulf Miehe und Klaus Richter.

1981/82 TV-Serie *Die Zeiten ändern sich* über die 68er Studentenbewegung; Drehbuch mit Klaus Richter. Nachdem die beiden die ZDF-Serie im Schneideraum gesehen hatten, zogen sie ihre Namen als Autoren zurück. Im Filmjahrbuch 81/82 von Hans-Günter Pflaum veröffentlichten sie darüber eine Satire.

1981/82 Kinofilm *Lösegeld für Marx* (nach einem Kriminalroman von Michael Butterworth); Drehbuch mit Klaus Richter (nicht realisiert).

1982 Kinofilm *Der Nächste ins Paradies* (nach einem Roman des polnischen Schriftstellers Marek Hlasko); Drehbuch mit Klaus Richter (nicht realisiert).

1983 Drehbuch zum TV-Spiel *Einmal ist keinmal* in der ZDF-Reihe *Es muß nicht immer Mord sein*; Regie: Kai Borsche.

1983 *Der Fahnder* (TV): *Liebe macht blind* (Regie: Dominik Graf); *Der Dichter vom Bahnhof* (Regie: Dominick Graf). Drehbücher mit Klaus Richter.

1983 Kinofilm *Auch Engel haben keine Flügel*; Drehbuch mit Klaus Richter (nicht realisiert).

1983/84 *Der Fahnder* (TV): *In unseren Kreisen* (Regie: Erwin Keusch). Drehbuch mit Klaus Richter.

1985 *Der Fahnder* (TV): *Wo die Kanonen blühen* (Regie: Wolfgang Panzer). Drehbuch mit Klaus Richter.

1986 *Tatort* (TV): *Die Macht des Schicksals* (Regie: Reinhard Schwabenitzky). Drehbuch mit Klaus Richter.

Der Fahnder (TV): *Fußball ist unser Leben* (Regie: Peter Fratzscher). Drehbuch mit Klaus Richter.

1986/87 Kinofilm *Der Unsichtbare*. Regie: Ulf Miehe, Drehbuch mit Klaus Richter. Ausgezeichnet mit dem Bayerischen Filmpreis für das Drehbuch.

1987 *Tatort* (TV): *Gegenspieler* (Regie: Frank Strecker). Drehbuch mit Klaus Richter.

Projekt für TV-Zweiteiler *Ein ernstes Leben* (nach dem Roman von Heinrich Mann). Treatment von Ulf Miehe und Klaus Richter; wurde nicht angenommen.

1988 *Tatort* (TV): *Doppelleben*. Drehbuch mit Klaus Richter.

11. Mai 1940 Ulf Miehe wird in Wusterhausen an der Dosse (Mark Brandenburg) geboren.

Er wächst in Berlin, Westfalen und an der Nordseeküste auf.

1958–61 Buchhändlerlehre in Bielefeld. Miehe: »Ich wollte Zeitungsredakteur werden, war aber zu jung, die haben mich nicht genommen und mir eine kaufmännische Lehre empfohlen. Die habe ich dann gemacht.«

In dieser Zeit entstehen erste Gedichte. »Damit habe ich im Bus angefangen, auf dem Weg in die Lehrstelle. Die Fahrt dauerte mehr als eine Stunde jeden Tag. 1961 habe ich meine ersten Gedichte veröffentlicht. Die anderen sind verstreut erschienen: im Funk, in Zeitschriften, in Anthologien.«

1961–65 Verlagsvolontär und Lektor in Gütersloh. »Am letzten Tag meiner Lehre als Buchhändler habe ich dann in Bielefeld gekündigt und bin sofort zu einem Verlag gegangen, bei dem ich Lektor gelernt habe. Und zwar durch alle Abteilungen: deutsche Literatur, ausländische Literatur, Kinderbücher, Sachbücher. Dadurch habe ich Literatur kennengelernt. Als Buchhändler kommt man ja nicht zum Lesen. Jeder Käsehändler kennt seinen Käse, sagten wir damals, aber wenn ein Buchhändlerlehrling beim Lesen erwischt wurde, gab es Saures.«

1962 *Gedichte* von Gertrud Höhler und Ulf Miehe.

1965 *Panorama moderner Lyrik deutschsprechender Länder von der Jahrhundertwende bis zur jüngsten Gegenwart*, herausgegeben von Wolfgang Hädecke und Ulf Miehe im Sigbert Mohn Verlag, Gütersloh.

1965–69 Autor, Übersetzer, Regieassistent, Statist, Synchronsprecher in Berlin. »Zum Film bin ich durch einen Freund in

Berlin gekommen. Der machte bei Artur Brauners B-Pictures Regieassistenz. Ich wollte schon immer nach Berlin. Ich hatte als Kind lange da gelebt, das war eigentlich die Stadt, in der ich leben wollte. Da habe ich versucht, meinen ersten Roman zu schreiben, und ihn dann weggeschmissen. Dann habe ich zurückgeschraubt und mit Erzählungen angefangen. Das ging besser. Ich war im Grunde erst 1972 soweit, eine lange Geschichte durchzuhalten.«

1966 *In diesem lauten Lande* (Gedichte).

1967 *Thema Frieden – zeitgenössische deutsche Gedichte*, Anthologie herausgegeben von Ulf Miehe unter Mitarbeit von Wolfgang Fietkau und Arnim Juhre im Peter Hammer Verlag, Wuppertal.
Zusammen mit Clark Darlton schreibt Miehe unter dem Pseudonym »Robert Artner« die beiden Science-fiction-Romane *Der strahlende Tod*, Arthur Moewig Verlag, *Leben aus der Asche*, Moewig Verlag 1968, und den Kurzgeschichtenband *Am Ende der Furcht*, Heyne Verlag 1968.
Bei Erdaufgang, Kurzgeschichte.

1968 *Die Zeit in W und anderswo*, Erzählungen, Peter Hammer Verlag, Wuppertal.

1969 *Eine Politpornografie*, Verlag Klaus Bär, Berlin.
Umzug nach München.
Torpedo Definitiv Nr. 309675 in *SUPERGARDE* – Prosa der Beat- und Popgeneration, herausgegeben von Vagelis Tsakiridis, Droste Verlag, Düsseldorf.

1970 *Nachruf zu Lebzeiten* in *Vorletzte Worte*, herausgegeben von K. H. Kramberg im Verlag Bärmeier & Nikel, Frankfurt.

1971 *Wir – die Unsterblichen* und *Test Tempus A* als Robert Artner in der Anthologie *Wir – die Unsterblichen. 10 Stories deutscher Science-fiction-Autoren* im Erich Pabel Verlag, Rastatt.

1972 TV-Auftritt im satirischen Unterhaltungsmagazin des WDR, EXPRESS, mit der Gesangsgruppe »Superheroes«, bestehend aus Kalle Feynik, Pit Janzen, Marius Müller-Westernhagen, Peter Przygodda und Ulf Miehe. Die vier deutschen Schlager wurden auf dem Sampler *Musikladen* bei Warner Bros. als Schallplatte veröffentlicht.

1973 *Ich hab noch einen Toten in Berlin*, Roman im Piper Verlag, München. Übersetzungen in 11 Ländern; Literaturförderungspreis der Bayerischen Akademie für Künste.

1976 *Puma*, Roman im Piper Verlag, München.

1978 *Und plötzlich war der Himmel ein Karussell* in *Hier lebe ich*, Landschaften & Orte, gesehen von deutschen Schriftstellern. Herausgegeben von Bartel F. Sinthuber, Rosenheimer Verlagshaus, Rosenheim.

1981 *Lilli Berlin,* Roman im Piper Verlag, München.
Die Kurzgeschichte *Beat* in *Fans*, *Gangs*, *Bands*, herausgegeben von C.-L. Reichert im Rowohlt Verlag, Reinbeck.

1982 Die Kurzgeschichte *Ein Toter schießt nicht* im *Heyne Krimi Jahresband* 1982 im Heyne Verlag, München.
Die Songtexte *Radio on*, *Einmal nur* und *Vergessenes Lachen* auf der Langspielplatte *Complicated Ladies* von Esther Ofarim und Eberhard Schoener.

1987 *Der Unsichtbare*, Roman zum Film.

13. Juli 1989 Ulf Miehe stirbt in München.

Inhaltsverzeichnis

NOIR 1 **Derek Raymond**
Die verdeckten Dateien

Die verdeckten Dateien: autobiographische Erinnerungen und literaturgeschichtliche Betrachtungen. Als Taxifahrer lernte Derek Raymond, Sohn eines Textiltycoons, Romancier in den 60ern und ehemaliger Eton-Zögling, die Unterwelt Londons kennen. Raymond sieht den Noir-Roman in der Tradition Fieldings und Dickens und begründet dies in kurzweiligen und brillanten Analysen, die seinen Status als Kult-Autor bestätigen. Die verdeckten Dateien sind eine gnadenlose Abrechnung mit dem britischen Klassensystem.

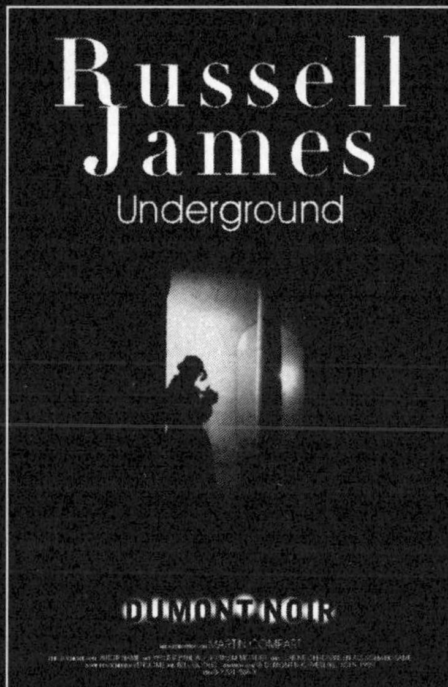

NOIR 2 **Russell James Underground**

Ein Mann auf der Flucht. Wer ist er, und vor wem flieht er? Die Vorstädte der Farbigen und das nächtliche London sind sein Versteck. Die richtige Tarnung für einen Profi – bevor seine Organisation aus dem Underground zum Gegenangriff auf die Zivilisation übergeht. Er lernt eine junge Frau kennen, die arbeits- und hoffnungslos versucht, im Land der Job-Wunder zu überleben.

In einer Dramaturgie, die in Sorgfalt und Detailreichtum an einen Gangsterfilm von Jean-Pierre Melville erinnert, zeichnet Russell James eine Noir-Ballade. *Underground* ist ein schwarzer Thriller mit scharfem Blick auf die gesellschaftliche Realität.

NOIR 3 **Jonathan Gash**
Lovejoys Duell
Band 1 der Lovejoy Serie

»Kennen Sie dieses Prickeln, das durch sexuelle Erwartungen ausgelöst wird? Wenn Sie es sich tausendfach verstärkt vorstellen, haben Sie eine schwache Ahnung von der fiebrigen Erregung eines Antiquitätenhändlers, der einen Kunden wittert; sie läßt ihn alles vergessen, Erziehung, gesunden Menschenverstand, Vernunft – oh, und das Gesetz.« Die Geschichten des amoralischen Antiquitätenhändlers und zynisch-witzigen Frauenhelden Lovejoy gehören zu den erfolgreichsten britischen Kriminalromanen. Lovejoy ist einer der originellsten Charaktere der Kriminalliteratur – wer den ersten Lovejoy gelesen hat, wird süchtig.

NOIR 4 **Harry Whittington**
Im Netz

Anwalt Bower und seine atemberaubende Sekretärin Laura lieben Sex und Geld. Was liegt näher, als Bowers steinreiche Ehefrau umzubringen?
Noch nie hat man derartige Plots vom perfekten Mord gelesen, wie Harry Whittington sie schreibt. Kaum ein anderer Autor nimmt den Leser auf eine so schweißtreibende Achterbahnfahrt durch unvorhersehbare Handlungen mit.
»Wenn man Bowers Schicksal mitfühlt, weiß man, daß es schlimmere Strafen als den elektrischen Stuhl gibt. Wie immer schreibt Whittington mit der Geschwindigkeit einer abgefeuerten Kugel.« *Anthony Boucher*